KB118405

광기와
치유의
책

THE BOOK OF MADNESS AND CURES
by Regina O'Melveny

Copyright © Regina O'Melveny, 2012
Korean Translation Copyright © MUNHAKDONGNE Publishing Corp., 2020

This Korean edition is published by arrangement with Little, Brown and Company,
New York, New York, USA through EYA(Eric Yang Agency).
All Rights Reserved.

이 책의 한국어판 저작권은 EYA(Eric Yang Agency)를 통해
Little, Brown and Company USA 사와 독점 계약한 (주)문학동네에 있습니다.
저작권법에 의해 한국 내에서 보호를 받는 저작물이므로
무단 전재 및 무단 복제를 금합니다.

이 도서의 국립중앙도서관 출판예정도서목록(CIP)은
서지정보유통지원시스템 홈페이지(http://seoji.nl.go.kr)와
국가자료공동목록시스템(http://www.nl.go.kr/kolisnet)에서 이용하실 수 있습니다.
(CIP제어번호: CIP2020004284)

광기와
치유의 책
The Book
of Madness and Cures

Regina O'Melveny

레지나 오멜버니
장편소설

허형은
옮김

문학동네

일러두기

1. 주석은 모두 옮긴이주다.
2. 본문 중 고딕체는 원서에서 이탤릭체나 대문자로 강조한 부분이다.
3. 원서에서 사용한 이탈리아어는 한국어로 음차한 후 괄호 안에 그 뜻을 적었다.

빌과 에이드리엔을 위해

The Book of
Madness and Cures

차례

이제는 어떤 땅도 공기도
내게는 한결같지 않습니다.
어느 곳에도 정착하지 않기에,
나는 어디를 가도 순례자입니다.

− 페트라르카

물은 몇 달이고 또 몇 년이고 사라졌다가
제집으로 돌아온다.

− 16세기 베네치아 속담

상처입은 것은 치유되리니.

− 아폴로의 신탁이라고 전해지는 구절

"어디서부터 내 몸이고 어디서부터가 아닌지 모르겠어요." 이미즈미자*의 소녀가 말했다. 신체 혼동이라는 심각한 증상을 앓는 열두 살 난 딸을 치료해달라며 환자의 어머니가 근방 100킬로미터 내의 유일한 여자 의사인 나를 호출한 터였다. 소녀는 붉은 흙으로 지은 집안, 좁은 창문 가까이 가져다놓은 삼나무 탁자 앞에 앉아 있었다. 말할 때마다 팔락거리는 짙은 색 베일로 얼굴을 가린 소녀는 들판에 묶여 있는 말이 올가미를 보고 느낀 공포를 감지했다고 내게 말했다. 마부가 말빗을 들고 다가오자 밧줄이 팽팽해지도록 뒤로 물러나는 말의 하얀 입김이 차가운 공기 중에 고동쳤다. 소녀가 말을 이었다. "다섯 종류의 빗을 재빨리 바꿔가며 말을 빗기는 남자, 머리가 밧줄 끄트머리 매듭처럼 생긴 남자, 내 엄지보다 작

---

* 모로코의 작은 마을 아미즈미즈의 옛 이름.

은 그 남자가⋯⋯" 그러다 갑자기 웃음을 터뜨렸고, 나는 흠칫 놀랐다.

무슨 뜻인지 고민해보기도 전에 소녀의 어머니가 다가와 잔소리를 했다. "자, 랄라, 승마 스커트로 갈아입어야지. 오늘은 말 타고 나가는 날이야."

소녀는 탁자 위 곡물 알갱이 옆에 놓인 자기 왼팔과, 탁자에 닿아 있는 구부린 오른팔을 물끄러미 바라봤다. 그러더니 속삭였다. "오늘은 몸이 너무 무거워서 못 움직이겠어요."

몸을 움직이려고 기를 써봤지만 소녀는 옴짝달싹 못했다.

내가 갓난아기의 보송보송한 정수리를 쓰다듬듯 나무 탁자에 살며시 손을 올리자, 소녀는 한숨을 내쉬면서 두 눈을 스르르 감았다. 내가 손을 치우자 곧바로 알아챘다. 탁자에서 소녀의 두 팔을 들어올리려 해봤지만 팔이 딱딱하게 굳어 있었다. 얼마 후 소녀는 마음속으로 스스로를 다그쳐 몸을 떼어내고는 최면에 걸린 듯 서성댔다. 보다 못한 어머니가 딸에게 좋아하는 말을 보러 가거나 한숨 자라고 일렀다.

랄라는 걸음을 멈출 때마다 제 몸이 닿은 것과 일체가 되었다. 눈을 희번덕거리고 콧바람을 뿜어대는 말을 탈 때면 말처럼 땀을 뻘뻘 흘렸다. 입가와 목에 게거품이 흘렀다. 한번 잠을 자면, 곧 미동도 없는 몸뚱이가 침대와 일체가 되는 바람에 며칠이고 깨어나지 않았다. 밥 먹는 게 가장 힘들었다. 한 번이라도 손댄 음식은 완강히 거부했는데, 제 살을 먹는 것 같아 끔찍해서 견딜 수가 없어서였다. 어머니가 작은 나무 숟가락으로 아기한테 하듯 떠먹여줬지만 랄라는 점점 앙상해져갔다.

한참 지나서야 나는 효과가 서서히 나타나는 치료법을 권했다. 어머니와 이모의 도움이 간절하다고 당부했다. 그러나 덩치 크고 성마른 이모는 랄라에겐 치료가 필요하지 않으며, 더구나 (그녀는 눈을 부라리며 내 얼굴과 드레스를 아래위로 훑어보았다) 외국인에게 치료를 받는 건 말도 안 되는 일이라고 우겼다. 조카는 그저 신통력 있는 몸을 가졌을 뿐이라며 내게 맞섰다. "아이의 재능을 빼앗으면 못쓰죠."

"자기 인생도 주체 못하고 있잖아요! 한 걸음 떨어져 있는 사람이 상대를 더 제대로 이해할 수 있는 법이에요." 내가 말했다.

왜소한 몸집에 어두운 산 같은, 딸과 똑같이 베일을 쓴 랄라의 어머니가 물었다. "얘가 결혼하고 아기를 낳을 수 있을까요?"

"모르겠어요." 나는 솔직히 말했다.

그렇게 해서 시작된 치료법은 단어 치료였다. 나는 랄라의 어머니에게 손, 탁자 위에 놓인 실패, 탁자를 일일이 이름으로 불러주라고 했다. 그러고선 그 집에 방문할 때마다 랄라에게 "네 팔, 네 손, 네 골반이 어디 있지?" 하고 물었다. 랄라는 어떤 날은 제 몸의 해당 부위를 곧잘 짚었다. 그러나 어떤 날은 마치 내 질문을 이해조차 못하고 그래서 큰 벌이라도 받을까 겁에 질린 듯 일종의 공황 상태에 빠졌다. 그러면 나는 랄라의 손을 만졌고, 이어서 어머니나 이모가 손이라는 단어를 반복하는 방법으로 소녀를 진정시켰다. 랄라는 천천히 치료법에 반응해 점차 몸을 움직일 수 있게 되더니, 나중에는 자신을 주변 물체에서 분리해내면 애처로운 기쁨 비슷한 감정을 보일 정도가 됐다. 분리는 곧 그녀가 변했으며, 그동안 몰랐던 어떤 것이 표면에 드러나 그녀와 조우했다는 뜻이었으니까.

그때 이후로 나는 주변과 분리되지 못한 채 창가에 멍하니 앉아 있는 여자가 세상에 수두룩하다고 믿게 되었다. 나 자신도 차테레 선착장이 내려다보이는 창가에 몇 시간이고 앉아 아버지가 돌아오기를, 내 삶이 천우天佑의 바람을 돛에 가득 안고 항구로 들어오는 거대한 함선처럼 나타나기를 기다렸다. 축축한 달의 영향 아래 그렇게 덧없는 시간을 보내는 동안, 내가 과거를 추적할 미래를 이미 계획하고 있었음을 그땐 미처 깨닫지 못했다. 나는 내가 들여다보는 유리만큼 투명해졌고, 위험하게도 나 자신에게마저 보이지 않는 존재가 되었다. 내 인생을 앞으로 나아가게 하지 않으면 내가 사라져버릴지도 모르겠다고 깨달은 건 바로 그때였다.

1장
신의 뜻인가, 악마의 술책인가

1590년, 베네치아

편지봉투 위의 다양한 필체와 언어로 된 이국의 기호와 문자로 미루어, 아버지의 이번 편지가 분실된 성명서처럼 여러 도시를 전전하다 여기까지 왔음을 알 수 있었다. 지난번 편지를 받은 게 일 년쯤 전이었다. 따져보니 아버지는 1580년 8월부터 이곳에 안 계셨다. 오래전 내 유모였고 지금은 내 하녀인 올미나가 숨막히는 7월의 어느 오후에 내 책상에 편지를 슬쩍 올려놓았다. 예고도 없이 공격하는 독사를 풀어놓은 거나 다름없었다.

"어머니가 이걸 보면 편지에 뭐라고 쓰여 있건 분명 자기 기분을 나쁘게 하려고 보낸 거라고 우길 거야." 내가 밀봉된 편지봉투로 손바닥을 초조하게 툭툭 치면서 말했다. 올미나와 나는 덧문을 꼭 닫은 내 방에 있었다. 창문 밑 돌벽에 여름의 조수가 요란하게 밀려와 부딪혔고, 공기 중엔 소금물의 뜨끈한 냄새가 알싸하게 배어 있었다. 불쌍한 어머니. 늘 세상이 자신을 괴롭히려 든다고 억울해하시지. 행복은 한순간도 믿어선 안 되는 것이었다. 그렇지만 슬픔도 마찬가지 아닌가, 어렴풋이 나는 그렇게 생각했다. 하나가 다른 하나 속에서 여물어가지 않나? 때로 우리 베네치아는 여름 바다 위에서 환상의 도시처럼 어슴푸레 빛났고, 그러다 겨울의 아쿠아 알타(밀물)가 밀려오면 생기 없는 겉모습 안으로 침잠했다. 그러고 나면 홍수가 봄을 불러왔다. 어떤 날 베네치아는 환한 등불 같은 두 눈이 꺼져버린 시커먼 사이렌 요정처럼 물에 잠겨버리곤 했다. 우리가 사는 곳이 물이 되어버렸는데도 어떤 이들은 거기에서 아름다움을 보았다.

"걱정 말아요, 시뇨리나 가브리엘라." 올미나가 비밀 지키는 것쯤 일도 아니라는 신호로, 농부 출신다운 납대대한 콧부리 옆에 검지를 갖다댔다. 어스름 속에서 올미나의 연푸른색 눈이 반짝거렸다. 하지만 그렇게 생기 넘치는 눈도 어머니가 집요하게 캐물을 때면 점판암처럼 흐려지는 걸 나는 많이 봤다.

"어머니가 지난 십 년간 아버지를 보고 싶어하기나 했는지 모르겠어."

"아, 시뇨리나. 마님은 과부 역할을 동경하시는 건 아닐까요……"

"정말 그래, 올미나. 근데 그 역할마저 제대로 못하시네. 호사와 사치를 다 포기해야 하니까." 하지만 어머니의 시시한 갈망의 이면에서 나는 때때로 서글픈 무력함을 엿보았다. 어쩌면 어머니에겐 내가 모르는 어떤 사정이 있는지도 몰랐다. 원인 모를 두려움이 어머니 얼굴에 스치는 것을 여러 번 보았다. 어머니가 진짜 과부였다면 비록 그 원인은 여전히 모호하더라도 감정을 좀더 노골적으로 드러냈을 텐데.

"자, 더 시키실 일 없으면," 올미나는 리넨 치마 안으로 두 손을 넣으면서 고개를 끄덕거렸고, 그 바람에 슬쩍 풀어진 연푸른색 머릿수건에서 회색 머리칼이 몇 가닥 삐져나왔다. "주방에는 제가 닦을 접시가 쌓여 있고, 일을 다 끝내면 저만의 호사스러운 낮잠이 기다리고 있답니다." 그러고는 싱긋 웃은 후 중년의 나이에도 여전히 튼튼한, 땅딸막하고 풍채 좋은 몸으로 쿵쿵 계단을 내려갔다.

개봉하지 않은 편지를 물끄러미 바라보다가 문득 십 년 전 아버지가 떠나면서 내 인생도 쪼그라들었음을 깨달았다. 나는 더이상 많은 것을 꿈꾸지 않았고, 여자 의사로서 누릴 수 있는 드문—비록 점점 줄어들고 있지만—자유가 있는데도 먼 나라로 여행하는 것조차 꿈꾸지 않게 되었다. 베네치아 사람들이 말하듯 온 세상 사람들이 이것 해달라 저것 해달라며 이곳으로 찾아왔고, 나는 그것에 위안을 받기도 했다. 그러나 아버지의 자상하지만 먼 곳을 보는 듯한 회갈색 눈동자와 검은색과 암적색이 섞인 로브*가 아직도 눈에 선했다. 아버지의 편지를 쥐고 있는 지금, 내 안에서 오랫동안 잠잠했던 작은 목소리가 말했다. 나도 같이 가게 해줘요, 아버지. 나만 남겨놓지 말아요.

지난번에 받은 편지는 작년에 스코셔**에서 발송된 것이었다. 편지에서 아버지는 무력증 치료제인 일각고래 뿔의 가루를 모으러

---

* 아래위가 붙어 하나로 된 길고 헐렁한 겉옷.
** 스코틀랜드의 옛 지명.

더 북쪽으로 가볼까 한다는 뜻을 어렴풋이 비쳤다. 아니면 모든 애환을 고밀도로 응축하고 정신병 치료의 실마리를 제공해줄지 모른다는, 귀하디귀한 위석胃石*을 발견할 수 있을까 하는 희망에 기후가 지독한 모리타니아**나 바바리아***가 있는 남쪽으로 갈지도 모른다고 했다. 지난 몇 년간 아버지의 편지를 받으면 언제나 그렇듯이번에도 나는 이런 치료법들에, 지금쯤 아버지의 약상자를 가득채웠을 보물에 감탄했다. 그리고 그것들을 직접 볼 수 있다면, 내약상자에도 채워넣을 수 있다면 얼마나 좋을까 갈망했다. 하지만아버지가 쓴 단어들에는 꼭 짚을 수 없는 뭔가가 숨어 있어서 한숨처럼 내 숨결 아래를 파고들었다. 무력증, 위석, 애환 같은 단어들.

나는 봉투의 붉은 밀랍 인장을 뜯었다. 몬디니가 문장이 뭉개졌다 다시 접착된 흔적을 보니, 봉투가 이미 여러 번 개봉된 게 분명했다. 인장 밑으로 다 번진 '튀빙겐'이라는 이름을 알아볼 수 있었는데, 아버지의 필체는 아니었다. 편지를 발송한 도시일까, 아니면 실수로 그곳에 배송되었거나 그리로 한 번 반송된 적이 있는 걸까? 몇 명이나 되는 모르는 이들이 아버지의 편지를 읽었을까? 이 단 행위의 증거를 찾으려고 읽은 걸까? 분명 실망했을 테지. 봉투안의 내용물을 책상 위에 털어내자 뼈처럼 하얀 종이 한 장이 펼쳐졌다. 아버지가 꼬박꼬박 써넣던 인사말도 없었고, 휘갈긴 필체는어쩐지 힘들여 쓴 느낌이었다.

---

* 반추동물의 위나 장에 생기는 결석. 옛날에 해독제로 쓰였다.
** 아프리카 북서부에 위치한 나라.
*** 북동 아프리카 연안 지역.

가브리엘라,

어쩌면 나를 비난하거나 내가 죽었다고 단념했을지도 모르겠구나. 별들의 조화로운 자전의 바탕이 되는 마찰을 설명할 수 없는 것과 마찬가지로, 어떻게 된 일인지 더는 이해시킬 수 없을 것 같다. 신의 뜻이거나 악마의 술책이라고 말하면 너무 쉬운 해명이 되겠지. 나는 돌아가지 않을 작정이고, 그편이 네게도 나을 거다. 이제는 남들과 함께 있는 것보다 혼자 있는 편이 절대적으로 낫구나. 날이 갈수록 의지가 흔들리는데도 나는 멈추지 않는 방랑자가 되어버렸다. 평소에 자주 그러듯 자신을 탓하지 말거라. 무엇보다 나를 찾겠다고 사람을 보낼 생각일랑은 말고.

12월에

네 아버지, E. B. 몬디니

나는 긴 한숨을 뱉었다.

다음 순간 몸에서 열이 올라왔다. 긴 나뭇조각들로 만든 덧창이 달린 초록색 창문 때문에 푸르스름하게 물든 내 방은 운하 위에 지은 이 집에서 가장 서늘한 피난처인데도 나는 물밑에서 불에 활활 타고 있는 기분이었다.

잠시 후 편지를 다시 접는데, 어머니가 제일 좋아하는 향인 장미 향유의 냄새가 희미하게 났다. 어머니가 이미 아버지의 편지를 읽은 걸까, 아니면 이 향유가 모리타니아에서 여기까지 묻어온 걸까? 나는 일어서서 침대 발치로 다가가면서, 보디스* 안에서 내 체온

---

* 코르셋 위에 입는 여성 의복.

으로 덮혀진 열쇠 하나가 달려 있는 쇠줄을 꺼냈다. (원래는 내 혼수였던) 카소네*에 아버지가 보낸 편지들을 잘 숨겨두었는데, 오직 이 열쇠로만 열 수 있었다. 열쇠를 돌리자 걸쇠가 톡 하고 열렸다. 편지는 쓴 날짜가 아닌 도착 날짜 순으로 정리해뒀다. 최근에 받은 편지들은 언제 쓴 건지 도무지 분간할 수가 없었기 때문이었다. 마지막 몇 통에는 정확한 날짜도 안 적혀 있었다. 며칠 사이로 도착했지만 알모도바르**와 이든버그***만큼이나 멀리 떨어진 도시에서 발송된 것 같았다. 그저 날짜 적는 걸 깜빡한 걸까? 어떤 편지에는 날과 달은 적혀 있는데 연도는 표기가 안 되어 있었다. 또 어떤 건 그냥 겨울이라고만 적혀 있었다. 게다가 투른 운트 탁시스****대공의 전령부터 전 세계를 도는 상인과 순례자, 학문적 여정에 나선 의사들까지, 워낙 여러 배달원의 손에 맡겨졌기에 도착 일자는 당시 아버지가 어디에 있었는지 알아내는 데 전혀 도움이 되지 않았다. 아버지가 편지에 쓴 말들은 온 유럽을 헤매다가 결국—지금은—침묵 속으로 자취를 감춘 여정을 묘사하고 있었다. 아버지는 그렇게 시간에서 벗어난 목소리가 되었다.

반쯤 열린 방문 밖에서 바스락거리는 발소리가 들리는 걸 보니 어머니가 곧 들이닥칠 것 같았다. 나는 카소네를 닫고 재빨리 잠근 후, 허둥대며 열쇠를 블라우스 안에 도로 집어넣었다.

---

* 이탈리아에서 르네상스시대에 주로 사용한, 호화로운 무늬를 그리거나 새긴 직사각형 궤.
** 포르투갈의 도시.
*** 오늘날의 에든버러.
**** 16세기 유럽 우편 서비스에 큰 공헌을 한 독일의 대부호 가문.

몸매가 풍만한 어머니는 살짝 흐트러진 모습이었다. 붉은색 안감을 댄 연보라색 실내복은 늘어져서 어깨 근처에서 펄럭거렸고, 안에 댄 보라색 가죽이 보이도록 멋스럽게 작은 절개선을 낸 뾰족한 슬리퍼는 뒤축이 내려앉아 있었다. 방에 들어온 어머니는 내게 바짝 다가오더니 근심어린 초록색 눈으로 나를 뚫어져라 보았다.

"그래서? 뭐라고 하든?" 어머니의 노란 머리칼(뿌리 근처의 새하얀 부분이 도드라져 보였다)이 얼굴로 흘러내렸다.

나는 한 발짝 물러섰다. "무슨 말이에요?"

"우편배달부가 올미나한테 편지 한 통 전해주고 갔잖니." 그러면서 어머니는 하얀 두 손을 휘저었다. "올미나를 쫓아와서 방문 밖에서 아주 재미난 이야기를 엿들었지."

하느님 맙소사…… "나는 사생활이 있고 존중받아 마땅한, 서른 살 여자이자 의사예요." 말은 차분하게 했지만 주먹을 쥔 양손에 힘이 들어갔다. 어머니의 심술은 익숙했지만, 어머니의 말에선 공포가 느껴졌다. 혼자 버려지고 싶지 않은 거였다. 아버지가 우리 둘 다 남겨두고 떠난 걸 나는 가끔 이렇게 잊곤 했다.

"뭐라고 하더냐고? 집에 돌아온다니, 내 방종한 남편이?" 목소리가 점점 더 날카로워졌다.

"아뇨." 내가 대답했다. "오히려 아예 안 돌아오실 것 같은데요."

그러자 어머니가 나를 한 대 칠 것처럼 손을 들었다. 아니, 자신을 보호하려는 걸까? 그러나 이내 손은 툭 떨어졌다. 한순간 어머니의 낙담이 내 마음을 아프게 쥐어짰다. 항상 커다란 존재였던 어머니는 불안해하는 아이처럼 쪼그라들어 있었다.

우리는 서로 노려보았다.

올미나가 손에서 설거지물을 뚝뚝 흘리면서 어머니 뒤 층계참에 나타났다(소란을 듣자마자 내 방으로 뛰어올라온 것이었다). 올미나는 고개를 저었다. "같이 가시지요, 시뇨라 알레산드라." 어머니를 진정시키려는 듯 그녀가 나지막이 중얼거렸다. 그러나 올미나가 팔꿈치를 붙잡은 순간 어머니가 뒤로 물러나며 외쳤다. "손이 젖었잖아!" 그러더니 올미나를 홱 밀치고는 요란하게 계단을 내려가버렸다.

"물 위에 살면서," 어머니가 가버린 뒤 내가 말했다. "물 한 방울을 무서워하다니."

"오, 물 때문만이 아닌 거 알잖아요." 올미나가 어깨를 으쓱했다. "조수가 닿는 걸, 변화의 조짐을 못 견디시는 거예요. 너무 일찍 너무 많은 일을 겪은 사람에겐 어떤 변화도 위협으로 느껴지는 법이거든요."

1575년 흑사병으로 몸이 순식간에 썩어 돌아가신 외할아버지를 떠올리고 나는 고개를 끄덕였다. 당시 나는 열다섯 살이었는데도 외할아버지께 작별인사하는 걸 허락받지 못했다. 내가 심하게 몸이 망가진 할아버지의 모습을 보는 걸 부모님이 원치 않으셨기 때문이었다(환자를 보는 건 괜찮지만 그게 가족이면 괜찮지 않다는 것이었다). 그래서 묘하게도 외할아버지는 내 마음속에 온전한 모습으로 계시다가 어느 순간 사라진 존재가 되었다. 하지만 어머니는 외할아버지의 마지막을 지켜봤고, 어째선지 그 죽음을 끝내 털어버리지 못했다. 그후로 우리는 외할아버지 이야기를 한 번도 입에 올리지 않았다.

올미나가 말을 이었다. "죄송해요, 시뇨리나. 우편배달부가 온 걸 마님께서 보신 줄 몰랐어요." 올미나는 허리띠 안으로 집어넣은 얼룩진 갈색 덧치마에 두 손을 부지런히 문질러 물기를 닦아냈다.

"올미나 잘못이 아니야." 내가 대꾸했다. "올미나, 베네리오 로그라토 씨 기억나? 결혼해서 오십일 년간 한 여자와 살았지. 살갑게 잘해줘서 아내의 의심을 고쳐보려고 했는데, 아무리 해도 안 됐던 모양이야. 어느 날 그는 운하를 따라 산책을 나갔다가 돌아와서 자기 집 계단 밑에서 이렇게 소리질렀어. '피니토. 피니토(끝났어. 끝났다고). 난 할 만큼 했어! 알아?' 그러더니 아내를 떠났지. 소문으로는 떠나는 발걸음이 그렇게 가벼워 보일 수가 없더래."

올미나는 미소 지었다. "맞아요. 별 이유도 없이 툴툴댔던 그 아내는 이제 툴툴거릴 이유가 생겨버렸죠. 그 남편이 먼 바다 어느 섬에서 혼자 산다는 얘기를 들었어요. 흠, 젊었을 땐 참 잘생겼는데, 그 탄탄한 종아리랑 허벅지하며……"

그러더니 다가와서 나를 꼭 안았다. "마님 저러는 거 신경쓰지 말아요. 로렌초가 잘 쓰는 말인데, 수탉처럼 주기적으로 꽥꽥대는 분이니까." 올미나의 남편 로렌초는 보통은 남한테 그런 말을 잘 안 하는 사람이었다. 나는 그 실없는 소리에 짧게 웃음을 터뜨렸다. 그렇게 단순한 문제라면 좋으련만.

그날 오후 늦게 올미나가 의사 길드에서 왔다는 신사를 우리집 안뜰로 안내했을 때, 나는 베네치아의 이 끝부터 저 끝까지 울려퍼지는 저녁 종소리에 막 잠에서 깬 참이었다. 종루 하나가 댕댕거리기 시작하면 잠시 후 다른 종이 음정을 살짝 달리해 울리기 시작했고, 곧이어 다른 종들도 꼬리를 물면서 낭랑한 종소리들이 공기를

진동시켜 내 머리에서 졸음을 몰아냈다. 베로니카 프랑코*의 시집
이 벤치에 펼쳐져 있었다.

또한 미덕은 육체적 강함에 있는 것이 아니라
영혼의 활력과 정신에서 나오는 것이니,
그것들을 통해 세상 만물을 이해할 수 있도다.

나는 낮잠을 자던 안뜰 벤치에서 몸을 일으켜 낮게 드리운 석류
나무 가지를 들어올렸다. 도토르(의사) 오라초 디 치론디가 서 있
었다. 넉넉한 뱃살이 그의 부를 자랑했다. 검은색 로브와 금은 목
걸이, 반지를 여러 개 낀 밀가루 반죽 같은 손도 눈에 들어왔다. 나
는 삐져나온 숱 많은 머리칼을 황급히 머리그물에 도로 집어넣었
지만 그래봤자 단정치 못해 보일 게 뻔했다. 어머니가 담이 드리운
그늘에 앉아 레이스 같은 루타** 잎사귀 위쪽으로 부채질을 하고
있는 게 곁눈으로 보였다.

"아, 거기 있었군요, 시뇨리나 몬디니." 둥그스름한 얼굴이 꼭 되
는대로 주물러놓은 빵반죽 같은 그가 나를 향해 고개를 까딱했다.

"이리 와서 앉으시지요, 도토르. 올미나가 레몬 띄운 물을 가져
올 거예요." 어머니가 말했다. "너도 와서 앉으렴, 가브리엘라."

"감사합니다, 시뇨라. 이렇게 마음 써주시다니. 그렇지만 저는
따님께 볼일이 있어서 왔답니다. 의사 길드에서 발부한 성명서 때

---

* 16세기 베네치아에서 활동한 시인이자 고급 매춘부.
** 지중해 연안 원산의 귤과 상록 다년초.

문이죠. 이것만 전달하면 송구하지만 가봐야 할 것 같습니다."

어머니가 부채를 착 접었다.

나는 일어서서 의사를 향해 돌아섰다. "고명하신 의사 나리들께서 저한테 무슨 하실 말씀이 있어서요?"

"시뇨리나……"

"도토레사* 몬디니라고 불러주세요."

"나한테 너무 많은 걸 바라는군요, 아가씨. 그 호칭은 아가씨의 부친께 붙여드려야 온당한 것인데요."

"아." 협회에서 내 친구인 도토르 카마차린 대신 도토르 치론디를 보낸 이유를 알 것 같았다. "역시 구린내나는 꿍꿍이가……"

"가브리엘라! 난 널 그렇게 버릇없는 애로 키우지 않았다." 어머니가 한 발짝 나와 치론디의 소맷자락을 살짝 잡았다. "부디 너그러이 봐주세요, 도토르 치론디."

그는 한숨을 내쉬더니 눈을 가늘게 떴다. 자신이 도대체 모녀간의 어떤 해묵은 싸움에 끼어든 건지 파악하려는 듯 그의 시선이 초조하게 우리 둘 사이를 오갔다. 이내 그는 하던 말을 계속했다. "아가씨의 부친께서 이 평화로운 도시를 떠난 지도 십 년이 됐고, 더군다나 그분께 지난 이 년간 아무런 소식이 없는 만큼…… 길드는…… 의사 길드 운영위원회는 멘토인 부친 없이는 아가씨의 회원 자격을 더이상 유지해줄 수 없습니다. 이것도 너무 오래 봐준 거예요. 여의사는, 잘 알다시피, 아예 허가가 안 나지 않습니까. 미안하게 됐습니다. 길드에서도 미안하게 생각하고. 하지만 이건 위

---

* 도토르의 여성형.

원회의 명이에요." 그는 단호하게 고개 숙여 인사한 다음 어머니에게도 눈치보듯 고개를 까딱하고 자리를 뜨려 했다.

"잠깐만요!" 내가 외쳤다. "그럼 여자들, 제 환자들은 어떻게 하고요?"

그가 내게 냉정한 눈길을 보냈다. "여자들은 제대로 보살핌을 받을 겁니다, 시뇨리나. 베네치아에 훌륭한 의사가 많다는 걸 잊었습니까?"

아버지가 떠난 뒤 길드는 내게 여자 환자들만 진료하도록 제한을 두더니 곧이어 회의에 참석하는 것도 금지했다. 하지만 나를 완전히 제명할 거라곤 생각도 못했다. 임신 5개월째 들어 하혈을 시작한 젊은 매춘부가 떠올랐고(그녀의 직업을—일부 남자 의사들이 그러듯—비하하지 않으면서 임신 기간 내내 봐줄 의사가 있을까?), 만성 카타르*를 앓는 늙은 여자와 그런 아내에게 약초 값 대주기를 거부하는 주정뱅이 남편이 떠올랐다. 나는 차분한 목소리로 평정을 유지하려 애쓰면서 말했다. "하지만 그분들은 남자잖아요. 여자들은 대개 여자 의사를 선호한다고요. 생각해보세요, 선생님. 선생님도 부인은, 아무리 직업정신이 투철하다 해도 쓸데없이 캐묻기 좋아하는 남자 의사보다 여자 의사가 진찰해주길 원하지 않으세요?"

치론디가 한숨을 푹 내쉬었다. "내 아내는 지금 더없이 건강하고, 아프면 내가 봐줄 겁니다."

"그럼 의사 남편을 두지 못한 여자들은 어떡하나요? 때때로," 여

---

* 감기 등으로 코와 목의 점막에 염증이 생기는 질병.

기서 나는 잠시 말을 멈췄다. "과하게 진찰받는 여자들 말이에요, 무슨 소린지 아시죠?"

치론디가 못마땅한 눈빛으로 쏘아보았다. "시뇨리나, 당신은 지금 내 동료들을 모욕하고 있어요. 더는 안 듣겠습니다. 그럼 두 분 다 안녕히." 그러더니 휑하니 안뜰에서 나가버렸다.

어머니는 잠시 뜸을 들인 후 돌아서서 나를 노려봤다. "됐니?" 그리고 부채를 쫙 펴며 나지막이 말했다. "다 네가 오만하게 굴어서 이렇게 된 거야."

나는 어머니를 계속 마주보고 있을 수 없었다. 여차하면 나중에 후회할 말을 내뱉어, 의사가 되기로 한 내 결정이 불러온 모녀간의 오랜 분쟁에 기름을 부을 것 같았다. 말싸움의 톡 쏘는 맛을 어머니가 얼마나 즐기는지! 어머니의 분노를 더 키울 생각은 없었다. 그래서 나는 성큼성큼 부엌으로 향했고, 탁자 앞에 앉아 양파를 썰고 있는 올미나를 발견했다. 올미나는 내 표정을 보더니 칼을 내려놓았다. "나랑 좀 걸어줘." 내가 말했다.

올미나는 잽싸게 어깨에 숄을 두르고 내 팔짱을 꼈다. 아직도 안뜰에서 부채질을 하고 있는 어머니 곁을 지나 집에서 나온 우리는 밤이 우리를 집으로 다시 들여보낼 때까지, 물 얼룩으로 미끌미끌한 바닷가 돌길을 거닐었다. 한참 만에 내 방에 돌아온 나는 아버지의 편지를 다시 꺼내 읽고 또 읽었다. 아뇨, 나는 아버지에게 말하고 싶었다. 아버지가 돌아오지 않는 게 나한테 나은 일이 아니에요. 난 내 천직을 잃을 거예요. 그리고 그건 아버지한테도 나을 게 없어요. 아버지의 말에서 뭔가 이상한 게 느껴졌다. 날이 갈수록 의지가 흔들리는데도 나는 멈추지 않는 방랑자가 되어버렸다…… 무엇보다 나를 찾겠다고 사람을 보낼 생각일랑은 말고. 좀처럼 아버지가 하는 말로 들리지가 않았다.

아버지를 찾겠다고 누구를 보내지 않을 거예요, 그날 밤 나는 결심했다. 내가 직접 나설 테니까.

2장
짭짤함과 달콤함, 눈물과 젖

내가 스무 살 되던 해 마지막으로 아버지를 봤을 때 아버지는 서재의 열린 키 큰 창 앞을 초조하게 왔다갔다하고 있었다. "북쪽으로 여행을 떠날 생각이다." 넓은 등을 내 쪽으로 향한 채 느닷없이 선언한 아버지는 방대한 서가의 책장 하나에서 붉은 모로코가죽으로 표지를 씌운 책 한 권을 꺼내들었다. "한동안 안 돌아올 거야." 회색이 드문드문 섞인 까만 머리칼이 대낮의 열기로 아버지의 목덜미께에 축축하게 늘어져 있었다. "너는 못 데려갈 것 같구나."

그러고는 돌아서서 검은 테 안의 둥근 안경알 너머로 나를 물끄러미 바라보았다. 뜻을 짐작하기 어려운 강렬한 눈빛이었다. 아버지는 작은 방패처럼 들고 있던 『질병백과』를 경사진 책상 위에 내려놓았다. 내가 연푸른색 치맛자락 사이에 숨긴 두 손을 비틀며 선뜻 대꾸를 못하자, 아버지는 끝이 뾰족한 실내화로 반들반들한 테라초* 바닥을 스치며 창가로 갔다. 저킨**을 벗어 창틀에 던져놓은 아버지는 리넨 셔츠와 암적색 반바지 차림으로, 베네치아 석호에서 불어오는 시원한 바람을 붙잡으려는 듯 몸을 앞으로 내밀었다. 바람 한 점 없는 날이었다.

대답할 말을 찾지 못한 나는 고개만 끄덕였고, 창문 맞은편에 아버지와 마주서 있는, 높이가 최소 2미터는 되는 독서물레대***를 쳐다보았다. 꼿꼿이 선 원통형의 장치는 만물박람회에서 본, 조그만 좌석들이 있어(이 경우는 독서대지만) 마음껏 비명 지르는 아이들을 태우고 돌아가는 회전관람차와 생김이 비슷했다. 독서물레대는 흔치 않은 문학장치를 설계하는 아버지의 친구 아고스티노 라멜리 씨의 손이 어서 완성해주기만을 기다리고 있었다.

"가브리엘라. 그렇게 입다물고 있는 건…… 건방짐의 표시냐, 아니면 동의의 뜻이냐?" 아버지가 단호하게 뒷짐을 진 채 물었다. 아버지는 평소에도 자주, 말없는 돌이나 그 밑을 흐르는 바닷물의 웅얼거림을 곱씹으며 시내를 산책하는 남자처럼 손을 그렇게 두곤 했다.

나는 어깨를 으쓱했다. 우리를 감싼 공기가 점점 더 갑갑하게 느껴졌다. 나는 더위를 곧잘 참는데도 건조하고 서늘한 기운을 찾아 움직였다. 독서물레대로 다가가 낙엽송으로 만든 바큇살 하나를 신경질적으로 톡톡 두드리자 바큇살이 한쪽으로 까딱거렸다. 오크나무 굴대가 삐걱댔고, 조그만 독서대 세 개가 앞뒤로 흔들렸다. 다 만들면 독서대 여덟 개가 설치될 터였다.

---

* 대리석 부스러기를 시멘트와 혼합해 굳힌 뒤 표면을 갈아낸 인조석.

** 16~17세기에 남자들이 주로 입던 짧은 상의.

*** 무거운 책 여러 권을 돌려가며 볼 수 있도록 물레방아 형태로 제작한 장치.

아버지는 잠시 나를 노려보더니, 곧 노기 빠진 한숨을 내쉬면서 느리게 흐르는 바닷물로 시선을 돌렸다. 까딱대기를 멈춘 물레는 방치되어 멎어버린 커다란 시계처럼 보였다. 마치 다른 모든 주기의 축이 되는 거대한 태양이 하늘에서 멈춰버린 것 같았다. 독서물레대는 질병에 관해 아버지가 집필한 책들을 얹어주기만을 기다리고 있었다. 하지만 아버지의 책은 8월이면 모두가 겪는 문제로 인해 예기치 않게 중단된 상태였다.

"라멜리의 물레는 어쩌고요, 아버지?" 내가 조여드는 목소리로 물었다. "완성된 걸 보고 싶지 않으세요? 『질병백과』는 완성 안 하실 거예요?"

아버지는 끄응 소리를 냈다. 최근 들어 몸이 다소 좋지 않았고 기분도 저조한 기색이었다. 지난 몇 달간 나는 매일 몇 시간씩 아버지가 질병과 치료법에 대해 휘갈겨 쓴, 거의 알아볼 수 없는 원고를 옮겨 적었다. 때로 도저히 이해 안 되는 구절은 자의적으로 해석하고 내 마음대로 내용을 삽입하기도 했다. 그런 나를 아버지는 슬쩍 나무라긴 했지만, 그렇다고 짬을 내 명확히 고쳐 쓰려고 하지는 않았다. 그래서 나는 계속해서 임의로 해석하고 아버지에게 보여주지 않으면서 나만의 백과사전—아버지가 집필한 책의 소리 없는 동반자—을 편찬해 내 서랍장에 따로 보관해두었다.

드넓은 운하 저 너머에서 회색빛 띤 초록색의 주데카섬이 열기 속에 흐릿하게 일렁거렸다. 뇌운이 위로 옆으로 용틀임하면서 바닷물에 납빛을 덧입히고 공기에 환각 같은 무게를 얹었다.

내가 다시 입을 열었다. "제가 아버지의 최고의 간호사이자 필경사인 걸 아시잖아요. 데려가줘요, 아버지. 상처를 보고도 안 놀라는 저인데, 여행이라고 두려워하겠어요?" 그러고는 두툼한 아버지의 어깨에 슬며시 손을 얹었다. 젊은 시절의 강인함이 얼마간 남아 있는 어깨였다. 그 순간 바람 없는 오후에 느릿하게 움직이는 거대한 무역선 한 척이 시야에 들어왔다.

"지금은 조수가 필요 없구나. 책에 넣을 원고만 보충할 거니까."

나는 어깨에서 손을 뗐다. 아버지의 셔츠에 축축한 손자국이 희미하게 남았다. "그렇지만 분명 진료 요청도 받을 거 아녜요? 환자 상처는 누가 봉합해줄 건데요? 제 꿰매는 솜씨가 기막힌 거 아시잖아요." 상류층 여자의 손치고는 좀 넓적하고 거칠지만, 이 말은 사실이었다. 차마 말하지 못한 건 아버지의 손이 더이상 예전만큼 안정적이지 않다는 사실이었다. "게다가 제 머리칼은 최고급 실 대용이라고요."

언젠가 아버지는 내 뻣뻣하고 붉은 머리칼이 아마실보다 튼튼하다고 애정어린 투로 말한 적이 있었다.

하지만 지금은 고개를 저으면서, 결심을 지키려는 듯 대리석 창틀에 두 팔을 얹을 뿐이었다. 우리는 숭어 낚시꾼들이 물위의 검은 곤돌라에 서 있는 모습을 가만히 바라보았다. 그들이 쏜 깃털 화살이 공기를 가르는 소리가 들려왔다. 아버지 곁에 서서 조용히 세상을 관찰하는 걸 얼마나 좋아했던가. 아버지는 내 쌍안경이자 확대경이고, 인자한 지도자이자 엄한 의사였다. 우리는 질병에 뒤섞여 있는 잔인함과 치료법을, 치료 과정에서 용서받은 상실과 결코 끝나지 않는 상실을 목격했다. 아버지는 나 말고 다른 자식을 두지 않았고, 그래서 아들에게 갔어야 할 선물을 항상 딸과 나누었다.

이 정도 거리에서 보면 낚시꾼들은 단단한 잿빛 표면에 심긴 듯 거의 움직이지 않았고, 그들이 탄 보트가 기우는 정도도 분간이 되지 않았다. 낚시꾼들을 둘러싼 검은 가마우지떼가 바다의 평편한 수면 위에 잉크로 찍은 활자처럼, 마치 어떤 단어의 철자를 쓰고 있는 것처럼 도드라져 보였다. 물고기를 삼키는 순간에는 I, 정지해 있을 때는 S, 햇빛을 붙잡으려고 양날개를 활짝 펼쳤을 때는 T처럼 보였다. 이스탄테(즉시)일까, 이스탄차(소송)일까, 아니면 이스트모(운하)일까? 새들이 화살 맞은 물고기 한 마리를 노리고 일제히 수면으로 곤두박질치면서 그 환영은 걷혔다. 간간이 낚시꾼들이 작살이나 노, 그물 혹은 손에 잡히는 물건을 들고 휘둘러 가마우지떼를 쫓아냈다. 노걸이에 노가 부딪혀 덜그럭거리는 소리와 새들의 비명에 불안감이 느껴졌다. 당장이라도 어린아이처럼 울음이 터질 듯 갑자기 목구멍이 오그라들었다.

"딸아," 한참 만에 아버지가 대꾸했다. "이 문제 가지고 더는 왈가왈부하지 않으마." 아버지는 창에서 돌아서지 않은 채, 평소답지 않게 허공에 대고 이야기했다. "네 엄마를 잘 보살펴야 한다. 네 수입이 곧 네 엄마 수입이니까. 한동안 둘이서 어려움 없이 살 수 있도록 내가 금을 충분히 남겨두고 갈 테지만 말이다. 짐은 다 쌌다. 이제 내 약상자 채우는 것만 네가 도와주었으면 좋겠구나."

"저 오늘 오후에 일이 있어요." 나는 성질 잘 내는 식구—어머니—를 떠맡은 것이 못마땅해 쌀쌀맞게 대꾸했다. 내가 가장이 되면 드디어 어머니가 나를 고맙게 여길까? 그러지는 않을 것 같았다. 나는 깍지 낀 두 손을 배 위에 얹었다. "랜싯*을 세척해야 돼요.

---

* 외과용 칼.

상현달이 떠 있는 동안에는 토리자노 선생님이 사혈하시는 걸 도
와드리기로 했잖아요. 잊으셨어요?"

"나 대신 네가 가렴." 아버지가 중얼거렸다. "나는 떠나기 전에
마지막으로 챙겨야 할 것들이 있으니까."

이 갑작스러운 결정은 대체 어디서 나온 걸까? 그동안 아버지가
품어온 불만족의 증류기 속에서 서서히 변화가 일어난 것일까?

우리는 아직 바닷가 옆에 있었다
자신의 여정을 떠올리는 사람들처럼
마음속으로는 가고 있지만 몸은 남아 있는 사람들

「연옥편」의 이 구절을 나는 아버지가 아닌 나 자신을 향해 읊조
렸다. 예전처럼 나를 동료로 대하며 대답해주기를 바랐지만 아버
지는 말없이 창가에 서 있기만 했고, 나는 더이상 묻지 않았다.

이튿날 아침, 내가 잠들어 있는 사이 아버지는 작별인사도 없이
가버렸다. 아버지는 일찍 일어나긴 했지만 전날 밤 어머니와 벌인
말싸움 때문에 분명 지쳐 있었을 터였다.

"이래라저래라 하지 말아요!" 전날 밤중에 집안을 쩌렁쩌렁 울
리는 아버지의 목소리를 나도 다 들었다.

"내가 왜 그러겠어요? 내 말을 듣지도 않는데." 어머니가 침울
하게 대꾸했다. "당신한테 중요한 건 저 먼지 풀풀 날리는 질병 책
뿐이잖아요. 자기 못된 성질은 고치지도 못하면서!"

"당신은 아무것도 몰라!" 아버지가 침실에서 왔다갔다하자 내

머리 위 천장이 흔들렸다.

"당신은 더 모르잖아요! 당신 직업을 위해, 그리고 우리 가족을 위해 내가 이 집구석을 유지해보려고 얼마나 안간힘을 썼는데. 하지만 당신은 나한테 유령이나 마찬가지야, 늘 서재에 틀어박혀 있거나 왕진을 나가 있으니까. 그런데 이제는 완전히 떠나겠다고?"

"내 딸과 동료들이 아니었다면 진즉에 떠났을 거요."

"내 딸이기도 해요."

"당신이 낳았을진 몰라도 당신 딸은 아니지."

어머니가 숨을 들이켜는 소리는 듣지 못했지만, 가늠하기 힘든 시간 동안 집안의 공기를 전부 빨아들인 거대한 침묵의 들숨에서 나는 그것을 고스란히 느꼈다.

이제 나는 내 여행을 준비하기 시작했다. 그런데 어머니도 이상한 낌새를 챈 모양이었다. 잠자리에 들 시간인데도 복도를 서성이더니, 몇 번 왔다갔다하다가 노크도 없이 내 방문을 벌컥 열어젖혔다. 그리고 침대에 늘어놓은 손가방과 옷가지, 열려 있는 약상자와 책상에 흩어져 있는 종이들을 훑어보더니 상황을 파악한 듯했다.

"오," 따스한 촛불 빛에 비친 어머니의 얼굴은 붉게 보였다. "나를 버리고 가려는 거로구나. 네 아비가 그런 것처럼."

내가 대꾸하지 않자 어머니가 계속했다. "가렴, 가서 재산을 탕진해버려, 가브리엘라. 대신 돌아왔을 때 지참금이 남아 있을 거라곤 기대하지 말아라."

그 말의 속뜻, 내가 결혼할 가망이 없다는 뜻에 움찔한 나는 짐을 싸던 손을 멈췄다. "어머니," 마침내 내가 입을 열었다. "내 지참금은 이거랑," 나는 두 손을 내보였고, "이거예요." 내 이마를 톡톡 두드렸다.

어머니는 창가로 가더니 도시의 수많은 창문이 발하는 희끄무레한 빛이 바닷물 위에서 어른거리는 광경을 덧창 너머로 내다봤다. "오, 그렇구나. 그래. 구혼자가 나타나면 그딴 것들이 퍽이나 도움이 되겠어. 그 남자가 뭐라고 할지 참 궁금하네." 그러더니 절망한 얼굴로 다시 나를 향해 돌아섰다. "아니, 그 남자가 찬물 뒤집어쓴 불꽃처럼 꽁무니가 빠질세라 도망치면서 무슨 말을 삼킬지가 더 궁금하다." 어머니는 두 손을 가슴에 갖다댔다. "난 네가 편안한 삶을 누리길 바랄 뿐이야, 가브리엘라. 아이도 낳고. 왜 괜찮은 의사 하나 골라서 결혼하지 않는 거니? 왜 꼭 네가 의사가 되겠다고 그래?" 어머니의 눈에 눈물이 고이기 시작했다. 이 대화는 수도 없이 반복됐고 그때마다 나는 방에서 나가버렸다. 그러나 이번만큼은 나도 상처받은 마음에 말없이 어머니를 쏘아보았다. 우리는 서로를 연결해줄 다리도 없이, 깊은 수로를 사이에 두고 마주서 있었다. 바닷물은 어둠 속에서 끊임없이 흘렀다. 어머니는 시선을 떨어뜨리고 내 방의 이 끝에서 저 끝까지 서성대기 시작했다. 대리석 바닥에 뒤축이 부딪혀 딱딱 소리가 났고, 키프로스산 양탄자가 깔린 부분에서는 발소리가 조용해졌다.

그때 누군가가 부스럭거리는 소리에 우리 둘 다 열린 문 쪽으로 획 돌아섰다. 어머니가 부리는 비쩍 마른 어린 하녀가 등뒤 복도에 드리워진 커다란 그늘을 뒤집어쓴 채, 불꽃이 흔들리는 양초를 들고 초조하게 꼼지락거리고 있었다. "잠자리 봐뒀습니다, 마님." 밀레나가 조심스레 말했다. 남은 한 손으로 뼈가 앙상한 제 목을 문

지르며 쭈뼛거리는 그녀의 긴 손가락이 묘하게 가냘파 보였다.

나는 한숨을 쉬며 말했다. "어머니를 버리고 가는 게 아니에요. 어머니 남편을 찾아서 우리 가족을 다시 제대로 된 가족으로 만들려는 거예요." 나는 내 의지만으로 어릴 적 누렸던 아득한 화목함을 되찾을 수 있다는 듯 단호하게 진심을 담아 말했다. 그 화목함이 어린아이가 순전히 필요에 의해 상상해낸 게 아니라면 말이다. 어머니의 적대에 꿋꿋이 대항하기 위해, 그리고 다른 옷을 넣을 자리를 만들기 위해, 나는 가죽가방에 담긴 여분의 치마와 블라우스들을 주먹으로 꾹꾹 눌렀다.

어머니가 내 어깨를 건드렸다. "가브리엘라. 가지 마라. 난……난 네가 여기 있어줘야 해."

어머니가 그런 말을 하는 건 처음이었다. 나는 어머니를 보지 않은 채 대꾸했다. "어머니. 내 의지도 마음도 이미 정해졌어요."

이번에 어머니는 대꾸가 없었다. 그리고 다음 순간 나가버렸다.

어머니는 내가 여자가 된 날도 나를 두고 가버렸다. 그때 나는 열세 살이었는데, 어머니의 감시의 눈길 아래 잠자리에 들려고 올미나의 도움을 받아가며 옷을 벗고 있었다. 좀처럼 없는 일이었다. 어머니가 다가오는 결혼식에 내가 어떤 드레스를 입어야 하는지 얘기하는데, 갑자기 올미나가 행복한 비명을 지르면서 슈미즈*를 내 머리 위로 올려 벗겼다. 옷에 묻은 검붉은 얼룩이 변화를 알렸다. 딱히 느끼지도 못했는데, 그제야 희미한 희열과 혼란이 덮쳐왔다. 올미나는 슈미즈를 침대에 살짝 내려놓았다. 나는 몸을 떨면서

---

* 원피스 형태의 여성용 속옷.

스목*을 꼭 끌어안았다. 올미나의 눈에 눈물이 맺혔다. 그러나 어머니는 그대로 굳어버렸다.

"넌 이제 소녀가 아니로구나!" 어머니는 예기치 못한 재앙이라도 맞은 듯 신음했다. 그러고는 내가 당황한 걸 알아챘는지 이어서 말했다. "절대 충족시키지 못할 욕망이 이제 겨우 시작된 거란다, 딸아. 심심풀이로 놀던 시절은 끝났다는 말이야." 자신이 겪었던 변화를 얘기하고 있는 게 틀림없었다. 그게 아니면, 내가 아버지 일을 돕느라 심심풀이로 논 적이 거의 없다는 걸 잊은 걸까? 내가 질병과 죽음을 지켜본 걸 잊은 걸까? 하지만 그건 어머니가 듣기 싫어하는 종류의 얘기였다. 어머니는 입술을 깨물더니 방에서 나가버렸다. 내 육체는 어머니가 내게서 꿈꾸던 것을 배신했고, 이제는 영영 되돌릴 수 없게 되었다. 소금물이 우물에 스며든 것이었다. 그랬던 적도 없었지만 나는 더이상 어머니에게 속한 존재가 아니었다.

어머니가 아닌 올미나가 바다수세미를 사용하는 법을, 스목 밑으로 실크 리본을 묶어(허리에 한 번, 다리 사이로 한 번, 그다음에 허리에 묶어서 고정) 생리혈 흐르는 걸 막는 법을 가르쳐주었다. 어머니는 다시는 그 일을 입에 올리지도 않았다.

이튿날 오후 나는 느지막이 다시 짐을 싸기 시작했다. 아버지가 보낸 편지들과 재가 가득 담긴 작은 병도 카소네에서 꺼내 손가방에 챙겨넣었다.

---

* 잠옷용 긴 셔츠.

지난 11월의 어느 날 병든 친구를 진료하고 돌아왔을 때, 십이 년 전 삼일열로 세상을 뜬 내 사랑 마우리치오가 보낸 편지들이 벌겋게 빛나는 잿뭉치가 되어 난로 쇠살대에 흩어져 있는 걸 발견했다. 편지를 묶은 끈은 뜨겁게 달아올라 꼭 오그라든 혈관 같았다. 내가 줄곧 입을 맞추던, 그의 관자놀이 아래 가늘고 푸르스름한 혈관이 떠올랐다. 그의 뺨도. 완벽한 조개껍데기처럼 생긴 귀도.

"과거를 없애지 않으면 현재의 삶을 살 수 없어!" 어머니는 새카맣게 탄 편지 옆에 서서 소리쳤다. "널 위해서 그런 거야. 사랑이 새 씨앗을 심으려면 불지른 땅이 필요하잖니. 안 그러면 넌 영영 남편감을 못 만날 거야."

내가 삽을 어찌나 힘껏 쥐었던지 어머니는 겁을 먹고 뒷걸음질 치다가 식탁에 부딪혔고, 큰 소리로 하녀를 불렀다. 어머니를 향해 삽을 내리칠 수도 있었다. 그러나 나는 돌아서서 벽난로에서 재를 퍼냈다. 나중에 혼자 있을 때, 평소 약상자에 넣어두는 유리병에 원뿔로 접은 양피지를 이용해 그 재를 살살 담았다. 그렇게 많은 편지가 요만큼의 재가 되다니! 내 애인의 말이 고작 몇 번의 숨결만큼의 무게라니. 아버지가 보낸 편지들이 그런 운명을 맞게 내버려둘 순 없었다. 몇 통만 빼고, 여행 초반에 찾아갈 아버지의 친구 카르다노 박사님에게 전부 잘 보관해달라고 맡길 셈이었다.

잠시 후 아래층에서 밝은 목소리가 들려왔다. 내가 로렌초를 통해 전언을 해둔 터라 사촌 라비니아가 작별인사를 하러 온 것이었다.

"내 방으로 올라와." 내가 소리쳤다. 대화 하나 놓치기 싫어하는 어머니가 라비니아를 따라 올라왔다.

라비니아는 베네치아 거리에 어울리지 않는 엉망인 모습으로 돌아다녔다. 그림 그리기를 좋아하는 사촌은 어릴 때부터 나와 함께 아버지의 서재에 있는 뼈와 해골을 그대로 따라 그리곤 했다. "이건 뭐예요, 도토르 몬디니?" 책상에서 글을 쓰는 아버지에게 라비니아는 큰 소리로 물었다. 그럼 아버지는 짜증난 척하면서도 늘 미소를 머금고 질문에 대답해줬다. 숫기 없는 내가 차마 묻지 못하고 베살리우스의 『요약본』*을 들춰보며 해소한 질문들이었다. 아버지는 잠시 깃펜을 내려놓고 크게 기뻐하는 표정으로 우리를 바라보곤 했다. 라비니아는 미학적 견지에서 뼈의 구조를 공부했고, 나는 의술을 위해 각 뼈의 이름과 생김새를 공부했다. 그렇게 우리는 긴 오후 시간을 함께 보내면서 각자의 방식으로 뼈를 숭배했다.

"가브리엘라, 진짜 떠나는 거야?" 라비니아가 물었다. 그애가 팔 밑에 두루마리 뭉치를 끼고, 주머니에는 목탄 토막을 넣고, 양손, 팔, 얼굴과 옷에 먼지를 잔뜩 묻힌 채 나타나곤 했던 날들이 떠올랐다. 오늘은 그냥 숨만 몰아쉬고 있었다. 그녀는 워낙 풍만한 몸 때문에 버거워할 때가 많았다. 한창때의 그 아름다움이 나는 몹시 샘이 났다. 뚱뚱하지도 마르지도 않은 내 몸은 그에 비하면 지극히 평범해 보였다. 라비니아가 잠깐 돌아서서 어머니에게 인사하자 어머니가 책망하듯 말했다. "얘, 네가 내 딸 좀 정신 차리게 해주렴."

"아, 왜 이러세요, 시뇨라 몬디니." 라비니아가 놀리듯 말했다. "제가 얘를 정신 차리게 하다니요. 만날 정신없는 애라고 저를 혼내셨으면서!"

---

* 베살리우스는 16세기에 활동한 벨기에의 해부학자이자 외과의사로, 『요약본』은 1543년에 출간된 그의 획기적인 7권짜리 해부학서 『인체구조에 관하여』의 요약본을 가리킨다.

하지만 어머니는 웃으며 대꾸할 기분이 아니었다. 대신 뚫어져라 바닥만 내려다보았다. 마룻장 아래 흐르는, 섬에서 흘러온 진흙에 사는 신이 어머니의 기도에 응답이라도 해줄 것처럼, 그 신이 모녀를 결속시켜주기라도 할 것처럼. 하지만 답을 얻지 못하자 치맛자락을 움켜잡고 방에서 나가버렸다.

"그래서?" 라비니아가 기대어린 표정으로 내 양볼에 입을 맞췄다.

"응, 사실이야." 우리는 내 침대에 나란히 앉았다. "아버지를 찾아서 모시고 돌아와 『질병백과』 완성을 도와드리기로 결심했어."

"그치만 위험하지 않겠어?"

"여기 남아 있는 게 더 위험할지도 몰라." 나는 늘 손톱이 새카맣고 지금은 도료로 얼룩덜룩하기까지 한 라비니아의 손에 내 새하얀 손을 포갰다. 최근에 라비니아는 에그템페라* 작업까지 하고 있었다. "점점 더 숨이 막혀오고 있거든, 길드 때문에, 그리고 어머니 때문에……"

라비니아는 고개를 끄덕였다. "우리 어머니 말이, 길드 회원들이 우리 아버지 가게에 왔을 때 네가 몇 가지 허브를 사용하는 걸 몹시 못마땅해하더래. 아버지의 일머리 없는 견습생이 약제 계량하는 걸 기다리면서 의사들이 허구한 날 그따위 소문을 주고받거든."

"왜 그동안 얘기 안 해줬어?"

"널 지켜주고 싶었으니까. 그리고 괜히 투덜대는 건 줄 알았지. 지금껏 잘해왔는데 왜 이제 와서 네 회원 자격을 박탈하려는 거야?"

"이유랍시고 대는 게, 나한테 멘토가 없어서래."

---

* 달걀노른자에 안료와 증류수를 섞어 만든 수성물감으로 그리는 기법.

"말도 안 돼. 새 환자 씨가 말랐나보지. 그러니까 아무 이유나 갖다대는 거겠지."

나는 한바탕 웃고 대꾸했다. "뭐, 이제 나도 더 큰 세상에서 내 길을 찾게 됐으니까. 의과대학으로 이름난 도시를 찾아다니면서 추천장을 모을 거야. 그럼 길드에서 어떻게 나를 내치겠어?"

"그래, 가브리엘라. 넌 너의 기술을 연마해." 라비니아는 의연한 표정을 지었다. "나는 내 기술을 연마할 테니까. 그건 그렇고 외국어는 어쩌려고? 어떻게 의사소통하려고 그래?"

"큰 문제 안 될 거야. 노랫가락 같은 우리 말을 할 줄 아는 사람이 많으니까. 그리고 지난 몇 년 동안 우리 진료실에서 외국 의사들하고 같이 일한 적이 많아서 내 프랑스어하고 영어 실력도 꽤 괜찮아."

"어디로 갈 거야?"

"이리 와봐, 보여줄게." 나는 라비니아를 내 책상으로 데려갔다. "여기하고, 여기." 메르카토르 지도*에 내가 계획해둔 여정 중 하나를 손가락으로 살살 그려 보였다. 촛불은 저녁의 무기력함에 미동도 하지 않았다. 라비니아가 허리를 숙이고 나를 바라봤다.

"보여? 파도바** 밖에서 유럽 굴지의 의료 중심지들이 손짓하고 있잖아. 레이던, 이든버그, 몽펠리에. 그리고 얼마 전에 온 아버지의 마지막 편지 발송지로 찍혀 있는 튀빙겐***도."

---

* 16세기 네덜란드의 지도제작자 메르카토르가 제작한 세계지도.

** 베네치아 서쪽에 있는 도시.

*** 레이던은 네덜란드 북서부, 몽펠리에는 프랑스 남부, 튀빙겐은 독일 서남부의 도시.

"왜 카르다노 박사님 댁에 머물면서 그 대학들에 편지를 보내 네 아버지 소식을 묻지 않는 거야? 너무 큰 위험을 떠안고 미지의 세상에 뛰어드는 거 아니니?"

나는 라비니아의 말을 흘려듣고 대신 그 도시들의 이름을 다시 나지막이 읊조려보았다. 호흡이 빨라졌고, 심장과 머리가 나보다 앞서 뛰쳐나갔다. 나는 복도를 향해 문이 열려 있는 것을 흘긋 보고 재빨리 방을 가로질러가 문을 닫았다. "라비니아, 나는 미지의 세상을 원해." 그러고는 지도를 쓰다듬었다. 덥고 축축한 공기 때문에 종이는 피부처럼 보드라웠다.

놀라서 한동안 나를 가만히 응시하던 라비니아가 곧 내 말을 이해하고 기쁨으로 얼굴이 달아올랐다. "나도 같이 가고 싶어지잖아."

"같이 가, 그럼!"

"아니, 난 베네치아를 절대 못 떠날 거야. 너처럼 여행에 목마르지 않거든."

라비니아는 갑자기 나를 와락 껴안더니 내 방에서 뛰쳐나갔다. 머리그물이 계단에 떨어지는 바람에 머리는 산발이 됐고, 거친 리넨으로 된 작업 드레스가 바스락거렸다.

"라비니아!" 나는 사촌의 이름을 부르며 크림색 머리그물을 주워 들었다. 내 방 창문으로 얼른 달려갔지만 성 아녜세 광장 옆 모퉁이를 도는 모습만 겨우 보였다. 나는 라비니아를 향한 애정을 되새기며 머리그물을 잠시 쥐고 있다가 다른 물건들과 함께 손가방에 넣었다.

이튿날 아침 올미나가 차테레 선착장의 돌길에 나막신을 부딪히며 초조하게 서성이는 소리가 들려왔다. 그녀는 좁은 선창에서 내 창문을 향해 노래하는 듯한 목소리로 소리쳤다. "우리 얼마나 오래 기다려야 돼요, 시뇨리나?"

이어서 이런 외침도 들려왔다. "도토레사 가브리엘라, 곤돌라 준비 다 됐어요!"

올미나의 조급함은 내키지 않는 마음에서 나온 것이었다. 올미나와 로렌초에게 동행해달라고 했을 때 올미나는 사정했다. "우리, 그냥 집에 있어요, 가브리엘라. 이 여행은 예감이 좋지 않아요. 머 잖아 시체를 볼 거예요." 하지만 올미나는 맨날 타로카드 점을 보면서 파멸을 예측하는 사람이라 나는 크게 신경쓰지 않았다. "인내를 가지고 주인님이 돌아오시길 기다려야 해요. 언젠가는 이 도시가 주인님을 품으로 도로 불러들일 테니까요, 안 그래요?" 올미나는 그녀가 사랑하는 도시, 해수 늪에서 쓸려온 고운 모래로부터 솟아난 도시, 좌초한 경이처럼 파도 위에 출렁이는 이 도시를 떠나기 싫은 것이었다.

올미나는 내가 태어난 순간부터 내 삶을 지휘해왔다. 내가 태어나기 몇 달 전 그녀는 양막이 태아의 머리에 걸리는 바람에(대망막은 혜안의 징표였고 결국 현실화되지 못한 재능이었다) 사산했다. 그래서 갓난아기인 나를 대신 품었고, 나는 그녀에게서 짭짤함과 달콤함을, 눈물과 젖 둘 다를 빨아먹었다. 지난 세월 동안 올미나는 한사코 나를 돌보길 거부하는 어머니로부터 나를 지켜주었다. 겨우 열다섯 살 어린 소녀였던 어머니 역시 자기 몸에 일어난 일에 몹시 겁을 먹었던 것 같다. 그래서 아기 돌보기에 자연스레 마음 붙이지 못했다. 게다가 민간요법 치료사였던 어머니의 어머니도 마녀라는 누명을 써 투옥되는 바람에 곁에서 딸을 도와줄 수 없었다. 지금도 어머니는 자주 말한다. "아, 가브리엘라, 네가 태어났을 때 내가 얼마나 울었는지! 네 두상이 어찌나 요상하던지, 누가 아기를 바꿔치기한 줄 알았다니까!"

처음 몇 년 동안 어머니가 인형놀이하듯 나를 데리고 놀면서 즐거워한 시기도 있었다. 어머니는 내게 갑갑한 원피스를 입히고 덜 마른 빨간 내 머리칼을 손가락에 돌돌 감기도 했다. 운하를 지나는 배를 구경하라고 창문 앞 쿠션 위에 앉혀놓고 내 얼굴에 하얀 분가루를 발랐고, 어머니 친구들이 수다 떨고 몸단장을 하러 놀러오면 나더러 거기 가만히 앉아 있으라고 일렀다. 세 살 생일에서 며칠 지나지 않았을 때 내가 어머니의 말을 어겼던 것이 기억난다. 몇 주째 추적추적 비가 내리고 있었다. 올미나가 경단을 빚으며 놀라고 내게 따로 밤가루 반죽을 담은 그릇을 안겨주었다. 나는 부엌 바닥의 깔개에 쪼그리고 앉았다(내가 주로 한 일은 고사리 손으로 반죽을 꼭 주물러 작은 덩어리로 만들어 노는 것이었다). 어머니가 몸을 숙이고는 나를 바닥에 붙여버릴 기세로 내 팔을 꽉 잡으며 말했다. "여기 꼼짝 말고 있어, 알았지? 이 깔개에서 엉덩이를 떼면 안 돼. 움직이면 지하창고에서 괴물이 튀어나올 거야!" 하지만 지하창고에 괴물이 있다면 나는 별로 집에 있고 싶지 않았다.

올미나가 내게 등을 보인 채 묵직한 식탁에서 경단을 빚고 어머니는 의자를 끌어다놓고 조리용 화로 앞에서 꾸벅꾸벅 조는 사이, 나는 집 앞 선창을 탐험할 요량으로 살그머니 빠져나갔다. 재빨리 망토를 두르고 모직 모자를 쓴 뒤 로렌초가 그날 아침 나가면서 조금 열어놓은 문을 밀어젖히고 한낮의 거리로 튀어나갔다. 비가 그쳤고, 배들은 수상가옥처럼 살랑거렸고, 나는 자유를 맛본 쾌감에 소리를 지르며 포석이 깔린 길을 한달음에 달려 물가로 갔다. 장사꾼들이 나를 빤히 쳐다봤고, 수녀 두 명이 엄마는 어디 있느냐고 물었고, 뱃사람들은 목청껏 노래하면서 손을 흔들었고, 하녀를 달고 나온 귀부인은 내가 부딪쳐오자 매섭게 나무랐다. 벤치 밑에서 나는 다리가 셋뿐인 고양이를 발견했다. 그리고 길 위에 떨어져 있는 빵조각을 조금 맛보고는 도로 퉤 뱉었다. 보라색 드레스를 입은 여자의 아름다운 다마스크 치맛자락을 콱 움켜쥐었더니 여자가 웃음을 터뜨리며 이름이 뭐냐고 물었다. 바람에 두 귀가 얼얼해졌다. 그러다 어느 순간 어머니가 드리운 시커먼 먹구름이 덮쳤다. "다시는 이딴 짓 하지 마!" 어머니는 내 두 발이 차테레 선착장 바닥 위로 붕 뜰 정도로 나를 질질 끌고 가면서 외쳤다. 그리고 나를 어머니의 방 벽장에 가둬버렸다. "지금부터 널 여기 가둬놓을 거야, 알겠니?"

나는 한참을 조용히 흐느껴 울다 잠이 들었다. 얼마 후 잘 보이지 않는 어두한 벽장 안 뼈대를 넣은 파딩게일* 밑에서, 거대한 해양생물의 갈비뼈 안에 들어 있는 것 같은 기분으로 잠이 깼다. 어둠 속 상상에서 어머니는 거대한 괴물이었다. 그 짐승의 갈비뼈 밑에서 나는 몸을 앞뒤로 흔들었다. 어머니 몸안에 숨어 있으니 어머니는 나를 해칠 수 없어. 그런 상상을 하고 있는데, 올미나가 열쇠고리를 찰그랑거리며 와서는 저녁 먹으라고 나를 꺼내주었다.

올미나는 우리집의 모든 비밀을 알고 있었고, 그래서 어머니는

---

* 16~17세기에 스커트를 불룩하게 하려고 사용했던 고래 뼈 혹은 그것을 넣은 치마.

올미나를 쫓아내지 못했다. 남의 불행을 먹고 자라는, 늘 굶주린 베네치아의 귀에 대고 우리집 속사정을 속닥거릴까봐. 나중에 내가 대학에 갔을 때 의학 노트를 감추라고 귀띔해준 것도 올미나였다. 그 말에 나는 아버지가 아주 가끔만 들여다보는 덜 중요한 의학 서적들 뒤에 얼른 노트를 감춰두었다. 어머니는 아버지의 서재에 거의 드나들지 않았지만, 그래도 아버지 원고를 뒤지고 헤쳐놓는 시샘어린 버릇이 있다는 걸 아버지도 잘 알았기에 어머니는 거기 들어가려면 열쇠를 달라고 해야 했다. "약학 책이 당신 애인이잖아요." 분에 못 이길 때면 어머니는 그렇게 말하곤 했다. 아버지는 경쟁자들이 원고나 서적을 훔칠까봐 걱정된다며 떠날 때 열쇠를 가져갔지만, 어쩌면 실제로는 집안의 경쟁자와 맞서고 있었는지도 몰랐다.

몇 달 동안 나는 아버지의 부재를 이중으로 겪었다. 아버지라는 존재가 곁에 없었고, 아버지가 쓴 원고도 없었다. 서재가 잠겨 어찌나 심란했는지, 한순간 문을 따고 들어가고 싶은 충동마저 들었다. 자물쇠 제조공에게 비밀리에 도움을 받거나(비밀이 오래가진 않겠지만), 창에 돌을 던져 깨놓고 유리 제조공에게 사다리를 대서 안에 들여보내달라고 할까 하는 생각도 들었다(점잖게 차려입은 여자 의사가 사다리에서 휘청대는 꼴이라니, 굉장히 의심스러워 보이고 우스꽝스럽기까지 할 거다). 물론 이런 계책은 잠깐 정신 팔 거리에 불과했다. 없어서는 안 될 어떤 부분이 내게서 뚝 떨어져나간 것만 같았다. 하지만 1580년 가을 파도바에서 보낸 초창기 편지 한 통에는 아버지의 심경 변화가 드러나 있었다.

그리고 내가 떠나기 전 우리 둘이 네 방에 가져다놓은 독서물레대의 바퀴통을 살펴보면, 원통형의 중심 말뚝 한 개가 반대편 중심 말뚝과는 다르게 쉽게 빠질 거다. 그걸 빼면, 거기 있는 조그만 공간에 여분의 서재 열쇠가 있을 거야. 그 열쇠를 가지렴. 원래 네 거였으니까, 가브리엘라. 어떤 상황에서도 남에게 빌려주지 마라. 일단 서재에 들어가면 문이 열린 걸 아무도 눈치 못 채게 안에서 잠그고, 반드시 집에 아무도 없을 때만 조심해서 들어가거라. 나는 네가 질병에 대한 연구와 기록을 계속할 거라고 믿고, 돌아가면 나도 내 연구와 집필을 이어갈 계획이다. 언젠가 인간을 괴롭히는 병마에 대한 내 연구와 탐구를 네가 앞지를지 누가 알겠니? 이것이 네가 연장자들에게 지는 의무란다. 그들이 못다 한 걸 완성하는 것…… 나아가 어쩌면 그들이 계속해서 이어가지 못했고 또 이어가지 않기로 한 치료를 완성하는 것.

나는 서재에 들어갈 수 있게 된 것이 반가웠지만, 얼마 후 그 기쁨은 씁쓸한 감정으로 변했다. 해가 갈수록 아버지의 서재는 주인의 부재 속에 기괴한 무덤처럼 집안에 자리하게 되었다. 가끔씩 나는 책을 읽고 책장 선반과 책상을 닦으러 거기 들어갔다. 내가 세상에서 묻혀 들어오는 소량의 먼지가 아니라면 어디에서 온지 모를(창문과 문은 늘 닫아뒀으니까) 먼지가 소복이 쌓여 있었다. 아버지의 유령과 대화하기도 했다. 참 묘한 말이라는 건 나도 안다. 당사자가 아직 살아 있으니. 하지만 유령과 얘기하는 기분이었다. 아버지, 지금 어디 계세요? 어떤 치료약을 발명하고 계세요? 무기력증을 앓는 환자가 한 명 있는데, 일반적인 약초로는 활력을 되살리지 못하고 있어요. 이제 어떡해야 하죠?

하지만 절대로 아버지의 책상에서 글을 쓰지는 않았다. 아버지의 물건을 흐트러뜨리기 싫어서였다. 모든 것을 아버지가 떠났을 때 그대로 두면, 혹여나 그 불변의 상태가 아버지의 귀환을 재촉해줄 것만 같았다. 그러나 당연히 불변하는 건 없었다. 잉크는 병 안에서 굳고 말라갔다. 깃펜은 눈에 잘 보이지도 않을 만큼 작은 벌레들에게 갉아먹혔다. 책들은 거미줄에 뒤덮였다.

반대로 내 방 창문들은 사계절 내내 활짝 열어두었다. 떠나는 날에도 나는 작은 측설운하 건너, 성자처럼 감정의 동요 없는 얼굴로 한 발을 들어올리고 있는 날개 달린 얼룩덜룩한 사자 석상을 물끄러미 바라보았다. 내가 살아온 내내 그 조망을 차지하고 있는 사자였다. 때때로 이끼 덮인 돌가슴 아래서 고양이들이 잠을 자면 그 밑에 흐르는 뿌연 거울 같은 물에 거꾸로 비친, 사자의 먼 곳을 보는 듯한 표정은 고양이의 수만큼 불어났다. 리알토 시장에 가면 열을 내리고 해독 작용을 한다는 손바닥 크기의 벽옥 사자상을 팔았고, 석류석으로 만든 사자상도 만병통치약이니 여행길의 위험을 물리쳐줄 부적이니 하며 팔았다. 나는 그런 걸 믿지 않으면서도 하나 사두었다.

3층에 있는 내 방 바로 아래 비좁은 골목길은 아침이 밝아오는데도 여전히 어둠에 잠겨 있었다. 주데카 운하의 좁은 해협으로 밀고 들어오는 산비오 운하의 바닷물 줄기가 눈에 들어왔다. 산마르코 대운하와 합류한 뒤 베네치아 석호의 해수와 합쳐졌다가 마침내 망망한 아드리아해와 만나는 물이었다. 내 방 창문 밑에서 올라오는 바다 내음을 들이마시면 그 원천인 얼음의 비린 냄새가 느껴졌다. 강과 산의 내음도.

방문을 두드리는 둔탁한 소리가 났다.

문을 열자 올미나의 땅딸막하고 다부진 남편 로렌초가 서 있었다. 그가 나를 당면한 문제로 다시 데려왔다.

"도토레사, 제발요, 올미나가 제 수염을 잡아당기고 있다고요! 저녁때까진 파도바에 닿아야 합니다. 가죽가방들하고 식량은 다 실어놨고, 하여간 아가씨 약상자 말고는 다 챙겼습니다."

로렌초 역시 내가 태어났을 무렵 우리집에 들어와 일하기 시작했는데, 꼭 나무를 깎아 만든 사람처럼 눈동자와 피부가 짙은 셸락* 색이었다. 피노아 태생인 그가 쓰는 산지 방언 때문에 그의 태도나 말에는 상인들이 여행길에 데리고 돌아오는 이국적인 생명체처럼 멈칫대는 특징이 있었다. 누미디아인과 그들이 키우는 단봉낙타 같다고 할까, 아니면 시큰둥한 아프리카 원숭이 같다고 할까. 로렌초는 아드리아해의 기후를 가지고 자주 투덜거렸다. "저를 그냥 육지에 데려다주세요, 티롤리아 같은 곳 말입니다. 일상이 바다처럼 질척거리는, 달과 진흙에 지배당하는 이런 도시 말고요!"

그러면 올미나는 늘 베네치아 편을 들었다(이것이 둘의 결혼생활을 이루는 다툼과 습관이었다). "이 도시, 라세레니시마**가 아니었으면 우리는 어디 얼어붙 헛간에서 묵은 볏짚으로 발을 감싸고 더러운 몸뚱이로 뒹굴면서 당신의 그 아름다운 산이나 내다보고 있었을걸. 그렇게 육지를 보고 싶다면 그러든가. 당신 발가

---

* 니스를 만드는 데 쓰는 동물성 수지.
** 베네치아공화국.

락, 벌써 잊은 거유?"

로렌초는 어렸을 때 동상으로 새카맣게 썩은 발가락 세 개를 절
단해야 했다. 그래서 항상 오른발에 신은 갈색 양말 속에 거친 털
에서 풀씨를 떼어낸 양털 뭉치를 쑤셔넣어 빈 공간을 채우곤 했다.
"라세레니시마!" 로렌초는 퉁명스럽게 따라 말하고는 바닷물에 침
을 퉤 뱉었다. 그는 냉하고 다습한 기후에 시달려 늘 가래가 끓었다.

나는 마지막으로 내 방의 진녹색 덧창을 닫고 걸쇠로 단단히 잠
갔다. "고마워, 로렌초." 내가 말했다. "금방 갈게. 기도 좀 올리느
라 그랬어." 이런 변명을 대는데 옛 속담이 떠올랐다. 의사 세 명이
있으면 그중 둘은 무신론자다.

로렌초가 내 생각을 읽은 듯 씨익 웃었다.

나는 떡갈나무 약상자의 양쪽에 달린 돌고래 모양의 손잡이를 여
민 다음 로렌초의 도움을 물리치고(혹여 약제가 남의 손을 타서 변
질될까 걱정되어 항상 직접 들고 다녔다) 비좁은 계단을 내려갔다.

"어머니?" 내가 큰 소리로 불렀다.

침묵만이 돌아왔다. 로렌초가 문간에서 물러났고 나는 다시 한
번, 이번에는 작별인사까지 붙여 불러보았다.

서늘한 집 안쪽에서 어머니의 목소리가 복도를 타고 들려왔다.
"이제 나도 자유롭게 내 삶을 즐길 수 있겠구나!" 나는 어머니의
허세에 속지 않았다.

다시 한번 나는 인사했다. "잘 지내세요!" 이렇게 말하고 싶었
다, 건강히 지내요, 어머니. 만족스러운 삶을 사세요. 하지만 목구멍이
조여오고 입안이 찝찔해졌다. 익숙한 비애의 짭짤함이었다.

대구는 없었다. 묵직한 추 같은 침묵이 내 뱃속으로 가라앉았고,

뱃속이 그 추를 꽉 감쌌다. 흐느낌도 틀어막았다. 지난 세월 어머니의 요동치는 생각과 마음을 그렇게나 겪었으면서도 나는 여전히 어머니의 축복을 바라고 있었다.

일단 밖으로 나오자, 바닷물로 굽절이 된 태양의 직사광선이 작정한 듯이 쏘아댔다.

"피날멘테(드디어)!" 올미나가 흔들리는 곤돌라의 뱃머리에서 나를 흘겨봤다.

내가 고물에 올라타고 이어서 로렌초가 탔다. 곤돌라 한가운데로 약상자를 휙 던지다 몸이 앞으로 쏠려 허우적댔다. 멀어져가는 집을 볼 수 있게 후방을 향한 좌석을 택했다. 빛바랜 황토색 벽들이 바닷물로 변색되어, 마치 건물 자체가 썩어가는 몸뚱이인 양 토대 부분은 회색과 녹색으로 변했고, 수면과 가까운 부분은 회반죽이 떨어져나가 마른 피 색깔의 벽돌이 노출되어 있었다. 비바람에 닳고닳은 문들은 바닥 부분이 썩어서 들쑥날쑥한 모양으로 닫혀 있었다. 우리 가족이 살아온 집이 이 정도로 낡은 걸 지금에야 알아채다니.

그러나 다른 집들도 마찬가지로 낡아빠졌거나 복구 작업을 위해 비계가 설치되어 있었다. 노가 물에 잠기고 당겨지고 올려지고 물이 뚝뚝 흐르는 규칙적인 리듬에 따라 배는 고요한 바닷물을 헤치며 미끄러져 나아갔다. 나는 멀어져가는 차테레 선착장을 가만히 바라보았다. 종루와 첨탑과 경사진 지붕들 너머로, 추레하고 이끼 끼고 장엄하고 빛나며 신앙심 깊고 활기차면서 애수가 묻어나고 조용하면서 생동감 넘치고 풍요롭고 근사한 골목들 너머로, 산마르코광장이 모습을 드러냈다가 사라졌다. 풍경은 이제 멀어져 환부를 감을 때 쓰는 거즈처럼 희미하고 납작하고 푸르스름한 흰색을 띤 한 덩어리로 뭉개져 보였다.

곤돌라가 출렁거렸고, 나는 아버지의 편지가 든 손가방을 무릎에 올려놓았다. 아까 제대로 챙긴 걸 알면서도 다시 한번 확인했다. 전부 가방 안에, 가지런히 한 뭉치로 묶인 채 잘 들어 있었다.

마지막으로 나는 멀어져가는 집을 바라보았다. 멀리 보이는 창문들은 딱 한 개만 빼고 열기를 막기 위해 덧창까지 닫혀 있었다. 커튼을 젖히는 손은 보이지 않았다. 우리가 가는 모습을 지켜보는 얼굴도 보이지 않았다.

3장
카르다노 박사의 집

   파도바로 가는 길에 본 들판은 익어가는 수수로 환하게 일렁거렸고, 매미 군단이 줄기차게 공기에 구멍을 뚫어댔다. 호기심 많은 작은 소녀 시절, 완벽하게 쪼개진 매미 허물들을 한 손 가득 아버지에게 가져가 보여주면서 매미들 몸에 무슨 일이 일어나서 여름이 절정인 지금 이렇게 산산조각이 난 거냐고 물은 적이 있었다. 바싹 말라버린 쪼그만 유령이 되어버린 거예요? 그럼 천국에 간 매미 유령들이 공기를 비벼대는 거예요? 아버지는 내 질문에 미소를 짓더니 놀리듯 말했다. 가브리엘라, 녀석들은 노래하다가 몸이 터져버린 거야!

   한 시간 조금 넘게 곤돌라로 이동해 마르게라*에 가까워졌을 무렵 정오를 알리는 종이 울리기 시작했다. 우발도 삼촌이 작은 나무

---

 * 베네치아의 한 지역.

선창에서 기다리고 있다가, 짐승들을 묶어놓은 데로 우리 일행을 안내했다. 노새 다섯 마리와 삼촌이 부리는 품종 좋은 검은 무르제세* 말인 오르페오가 있었다. 한낮의 태양을 받아 까맣게 빛나는 오르페오는 자기와 키가 비슷한 옆의 노새들을 떠밀어댔다.

"가브리엘라!" 삼촌이 내 어깨를 끌어안았다. 철물을 다루느라 손에 박인 군은살이 소매를 통해 고스란히 느껴졌다. "네가 우리집에 안 들른다고 해서 체칠리아 숙모가 엄청 실망했단다. 오랜만에 와서는 뭐가 그리 급한 거냐?"

"좀이 쑤시던 게 드디어 터져버린 거예요, 삼촌. 여행을 막 시작했는데 꾸물거리긴 싫어요. 어서 산을 넘고 싶어요."

서둘러 작별인사를 하려고 몸을 기울여 삼촌의 한쪽 볼에, 곧이어 다른 쪽 볼에 입을 맞추는 동안 로렌초가 우리 짐을 노새들의 등에 전부 실었다. 내가 찾아 나선 사람과 꼭 닮은 사람에게 작별인사를 하는 기분이라니!

한동안 옆으로 앉아 말을 타고 가다가 도저히 불편함을 견딜 수가 없어 올미나가 말리는데도 (몇 해 전 여름에 삼촌이 가르쳐준 대로) 리넨 치마를 확 펼치고 두 다리를 벌린 채 앉았다. 어찌나 편한지! 앞으로는 베네치아의 고급 매춘부들처럼 치마 안에 바지를 입고 다니겠다고 맹세했다. 치마가 너무 답답해질 때를 대비해 여성용 고급 바지 한 벌을 챙겨왔는데, 그걸 입을 일이 하나 더 생긴 셈이었다. 비싼 다마스크 천이 승마복 역할을 톡톡히 해줄 것 같았다.

내 뒤로 베네치아의 벽들—그곳의 팔라치(궁), 스쿠올레(학교),

---

* 이탈리아산 말로. 튼튼해서 주로 장거리를 여행할 때 부린다.

교회, 수도원, 아름다우면서도 끔찍한 감옥—이 늪 같은 바다와 함께 흐릿해져갔다. 베네치아는 참으로 묘한 극장이었다. 여행자들이 그곳의 아름다움과 풍성함을, 그 도시가 내보이는 달콤하고 실체 없는 외양을 아무리 찬미해도, 내가 아는 베네치아는 실체 있고 무게감 있는 단단한 도시였다. 점토에 박은 돌과 벽돌과 말뚝으로 이루어진 도시. 늘 자신을 정복하려 드는, 수증기 가득하고 변덕 심한 바다에 맞서 베네치아가 할 수 있는 최선은 그것을 견뎌내는 것, 잠깐 가지고 노는 것이었다. 삶의 밀도 높은 부산물이라 할 수 있는 베네치아는 넓은 빌라나 비좁은 통로에서 벌어지는 그 삶들의 견고함을 공표했다. 사자 석상과 난간, 이 제국 안에서 이어지는 삶의 견고함을. 그렇지만 물은 늘 거기에 있었다. 베네치아와 그 거울을 두고 사람들은 이러쿵저러쿵 떠들어댔다. 하지만 때때로 나는 베네치아가 바닷물을 비추려 하지만 곧잘 실패하고 마는, 흠집 나고 탁한 유리라는 생각이 들었다(유리가 결국 모래 아니고 뭐란 말인가?). 우리가 지은 건축물들이 어찌, 우리가 어찌 이 한심하고 문제 많은 몸뚱이로 빛을 비춘단 말인가?

우리가 멀어질수록 베네치아도 점점 더 흐릿해졌다. 의사 길드의 남자들과 그들의 시샘도 덜 아프게 느껴졌다. 내 진료에 올가미를 씌웠던 그들의 권고 조치도 이제는 위협이 되지 않았다. 그들에게서 벗어난 지금, 여행길에서 내 도움을 필요로 하는 사람을 만나면 누구에게든 능력을 펼쳐 보일 수 있을 것 같은 기분이 들기 시작했다.

길드 소속의 가장 존경받는 의사들에게는 철저히 숨긴 채 질병에 대한 내 나름의 기록을 계속해나가기로 이미 결심을 굳힌 터였다. 아버지가 알면 좋아했을 텐데. 1581년 레이던에서 보내온 편지에 아버지는 이렇게 썼다.

때때로 내 원고가 마음에 안 들어 답답해지면 이럴 때 네 도움이 얼마나 컸는지 전에는 충분히 깨닫지 못했다는 생각이 든다. 대체 내 생각들을 어떻게 풀어낼 수 있었던 게냐, 애야? 혹 이 직업에서 여자라는 네 특수한 위치가 너로 하여금, 언뜻 보면 아이 같아 보일지 모르나 때로 내 벼려진 지성보다 결과적으로 훨씬 효과적인, 완곡한 접근을 가능케 해줬는지도 모르겠구나. 네가 온몸이 털로 덮인 여자아이를 진료했을 때, 얼마나 털에 덮이면 일상에 어떤 지장이 생기는지 곧장 진단하는 대신 털을 살살 빗겨주면서 소녀가 옷장에서 나오도록 유도했던 게 생각난다. 덕분에 우리는 소녀에게 더 나은 상황을 제안할 수 있었지. 그애 부모는 마뜩잖아했지만 말이다. 각설하고, 네 유연한 사고가 그립구나. 우린 둘이 함께 있으면 더 나은 의사가 되지. 하지만 통탄스럽게도 세상은 여자가 이 역할을 맡는 걸 반기지 않는구나. 그래도 너는 언제까지나 내 뮤즈란다. 비록 네가, 마땅히 그래야 하듯, 멀리 떨어져 있다 해도.

몇백 마일을 여행해야 하는 걸까? 고대 로마인들에 의하면 1마일이 곧 일천 보, 밀레(천)라는데. 이동하는 동안 올미나는 조용히 코를 훌쩍거렸고 로렌초는 잔뜩 신나했다. "이제 그만 뚝 그쳐, 이 여자야. 우리는 세상 구경을 할 거라고!"

"베네치아 바깥에 세상은 없어." 올미나가 말했다.

"우리가 우리 세상을 가지고 갈 거야, 올미나." 내가 올미나를 달랬다.

"진짜로 그러고 있는 것 같은데요." 가죽가방들과 필요한 물품을 무려 노새 세 마리에 싣고 다녀야 하는 것이 불만인 로렌초가 들릴 락 말락 하게 투덜거렸다.

"론탄 다 카사 수아, 비치노 아 콸케 디스그라치아." 올미나가 경고했다. 집에서 멀어질수록 불행에 가까워진다.

"오 디오 미오(맙소사), 그렇게 겁만 내서 어떻게 살아!" 로렌초 가 말하더니, 자기가 탄 노새의 궁둥이를 찰싹 때려 달아나듯 앞서 갔다.

로렌초의 엉클어진 회색 머리칼과 짧고 앙상한 팔다리와 몸뚱이 가 마른 길을 내달리는 노새 위에서 위아래로 펄쩍거리는 모습이 어찌나 우스꽝스럽던지 우리 둘은 웃음을 터뜨렸다.

얼마 후 먼지가 우리 몸에 끈끈한 밀가루처럼 달라붙자 더이상 웃을 기분이 나지 않았다. 여행에 나선 걸 후회하게 될걸, 가브리엘라, 고생만 실컷 할 테니까! 어머니는 으름장을 놨었다. 이제 막 길을 떠 났건만, 레이스로 가장자리를 두른 조그만 손수건으로 얼굴에 묻 은 먼지를 닦고 챙 넓은 밀짚모자의 베일을 내리는, 장갑도 안 낀 내 두 손은 열기에 퉁퉁 부어 있었다.

루차푸치나라는 작은 마을을 지나는 내내 우리는 아무 말도 하 지 않았다. 아무도 눈에 띄지 않았다. 십중팔구 들판에서, 아니면 공기 중 어디선가 생겨나 둥둥 떠다니는 투구처럼 달라붙는 모기 와 열기를 막으려고 덧창을 굳게 닫아놓은 서늘한 집안에서 점심 을 먹고 있을 터였다.

저만치 앞에서 로렌초가 시커먼 구름 고리처럼 머리를 둘러싼 모기떼를 손으로 휘휘 쫓으면서, 한 줄로 늘어선 포플러나무 옆에 서서 말 안 듣는 노새에게 물을 먹였다. 포플러 가지가 땅에 닿을 듯 닿지 않는 보물 같은 은색 빛 조각들로 우리를 약올렸다.

파도바에 닿으려면 두 시간을 더 가야 했다.

말을 타고 계속해서 달리는 동안 평지가 완만한 구릉으로 조금씩 변해갔다. 구릉 위에는 거대한 떡갈나무와 밤나무의 시원한 가지 아래 다 쓰러져가는 비둘기장이 딸린 빌라들이 다닥다닥 모여 포도 덩굴이 무성한 과수원들을 굽어보고 있었다. 돌로 단을 만들거나 벽을 둘러친, 양배추, 적색치커리, 멜론, 허브를 심은 밭들이 땅에 일정한 기하학적 구조로 체스판 무늬를 그렸다. 거인이 엄청나게 큰 갈퀴로 굴곡진 땅에 먼저 선을 하나 긋고 직각으로 또 선을 그어 정사각형 홈을 파놓은 듯한 그 풍경은, 상공을 선회하는 수리의 눈엔 밭이 직조된 것처럼 보일 터였다.

그 흐뭇한 모양에 나는 마음이 잠잠해졌다. 오르페오의 등에 탄 채 깜빡 잠이 들 뻔한 찰나 브렌타강에서 불어온 상쾌한 젖은 흙냄새가 났다. 파도바 시내로 들어가는 장엄한 관문—엷은 색 돌로 지은 포르타델포르텔로*—양옆으로 곤돌라와 보트들이 줄줄이 떠서 석조 계단에 부딪히곤 했다. 뱃사공들은 포도주 궤짝부터 과일이며 채소를 담은 궤짝, 기다란 목재부터 아랫배가 불룩한 고위 관

---

* 16세기에 파도바와 베네치아 간 하천 교역로 종착역에 지은 문. '작은 문'이라는 뜻이며, 현재는 '포르타 오니산티(Porta Ognissanti)'로 불린다.

리까지, 시장에 내다팔거나 운반할 온갖 것을 싣고 있었다. 빈 배 몇 척이 두터운 파도바 보루의 석벽에 쿵쿵 부딪히며 깊고 공허한 소리를 냈다. 지나가는 사람에게 배짱 좋게 한마디씩 지분대는 요란한 뱃사공들은 그 자체로 볼거리였다. 학생을 보면 놀려대고, 여자에게는 노래를 불러주고, 심지어 귀족에게는 괴성을 질러댔다!

나는 당연히 전방만 응시하며 말을 타고 그 앞을 지나갔지만, 사공들이 내가 탄 말을 향해 부르는 실없는 노랫말에 미소가 비죽 번지려는 걸 애써 참아야 했다.

오 잘생긴 검은 말,
좋은 걸 싣고 가는군!
기꺼이 짐을 바꾸겠네,
그녀에게 밤새 질주를 안겨줄 수 있다면!

우리의 노새 행렬 맨 뒤에 오던 로렌초가 주먹을 휘둘렀다. 내 옆에서는 묵묵히 앞으로만 나아가는 노새 등에 앉은 올미나가 노처럼 무표정한 얼굴로 허리를 꼿꼿이 세웠다.

내 친구 카르다노 박사님이 사는 곳은, 담을 두른 정원으로 다른 집들과 경계를 나눈 두 층짜리 암적색 빌라였다. 커다란 플라타너스나무가 붉은 타일 지붕 한 귀퉁이에 가지 하나를 묵직하게 내려놓으며 집 전체에 그늘을 드리웠다. 나무의 모습이 꼭 담장 위에 팔꿈치를 대고 쉬면서 날카로운 눈으로 세상을 관찰하는 일꾼 같았다. 창문들과 지붕은 내려앉았지만, 늙은 멋쟁이를 젊은이로 꾸미듯 최근에 회반죽을 새로 칠한 것 같았다.

카르다노 박사님은 한참 만에 현관문으로 나왔다. 마침내 문이 열리자, 박사님의 멍한 표정과 얼굴 주변에 흩날리는 몇 가닥 안 남은 흰머리가 눈에 들어왔다. 박사님은 미소 지으면서, 머릿속을 가동시키려는 듯 정수리를 힘껏 문질렀다. 이마의 푸르스름한 정맥이 반투명한 피부 아래 도드라졌다. "이런, 가브리엘라! 기다리고 있었다."

"이렇게 뵈니 너무 반가워요, 카르다노 박사님!"

나는 그의 앙상한 팔을 잡았다. 우리는 서늘한 집안으로 들어갔다. 발에 닿는 붉은 타일이 아직도 밤의 서늘한 기운을 머금고 있었다. 올미나가 나를 따라 들어왔다. 로렌초는 노새들을 풀어놓고 풀을 뜯게 하려고 집을 빙 둘러 뒤쪽으로 갔다. 다시 이 집에 온 것이 못내 기뻤다. 내게는 두번째 고향 같은 곳이었다. 내가 여덟 살 소녀였을 때 아버지가 처음 여기 데려온 게 생각났다.

그때 아버지는 카르다노 박사님에게 이렇게 자랑했었다. "내 딸은 야생 약초를 기가 막히게 잘 찾아낸다네. 습포제도 꽤나 잘 만드는 걸 자네도 곧 알게 될 걸세. 하지만 무엇보다 이 아이는 아주 예리한 관찰자야."

"흠, 그럼 자네 딸 옆에 있을 땐 말과 행동을 조심해야겠군." 이렇게 농담하면서 카르다노 박사님은 허리를 숙여 내 손을 꼭 잡고는 내 얼굴을 지그시 들여다봤고, 나도 당돌하게 박사님을 빤히 쳐다봤다(겁이 난 걸 감추려는 수작이었다).

"아주 배짱 있는 아이로구먼!"

그날 이래로 나는 박사님이 상상했던 대로 점점 기백 넘치는 아이로 자라났다.

우리는 어둡게 해놓은 방으로 들어갔다. 올미나가 삐걱거리는 초록색 덧창을 접어 올렸다. "어떻게 지내니, 가브리엘라?" 카르다노 박사님이 나를 향해 몸을 돌렸다. "아주 매력적인 숙녀로 컸구나."

"아, 박사님은 일 초도 낭비하지 않으시는군요." 내가 짐짓 놀렸다. 박사님이 어깨를 으쓱했다. "난 늙어서 시간이 별로 없단다."

"어디 편찮으세요?" 깜짝 놀란 내가 물었다.

"아니다, 아니야. 나이든 게 병이지." 그러면서 씩 웃었다. "하지만 아직 충분히 팔팔하다고."

우리가 이 집에 묵을 때마다 아버지가 매번 쓰던 방이 시야에 들어온 순간 여행의 고단함이 싹 씻겨나갔다. 그 방은 죽은 사람이 남기고 간 벽장인 듯 방치된 사적인 공간처럼 느껴졌다.

잠깐 동안 견딜 수 없는 기분이 들었다. 그렇지만 그곳은 캐노피를 늘어뜨린 커다란 침대가 있고 벽감에도 조그만 침대 하나가 들어 있는데다 창가에 앉아 쉴 수 있는 아늑한 의자가 마련된 큰 방이었다. 창가에서는 은빛으로 반짝이는 올리브 과수원과 그 나무들이 베네치아를 향해 동쪽으로 점점 더 긴 그림자를 드리우는 광경이 내다보였다. 오르페오와 노새들이 나무 밑에서 만족스럽게 풀을 뜯고 있었다. 그때 검은색 스카프와 드레스 차림의 웬 노파가 정원 맞은편 돌담 옆에 쭈그려앉았더니, 치맛자락을 펴고 무릎에 양팔을 얹었다.

"아, 저기 제수이나가 왔군, 한사코 요강 쓰기를 거부하는 여자!" 카르다노 박사님이 껄껄 웃었다.

노파는 나뭇잎 한줌으로 밑을 닦더니 일어서서 치맛자락을 탈탈 턴 다음, 올해 열매가 얼마나 열릴지 가늠해보려는 듯 올리브나무 한 그루를 물끄러미 올려다봤다. 다음 순간 우리의 존재를 눈치챈 그녀가 이쪽을 빤히 노려봤다. 과부들에게서 자주 보이는 매섭고 물러섬이 없는 눈빛, 아마도 신을 제외한 모두를, 그리고 딱히 꼬집을 수 없는 누군가를 줄곧 나무라는 눈빛이었다.

그날 저녁 우리는 아버지 얘기를 나누지 않았다. 저녁식사 후 내가 너무 노곤해서였다. 내 방으로 물러가 보니 올미나는 벌써 벽감에 고정된 침대에서 곯아떨어져 낮게 코를 골고 있었다.

나는 침대 끝에 걸터앉아 내 약상자 뚜껑을 열었다. 꿈속으로 찾아와 치료를 해준다는 의술의 신 아스클레피오스와 건강한 정신의 여신인 그의 딸 히기에이아를 찬찬히 들여다보았다. 둘 다 안니발레 브란카초가 색감을 기막히게 살려 그려놓은 작품이었다. 단순한 모양의 로브를 두른, 턱수염을 기른 신이 왼쪽에 서서 나를 마주봤고, 꼭대기에 잎사귀가 솟아나 있고 치유력이 있다는 뱀이 둘둘 감고 있는 기적의 지팡이가 가운데 서 있었다. 다른 쪽에는 푸른색과 초록색이 섞인 눈동자의 사랑스러운 히기에이아가 리넨 옷자락 안의 몸 윤곽을 흐릿하게 드러낸 채 옆으로 돌아서서, 질문을 던지는 표정으로 외부를 응시하며 정체 모를 물건이 든 작은 그릇을 뱀을 향해 내밀고 있었다.

얼마 후 나는 스르르 눈을 감았고 곧바로 잠이 들었다.

이튿날 아침 아버지 얘기를 해보려고 카르다노 박사님을 찾았더니, 박사님은 수종증으로 앓아누운 동료에게 책을 돌려주러 가야 하고 직업에 관련된 잡다한 할일이 많다며 허둥지둥 핑계를 댔다. 박사님이 왜 대화를 피하는지 궁금했다.

그날의 대부분을 나는 과수원에 나가 줄지어 선 나무들을 따라 서성대거나, 세계 최고 수준인 박사님의 서재에서 골라온 해부학 서적들을 기다란 나무 탁자에 펼쳐놓고 읽으면서 보냈다. 박사님께 허락도 받지 않고 책을 꺼내온 것에 죄책감이 (많이는 아니고 조금) 들었다. 위대한 베살리우스의 『인체구조에 관하여』는 아주 찬찬히 정독했다. 카르다노 박사님이 소장한 판본은 우리 부녀가 갖고 있는 것보다 훨씬 고급스럽고 내용도 풍성했다. 우리집에 있는 것은 라틴어로 된 학생용 『요약본』으로, 학습을 위한 더 큰 도해가 실려 있지만 (사례는 더 적고) 질이 떨어지는 종이에 인쇄된 판본이었다.

이 책은, 특히 인체를 유지하고 지탱하는 모든 것과 그것들을 떠받치고 붙어 있게 해주는 것들(뼈와 그 뼈를 연결하는 인대)을 설명한 내용이 실린 제1권은 나를 진정시키는 힘이 있었다. 그건 내가 아직까지도 우리 몸안에 있는 것, 심지어 각 부위 명칭의 유래마저 흥미로워하는 사람이기 때문이었다. 예를 들면, 베살리우스는 특정 명칭, 베르티쿨룸이라든가 베르테브라, 스폰둘로스의 어원을 파헤친다. 우리에게 라틴어 '베르테브라'는 그리스인들이 말하는 '스폰둘로스'를 의미한다. 즉, 등에 있는 뼈는 전부 해당하는 셈인데, 이를 '베르티쿨룸'이라고 부르는 사람도 많다. 아마도 여자들이 실을 감는 가락처럼 생긴 중심축 혹은 나선부(베르티쿨라) 구조에서 따온 이름일 것이다. 이 부분을 읽으면서 나는 내 척수를 감고 있는 물렛가락 같은 등뼈와 실톳 같은 뇌에서 뻗어나온 신경을 떠올렸다. 우리가 떠올리는 생각들은 원모原毛를 감은 실톳을 쥔 여자가 술술 풀어내는 실가닥을 닮았다. 길게 풀어진 실가닥은 물렛가락의 무거운 측연 추를 따라 툭 떨어진다. 중력의 묵직한 힘, 항상 잡아끄는 몸통.

내 생각들은 술술 풀려났다가 당겨졌다가 다른 형태로 되감겼다. 아버지 없이 카르다노 박사님을 방문한 적은 한 번도 없었고, 그래서 아버지의 부재가 지난한 하루의 열기처럼 나를 내리눌렀다. 흔히 공석은 비어 있는 것이라 생각하겠지만, 아니다. 그것은 은근히 스며들어 공기 중에 느껴지는, 잊힐락 말락 하다가 예상치 못한 순간 그 힘에 얻어맞는, 보이지 않는 짐이었다. 오래전 다른 계절에 아버지는 저만치 앞에, 꽃을 피운 사과나무 아래 서 있었다. 그날 새하얀 꽃잎이 우리 주변으로 흩날렸다. "이 정원에 있으면 다른 세상을 꿈꿀 수 있을 것만 같지." 아버지는 애수에 젖어 말했다. "질병과 우리 스스로 초래하는 수많은 고난이 없는 세상 말이다." 우리는 오래된 과수원을 가로질러 거닐었다. 몇몇 옹이진 나무줄기는 속이 비어서, 그 안에 지난가을 다람쥐들이 잔뜩 쟁여둔 호두가 아직도 가득차 있었다. 생각지도 않게 발견한 비축 식량에 우리는 기분이 좋아졌다. 오늘은 일부러 찾아보았다. 그래, 저기 오래된 나무줄기 창고들 속에 그것들이 있었다. 쓸모없이 버려지는 건 없었다. 텅 빔마저도.

저녁식사 전 카르다노 박사님과 나는 손님용 방에서 조그만 탁자를 사이에 두고 마주앉았다. 모기 때문에 창문은 문과 덧창 모두 달아놓았다. 한쪽 구석에서 올미나가 옷을 꿰매고 있었다. 여행을 시작한 지 얼마나 됐다고 벌써 내가 옷단 하나를 찢어먹은 것이었다. 나는 난로 쇠살대 너머 작은 불꽃을 응시했다(낮에는 덥지만 밤이 되면 한기가 내려앉았다. 먼 곳의 산기운이 느껴질 정도였다). 식탁보 귀퉁이의 초록색 술을 만지작거렸다.

마침내 카르다노 박사님은 아버지가 갑자기 사라져서 유감이고 서한이 끊긴 건 참 이상하다며 머뭇머뭇 입을 열었다. 그러고는 내게 전해줄 새로운 소식이 없다고 털어놓으면서, 지난 이 년 동안 받은 편지가 없다고 했다. 그래도 십 년 전 8월 아버지가 파도바에서 튀빙겐으로 떠났을 때 아버지의 감정 상태가 어땠는지 짐작하게 해주는 일화를 이야기해줬다.

"기분이 좋은 것 같았고 어서 길을 떠나고 싶어했지. 너를 남겨두고 가는 건 마음에 걸린다고 했지만. 여행길에 겪을 고생에서 너를 보호해주고 싶어했단다, 가브리엘라. 이렇게 말해서 미안하지만," 카르다노 박사님은 안타까운 듯이 말했다. "그 친구는 다른 생을 살고 싶어하는데 널 보면 자기 의무가 생각날까봐 저어하는 느낌이 들었어."

"무슨 다른 생이요?" 나는 빨간 벨벳 방석 위에서 허리를 꼿꼿이 세웠다.

"상상은 해봤지만 살아보지 못한 삶, 두려움에 잠식되지 않은 삶. 누가 알겠니?"

"사랑과 위안을 주는 사람들을 내친다면 대체 어떤 삶이 살아낼 가치가 있는데요?" 내가 항변하듯 말했다. 나는 박사님이 키 작은 호박색 병에서 따라준 주홍색 그라파*를 한 모금 삼켰다가 목이 타는 것 같아 기침을 했다. 올미나가 바느질감에서 번쩍 눈을 들고 내게 눈살을 찌푸려 보이더니, 다시 고개를 숙이고 바늘을 놀렸다.

올미나의 바늘이 옷감을 뚫는 조용한 소리와 이어서 실이 따라오는 소리가 일정한 리듬으로 반복되는 걸 함께 들으면서, 카르다노 박사님은 잠시 말이 없었다. 이윽고 그가 대답했다. "가짜 고행자의 삶이지. 네 아버지에게 드리운 죄가 있다면 아마도 그것일 게다. 신께 의지하려 하지 않았지. 그야말로 더는 이 세상을 원치 않았던 거야." 박사님은 쟁기 손잡이처럼 가느다란 다리 끝에서 달랑거리는 황갈색 가죽실내화의 뾰족한 발가락 부분을 물끄러미 응시했다.

"아버지는 기만과 방종 때문에 종교를 혐오했어요." 나는 아버지 친구의 집에 있으면서도 종교재판관의 귀에 들어갈까 무서워 목소리를 낮췄다. 나는 이단인 루터교도들이 하는 말을 그대로 따라 하고 있었다. 문밖에서 누가 듣고 있을지도 몰랐다.

"바로 그래서 내가 그 사람의 성향을 죄라고 한 거란다. 어쩌면 그 친구는 신성함을 벗어던지고 무無로 도망치고 싶었는지도 모르지." 박사님은 생각에 잠겨 말했다. "짐승으로 변해 벌레와 산딸기, 뿌리식물과 먹을 수 있는 고기는 다 먹으면서 살아가는 모라비아의 야인들처럼!"

"카르다노 박사님. 그건 전설이잖아요, 실화가 아니라. 지금 절 놀리시는 거예요? 제 아버지가 고독한 야수로 변했다고요? 아뇨, 아버지한텐 무슨 일이 일어난 거예요. 병이라든가 불운한 사고 같

* 포도를 짠 찌꺼기를 증류한 독주.

은 일이 일어나서 감각이 교란된 게 분명해요."

올미나가 놀리는 가위가 재게 사각거리고 짤깍대는 소리가 공기 중에 구두점을 찍었다.

박사님이 둔탁한 펑 소리를 내며 병마개를 다시 열고 자기 잔에 그라파를 더 따랐다. "괜찮다면 내가 그 친구 편지를 조금 읽어봐도 될까?"

"그럼요. 아예 편지들을 박사님께 맡기고 싶어요." 나는 자리에서 일어나 손가방에서 꾸러미를 꺼냈다.

"그 친구가 뭔지 모를 병을 앓는다는 소문이 있었어. 외국에 있는 동료가 말해줬지."

그 말에 심장이 쿵 내려앉았다. "어떤 동료요, 어디서요?"

"튀빙겐에 있는 푸크스 박사가 나한테 편지로 네 아버지가 자기랑 지낼 때 너무 이상하게 굴었다고, 대화도 안 나누려 들고 뭔가 숨기는 것 같았다고 전해왔어. 방문을 걸어 잠그고 혼자 중얼거릴 때가 많았다고."

"오." 나는 어색하게 웃었다. "아버지는 집에서도 자주 그러셨어요. 생각을 떠오르는 대로 말하면서 정리하는 거죠. 어머니는 그걸 안 좋아하셔서 귀에 탈지면을 쑤셔넣곤 하셨어요. '세상에 어떤 멀쩡한 사람이 허공에 대고 대화하니?' 이러면서요. 저는 괜찮았어요. 저한테 아버지는 늘 그런 분이었으니까요. 아마 아버지들은 다 그렇다고 생각했나봐요. 아버지가 여기서 지낼 때도 혼자 중얼거리셨나요?"

"흠, 그게, 내 방이 반대편에 있어서 나는 한 번도 못 들었단다. 하지만 남들하고 말도 안 하려고 들지는 않았지."

"어쩌면 아버지하고 푸크스 박사님이 말다툼을 하셨는지도 모르죠." 아버지가 묵언수행이라도 시작했거나 아니면, 그보다 심한 경우 이성을 잃었다고는 상상조차 하기 싫었다.

카르다노 박사님은 제일 위의 편지, 제일 초기에 온 편지 중 한 통을 열더니, 속으로 읽으면 내 사생활을 침해한다고 느꼈는지 소리 내어 읽기 시작했다.

사랑하는 가브리엘라,

육신의 퇴화는 네가 지난번 편지에서 말했듯 분명 서글픈 일이다. 특히나 빈곤한 노인에겐 말이야. 의지의 퇴화이기도 하니까. 다른 무엇보다 이게 나를 겁먹게 하는 것 같다. 보니까 내가 통증은 곧잘 참는데, 혹여나 내 상태를 호전시킬 재원도 없이 남겨지면 어떻게 하니? 역병이 내 가족과 생활수단을 앗아가면 어떡하지? 허기 때문에 표정에 생기라곤 없는, 굶주리고 나이든 여행자가 도랑에 웅크리고 앉아 나뭇가지 같은 손을 뻗어 동냥하는 걸 수없이 봤다. 그런 사람의 눈은 더이상 누군가의 할머니 혹은 할아버지의 눈이 아니라, 영원한 비애나 굳어버린 분노가 헤집어놓은 구멍에 불과하지. 난 그들이 무섭구나. 작은 빵조각을 나눠주는 것 외엔 내가 도와줄 수 있는 선 바깥에 있으니까. 한때 그리스인들은 거지는 변장한 신일지도 모른다고 믿었지. 만약 그렇다면 신들은 우리 가운데 어디에나 있구나, 퀭하고 말라비틀어진 채……

박사님은 계속해서 읽어내려갔지만, 나는 더이상 귀에 들어오지 않았다. 아버지가 곁에 있는 기분을 느끼고 싶어 우리집 내 방에서 얼마나 여러 번 읽었는지 모른다. 불이 다 타고 어느새 방이 어두워졌다. 밖에서는 햇빛이 붉은 타일 지붕에서 피처럼 흘러내려 지붕은 잿빛이 되어 있었다.

"……튀빙겐에서, 1580년 12월 12일." 카르다노 박사님이 읽기를 멈췄다. 올미나가 내 옷단 수선을 끝냈다.

"가브리엘라?" 박사님이 나를 불렀다.

"예?"

"시간이 이렇게 흘렀는데 왜 이제 와서 아버지를 찾겠다고 외국의 도시로 여행을 나서는 게냐?"

"아버지가 돌아오시게 설득할 수만 있다면 저희 생활도 부쩍 나아질 거예요. 어머니가 말도 못하게 초조해하세요. 베네치아에서 제 삶은 감옥 같아요. 거기서 저는 더이상 진료를 할 수 없는데, 아버지의 마지막 편지엔 잔소리뿐이었어요. 상황을 어떻게든 바꿔보라고 채찍질만 하셨죠."

"나는 그저 아둔한 노인네이긴 하지만, 그래도 한번 물어보자. 이게 정말로 최선의 길이라고 생각하니?"

"아, 아버지 편지에서 걱정의 냄새를 맡고 마음이 무거워지셨군요. '애통해해봤자 무슨 소용인가?' 마음이 어지러울 때마다 아버지는 이렇게 말했죠. '서로 안아줄 수 있잖아요.' 열 살인 저는 이렇게 대답했고요. 그러면 우리가 혼자가 아니라는 걸 아는 데서 오는 고요함, 서로 모르는 사람들까지 하나로 묶어주는 애정을 느낄 수 있거든요."

"그게 무슨 소리냐?"

"저는 제가 의술을 사용해 돕는 모든 타인에게서 위안을 얻어요."

"오, 가브리엘라, 그건 위험한 생각이야."

"왜요?"

"왜냐면 너도 알다시피, 네가 도울 수 없는 사람들도 있잖니."

"하지만 노력이라도 해봐야죠."

"의사는 자선 수녀회의 수녀가 아니라 과학자다. 그런데 네가 원하는 것은, 설사 그게 다른 사람과의 교감일지라도, 의술과 무관한 것이야."

"교감이 아니라 알아주는 거예요."

"무엇을?"

"고통을, 비탄에 빠진 것을요. 대놓고 아파할수록 더 많이 치료할 수 있어요."

"나는 절대 동의 못하겠다. 우리는 적절한 거리를 유지해야 돼."

올미나가 못마땅한 듯 큰 소리로 한숨을 쉬었다.

"왜 그래, 올미나?"

"그게, 저는 의사도 아니고 배운 사람도 아니지만요." 올미나는 카르다노 박사님에게 건방지다고까지 할 수 있는 눈길을 흘끗 던졌고, 나는 불길이 다 죽은 것에 안도했다. 박사님이 못 봤을지도 모르니까. 몇 년 전 카르다노 박사님은 하인들이 제멋대로 말하게 내버려둔다고, 심지어 부추긴다고 나를 꾸짖은 적이 있었다. 아버지는 그런 것에 신경쓴 적이 없었지만 그래도 친구의 꾸짖음을 말리지는 않았다.

올미나가 말을 이었다. "선생님들은 가끔 단순한 걸 너무 복잡하게 생각하시는 것 같아요."

"그럼 자네는 어떻게 생각하는가, 똑똑한 몸종 나리?" 카르다노 박사님이 물었다.

"일단 저는 몸종이 아니고요." 그 말에 나는 숨을 죽였지만, 카르다노 박사님은 눈만 가늘게 떴다. 올미나가 대답을 이어갔다. "뭐가 똑똑하다는 건지도 잘 모르겠네요. 하지만 비통함이 무슨 소용이냐고 물으신다면, 아무 소용도 없다고 하겠어요. 아무리 의사 선생님들이 고상을 떨어도, 아니면 신부님들이 열띤 설교를 해도 저는 달리 생각하지 않을 거랍니다. 무슨 소용인지 우리는 알 수가 없어요. 바로 그래서, 가브리엘라 아가씨, 주인 나리께서 그 질문을 자꾸 던지신 것 같아요." 올미나는 슬픈 표정으로 나를 바라보았다. "마음이 무거워지셨던 게죠. 아가씨가 어렸을 때 했다는 대답이 저는 제일 좋네요. 우리는 서로를 안아줄 수만 있을 뿐이니까요." 올미나는 그 말을 강조하듯 자기 배를 껴안고는 벽난로를 가만히 응시했다.

카르다노 박사님은 어깨를 으쓱하고는 살짝 못마땅한 듯 한쪽 눈썹을 치켜세웠지만, 이미 우리를 오랫동안 봐왔기에 올미나가 풀어놓는 소소한 지혜에 익숙했다.

"제 방법이 마음에 안 드실지 모르지만요, 카르다노 박사님, 저는 아버지를 추적하는 것만큼 제 소명도 좇아야겠어요."

"넌 언제나 고집 센 아이였지, 가브리엘라. 이제 와서 변했을 거라고 내가 왜 기대하겠니?" 박사님은 애정어린 미소를 짓더니, 눈썹을 찌푸리며 자기만의 생각에 빠져들었다.

잠시 후 로렌초가 방문을 열고 고개를 빼꼼 내밀었다. 우리의 심각한 표정을 보더니 그가 말했다. "흥을 깨고 싶진 않지만 저녁식사 준비 다 됐습니다. 저는 좀 먹어야겠군요!"

4장
한 줄기 끈

카르다노 박사님 댁에 손님으로 머문 지 일주일이 되는 날, 나
는 오찬중에 슬슬 떠나겠다는 뜻을 비쳤다. 오래도록 기다리다보
면 더이상 기다리지 못하는 시점이 오는 법이라고 설명했다. 잠깐
의 지체마저 견딜 수가 없었다. 그날 오찬에는 아버지 연배의 동료
인 스트로치 교수님도 동석했다. 나는 기다란 떡갈나무 식탁의 끝
에 앉은 카르다노 박사님을 향해 고개를 돌리고 말했다. "혹시 고
지대 해빙 소식은 아직 없나요?"

"흐음." 카르다노 박사님은 얼굴을 살짝 찡그리며 내 질문을 곱
씹었다.

"브레사노네*의 황소들이 통나무를 끌고 있지 않대요?" 내가 캐

---

* 이탈리아 북부 트렌티노알토아디제 자치주 북부 볼차노현 중부의 휴양지. 오스트
리아령이었다가 1919년 이탈리아령이 되었다.

물었다. 황소로 통나무를 끄는 건 산사태가 발생할 위험이 있는지 점쳐보는 방법이었다. 더군다나 올해에는 위험천만한 폭설까지 내린 터였다.

카르다노 박사님은 숟가락 한가득 포타주*를 뜬 채 준엄한 표정으로 나를 흘겨봤다. "설마 벌써 떠날 생각을 하는 건 아니겠지?"

나는 내 그릇을, 걸쭉한 액체에 들어 있는 완두콩과 강낭콩을 물끄러미 바라보았다. "며칠 내로 산을 넘어야 해요, 살을 에는 겨울이 오기 전 튀빙겐에 닿으려면요. 아버지가 여행 초반 튀빙겐에 들렀었거든요. 일찍 떠날수록 더 빨리 아버지를 찾을 수 있어요."

스트로치 교수님이 식탁 맞은편에서 나를 빤히 쳐다봤다. 처진 양 입가에 깊이 팬 주름 때문에 항상 못마땅해하는 표정이었고, 그래서 실제로 무슨 생각을 하는지 알 수가 없었다. 처음으로 스트로치 교수님을 만났을 때 나는 겨우 다섯 살인가, 여섯 살 꼬마였는데, 파도바대학 복도를 장식한 위엄 넘치는 귀족 흉상 중 하나를 닮은 교수님에게 내가 조각상이라는 별명을 붙여준 것이 기억났다.

놀랍게도 스트로치 교수님이 말했다. "하지만 달이 차오르고 있단다. 그럼 네 아버지처럼 너도 모과나무에 묶어놔야 해!"

카르다노 박사님이 교수님에게 쏘아보낸 눈빛이 어찌나 매서운지 마치 뺨을 한 대 갈긴 것 같았다.

"어디에 묶어놓는다고요?" 나는 귀를 의심했다.

"아무것도 아니다, 얘야, 아무것도 아니야." 카르다노 박사님이 중얼거리듯 말하더니, 곧바로 부엌을 향해 몸을 틀고 외쳤다. "아,

---

* 야채와 고기를 넣은 진한 수프.

다음 코스가 나올 시간이로군. 빵과 포도주, 그리고 그걸 함께할 사람만 있으면 제아무리 변덕스러운 운명의 여신도 미소 짓게 되지!"하녀 한 명이 갓 구운 빵 한 바구니를 날라왔다. 빵 바구니에서 풍기는 로즈메리 향이 방안을 가득 채우는 동안 또다른 하녀가 파슬리와 꽃을 뿌린 달걀 에르볼라타*를 내왔다.

"아, 천상의 요리로구먼!"천문학보다 더 열을 올리는 건 탐식뿐인 스트로치 교수님이 외쳤다. "카시오페이아의 식탁이라는 별자리로 삼아도 될 만큼 값진 차림이야. 그렇게 되면 카시오페이아 여왕이 자신을 좀 과대평가한 셈이 되겠지만!"교수님이 맞은편의 나를 흘끔거리며 말했다. "가브리엘라, 마지막으로 너를 봤을 때넌 네 아버지 몸짓 하나하나에서 눈을 못 떼는 열두 살 꼬마였는데 말이야!"

나는 그가 놀리는 걸 못 들은 체했다. "아버지가 왜 모과나무에 묶였는지 알아야겠어요. 심한 장난이었던 건가요?"

"오 아니다, 아니야."교수님은 심기가 불편한 듯 의자에서 몸을 들썩이며 웅얼거렸다.

카르다노 박사님이 끼어들었다. "잊어버리렴, 가브리엘라. 리모니아 치킨**을 내왔잖니!"

"전 그저……"

"카르다노 박사님 말 들어요."스트로치 교수님이 꾸짖듯 말했다. 상체를 숙인 그의 턱에 작은 달걀 조각이 붙어 있는 게 보였다.

---

* 약초를 넣은 과자.
** 레몬즙과 오렌지즙을 넣어 만드는 중세 이탈리아의 닭 요리.

"간단히 대답해주시기만 하면 돼요. 왜 제 아버지가 나무에 묶인 거죠?"

"그렇게 해야만 그 친구를 진정시킬 수 있었으니까." 스트로치 교수님이 딱딱한 말투로 대답했다. "밧줄로 매여 있었어."

카르다노 박사님이 두 손으로 식탁을 쾅 내리쳤다. "닭 요리가 식어가고, 삶은 철갑상어도 나왔잖나. 요리를 양껏 즐기기 전에 그 문제는 더이상 입에 올리지 않기로 하지!"

"밧줄이요?" 너무 놀라서 나는 언성이 높아졌다.

교수님은 고개를 끄덕이더니 조그만 빵조각을 마늘 철갑상어 소스에 적시기 시작했다. 이가 몇 개 없는 그는 음식을 아주 천천히, 그러나 아주 열성적으로 씹었다. 심란해진 카르다노 박사님이 식탁이 펄쩍 도망가버리기라도 할 것처럼 그 끄트머리를 꽉 붙잡았다.

나는 불편한 마음으로 아버지가 격하게 노여움을 터뜨리던 모습을 떠올렸다. 특히 떠나기 전 몇 달 동안에는 느닷없이 감정을 분출하는 경우가 왕왕 있었다. 게다가 어머니가 쑥덕거리고 다닌 소문도 있었다. 어머니 자신이 재밌으려고 지어낸 소문이라 오랫동안 나는 모르는 척했었다. 그런데 이제 와서 단조로운 실크 조각에 수놓은 밝은색 실 한 가닥처럼, 그 소문에도 한 가닥의 진실이 엮여 있었던 건 아닐까 하는 의심이 들기 시작했다. 어린 시절, 어머니가 응접실의 열린 창 가까이에서 낮은 목소리로 친구에게 얘기하는 걸 엿들은 적이 있었다. 그때 나는 창문 바로 밑 안뜰에서 어머니한테는 보이지 않는 자리에 앉아 로렌초가 깎아준 작은 나무 배들을 자갈 바다에 띄워놓은 채 놀고 있었다.

"뭐, 그이가 정신 나간 게 놀랄 일은 아니야. 키프로스 태생인 우리 시어머니 알지? 시어머니가 편지로 얘기하길, 악마의 눈을 쫓아내려고 안뜰에 있는 뒤틀린 나무에 은 숟가락을 매달아놨었대. 달을 쫓아버리기 위해서라나. 시아버지는 시어머니에게 분통을 터뜨렸는데, 아침에 일어나보면 숟가락이 사라져 있었거든."

"어떻게 된 거야?" 친구가 물었다.

"오, 내 생각엔 젊은 애들이—그이도 포함해서 말이야, 물론 나랑 결혼하기 전에—벽에 발을 단단히 딛고 그 오래된 나무를 타고 올라가서 손에 닿는 대로 가져간 것 같아. 나중에 그이는 훔친 숟가락들을 창에 비친 달을 향해 집어던져서 그 집 창을 거의 다 깨버렸대."

"왜 그런 짓을 했대?"

"나도 몰라, 화가 났나보지!"

"무엇에?"

"'달이 너무 많아서'라고 그 사람이 그러더라. 자기를 쳐다본대. 그래서 물속에 가라앉는 것 같았대. 상상이 가? 그이가 나중에 기억을 떠올리면서 나한테 그렇게 말했어. 그 일이 있고서 그이는 남들 앞에 모습을 거의 드러내지 않았어. 베네치아행 배를 탔고 얼마 후 파도바에서 공부를 시작했지. 그 사람이 의사가 되고 나서 우리 아버지가 중매를 섰어. 그렇게 앞날이 창창한 청년이었으니……난 그이가 공상에 빠지는 경향이 있긴 하지만 그래도 참 멋있다고 생각했어. 이질적인 분위기, 그 묘함이 매력이었지."

나는 줄곧 가족의 정신이상 내력을 자극적인 풍문 정도로 치부해왔다. 그러나 한편으론 어머니가 은근히 내비친 또다른 가능성에 심란했다. 공상은 어느 지점에서 광증으로 변하는 걸까? 그리고 밧줄 얘기는 도대체 뭐지? 이분들이 시기심에 아버지를 해하려고 그런 이야기를 지어낸 걸까? 카르다노 박사님은 확실히 그럴 분이 아니었다. 별과 행성, 저녁 만찬만 즐기며 사는 스트로치 교수님도 그럴 사람은 아니었다. 다른 뭔가가 있었다.

일단은 적당한 때를 엿보기로 하고, 나는 천문학자 교수님처럼 맹렬한 기세로 먹기 시작했다. 음식이 내 걱정을 잠재울 수 있기라도 한 것처럼 타르트 치킨, 포도주를 넣고 끓인 철갑상어, 뒤이어 내온 회향과 양파가 들어간 톡 쏘는 샐러드까지. 카르다노 박사님은 더는 내 여행이나 아버지 얘기를 꺼내지 않았다. 그 이야기는 나중에 박사님과 따로 해야겠다고 생각했다.

식사를 마친 뒤 남자들은 한껏 만족스러운 자세로 의자에 늘어졌지만 나는 식탁에서 일어났다. "유명한 약초 정원을 좀 산책해볼까 해요."

"햇빛을 못 이길 텐데." 카르다노 박사님이 경고했다. "그리고 십중팔구 소화가 안 되고 성질이 날 거다."

"벌써 약간 성질이 나려고 하는데요."

카르다노 박사님이 몸을 일으켰다. "젊은 아가씨, 아버지가 못마땅해하실 거야. 분별 있는 네 하인들처럼 너도 휴식을 취해야지." 그러고는 안뜰로 통하는 열린 문간에 가서 섰다. 테라코타 벽과 바닥에 깔린 벽돌에서 열기가 뿜어져나왔다. 부엌에서는 치즈를 가는 소리 같은 올미나의 코고는 소리가, 바깥에서는 가지가 비틀린 단단한 모과나무 아래 벤치에 늘어져 잠든 로렌초의 겁에 질린 듯 헐떡이는 숨소리가 들려왔다.

"아버지는 여기 안 계시잖아요." 내가 무덤덤한 어조로 대답했다. "그것도 그렇지만, 정원을 꼭 한번 더 보고 싶어요. 잎사귀를 틔우고 꽃을 피운 약초를 자세히 들여다보고 싶어요. 그리고 이런 말도 있잖아요, 양파와 마늘을 먹고 낮잠을 자면 악몽을 꾼다고요."

카르다노 박사님은 나를 달래주려는 듯 부서질 것 같은 손으로 내 손목을 톡톡 두드리더니, 가벼운 트림을 누르기 위해 손바닥을 입으로 가져갔다. "신세계*에서 가져온 이국적인 식물들을 너도 꼭 봐야 한다. 파타테(감자), 신기하게 생긴 해바라기, 토마토도 있어." 그러더니 잠시 생각에 잠긴 듯 말을 멈췄다. "네가 여기 산다면 약초 정원을 언제든 이용할 수 있을 텐데."

카르다노 박사님은 내게 편지를 보낼 때마다 거의 매번 결혼하고 싶다는 뜻을 비쳤었다(겨울 신랑과 봄 신부의 결합이라고 했지만 나는 빠르게 여름 신부가 되어가고 있었다). "아, 포도주를 그렇게 양껏 드시지만 않았어도 그런 실없는 제안을 하지 않으셨을 텐데요." 나는 부드럽게 퇴짜를 놓았다.

"그럼, 따라나서지 않으마." 아쉬운 듯 말하는 박사님의 시무룩한 얼굴이 커다란 넙치를 연상시켰다. "자네타가 네 시중을 들어줄게다."

"잠깐만요." 나는 목소리를 낮췄다. "제 아버지가 모과나무에 묶여 있었단 얘기는 도대체 뭐예요?"

카르다노 박사님은 눈길을 돌렸다. "네 아버지가 그 괴상한 기분 변화를 너한텐 아주 잘 숨겨온 모양이구나, 가브리엘라. 초기에는 그렇게까지 심하지 않았지만 말이다. 그 친구가 나이를 먹으면

---

* 아메리카대륙.

서 점점…… 심해졌는데…… 어쩌면 그게 너를 두고 떠난 이유 중 하나였을지도 모르겠다."

나는 남들의 시선을 피해 박사님을 복도로 잡아끌었다. "이런 식으로 아버지를 찾는 여행을 포기하게 만드시려는 거예요? 키프로스의 몬디니가 어쩌고 하는 제 어머니의 쑥덕거림에 가담해서요? 정신이 혼탁해진 게 곧 정신이상을 의미하지는 않아요. 어쩌면 비애가 꽁꽁 뭉쳐서 그렇게 된 걸 수도 있잖아요. 아니면 제멋대로 구는 심장을 주체 못해서인지도 모르고요. 우리가 어떻게 알겠어요." 내가 뱉은 마지막 말에 나는 흠칫 놀랐다.

"오, 가브리엘라, 나는 네 아버지 가족이나 가족력에 대해 잘 몰라. 네 아버지가 그 얘기를 꺼내기 싫어했거든. 그러고 보니 네 어머니한테서 그쪽 가문의 한 갈래에 정신이상 경향이 있다는 얘길 들은 적은 있구나. 정확히 어떤 질환인지는 네 어머니가 말하지 않았지만. 그래도 이것만은 내가 안다." 카르다노 박사님이 말했다. "네 아버지는 달에 취하는 병을 앓고 있었어. 그것 때문에……" 박사님은 적당한 단어를 찾으면서 두 손을 휘저었다. "그것 때문에 네 아버지는 달이 차오르면 정신이 풀어졌어. 그 시기에 맞춰 여기에 와 있으려고 한 적이 많았지. 달이 곱사등이가 되어갈 때마다 네 아버지가 집을 비우기 시작한 걸 네가 전혀 눈치채지 못했을 수도 있지 않니? 그 친구가 자기 자신을 해칠까봐 우리가 나무에 묶어놓은 것도 그 시기였단다. 아니면 남을 해칠까봐."

나는 놀란 숨을 들이마셨다. "그 말은 못 믿겠네요!"

박사님은 안색이 하얘져서 홱 돌아서더니, 머리를 푹 숙이고 대리석 깔린 복도를 지나 자기 침실로 들어가버렸다.

하지만 나는 미안하지 않았고, 도저히 박사님을 쫓아갈 마음도 들지 않았다. 대신 뜨겁게 달아오른 자갈길로 나가 숨막히도록 습한 열기 속의 정원으로 성큼성큼 걸어갔다. 하녀 자네타를 기다리지도 않았고(절대로 여자 혼자 길에 나다녀선 안 된다는 관례를 무시했다), 밀짚모자만 푹 눌러쓰고 잽싸게 턱밑에 끈을 매듭지었다.

호르투스 보타니쿠스(식물원)의 아무도 없는 한구석, 오래된 밤나무 밑에 시원한 돌벤치가 하나 있었다. 열기에 힘들어진 나는 벤치에 앉아 눈을 지그시 감고 나무줄기에 등을 기댔다. 원형 안에 사각형이 들어 있고 그 사각형 안에 또 원형이 들어 있는 이 식물원은 기하학자 다니엘레 바르바로가 완벽에 가깝게 설계한 곳으로, 세상의 동요와 혼란을 바로잡기 위해 온 세계와 동서남북을 다 집어넣은 것 같았다. 나는 페니로열박하와 꽃박하, 로즈메리, 메도스위트, 겨울세이버리, 레몬밤의 향을 깊이 들이마셨다. 전부 기분을 진정시키는 데 탁월한 효과가 있는 식물이었다.

얼마 안 있어 자네타가 아맛빛 머리칼을 두 가닥으로 길게 땋아 등 한가운데 하나로 묶은 모습으로 나타났다. 무릎을 살짝 굽혀 인사한 자네타는 아주 작은 목소리로 옆에 앉아도 되느냐고 물었고, 나는 그러라고 했다. 정원에는 우리 둘뿐이었다. 자네타가 과연 아는 대로 말해줄까 싶었지만 그래도 나는 물어보았다. "지난번에 뵀을 때 우리 아버지가 어떤 것 같았어, 자네타?"

"오!" 자네타는 놀란 짐승 눈을 하고서 나를 쳐다봤다. "잘 모르겠어요, 시뇨리나. 그때는 제가 지금보다 훨씬 어렸고……"

"겁먹지 마. 너랑 나만 알고 있는 걸로 할 테니까."

자네타는 가지고 나온 프티푸앵* 천조각을 내려다봤다. 카르다노 박사님의 약초를 담아두는 리넨 가방에 색깔 있는 실크로 수를 놓는 중이었다. 반쯤 완성된 자수는 한 여자가 제 키보다 비정상적으로 높은 덤불—거대한 로즈메리나무와 길쭉한 아니스**와 바질이 섞인 잡목림—에서 허브를 따 모으는 그림이었다. "깊은 슬픔에 잠긴 분 같았어요. 어느 날 밤에는 차를 갖다드리러 갔다가 그분이 방에서 서성이는 걸 봤는데, 자신만의 도시를 갈망한다고 말씀하셨어요. 저는, 아가씨도 이해하시겠지만, 주제넘을까봐 아무 대꾸도 안 했는데, 그렇다면 왜 떠나시려는 걸까 의문이 들기는 했어요. 그때 그분께서 아가씨 얘기를 하셨어요."

"그래?"

"'내게 딸이 하나 있었는데……' 하시더니, 더는 말씀을 안 하시려고 하더라고요. 엄청 속상하신 것 같았어요. 그러다가 저더러 가보라고 손짓하셨어요."

"혹시 아버지가 카르다노 박사님께 뭐라고 더 얘기 안 하셨어?" 내 목소리는 차분했지만 뱃속은 꼭 조여왔다.

"제가 문밖에서 엿듣는 사람이 아니라서요. 그치만 가끔씩 박사님들께서 제가 이해 못할 얘기를 나누시는 게 들렸어요. 수은이며 플라스크며 불이며, 그런 얘기요."

"걱정 마, 자네타, 네가 잘못한 것 없으니까. 또다른 게 생각나거든 나한테 얘기해줘, 알겠지?"

"그럼요, 아가씨. 저는요, 자라면서 아버지가 안 계셨어요, 아가

---

* 자수에서 쓰는 작은 싱글 스티치.
** 씨앗이 향료로 쓰이는 미나릿과 식물.

82

씨는 얼마나 운이 좋은 분인지 몰라요." 그러더니 자네타는 말을 너무 많이 한 것 같아 부끄러웠는지 입을 꼭 다물었고, 다시 분주히 바늘을 놀렸다.

운이 좋다, 나는 이렇게 되뇌며 가시 돋친 물건을 다루듯 조심스럽게 그 단어를 머릿속에서 굴려보았다. 자네타의 바늘이 골무에 부딪히는 일정한 리듬, 바늘이 천을 통과하면서 팽팽히 잡아당겨지는 소리가 물을 뿜어내는 분수 소리와 곤충들이 만들어내는 단조로운 톡탁 윙윙 소리와 섞여 나를 잠으로 살살 데려갔다.

나는 섬의 물가에 서 있다. 세찬 파도가 쉬, 쉬, 쉬 속삭이며 경고한다. 베네치아가 죽은 큰가시고기처럼 내 앞에 떠 있다. 그녀의 등뼈는 오스페달레 델리 인쿠라빌리*의 기울어진 종탑과 성당과 경사진 지붕이 된다. 그것들은 전부 퉁퉁 불어터진 그녀의 몸뚱이에서 기이한 각도로 튀어나와 있다. 나는 물가를 따라 골풀을 헤치며 나아간다. 그 칙칙한 초록색 물에서 뭔가를 찾는 동안 축축한 가운 끝단이 한 박자 늦게 잔물결을 일으키며 나를 뒤따른다.

다음 순간 궤―약상자―가 말하는 입술처럼 움직이는 파도를 타고 나타난다.

상자가 넘실넘실 내게로 다가온다. 진홍색 상자가 물에 살짝 잠기면서 뚜껑에 그려진 몬디니 가문의 문장이 보인다. 발톱으로 뱀 한 마리를 움켜잡은 한 쌍의 그리핀이다.

상자가 열리고 아무렇게나 들어 있던 물약 병들이 물 위로 쏟아진다. 유리병 수백 개가 굴러나와 수은 방울처럼 반짝거리며 흩어진다. 나는

---

* 16세기 초 베네치아에 지어진, 불치병자를 위한 병원.

치마에 병을 주워 담으려 하지만, 물살이 흩어놓은 병들은 밀려오는 파도에 저희끼리 쨍강쨍강 부딪친다. 나는 흠뻑 젖은 치맛자락의 무게와 슬리퍼를 신은 발에 엉겨 나를 잡아당기는 진흙 때문에 옴짝달싹하기조차 힘들다. 파도가 쉬, 쉬, 쉬 한숨을 쉰다. 병들이 흙탕물에 사방으로 흩어져 종소리를 낸다. 상자가 뒤집히면서 다른 것들도 튀어나온다. 납함, 양피지 뚜껑으로 밀봉된 유리그릇, 신세계에서 가져온 파란 케찰* 깃털, 뱀허물, 수면에서 속절없이 뱅글뱅글 도는 가느다란 막대 같은 가벼운 뼈. 이어서 가위와 수술용 칼과 톱, 세모날, 클램프, 외과용 겸자, 사혈 도구들이 쏟아져나온다. 이상하게도 막자사발과 막자는 물위에 뜬다. 사혈 컵, 소변 받는 플라스크, 귀이개, 나머지 몸통은 물에 잠겼음을 말해주는 나무로 만든 인공 코와 귀.

전부 다 진창의 정체된 굽이를 향해 안쪽으로 흩어진다. 그것들을 한데 주워 모으고 싶다.

하지만 나는 진흙에 단단히 붙잡혀 있다.

그래도 약상자의 손잡이에는 손이 닿아서 상자를 똑바로 놓는다. 그런데 갑자기 상자가 커져 있고, 이내 기다란 관 같은 보트로 변한다. 쉬, 쉬, 쉬—

나는 땀에 흠뻑 젖고 몽롱한 상태로 놀라서 깨어났다. 자네타가 아직도 내 옆에 앉아 바늘을 놀리고 있었다(마치 영원토록 바느질을 하고 있는 것처럼 보였다). 자네타는 한번 더 바늘을 찌르고 뽑더니 천에 바늘을 꼽은 채로 마무리했다. 그러고는 한 팔을 내게 슬쩍 둘러 손수건으로 내 이마를 훔쳐주었다.

---

* 중남미에 서식하는 꼬리가 긴 새.

우리는 아무 말 없이 그렇게 조금 더 앉아 있다가 집으로 돌아
갔다.

그날 밤 카르다노 박사님의 서재에서—고맙게도 박사님은 서재
의 경사진 책상 앞에 앉은 나를 저녁 내내 내버려두었다—『질병백
과』에 들어갈 원고를 쓰기 시작했다. 저녁은 화덕에 구운 빵에 염
소 치즈를 얹고, 말린 블랙올리브와 포도주를 곁들여 가볍게 먹었
다. 나는 천천히, 짬짬이 먹으면서 생각을 정리하는 걸 좋아했다.
쫄깃한 빵 껍질은 언제나 단어들을 묵직하게 고정해주었고, 포도
주는 능란한 구절을 끄집어내주었다(그 구절들이 늘 해가 뜬 뒤까
지 버텨주진 못했지만).

촛불을 밝힌 채 학구적인 어둠에 싸여 있는 이런 시간에는 내 의
도에 좀더 가까이 다가갈 수 있었다. 아득하게 들려오는 부엉이 울
음소리와 쏙독새의 구슬프게 떨리는 목소리가 함께해주었다. 종이
에 내가 좋아하는 남색 잉크를 묻힌 깃펜으로 단어를 써넣지 않는
순간에도 낮보다는 평온한 심정이었다.

이것이 아버지가 맛보고 사랑한, 그리고 나 또한 사랑하는 고독
이구나 싶었다. 베네치아의 집에서 우리는 자주 각자의 방에서 글
을 읽거나 썼는데, 그러다가도 때때로 나는 아버지의 서재로 가 한
모금 마시면 만병이 낫는다는, 증류주에 떠 있는 금가루인 음용 금
같은 치료제에 대해 질문하곤 했다. 그러면 아버지는 뭘 하고 있든
잠시 내려놓고는 빵 한 조각을 나누듯 신중하지만 간단하게 대답
해주었다. "금이 어떤 의미로 쓰였을까? 순수한 상태의 금일까, 아
니면 다른 광물에 싸여 있는 금일까? 꿈을 상징하는 금일까? 게다

가 환자의 기질에 따라 각각 다른 반응을 보일 텐데. 빛에 반응하는 요소가 있는가 하면 빛을 가둬버리는 요소, 또는 극대화하는 요소가 있는 것처럼 말이야."

질문의 답은 얻지 못하고 더 많은 질문만 남았지만 그럼에도 나는 만족해서 아버지 서재에서 나왔다. 내 방 창문으로 운하 수면에 비친 아버지 방 불빛이 물결을 따라 올라갔다 내려갔다 하는 모습만 보아도 마음이 차분해졌다. 그러다 얼마 지나면 불이 꺼졌고, 그 사실 또한 나를 안심시켜주었다. 일의 리듬이 하루하루의 문제를 해결해가는 것처럼. 내가 이 집에서 미약하나마 경계를 서면서 마지막까지 깨어 있는 사람이라는 게 기분좋았다.

아버지의 방 불빛은 아직도, 아버지가 여행한 수많은 도시에서도 나를 위해 올라갔다 내려갔다 하고 있었다. 최근 아버지 마음의 행로를 좇으며 여행 경로를 추측해보려고 편지들을 다시 읽어보고 있었다. 어딘지 모를 곳에서 보낸, 그러나 1588년 2월 5일이라는 날짜가 기록된 편지에 아버지는 이렇게 썼다.

내 초가 어쩌면 도시 전체에서 유일하게 밝혀진 초일 때, 그럴 때의 어둠을 내가 얼마나 소중히 여기는지. 아무도 깨어 있지 않을 때 나는 내 영혼에 더 깊이 들어갈 수 있는 것 같다. 단순히 방해받지 않는 시간의 문제가 아니란다. 아니, 이 시간은 연극이 끝난 직후의 불 꺼진 극장이고, 축제가 끝난 뒤의 길거리이고, 서로 닮은 구석이 있는 공허란다. 우리 인생이 느리게 흐르는 밤 깊은 시각에는 신성한 뭔가가 있단다. 멀리 떨어져 있는 것, 침묵하고 있는 것, 서성이거나 마음의 동요를 잠재우는 것. 단어들에서 내

집이라 부를 만한 구슬픈 종소리를 발견하는 것. 그러다 우연히 창가로 갔다가 길 저편에서 학자를 위해, 혹은 죽은 자의 시체를 지키기 위해, 그것도 아니면 한밤중에 태어나는 아기 때문에 불을 밝힌 다른 창을 발견한다면 우리는 그 즉시 우리의 고독이 만들어 낸 친밀감으로 하나로 묶이는 거란다.

이제 거기에 이렇게 덧붙이고 싶었다. 물건들이 주는 친밀감도 요! 여기 카르다노 박사님의 서재에서 나는 책과 작은 상자 몇 개, 열고 싶은 마음을 간신히 억누른(허락 없이 박사님의 약을 뒤지기 는 싫으니까) 마욜리카* 약병, 친구의, 황동 혼천의, 가위, 깃펜을 다듬는 용도의 날렵한 칼, 짝이 맞는 자물쇠나 궤는 없이 못에 덩 그러니 걸려 있는 외로운 은제 열쇠 따위가 내뿜는 상냥한 차분함 에 둘러싸여 있었다.

언제든 사용할 수 있는 이런 조용한 방이 있다는 건 얼마나 기분 좋은 일인지. 집에서라면 당연히 받았을 어머니나 하인들의 방해, 주데카 운하의 배들이 내는 정신없는 소음, 하선하고 상선할 때 나 는 쿵쿵대는 소음, 삐걱거리고 끼이익 하는 소리, 선원들이 지껄이 고 고함치는 소리에서 나는 자유로웠다.

하지만 때로 정적 속에도 내면의 아우성은 여전히 남아 있다. 어 쩌면 어머니가 가장 두려워한 게 바로 그것일지도 모른다. 항상 수 다스러운 친구들에 둘러싸여 있고 한순간도 홀로 있고자 하지 않 았으니까. 어머니는 내가 홀로 있는 게 어머니를 무시하는 처사라

---

* 15세기경 이탈리아에서 발달한, 흰 바탕에 여러 색으로 채색한 도자기.

도 되는 양, 내가 몇 시간씩 혼자 있는 걸 못 봐줬다. 아니면 딸이 제 아비의 강박과 똑같은 증상을 보이는 걸 걱정했는지도 모르겠다.

한번은 내가 열 살 때였는데, 창가에 앉아 무릎에 기도서를 펼쳐 만 놓고 읽지는 않고 있었다. 수면에 빛이 풀어지는 모양과 그림자 가 빌라들의 벽을 타고 오르내리는 걸 구경하는 것을 나는 좋아했 다. 저 움직임의 패턴을 알아낼 수만 있다면 다른 세상이 내게 열 릴 거라고 어린이다운 논리로 생각했다. 다른 사람들이 거의 다 놓 치는 걸 나는 볼 수 있을 거라고. 내가 특이해서 그런 생각을 한 건 아니었다. 내 어린 친구들과 나는 대부분의 남녀 어른들이(초인적 인 시계視界를 획득해 내게 등을 돌린 채로 연구에 몰두해 있다가 도 내가 서재에 살금살금 들어가면 귀신같이 알아차렸던 아버지만 빼고) 세상사의 절반을 놓치고 있다고 믿었으니까.

그날 오후 어머니의 손님들이 도착했고, 어머니가 내 바람을 무 시한 채 어서 내려오라고 몇 번이나 불러댔지만 나는 위층에 남아 있기로 했다. 참다못한 어머니가 노크도 없이 내 방에 들이닥쳤고, 아래층 손님들이 못 듣게 나지막하고 화를 억누른 목소리로 말했 다. "너를 어쩌면 좋을지 모르겠다. 사람들이 수녀원에 십일조로 자기 딸을 바치는 것처럼 우리가 너를 기부해버렸으면 좋겠니?"

"그래요, 기부하세요." 내가 반항적으로 대꾸했다. 어머니의 얼 굴이 붉으락푸르락해졌다. "기꺼이 떠날 테니까요!" 아버지가 절 대로 허락하지 않을 걸 알고서 하는 속 빈 반항이었다.

결국 나는 고집을 꺾고 아래층으로 내려갔고, 젊은 여자 둘과 나 이든 노부인이 내 기도서와 가정교사들, 내가 쓴 시에 대해 질문을 퍼부었다. 내 시는 아무에게도 보여준 적이 없었는데. (어머니가 내 책상을 뒤지다가 발견한 게 틀림없었다. 도둑 같으니!)

나는 거의 말을 하지 않았고, 나중에 친구들이 다 돌아간 후 어머니는 내가 놀라서 펄쩍 뜰 정도로 소리를 질렀다. "정말이지 너라는 애를 도통 모르겠구나, 가브리엘라!" 영영 모르실 거예요, 어머니. 어머니는 자신을 빼닮은 딸을 원했다. 같이 남 뒷얘기를 하고, 옷도 같이 입고, 최신 애교점이 어떤 모양인지(검정 펠트로 만든 초승달 모양을 볼이나 어깨에 붙이는 게 한창 유행이었다) 함께 수다 떨 상대를. 자기 비밀을 털어놓을 친구를. 하지만 나는 어머니가 손에 쥘 수 없는 그림자였다. 어머니는 나를 붙잡으려 드는 걸 사랑이라 불렀지만. 그러나 나 또한 어머니를 진정으로 알지 못했다. 어머니가 나를 혼낼 때마다 나는 그 이면에 꼭 집을 수 없는 뭔가가 있다고 느꼈다. 마치 어머니가 깊은 수렁으로 추락하면서 나를 꼭 붙들고 있는 것만 같았다. 나는 어머니와 함께 추락하기 싫었다.

카르다노 박사님의 서재에 있는 지금 나는 고개를 절레절레 흔들었다. 또 어머니가 내 생각 속으로 비집고 들어왔네. 뒤에 남겨두고 왔건만 어떻게든 나를 괴롭힐 방법을 찾아내는군. 오늘밤 나는 이 방에서 이리저리 서성대는 살아 있는 어머니의 유령을 곁에 두고 원고를 썼다. 대체 어떻게 어머니와 화해할 수 있을까? 나는 제본하지 않은 종이 위에 웬만큼 익숙한 질병에 대해 쓰다 말고 펜을 내려놓았다.

우울증
무거운 슬픔으로 가라앉을 때

우울증은 모래시계의 금속성 모래처럼 우리 삶에 스며든다. 의존성이 생겨난다. 무력감에 고통받고 안색이 창백해진다. 내 친구 메살리나는 아무도, 심지어 내 아버지마저 치료법을 찾아내지 못할 정도로 절망에 잠겼다. 물냉이나 러비지, 미나리 같은 수성이 강한 약초를 써봐도 메살리나의 건조하고 냉한 기질을 상쇄해주지 못했다. 우울증의 새까만 담즙은 지독하게 산성이라 돌마저 소화시켜버린다는 얘기가 있다.

뼛속까지 시린 어느 흐린 날 메살리나를 찾아갔을 때 그녀는 산폴로광장 근처 자기 방의 여닫이창 옆에, 레이스 한 폭을 무릎 위에 아무렇게나 놓은 채 앉아 있었다. 그녀는 창틀을 타고 기어가는 조그만 벌레를 골똘히 보고 있었다. 내가 이름을 부르고 힘없이 늘어진 손을 붙잡는데도 대답하지 않고, 벌레가 창틀의 연귀로 들어갈 때까지 눈을 떼지 않았다. 잔인하게도 메살리나의 이런 마비 상태는 몇 년이 갔다. 그 집안 여자들은 메살리나가 침대에서 벌떡 일어나 어떻게든 병환의 망령을 떨쳐내야 한다고 우겼다. 그들은 메살리나에게 옷을 입혀 그녀를 창가로 데려갔는데, 팔다리에 전혀 의지가 안 들어가서 마치 그들이 거대한 꼭두각시를 조종하는 것 같았다. 떠나기 전에 아버지는 메살리나에게 바다의 상쾌한 공기를 들이마시고 음울한 기분을 뱉어버릴 수 있도록 창문을 계속 열어두라고 조언했다.

때때로 메살리나는 일시적으로 호전돼서 방방이 돌아다니며 신경써서 보수해야 할 아주 사소한 것들을 목록으로 만들어 어머니를 속상하게 했다. "혼수함에 새 경첩을 달아야겠어요, 이

건 휘었으니까. 다락층 부엌 귀퉁이에는 새로 회칠을 해야겠고
요. 이쪽 구석이 틀어졌잖아요. 화장대에 있는 코치닐 파우더도
새걸로 바꿔놔야겠어요. 봐요, 윗면 가루가 밑면 가루보다 진하
잖아요……"

　이런 식이었다. 그러다 어느 음습하던 1월, 메살리나는 좀처
럼 우리에게 돌아오지 않았다. 한 달 동안 나는 매일 오후 그녀
를 찾아가 말을 걸고 팔이나 손을 어루만졌지만 아무 반응이 없
었다. 한번은 순간적으로 방심해서, 세상의 다른 곳들을 보고 싶
다는 나도 몰랐던 내 열망을 친구에게 털어놓았다. 친구의 침묵
에 더 용기를 얻었음을 고백한다. 미동도 없는 친구의 곁에서 나
는 구체적인 계획을 세우기 시작했다. 또다른 날에는 내 계획을
듣고 친구도 자기만의 여행을 상상해보기를, 아니면 내 불만족
스러운 마음을 들으며 친구가 자신의 불만족스러운 마음을 잠시
라도 잊기를 바랐다. 그러나 내 그런 행동이 메살리나의 회복에
도움이 되지 않는다는 걸 곧 깨달았다. 메살리나는 언제나 창가
에 앉아, 진지하게 꼭 쥔 주먹에 턱을 괴고 텅 빈 눈으로 모든 것
을 흘려보내고 있었다.

　결국 나는 몬테카티니 테르메 온천 요법을 써보기로 결심했
다. 하지만 메살리나를 거기로 데려갈 방법이 없어서, 남자 둘을
고용해 유황온천수 다섯 통을 길어오도록 했다. 메살리나의 이
모와 어머니, 나 이렇게 셋이서 집안을 뒤져 거대한 황동 솥과
냄비들을 찾아냈고, 하인들이 거기에 악취나는 물을 채워 난로
걸쇠에 걸었다. 뚜껑을 덮은 그릇들 속의 물이 하나둘 끓자 하인
들이 그 물을 창문을 꼭 닫아둔 메살리나의 방으로 가지고 올라

갔다. 메살리나 주위에 그릇들을 죽 둘러놓은 다음 나는 하인들에게 일제히 뚜껑을 열도록 신호했다. 뿌옇게 피어오르는 수증기로 방안이 꽉 차서 창가의 메살리나가 거의 안 보일 지경이었다. 축축한 회반죽과 화산 광물 냄새를 머금은 수증기 속을 휘적휘적 걸어가자 메살리나의 번들거리는 얼굴이 헐렁한 스목 위로 나타났고, 마치 누군가의 손이 재촉해 천천히 회전하는 지구의처럼 메살리나가 나를 향해 고개를 돌렸다. 그녀는 알아볼 수 없는 대륙, 사르가소해*였다. 반짝이는 땀방울이 이마와 인중에 점점이 맺혔다. 두 눈이 나를 발견한 순간, 벨라도나 팅크로 눈을 헹군 것처럼 동공이 커다래졌다. 그녀의 담갈색 눈이 여기저기 작은 상처에서 흘러나온 소요에 확장됐다. 우리 생의 혈관에서 보이지 않게 흘러나온 소요, 벽의 들보와 천장의 짙은 색 목재에서, 메살리나의 어머니가 절박한 심정으로 딸의 무릎에 자꾸만 갖다놓는 정사각형의 새하얀 레이스 천에서, 운하 계단에 정박한 곤돌라들의 갈라진 틈에서, 바다 그 자체에서 흘러나온 소요였다.

메살리나는 한마디도 뱉지 않고 눈으로만 말했다. 여기서 달아나, 가브리엘라, 너 자신만이라도 구해! 네 아버지를 찾아! 친구가 소매에 숨겨둔 면도칼과 레이스 천 밑에 펼쳐둔, 항정선 같은 기이한 기하학적 무늬가 빼곡하게 그려져 있는 작은 공책을 내가 알아챈 것은 그때였다. 나는 조심스럽게 면도칼을 빼냈고, 메살

---

* 서인도제도 북동부의 바다. 바닷말이 가득해 항해하기가 어려워서 마의 해역이라 불렸다.

리나는 저항하지 않았다.

메살리나의 어머니는 내 권유에 따라 발한 요법을 계속 실시했다. 며칠 동안은 메살리나가 숨을 좀 돌리는 듯했기 때문이다. 그러나 그해 2월의 마지막쯤, 점점 회복하는 기미를 보이는가 싶던 메살리나는 얼음장 같은 바닷물에 몸을 던져 익사했다. 이제 그 집의 모든 창은 여름이나 겨울이나 늘 덧창까지 굳게 닫혀 있다. 메살리나의 망령이 들어오지 못하게 막으려는 건지 아니면 떠나지 못하게 하려는 건지 나로서는 알 수가 없었다.

도피처로 삼은 카르다노 박사님의 서재에서 나는 깃펜을 내려놓고 원고를 보호해줄 표지를 묶은 후 닫아 여몄다. 밀랍 초의 불꽃에서 틱틱 소리가 나기 시작하면서 초의 따스하고 고약 같은 냄새가 어서 잠자리에 들라고 재촉했다. 어머니가 이제 가버린 것이었다.

5장
짐승에게 친절해야 하는 이유

　카르다노 박사님께 작별인사를 하는데, 나를 꼭 껴안은 박사님이 내 옷깃에 얼굴을 묻고 훌쩍거리는 바람에 나는 적잖이 놀랐다. "이렇게 오랜만에 만났는데 이렇게 금세 떠나다니, 가브리엘라. 네가 아버지를 못 찾는다 해도 내가 여기 있단다."

　"고마운 말씀이네요." 나는 당황해서 웅얼거렸다. 잠깐 동안 마음 한구석이, 마치 빗장 풀린 새장 속의 새가 열린 공간에 겁먹듯 머뭇거렸다.

　내 뺨에 닿은 박사님의 반들반들한 머리통을 쓰다듬고 싶은 괴상한 충동을 억눌렀다. 별 뜻 없는 애정표현도 쾌락으로의 초대로 오인받을 수 있었다. 여자는 항상 조심해야 한다. 하지만 사랑하는 마우리치오가 죽은 후 남자를 갈망한 적은 없었다. 나는 의사라는 직업과 결혼한 여자였고, 이제는 의술이 내 남편이자 보호자였다. 그것은 결코 죽지 않아 나만 남겨질 일이 없었다.

"그럼 잘 가렴, 가브리엘라, 여행 내내 건강하고." 카르다노 박사님은 감정을 추스르고는 자네타의 가녀리지만 튼튼한 팔에 기댔다. "레몬밤이 기운 살리는 데 효과가 좋다는 걸 잊지 말거라."

"저한테 잘해주셔서 감사해요, 박사님." 생각지도 않게 눈물이 고였다. 우리가 다시는 만나지 못하리라는 예감이 들어서였다. 박사님에겐 고달픈 노년이 멀지 않았고, 내 앞날에는 불확실한 여행이 기다리고 있었다.

사흘간 산을 오른 끝에 우리 일행은 파소롤레*를 가로질러 발디파사**를 향해 연달아 솟은 산줄기 사이를 내려갔다. 우리를 태운 말과 노새들은 풍성한 풀과 야생화를 풍족하게 뜯어먹었다. 고산지의 희박한 공기와 무성한 초록에 현기증이 났다. 즙 많은 바위취와 초롱꽃, 톱풀에 마취 성분이라도 있나 싶을 정도였다. 로렌초와 올미나는 앞장서 올라가는 내내, 그리고 지그재그로 난 길을 내려오는 동안에도 줄곧 노래를 불렀다.

간간이 나도 합류해 탁한 목소리로, 그물을 깁고 보트에 뱃밥을 채우거나 수문을 열어 수위를 높이는 가사의 (차테레 선착장에서 주워들은) 노래를 같이 불렀다. 권태를 이야기하는 사이렌의 노래, 아기들에게 자장가로 불러주는 노래, 연인을 유혹하거나, 고위직에 있는 자들을 꾸짖는 노래도 따라 불렀다. 이런 상스러운 노래를 돌로미티 고지***에서 부르다니, 노새와 말 궁둥이 위가 아니라

---

* 트렌토에 있는 고산 구릉지대.
** 트렌토에 있는 협곡.
*** 알프스산맥의 일부인 이탈리아의 돌로미티산맥을 가리킨다.

바다 위에서 흔들리고 있는 것처럼! 우리가 얼마나 한심한 무리로 보일까, 코메디아 델라르테*도 아니고. 올미나는 투박한 하녀이고, 로렌초는 엄청난 활력을 자랑하는 하인이고…… 그럼 나는 어떤 역할을 맡지? 고집 센 이사벨라, 아니면 인간의 어리석음을 유쾌하게 지켜보는 수줍은 페드롤리노?** 그도 아니면 잘난 척하고 현학적이며 시시때때로 남을 가르치려 들면서 라틴어 구절을 줄줄 읊어대는 도토레사? 아버지의 일부도 들어 있고 나의 일부도 들어 있는 인물이 될 것 같았다(인정하려니 절로 인상이 찌푸려지지만).

마침내 저 아래 마을이 어렴풋이 모습을 드러냈다. 실제로는 1층 혹은 2층짜리 목조주택이 옹기종기 모여 있는 군락 정도에 불과했다. 가파른 지붕엔 이끼가 끼고 벽은 기울고, 깔개의 먼지를 털기 딱 좋은 쾌청한 날이라 발코니에는 너덜너덜하고 색 바랜 낡은 깔개들이 널려 있었다. 어느 집 발코니에 팔이 우람한 젊은 처자 하나가 납작한 나무 방망이를 들고 나와 서 있었다. 그녀가 팔을 왼쪽으로 휘두를 때마다 엉덩이가 오른쪽으로 돌아갔다. 로렌초가 큰 소리로 외쳤다. "오, 멋진 마을이군! 고향에 돌아온 기분이야!"

"다 쓰러져가는 닭장이 다닥다닥 모여 있는 것 같구먼 뭘." 올미나가 사람 좋은 말투로 놀려댔다.

"그래도 이 정도면 꽤나 괜찮은 농가 아니야?" 로렌초는 들쑥날쑥한 산이 병풍처럼 둘러선 초록 무성한 계곡과 빛이 줄무늬 띠를 그리는 강, 스러져가는 한낮의 열기 속에 달큰한 송진 향기를 내뿜

---

* 16세기 이탈리아의 즉흥 가면 희극.

** 둘 다 코메디아 델라르테의 고정 등장인물로, 이사벨라는 보통 고집 세고 관능적이며 달변가로 묘사되고, 페드롤리노는 프랑스 희극의 피에로의 원형이다.

는 숲을 전부 아우르려고 팔을 크게 휘둘렀다. "저 숲냄새, 저 들판 냄새 좀 맡아보라고." 그러면서 과장되게 큰 소리로 숨을 깊이 들이쉬어 우리를 웃게 했다.

올미나가 노새를 몰고 올라가 그의 옆에 바짝 붙었고, 두 마리 노새는 서로를 밀쳐댔다.

한동안 두 사람 뒤에서 어기적어기적 따라 올라가면서 나는 무릎이 닿을락 말락 하는 두 사람이 언뜻 젊은 연인처럼 보인다고 생각했다. 로렌초가 안장 위에 놓인 올미나의 손을 만지려고 손을 뻗었다. 내가 없었다면 둘은 입을 맞췄으리라. 이런 생각은 놀라우면서도 기분좋았다. 하지만 로렌초는 금세 손을 거뒀고, 노새들도 서로 떨어졌다.

소매 안에 숨겨둔 동전이 나오듯 태양이 전방에서 미끄러지듯 나타났다. 내가 어릴 때부터 올미나가 나지막이 불러줬던 자장가를 다 같이 불렀다.

> 파이 라 닌나 베베(코 자요 아가)
> 케 오라 비에네 파파(몇시예요 아빠)
> 에 티 포르타 딘-돈(그러자 딩-동 울리네)
> 파이 라 닌나 베베(코 자요 아가)

아버지가 내 앞의 저만치 어디선가, 수천 마일 아니면 10마일 떨어진 곳에서 방랑하고 있었다. 어쩌면 지금 이 순간 집으로 돌아오고 있을지도 몰랐다. 늘 타던 말, 그 까만 괴물 녀석 스텔비오 위에서 천천히 흔들리고 있을지도 몰랐다. 지금은 스텔비오도 늙어서

성질이 유해졌을지도 모르지. 매서운 눈빛도 온화해지고. 불쌍한 그 녀석이 살아 있기나 하다면. 아버지는 언제나 주의를 줬다. 말에게 너를 보여주거라, 뒤에서 살금살금 다가가지 말고. 하지만 나는 아버지의 노기어린 꾸짖음이 두려운 만큼 녀석의 눈빛도 무서웠다.

아버지는 지금 조수 두 명을 대동하고 나를 향해 오는 중인지도 몰랐다. 조수들이 아직도 아버지와 동행하고 있다면 말이다. 그들의 충성심을 의심할 이유는 전혀 없었다. 무슨 일이 생기면 그 둘이 전언을 보낼 거라 늘 믿어왔다. 하지만 두 사람은 글을 쓸 줄 모르니(대서인의 도움을 받지 않는 한) 소식을 보낼 길이 없는지도 몰랐다. 게다가 서신은 툭하면 분실되니……

이 세상에서 사라질 방법은 정말 많구나, 나는 생각에 잠겼다. 육지로, 바다로, 도적들에게 납치돼서, 부랑자들에게 공격받아서, 전쟁에 강제 동원돼서, 아니면 사슬에 묶여 갤리선에 끌려가서, 아니면 도박에서 크게 잃어서. 물론 여기엔 내가 마음에서 제일 멀리 밀어내버린 또 한 가지 가능성도 있었다. 바로, 각종 질병에 걸려서. 제 자신도 치료하지 못한다면 의사인들 무슨 소용이란 말인가?

발디파사에서 일주일쯤 가야 나오는 브레니츠로 계속 이동하는 동안, 피에몬테로 가는 베네치아 향료상들이 우리에게 경고했다. "콘스탄츠는 지나갈 수 없을 거예요. 물이 불어나서 길을 삼켜버렸거든!" 나는 결의에 차서(올미나는 똥고집이라고 했지만) 그들의 충고를 무시했다. 베네치아인은 아쿠아 알타에 익숙한 법이니까. 아닌 게 아니라, 십여 년 전 아버지와 카르다노 박사님 그리고 나 이렇게 셋이서 옛친구를 만나러 그곳을 쉽게 지난 적도 있었다.

그때도 우리는 길이 잠겼다고 사전에 경고를 받았지만, 별 탈 없이 (옷이 더러워진 것 빼고) 점점 빠지는 얕은 물을 휘적휘적 헤치며 잘만 건너갔다.

한편으로 나는 내 예전 환자들, 오직 전언으로만 자리를 비운다고 알릴 수 있었던 여자들에게 돌아가고픈 충동과도 싸우고 있었다. 새 의사가 어떤 치료법을 쓸지 누가 알겠는가. 남자 의사가 내가 써온 치료법을 무효로 만들어버리는 건 아닐까?

아버지는 진료할 때 여자 의사가 동석하면 얼마나 도움이 되는지 자주 말했다. "환자들이 너한테 더 쉽게 마음을 열더구나, 가브리엘라. 그래서 네가 치료법을 찾는 데 더 유리해지지."

"저도 남의 얘기 들어줄 줄 알아요, 아버지. 대학에서도 안 가르쳐주는 이 기술이 저한테 가장 훌륭한 스승이에요."

"네 아비가 아니라?" 서재 책상 앞에 앉은 아버지가 웃었다.

"아, 하나가 다른 하나에 선행하는 거죠. 들을 줄 모르면 아버지한테 어떻게 배우겠어요?"

"우리 모두 때론 너무 성급하게 끼어들지만 말이다, 안 그러냐?"

"알아요, 저도 안다고요." 나는 부끄러움에 얼굴이 달아오르는 걸 느끼며 대꾸했다. "처음에는 제 의견을 말하지 못해 안달이었죠. 젊은 여자가 남들한테 인정받으려고 능력을 열 배로 증명해 보이는 게 쉬운 일은 아니라고요. 이중으로 고역인 셈이죠. 그래도 이제는 밝혀지지 않은 병의 원인에 머리 숙이라고 매일 저 자신에게 상기시켜요."

"우리는 같은 신을 모신 제단에 머리를 숙이잖니, 애야. 질병과 죽음, 세상에서 가장 위대한 스승들이지."

"환자 본인하고요." 나는 못 참고 덧붙였다.

이동중인 지금, 나는 내가 탄 말에게 간간이 짜증이 솟구쳤다(후끈한 날씨 역시 내 참을성을 바닥내는 데 한몫했지만). 열병 같은 8월의 찌뿌둥한 무더위에 이미 접어든 참이었다. 큰개자리 시리우스와 태양이 하늘에서 합작해 더 뜨거운 열기를 뿜어내고 있었다 (어쨌든 고대인들은 그렇게 믿었다). 나를 태운 성질 불안한 이 녀석은 마른 나뭇잎 사이에서 뭔가 바스락거리기만 해도, 길바닥에 아주 가느다란 물줄기만 흘러도 앞으로 가기를 주저했다. 로렌초는 내가 오르페오에게 성질부리는 게 못마땅해 투덜거렸지만, 올미나는 내 편을 들어줬다. "아가씨한테 너무 그러지 마. 말들만 길 가다 발굽에 씨앗 박히는 게 아니니까!"

"하지만 짐승한테 친절해야 한다고." 로렌초가 중얼거렸다.

"그러도록 해볼게." 나는 로렌초에게 다짐했고, 이 말은 진심이었다. 그러나 얼마 안 가 오르페오가 걸음을 멈추더니, 길 한가운데 떨어진 흰 나뭇가지의 기괴한 형상에 겁을 먹고는 흙에 발굽을 박고 버텼다. "미치고 환장하겠네!" 나는 날숨과 함께 나지막이 내뱉었다. 잠시 지체된 틈을 타, 짐을 실은 노새들이 무리에서 이탈해 풀과 돌 틈에 핀 파란 용담꽃을 신나게 뜯어먹었다.

로렌초가 노새에서 내려 망할 나뭇가지를 발로 차냈다. 그러고는 장난기어린 투로 경고했다. "골칫거리는 빠른 말을 타고 달린다는 걸 잊지 마십쇼!"

빠른 말을 탔다면 지금쯤 우리는 콘스탄츠 호수에 도착했겠지, 나는 생각했다.

고산 초지는 낫이 막 베고 지나간 보리와 오래된 사과, 그리고 라인 백포도주의 냄새가 났다. 우리가 올라갔을 때 양떼가 산길 한가운데에서 꿈쩍 않고 서 있었다. 녀석들은 뭐라고 해도 눈 깜빡 안 할 것 같은 회갈색 얼굴을 우리에게 돌리더니 혀를 빼물고 시끄럽게 매에에 울어댔다. 로렌초가 안장 위에서 허리를 바짝 세우더니, 몸을 앞으로 빼고는 빠르고 나지막한 어조로 어서 털북숭이 궁둥이를 치우라고 양들에게 명령했다. 그러자 기적적으로 양떼가 양옆으로 갈라졌다. 계속해서 앞으로 나아가는 동안 나는 우리 짐을 실은 노새들 중 제일 끄트머리에 따라오는 세 마리가 가끔씩 갑자기 걸음을 빨리해 허둥지둥 몰려간다는 걸 알아챘다. 그러면 로렌초가 돌아앉아 길게 "우우우우우, 우우우우" 소리를 내 녀석들을 진정시켰다. 녀석들이 로렌초의 말을 듣는 게 나는 너무 신기했다. 그뒤로 로렌초는 때때로 안장 위에서 몸을 돌려 우리 뒤쪽을 흘끔거렸다.

"뭘 보는 거야, 로렌초?" 내가 물었다.

"오, 아무것도 아닙니다, 아가씨. 그냥 저 녀석들을 감시하는 거예요."

하지만 나는 로렌초가 노새들이 잘 따라오는지 확인하는 게 아니라는 걸 눈치챘다. 설마 훤한 대낮에 늑대들이 우리를 덮칠까? 아니면 숲을 방황하는 미치광이라도 있는 걸까? 로렌초가 가끔 말하듯, 세상에는 돌자루에 넣어 호수에 빠뜨려야 마땅한 모자란 인간들이 야생에 풀어놓은 새끼 고양이처럼 날뛰고 있다. 그렇지만 올미나는 늘 '라 파우라 에 스페소 마조레 델 페리콜로(공포가 실제 위험보다 더 크다)'라고 했다. 만약 그녀 말대로라면, 내 공포를 입 밖에 꺼내선 안 될 것이다.

그렇다 해도 노새들의 초조함이 마치 발작하는 신경처럼 우리를 연결한 느슨한 밧줄을 타고 자꾸만 내게 전달되었다.

발디파사를 떠난 지 일주일, 마침내 우리는 물이 불어난 콘스탄츠 호수에 닿았다. 우리를 태운 짐승들은 여섯 마리 모두 기다란 얼굴이 공포로 질려서 뒷걸음질쳤다. 올미나가 겁먹은 투로 말했다. "이런, 가브리엘라 아가씨, 건너편 호숫가 마을 좀 보세요. 딱하게도 오두막들이 다 잠겨버렸어요."

나는 범람한 호수를 살피면서(우리 중 아무도 헤엄을 칠 줄 몰랐다) 불길한 기운을 고스란히 느꼈지만 겉으로는 태연한 척했다. "저 마을을 보니 뼈가 한데 모여 있는 게 생각나네. 우리 몸처럼." 내가 생각에 잠겨 말했다. "무고한 자들을 위한 작은 예배당 생각나지? 상인방* 같은 뼈하며 말뚝처럼 쌓아놓은 더미, 장식물처럼 늘어놓은 두개골과 척추뼈 말이야."

"오, 하지만 시뇨리나, 저 사람들, 가라앉은 저 마을 주민들은 이제 어디서 살아야 하죠? 그리고 우리는 어느 길로 가야 하고요?" 올미나는 이렇게 외치면서 회색 머리칼을 얼굴에서 그러모아 색바랜 빨간 스카프 안으로 도로 밀어넣었다.

"더 높은 지대를 따라서 이동하면 될 것 같은데." 나는 산 측면을 흘끔 올려다보면서, 실제 속내보다 더 자신 있는 척하며 제안했다.

"내려서 짐승들을 끌고 가면 되겠네요." 로렌초는 단언하듯 말

---

* 문이나 창 등의 위를 가로지르는 나무.

하더니 군살 없는 팔을 크게 휘둘렀다. "물이 얕아 보여요."

"아무래도 감이 안 좋아." 올미나가 중얼거렸다.

"최소한 수면이 상승하고 있지는 않잖아. 저기 예전의 최고 수위선이 보이네. 지금 수위보다 1미터는 높아." 나는 진흙이 엉겨붙은 바위들을 가리키며 덧붙였다.

그러나 우리 중 아무도 발을 떼지 않았고, 다들 호수 안으로 잠겨버린 창백한 자갈길만 멍하니 바라보았다. 움푹 꺼진 갈대밭이 군데군데 반쯤 물에 잠긴 채 앙상한 초록색 손가락으로 하늘을 가리키고 있었다. 오리와 검둥오리들이 물속 길을 헤엄쳐갔다. 아직은 날이 따스했지만, 맞은편 호숫가에서 세찬 바람이 불어와 우리를 향해 다가오는 수면이 잘게 일렁이는 주름으로 구겨졌다.

"그럼, 어서 해치웁시다." 로렌초가 한숨을 섞어 말했다.

그는 노새에서 내리더니 긴 갈대 하나를 꺾어 수심을 재가면서 앞장서서 나아갔다. 올미나와 나도 내려서 접힌 끝단이 종아리까지 오도록 치맛단을 허리춤에 쑤셔넣었다. 우리는 호숫가를 따라 구불구불한 물속 길을 더듬으며, 발목까지 오는, 때로 무릎까지 차오르는 물을 어기적어기적 건너기 시작했다. 푹 젖어 미끄러운 가죽신발 속에서 발이 앞뒤로 미끌미끌 움직였다. 별로 표가 나지 않던 로렌초의 절뚝거림이 점점 심해졌다. 올미나가 양쪽으로 휘청거릴 때마다 그녀의 펑퍼짐한 둔부도 일정한 리듬에 따라 천천히 흔들렸다. 우리는 안 가겠다고 버티는 짐승들을 잡아끌었다. 산과 변덕스러운 하늘을 그대로 비추는 수면을 헤치고 철벅거리며 걷는 동안 어떻게든 마음을 다른 데로 돌리려고 내가 말했다. "우리, 하늘을 지나고 있어!" 올미나가 내게 눈알을 굴려 보였고, 로렌초는 묵묵히 전방의 불어난 물을 더듬었다.

차가운 호숫물이 내 치맛자락을 타고 올라왔다. 이제 나는 형태 없고 묵직한 모든 것, 콘스탄츠 호수 바닥에 웅크리고 있는 것들을 빨아올리는 심지였다. 어느 정도 패기가 있는 것에 자부심을 느끼는 나였지만, 결국 오들오들 떨며 더 못 가고 멈춰 서버렸다. 오르페오가 축축한 입술을 푸르르대며 내 귀에 들이밀었고, 나는 녀석의 모루 같은 머리를 내 머리에 잠시 갖다댔다. 잠시 후 나는 다시 물속을 나아가기 시작했다.

작은 곶 하나를 끼고 돌아가는데, 또다른 마을이 바로 옆에서 모습을 드러냈다. 마을 산책로의 검은 연철 벤치들이 경사진 언덕을 따라 마구잡이로 점점이 내려오다가 물밑으로 잠겨들었다. 물위를 떠다니는 오리나무 잎사귀들이 이판암과 나무를 엮어 만든 이상한 뗏목처럼 보이는 지붕들 주변에서 하늘거렸다. 반쯤 침수된 시커먼 아가리 같은 창문들 안에서 물이 찰싹거렸다. 마을 일부는 아직도 물위로 드러나 있었고, 덩치 좋은 남자 몇이―호수 속으로 사라진 자갈길의 끄트머리에서 기다란 도제 파이프를 심각하게 빨면서―그리로 다가가는 우리를 유령 보듯 쳐다봤다.

커다란 물보라가 호수를 때렸다. 오르페오가 내 뒤에서 콧김을 내뿜었다. 발굽이 어딘가에 걸린 모양인지 순간 녀석이 앞으로 고꾸라졌고, 오르페오가 물에 빠지는 걸 보며 내가 비명을 지른 찰나 말의 등자가 내 왼발을 획 잡아당기면서 나도 뒤로 훌러덩 넘어가 차디찬 물에 몸이 얼어붙었다. 오르페오가 가쁜 숨을 몰아쉬며 미끌미끌한 모래톱에서 나를 잡아끌었다. 녀석은 물속에서 안간힘을 썼고, 우리는 점점 깊이 내려갔다. 녀석이 내 가슴팍과 어깨에 발차기를 날렸다. 숨이 안 쉬어졌다. 위쪽에서 아득한 외침이 들려왔다. 번득이는 흰자위가 내 앞을 번쩍 지나갔고, 오르페오는 계속해서 발길질을 해대며 천천히 가라앉았다.

드레스가 내 몸을 휘감았다. 물살이 내 입을 억지로 열었고, 폐까지 뚫고 들어왔다. 나는 있는 힘껏 사지를 휘저었다. 어둠이 눈앞에 덮쳐왔다.

나는 가쁜 숨을 몰아쉬며 깨어났다.

흉통이 딱 바라진 웬 남자가 내 위로 몸을 숙이고 있었다. 그에게서 소시지와 담배 냄새가 났다. 나는 추위에 오들오들 떨다가 토하고 또 토했고, 모멸감에 낯선 남자를 보지 않으려고 눈을 질끈 감았다.

"아가씨가 이렇게 위험한 길을 하인들만 데리고 돌아다니면 어떡하지, 순례자라고 해도 말이야. 보아하니 아닌 것 같지만!" 인정사정없는 목소리가 머리 위에서 쩌렁쩌렁 울렸다. "지팡이랑 가리비 껍데기*, 아니면 다른 순례자 휘장이라도 어디 있나? 그런 거 안 따져도 아가씨는 애초에 이렇게 길바닥을 싸돌아다녀선 안 돼, 호수가 삼켜버렸으니 길도 아니지만!"

"시뇨리나 가브리엘라." 누군가가 천으로 내 입가를 살살 닦았다. "시뇨리나……" 로렌초였다.

올미나가 마디 굽은 손을 내 머리에 얹었다. "마드레 디 디오(성

---

* 산티아고의 길을 걷는 성지순례자는 그 표시로 가리비 껍데기와 지팡이를 지니고 다녔다.

모마리아님이시여), 정신 차려요, 아가씨!" 올미나의 손가락이 마른 나뭇가지처럼 내 피부를 긁어댔다.

남자 둘이 곰팡내가 진동하고 연기로 가득한 근처 목조 골재 가옥 안으로 나를 들고 가더니, 좁은 계단을 몇 층이나 올라가 수수한 다락방으로 데려갔다. 침대에 누워 있는 동안 올미나가 젖은 옷을 벗기고 마른 옷을 갈아입혀주는데 온몸이 뼛속까지 덜덜 떨려왔다. 자꾸만 한 번씩 숨을 크게 들이쉬었다. 흉부가 타는 듯이 쓰려왔다. 나한테 정말로 필요한 건 꿀을 넣고 진하게 우린 머위야, 라는 생각이 들었다. 올미나에게 차를 우려달라고 부탁하려는 찰나 심장이 쿵 떨어졌다. 나는 벌떡 일어나며 외쳤다. "약상자!"

올미나가 나를 잡아당겨 도로 눕혔다. "오르페오가 가라앉으면서 상자도 같이 가라앉았어요. 하지만 아가씨는 지금 우리랑 함께 있고, 그게 제일 중요한 거죠."

약상자, 마우리치오의 편지를 태운 재(나 자신의 갈망을 잠재워줄 약, 내가 손으로 만질 수 있는, 가루가 된 그의 말), 오랫동안 수집해온 약초와 광물…… 아버지와 함께 베로나의 낮은 산 근처에서 채집한 히솝풀 말린 걸 넣어둔 병을 손에 쥘 수만 있다면, 그러면 아버지와 함께 있는 것 같을 텐데. 플리니우스*는 히솝의 푸른 잔꽃이 멍을 없애준다고 하지 않았나. 그럼 내 가슴팍과 어깨의 멍도…… 지금 내가 어디에 있는 거지?

"여기 어디야?" 내가 웅얼거렸다.

---

* 고대 로마의 정치가이자 박물학자. 천문, 지리, 인문, 자연학 등 다방면에 걸친 백과사전식 저작인 『박물지』를 남겼다.

"바슬러 박사님 댁이에요. 아가씨를 호수에서 건져낸 남자 두 분 중 한 분이요." 올미나가 나를 안심시켰다.

정신이 몽롱한 상태로 방안을 둘러보았다. 여위고 호리호리한 여자가 구석에서 두 손을 비틀며 서 있었다. "저분은 누구고?"

"바슬러 부인이요. 아가씨 상처에 댈 대청잎 반죽을 준비하고 계세요. 오르페오, 고 불쌍한 것이 발굽으로 꽤 세게 찬 모양이에요."

오르페오! 오르페오는 죽었다.

여자는 앙상한 손으로 축축한 잎 뭉치를 대야에 대고 꽉 짰다. 그녀의 푸른 눈은 이파리를 짜는 손에 고정되어 있었지만, 꾹 다문 입이 씰룩거렸다. 머리카락은 모직 스카프에 완전히 덮여 있었다. 바슬러 박사가 인상을 잔뜩 찡그린 채 아내 뒤에 서 있었는데, 방의 조명이라곤 작은 벽난로의 불이 전부라 그의 모습을 또렷이 볼 수가 없었다. 초가 하나도 없나? 불꽃이 확 타오른 순간, 가장자리에 밀짚 같은 머리칼이 남아 있는 박사의 반점 덮인 머리통이 환히 빛났다. 박사는 아내에게 뭐라고 땍땍거리면서 고개를 주억거리고 있었다. 바람이 덧창을 흔들어대고 굴뚝을 따라 내려오며 웅웅거렸다.

로렌초가 다가와 침대 옆에 섰을 때, 나는 바슬러 박사가 듣지 못하게 속삭였다. "지도하고 내 『질병백과』 원고 아직 가지고 있어?"

"예, 그럼요, 시뇨리나." 로렌초가 낮은 목소리로 대답했다. "제 가방에 안전하게 넣어뒀죠. 걱정은 붙들어매세요."

그러면서 내 어깨를 톡톡 두드렸고, 나는 짧은 비명을 토해냈다.

"어이쿠, 죄송해요." 로렌초가 소리쳤다.

"저 멍청이가 뭐하는 짓이야?" 바슬러가 엉터리 이탈리아어로 버럭 소리를 질렀다. "여기서 나가, 천한 것. 저 여자는 내가 치료할 테니."

"아뇨! 여기 있으라고 해요!" 내가 말했다.

박사는 입을 꾹 다물었다.

나는 오른손으로 아릿한 가슴팍과 왼쪽 어깨를 만지면서 물이 차거나 딱딱하게 부어오르진 않았는지 촉진했고, 어느 순간 느껴진 날카로운 통증에 훅 숨을 들이마셨다. 나 자신을 돌볼 수 없다는 것에 눈물이 났다. "나 때문에 모두가 이렇게 고생하다니. 괜찮아, 올미나?" 나는 한탄하며 내 손 옆에 놓인 올미나의 손을 꼭 잡았다.

"쫄딱 젖었어요." 올미나가 한숨을 쉬었다. "당장 고급 도자기 욕조에 뜨거운 물을 받아서 몸을 푹 담그고 싶네요. 집에 돌아가면 그럴 거예요." 올미나는 단호히 선언하더니 내 표정을 보고 덧붙였다. "주인님하고 같이 돌아가면요. 제발 어서 찾기를, 하느님이시여."

로렌초도 동조의 뜻으로 흠 소리를 내면서 바닥을 내려다봤다.

바슬러 박사가 다가오더니 마치 내가 거기 없는 것처럼, 해부학 강의에서 보이지 않는 청중을 향해 상처 싸매는 기술을 시범으로 보여주는 양 건조한 투로 읊기 시작했다. "부러진 데는 없군. 기껏해야 타박상 아니면 여기 어깨에 인대 열상이 제일 심각한 부상인 것 같고." 그는 내 어깨를 꾹꾹 누르면서 천장에 대고 말했고, 나는 소리를 지르지 않으려고 이를 악물었다.

의사의 새카만 두 눈이 나와 마주쳤다. 그가 상처를 봐주는 건 고마웠지만, 그의 깔보는 시선은 마음에 들지 않았다. 박사의 아내가 다가와 내 어깨에 나뭇잎 반죽을 바르고 천을 찢어 만든 붕대로 그 부위를 단단히 감았다.

"그래, 아가씨." 의사가 내게 말을 걸었다. "무슨 목적으로 이 동네까지 찾아온 거지?"

나는 눈을 감고 올미나가 그를 상대하게 내버려두었다. 적당히 가려서 대답해줄 걸 믿었기 때문이다.

며칠이고 잠도 못 잘 정도로 몸이 쑤셨다. 의사의 아내가 캐모마일차를 타주었다. 그 연한 꽃잎은 보통은 나를 진정시켜줬지만 이번엔 효과가 거의 없었다. 간간이 두런두런 대화 소리가 들렸다가 잦아드는 가운데 나는 선잠을 잤다.

"아가씨를 설득해야 해."

"당신 말이 맞아, 올미나, 하지만 말이 죽어서 흙을 먹게 됐는데도 아가씨는 돌아가지 않으려고 하실 것 같은데. 우리 의사 아가씨가 고집이 좀 세셔야지."

"우리 의사 아가씨는 어리석게 굴고 있다고!"

나는 잠만 잤다.

어느 날 밤 모두가 잠든 시각, 바슬러 박사가 잠옷 셔츠 바람으로 어둑어둑한 내 방에 나타나더니 두툼하고 누런 손가락으로 내 팔에서부터 가슴까지 더듬어댔다. "뭐하는 거예요?" 내가 큰 소리로 물었다.

"쉿, 조용히 해. 반응을 관찰하려는 거야."

"이런 한밤중에요? 저리 가요!"

그는 침대 발치에 앉더니 나를 노려봤다. "조용히 해, 해치지 않을 테니."

"올미나! 로렌초!" 나는 목청껏 소리지르며 오른쪽 팔꿈치를 딛고 몸을 일으켰다.

"둘 다 지하실 훈제 햄들 틈에서 자고 있어. 불러봤자 못 들어. 흑마술을 부리지 않는 한 불러들일 수 없을걸. 그런데 만약 흑마술을 쓴다면 너 같은 인간을 어떻게 처리할지 잘 아는 친구가 하나 있지. 주교 밑에서 일하거든!"

계단 삐걱거리는 소리가 나더니 바슬러 부인이 다락 바닥의 문을 통해 올라왔다. 갈색 모직 숄을 두른 부인은 흘러내린 검은색과 회색 머리칼이 온통 헝클어졌는데도 사랑스러워 보이기까지 했다. 그러나 내가 흠칫 놀랄 정도로 독한 표정을 짓고 있었다. "그만 자러 가요." 남편의 등에 대고 바슬러 부인이 말했다.

바슬러 박사는 낯이 어두워지더니 순수한 증오의 표정으로 나를 노려봤다. "누구한테 명령이야!" 그가 아내를 홱 돌아보며 말했다. "하지만 어차피 환자 진료는 끝났으니까."

바슬러 부인은 한쪽으로 비켜나 남편이 계단을 내려갈 때까지 기다렸다.

"고마워요." 내가 진심을 담아 조용히 말했다.

"제 남편이 흉한 꼴 보여서 죄송해요." 바슬러 부인은 이렇게 말하더니, 슬픔으로 힘이 빠진 얼굴로 계단을 내려갔다.

그녀가 간 뒤 나는 여기저기 쑤시는 몸을 일으켜 비틀거리며 작은 탁자를 층계참으로 밀고 간 다음 그걸 뒤집어 바닥의 문에 올려놓고 그 위에 의자도 하나 얹었다. 이렇게 해놓으면 박사가 들어오려 할 때 최소한 먼저 소리로 알아챌 테니까. 그리고 난롯불을 쑤셔 방을 조금 더 밝힌 다음 손가방에서 게르마니아 지도를 꺼내, 우리 여정의 다음 구간을 계획하기 위해 침대 위에 펼쳤다.

아침에 나는 올미나에게 즉시 떠난다고 알렸다. 올미나는 아무것도 묻지 않고 짐을 싸기 시작했다. 로렌초는 마을 주민들에게서 신선한 음식(햄과 치즈, 빵, 사과 그리고 포도주)과 페넬레라는 노새를 구입했다. 이 느려터진 녀석은 벽돌을 잔뜩 실은 수레처럼 굼뜨게 움직였다. 하지만 내 말을 잃은 사실을 떠올리고 뜨끔해진 나는 노새라도 있는 것에 고마워하기로 했다.

이른 오후에 떠날 채비를 마친 뒤 나는 자기 집의 백악질 벽과 짙은 색 목조 골재 옆에 인상을 쓰고 서 있는 바슬러 박사를 향해 돌아섰다. 근처의 소나무와 삼나무들이 가지를 흔들어대는 거센 바람에 쌕쌕거렸다. "감사합니다, 박사님, 제 건강을 돌봐주셔서요." 떠나는 건 기뻤지만 통증 때문에 힘겨웠다. "친절하신 부인께도 감사드리고 싶어요."

그는 단추를 꽉 잠근 셔츠와 조끼 위로 팔짱을 낀 채 고개를 끄덕였다. "북쪽으로는 가지 않는 게 좋을걸. 이 나라의 그쪽 지역엔 당신을 고발할 사람들이 살고 있다고. 여자 의사는 마녀와 다를 바 없으니까!"

그 말에 나는 움찔했지만 아무 대꾸도 하지 않았다. 베네치아에서도 그런 고발이 있었지만 흔치는 않았고, 주로 우리 할머니처럼 가난한 시골 산파들을 겨냥했다. 나는 바슬러 박사와 맞서 싸울 의향이 없었다. 이곳 사람들이 그런 문제를 어떻게 대하는지 누가 알겠는가?

바슬러 박사가 목소리를 한층 높여 말했다. "베네치아로 돌아가! 아가씨 아버지가 점잖은 분이라면, 아가씨가 집에 있기를 바랄 거야. 내 딸이라면 시골을 돌아다니게 놔두지 않겠어."

"당신은 딸이 없잖아요." 문가에서 그의 아내가 무표정하게 말했다.

나는 부인에게 인사했고, 그녀도 내게 손을 들어 보인 후 몸을 돌려 집안으로 들어갔다.

6장
검은 숲의 바다 앞에서

　상처에서 고름이 빠지듯 시간이 손아귀에서 서서히 빠져나가는 사이, 우리는 조금씩 물러나는 콘스탄츠 호수의 가장자리를 조심스럽게 돌아 반쯤 잠긴 마을을 뒤로하고 떠났다. 점점 내려가는 호수 수위선에 물건들로 이루어진 묘한 덩어리가 모습을 드러냈다. 호수 수위선은 바다와 육지의 형태가 매해 달라지는 구세계와 신세계의 지도처럼 자꾸만 고쳐 그려졌다.

　주인 없는 물건들에 내 마음이 어수선해졌다. 베네치아 석호 가장자리에서 뭍으로 제 몸뚱이를 끌어올리는 해파리 같은 숙녀용 주름 옷깃. 내용물이 마구 흐트러지고 유실됐거나, 놀랍게도 그 조그만 방주 안에 잘 보존된 진흙범벅의 나무 서랍들. 진귀한 것들로 가득찬 서랍장에서 나온 화석인 양 고운 모래에 박혀 있는 얇은 수염고래뼈 참빗, 그것은 백 년이든 심지어 천 년이든 돌로 굳어졌다가 다시 발견된 후 선반에 진열되어 감탄받을 차례를 기다리고 있는, 별로 중요할 것도 없는 물건이었다. 어렸을 적 나는 모든 나무, 모든 돌에 영혼이 깃들어 있다고 믿어서 종종 아버지에게 이렇게 말했다. "모든 것이 살아 있어요!"

그런 내 말에 올미나는 웃음을 터뜨렸다. 그때 우리는 식탁에 둘러앉아 올미나가 만든 미네스트로네 수프를 먹으려던 참이었다. 그 수프 때문에 나는 너무 행복했다. 정원과 올미나의 손과 난로의 향이 밴 수프였다.

아버지가 반쯤 열린 입구를 가리키며 말했다. "문조차 살아 있다는 말이냐?"

"전부 다요." 나는 아가리를 쩍 벌린 찬장과 덧창, 페인트칠한 책장 문과 약상자를 가리키며 대답했다.

"쓸데없는 소리!" 어머니가 말했다.

"그것들이 살아 있는 걸 어떻게 아니?" 아버지가 물었다.

"말을 하니까요. 이리 와 아니면 저리 가, 거기 있어, 라고 하잖아요."

"아, 그럼 약상자는 뭐라고 말하는데?"

"애가 이상한 소리 하게 부추기지 말아요! 자식이 뭐에 홀렸다는 소리 듣고 싶어서 그래요?"

"약상자는 이렇게 말해요, 나는 입이야. 나한테 귀를 대고 들어봐."

"그만해라! 수프나 먹어."

"아니, 얘기해도 돼, 가비*. 사물은 우리에게 말을 걸지."

어머니는 아버지를 노려보더니 식탁에서 벌떡 일어나 안뜰로 나

---

* 가브리엘라의 애칭.

가버렸다. 아버지는 한숨을 쉬더니 쫓아나갔다.

나는 식탁에 남았다. 올미나가 내 곁을 지켜주기 위해 자리에 앉았다. "들리는 대로 다 말하면 안 되는 때도 있어요. 다른 사람들은 이해 못하거든요." 그녀는 웃으면서 내 손을 쓰다듬었다. "수프 좀 먹어요."

"약상자가 이렇게 말하고 있는걸, 모든 것은 살아 있고 모든 것이 비밀을 가지고 있어요."

올미나는 눈썹을 치켜세웠다. "수프 다 식기 전에 얼른 들어요."

나는 시키는 대로 했다. 안뜰에서 어머니가 말하는 게 들렸다. "재한테는 현실 세상을 어떻게 살아갈지 가르쳐줘야 해요, 당신이 재한테 그려 보이는 환상 세계가 아니라."

"그렇지만 여보, 그냥 놀이일 뿐이잖아요."

"심각한 놀이죠, 안 그래요? 당신이 반은 여기 있고 반은 저기 있는 걸 고려하면."

어머니가 무슨 뜻으로 한 말일까 궁금했다. 아마 손짓을 섞어 말했을 것이다. 쫙 편 손바닥으로 세상을 가리키고, 정신세계를 뜻하는 몸짓으로 이마를 손가락으로 가리켰을지 모른다.

결국 아버지는 어머니를 달랬다. "우리가 처음 만났을 때 차테레 선착장에서 팔짱 끼고 걸었던 것 기억해요? 내게 수많은 약초의 효용을 가르쳐주신 장모님하고 같이? 장모님은 당신이 정박하러 들어오는 배들이며, 그 배들이 싣고 온 화물의 원산지, 베네치아 너머 머나먼 세상에 대해 마음껏 떠들어대도 다 들어주셨지. 내 이야기도 좋아하셨고!"

"아, 불쌍한 우리 엄마. 그래서 엄마가 어떻게 됐는지 봐요! 그렇지만 맞아요, 당신은 그 배들 중 한 척, 키프로스에서 온 배에서 내려 내 앞에 나타났죠. 얼마나 멋있던지, 새카만 머리칼은 거의 푸른색으로 보였고 당신 눈은 마치 꿈꾸듯 반쯤 감겨 있었어요."

"당신은 어떻고, 여보, 한 마리 매혹적인 비둘기가 발코니에서 아름다움을 뽐내는 것 같았어요."

"당신 참 교묘하네요. 가브리엘라 생각을 감쪽같이 잊게 만든 거 봐."

나는 마지막 한 방울까지 다 마시려고 수프 그릇을 입에 대고 기울였다. 식탁에 부모님이 함께 있었다면 절대 허락하지 않았을 행동이었다.

"내가 그랬나? 그럼 같이 식탁으로 돌아가요."

"이 악당!" 하지만 어머니 목소리에는 애정이 묻어 있었다.

어린 나는 그뿐 아니라, 세상이 우리 한 사람 한 사람을 어떤 식으로든 진정으로 원한다고 믿었다. 지금은 우리가 이 땅에 머무는 시간이 얼마나 하찮은가 싶었다.

우리는 저녁 늦게까지 노새를 타고 이동하다가 마침내 성벽으로 둘러싸이고 뒤로는 깊은 숲이 드리운 또다른 마을에 닿았다. 머리와 어깨가 쑤셨고, 그 통증에 뇌가 마비되어 페텔레의 등 위에서 꼿꼿이 버티는 것 말고는 아무것에도 집중할 수 없었다. 카시오페이아자리 근처에서 유성이 부러진 창 조각들처럼 후두둑 떨어져, 발갛게 불타는 그 끄트머리로 하늘을 가로지르는 모습이 호수 수면에 똑같이 비쳤다.

"우리가 라고디가르다 근처에 갔을 때 크리스마스 행렬을 따라

가면서 별들에게 불러줬던 노래 〈칸토 델라 스텔라(별의 노래)〉기억해요, 시뇨리나?" 올미나가 경이에 찬 목소리로 물었다. "아직 꼬마였던 아가씨가 호수 수면에서 불타고 있는 얼어붙은 별들의 불꽃에 대해 물어봤죠. 저 위의 하늘이 이 아래 하늘하고 똑같은 거야? 그러자 주인님께서는 아가씨의 호기심에 웃으면서 이렇게 말씀하셨잖아요. '저 위의 모든 것이 이 아래 반사된단다. 어둠까지도.'" 올미나는 잠시 말을 멈추더니 덧붙였다. "참 이상한 말이었어요."

나는 장단을 맞춰주려 고개를 끄덕였지만 아무 대꾸도 하지 않았다. 아버지는 어둠을 존중했고 때로는 적극적으로 찾아 나서기도 해서, 어둑한 방에, 또는 여름에 별빛만 비치는 안뜰에 앉아 사색하곤 했다. 어둠은 악한 게 아니야. 사람들이 그렇게 만드는 거지. 디기탈리스*가 악한 식물이 아닌데 지나치게 많이 쓰면 독이 되듯이. 모든 창조가 그림자 속에서 시작되기에, 아버지는 어둠 속에 앉아 사색했던 것이다.

길에는 우리밖에 없었다.

무광의 쇳덩이처럼 번들거리는 호수를 왼쪽에 두고, 낫 모양의 달이 진 지도 한참 되었을 때 회색 과수원과 곡물을 심은 으스스한 논과 포도밭으로 뒤덮인 낮은 언덕들을 굽이돌아, 우리는 마침내 위버링겐에 도착했다.

공교롭게도 남동쪽 성문은 굳게 잠겨 있었다. 아무리 소리쳐도

---

* 잎이 심장병에 특효약으로 쓰인다.

문지기는 문을 열어주지 않았다. 그래서 우리는 돌아서서, 마을을 빙 두른 해자 바깥쪽에 듬성듬성 자리한, 흐릿하게 보이는 촌락을 훑어보았다. 산중턱에 흩어진 집들에서 흘러나오는, 여기저기서 하나씩 빛나는 희미한 불빛이 뜻밖의 위로를 주었다. 길이 안내하는 다음 코스인 검은 숲의 바다 앞에서 은밀하게 빛나고 있는 작은 불빛들이었다. 오늘밤 더 가는 건 무리였다. 저 집들 중 한 곳에 재워달라고 하는 수밖에 없었다.

물방앗간 옆 어느 목조 골재 가옥으로 다가가자 조악한 침대와 벌집을 그려넣은 나무표지판을 문 위에 달아놓은 것이 눈에 들어왔다. 로렌초가 문을 두드리자 자물쇠처럼 허리가 굽은, 머리 끝부터 발끝까지 검은 옷을 차려입은 과부가 초를 들고 문간으로 나왔다. "무슨 일이세요?" 그녀가 얇은 숄을 가슴팍에 모아쥐며 물었다.

"방 하나와 먹을 것을 좀 얻었으면 합니다, 부인." 우리 중에 독일어 실력이 제일 나은 로렌초가 대답했다. 그러고는 부랴부랴 거친 모직 모자를 벗어 두 손에 쥐고는 예의를 차리느라 고개를 까딱했다.

여자는 초를 들어올리며 눈살을 찌푸렸다. "여행자가 오기에는 너무 늦은 시각인데요."

"맞는 말씀입니다, 부인, 그렇지만 여행길이 너무 더디고 험해서 그렇게 됐습니다요. 저희 아가씨가 바로 요전에 호수에 빠져 돌아가실 뻔해서, 일부러 노새들의 걸음을 재촉하지 않았어요."

여자는 나를 가만히 들여다보았다. "얼굴이 얼룩덜룩한 게 그래서였군."

나는 민망해서 얼굴을 찌푸렸다.

"강도들한테 습격받은 건가 했네요. 아니면 부랑자들이 함정을 놓으려고 댁들을 보냈든가." 그녀는 한번 더 우리의 얼굴을 찬찬히 살폈다. "좋아요, 그럼 들어와요. 나는 과부 구드룬이에요. 미리 말해두지만 기본 식사밖에 제공할 수 없어요. 빵과 치즈, 양파, 맥주 정도."

이 말에 로렌초의 눈이 초롱초롱해졌다.

"그 정도로도 감사해요." 내가 대꾸했다.

"그럼, 며칠이나 묵으실 건가요?"

"한 일주일쯤이요. 제가 조용한 곳에서 쉬어야 해서요."

"과수원의 꿀벌하고 길 저 끝에서 종일 뚱땅거리는 보트 건조공들만 무시할 수 있으면 푹 쉴 수 있을 거예요."

"아, 그렇다면 내 집처럼 편안하겠네요." 나는 우리집에서 멀지 않은 소형 조선소를 떠올리며 대답했다. "베네치아에서 왔거든요."

"아, 흐음." 과부 구드룬은 입을 다물고 나를 한번 더 위아래로 훑어보더니 중얼거렸다. "바닷사람들이군, 그럼. 자, 들어들 와요. 호수 사람도 그리 다르지 않아요. 우리 둘 다 물의 변덕을 겪으며 사니까. 우리 호숫가 주민들은 남하고 잘 안 어울리는 성향이 있지만요. 산으로 묶인 곳에서 살면서 나온 지혜죠. 댁들의 바다가 끝이 없는 듯 보이는 것과 다르게요."

7장
과부 구드룬

그날 밤 우리는 푹 잤다. 올미나와 나는 간만에 벼룩이나 이가 들끓지 않는, 박하향이 나는 침대 하나에서 같이 잤다. 로렌초는 신선한 짚더미가 자기에겐 세상 최고의 침대라며 노새들과 같이 밖에서 잤다.

이튿날 아침식사 후 과부 구드룬이 연갈색 눈을 가늘게 뜨고 내 얼굴과 어깨, 가슴팍의 멍을 훑어보더니 옆방으로 따라오라고 신호했다. 거기서 그녀는 반쯤 해진 밧줄을 잡아당겨 다락으로 올라가는 사다리를 내렸다. 그러더니 관절이 툭 불거진 손가락을 입술에 갖다대 조용히 하라는 표시를 한 후 좁은 다락문 위로 사라졌다. 잠시 후 그녀가 말린 담쟁이잎(내가 잃어버린 약초와 똑같은 연한 녹색이었다)을 가지고 내려와 사다리를 도로 올렸다. 구드룬은 그 이파리를 짓이기고는 뜨거운 물이 담긴 사발에 넣었다. 그렇게 만든 습포를 내 멍에 갖다댔다. "시뇨리나, 이건 아무한테도 얘기하지 말아요, 하인들한테도요." 그녀는 단단히 경고했다. "신부님이 내 치료법을 못마땅하게 여기거든요."

"아무한테도 말 안 할게요." 그녀를 안심시킨 나는 조금 머뭇거리다가 말을 이었다. "저도 의사예요, 비록 약상자는 분실했지만." 그 사소한 고백을 한 순간 갑자기 마음이 텅 비고 아무것도 아닌 존재가 된 기분이 들었다.

"어디 가서 그런 얘기 하지 말아요, 무사하려면." 구드룬이 말했다.

나는 내 약상자와 그 내용물에 대해, 아버지의 테리아카*에 대해 미주알고주알 털어놓았지만 구드룬은 불안해하며 시선을 피했고, 그래서 나는 내 『질병백과』 원고에 대한 자세한 얘기를 삼갔다. 대신 치료 효과가 있는 유황온천물로 심장과 위장을 낫게 해준다는 위버링겐의 유명한 병원 '데어 슈피탈'에 꼭 가보고 싶다고 했다. "아버지와 저는 치료법과 질병에 대해 함께 책을 쓰고 있거든요. 혹시 부인께서도 도와주는 셈 치고 알고 계신 민간요법을 말씀해주실 수 있을까요? 그리고 그 병원에서 어떤 치료법을 쓰는지도 직접 보고 싶어요."

구드룬은 애처롭게 굽은 등이 허락하는 한 꼿꼿이 몸을 펴더니 내 어깨에 손을 얹었다. "여기 사람들은 여자 의사를 곱게 보지 않아요. 당신이 어디 출신이고 당신 아버지가 누구든 간에요. 그리고 데어 슈피탈은 방문할 수 없어요. 그곳의 돈 많은 의사들이 우리를 겁내거든요. 우리가 아는 게 좀 있잖아요. 근데 뭘 아는 여자들은 위험하다고 생각하니까."

---

* 여러 가지 약품과 벌꿀을 섞어 만든 고약. 해독제로 쓰인다.

"여자가 여자를 겁내기도 하지요." 내가 장난스럽게 대꾸했다.

내가 열여섯 살 되던 날 아버지가 식탁에 약상자를 턱 꺼내놓았을 때, 어머니가 얼마나 경악하며 낯이 창백해졌던지. 하지만 어머니는 단짝 친구 같은 딸을 키우겠다는 꿈이 결코 이루어지지 않으리라는 걸 진즉에 알고 있었다. 나는 그 약상자를 갓난아기처럼 소중히 안고 내용물을 혼자 꺼내보려고 한달음에 내 방으로 올라갔다. 단지 하나하나, 병 한 개 한 개가 세상 어떤 보석보다 귀하게 빛났다.

열여섯 살의 나는 미래가 두렵지 않았고, 아버지가 나를 신뢰한다는 확신도 있었다. 약상자를 열 때마다 아스클레피오스와 히기에이아 둘 다 뚜껑 안쪽에서 나를 반겨주었다. 가끔 아버지 옆에서 환자를 돌볼 때 나는 손바닥이 은근히 뜨거워지는 걸 느꼈다. 불치병에 걸린 환자의 침상 곁을 지킬 때면 현명하게도 아버지는 어떤 치료도 시도하길 거부했지만, 나는 아버지가 집에 돌아간 뒤에도 환자 곁에 남아 있을 때가 많았다. 두 손의 온기가 아직 식지 않아서였다. 아직은 내가 위안을 줄 수 있었다. 하지만 이런 얘기는 아버지에게 하지 않았다. 어쩌면 아버지는 내가 여자 특유의 연민 때문에 남아 있었던 거라 생각할지도 몰랐다. 올미나에게는 우리집의 아담한 정원에서 그 얘길 털어놓은 적이 있었다. 둘이서 바질 줄기의 잎을 풍성하게 해주려고 시든 잎을 솎아줄 때였다. 올미나는 고개를 끄덕이며 말했다. "산에 살면서 나무껍질과 나무뿌리를 시장에 내다파는 민간 치료사들도 손바닥에 작은 불꽃을 만들곤 해요."

그런데 방안에 있던 어머니가 창가에서 우리 얘기를 엿듣고 말았다. "이리 올라와, 가브리엘라!" 어머니가 나를 불렀다.

올미나는 다 이해한다는 표정으로 나를 흘끔 보면서 눈썹을 치켜세우더니, 고개를 숙이고 무릎을 디디며 바질 쪽으로 더 바짝 다가갔다.

나는 발을 끌며 위층으로 올라갔다. "왜 그러세요, 어머니?"

"다시는 하인들하고 그런 쓸데없는 얘기 하지 마라, 알겠니?"

"네, 어머니."

"그리고 그런 재주도 절대 가지면 안 돼. 오직 성자들만 그런 재능을 구현할 수 있어. 산사람들은 이단자야!"

"네, 어머니. 다시는 그 얘기 입에 안 올릴게요."

어머니는 나를 아래위로 훑어봤다. "명심해야 한다." 레이스 달린 하얀 소매의 실밥을 잡아뜯으며 어머니는 덧붙였다.

나는 정원으로 돌아가 올미나 옆에서, 그저 듣는 것에 만족하며 말없이 일했다. 초록 세상이 내게 말을 걸고 있었다. 수다스러운 허브들, 목이 꽉 잠긴 나무들, 몸통에 길게 홈이 파인 물풀들, 심지어 우리집 벽의 갈라진 틈을 파고들면서 콧노래를 흥얼대는 지의류와 이끼들마저. 버섯은 조그마한 어린애가 새근새근 잠자듯 숨을 쉬었다. 그때 풍경 전체가 내가 계속해서 능력을 키워갈 수 있도록 조력해줬다.

지금 나는 과부 구드룬도 풀을 잘 쓰는 재능을 가지고 있음을 짐작했다. 내 멍을 치료해줄 때 그녀의 손을 유심히 들여다보니 손톱이 흙을 파느라 갈색으로 물들어 있었다.

과부 구드룬의 보살핌을 받아 나는 점점 체력을 회복했고, 며칠 지나서는 로렌초, 올미나와 함께 말을 타고 나갈 수 있게 되었다. 우리는 손실된 내 약제 재고를 채우기 위해 시장에 나가 새 약주머니와 단지들을 장만했다.

한번은 눈부시게 멋진 검정말이 있는 다른 여행자 무리와 마주쳤다. 말이 발을 헛디뎌, 가파르게 경사진 해자 근처 바위에 앞다리를 심하게 긁힌 모양이었다. 말을 타고 온 바이에른 출신의 귀족은 다친 데가 없어 보였다. 그는 무릎을 꿇고 앉아 말을 쓰다듬으면서 목구멍을 긁는 듯한 신비로운 음절의 모국어로 짐승을 달랬고, 하인들은 멀뚱멀뚱 그 모습을 구경했다. 나는 짐승을 치료하는 건 익숙하지 않았지만—경솔하게도—가던 길을 멈추고 말을 걸었다. "참견해서 죄송합니다만, 선생님, 톱풀을 댄 냉수포로 상처 주변을 찜질해 지혈해주는 게 좋을 겁니다. 톱풀은 근처 밭에도 야생으로 자라는 게 많아요."

화들짝 놀란 그가 몸을 일으켰다. "아가씨, 조언해줘서 대단히 감사합니다." 그가 말했다. "무릎 아래 돋아날지 모르는 새살이 걱정이로군요. 제대로 처치하지 않으면 흉이 져서 이 녀석의 미모에 흠이 될 테니까요. 이런 문제를 꽤 잘 아는 것 같으니 좀 도와주겠습니까?"

"주인님!" 하인들 중 턱이 각지고 사나워 보이는 남자가 항의했다. "어떤 여자인지도 모르면서 말을 봐달라고 부탁하십니까?" 그가 탄 밤색 말이 푸르르 콧소리를 내며 초조한 듯 서성였다.

내가 말릴 새도 없이 로렌초가 냉큼 받아쳤다. "베네치아에서 오신 저명한 의사 선생님을 어디 감히 의심하나!"

"아! 시뇨라," 바이에른 귀족이 머리를 깊이 숙이며 말했다. "부디 제 하인의 무례를 용서해주십시오. 그저 저를 보호하려고 그런 겁니다. 크리스토프 폰 알텐하우스 경이 인사드립니다."

"올미나, 가서 톱풀 좀 꺾어다주겠어?" 내가 노새 등에서 뛰어내리며 말했다. "시간을 더 지체하지 말자고. 불쌍한 말이 힘들어하는데." 우리가 격식 차리며 인사를 주고받는 동안 말은 누운 자리에서 신음하면서 어떻게든 일어나려고 허공에 발길질을 해대고 있었다. 나는 알텐하우스 경을 향해 돌아서서 물었다. "면이나 리넨 천 있으세요?"

그는 고개를 저었다. 나는 허리를 숙이고 다마스크 치맛자락을 들어올려 그 안의 속치마를 넓게 한 줄 뜯어냈다. 알텐하우스 경과 그의 세 하인, 그리고 몰려든 행인들이 경악에 차서 지켜보았다. 나는 조심스럽게 둑을 따라 게걸음으로 내려가, 뜯어낸 천을 해자의 차가운 물에 담갔다.

"말을 진정시켜요!" 도로 올라온 나는 이렇게 지시해둔 뒤 말의 상처 부위를 닦았다. 알텐하우스 경이 무릎 꿇고 앉아 말의 머리와 목을 천천히 쓰다듬었다. 로렌초도 얼른 그의 옆에 주저앉아 말의 머리에 한 손을 얹고, 짐승 말고는 아무도 못 알아듣는 단조롭고 부드러운 말을 중얼거렸다.

나는 소소하게 몰려든 사람들 틈에서 세탁부를 찾아내 실과 바늘을 빌렸고, 올미나가 따온 고사리 모양의 톱풀 이파리에 조심스럽게 실을 꿴 다음 말의 상처 부위에 얹어 함께 봉합했다. 상처는 손 하나 길이였지만 다행히 깊지는 않았고, 힘줄도 상하지 않았다. 우리는 나머지 톱풀을 평평한 돌에 놓고 짓이긴 후 봉합된 자상에 얹은 다음, 그 부위에 천을 감고 단단히 묶었다.

"정식 마의에게 데려갈 때까지 이걸로 될 거예요." 나는 알텐하우스 경을 안심시켰다.

그의 연녹색 슬리퍼와 스타킹, 줄무늬 더블릿*은 온통 말이 흘린 피와 길에서 묻은 오물로 더러워져 있었다. 유일하게 얼룩이 묻지 않은 건 챙이 부드러운 모자뿐이었다. 말은 애처롭게 울면서 다시 일어서려고 기를 쓰더니 마침내 성공했다. 젊은이 몇이 요란하게 환호성을 질렀고 구경꾼들은 곧 흩어졌다. 알텐하우스 경이 내게 사례를 하려 했지만 나는 거절했다. 다른 말에게 갚을 수 없는 엄청난 빚을 지고 있었으니까.

길가에 알텐하우스 경 일행을 남겨두고 떠나다가 문득 뒤를 돌아보았다. 참 묘하고 위안이 되는 광경이라는 생각이 들었다. 품위 있는 남자가 진흙탕에 무릎 꿇고서 겁에 질린 제 말을 돌봐주는 모습이라니. 무슨 이유에선지 그후 며칠 동안 그가 내 머릿속에서 떠나지 않았다. 그의 모자에 달린 초록색 깃털이 정복당한 도시의 탑에 꽂혀 바람에 펄럭이는 자랑스러운 우승기 같았다. 예전에 아버지가 치료해줬던 젊은 베네치아 귀족 시뇨르 발다초가 떠올랐다. 화려하리만치 잘생겼지만 애인들에게 더없이 오만하게 굴었던 청년이었다. 라비니아도 한때 그의 톡 쏘는 매력에 넘어갔지만 역시나 퇴짜를 맞고 말았다. 그런 발다초도 따뜻하게 굴 때가 있었지만, 오직 자기 기분이 내켜 자비로운 시혜자 역할을 즐길 때뿐이었다. 그러다가 시뇨르 발다초는 한번 심한 열병을 앓고 나더니, 그후로는 경망스러운 언행을 일절 삼가게 되었다. 혼자 앓아누웠을

---

* 허리가 잘록한 중세 남성용 상의.

때 자신의 영향력이 마치 베네치아처럼 환영에 불과하며, 질병은 우리 모두를 하나로 만들어준다는 걸 깨달은 것이다. 레 말라티에 치 디코노 퀠 케 시아모(질병은 우리가 누구인지 말해준다).

나는 여관에 머물면서 아버지와 내가 그토록 이해하려 애썼던 만성질환들에 대한 자료를 읽으며 꽤 오랜 날들을 보냈다. 몸이 점점 나아가면서, 병의 원인과 치료에 대해 좀더 깊이 이해하고 싶어졌다.

일각수의 뿔
욕구가 사라진 사람을 위한 치료제

일각수의 분쇄한 뿔은 매우 귀하고 빛에 약하기에 반드시 어두운색 병에 보관하며 극소량만 사용해야 한다. 나는 소위 일각수의 뿔이라는 것의 기원에는 의심을 품고 있지만(그 생물을 대체 누가 봤단 말인가?) 그 효험은 의심하지 않는다.

분말을 사용할 때 말을 하는 등 소리를 내거나 병을 흔드는 등 움직이면서 내용물을 따르는 행동은 피해야 한다. 욕구의 강도를 상당히 변화시킬 수 있기 때문이다. 미세한 분말을 작은 숟가락으로 떠내 두피나 손바닥에 살살 뿌린 후 피부에 스며들도록 문질러주는데, 이때 반드시 장갑을 껴야 한다. 안 그러면 의사의 피부가 빨갛게 달아오를 수 있다. 환자는 과거 사랑했던 사람의 작은 초상화라든가, 직업에 대한 열정을 재점화하고자 한다면, 예컨대 조각칼 같은 작업의 상징물을 하나 골라야 한다.

한 가지 주의할 점: 가루를 너무 많이 쓰면 환자가 그것이 상징하는 대상 대신 가루 자체에 집착하게 될 수 있다. 마치 여자보다 반지와 더 깊은 사랑에 빠져서 여자가 죽고 난 뒤에도 그녀를 놓아 보내지 못했던 왕처럼(반지가 그녀의 혀 밑에 있었기 때문이다). 결국 주교가 여자의 차가운 입안에서 반지를 꺼냈는데, 그러자 왕은 주교와 사랑에 빠져버렸다. 그 성직자는 현명하게도 반지를 콘스탄츠 호수에 던져버렸고, 애처롭게도 왕은 호수를 향한 상사병에 걸려 죽는 날까지 작은 배에 앉아 있었다.

이 분말 요법은 저녁에 쓰는 게 좋은데, 처치 직후 자는 것이 바람직하기 때문이다. 어떤 꿈을 꾸느냐가 성패를 말해줄 것이다. 욕구의 대상이, 꿈이 제시하는 숨은 동기들과 함께 드러날 것이다. 사냥 장면이나 카르둔*이 나오면 성공의 조짐이다. 가위 숫돌이나 이가 새카만 여자가 등장하는 것은 무절제에 대한 경고 신호다.

내 몸의 상처는 아물고 멍도 흐려져 허여멀건하니 탁한 녹색이 됐다. 주황색 노란색으로 타오르는 한낮의 가을 나무들이 겨울을 예고하며 나를 다시 깨어나게 했다. 아버지 소식을 들을 수 있는 튀빙겐이 며칠 거리에 있는 마당에, 때 이른 눈으로 지체되어서는 안 됐다. 그러나 길을 떠나기 전 나는 콘스탄츠 호수 북쪽의 바위 투성이 물가를 산책하기로 했다. 그 물에 빠져 죽을 뻔했지만, 안전하게 몸을 기울이고서 손을 귓가에 오므린 채 찰박거리는 물의

---

* 셀러리와 비슷한 맛이 나는 아티초크과의 식물.

속삭임을 듣고 싶었다. 그건 말없는 언어, 여행을 위한 훌륭한 조언이었다.

죽은 버드나무의 가지를 주워 아무 생각 없이 덤불을 툭툭 치면서 호숫가를 따라 걸었다. 뒤에서 따라오는 로렌초가 쿡쿡 웃었다. 나는 그런 로렌초의 행동에 짜증이 치밀었다가, 그의 눈에 내가 어떻게 보일지 퍼뜩 깨달았다. 제멋대로 구는 여자가 바람을 채찍질하면서, 치맛자락이 그러모은 잡쓰레기를 저도 모르게 끌고 가는 꼴이라니. 피라미의 부서진 턱이 치맛단을 물고 있고, 엉겅퀴처럼 해진 후줄근한 밧줄조각도 붙어 있고, 시커먼 종잇조각도 매달려 있었다.

"여기에 소스 냄비만 뒤집어쓰면 영락없는 뒬러 흐릿*이겠네." 내가 따라서 쿡쿡 웃으며 한마디했다.

나는 의도치 않게 모은 오물을 떨어내려고 통나무에 걸터앉았다. 종잇조각을 떼어내는데, 자세히 보니 타로카드의 조악한 목판화에서 잘려나온 조각이었다. 라모르 카드였다. 그러나 보통 라모르 카드에서 볼 수 있는 그림—두 연인이 둥그런 초록색 결혼 천막 아래 서 있고 발치에 조그만 개가 있는 그림—은 떨어져나가고 없었다. 대신 내 치맛단에 딸려온 건 한 손에 화살통을, 다른 손엔 화살을 들고 눈가리개를 한 큐피드 그림 조각이었다. 이렇게 순수한 꼬마 신이 파괴자라니. 올미나가 이걸 보면 뭐라고 할까?

한낮의 빛도 슬슬 저물어가고 있었다. 이런 느지막한 추수철, 그

_____

* 16세기 네덜란드 화가 피터르 브뤼헐이 그린 〈뒬러 흐릿Dulle Griet〉을 말한다. 지옥을 약탈하겠다며 여자들로만 이루어진 군대를 이끄는 여자다.

림자가 길어지고 세상도 자기 자신에게서 물러나기 시작하는 계절은 내가 가장 좋아하는 시기였다. 나는 로렌초를 커다랗고 평평한 바위에 앉아 쉬게 하면서 잠시나마 혼자 걸을 수 있게 된 것에 기뻐했다. 호숫가에서 물이 찰랑거렸다. 그 소리는 고향의 운하에서 출렁이는 조수와 비슷했지만 냄새는 이곳이 더 은은했다. 갑자기 소금물이 그리워졌다. 점점이 섬이 박혀 있는 거대한 바다 풍광도 그리웠다. 이 영문 모를 향수에는 사람도 심지어 건물도 포함되지 않았다. 그저 냄새와 돌이, 베네치아의 운하들을 통과하던 온갖 소리만이 그리웠다.

콘스탄츠 호수를 바라보면서 이 광대한 호수가 참 애달도록 작아 보인다는, 말도 안 되는 생각을 했다. 아버지가 베네치아에서 한 생각이 이런 거였을까? 애처로운 석호라고 느꼈을까? 쇠살대를 씌운 보디스가 영혼을 너무 꽉 조인다고 느꼈을까?

하염없이 걷다가 갑자기 비린 냄새가 진동해서 따라가보니, 진원지는 키 작은 덤불이었다. 느시* 두 마리가 괴성을 지르며 날아올랐다. 나는 악취에 구역질하면서 얼른 구겨진 손수건으로 코와 입을 틀어막았다. 새들이 뜯어먹고 있던 것이 시야에 들어왔다. 구더기가 들끓는, 죽은 말이었다. 찡그린 채 굳어진 오르페오의 얼굴이었다(녀석일 수밖에 없었다). 두 눈은 텅 비고, 아래턱에 맸던 끈은 툭 튀어나오고, 누런 이빨이 번들번들한 살점 속에서 희미하게 빛났다. 구멍이란 구멍에서 모두 까만 개미떼가 줄줄이 쏟아져나

---

* 목과 다리가 길고 몸통은 통통한, 두루미목 느싯과의 대형 조류. 들칠면조라고도 한다.

왔다. 안장주머니에 들어 있던 것들은 이미 누가 털어간 뒤였다.

물론 약상자도 사라져버렸다.

나는 휘청대며 뒷걸음질쳤다. "로렌초, 로렌초!"

그러나 로렌초는 듣지 못했다. 나는 소맷자락의 끈이 풀릴 때까지 팔을 휘적거려 로렌초에게 신호를 보냈다. 마침내 알아챈 로렌초가 반쯤 뛰고 반쯤 절룩거리며 이리로 왔다. 내가 뭘 발견했는지 보고 그가 단호히 말했다. "보지 마세요, 시뇨리나. 제발 눈을 돌리세요……"

하지만 그럴 수가 없었다. 어릴 때부터 나는 생의 지저분한 면— 출산부터 소멸까지—에 마음을 빼앗겼다. 체액과 물, 혈액, 소변은 늘상 보는 것이었다. 침윤 역시 그랬다. 해부학 강당에서, 누군가가 태어나거나 죽어가는 방에서, 포타주를 떠먹는 부엌에서 아버지의 동그란 이마에 송골송골 맺힌 땀. 한번은 아버지가 노해서 약상자를 방 저편으로 집어던져 작은 병들이 산산조각난 적이 있었다. 그때 본 유출. 수은과 진통제와 달여낸 즙, 증류액과 팅크액.

로렌초와 나는 오르페오에게서 몇 미터 떨어진 듬성듬성한 잡목 속에 조용히 기도 올리듯 무릎을 꿇고 앉았다. 그러다 갑자기 로렌초가 몸통이 푹 꺼진 오르페오에게서 굴레를 떼어냈다. 우리 둘은 안장과 가죽가방들을 챙겼다.

"약상자는 가져가고 마구는 안 가져간 게 이상하네요." 로렌초가 중얼거렸다.

"그것도 가져가려고 다시 올지 누가 알아." 내 짐작은 그랬다. 어쩌다보니 내 드레스 밑단이 오르페오의 벌어진 등 속의 시커먼 신장 위를 쓸고 지나갔다. 나는 호숫가로 휘청휘청 걸어가 치맛단을 박박 문질러 빨았다. 담즙이 입안으로 울컥 올라왔다. 그사이 로렌초는 가방과 고삐를 물에 헹궜다. "물건에서 죽음을 씻어내기가 쉽지 않을 거예요." 그가 냉정한 투로 말했다.

"소금과 로즈메리는 부패를 씻어내주죠." 아버지가 시체 냄새를 풍기며 집에 돌아올 때면 올미나는 말했었다.

"꼭 의사만 죽음의 냄새를 풍기는 건 아니죠. 군인, 도살업자, 왕……" 그러더니 로렌초는 냉소 섞인 웃음을 나직하게 터뜨렸다. "어쩌면 추기경도요, 이런 말 하면 벌받겠지만."

잠시 후 그는 오르페오의 발굽을 쓰다듬다가 비통함으로 얼굴이 일그러졌다. "동물들만이 우리를 이해해주잖아요, 시뇨리나. 성 프란체스코께선 동물한테는 설교하지 않으셨을 거예요. 동물이 하는 얘기를 듣기만 하셨겠죠."

한참을 그러다가 마침내 우리는 젖은 마구를 질질 끌며, 녀석을 먹어치울 부리와 이빨, 아래턱들에게 오르페오를 맡겨두고 자리를 떴다. 걸어가면서 나는 로렌초의 어깨에 손을 올렸다가 더블릿 아래로 느껴지는 앙상함에 흠칫 놀랐다. 혹 아버지가 침묵하고 있는 이유가 이 죽은 말이 침묵하는 이유만큼 명백한 거라면 어쩌지? 어쩌면 아버지는 범람한 강에 빨려들어가 익사해서, 사람 사는 데서 멀리 떨어진 강둑으로 떠내려갔는지도 몰라. 아니면 도적떼가 아버지 목을 따고 블랙베리나무 밑에 던져버렸을지도 모르고. 그것도 아니면 아버지가 무쇠 신발을 신고서 호수로 저벅저벅 걸어들어갔거나.

하지만 아버지의 마지막 편지를 떠올리자 이런 의심들은 차차 물러갔다. 결국 아버지는 고립을 선택한 것이었다. 나는 돌아가지 않을 작정이고, 그편이 네게도 나을 거다……

그날 저녁 나는 마음의 위로를 받으려고 기도문을 들춰보듯 1584년 가을에 받은 아버지의 편지를 찾아 읽었다. 이런 구절이 있었다. "우리의 흉곽은 야생벌을 위한 벌집이 된 채……" 나는 오르페오의 죽음에 마음이 몹시 어지러웠다. 충격으로 인한 멍함과 혐오가 쏟아지는 슬픔의 틈을 비집고 들어왔다. 오르페오에게 짜증을 자주 냈지만, 나중에는 나보다 섬세한 감각으로 세상과 더 친밀한 관계를 맺던 그 녀석을 진심으로 좋아했다. 줄곧 나를 태우고 다닌 녀석이었다. 힘이 센데다 유연하기까지 했던 녀석. 자책감이 꾸물꾸물 치솟았고, 녀석의 죽음의 무게가 고스란히 느껴졌다.

바라는 대로 되는 일은 없다. 보이는 그대로인 것도 없다. 오늘은 길을 가다가 산족제비 가죽으로 만든 망토를 두른 귀족들이 우릴 덮쳤단다. 거짓으로 친절하게 인사하더니 우리 소지품과 돈을 전부 털어갔지. 귀족들 중 한 명이 내 약상자를 바닥에 팽개치더니, 쭈그려앉아 내용물을 뒤지면서 병 몇 개를 열고 하나씩 냄새 맡아본 뒤 땅바닥에 던져버렸단다. 다행히 비교적 귀한 치료제 몇 가지는 그가 알아채지 못한 비밀 서랍에 들어 있었지. 그런데 그가 두르고 있던 망토가 확 펼쳐지더니 농사꾼이 입는 바지가 드러나지 뭐냐. 그들은 귀족이 아니었던 거야. 내가 데려온 두 하인은 늘 그렇듯 아무짝에도 쓸모없이 고개를 푹 숙이고 있었단다. 하지만 좀 봐주자면 우리가 수적으로 훨씬 열세이긴 했지. 도적 다섯 놈은 곧 내게 자기들이 잡은 산토끼 두 마리로 스튜를 끓이라고 명령했다. 내게 일을 맡기는 걸 즐기더구나. 그러는 동안에도 내 하인들은 어쩔 줄 모르고 꿈지럭거리며 멀뚱히 서 있었단다. 도적 두목이 말채찍으로 나를 쿡쿡 찌르면서 이러더구나. "의사도 가만 보면 부엌데기랑 다를 게 없다니까. 뭐를 자꾸 물에 끓여대니 말이야, 안 그래? 대단하신 의사 나리가 우리를 고쳐줄 수 있는지 한 번 보자고!" 그래서 나는 그렇게 했지. 샐비어와 마늘, 보리 그리고 쥐오줌풀을 넣고 끓인 스튜로 말이다(물론 마지막 약초는 그놈들을 즉시 곯아떨어지게 했단다). 게다가 그 멍청이들이 우리한텐 한 방울도 나눠주지 않아서 우리는 정신이 말짱했어. 우리 물건뿐 아니라 놈들의 물건까지 거의 다 챙겨서, 그리고 고급 포도주 몇 병까지 챙겨서 도망쳤단다. 그놈들이 타고 온 노새들도 데려갔지. 도둑에게서 훔치는 건 도둑질이 아니니까. 별로 권할 만한 짓은 아니지만 말이다. 그래도 양심 한구석이 쑤시긴 했고, 깨어난 그 놈들이 어떤 반응을 보일까 상상하니 고소하기도 했다. 우리가 있던 곳에서 이든버그까지 그리 멀지 않았는데, 거기서 내 동료 어카트 박사가 노새들에게 새 주인을 찾아주는 걸 도와줬고(그다지 순조롭지는 않았다. 서른 명이나 자기가 주인이라고 나서서 결국 우리는 약간의 돈을 받고 팔아버려야 했거든), 우리랑 같이 기분 좋게 포도주를 마셨단다. 이렇게 나의 짧은 도둑 체험은 막을 내렸다. 물론 정반대의 결말을 맞을 수도 있었지. 웬 스코틀랜드인이 내 약을 가지고 달아나 시골을 돌며 의사를 사칭해 해악을 끼치는 동안 우리의 입은 양토가 되고 우리의 흉곽은 야생벌을 위한 벌집이 된 채 영원히 떡갈나무 캐노피만 올려다보는 신세가 됐을 수도 있으니까. 이제 나는 산족제비 망토를 두른 귀족이 다가오지는 않나, 아니 만에 하나 사제나 넝마장수가 덮치지는 않을까, 늘 경계를 바짝 세운단다. 누가 나를 쫓아온다 해도 그가 누군지, 친구인지 적인지 알지 못할 테니.

8장
타지 않는 불

이튿날 아침 출발하기 전, 나는 올미나에게 눈가리개를 한 큐피드 그림만 남은 라모레 타로카드 조각을 보여주면서 말했다. "내 미래엔 연인이 없나봐."

올미나는 카드를 슬쩍 들여다보더니 엄지로 종잇조각을 문질렀다. "아가씨가 생각하는 연인이 없는 거겠죠." 그녀가 웃으며 내 말을 고쳐주었다. 희망은 올미나에게 빵처럼 흔하고 평범한 것이었다. 하지만 나는 마우리치오의 죽음 이후 희망을 쥐고 있을 수가 없었다.

그가 앓아누웠을 때만 해도 회복할 거라 믿어 의심치 않았다. 기운 쌩쌩한 젊은 남자였으니까. 우리는 파도바대학교 회랑에서 만나곤 했다. 처음에는 서로 불분명한 눈길만 주고받다가, 나중에는 아버지의 소개로 만났다. 마우로*는 아버지의 제자였고 나는 아버지 곁에 늘 붙어다녔으니까. 아버지는 못마땅해했지만(그때 나는

136

결혼 적령기인 열여섯 살을 훌쩍 넘긴 열여덟 살이었는데도) 그는 끈질기게 구애했다. 한때 그렇게 나를 곁에 못 둬서 안달이던 아버지가 몇 년 후에는 알아서 잘살라고 나를 버리고 가다니 참 묘한 일이다. 아무튼 마우로는 타고난 머리와 자신감으로 아버지의 마음을 얻었는데, 사실 그 뒤에는 자신이 가져보지 못한 아버지에 대한 열망이 숨어 있었다. 한동안 아버지는 마음을 누그러뜨리고 우리 둘 모두를 지도해주었다.

　마우로와 나는 인체의 해부학적 신비에 대한 과학적 열정을 공유했기에 서로를 가르쳐주기도 했다. 그리고 얼마 안 가 그 열정은 누가 가르쳐줄 수 없는 것까지 탐구하도록 우리를 이끌었다. 마우로의 살짝 굽은 어깨에서 나는 그가 품고 있는 슬픔의 윤곽을 배웠다. 물론 그는 자기 연구에 대한 자부심으로 꼿꼿이 몸을 펼 줄도 아는 사람이었다. 그의 투명한 초록색 눈동자는 늘 나를 찾아 두리번거렸는데, 그 눈은 풍성한 굴곡과 부드러움뿐 아니라 내가 직접 들여다볼 수 없는 곳들까지 탐색했다. 그런 것들을, 그 되찾은 맹시**의 선물을, 마치 내 앞과 뒤에 하나씩 놓인 거울처럼 마우로는 내게 보여주었다. 내가 가진 줄도 몰랐던 우아함, 내가 끊어냈던 성급함을 되찾아준 것이다. 나 또한 그 자신에게는 보이지 않았던 인상들을 보여주었다. "당신은 나를 너무 잘 알아, 가브리엘라!" 내가 숨겨진 그의 사나움이나 뛰어남을 포착할 때마다 그는 숲속의 야생 수사슴처럼 놀라며 말하곤 했다. 게다가 말은 또 어땠는

---

* 마우리치오의 애칭.
** 광원이나 시각적 자극을 정확히 느끼는 맹인의 능력.

지! 확신컨대 우리는 어떤 교수도 바라지 못했을 수준으로 베살리우스의 저서에 나오는 라틴어를 구사했다. 아르테리아 마그나, 엑스 시니스트로 코르디스 시누 오리엔스, 에트 비탈렘 스피리툼 토티 코르포리 데페렌스(대동맥은, 좌심실로부터 동쪽으로, 온몸의 활력을 내보내는데)…… 우리 혀에 굴리는 그 언어는 아름답게 느껴졌고, 그래서 우리는 모든 구절을 외울 때까지 되짚어갔다.

그러다 그가 병이 들었다. 쫑긋 기울인 채 가슴팍에 갖다댄 내 귀로 그의 맥박이 뛰어올랐다. 그는 열에 들떠 심하게 떨었지만, 첫째 날에는 정화되어 땀으로 번들거리는 채로 정신이 돌아왔다. 나는 그에게 홀리 바질과 검은 후추를 우린 차를 마시게 했다. 이틀 뒤 두번째로 한바탕 앓은 뒤에도 그는 기운을 되찾았다. 그는 축축하고 기다란, 수술하는 직업에 어울리는 하얀 손가락으로 내 손을 잡았다. 그러나 열병은 그를 걸레처럼 꼭 쥐어짰다. 검은 머리칼은 땀으로 뭉쳤고, 두 눈은 좁고 기다란 구멍처럼 흐리멍덩하게 빛났다. 생애 가임기의 막바지에 그를 낳았고 이제는 노인이 된 그의 어머니가, 내가 아들 곁을 지킬 수 있도록 그의 침대 옆에 조그만 침대를 마련해주었다.

"사랑하는 사람이 곁에 있으면 회복이 빨라질 거야." 그녀가 종잇장처럼 거슬거슬한 손바닥을 내 뺨에 대며 말했다.

일주일이 흐른 날 아침, 잠에서 깬 나는 그의 침대 커튼을 확 젖혔다. 그는 파란 캐노피를 멍하니 올려다보며 굳은 입을 살짝 벌리고 숨이 다 빠져나간 채로 미동도 없이 누워 있었다. 마치 누가 그를 강에서 건져올려 침대에 눕힌 것처럼 침대보가 흠뻑 젖어 있었다. 나는 두 손으로 차가운 그의 손을 잡으며 생각했다, 따뜻하게 해

쥐야 돼. 하지만 죽음이 온기를 거둬가버렸다.

세상이 단단히 잘못된 것 같았다. 어디를 봐도 온전치 않았다. 한없이 큰 그의 심장이 사라졌고, 내 심장은 침묵에 빠졌다.

내 손바닥은 몇 달 동안 감각이 없었다. 하지만 올미나 빼고는 아무한테도 얘기하지 않았다. 올미나는 내 이야기를 듣더니 말했다. "작은 불꽃은 돌아올 거예요, 걱정 말아요, 시뇨리나." 그랬다, 돌아오긴 했다. 냄비 손잡이에 덴 상처처럼. 손바닥 피부가 흉터처럼 반들반들하고 하얘졌다. 아버지는 내 손을 보더니 고개를 저었다. "비통함은 묘한 방식으로 자신을 표현한단다, 딸아."

나는 라모르 카드 조각을 치마 주머니에 넣었다. 그런 다음 우리는 과부 구드룬과 문 앞에서 작별했다. 그녀의 코바늘뜨기 솜씨와 저녁마다 들려주는 이야기에 정이 든 참이었는데.

"우리는 튀빙겐으로 가요. 제 아버지와 사이좋은 라이벌이라는 라이너 푸크스 박사를 만나뵈러요." 나는 그녀에게 말하고는 몸을 가까이 대고 조용히 속삭였다. "푸크스 박사님은 부인처럼 식물의 치료 효능을 적재적소에 쓸 줄 아는 분이에요."

구드룬은 한 대 맞은 것 같은 표정이 되었다. 한 박자 늦게 실수를 깨달은 나는 어떻게든 수습해보려 했다. "제 말은, 부인처럼 그 분도 약초 요법의 효능을 믿는다고요. 아버지의 편지에 뭐라고 쓰여 있냐면, 아버지가 『질병백과』를 완성하기 전에 푸크스 박사님이 먼저 『약물백과』를 완성할 요량으로 집필중이래요."

구드룬은 미간을 찌푸리며 앙상한 팔로 가슴께에 팔짱을 꼈다.

당연히 그녀는 글을 읽을 줄 몰랐고, 그러니 책도 그녀에겐 별 의미가 없었다. 거기에 대고 책 쓰는 이야기를 떠들어대다니. 얼굴이 화끈거렸다. "혹 누구한테 편지 보낼 일이 있으시면, 저희는 다음에 레이던으로 이동할 거예요. 맛있는 식사와 편안한 잠자리 제공해주셔서 정말 감사해요!" 나는 몸의 통증이 사라진 걸 스스로에게 확인시키려는 듯 왼쪽 뺨과 어깨를 살살 만져봤다. 어깨와 심장 바로 위 흉부가 아직도 욱신거렸다. "여행길에 쓸 약초랑 꿀까지 챙겨주셔서 고마워요. 제 명은 거의 다 빠졌어요."

구드룬은 시선을 떨어뜨렸다. "촌사람이라면 응당 그렇듯 여행자의 부상을 치료해준 것뿐이에요."

"구드룬 부인." 나는 그녀의 팔을 살짝 건드릴 것처럼 앞으로 움직였다.

하지만 구드룬은 한시바삐 집안으로 들어가봐야 하는 사람처럼 뒤로 물러섰다. "꿀벌을 돌봐야 해서요." 그녀는 이렇게 해명했다. 하지만 다음 순간 멈칫했고, 아주 오랫동안 뭔가를 숨겨왔으나 더는 그러지 못하게 된 사람처럼 갑자기 심경이 변한 기색을 보였다. 그녀가 내 쪽으로 몸을 바짝 대고서 털어놓았다. "몇 년 전 베네치아 출신의 의사가 이곳을 거쳐갔다고 들었어요. 걱정 끼치고 싶지 않아서 말 안 하려고 했는데. 그분이 쓴 치료법이 효과가 없어서 마을 사람들 여럿이 병세가 더 심해졌어요. 나라면 베네치아 출신이라는 것도, 의사라는 것도 숨기고 다니겠어요. 아직도 화가 안 풀린 사람들이 있거든요." 그러더니 우리를 향해 뻣뻣하게 한 번 손을 흔들어 보이고는 검은 치맛자락을 휘날리며 시커먼 현관 안으로 사라졌다.

"이상한 여자예요." 노새들의 걸음에 적당히 속도가 붙어 꾸준히 북쪽으로 이동하는데 올미나가 한마디했다.

나는 한동안 아무 말도 할 수 없었다. 내가 공연히 재주를 언급해 구드룬의 간담을 서늘하게 했다면, 구드룬은 경고를 줘서 내 간담을 서늘하게 만들었다. 문제의 그 의사는 아무래도 아버지가 아닌 것 같았지만. 아버지는 실력 있고 신뢰할 만한 의사였다. 하지만 여행중에 시골을 거쳐가는 베네치아 출신 의사가 몇 명이나 있을까?

"겁먹어서 그러는 거야." 나는 구드룬의 약초 요법을 입에 올린 걸 속으로 후회하며 대꾸했다.

"아, 저 노파는 자기 생각에만 빠져 있고 남의 생각을 들을 일이 별로 없어서 그래요." 로렌초가 단언했다. "두 주 내내 숙박 손님이 우리밖에 없는 것 눈치채셨어요?"

"맞아요." 올미나가 말했다. "게다가 맨날 밤중에 다락을 오르락내리락하더라고요. 거기서 무슨 짓을 하는지 누가 알아요!"

"거기에 올라가 있어야만 마음이 안정되는지도 모르지." 말실수를 수습하려고 여전히 애쓰면서 내가 대꾸했다. 이제 와서 무슨 소용이 있나 싶었지만. 우리 중 누구도 그녀를 주교에게 신고할 생각은 없었다.

우리는 콘스탄츠 호수에서 멀어져 라인강 상부의 검은 숲으로 들어갔다. 소나무와 너도밤나무, 전나무가 두터운 외피처럼 우리를 압박해오면서 햇빛이 점점 줄어들었다. 노새들은 일정한 리듬으로 걸어가게 되자 고개를 오른쪽도 왼쪽도 아닌 어정쩡한 방향으로 주억거렸다. 올미나는 점점 불안해했지만, 로렌초는 나무들에 둘러싸여 기분이 밝아진 듯했다.

그는 자기 아버지가 옛날에 해주셨다는 이 숲, 슈바르츠발트에 얽힌 이야기를 늘어놓았다. "너도밤나무들이 길을 안내해줄 겁니다. 주로 나이든 사람들이 이 나무에 파묻혀 사는데, 통풍을 낫게 해준대요. 성질을 잘 부리는 사람도 진정시켜준다나요? 그리고 소나무는 숲에서 가장 사랑스러운 나무인데, 심장을 편안하게 해준대요. 전나무는 하늘에 구름이 끼기 전에 솔방울을 열어 폭풍우를 예고해주고요."

"야생자두나무는?" 내가 물었다. "그 수지가 어떤 효능이 있다던데."

"아, 그 녀석은 위험한 녀석이에요, 가시랑 덤불 둘 다요. 제가 아는 건 야생자두나무가 겨울이 오는 걸 알려준다는 것뿐이네요. 워낙에 반대로 나가는 녀석이라, 남들 다 죽을 때 열매가 익거든요."

올미나가 끼어들었다. "나는 느릅나무가 좋더라. 그 나무에 대해선 뭐 할말 없수, 영감?" 한 시간여 전에 우리가 이 숲으로 들어온 이래 한마디도 뱉지 않던 그녀였다.

"느릅나무는 대지의 여신이 신성시하는 나무인데, 필요한 사람에게 아주 훌륭한 밧줄을 제공해주지." 로렌초가 민담을 이만큼이나 안다고 뿌듯해하며 설명했다.

"나는 무리 지어 있는 낙엽송이 좋더라." 나도 말을 얹었다. "여러 색깔로 불타오르잖아. 낙엽송은 타지 않는 불 같아."

한줄기 약한 바람이 불어와 넓디넓은 페르시아 양탄자를 쓸고 지나가는 치맛자락처럼, 우리 위로 솟은 나무들의 높은 가지를 스치고 갔다. 언덕 꼭대기에 다다른 우리는 작은 나무 사원 앞에서 잠시 멈췄다. 사원이라고는 하지만 상단에 비스듬하게 나무껍질

지붕널을 씌워 탄탄한 소나무 기둥에 못으로 고정한 상자였다. 이끼로 둘러싸인 그 안에는 조악하게 깎고 색칠한 뒤 별무늬를 그려 넣은, 빛바랜 파란색 로브 차림의 성모마리아상이 있었다. 한 손에 백합을 들고 다른 손은 손바닥이 위로 향하게 펼치고 있는 모습이 간청하는 건지 위로하는 건지 알 수 없었다. 누가 불을 붙였는지 거의 다 타버린 작은 초들도 있었다. "누가 여기 와서 초를 켜는 거지?" 내가 중얼거렸다. "반경 몇 킬로미터 내에 아무도 없는데."

"순례자들인지 도적놈들인지 누가 알겠습니까." 로렌초가 대꾸했다. "괴팍한 인간들도 이런 동떨어진 장소에 와서 기도를 올리고 가니까요."

나는 노새에서 내려 안장 가방을 열고 각종 분말과 향수가 들어 있는 비단 가방에서 작은 장미수 병을 꺼내 성모마리아의 발치에 몇 방울 뿌렸다. 튀빙겐(아버지 편지 중 한 통의 발신지였다)에서 무사히 지내고 계신 아버지를 찾게 해달라고, 아니면 어디 계신지 모종의 신호라도 보내달라고. 성모마리아의 얼굴은 나무줄기와 가지에 얼룩덜룩 돋는 발광 이끼와 같은 종류의 연녹색 곰팡이로 얼룩져 있었다.

이런 외딴곳에 있는 성모마리아는 좀더 소박한 기도를 올리는 듯했다. 만약 신이 진짜로 듣고 있다면 말이다. 아니면 나무는 나무일 뿐, 그림자 속 사탄 말고는 아무도 안 듣고 있는지도 몰랐다. 일 디아볼로 시 나스콘데 디에트로 라 크로체(악마는 십자가 뒤에 숨어 있다). 이런 말도 있잖은가.

올미나는 기도를 올렸고, 그러는 동안 로렌초는 저 위의 산등성이에 몰려든 떼까마귀들을 주시했다.

숲에서 다른 여행자를 한 명도 안 마주쳤기에, 날이 저물어갈 무렵 굽은 허리에 땔감더미를 진 나이 지긋한 농사꾼 부부가 이쪽으로 다가왔을 때 우리는 잔뜩 경계했다.

그들도 똑같이 경계하는 표정으로 우리를 바라보았다. 호숫가 마을에서 바슬러 박사나 알텐하우스 경의 하인들에게 받은 것 같은 의심을 피하고 싶어 나는 빵과 프리울리*산 포도주를 권했다.

"오, 정말 고맙습니다, 아가씨, 한 모금씩만 마시지요." 살집 통통한 노인네가 말했다. 쾡하지만 눈가가 푹 꺼지지는 않은 모습이 최근에 들어서야 배를 곯기 시작한 것 같았다. 그의 아내인 곱사등이 노파는 피부에 황달기가 있었는데, 올미나를 한쪽으로 데려가더니 다급한 목소리로 뭐라고 속닥였다.

"가브리엘라 아가씨." 올미나가 초조한 투로 말했다. "이 친절하신 분들이 우리가 해 떨어지기 전 가장 가까운 마을인 오펜부르크에 닿지 못할 거라고 하시네요. 숲속에서 자지 말라고, 고맙게도 자기네 오두막을 숙소로 제공하겠대요."

나는 어두운 생각에 빠진 사람처럼 회색 안개에 잠겨버린 전방의 길을 바라봤다. 솔직한 심정으로는, 지금쯤 튀빙겐에 닿았으면 했다.

나는 농부들을 유심히 살폈다. 우리를 털려는 속셈일까? 아버지의 목소리가 들리는 듯했다. 뭘 하든 눈치가 빨라야 돼, 가브리엘라. 모르는 곳에 가면 아무도 믿지 마.

---

* 베네치아의 북쪽 지방.

나는 노인들이 듣지 못하게 적당히 떨어진 데로 올미나를 불러냈다. "뭘 보고 저 사람들을 믿어도 된다는 거야?"

"에둘러 말하지 않잖아요. 시뇨리나. 그리고 몹시 겁먹었고요. 저 사람들한테서 공포의 냄새를 맡을 수 있을 정돈데요. 도적단이라면 저렇게 겁내지 않겠지요. 우리는 셋뿐이고, 무장도 안 했으니까."

"그럼 어디 말해봐, 대체 공포의 냄새가 뭔데?"

"사향처럼 코를 찌르고 저까지 덩달아 초조해지게 만드는 냄새요."

"알았어." 나는 마지못해 대답했다. "하지만 경계를 늦춰선 안 돼."

"로렌초하고 제가 번갈아 불침번을 설게요."

"글쎄, 두고 보자고." 나는 노새를 노부부 쪽으로 몰아가며 물었다. "오두막이 여기서 얼마나 먼가?"

"이 근처입니다요." 노인네가 털이 북슬북슬하고 검버섯이 핀 손을 휘둘러 가리켰다.

"알겠네, 그럼 따뜻한 제안 고맙게 받아들이겠네."

두 노인은 표정이 밝아지더니 걸음이 더 빨라졌다. 우리는 길에서 벗어나 사람들이 잘 다니지 않는 산길로 들어섰다. 올미나와 로렌초가 농부들과 함께 앞서 걸어갔고, 내게는 들리지 않는 대화를 넉살 좋게 나눴다. 중요한 얘기를 들으면 나한테도 알려줄 걸 알았기에 나는 크게 신경쓰지 않았다. 이렇게 가는 편이 나았다. 농부들은 나와 떨어져 이야기 나누는 게 더 편할 테니까.

노부부 게르타와 요제프는 검은 숲 깊은 곳에 살고 있었다(요제프가 처음에 말했던 것만큼 가깝지는 않았다). 그들의 거처는 산사나무 잡목에 가려져 있었다. 나는 오두막에 들어갈 때까지 불안한

마음이 들었지만, 들어간 순간 로즈메리와 박하, 캐러웨이*의 건조
한 향내가 오감을 채웠다. 게르타는 피부가 그렇게 누리끼리한데
도(그걸 보고 느긋한 기질을 눈치챘어야 했는데) 갑자기 활기를 띠
더니 불을 지피고 무쇠냄비를 올려 야생 리크 수프를 끓이기 시작
했다. 요제프는 천장에 매달아놓은 소시지 세 덩이 중 하나를 끊어
냈다. 우리도 우리가 가져온 다 부스러진 빵과 소금에 절인 베네치
아산 정어리 마지막 한 조각, 염소 치즈, 포도주를 투박한 식탁 위
에 꺼내놓고 양껏 먹기 시작했다.

　다 먹고 난 뒤 우리는 난롯가로 가, 두툼한 긴 의자 하나에 다 같
이 편안히 앉았다. 그런데 우리가 튀빙겐에 간다는 소리를 듣더니
요제프가 대뜸 말했다. "그렇게 입고서, 치마 차림으로 거기까지
못 갑니다요!"

　어리둥절한 내 표정을 보고 게르타가 설명했다. "여자들이 다 사
라졌어요. 마녀라고 잡혀가고, 어린 딸들도 죄다 끌려갔죠."

　요제프가 몸을 앞으로 웅크렸고, 그러자 주름진 뒷목의 빳빳한
회색 머리칼이 고슴도치의 억센 털처럼 뾰족하게 섰다. "뷔르템베
르크의 주교가……" 그가 중얼거렸다. "그의 부하들이 우리 마을
뒬링겐에서 여자들을 죄다 잡아갔어요. 저희는 오래된 지하저장고
에 숨어 있었고요. 안 그랬으면 우리 게르타도 잡혀갔을 겁니다."

　게르타는 마디가 툭툭 불거진 손을 요제프의 어깨에 살며시 얹
었다.

　나는 난로 안에서 흩날리는 재를 물끄러미 바라보았다. "그 사

---

* 씨앗을 향신료로 쓰는 회향풀의 일종.

146

람들 어떻게 됐는데?"

"모르지요, 정확히는. 다들 끝내 돌아오지 않습디다. 이 근방에
여자라고는 한 명도 없는 마을이 몇 개 있습지요."

그래서 이 노인네들이 숲속에 숨어 둘이서만 살고 있는 거구나.

지난 몇십 년 동안 베네치아에서도 마녀재판이 열렸다. 흑사병
이 돌 때 가장 심했다. 악마와 교제했다는 혐의를 받은 과부들은
입에 벽돌이 가득 쑤셔넣어진 채 땅에 묻혔다. 그들은 라차레토베
키오섬*에 수천 명의 흑사병 사망자를 묻으려고 파둔 구덩이에 던
져졌다. 그렇게 해야 마녀들이 돌아와 살아 있는 아이들을 잡아먹
는 걸 막을 수 있다고 했다.

어머니는 이렇게 울부짖었다. "무슨 마법을 썼다고 그래? 이런
비정한 일이 어디 있어! 불쌍한 늙은이를 벽돌로 입 막아 공동묘지
에 던져넣다니." 그러더니 내가 옆에서 듣고 있는데도 올미나에게
낮은 목소리로 말했다. "종교재판관은 머리를 벽돌로 처맞아야 돼.
나는 그렇게 생각해." 난생처음으로 나는 어머니 말에 동의했다.

외할머니는 과부였는데, 1575년 흑사병 공포가 닥쳤을 때 마녀
로 손가락질받았지만 다행히 가족의 지인이 힘을 써줘서 사면되었
다. 그런데 이제 와서 나도 퍼뜩 이런 생각이 들었다. 오, 우리 어머
니도 어떻게 보면 과부네. 허수아비 과부라는 것도 있으니까. 버림받
은 정부를 일컫는 말이었다. 하지만 남편의 행방을 모르는 아내는
뭐라고 불러야 좋을까? 결혼으로 오히려 뭔가가 부족해진. 원래 남
편이 없었던 과부.

---

*베네치아 석호에 있는 섬.

베네치아에서 마법을 썼다는 혐의를 뒤집어쓴 대상은 대부분 산 파였고 그들은 곧 투옥되었다. 그러나 아이들만큼은 결코 혐의를 받지 않았다. 어린 딸들, 게르타는 이렇게 말했지. 틱틱거리는 불꽃 앞에 서로 꼭 붙어 앉아 있는 동안 울미나가 내 팔에 자기 팔을 끼 었다.

"어떻게 그런 일이 있을 수 있지?" 내가 심란해져서 물었다.

요제프가 사정을 설명해주었다. "처음에는 주교가 될링겐에 종 교재판단을 보내 마을 사제의 보조로 재판을 열었습죠. 마을 외곽 에 과부가 하나 사는데 마녀라는 소문이 돌았거든요. 그 여자는 늘 부루퉁해 있고 남편한테 구박을 받았어요. 그런데 남편이 죽고 난 뒤 자기 내키는 대로 말하기 시작한 거예요. 심지어 지주가 지대를 올렸다고 저주를 퍼붓고, 누추한 그 집에 들어가려는 사제를 문전 박대했죠. 그 여자가 왜 그렇게 화가 났는지 이해는 하지만, 여자 는 말을 가려서 해야죠. 특히 혼자 사는 여자는요."

"그 여자 자식들은 전부 죽거나 아니면 우리집 애들처럼 멀리 떠났어요." 게르타가 들릴락 말락 한 소리로 말하더니, 자기 자손 의 수를 꼽아보듯 양손을 내려다봤다. 죽은 아이들, 바다로 나간 아이들, 더 나은 삶을 찾아 타국으로 떠난 아이들, 전부 다시는 보 지 못할 아이들이었다.

"저는 차라리 기뻐요." 금방이라도 흐느낄 듯 게르타의 목소리 가 메어왔다. "우리 딸들이 멀리 떠나서 이 마을 다른 여자들이 당 한 일을 피할 수 있었던 게요."

요제프가 게르타를 팔로 감싸안았다.

게르타는 말을 이었다. "그 과부 말이에요. 그 집 남편이 살아 있을 때는 잘만 봐주던 이웃이 갑자기 자기네 땅에서 염소를 먹이지 말라고 하니까, 그 이웃한테 너는 씨가 마를 거라고 욕을 했어요. 근데 실제로 그렇게 돼서 그 남자는 영영 다른 자식을 못 낳았지 뭡니까. 또 그 과부는 온갖 허브와 약초가 자라는 정원을 가꿨는데, 교구 사제관 땅에서 자라는 걸 몰래 꺾어다 옮겨 심은 거라는 얘기가 있었어요. 사실이라 해도 저는 나쁘게 생각하지 않았을 거예요. 또 그 여자가 달에 대고 남의 저주를 빈다는 얘기도 있었어요. 때때로 그 과부는 자기 집 문 앞에 서서 지나가는 사람들한테 욕을 퍼붓기도 했죠……"

"저희는 개의치 않았어요. 재미있었거든요." 요제프가 덧붙였다. "한번은 어느 이웃한테 소시지 머리라고 부른 적도 있어요, 그 사람 소시지가 애먼 부위에 달렸다고요. 무슨 뜻인지 알아들으시려나."

노부부는 이 농담에 웃음을 터뜨렸고, 로렌초도 덩달아 웃었다. 올미나는 그저 고개만 저었다.

"그런데 어느 날 그들이 과부를 데려갔어요. 며칠 후에는 다른 여자들도 데려갔죠. 저희는 신문을 하려고 그러나보다 했지요. 남편들, 아들들은 가만히 있었고요." 게르타가 말했다.

"어쩌면 자기들이 더 협조할수록," 요제프가 냉소적으로 말했다. "여자들을 더 빨리 돌려받을 거라고 믿었는지도 모르지."

"그렇지만 돌아온 건 주교와 주교의 부하들뿐이었어요." 게르타가 말했다. "주교는 악마와 교제한 마을 여자들을 본보기로 처단하겠다고 선언했죠. 특히 이 땅에 엄청난 추위를 불러와 농사를 망친 날씨 마녀들을요. 음탕한 마녀들을 마을에서 싹 몰아내겠다나. 주교가 한 말이에요."

"그때 저희는 마을을 떠났어요." 요제프가 선언하듯 말했다. "저희는 이 숲을 잘 알아요. 제가 나무꾼이라서요. 그렇지만 저희는 계속 옮겨다니고 숨어 지내야 합니다. 언제까지 이런 생활을 해야 할지 모르겠네요." 그는 한숨을 푹 쉬었다. "며칠 전에도 마을에서 연기가 엄청 피어올랐어요."

"바로 그것 때문에 여러분도 딜링겐에서 멀찍이 떨어져 다녀야 한다는 거예요!" 게르타가 경고했다.

"튀빙겐까지 다른 경로로 가도록 해야지." 나도 동의했다.

"불가능한 일이에요." 로렌초가 무뚝뚝하게 대꾸했다. "물자를 마련해야 돼요."

"그럼 별수없겠네요." 요제프가 딱 잘라 말했다. "남자 옷을 입고 가는 수밖에."

내가 항의했다. "내겐 남자 옷이 없는데. 그리고 그러다 붙잡히면? 그런 일을 어떻게 해내?"

"별다른 수가 없는 것 같은데요." 올미나도 동조하고 나섰다.

로렌초는 아무 말도 없었지만 불안한 눈길로 우리를 쳐다봤다.

"우리는 베네치아가 아니라 루치아푸치나에서 왔다고 해야 돼." (나는 "그 아드리아해의 반짝거리는 창녀 있잖아"라는 말은 덧붙이지 않았지만, 외국인들이 그렇게 부르기를 좋아한다는 건 알고 있었다.) 그러고는 올미나를 안심시키려고 웃어 보였다. "지금부터 우리는 시골 촌뜨기인 거야."

"저는 애초에 베네치아인이 아니었는뎁쇼." 로렌초가 항의했다. "남들하고 얘기하는 건 저한테 다 맡기십쇼."

"아이고. 우린 이제 망했네!" 올미나가 말했다. "튀빙겐은 아예 건너뛰는 게 어때요?"

"안 돼!" 내가 날카롭게 대꾸했다. 그러다 곧 부드러운 말투로 덧붙였다. "아버지가 거기 계시면 어떡해? 난 확인해야겠어."

"아무렴요! 무덤까지 가더라도 확인하셔야겠죠!" 올미나가 벌떡 일어나 비좁은 흙바닥을 서성였다.

"아, 여보." 로렌초가 부드럽게 말했다. "여기 머물러 있어도 도시에서만큼 금세 죽음을 만날 수 있어."

"여기서 무덤으로 갈 일은 없을 거예요, 그건 제가 장담해요." 게르타가 상처받은 목소리로 성호를 그으며 말했다.

"기분 상하게 하려고 한 말은 아닙니다." 로렌초가 웅얼거렸다. 올미나는 눈알을 굴려 보였다.

"남장을 하고 가는 거야, 그럼. 더 빨리 이동할 수 있을 거야." 나는 뱃속이 경련을 일으키는데도 자신 있는 말투로 제안했다. 올미나는 끄응 소리를 내더니 내 옆자리인 긴 의자 끄트머리에 도로 주저앉았다. 밤의 감시병인 올빼미들이 숨죽여 울면서 메아리를 주고받기 시작했고, 우리는 잠자리에 들기 전까지 한참 동안 말없이 웅크리고 있었다.

얼마 후 나는 잠에서 깼고 좀처럼 도로 잠들지 못했다.

일어나 앉아(내 자리가 벽에 제일 가까워 남들을 안 깨우고 일어날 수 있었다) 가방에서 깃펜과 잉크, 종이를 꺼냈다. 주교이자 주민의 보호자가 독재자로 돌변한 아까의 이야기에 아직도 마음이 어수선해서 어스름 불빛 아래 원고를 쓰기 시작했다. 나머지 일행은 끔찍한 불협화음으로 코를 골아댔다.

거울 병
기원이 거의 안 알려진 희귀병

이 질환은 두 가지 형태로 나타난다. 첫번째는 어떤 움직임이나 시선, 말하기를 시도하는데 그 반대로 발현되는 경우다. 여인이 오른손을 뻗어 연인의 숙인 턱에 난 까칠한 수염을 쓰다듬으려 하는데 왼손으로 그의 이마를 갈기는 식이다. 혹은 배를 파는 남자가 평소처럼 "배요, 잘 익은 배요!"라고 외치려다가 낮게 깐 목소리로 이렇게 속삭이는 식이다. "나한테서 배 한 개라도 얻을 생각 마, 이 악당들아!"

두번째 형태는, 오직 거울 속에서만 자신의 움직임과 욕망, 생각의 진짜 표현을 보는 것이다. 예를 들어, 신부가(심지어 주교조차) 거룩한 미소를 지으려 하지만, 거울 속에선 신실한 척하는 야비한 찡그린 표정이 보이는 것이다.

귀족 가문 태생의 성직자 아르치발도 신부는 이 특이한 병에 걸려 어디를 가든 작은 달걀형 거울을 지니고 다녔다. 술과 명주실 끈을 달아 손목에 매단, 오닉스를 박은 그 거울은 신부의 예복 자락 안에서 달랑거리며 반짝였다. 아르치발도 신부가 손바닥에 쥔 거울 속 자신의 얼굴을, 그것도 그로테스크하고 분노에 차 있거나 기괴한 미소로 일그러진 얼굴을 비스듬히 들여다보면서 성채를 거니는 모습이 자주 목격되었다. 그의 진짜 속마음을 읽고 싶은 사람은 그 거울을 훔쳐보곤 했다. 그 사실을 안 후로 신부는 그런 의도를 재빨리 실행하지 못하거나 은근히 감추지 못하는 이들을 후려치기 위해 다른 손에 묵직한 막대기를 가지고 다니기 시작했다. 어떤 이는 그의 성직을 박탈하라고 했고, 또 어떤 이는 그의 병이 자신이 저지른 잔인한 언행을 면죄하려고 귀족 태생과 성직을 방패 삼아 꾸며낸 사기극이라고 비난했다. 아르치발도 신부 본인은 이렇게 말할 뿐이었다. "사제는 평범한 인간과 다르며, 그렇기에 절대적으로 존경받아야 하오! 어디 천한 자가 사제를 의심한단 말이오!"

첫번째 경우라면, 환자 주변인들의 조끼와 보디스, 모자, 장갑을 거울들로 무장하고 심지어 눈썹 위에 은색 리본으로 거울을 매달아놓는 치료법이 효과가 있다. 두번째 경우는 환자가 자신이 가진 거울을 전부 내놓음으로써 자신의 특이성을 극복해야 한다. 자신이 어떻게 비치는지, 어쩌면 환자 본인에게 가장 혐오스러울 수 있는 그것을 알아내기 위해 남들을 살펴야 하는 것이다.

다시 자려고 눈을 감았는데 어머니 생각이 났다. 언제나 내가 손목에 매단 거울이 되어주기를 바랐던 어머니.

이튿날 아침 일찍, 올미나는 (로렌초의 옷을 입고) 올모라는 사내로 변신했고 나도 마지못해 (나무꾼의 옷을 입고) 가브리엘레 실바노 몬디니가 되었다. 게르타가 잘 벼린 가위로 올미나의 뻣뻣한 회색 머리칼을 귀 바로 밑까지 잘라주었다. 나의 소중한 동반자 올미나는 나무로 조각한 성자상처럼 미동도 없이 눈을 꼭 감고 깍지 낀 두 손을 무릎에 얹은 채 긴 의자에 앉아 있었다. 이어서 게르타가 나에게 돌아섰다. 그녀는 오래된 고랑에서 파낸 식물뿌리 같은 손으로 내 긴 적갈색 머리칼을 쓰다듬었다. "잘라야겠어요, 시뇨리나. 이걸 감추기는 힘들 것 같아요."

"내가 해볼게." 나는 부득부득 우기며 밖으로 나가 오두막 근처에 있는 오래된 나무둥치에 앉아 참빗으로 머리를 빗기 시작했다. 엉킨 데가 이렇게 많다니! 게다가 목은 꼭 밧줄처럼 경직되어 있었다. 하지만 아주 조금씩 뭉친 걸 풀어갔다. 머리칼을 전부 한쪽 어깨 너머로 넘긴 다음 세 갈래로 나눠 잘 땋았다. 내 머리 위에서 소나무 가지가 갈팡질팡하는 바람을 타고 위로 들렸다 내려앉았다 했다.

촘촘히 땋은 가닥을 머리에 한 바퀴 감은 뒤 요제프가 준 귀덮개 달린 챙 넓은 모자 속으로 넣어 묶은 다음, 머리를 힘차게 흔들어보았다. 땋은 가닥이 그대로 있었다. 올모가 모자를 살짝 만져보더니 더 단단히 고정되도록 사방으로 한 번씩 당겨줬고 귀덮개도 아래로 더 바짝 잡아당겼다. 머리칼을 안 자르는 게 나한테 얼마나 중요한지 올미나는 잘 알았다. 밤마다 땋은 머리를 풀고 빗질을 하면서 생각을 정리하기 때문이었다. 뒤엉킴과 분노, 매듭과 슬픔, 헝클어짐과 혼란스러움. 어떤 때는 머리에서 수수나 깃털 조각 같은 작은 이물질이 떨어져나오기도 했다. 다리를 잔뜩 오그린 갈색 거미, 새카만 사과씨, 자잘한 껍데기나 돌멩이들. 한번은 짐승의 자그마한 이빨이 나온 적도 있었다. 내가 어렸을 때 올미나는 머리를 빗겨주다가 참빗으로 내 옆통수를 톡톡 두드리며 말하곤 했다. "이런 것들이 다 어디서 오는 거예요? 아가씨 머리카락은 살아 있는 생명체 같아요!"

나는 내 문직 스커트와 보디스, 비단 속치마들을 게르타에게 건네고 무늬 없는 리넨 스목 두 벌은 그대로 챙겼다(둘 중 하나는 올모의 것이었다). 만약 수색을 당하거나 신문을 받으면 내 여동생들에게 줄 거라고 말할 작정이었다. 올모는 가지고 있던 유일한 여분의 드레스와 속치마를 내놓았다. 조그만 장신구들(키프로스 출신 할머니가 주신 선 세공한 귀고리, 아버지가 주신 수수한 금반지)은 손수건에 싸서 투박한 셔츠와 더블릿 앞자락에 가린, 딱 붙는 타이츠바지 안의 소위 샅주머니라고 하는 가죽주머니 안에 넣었다.

요제프와 로렌초 앞에서 성큼성큼 걸어 보이자 두 사람은 모직 타이츠를 입은 훤히 드러난 내 다리에 민망해하며 시선을 돌렸다. 보디스와 치마를 안 입으니 그렇게 편할 수가 없었다. 마음껏 숨쉬고 걸을 수 있었다.

"이렇게 말해도 좋을지 모르겠지만요, 시뇨리나, 아주 남자다운 인상을 풍기시네요. 무슨 뜻인지 아실까마는." 내가 드레스를 게르타에게 넘겨주고 나서 근심어린 표정을 짓고 있었는지, 올모가 내 기분을 풀어주려고, 그리고 어쩌면 자신도 기운을 차리려고 한마디했다. 요제프는 가지고 있던 옷 두 벌 중 하나를 잃어 부루퉁했지만, 게르타는 값비싼 드레스 천을 손으로 쓸어보며 뜻밖의 수확에 고개를 끄덕였다.

그러더니 게르타는 주머니에서 도토리 세 알을 꺼냈다. "숲 한가운데 있는 신성한 떡갈나무에서 따온 거예요. 할머니 나무요. 무너졌을 때 힘을 줄 거예요."

길을 떠나면서 나는 두 노인에게 작별인사를 하려고 안장 위에서 뒤를 돌아보았지만, 두 사람은 그들의 오두막, 그리고 내 고운 드레스들과 함께 어슴푸레한 숲에 삼켜져 사라진 뒤였다.

"코라조(용감해지자)!" 나는 줄곧 붙들어온 허세를 또 한번 발휘해, 다른 누구에게라기보다 나 자신에게 외쳤다. 하지만 다가올 날들에 대비하기엔 시시한 방어막임을 알고 있었다. 여자와 소녀가 한 명도 없는 딜링겐이 기다리고 있었다.

갈수록 모양이 달라지는 나무들과 묽은 죽 같은 구름으로 채색된 회색 하늘 아래를 거의 한나절 내내 달린 끝에 우리는 마을로 들어갔다. 굴뚝 몇 개에서 연기가 피어올랐다. 모든 것이 굳게 닫혀 있었다. 우리에게 다가와 발꿈치를 건드려대는 앙상한 강아지 한 마리 없었다.

우리는 뾰족한 털부처꽃의 죽은 이파리들이 삐딱하게 서 있는 마르크트플라츠*에 당도했다. 광장 한가운데에 서 있는 애처로운 떡갈나무 한 그루는 불에 그슬려 갈색이었다. 돌을 쌓아 지은 예배당은 문이 잠겨 있었다. 우중충한 정오의 부슬비가 내리기 시작했고, 습기 먹은 흙에서 인두에 지져진 냄새가 풍겨 콧구멍을 자극했다.

축축하고 탄 냄새를 맡으니 예전에 이와 비슷하게 음산한 빗속에 베네치아 석호를 향해 떠내려온, 다 타버린 배가 생각났다. 내가 열세 살 때였다. 어느 날 오후 늦게 아버지와 아버지 친구인 가구장이 파올로 벤베누티 씨가 (어머니의 격한 반대에도 불구하고) 나를 데리고 그 배를 보러 카발리노**에 갔다. 우리는 곤돌라를 타

---

* 시장이 있는 중앙 광장.
** 카발리노 트레포르티. 베네치아시에 속한 마을로, 베네치아 석호와 닿은 반도.

고, 조수에 맞서며 다른 새카만 곤돌라 무리에 합류했다.

폭풍우의 가장자리가 베네치아를 향해 몰려오다가 우리 머리 위에서 잠시 멈췄지만, 그새 동쪽에서 몰려온 더 큰 비가 마치 바다 위에 어두운 애도의 장막을 드리우듯 장대비를 퍼부었다. 선장 없는 포르투갈 국적의 소형 돛배가 석호의 항구 어귀 중 하나를 향해 천천히 다가오고 있었다. 삼각돛 하나는 검댕 묻은 거즈 조각처럼 너덜너덜했고, 일부 타버린 선체와 돛대, 긴 활대는 시커멓게 뼈대만 남아 있었다. 배에 붙은 불길이 요동치면서 군데군데 선체의 외판이 뼈대에서 바깥쪽을 향해 휘어버렸다. 그래도 뱃머리를 보니 조선공이 선체 양쪽에 하나씩 그려넣은 한 쌍의 눈, 물집이 생기고 벗겨졌는데도 앞길을 내다볼 수 있다고 포르투갈인들이 주장하는 그 두 눈만은 그대로 남아 있었다. 그렇다 해도 배는 우리를 향해 막무가내로 덮쳐왔다.

"흑사병 배다!" 누군가가 공포에 질려 외쳤다. "역병을 씻어내려고 불태운 거야!"

"아니면 화공선이거나!"

"그게 뭐지?" 아버지가 물었다.

"일부러 불을 붙인 다음 선원들이 다 내려서, 배가 적의 선단으로 흘러가게 내버려두는 겁니다."

"근데 저게 우리 아드리아해의 제방에 왜 나타난 거야?" 누군가가 잔뜩 쉰 목소리로 물었다.

"멍청한 것들!" 아버지가 투덜거렸다. "저 배의 선원들은 괴혈병이나 부주의로 다 죽었을 확률이 크다고."

"아니면 산텔모와 그의 피투성이 양묘기의 저주를 받은 배이거나."* 파올로 벤베누티 씨가 중얼거렸다.

"자네가 잘못 알고 있는 거야." 아버지가 친구를 꾸짖듯 말했다. "산텔모와 그분이 돛대 끝에 붙이는 번갯불은 선원들을 보호해준다고. 그래서 선원들이 뱃멀미와 배앓이에서 보호해달라고 산텔모에게 비는 거고."

"자네는 그 이야기를 진짜로 믿는군? 보아하니 산텔모가 여기서는 별로 도움을 안 준 것 같은데, 안 그런가?"

"너는 어떠니, 가브리엘라?" 아버지가 나를 돌아보았다. "어떻게 생각하느냐?"

나는 그 나이 때 보여줄 수 있는 최고치의 진실함을 담아 대답했다. "성자들도 가끔씩 우리를 잊어버리니까요."

아버지는 미소를 지었다. 범선은 모래톱에 부딪혀 산산조각이 났고, 아무도 실어오려 하지 않았던 화물이 우리 앞에 공개됐다. 타버린 시체들이 몇 구는 삼각세로돛에 뒤엉킨 채로 선복의 스펀지 같은 목재에서 와르르 쏟아져나왔다. 그러나 그보다 더 공포를 자아낸 건 하얗고 뚱뚱한 개 한 마리가 고생으로 흐리멍덩해진 눈빛으로, 무심함과 증오를 동시에 비치면서 배의 잔해에서 곤돌라 한 대를 향해 기를 쓰고 헤엄쳐오는 광경이었다. 곤돌라 사공이 녀석을 노로 세게 쳐냈고, 그러자 개는 우리를 향해 방향을 틀었다. 놀랍게도 아버지는 우리 곤돌라를 젓던 사공의 팔을 붙잡아 멈추

---

* 선원과 복통의 수호성인 산텔모(성 에라스무스)는 4세기에 기독교를 전파하다가, 배를 가르고 창자를 양묘기로 감아올리는 고문을 받으며 죽었다는 전설이 있다. 또한 번개가 치고 폭풍이 부는 밤에 배의 돛대 끝에 나타나는 푸른 불꽃 모양의 대기 현상을 성 에라스무스의 불이라고 한다.

게 하더니 무릎을 꿇고서, 허우적대는 개를 곤돌라가 요동치든 말 든 뱃머리로 끌어올렸다.

개가 아버지의 장갑을 찢어발겼다. 하지만 아버지가 목소리를 깔고 위협적으로 몇 마디 하자, 녀석은 으르렁대고 추위에 오들오 들 떨면서도 납작 엎드렸다. 하늘과 바다는 이제 납빛으로 시커메 졌고, 푸르뎅뎅한 시체들이 사방에 흩어져 차갑고 흐릿한 빛을 발 했다. 아버지가 사공에게 우리를 집으로 데려가달라고 지시했다.

"자, 이 잡종 녀석에게 뭐라고 이름 붙여줄까?" 아버지가 물었다.

"케르베로스요!" 마침 그리스신화의 지하세계 이야기를 읽고 있었던 내가 대뜸 외쳤다.

"하지만 이 녀석은 머리가 셋 달리지 않았는데?"

나는 그 말을 곱씹어보다가 대꾸했다. "우리 눈에 안 보일 뿐이 죠."

"알았다, 그럼." 아버지가 머리를 쓰다듬으려고 하자 개는 흠칫 피했다. "부디 우리도 보호해주길, 케르베로스, 다른 세계를 보호 하는 것처럼."

나는 곤돌라 한가운데에 굽은 나무를 세워 올린 캐노피 아래, 아 버지와 파올로 벤베누티 씨를 마주보고 앉아 개와 까만 바다 저편 베네치아의 창문들에서 새어나오는 산 자들의 조그만 황토색 불빛 을 말없이 바라봤다. 사방에 떠 있는 죽은 자들을 잊고 싶었다.

될링겐에 도착한 지금, 오래전 그날 밤처럼 죽은 자들이 사방 공 기 중에 가득했다.

"로렌초, 이 냄새는 뭐야?" 바싹 타버린 나무 주위를 돌면서 여 전히 믿기지 않아 내가 물었다. 단순히 나무가 불탄 것 이상의 다른 것이 있었다.

"오, 시뇨리나, 아니 시뇨르, 모르겠습니다. 저도 모르겠어요. 불을 낸 건 겨우 며칠 전인 것 같은데."

"어떻게 알아?"

"나무에서 흘러나오는 수지가 신선하잖아요."

어쩌면 그래서 광장에 아무도 없는지도 몰랐다. 그곳은 보이지 않는 사람들, 여자들, 어린 딸들로 너무 붐볐다. "여기서 벗어나야 돼!"

"그렇게 서두르진 말고요." 로렌초가 억눌린 목소리로 나지막이 말했다. "괜한 의심을 사면 안 되잖습니까. 물자나 좀 구해보죠."

올모가 못마땅한 듯 노려봤지만 나는 로렌초의 말에 동의했다.

마르크트플라츠 한구석에 있는, 거친 삼으로 짠 천막 아래서 남자 둘이 움직이고 있었다. 빵과 곁에 후추를 바른 햄 덩어리를 탁자에 대충 내놓고 파는 몸집 딴딴한 젊은 행상과, 밧줄과 땔감을 파는 빼빼 마른 나무꾼이었다. 둘은 물건을 주섬주섬 정리하는 참이었다. 어차피 물건을 사려는 사람도 없었고, 온종일 아무도 없던 듯했다. 그들이 짐을 싸던 손을 멈추고 우리를 쳐다봤다.

"여기 사람이 아니시죠?" 몸집 딴딴한 남자가 물었다. 얼굴 왼쪽에 난 낫 모양의 분홍색 흉터 때문에 웃음이 살짝 일그러졌다.

로렌초가 인사를 건네면서 노새에서 내렸고, 올모와 나는 부슬비를 피하려고 시청 건물의 깊은 차양 밑으로 노새를 몰았다. 로렌초가 이번 주말까지는 튀빙겐에 도착해야 하며 여행 물자가 필요하다고 주절주절 설명하는 동안, 나는 적막한 마을을 휘 둘러보았다. 호기심을 못 이겨 커튼을 걷어보는 이 하나 없었다. 나와보는 어린아이도 하나 없었다.

"화-화형식 이후 여-여기 오는 사람이 많지 않아요." 여윈 남자가 더듬더듬 말했다.

"무슨 화형식을 말하는 거요?" 로렌초가 단도직입적으로 물었다.

"사악한 것들을 처단한 화형식이요. 마-마녀들이, 알지요, 우유를 썩게 하고, 우-우박을 내리고, 농사를 망치고, 역병을 퍼뜨리고, 갓난아기들을 훔치고, 우리 남정네들 씨를 말렸어요!" 그는 꼭 동요를 낭송하듯 노랫가락 같은 기괴한 어조로 말했다. "악마와 입 맞추고, 숲속에서 춤추고, 잠든 양들을 목 졸라 죽였어요. 자기들한테 구호품 주기를 거부하는 사람들에게 저주를 내렸고요!" 턱을 한껏 당기고 부러진 이를 드러낸 그의 얼굴이 파르르 떨렸다.

로렌초는 그를 빤히 보다가 시선을 돌렸다. 노새의 긴 이마를 쓰다듬다가 로렌초는 다시 처음 입을 연 남자를 돌아보며 물었다. "혹시 사과도 파시오?"

"아뇨, 아뇨, 사과는 다 나갔어요. 그렇지만 그 페리주*는 있지요. 우리랑 가서 한잔하시겠어요?" 그는 장갑도 안 낀 내 보드라운 손에 시선을 고정한 채 고집스레 물었다.

"미안하지만 우린 가봐야겠소." 로렌초가 딱 잘라 대답했다. 그는 거친 갈색 빵 세 조각과 훈제햄 작은 덩어리 하나를 사서 안장주머니에 넣었다.

"우리 같은 잡것들하고는 못 어울리겠다 이거지? 망할 외국 놈들. 저 시건방진 태도 좀 보라지!" 남자가 입을 삐죽거렸다. 그러더니 목이 졸린 것 같은 소리로 말했다. "나라고 우리집 애를 내주

---

* 배즙으로 빚은 술.

고 싶었는 줄 알아?"

충격에 휩싸인 한순간, 나는 그가 설마 울음을 터뜨리는 건가 싶었다.

그러나 우리가 노새의 머리를 돌리자, 남자는 조금 전의 사나운 말투로 돌아가 소리쳤다. "거기, 손이 기생오라비 같은 고운 양반, 내가 알아봤어, 당신 정체를 못 알아챘을 것 같아!"

키 크고 야윈 남자가 외쳤다. "오입쟁이, 날강도들아!"

나는 페넬레의 통통한 옆구리를 툭 차 걸음을 재촉했다. 그때 예고도 없이 예배당 옆 건물에서 검은 머리의 사제가 종종거리며 나왔다. 그 순간, 길게 땋은 내 적갈색 머리채가 등 한가운데로 툭 떨어지는 게 느껴졌다. 사제가 뭔가 외치려는 듯 입을 벌렸고, 나는 페넬레의 배를 발뒤꿈치로 꾹 눌렀다. 로렌초와 올모, 그리고 노새 세 마리를 뒤에 바짝 달고서 나는 거리를 질주하기 시작했고, 페넬레의 발굽이 쇳덩이를 두드리는 망치처럼 돌길을 요란스럽게 울려댔다. 그 무시무시한 소리에 겁먹은 페넬레는 마을 저편 전나무숲을 향해 더 빨리 내달렸다.

다시는 몸이 따뜻해지지 않을 줄 알았다.

다시는 잠들지 못할 줄 알았다.

우리는 불을 피워 위험을 불러들이고 싶지 않아서, 가끔 풀에 갇혀 죽은 강꼬치고기처럼 나란히 붙어 앉아 한낮의 햇빛에 깜빡깜빡 졸았다. 챙겨온 담요와 전나무잎으로 몸을 덮었고, 노새들은 우리 발목에 묶었다. 한밤중에 음울한 숲길로만 이동했고, 다른 마을들은 철저히 피했다.

딜링겐, 그 불타버린 광장과 굳게 닫힌 교회, 신부, 흉터가 있는 행상과 나무꾼이 있는 마을이 우리 뇌리에서 떠나지 않았다.

딜링겐에서 벗어난 그 첫째 날 밤에 올모는 내 땋은 머리를 조리용 칼로 싹둑 잘랐다. 잘린 머리채는 뱀처럼 땅바닥에 묵직하게 떨어졌다. 나는 그걸 거친 흙 속에 묻었고, 짐승이 파내지 못하도록 로렌초의 도움을 받아 무거운 돌덩이로 덮었다. 한순간, 굶주린 늑대가 숲속에서 내 붉은 머리채를 질질 끌고 다니다가 며칠 전의 그 야비한 남자들이 쏜 화살에 몸이 관통당하는 장면이 머릿속에 떠올랐다. 머리채의 주인인 여자를 찾아 주교와 그가 부리는 사제들이 시골을 샅샅이 뒤지는 장면도 떠올랐다.

겨우 잠이 들면 그렇게 땋은 머리채가 수백 개씩 쌓여 있는 모습이, 가느다란 금발, 반들반들한 검은 머리, 굵다란 회색 머리, 숱이 적은 갈색 머리, 구릿빛 머리, 곱슬머리, 짧은 머리, 긴 머리 타래들이 서로 얼기설기 꿰여 꽁지가 묶여 있는 광경이 보였다. 리본으로 묶인 가닥들이었다. 어린 소녀, 하녀, 엄마, 수녀, 노파의 땋은 머리채들.

나는 마을 남자들의 모습을 상상했다. 자기 밭에서 귀족 나리들이 농작물을 자근자근 밟으며 사슴 사냥을 하는 동안 자기 집 개의 두 다리를 묶어둬야만 했던 농부들처럼, 주교와 종교재판관들 앞에 납작 엎드려 있는 그들의 모습을. 느슨하게 묶은 마른 잔가지를 쌓아올려 불 피울 준비를 해놓은 광경도 상상이 됐다.

해질 무렵 잠에서 깨면 우리를 둘러싼 공기 중에 타버린 머리카락 냄새 같은, 주교가 풍기는 악의의 냄새가 나는 것만 같았다.

그럴 때면 나는 애써 기운을 내고 감각을 벼려두려고 조금씩 원고를 써나갔다.

인비디아
심장을 갉아먹는 보이지 않는 벌레

시골에서는 이 병이 멧돼지 창자 속에 몇 년이고 잠복해 있으며, 그 발원지가 멧돼지들이 도토리조차 드문 한겨울에 숲속에서 갉아먹는, 안식을 못 찾은 시체라고 한다. 제대로 영면하지 못한 시체들 말이다. 살해당하거나 실종된 이들, 굶어죽거나 미쳐서 죽음의 덤불 속으로 허우적대며 기어들어가 발견되지 못한 이들. 숲에 버려진, 아무도 원치 않은 아이들. 시든 매춘부들. 나병 환자들과 그들이 입었던 악취나는 누더기. 자다가 교살당한 이국의 대사들과 그들의 수행단. 주교보다 늑대를 택한 마녀들. 허기를 못 이겨 땅을 파먹은 걸귀들. 무기력해진 남자들. 까마중*에 중독되어 제 할일을 못다 한 방아꾼. 한낮의 나들이에서 잘못 고른 버섯을 따먹은 집시들. 지쳐버린 거리의 곡예사들. 입술이 파란 병사 아들을 미치도록 걱정하는 엄마들. 사라진 아버지들. 법정에 소환되지 않기 위해 매일 밤 장서를 조금씩 뜯어먹은 천문학자. 방아꾼의 딸. 낮과 밤, 도시와 황무지를 구분 못하는 귀부인. 자살한 사람들. 집에서 도망 나온 소녀. 못 쓰게 된 두 손이 죽은 아내의 회색 곱슬머리를 움켜쥔 채로 곱아 얼어붙은 베

---

* 가짓과의 독초.

니어판 예술가. 가래톳페스트 환자들. 혼자 숲으로 걸어들어간 간질병자들. 화염에서 살아남았지만 차라리 죽고 싶었던 사람들. 머리가 느린 자들과 몸이 병약한 자들. 집 나간 아버지들. 멧돼지는 이렇게 반쯤 얼고 썩은 살에 코를 쿵쿵대며 그것을 파먹는다. 그러나 원한은 튼튼한 돼지 위장 속에서도 녹지 않고, 소시지가 될 내장 주름에 그대로 붙어 있다. 공작의 찬장 혹은 농부의 식품저장고 속의 돼지 내장 소시지 껍질은 산 자를 향한 질시로 가득차 있고, 그것은 무엇으로도 달래지지 않는다.

예방 효과가 있는 처치법이 하나 있다. 아버지가 주의를 준 대로, 돼지고기를 먹지 않으면 된다. 돼지고기를 먹는 건 완전히 죽지 않은 자를 먹는 것이나 마찬가지니까. 베난단티*, 즉 녹색 마녀들이 조언하는 다른 예방법은 예로부터 산사람들 사이에서 효과가 좋다고 전해지는 것이다. 감염된 사람이 적대적인 분위기의 숲으로 걸어들어가 버려진 시체와 대화를 나누는 것이다. 친족이어도 안 되고 친구여도 안 되는 그 망자를 위해 특정한 선물을 가져가야 한다. 그는 자신이 모르는 상대에게 말을 걸어야 하고, 그에게 뭘 원하는지 묻고 그 요구를 들어줘야 한다. 때로는 죽은 사람 한 명이 병든 사람의 뱃속을 불편하게 하는 모든 것을 상징하는 것처럼 보인다. 그런데 죽은 자가 하필 까다로운 성격이면 불가능한 것을 요구할지도 모른다. 과거 경쟁 상대의 귀나, 자기한테 몹쓸 짓을 한 사람의 손가락 같은. 전자의 경우

---

* 16~17세기 이탈리아 북동부 프리울리에서 '선을 행하는 자들'을 자처하면서, 잠든 상태로 육신에서 분리되어 마녀들과 맞서 싸웠다는 무리.

그 경쟁자의 귀를 그린 그림이나 귀고리 한쪽 같은 대체물로 만족시켜줄 수 있다. 그러나 후자의 경우에는 묵주기도를 계속 반복하듯 진실을 말해주는 것 말고는 방법이 없을 것이다.

그러나 이 치료법은 효과를 보기 어렵다. 몇 년이 걸릴지도 모르며, 인비디아에 걸린 사람은 대개 생존 의지가 약하기 때문이다. 어떤 이들은 망자와의 대화를 계속 이어나가 그들의 요구를 지연시킴으로써 치료 효과를 망쳐버린다. 또 어떤 이들은 자기 삶의 역경보다 오히려 인비디아의 강렬함을 원하기도 한다. 여자들의 현명함을 질시한 게 분명한 뷔르템베르크의 주교처럼, 질투가 많은 사람은 자신의 병을 너무 열광적으로 사랑해 자신이 손에 넣을 수 없는 기쁨을 망치려 든다.

9장
식물학 교수,
라이너 푸크스 박사

나흘 만에 창백하고 퀭한 얼굴로 숲에서 나온 우리는 잎이 다 떨어진 배나무와 사과나무, 밤나무 그리고 시든 포도밭으로 덮인 갈색 언덕이 펼쳐진 지역에 다다랐다. 얼굴이 붉고 얽은 자국이 있는 젊은 농부가 녹슨 가지치기용 낫으로 포도나무를 다듬고 있었다.

로렌초가 노새를 세우고 그녀를 불렀다. "좋은 날입니다, 아주머니. 오래된 포도나무를 참 곱게 키우셨네요?"

농부는 우리 쪽은 쳐다보는 둥 마는 둥 하며 가지 하나 안 놓치고 꼼꼼히 다듬었다.

"우리는 튀빙겐으로 가는 길인데, 이쪽이 맞습니까?"

농부는 팔을 들어 북동쪽의 큰 구릉을 가리켰다. "저기 있네요, 호엔튀빙겐성城. 똑똑하신 나리들이니 이 길만 따라가면 어느새 마빡에 확 닿아 있을 거유!"

농부는 짧게 메마른 웃음을 터뜨리더니 포도나무의 비틀린 줄기의 윗가지로 다시 눈을 돌렸다.

길은 유속이 빠르고 평평한 네카어강을 따라 이어졌고, 세찬 바람이 강의 수면을 긋고 지나갔다. 9월도 끝나가고 있었다. 튀빙겐에 가까워지자 강둑에 묶어놓은 펀트* 보트들이 서로 부딪치며 내는 둔탁한 소리가 들려왔다. 곤돌라가 조수의 박자에 맞춰 부딪치던 소리가 떠올랐다. 어머니가 생각에 잠겼을 때면 부엌 식탁에 무심코 손가락을 톡톡 두드리던 소리도. 어렸을 적 나는 그 두드림을 멈추고 어머니를 다시 현재로 불러오려고 그 손 위에 살며시 내 손을 얹곤 했다.

어머니가 베네치아에서 수감자처럼 지내지 않고 우리와 함께 여기 있다면 좋았을 거라는 마음마저 들었다. 베네치아가 번쩍이는 뱃머리와 바닷물에 젖은 돌, 모자이크 세공으로 꾸민 교회, 사랑과 음모로 반짝이는 눈들로 장식된 섬이라 해도 말이다. 무엇보다도 우리가 존재하지 않는 장소를 그리워하고 있음을 우리 자신은 알고 있었다. 어쩌면 그것, 마음을 들썩이게 하는 바로 그 환영이야말로 어머니의 손가락이 식탁을 톡톡 두드리게 하는 것인지도 모른다.

어머니가 이국에서 희귀한 화물을 싣고 돌아오는 선박들을 기다리던 시절도 있었다. 그리고 곧 아버지가, 그들의 사절이 등장했다. 나는 어머니가 진심으로 그곳들로, 끊임없이 움직이는 연무 속으로, 그 섬 말고 다른 어딘가로 가고 싶어했을까 궁금했다. 하지만 그건 어머니처럼 갇혀 사는 걸 두려워하는 나의 욕망이 아니었

---

* 바닥이 평평하고 양끝이 사각형인 배.

던가? 그런데 이제 나는 먼 곳에서 어머니를 구출하고 싶어한다 (어머니가 구출해달라고 하지 않는데도). 미소가 떠올랐다. 어머니를 매섭게 추운 길로 데려온다고? 우리가 이 북쪽 지방에서 오들오들 떨고 있는 동안 베네치아의 시원한 운하에는 이국에서 불어온 후끈한 바람이 불고 있을 텐데. 아마 어머니는 열기에서 벗어나기 위해 시원한 물을 받은 욕조에 몸을 담그고 있을 것이다. 그 깨끗한, 이끼 향이 밴 냄새를 내가 얼마나 좋아했는지! 살갗을 에는 바람을 맞으니 더위를 피하면서 집에 있고 싶어졌다.

나무를 그득 실은 수레를 끄는 농부들과 포도주통을 척척 쌓아 올린 짐마차를 모는 상인들이 망토를 꼭 여민 채 지나갔다. 우리 차림새와 노새들을 보는 눈길에 희미한 의심이 떠올라 있었다. 인사를 건네는 사람은 없었다. 베네치아와 이렇게 다를 수가, 나는 속으로 생각했다. 거기서는 늘 친절함에서는 아닐지라도 최소한 호기심에서라도 낯선 사람한테 항상 인사를 건네는데.

시내로 들어가 돌벽 옆에 잠시 멈춰 서 있는데, 커다란 나무 굴렁쇠가 좁은 흙길을 타고 곧장 우리에게로 굴러내려왔다. 나를 태운 노새가 뒷걸음질치면서 뒤에 있던 다른 노새들과 부딪치더니 겁을 먹고 울어댔다. 굴렁쇠가 녀석의 가슴팍을 가볍게 탁 치고 왼쪽으로 튕겨나갔고, 휘청거리다가 마침내 옆으로 쓰러졌다.

잔뜩 때가 탄 파란 모직 튜닉을 입은 열 살 혹은 열한 살쯤 돼 보이는 여자아이가 한 손에 나뭇가지를 쥐고 언덕을 달려내려오더니, 어색하게 무릎을 굽혀 인사하면서 수줍게 사과했다. 언덕 꼭대기에서 아이의 친구들이 웃으며 손가락질을 해댔다.

어린아이라고는 한 명도 못 본 채로 며칠이 지난 터라 우리는 마음이 놓여 소녀를 빤히 바라봤다. 빨간 모자에서 삐져나온 아마색 머리칼은 뒤로 땋아내려 파란 리본으로 묶었고, 짙은 색 눈동자는 장난스럽게 빛났다. 발갛게 달아오른 두 볼에는 흙이 묻어 있었다.

우리의 영문 모를 조용한 시선에 무안해진 아이는 몇 번이고 굴렁쇠를 일으켜세우려 했지만 번번이 실패했다. 보다 못한 내가 노새에서 내려 굴렁쇠를 세워줬다. 나뭇가지로 가볍게 굴렁쇠를 툭툭 치는데 까맣게 잊고 있었던 기쁨이 되살아났다. 우리는 아이가 자기 집이라고 가리킨 목조 골재 집까지 언덕을 올라갔다. 가는 동안 아이는 한마디도 하지 않았다. 친구들은 멀찍이 떨어져 빤히 쳐다보기만 했다. 나는 문법에 안 맞는 독일어로, 목소리를 낮게 까는 걸 잊지 않고(남자로 처음 소리 내어 말하는 게 어찌나 이상하던지!) 대학교가 어디에 있는지 알려줄 수 있느냐고 물었다.

"네, 고맙습니다, 선생님, 이쪽이에요, 선생님." 아이는 이렇게 대답하더니 굴렁쇠를 제 옆에 굴리며 앞서서 깡충깡충 뛰어갔다.

우리는 몸이 마비될 것처럼 추운 골목으로 노새를 몰았다. 온 골목이 몇 달 동안 햇빛 한 점 안 쬔 것 같았다. 맥주를 들이켜며 우리를 향해 야비하게 웃는 남자들 무리를 지나쳐가는데, 그중 머리통이 꼭 몽둥이처럼 생긴 누리끼리한 남자 하나가 아이에게 사납게 으르렁거렸다. "집에 가면 제대로 맞을 줄 알아!" 그러면서 옆을 지나가는 아이의 목뒤를 한 대 쳤다. 아이는 휘청거리다가 굴렁쇠를 꼭 잡고 울음을 터뜨리며 저만치 앞으로 뛰어나갔다. 나도 모르게 홱 돌아서서 아이 아빠인지 삼촌인지 모를 그 남자와 싸우려 했지만, 로렌초의 까만 눈동자가 가던 길을 가라고 경고했다. 다시 앞으로 나아가는 내 등뒤로 남자가 알아들을 수 없는 욕설을 뱉었다.

무리에서 멀어진 뒤 로렌초가 나를 나무랐다. "우리는 외국인이에요, 그걸 절대 잊지 마세요! 그리고 농부들이고요. 저 여자애는 우리하고 말도 나눠선 안 되는 거였다고요. 제가 보기에 매를 맞아야 할 사람은 주정뱅이 애아빠지만요!"

언덕을 오르기 시작하자 진창으로 변해버린 좁은 길에 얇게 덮인 얼음을 노새들의 발굽이 요란스레 부서뜨렸다. 굴렁쇠를 품에 꼭 안은 소녀는 곁골목으로 들어가버렸다.

"잠깐만!" 내가 외쳤다. 아이에게 수고해줘서 고맙다고 동전 한 닢이라도 쥐여주고 싶었다.

하지만 아이는 돌아보지 않았다.

이제 교구 성당과 대학교 본관인 알테 아울라가 눈에 들어왔다. 본관 입구에 모피 안감을 댄 망토를 두르고 중산모를 쓴 신사 몇 명이 모여 있었다. 나는 그중 한 명에게 다가가 식물학 교수인 라이너 푸크스 박사님을 어디에 가면 뵐 수 있느냐고 물었다. 이번에도 여성스러운 음색을 감추려고 거친 목소리를 냈다.

처음에 남자는 대답을 안 하고 우리를 찬찬히 살펴보았다. 그가 콧수염을 쓰다듬는데 소매 끝에 장식을 댄 장갑에서 라벤더향 향수 냄새가 났다. 마우리치오도 가끔 해부학 강의를 듣고 난 뒤 나를 만날 때 시체 냄새를 감추기 위해 똑같은 향수를 썼다. 우리는 과학의 이름으로 이계異界의 가장자리를 맴돌곤 했고, 그건 우리의 사랑에 뜻밖의 톡 쏘는 맛을 더해주었다. 삶의 덧없음에 대해서라면 우리가 남들보다 더 잘 안다고 생각했으니까. 그렇게 깊은 애정을 낳은 것치고는 참으로 묘한 종류의 오만함이었다. 그러나 그게 전부는 아니었다. 마우로의 향수에는 안식처 같은 그의 몸의 따스한 내음과 함께 열망과 두려움이 한데 섞인 그의 영혼이 담겨 있었다. 라벤더향은 가면이라기보다는 입구였다.

한번 더 나는 그 신사에게 말을 건넸다. "제 소개를 깜빡한 걸 용서하십시오. 가브리엘레 실바노 몬디니, 파도바대학 의학과 박사입니다. 슈바르츠발트에서 곤경을 겪는 바람에 이런 평복을 입고 여행할 수밖에 없었습니다."

신사는 고개를 끄덕이고는 두터운 짙은 색 소매에 감싸인 팔을 뻗어 교수 사택이 모여 있는 구역을 가리켰다. 소매의 빨간 비단 안감이 슬쩍 엿보였다. 그는 거기까지 우리와 동행해, 두툼한 떡갈나무 문 가운데에 달린 묵직한 검은 고리로 문을 두드렸다. 주름이 자글자글하고 여기저기 뼈가 툭 불거진 남자가 문을 열었다. 그는 고개를 갸웃하고 우리를 훑어보더니 허리에 둘러맨 더러운 앞치마 안으로 곱은 두 손을 집어넣었다.

"푸크스 교수님 안에 계신가?" 함께 온 신사가 물었다.

"예, 그렇습니다." 남자가 잠긴 목소리로 대답했다. "송구하지만 지금 주인님께서 작업중이라 방해할 수 없습니다."

"몬디니 박사가 교수님을 뵈러 먼길을 왔는데 언제쯤 다시 오면 좋을지 여쭙는다고 전하게." 내가 말했다.

심술맞고 왜소한 남자는 인상을 쓰면서 문을 닫았다. 잠시 후 푸크스 박사의 쩌렁쩌렁한 목소리가 들려왔다. "들여보내게, 한스, 어서 안으로 모셔!"

나는 우리를 안내해준 신사에게 감사 인사를 했고, 그는 고개 숙여 답례하면서 어두운 색 망토를 여몄다. 하인이 문을 열자 남자아이 하나가 튀어나와 노새들의 고삐를 받아들었다. 소년은 대담하게도 우리를 빤히 쳐다보았다. 깨끗이 씻은 얼굴은 달덩이 같았고 머리칼은 젖은 보리 색깔이었다. 로렌초가 소년에게 씩 웃으며 말했다. "어디로 갈까, 젊은 친구? 안내하시게!"

소년은 꾸물거리면서 건방진 눈길로 우리를 차례로 훑더니, 내 매끈한 피부와 고운 선을 보면서 비죽 웃었다. 나는 소년의 윗입술 위에 보송보송 난 콧수염을 보고 내게는 없는 콧수염을 의식했다. 하지만 곧 소년은 올모와 내가 타고 온 노새들의 고삐를 넘겨받은 후 녀석들에게 입으로 소리 내 신호하고는, 나머지 노새들은 로렌초에게 맡겼다.

"이쪽입니다, 영감님, 저를"─소년의 목소리가 갈라지면서 새된 소리가 났다─"따라올 기운이 있다면요!"

비쩍 마른 한스가 우리를 안으로 안내했다. 문지방을 넘어 들어가고 한스가 문을 닫아 세상을 차단시키자 비로소 안도의 한숨이 나왔다. 어떻게 해도 곧게 펴지지 않는 무릎을 놀려 앞장서 가던 그는 올모에게 부엌 쪽을 가리켜 보였고, 어둑어둑한 서재로 나를 안내했다. 푸크스 박사의 경사진 책상 위 창문 하나만 빼고 나머지 창문의 덧문들은 한기를 막기 위해 죄다 닫아둔 상태였다. 한줄기 미미한 불빛이 나를 등지고 선 박사를 감쌌다. 옷깃에 펼쳐진 푸르스름한 백발이 꼭 총채 같았다. 손에 든 뭔가를 물끄러미 들여다보던 그는 분명 내 아버지가 찾아온 거라 생각하고 무슨 말인가 하려고 휙 돌아섰다. "그래, 몬디니, 자네가 돌아오다니 좀 놀랐네. 내가 자네 물건을 하나 가지고 있긴 하네만!"

그가 뻗은 손 위에는 회양목으로 만든 조그만 함이 놓여 있었다.

다음 순간 내 얼굴을 본 그가 그대로 굳어버렸다.

짧은 딸깍 소리와 함께 함의 뚜껑이 열렸다. 그가 모르고 뒷면의 자그마한 황동 걸쇠를 건드린 것이었다. 자주색 벨벳 안감을 댄 함 안에는 안경 두 개가 놓여 있었다. 하나는 수염고래뼈 테 안경이고, 다른 하나는 테의 안쪽 부분에 초록색 비단을 댄 철제 안경이었다.

"예, 그거 제 아버지 물건이 맞습니다." 청회색 눈에 경악의 빛이 떠오른 박사를 향해 내가 대꾸했다.

그는 갑자기 안경집을 탁 닫더니 반쯤 열려 있던 서랍에 던져넣었다. 내가 뒤돌아서 서재 문을 닫고 해명하려는데 푸크스 박사가 인상을 쓰며 내게 다가왔다.

"당신은 가짜야! 몬디니 박사에겐 아들이 없어, 베네치아에 딸만 하나 있지."

나는 박사가 내 얼굴과 귀밑 길이로 마구 잘라낸 적갈색 머리칼을 제대로 볼 수 있도록 챙 넓은 모자를 벗었다. "제가 그 딸이에요, 박사님, 변장을 했을 뿐이죠. 이곳 남쪽의 숲은 여자에게 험한 곳이라서요." 목소리 톤이 다시 올라갔다. 나는 고개를 숙여 인사했다. "이번엔 가브리엘라 실바나 몬디니 박사 인사 올립니다. 다른 증거를 더 원하신다면, 안경집, 그걸 완벽하게 묘사할 수 있어요. 겉면에는 사이렌 요정 둘이 조각되어 있는데, 경첩 측면에 각각 하나씩 있지요. 사이렌의 입에서 나오는 바람은 끝 모양이 화려한 물고기로 마무리되어 있고요. 머리와 상체만 그린 여자들도 있어요. 팔은 갈퀴이고 하체는 돌고래죠. 함 안에는 '거짓된 모습에 유혹되지 말라. 모든 처녀 안에는 죽음이 산다'라는 문구가 새겨져 있지요. 저라면 모든 남자 안에도 죽음이 살고 있다는 말을 덧붙였겠지만."

긴 시간이 경과했다. 방밖에서 종이 울리기 시작했다. 엄숙하고 냉랭한 울림이었다. 왼쪽의 난로에서 다 타버린 불이 쉭쉭거렸고, 갖가지 잎사귀 무늬를 조각해 멋들어지게 장식한, 벽난로 선반이 눈에 들어왔다.

"고개를 들어보시오, 아가씨. 자세히 좀 보게." 푸크스 박사가 명령했다.

고개를 들자 천장에 매달아놓은 루타*, 박하, 마편초 같은 말린 풀들이 보였고, 침대가 들어 있는 벽감 위에는 쑥 다발이 늘어져 있었다. 침대 위에는 누비이불이 겨울바람에 떠밀린 눈더미처럼 척척 쌓여 있었다. 사방의 벽이 책장과 캐비닛, 그리고 책꽂이 용도로 쓰이는 벽감이었다.

"흠, 그래. 얼굴에서 몬디니 선생이 보이는군." 푸크스 박사는 책상을 향해 돌아서더니 서랍에서 안경집을 도로 꺼냈다. "내가 사과해야겠네. 성급하게 넘겨짚어 미안하네. 자, 이걸 아버지 대신 보관하고 있게나. 아버지가 자네를 몹시 보고 싶어했어. 수심이 깊어 보였고, 자네 얘기 몇 마디 말고는 말을 거의 안 하려 들었거든. 그 몇 마디조차 힘들어했지만. 자네를 협력자이자 동료라고 불렀지. 며칠이고 머릿속에서 모든 것을 몰아낸 채 한 가지 연구에만 골몰하는 사람이었어. 내 약초를 얼마나 부러워했는지 모르네. 한번은 우엉 그림과 표본을 며칠씩 들여다보더니, 자네 어머니의 모친께 배웠다며 그게 나이든 여자들 질환에 좋다고 주장하는 거야.

---

* 지중해 원산인 귤과의 식물. 잎은 맛이 쓰고 향이 강해 흥분제나 자극제로 쓰인다.

나는 종양에 효과가 있다는 것만 알고 있었는데. 그 친구가 왜 그렇게 그 문제에 관심을 두는지 도통 이해가 안 가더군. 그래서 몇 가지 물어봤더니, 여자들과 여자의 달거리 병에 대해서는 아무도 충분한 관심을 안 둔다는 말을 하더군."

나는 심장박동이 빨라졌고, 내 의지와 상관없이 말이 튀어나왔다. "아버지랑 저는 모든 질병에 대한 책을 집필하고 있었어요. 저명한 의사들이 평소 간과하는 질병도 포함해서요. 말하자면 여자들이 걸리는 질환이요. 그러니까, 아버지가 떠나면서 작업이 중단되기 전에요." 내가 말해버린 것에 나도 속으로 깜짝 놀랐다. "아버지와 저는…… 우리가 하던 작업은……"

"오, 아주 야심찬 작업이겠지!"

"아버지가 어디 계신지 알아내면 다시 그 작업에 합류하고 싶어요. 혹시 아버지한테서 소식 들으셨어요?"

"아니, 일 년, 어쩌면 그보다 오래 못 들었네."

내 심장이 돌이라도 매달아놓은 듯 가라앉았다.

식물학 교수는 약간 답답해하는 투로 말을 이었다. "마지막 편지엔 발송지에 대한 단서가 하나도 없었어. 자기 머릿속 생각만 마구잡이로 늘어놓았더군. 내가 표본에 추가할 만한 진귀한 식물을 보면 채집해달라고 부탁해놨건만, 그전까지는 자기가 있는 곳을 그렇게 자세히 묘사하더니 이번엔 말이 없더라고. 그렇게 무섭도록 하나에만 집중하는 사람이 어쩔 땐 그렇게 산만하다니까."

"허락해주신다면 그 편지를 읽어보고 싶습니다." 내가 부탁했다. "아버지를 찾는 데 유용한 정보가 있을지도 모르니까요. 아무래도 실종되신 것 같아서요."

"오! 그것 참 심란한 소식이군." 푸크스 박사는 눈썹을 치켜세우더니, 책상 쪽으로 몸을 돌려 작은 서랍을 열고 서류 뭉치에서 접힌 종이 한 장을 빼냈다. "참 이상하지, 습관적으로 편지를 몇 장씩 써 보내던 자네 부친이 달랑 편지 한 장하고 정체를 못 알아냈다며 눌러놓은 구근 한 개만 보내다니?"

실 같은 뿌리가 달린 작은 구근 한 조각이 종이에 붙어 있었다. 말려서 분말로 만든 뿌리는 지혈 효과와 이뇨 효과가 있지만 신선한 뿌리에는 독성이 있다는 히아신스를 푸크스 박사가 못 알아봤을 리 없었다. 여기에 무슨 메시지가 있는 걸까? 히아신스는 제본용 아교의 재료로 쓰이기도 했다. 푸크스 박사에게 던진 도전장일까, 아니면 악의 없는 놀림일까. 둘 중에 누가 먼저 책을 낼까 하는? 나는 박사가 말해주지 않는 뭔가가 있음을 직감했다.

나는 편지를 재빨리 한번 훑듯이 읽고 박사에게 도로 건넸다. 몇 문장이 눈에 띄었다. 나무 안에서 혼자 사는 은둔자처럼 세상을 공부하면서 여생을 그곳에 머물고 싶지만 아직도 나는 방랑하고 있네, 목적 없이…… 사물에 질서를 부여하고 이름을 붙이는 데 근간을 두고 인생을 쌓아왔건만, 이제는 이름 없는 자가 되기를 바라고 있네.

그 순간 퍼뜩 어떤 생각이 들어 나는 주머니 속 아버지의 안경집을 만지작거렸다. 안경이 없으면 아버지는 아무것도 또렷이 보지 못하실 텐데.

왼눈만 감아봐도 상상이 갔다. 내 오른눈도 아버지를 괴롭힌 것과 똑같은 시력 저하가 있었기 때문이다. 방 윤곽이 흐릿해지고 그림자가 드리워졌다. 잠시 후 나는 두 눈을 다 떴다. 방이 다시금 또렷이 시야에 들어왔다. 순간 나는 세상의 형태를 파악하려고 눈을 가늘게 뜬 아버지의 모습을 상상했다. 지금쯤 분명 새 안경을 맞추셨을 테지만. 그러나 이 서신에 의하면, 아버지에겐 도통 잡히지 않는 다른 종류의 비전이 있었다.

푸크스 박사는 날카로운 호기심을 보이며 나를 똑바로 쳐다보았다. "자네도 내용물이 잘 갖춰진 약상자를 갖고 있겠구먼. 자네가 푹 쉬고 난 뒤 그걸 한번 구경하고 싶네."

나는 꺼져가는 불을 바라보며 대답했다. "제 약상자는 콘스탄츠 호수에서 잃어버렸어요, 제 말과 함께요. 그래서 새 약초와 약을 구비해야 해요." 나도 모르게 몸이 부르르 떨렸다. "너무 많은 걸 잃었어요. 아버지가 직접 개발하신 제조법으로 만든 테리아카도 몇 개 있었는데."

박사는 실망어린 한숨을 내쉬더니 밖을 향해 외쳤다. "한스, 한스! 장작을 가져오고 불을 좀 뒤적여라, 아가씨께서 추우신가보다."

"부탁이에요! 푸크스 박사님, 저를 '아가씨'라고 부르지 말아주세요!" 그 순간 내가 무심코 과부 구드룬의 비밀을 발설했을 때 나를 쏘아보던 그녀의 눈빛이 떠올랐다. 그녀가 어떤 심정이었을지 이제야 이해가 갔다. "조금 더 남자로 있고 싶어요. 아직 안전한 기분이 안 들어요. 주교가 보낸 부하들이 여기까지 따라왔을지 모르니까요. 부디 제가 남장을 조금 더 유지할 수 있게 해주세요."

"그러지." 푸크스 교수는 고개를 살짝 젖히고 입술을 다물고는 아랫배를 내밀고서 한번 더 나를 찬찬히 훑어봤다. "주교의 관할권은 여기까지 안 닿지만." 그러더니 목소리를 깔고 덧붙였다. "한스는 거의 귀머거리고 말이야. 아마 내가 한 말을 못 들었을 거야."

그는 내 손을 붙잡고 단단한 내 손가락을 들여다보더니, 나를 방

밖으로 안내했다. "자네가 잘 방을 보여주겠네. 한숨 돌리고 다시
와주게나. 같이 가벼운 저녁식사라도 하세. 내 누이의 아들이 다소
호리호리한데 그 녀석 더블릿이랑 바지가 자네한테 맞을 것 같군.
좀더 어울리는 옷을 찾아보자고, 자네 같은 계층 출신의 여……"
그는 빙그레 미소 지었다. "미안하네, 남자한테 말이야!"

　내게 배정된 방은 갖출 건 다 갖췄지만 웃풍이 심했다.
　나는 몸을 따뜻하게 하려고 일어나서 서성이다가 떡갈나무 장작
을 불에 더했다. 잠옷 윗도리와 속바지에 성긴 스웨터 하나를 덧입
었다. 그런 다음, 무의미하지만 때로 위로가 되는 일을 하기 시작
했다. 목록을 작성하는 일이었다. 여행의 다음 단계에서 내게 필요
한 게 뭘까 고민해보려고 호두나무 트렁크와 서랍에서 내 옷가지
를 전부 꺼냈다. 타다 남은 장작들 사이에서 떡갈나무 장작이 드디
어 불꽃을 뱉으며 화르륵 타올라 좁은 방안을 밝혔다. 내 물건들에
내가 전혀 깃들어 있지 않은 걸 보는 기분이 이렇게 묘하다니. 나
는 구체에 붙일 지도 조각을 들여다보는 사람처럼 내 옷가지를 들
여다보았다. 빠진 지역 하나, 잃어버린 물건 하나까지도 다 꼽아봐
야 했다.

　　걸쇠 달린 파도바산 여성용 가죽슬리퍼 한 켤레
　　부라노*산 레이스 칼라 한 개
　　내 손거울

---

* 베네치아 석호 북쪽의 작은 섬. 레이스 공예로 유명하다.

약상자

전부 콘스탄츠 호수에서 잃어버린 것들.

말의 피가 묻어서 위버링겐에서 버린 치마 한 벌
슈바르츠발트에서 버린 문직 드레스 두 벌
내 직업

환자 왕진, 치료 행위가 그리웠다. 아버지를 위해 이 업을 택하지 않았던가? 이제 사라지고 없는 아버지는 구체를 온통 차지하고 있었다. 그렇지만. 편지에서 아버지는 자신이 여행하는 곳들로 나를 데려가주었다. 나를 두고 간 이유를 이해시키려고 했다. 스코셔에서 보낸 편지는 이랬다.

1585년 3월
사랑하는 가브리엘라,
이 편지를 받는 네가 건강히 잘 지내고 직업적으로 능력을 발휘하고 있었으면 좋겠구나. 네게 필요한 모든 것이 채워지고 있을 줄로 믿는다만, 이걸 잊지 말거라. 재정적 혹은 직업적 문제에서 남자의 조언이 필요하다면 도토르 카르다노에게 언제든 도움을 청해도 된다는 걸. 베네치아 길드 회원들이 내가 그곳에 있을 때조차 네 존재를 못마땅해했고 그렇기에 네게 유감을 안겨줄지 모른다는 걸 나도 잘 안다. 그저 의술의 목적에만, 네가 하는 일에만 매달려라. 사랑하는 딸아, 네가 내 『질병백과』 원고를 옮겨 적고 편집해주던 것이 그립구나. 요즘 나는 내 필체조차 못 알아보는 날도 있단다(시력이 나빠서가 아니라, 길들여지지 않는 잡생각들이 끔찍하도록 반복돼서란다). 그래도 네가 베네치아에 남아 있는 게 적어도 지금으로서는 최선이라는 생각이 다시금 든다. 이곳 스코셔에서 꽤 위험한 수준의 감옥열*을 만났거든. 내 비겁함에 수치심이 든다는 걸 고백해야겠다. 최근 출소한 (다들 무죄라고 하는) 어느 신사를 치료해달라는 연락을 받고 나는 도망쳐버렸단다. 전에 읽은 기록들로 그것이 몇 해 전 옥스퍼드에서 수많은 사람의 목숨을 앗아간 무서운 열병, 즉 '검은 재판'과 같은 것임을 알아챘기 때문이야. 감염된 죄수들이 재판정 전체를 전염시켜 나중에는 법정밖에 있던 수백 명까지 죽었지. 당연히 나는 증상을 한눈에 알아봤다. 고열, 가슴팍과 등과 팔에 난 발진, 그리고 일부의 경우 썩은내 나는 괴저 증상도. 포스카테로의 말이 머릿속에 퍼뜩 떠올랐단다. 전염이란 "하나에서 다른 하나로 옮겨가며 애초에 감지 불가능한 입자로 인한 감염으로 초래되는 것"이라는 말. 환자를 만질수가 없더구나. 감지 불가능한 것이 튀어 내 몸에 묻으면 어쩌나 하는 공포가 의사로서 내가 품은 가장 숭고한 욕망을 이겨버린 거지. 우리 도시가 눈에 안 보이는 입자에 점령당했던 1575년 전염병 당시처럼, 나는 생각도 안 해보고 도망쳐버렸다. 이 끔찍한 사태를 내가 어떻게 완화할 수 있을까? 어쩔 수 없었다는 명백한 진실에도 나는 용서받은 기분이 들지 않는구나. 오래전 전염병이 베네치아를 휩쓸었을 때 내가 파도바의 우리 형님 부지에 있는 오두

---

* 발진티푸스.

막으로 도망쳐 네 목숨과 네 엄마의 목숨을 구했다는 사실로만 용서받은 기분이 든단다. 남을 해하지 않는다는 건 도대체 어떤 걸까? 너랑 나는 말이다, 애야, 하늘이 바다와 하나로 합쳐질 정도로 창문을 때리는 폭풍우 때문에 발이 묶여 환자를 보러 갈 수 없을 때마다 이 문제를 반복해서 토론했었지. 최소한의 해만 가한다는 건 뭘까? 이 의문은 늘 내 앞에 놓여 있다. 나침반 표면에서 한순간도 정지해 있지 않고 떨리는 바늘처럼. 그런 고로, 네가 지난번 편지에서 내비친 산란한 마음에 대답하자면, 나는 너를 버리는 게 아니다. 너를 보호하는 거란다.

멀리서, 네 아버지,
도토르 에르네스토 바르톨로메오 몬디니

바로 옆에 불이 있는데도 차갑게 식은 내 몸이 마치 내 것이 아닌 듯 느껴졌다. 아버지를 찾아야만 나 자신을 찾게 될까? 아버지 없이도 몇 년을 살았지만, 지금 보니 그 세월은 어떤 면에서 표류의 시간이었던 것 같았다. 아버지 생각을 하지 않고 있을 때조차, 나는 언제나 아버지가 돌아오기만을 기다리고 있었다.

다음날 아침, 내 방 덧창들이 갑자기 불어온 세찬 바람에 흔들리다가, 조용히 매달려 있다가, 다시 들썩거렸다. 지붕에서 뭔가가 떨어지더니 먼저 창턱에 부딪혔다가 바다에 쿵 찧는 소리가 들렸다. 떨어져나온 지붕 타일이거나, 박공의 돌쩌귀이거나, 아니면 위층으로 식료품을 올리는 데 쓰는 도르래 비슷한 것일 터였다. 아직 10월인데도 시린 겨울바람이 집들을 흔들어대는 통에, 가만 보니 마을 전체가 제 자신의 일부를 조금씩 잃어가고 있었다.

나는 옷을 주섬주섬 입고, 더러워진 눈더미가 회색빛 오후에 흐릿하게 빛나는 광경이 내다보이는 창가 자리에 앉았다. 날씨가 워낙 험해서 여기서 더 이동하지는 못할 듯싶었다. 얼마나 지체될까?

누가 단호하게 문 두드리는 소리가 났다.

"들어오세요." 나는 웅얼거렸다.

푸크스 박사가 느릿느릿 들어왔고, 올미나가 향기로운 민트차를 올린 쟁반을 들고 따라 들어와 진한 바탕에 밝은색 넝쿨 무늬를 새긴 작은 상감세공 탁자에 내려놓았다.

"전해줄 편지가 있네." 박사는 대뜸 말하더니, 내 물건들이 놓인 모양으로 나에 대해 뭔가를 알아내려는 듯 방안을 찬찬히 훑어보았다. 아니면 내가 괜한 소유 의식에 약상자를 잃어버렸다고 거짓말을 한 것이라 여기고 이 방에서 상자를 발견할 수 있기를 바라는지도 몰랐다. 박사는 무슨 의식이라도 거행하듯 창틀에 두 손으로 편지를 살며시 내려놓았다. 나는 어머니의 글씨체를 단번에 알아보았다.

"송구합니다만, 푸크스 박사님, 이 편지는 혼자 읽고 싶습니다." 나는 양해를 구했고, 한껏 기대하고 있던 그의 표정이 일그러지는 걸 보고 한마디 덧붙였다. "이따 내려갈게요. 박사님께서 내키신다면 그때 박사님의 식물 표본을 함께 들여다보면서 약효에 대해 얘기 나누기로 해요."

"그래, 그거 좋지, 식물 표본이라." 박사의 미간 주름이 약간 펴졌다. "분류할 게 아직도 많아. 여름에 개화한 것 중에 압축기에 들어 있어서 꺼내야 할 게 너무 많거든. 정원은 항상 나보다 훨씬 빨리 일을 하지. 이러다 내 표본이 나보다 오래 살겠어!" 그는 어깨를 으쓱하면서 넉살 좋게 외쳤다. 아닌 게 아니라 구겨진 오리나무 잎 하나가 그의 모직 셔츠에 붙어 있어서, 그걸 본 내 입가에 미소가 떠올랐다.

박사가 쿵쿵거리며 계단을 내려가자마자 나는 편지를 뜯었다. 겉봉에 카르다노 박사님의 글씨가 있었다. "시뇨리나 가브리엘라, 네 모친의 요청으로 이 편지를 보낸다. 이 편지를 받고 기분이 좋아지기를. 네 친구(만월 그리고 신월 아래), 카르다노 박사가." 마지막 한마디는 마음이 불편해지는 은유였다. 내 짐작에는 이런 뜻인 것 같았다. "건강이 좋을 때나 나쁠 때나, 정신이 나갔을 때나 멀쩡할 때나."

카르다노 박사님이 어머니의 전언을 십중팔구 읽어봤을 거라는 사실에 욱하면서, 나는 어머니의 빼곡한 필기체로 눈을 돌렸다. 어머니의 만연체는 종이의 가장자리까지 뻗어가 숨쉴 여백이 남아 있지 않았다.

소중한 가브리엘라,

나의 가장 다루기 힘든 딸. 그래, 너는 말을 지지리도 안 듣는 애지, 네가 편지에 남기는 서명에 따르면 말이다. 하지만 잊었니, 네 아버지가 너에게 베네치아에 남아 있을 의무를 지웠다는 걸? 나를 보살피고, 또 덧붙이자면, 너 자신도 돌볼 의무를 안겨줬잖니. 그렇지만 넌 늘 빠져나가 탐험하곤 했지. 시커멓고 커다란 벌이 사선으로 달려드는 정원을(벌을 꼭 쥐었다가 쏘였지), 부두를(누가 너를 채갔으면 어쩌려고), 시장을(너는 반나절 동안이나 실종됐었지). 내가 널 꼭 안을수록 너는 더 꿈틀대며 빠져나갔지. 나는 도통 이해가 안 됐어. 그런데 이제는 남자처럼 독립적으로 움직여 네 아비를 찾아 방랑하고 수많은 위험을 마주할 수 있다고 생각하는구나. 집으로 돌아오렴, 애야. 네 아버지는 네게 빈자리만 남기고 갔어. 돌아오고 싶었다면 돌아왔겠지. 아버지를 쫓아가서 뭘 하게? 무슨 일이 생겼다면 동행한 하인들이 전보를 보냈겠지. 너의 이 광증이, 네가 만날 읽어대는 그 책들, 젊은 여자에게 전혀 어울리지 않는(신체 부위가 버젓이 나오다니!) 책들 때문에 생긴 거라고 내가 믿는 그 광증이 네 분별력을 지워버렸어. 나는 그런 종류의 집착을 전에 네 아버지한테서도 본 적 있단다. 그것 때문에 그이는 자기 연구에 부합하지 않는 거라면 전부 내쳐버렸지. 남자가 그러면 그럴싸해 보일지 몰라도, 여자가 그러면 흉할 뿐이란다. 네 아버지가 네게 오냐오냐 하는 문제를 가지고 허구한 날 싸워댔는데, 그 결과를 보렴. 살면서 제 역할이 뭔지도 모르는 딸이 됐잖니! 좀더 솔직하게 내 생각을 말해야겠다. 아주 중대한 의미를 띠는 것 같은 꿈을 꿨단다. 네 아버지가 여자로 변신한 린덴*에게 홀렸는데, 피부가 이끼처럼 녹색으로 빛나는 그 여자를 따라 숲으로 들어가더구나. 내가 불러댔지만 그이는 한 번도 뒤돌아보지 않았어. 네 아버지는 실종됐거나 병이 난 게 아니야. 그 책을 핑계로 우릴 버린 거야. 아주 오래전 네 아버지는 대망막을 덮어쓰고 태어난 여자들에게 빠졌단다. 자기들 치료법이 진짜라고 믿는, 산속에 사는 그 교활한 마녀들에게 말이야. 이제 그 광증이 네

---

* 참피나무속의 식물.

아버지를 더 깊이 끌고 들어가버린 것 같구나. 물론 그 사람은 언제나 우리를 떠나고 있었지만. 하지만 딸아, 내겐 늘 네가 있었어. 부디 아버지는 잊고 집에 돌아오렴.

1590년 9월 9일
네 불행한 엄마,
시뇨라 알레산드라 세레나 몬디니

네 아버지는 언제나 떠나고 있었어. 나는 손에 든 편지를 구겼다. 어머니는 진실을 일부 남겨둔 채 살짝 비트는 재주가 있었다. 어머니는 내가 모르는 아버지를 알았다. 초기의 애정이 어떤 실책(아버지의, 아니면 어머니의)으로 얼룩진 걸까? 어쩌면 두 분 중 어느 쪽도 옛 슬픔을 되살려내는 경솔한 말을 이겨내지 못한 걸지도 모르겠다.

"일 벤토 임페투오소 아첸데 일 푸오코 오푸레 로 스페녜, 시뇨리나." 올미나는 이렇게 경고했다. 성급한 바람은 불을 붙이거나 아니면 아예 꺼버린다. 이 편지에 담긴 불평은 올미나에게는 익숙한 것이었다. 그 불평을 반복함으로써 신기하게도 어머니는 버텨냈다. 비록 주변 사람들을 지치게 만들었지만. 어머니는 분명 무력감을 느꼈을 터였다. 불평을 주절주절 늘어놓으면 묘하게도 위안이 된다. 나도 경험한 적이 있었다. 그렇지만 나는 나를 갉아먹는 슬픔을 어머니와 나눈 적은 없었다. 올미나가 위로해주려고 자리에서 일어났지만 나는 됐다고 손사래쳤다.

베난단티 이야기는 수도 없이 들었다. 약초를 달여 즙을 만들고 버드나무 지팡이를 짚고 다니는 그 녹색 마녀들에게 아버지가 유혹당했다고 어머니가 얼마나 철석같이 믿었던지. 아버지가 떠나고 몇 년이 지나서야 어머니는 베네치아의 눈부시게 반짝이는 응접실에서 비로소 새 삶을 시작했다. 정오까지 누워 있다가 몇 시간 공들여 외출 준비를 한 뒤(얼굴과 가슴에는 하얀 분가루, 눈가에는 검은 먹을 칠하고, 계산적으로 선정한 위치에 애교점을 찍고, 입술과 볼에는 색조를 더하고, 사치 금지법으로 더는 못하게 된 보석장신구도 달았다. 어쨌거나 어머니는 법에 아랑곳없이 치마 안쪽에 비밀 주머니를 꿰매놓고는 아무때고 진주 목걸이나 다면 세공한 루비 귀고리를 꺼냈으니까), 몸종인 불쌍한 밀레나를 데리고 초피니*를 신고서 요란하게 계단을 내려가곤 했다. 곤돌라를 잡아타고 친구 집으로 마실을 가서 부잣집 마나님들끼리 수다를 떨고 흥미진진한 뒷소문을 주고받으며 낮과 저녁 시간을 보냈다. 누가 누구를 포크로 찔렀고, 누가 누구를 칼로 찔렀으며, 사제가 고해실에서 뭐라고 했는지, 10인 위원회**가 테살로니카의 고급 매춘부에게 뭐라고 털어놓았는지, 그 매춘부는 또 그 비밀 정보를 어떻게 이용했는지 따위의 이야기였다.

이런 것들로 채워진 어머니의 관심사를 방해할 수 있는 것은 오직 류트 연주와 정찬뿐이었다. 어쩌면 더이상 아버지 걱정을 안 했는지도 모르고, 또 어쩌면 자기 자신을, 겁먹은 소녀의 심정을 그런 호화로운 장식과 가시 돋친 비난으로 감췄는지도 모른다. 어느 쪽인지 나는 알 수 없었다.

---

* 코르크 굽을 덧댄 높은 신발.
** 1310년부터 1797년까지 존재했던 베네치아의 정치조직.

그렇다 해도 어머니의 편지는 내 마음을 후벼팠다. 이런 생각이 들었다. 만약 아버지가 진짜로 우리와 관계를 끊은 거라면? 아버지는 언제나 우리를 떠나고 있지 않았나. 그렇다면 이번 마지막 사라짐은 그전에 있었던 일의 연장선에 지나지 않는다는 얘기였다. 아니. 나는 그렇게 믿을 수 없었다.

매서운 날씨 때문에 우리는 튀빙겐의 푸크스 박사 댁에 머무는 기간을 연장했다. 일주일이 지나자 나는 시내로 거의 나가지 않게 되었다. 거추장스러운 치맛단 없이 남자로 돌아다닌다 해도, 살갗을 에는 추위와 어디든 튀어 묻어버리는 더러운 진흙이 싫었다. 바람이 아랫마을의 가죽 공방과 도축장의 톡 쏘는 악취와 거름냄새를 대학과 성이 있는 윗마을로 실어와 우리 모두는 그 역한 공기에 푹 절어졌다. 때때로 나는 교구 교회로 피신했다. 가파르게 경사진 프로테스탄트 양식의 아치들이 높이 솟은 돌의 숲처럼 보였다. 고요가 나를 달래주었고, 가톨릭 성당과는 분명 울림이 다른 개신교 교회의 소박한 종소리가 마음에 들었다.

한번은 슈바벤* 출신으로 보이는 퉁명스러운 학생이 내게 다짜고짜 소리를 지른 적도 있었다. 내가 여자인 걸 알고 그런 게 아니라, 문간에서 내 베네치아 억양을 얼핏 듣고 나를 불청객으로 본 것이었다. "거기 서, 외국인! 여기는 개신교도를 위한 신성한 장소야, 가톨릭교도가 고개를 처박는 여물통이 아니라!" (그 청년이 왜 모든 외부인을 가톨릭교도로 상정했는지는 나도 모르겠다.) 그는

---

* 독일 남서부의 옛 공국. 현재는 바이에른에 속한다.

내 어깨를 확 밀치더니 나를 입구 쪽 아치 통로로 떠밀었다.

나는 아무 대꾸도 하지 않았다. 얼어붙은 돌냄새가 칼날처럼 내 들숨을 찔러댔다. 다른 학생들도 청년 뒤에 몰려들어 조소를 보냈다.

"그 녀석 내버려둬, 네 말을 알아듣지도 못해." 다른 학생이 말했다.

어스름한 불빛 속에서 이 새로운 목소리의 주인공은 제대로 보이지 않았다. 그저 검은 모자와 모자 테두리 밑으로 빠져나온 노란 곱슬머리만 보였다.

"저게 감히 어디라고 여길 들어와." 코가 뒤집개처럼 납작한 슈바벤 청년이 으르렁거렸다.

"미안합니다, 기분 나쁘게 하려던 건 아니었어요." 내가 엉터리 독일어로 되는대로 말했다. "이 교회, 매우 아름다워요. 가톨릭교도 아닙니다, 가톨릭교도 아니에요." 나는 거짓말을 하면서 항변의 표시로 두 손을 휘저었다. 그때 마르크트플라츠에서 막 돌아왔는지 빵 덩어리가 삐져나온 바구니를 한쪽 팔에 낀 올모가 불쑥 튀어나왔다. 올모가 구석에 있던 나를 어찌나 재빨리 잡아끌었는지, 다들 너무 놀라 아무 반응도 하지 못했다.

"자알한다!" 슈바벤 청년이 우리 뒤에다 대고 소리쳤다. "하인한테 구출받아야 하는 신세란 말이지?" 나는 어깨 너머로 그들을 쏘아봤다. 학생들이 다 같이 웃음을 터뜨렸다. 노란 곱슬머리 청년만 빼고.

그 청년이 우리를 쫓아 푸크스 박사님 댁까지 온 걸 나중에야 알아챘다. 우리가 돌아오고 잠시 후 그가 문을 두드렸고, 한스가 투덜대며 문을 열었다.

"방금 하인과 함께 돌아온 젊은 남자분과 얘기 좀 하고 싶네." 키가 훌쩍 큰 그 남자가 말했다. 밝은색 머리칼에는 펑펑 내리기 시작한 마른 눈송이가 소복이 쌓여 있었다. 나는 위층에 서서 창밖으로 그를 내다보았다. "나를 기억하겠지. 푸크스 박사님의 지도를 받는 학생 중 하나라네, 빌헬름 로흐너라고."

한스가 쭉 내민 얼굴 앞에, 그가 뱉는 단어 하나하나가 입김이 되어 공중에 떠 있었다.

"만나실 수 없습니다. 지금 몸이 안 좋으십니다." 한스가 대답했다. "외국에서 온 아가씨들이 어떤지 잘 아시잖습니까. 그 의사와 하녀 둘 다 우리의 추운 날씨를 못 견디더라고요, 하!" 그는 아주 의기양양하게 말을 쏟아냈다. 나는 헉 숨을 들이켰다. 다음 순간 자신의 실수를 깨달은 한스가 다른 말 없이 문을 쾅 닫았다.

청년, 빌헬름 로흐너는 어리둥절한 표정이었다. 그는 납땜 유리를 끼워넣은 곡선형의 창틀과 나를 가리고 있는 두꺼운 벨벳 커튼을 올려다보았다. 위에서 내려다본 그는 꼭 물속에 있는 사람 같았다. 눈은 동전처럼 푸르스름한 은색이었고, 배의 방향타에 닿아 급류가 부서지는 것처럼 그의 주위로 눈발이 휘날렸다. 나는 그의 검은색 망토, 검은색과 노란색의 줄무늬 바지, 탄력 있는 장딴지를 드러낸 노란 타이츠를 뜯어보았다. 빌헬름은 거기 잠시 서서 이 창 저 창을 살피고는, 그의 등뒤로 난 길 가장자리를 타고 흐르는, 네카어강에서 흘러온 유속 빠른 개울을 바라보았다. 그가 어찌나 오랫동안 거기서 기다렸는지, 마침내 떠났을 땐 칙칙하고 드넓은 눈 양탄자 가운데 그가 서 있던 자리에만 시커먼 흙 구멍이 나 있었다.

그가 가버린 뒤 눈이 그 구멍을 메웠고, 내 안에는 구멍을 냈다. 변장을 했는데도 나를 꿰뚫어본 남자야, 나는 퍼뜩 깨달았다. 닫힌 창문과 결함 있는 유리 너머의 잠긴 세상에 대고 나지막하게 말했다. "빌헬름 로흐너, 들어와요."

10장
그 뿌리가 집에 있으면
사탄도 어찌하지 못한다

이튿날 아침, 올미나가 갑자기 어깨를 흔들어 나를 깨웠다. "찾아온 사람이 있어요. 아니, 환자라고 해야 하나?"

"올미나?" 나는 올미나를 빤히 쳐다봤다. 실로 오랜만에 여자 옷을 입고 있었기 때문이다.

"아, 그게, 한스 덕분에 지금쯤 튀빙겐 주민 중에 푸크스 박사님 댁에 누가 머물고 있는지 모르는 사람이 없을 것 같아서요. 하인 하나가 다른 하인한테 얘기하고, 학생 하나가 다른 학생 여럿한테 얘기하니까요! 그 노란 머리 남자, 그 남자가 뭐라고 말하고 다녔을지 누가 알아요. 게다가 저는 남자 옷이라면 이제 넌더리가 나요. 풍성한 여자 옷이 더 좋아요."

"그건 그렇고, 환자 얘기는 무슨 소리야?"

"어제 문간에 서 있던 그 친구예요. 그런데요, 시뇨리나, 예감이 안 좋아요. 조심하세요."

빌헬름 로흐너가 다시 찾아와 외국인 의사에게 자문을 구했다고 했다. 푸크스 박사는 좀 이상하다고 여겼지만, 보아하니 유익할 듯하다고 판단한 모양이었다. 어쨌든 나중에 내게 말한 바로는 그랬다. 그렇게 해서 나로서는 짜증나게도 박사가 내 동의를 구하지도 않고 진료를 수락해버렸다.

잠시 후(올미나와 달리 이제 내가 여자인 걸 모두가 안다 해도 나는 남자 옷의 편안함을 선호했기에 옷 입는 데 오래 걸리지 않았다) 아래층으로 내려가 서재로 들어갔다. 두 남자가 기세 좋게 타오르는 난롯불 앞에 앉아 있었다. "여자 의사에게 진료받은 적이 전에도 있었나요, 로흐너 씨?" 나는 으레 나누는 인사말을 건너뛰고 곧장 본론으로 들어가 질문했다.

두 남자는 남장을 한 나를 이미 봤는데도 조금 바보스러울 정도로 멍하니 쳐다봤다. 밤색 바지를 입은 내 다리가 꽤 자극적이었을 것이다. 남자들은 자신의 정부나 아내의 것이 아니면 여성의 발목 정도도 볼 일이 거의 없었다.

빌헬름 로흐너는 자리에서 일어나 고개 숙여 인사했다. "아니요, 이전에는 이 직업에 종사하는 여성을 만나는 행운을 누리지 못했습니다." 각기 다른 세 가지 파란색의 줄무늬 양말에 남색 벨벳 바지, 보라색 더블릿을 입고 진홍색 부츠와 거기에 맞춘 새빨간 장갑을 낀 그는 적도 지방에 서식하는 한 마리 화려한 새 같았다. "그런데 제 이름은 어떻게 아셨습니까?"

"어제 문 앞에서 말하는 걸 들었어요." 나는 잠시 입을 다물었다가 무심한 투로 말을 이었다. "그래, 무슨 문제가 있어서 오셨나요?" 로흐너가 교회에서 보여준 배려에 내가 매력을 느낀 걸 그가 눈치채지 않았으면 싶었다.

"가브리엘라." 푸크스 박사가 끼어들었다. "빌헬름은 자네 부친과도 아는 사이네."

"아." 그 말에 나는 로흐너를 좀더 주의깊게 뜯어보았다. 푸크스 박사의 교활한 한 수였다.

"제 아버지를 어떻게 기억하세요?" 서두를 생각이 사라진 나는 두 남자의 맞은편 의자에 앉으며 물었다. 앞으로 쭉 뻗은, 난롯불을 받아 반짝이는 훤히 드러난 내 다리에 나 자신도 조금 주의를 빼앗겼다.

"아가씨의 부친께서는," 로흐너가 대답했다. "제 다리의 궤양을 가라앉혀주신 매우 유능한 의사셨습니다. 비록 푸크스 박사님은 그분의 치료법에 반대하셨지만요." 그는 자신의 지도교수에게 농담 섞인 도전의 눈빛을 던지더니 곧 나를 다시 돌아봤다. "그런데 그 궤양이 도져서 선생님께 조언을 구하고 싶습니다."

"문제의 궤양을 먼저 봐야겠는데요, 허락하신다면."

그는 내 요구에 놀란 것 같았다. 아버지의 치료법을 내가 재확인해주거나 아니면 푸크스 박사에게 의견을 물어보리라고 예상한 모양이었다. 자기 눈앞에 뻔히 보이는 건 크게 신경쓰지 않고 처방만 내리는 달관한 의사들처럼 말이다. 어느 쪽이든, 그는 아버지가 어떤 치료법을 썼는지 말해주지 않았다. 그렇다면 나를 시험하고 있다는 뜻이었다.

"잠깐 나갔다가 준비되시면 돌아올게요." 나는 이렇게 제안하고, 그가 필요한 부위의 옷을 벗을 수 있게 방에서 나갔다.

잠시 후, 들어와서 로흐너를 봐달라는 소리에 가보니 그는 바짓

자락을 걷어올리고 왼쪽 양말을 쭉 내려 탄탄한 허벅지 뒤쪽을 드러낸 채 등을 돌리고 서 있었다. 허벅지 뒤의 조그맣고 동그란 궤양에서 진물이 흘렀다. 내가 주변부 피부를 촉진하면서 궤양 부위를 자세히 살피자 통증 때문에 그가 얼굴을 찌푸렸다. "지금은 제가 약제를 가지고 있지 않아서요, 로흐너 씨." 내가 방안의 불편한 적막을 깨며 말했다. "하지만 이런 종류의 잘 낫지 않는 병변에는 헴록* 습포를 추천합니다."

로흐너가 약간 당황한 미소를 띠고 어깨 너머로 나를 쳐다보았고, 푸크스 박사는 고개를 저으며 말했다. "자네 아버지는 컴프리**를 권했는데. 솔직히 나는 이런 종류의 염증에 효과가 없다고 보지만 말일세."

"아, 그러셨군요." 나는 생각에 잠겨 대꾸했다. "피부에 생긴 지 얼마 안 된 화농에는 더없이 좋은 처치라고 봐요. 하지만 재발하는 성질이 있다 해도, 궤양이 생긴 지 오래됐다고 하셨으니 좀더 강한 게 필요해요."

푸크스 박사가 자신의 의견을 밀고 나갔다. "그래도 헴록이라니! 너무 위험하기도 하고, 게다가 사탄의 약초잖나!"

"그렇지만 박사님의 식물 표본관에 있는 약상자에도 그 독성 파슬리가 있는 걸 봤는데요? 이런 말도 있잖아요. '그 뿌리가 집에 있으면 사탄도 어찌하지 못한다.' 이런 말도 있고요. '그 풀을 몸에 지니고 다니면, 독을 가진 어떤 짐승도 그를 해치지 못한다.' 약간

---

* 산형과의 두해살이풀. 독이 있어 사약으로 쓰였다.
** 잎이 크고 작은 종 모양의 꽃이 피는 지칫과의 여러해살이풀. 위산과다, 위궤양, 종기, 피부염 등의 치료에 쓰인다.

의 악은 악을 물리쳐주죠!"

푸크스 박사는 민망해서인지 아니면 기분이 상해서인지 얼굴을 붉혔다.

"이제 양말을 올리게, 로흐너." 박사가 딱딱한 말투로 말했다. "그리고 자네의 해석에 대해서는 말이야, 가브리엘라, 그런 속담은 의사가 아니라 무식한 산파들이나 하는 말이야."

그렇다면 기분이 상해서 그런 거였군. 나는 산파의 경험을 신뢰하는 사람이라 그들의 편에서 화가 났지만, 그래도 차분히 대꾸했다. "치유로 가는 길은 하나가 아니니까요, 푸크스 박사님."

"그리고 우리는 오늘 여기 이 방에서 그걸 확인했고요, 안 그렇습니까?" 아직도 한쪽 양말은 올리고 다른 쪽 양말은 내린 모습으로 박사의 제자가 끼어들었다. 그러고는 나를 향해 씩 웃어 보였다.

나도 모르게 가벼운 웃음이 터져나왔고, 어정쩡하게 고개를 숙인 채 내 쪽으로 비틀비틀 걸어오는 칠칠치 못한 젊은이를 보고 푸크스 박사도 웃음 지었다. "감사합니다, 몬디니 박사님," 빌헬름이 말했다. "따님도 아버님만큼 현명하시군요."

그가 몬디니 박사님이라고 부른 순간 내 목의 살갗이 기분좋게 화끈거렸다. 어쩌면 나를 그저 희귀한 존재, '여자 의사'로만 본 것이 아닌지도 몰랐다.

로흐너가 이번에는 푸크스 박사를 보며 말했다. "하인에게 제 헴록 습포를 준비해달라고 해주시겠습니까? 대가는 후하게 드리겠습니다, 스승님."

푸스크 박사는 투덜대며 방에서 나갔고, 나도 처방약 준비를 도우러 따라갔다. 곧 길게 잘라낸 리넨 조각을 헴록즙에 푹 적셔가지고 돌아온 나는 그의 다리에 (이제 보니 꽤 단단했다) 붕대를 감아 궤양 부위를 감쌌다.

로흐너는 움찔하다가 휘청거렸고, 어느 순간 균형을 잡느라 자기도 모르게 내 머리를 손으로 짚기까지 했다. 그러더니 살며시 내 머리카락을 한 번 쓰다듬고는 돌아서서 양말을 올리고 가터에 고정시켰다. 그 순간 그 허벅지의 탄탄한 뒷면, 보통은 볼 수 없는 그 근육질의 윤곽이 날것의 힘으로 나를 뒤흔들었다.

나는 일어서서 가터를 채우느라 씨름하는 그를 가만히 바라보았다. 내게 감사 인사를 하러 돌아선 그의 맑고 파란 눈에는 방금 보인 허술함에 대한 민망함이 어려 있었다.

나는 시선을 돌렸다. "로흐너 씨, 이렇게 해도 효과가 없으면 구더기 요법도 생각해보셔야 해요. 엉겨서 영 낫지 않는 살점을 제거해주거든요."

"그런 요법은 무덤에 들어갈 때까지 쓰고 싶지 않습니다!"

"그렇지만 구더기 요법의 엄청난 효능을 공부하셨을 거 아녜요? 땅벌레는 죽은 살만 먹으니 걱정 안 하셔도 돼요."

그러자 로흐너가 몸을 가까이 숙이더니 낮은 목소리로 말했다. "그래서 당신과 시간을 더 보낼 수 있게 된다면 기꺼이 살점을 떼주겠습니다."

나는 한발 물러서서(비록 내 안의 한 조각 열망은 나도 모르게 앞으로 튀어나갔지만) 손을 내밀었다. "그럼 좋은 하루 보내세요, 로흐너 씨. 제가 궤양 부위를 재진하려면 일주일 내에 여기서 다시 만나야겠네요. 하인에게 하루에 최소 두 번씩 붕대를 갈아달라고 하는 것 잊지 마세요."

그는 은밀한 미소를 지으며 내 손을 힘주어 잡았다. "고맙습니다, 몬디니 박사님. 다음에 언제 다시 만나서 아버님 얘기를 나눌지, 사람을 보내 정하겠습니다. 파도바 학파의 의료 철학에 대해서도 더 듣고 싶군요. 여성분들이 다과를 즐기러 가기 좋아하는 조용한 여관을 하나 알고 있어요. 다만 거기 가려면 여자 옷을 입으셔야 합니다. 남장을 하고 돌아다니는 게 발각되면 엄중한 벌을 받을 겁니다. 게르마니아에서 여자가 그러고 다니면 사형을 당할 수도 있다고 푸크스 박사님이 주의를 주셨을 텐데요?"

푸크스 박사가 목소리를 낮게 깔고 말했다. "괜히 겁주고 싶지 않았네. 게다가." 그는 씩 웃었다. "고집이 황소 같은 숙녀분 아니신가."

"제대로 보셨네요." 내가 고개를 끄덕였다. "근데 별로 공평하지 않은 것 같아요. 남자들은 품이 넓은 옷을 입어도 되고 우리는 꼭 죄는 옷만 입어야 하는 게."

"여자가 남자랑 똑같은 옷을 입고 다니면 세상이 어떻게 되라고!" 푸크스 박사가 마디가 툭 불거진 손을 내던지듯 들어 보이며 외쳤다.

"그럼 남자들이 교묘한 소맷자락이나 화려한 보디스 말고 다른 걸 고안해야겠죠." 로흐너가 대꾸했고, 나는 웃음을 터뜨렸다. 곧 그는 "안녕히 계세요, 몬디니 박사님" 하고 인사하면서 챙 넓은 황토색 모자를 쓰고 긴 코트를 걸치고는, 일부러 바보처럼 보이려는 건지 아니면 그냥 기분이 들떠서 그런 건지 우스꽝스럽게 과장된 걸음으로 집에서 나갔다.

이렇게 가볍게 웃어본 게 몇 달 만인지.

올미나가 이 모든 일을 문간에서 가슴팍에 팔짱을 낀 채 눈을 가늘게 뜨고 지켜보고 있었다.

11장
태양 광증의 발현

"다시 뵙게 돼서 반갑습니다, 몬디니 박사님." 한 망루의 밑동에 숨어 있던 그림자가 벽에서 떨어져나와 앞으로 걸어왔다. "같이 걸어도 될까요?"

"물론이죠, 로흐너 씨!" 나는 놀라는 한편 기분좋아서 대답했다. 그의 궤양을 봐주고 며칠이 지난 어느 쌀쌀한 오후였다. 올미나와 나는 토사가 섞여 갈색을 띤 네카어강 근처를 걷던 참이었다. 가을의 마지막 황토색 나뭇잎이 거무스름한 강둑을 따라 눈 밑에 옹송그리고 있었다. 우리 둘 다 여자로서 적절한 옷차림으로 돌아갔지만, 내 망토와 치마는 나무 사이로 불어오는 발작적인 바람에 나를 따뜻하게 보호해주기엔 역부족이었다.

빌헬름 로흐너는 이번엔 화려한 색깔을 자랑하는 대신 회색으로 감싸고 있었다.

올미나가 목청을 가다듬으며 나와 팔짱을 더 단단히 끼는데 로흐너도 자기 팔을 내밀었다. 나는 그 팔은 잡지 않았다.

"다리는 어떠세요?" 내가 물었다.

"차차 낫고 있습니다만, 가장자리가 오그라드네요."

"헴록이 효능을 발휘하나봐요. 어지럽지는 않으시죠?"

"아뇨, 아뇨, 불쾌한 증상은 전혀 없습니다." 그가 내 쪽으로 더 바짝 다가오자 그의 모직 코트가 내 코트에 스쳤다. "푸크스 박사님 댁에서 또 뵙기 전에 이렇게 먼저 만나게 돼서 기쁩니다."

올미나가 못마땅한 듯 한숨을 내쉬었다.

나는 못 들은 척하고 (그리고 한 번쯤 바보짓을 해보기로 하고) 대답했다. "저도 만나게 돼서 반가워요."

그는 약간 초조함이 묻어나는 웃음을 터뜨리더니 물었다. "숙녀분들, 혹시 저랑 뜨거운 브랜디 한잔하시겠습니까? 여기서 멀지 않은 여관의 안주인이 포도주를 만들어 팔거든요. 원하신다면 설탕 한 조각 곁들이셔도 되고요. 저희 지방에서 나는 일류 브랜디의 의학적 효능은 이미 알고 계시겠죠?"

"마음 써주셔서 고맙습니다. 그렇잖아도 조금 우울해서 특효약이 필요한 참이었어요."

가끔씩 술을 홀짝이기 좋아하는 올미나도 표정이 환해지더니 고개를 끄덕였다.

우리는 걸음을 재촉했다. 모퉁이를 돌아 표면에 자잘한 구멍이 난 총안 흉벽의 기저 부근에 빼곡히 심겨 있는, 잎이 다 떨어진 버드나무들 쪽으로 다가갔다. 돌벽 이음매 부분이 각이 져서 마치 연인들을 위한 은밀한 안식처처럼 보였다. 만약 올미나가 옆에 없었다면 내가 과연⋯⋯, 아니면 아예 내가 로흐너 씨를 벽에 밀어붙이고 그의 긴 코트를 내게 둘렀을까, 냉기를 쫓으려고 부싯돌을 켜듯 욕망에 불을 지폈을까?

여관으로 가는 경사로를 오르면서 문득 그가 나보다 어려 보인다는 사실을 알아챘다. 스물두세 살쯤 된 것 같았다. 내가 늙은 건 아니었지만, 그 순간 백일몽이 사라졌다. 내 적갈색 머리칼은 모자 밑으로 지저분하고 짤뚱하게 늘어져 있었고, 매서운 공기 때문에 혀로 축이는 입술이 다 갈라져 있는 게 느껴졌다.

흩날리는 눈발이, 종이가 타고 남은 재처럼 불규칙한 형태의 하얀 조각으로 이리저리 날아다녔다. 밤이 오는 게 아니라 차라리 낮이 공기에서 차차 빠져나가고 남은 공간을 어둠이 메운다고 하는 편이 어울렸다. 다행스럽게도 우리는 마침내 '푸른 기사' 여관에 도착했다. 색 바랜 표지판(백마 탄 푸른 제복의 귀족)이 눈발을 실은 강풍이 불어닥칠 때마다 한쪽으로 기운 채 흔들렸다. 우리는 대화 소리와 낮은 웃음소리로 웅성대는, 천장 낮은 술집으로 들어갔다. 우리 일행은 난로 가까이에 있는 아늑한 나무 탁자를 찾아, 긴 의자의 내 옆자리에는 올미나가 앉고 로흐너는 맞은편에 앉았다.

다른 여자들은 시장에서 들고 온 반쯤 덮개로 가린 바구니를 옆에 끼고서 두셋씩 모여 앉아 있었다. 바구니 속 빵 덩어리에서 아직도 김이 피어올라 술집 공기를 가장 일차원적인 쾌락—보리빵 냄새—으로 채웠다. 갓 구운 빵을 그 자리에서 약간의 꿀과 쿼그라고 하는 흰 치즈와 함께 먹는 사람도 많았다. 로흐너는 펀트 보트의 노처럼 비쩍 마른 술집 안주인을 불러, 브랜디와 함께 그 치즈를 조금 시켰다.

그러니까 이곳은 몸종과 아낙네, 과부들이 시장에 갔다가 들르는 술집인 듯했다. 구석 자리를 차지하고 앉은 남자들도 더러 있었지만 기이한 침입자나 방 한가득한 여자들 속에 섞여든 구경꾼처럼 보였다. 부드러운 플레인 치즈와 빵 그리고 술이 그 순간 우리가 누릴 수 있는 가장 고급스러운 대접이었다. 얼마 안 가 목이 브랜디로 따뜻하게 데워졌다. "정말이지 로흐너 씨, 여자들을 위한 이런 곳이 존재하는 줄 몰랐어요. 베네치아에서는 자기 집 아니면 친구 집에서나 포도주를 즐기거든요."

그가 나를 살피는 듯한 온기어린 눈빛을 보내며 말했다. "빌헬름이라고 부르십시오. 저도 가브리엘라라고 불러도 될까요?"

"'몬디니 박사'가 더 좋지만, 그럼요, 이름으로 부르셔도 돼요."

"그럼 저는 올미나 여사라고 불러주세요." 내 동행인이 (자기 몫의 브랜디를 벌써 다 들이켜고) 터져나오는 웃음을 누르며 대뜸 말했다.

나는 조금 어안이 벙벙해서 올미나를 쳐다봤다. 올미나가 취한 건 거의 본 적이 없었다. 비꼬는 말장난을 하는 건 더더욱 본 적이 없었다. 그러나 올미나의 농담에 나는 기분이 좋아졌다. 빌헬름이 웃으며 물었다. "우리 여사께 브랜디 한 잔 더 시켜드릴까요?"

"오 됐어요!"

"오 드세요!" 그는 미소를 지으면서 피부가 창백한 안주인에게 우리의 백랍 잔을 다시 채워달라고 신호를 보냈다.

"로흐너 씨," 내가 불쑥 말했다. "제 아버지에 대해 더 얘기해주시겠어요? 아시겠지만 아버지가 행방불명됐어요."

"부친께서는 집필중인 책에 완전히 사로잡혀 있었어요. 그리고 아시다시피, 푸크스 박사님과 모종의 경쟁을 벌이고 있었지요."

그 정도는 예상한 바였지만 나는 아무 대꾸도 하지 않았다.

"푸크스 박사님은 부친께서 『질병백과』에 실을 치료법 하나를 자기에게서 가로챘다고 믿으셨어요. 부친께서는 그 치료법은 모두가 쓸 수 있는 것이어야 한다고, 특정 식물학자의 사유재산으로 남아 있어선 안 된다고 주장하셨고요. 하지만 푸크스 박사님은 그분 나름대로 약초에 대한 책을 집필중이셨기 때문에 공동저자로 오르길 원하셨죠. 부친께서는, 이런 말 하게 돼서 유감이지만, 악감정을 품은 채 떠나셨어요. 부친의 원고 일부를 제가 푸크스 박사님 서재에서 발견했는데, 일부러 두고 가신 것 같지는 않아요."

나는 놀라서 허리를 바짝 세웠다. "지금도 그 원고를 가지고 계세요?"

"아니요, 우연히 발견했는데 섣불리 손대진 않았어요! 푸크스 박사님께 들키면 대학에서 제명당할지도 모르니까요. 제 지도교수님이시거든요."

"박사님이 그 원고를 어떻게 손에 넣으셨는지 궁금하네요. 아버지가 원고를 얼마나 철저히 보관하시는데……"

"마지막날에 그랬을 가능성이 커요, 부친께서 막 떠나려고 하셨을 때쯤이요. 원고가 없어진 걸 눈치 못 채게 말이죠."

"무슨 내용이었어요?"

"원고를 다 읽어보지는 못했어요. 대충 스무 쪽 분량이었는데, 푸크스 박사님이 서재로 돌아오는 소리가 들렸거든요. 가끔씩 저한테 박사님 원고를 읽히고 거기에 주석을 달게 하세요…… 그렇지만 제가 슬쩍 훑어본 원고에는 '달의 광기와 상관관계가 있는 태양 광증의 발현'이라는 제목이 붙어 있었어요. 열병부터 태양으로 인한 귀신들림까지, 흔한 질병과 희귀병을 아울러 설명하고 있었죠. 환자가 자신을 하늘에서 타오르는 불이라고 착각해서 빛을 벗겠다고 홀딱 벗고 활보하는 병 있잖아요. 하여간 그런 병이라고 부친께서는 믿으셨어요."

나는 목소리를 낮추고 물었다. "그 원고는 지금 어디에 보관되어 있나요?"

올미나가 기분좋게 알딸딸한 상태에서 깨어나 큰 소리로 나를 꾸중했다. "무슨 꿍꿍이예요?"

"쉬이이!" 빌헬름과 나 둘 다 올미나에게 주의를 주었다.

빌헬름이 말을 이었다. "가브리엘라, 그건 말하면 안 될 것 같습니다. 당신이 곤란해질 수 있으니까요."

"제가 쓴 원고에 더하고 싶어서 그래요."

"아, 그럼 책을 쓰고 계신 거로군요?" 그는 허리를 바짝 세우더니 양손으로 감싸고 있던 브랜디 잔을 내려놓았다. 그의 눈동자가 흥미로 짙어졌다.

"아버지를 도와드리고 있었어요."

"오오." 올미나가 신음소리를 냈다. 그러고는 탁자 밑으로 나를 쿡 찔렀다. "아가씨 지금 모르는 사람한테 너무 많이 털어놓고 있어요."

"모르는 사람 아니잖아."

"아니요, 모르는 사람 맞아요. 이분에 대해 아무것도 모르잖아요!"

"그렇게 따지면 푸크스 박사님에 대해서도 아무것도 모르잖아." 내가 대꾸했다.

"그리고 아가씨는 저에 대해서도 아무것도 몰라요!" 올미나가 홀쩍거리기 시작했다.

나는 쿡쿡 웃으며 그녀를 돌아봤다. "올미나, 빵 좀 먹어. 그럼 기분이 나아질 거야. 내가 올미나에 대해 뭘 모르는데?"

올미나는 내게로 몸을 기울이며 단호한 말투로 말했다. "우선 하나만 말하자면, 저도 글을 읽을 줄 안다는 거요. 혼자 글을 깨우쳐서 한밤중에 다들 자고 있을 때 주인님 책을 읽었답니다." 그러더니 탁자 위의 자기 팔에 얼굴을 묻었다.

나는 어안이 벙벙해서 올미나를 빤히 바라보았다. "그래서 우리가 환자 진료할 때 올미나가 그렇게 아는 게 많았구나. 아버지랑 나를 어깨 너머로 지켜보면서 배운 줄 알았지 뭐야! 나도 참 둔하지!" 아마도 화가 났어야 마땅했지만, 도저히 화를 낼 마음이 들지 않았다.

"이거, 이거," 빌헬름이 한마디했다. "이 자리에 의사가 세 명 앉아 있네요. 하나는 진짜 의사, 하나는 의대생, 하나는 숨은 의사! 여기 모인 의사들을 위하여!" 그는 자기 잔을 들어올렸고, 올미나와 나도 잔을 들었다. 우리 셋은 작당을 한 듯 하나가 되어 활짝 웃었다.

"부탁이니 비밀로 해주세요." 올미나가 작게 말했다. "로렌초는 몰라요. 아가씨와의 관계를 곤란하게 만들었다고 저한테 화낼 거예요."

나는 올미나를 꼭 껴안으며 함구할 것을 맹세했다. 내 하녀가 글을 읽을 줄 안다니. 자랑스럽고 놀라웠다. 내가 모르는 일이 또 뭐가 있을까? 점점 더, 가장 가까운 사람들이 어쩌면 나만 모르고 있는 밀실로 가득찬 저택처럼 느껴졌다.

"약속하지, 절대로 발설 안 하겠다고." 빌헬름이 브랜디가 뇌까지 따뜻하게 데웠음을 알려주는 과장된 말투로 선언했다. "그리고 가브리엘라, 박사님이 당신 원고도 훔치지 않게 조심해요. 원고를 안전한 곳에 뒀나요?"

"네, 그럴 거예요. 그렇지만 조심할게요."

"이제 가봐야죠." 올미나가 말했다. "밤이 깊어가요. 로렌초가 걱정할 거예요."

그렇게 해서 발걸음 불안정한 삼총사가 된 우리는, 빌헬름이 가운데 서고 올미나가 그의 왼팔을 붙잡고 나는 오른팔을 붙잡고서, 점점 깊어지는 한기와 어둠을 뚫고 푸크스 박사의 집으로 돌아갔다. 어찌어찌 우리는 이 휘청대는 좌우대칭의 대열에서 서로를 넘어지지 않게 지탱해주면서, 수다도 떨고 때로는 환성을 질러가며 문 앞에 당도했다. 우리가 문을 두드리기도 전에 예의 그 몸종 소년이 건방진 웃음을 띠고서 문을 열었다. 어두운 현관 안에서 빌헬름이 내 손가락에서 장갑을 천천히 잡아당겨 벗기더니, 예상과 달리 손등에 입을 맞추는 대신 차가운 손바닥에 입을 맞췄다. 그의 입이 닿은 자리가 불로 지진 듯 뜨거웠다.

다음날 느지막이 일어나자, 두 가지 마음이 들었다. 빌헬름은 꽤 관심이 가고 나를 기분좋게 만들어주는 사람이지만, 벌써부터 그의 의도가 의심됐다. 단순히 관심이 있어서 그러는 걸까, 아니면 푸크스 박사의 앞잡이로 내 아버지에 대한 정보를 캐내려는 걸까?

어느 쪽이건, 아버지의 원고를 되찾고 싶었다.

푸크스 박사가 자기 수중에 없다고 부인할 게 뻔했기에 나는 아예 물어보지도 않았다. 대신 박사를 설득해 그의 개인 장서를 들여다봐도 좋다는 허락을 받아냈다. 불행히도 박사는 그 방에 나와 함께 머물면서, 내가 두 시간 넘게 두꺼운 약초 서적들을 넘겨보는 동안 경사진 책상 앞에 앉아 글을 썼다. 그러는 내내 나는 박사의 서재를, 어두운 목재로 만든 책장과 서랍들까지 구석구석 자세히 살폈다. 특히 박사가 원고를 넣은 후 정교하게 조각한 황동 자물쇠와 열쇠로 잠가두는 책상 서랍을 유심히 봤다.

이런 식으로 이틀이 흘렀다. 밖에는 겨울이 조금 물러나고 기운을 돋우는 태양이 돌아와 있었다. 이곳에서 푸크스 박사에게 배울 만큼 배웠다고 느낀 나는 지도를 들여다본 후 아버지가 레이던을 열정적으로 거론한 편지를 떠올리고("가장 황량한 겨울에도 지성의 불길이 타오르는 도시"), 우리의 다음 목적지를 그곳으로 정했다. 아버지의 동료이자 친구인 (레이던에서 함께 지냈다는) 오테르스페이르 교수에게 편지를 보내 우리가 머물 곳을 마련해달라고 부탁했다. 그러고 나서 푸크스 박사에게 떠날 계획을 알렸다. 박사는 군이 내 마음을 돌리려 하지 않았고, 나는 아버지의 원고를 손에 넣을 수 있을까 점점 더 걱정스러워졌다. 마침내 떠나기 전날 저녁, 박사의 장서를 마지막으로 한 번만 더 봐도 되겠느냐고 물었다.

"그럼, 물론이지." 푸크스 박사는 흔쾌히 응했다. "나도 오늘 저녁엔 자네가 쓴 원고를 한번 읽어보고 싶네, 다시 길을 떠나기 전에."

"그럼 우리 각자가 쓴 원고를 보여주면 어떨까요, 박사님께서 쓰신 원고를 제가 볼 수 있는 특혜를 허락하신다면."

"그건 안 될 말이야." 박사는 나를 의심스럽다는 눈으로 봤다.

"나는 완성될 때까지 내 원고를 절대로 남에게 보여주지 않네."

속으로는 그의 거절에 짜증이 솟구쳤지만 나는 고개를 끄덕였다.

그날 저녁에는 올미나가 서재에서 우리와 함께했다. 푸크스 박사가 서랍을 열쇠로 열고 2절판 원고를 꺼냈다. 그때 올미나가 박사의 팔꿈치를 살며시 잡으며 말했다. "제가 약초 달인 물 좀 타올까요, 선생님? 제가 차를 얼마나 잘 달이는지는 가브리엘라 아가씨도 보증해줄 거예요."

박사는 의자에 앉은 채 무겁게 돌아앉더니 축축한 눈을 올미나에게 온화하게 고정했다. "좋지, 위장을 편안하게 해줄 만한 걸로. 오늘밤은 영 소화가 안 되네."

"그럼 약초를 직접 고르시는 게 어떠세요?" 영악하게도 올미나가 제안했다.

"아 그래, 좋은 생각이야."

올미나가 한 팔과 어깨를 박사에게 내밀었다. 박사가 심한 관절염을 앓고 있는데다 그 나잇대 남자들이 흔히 그렇듯 온몸의 마디마디가 뻣뻣했기 때문이다. 그는 발에 시선을 고정하고서 올미나에게 몸을 기대고 문까지 갔다. 올미나는 어깨 너머로 나를 보면서 열린 서랍을 눈짓으로 가리켰다. "금방 돌아올게요, 시뇨리나."

두 사람이 나가자마자 나는 서랍의 내용물을 잽싸게 뒤졌다. 이런저런 낱장 원고에 식물 스케치가 몇 점 있었다. 그러다가, 덩이줄기를 그린 수채화가 들어 있는 2절 바인더 밑에, 일정하지 않은 필체로 쓴 아버지의 원고가 살짝 보였다. 움직이는 물 위에서 쓴 것 같은 글씨였다.

재빨리 그 원고를 무늬 없는 2절 바인더에 끼운 다음 그걸 치마 밴드 속에 쑤셔넣고 위층으로 황급히 올라가 감춰두었다. 돌아왔을 때 올미나와 푸크스 박사는 아직도 방에 돌아오지 않은 상태였다. 나는 다시 난로 옆 내 자리로 돌아가 콜라비(브라시카 라포사)의 성질과 정화 효능에 대한 내용을 읽어내려갔다.

방에 돌아온 푸크스 박사는 책상 앞에 도로 앉는 대신 내 맞은편 의자에 힘겹게 주저앉았고, 올미나에게도 의자를 하나 가져와서 앉으라고 손짓했다. 그는 뜨거운 차를 천천히, 후루룩 소리를 내가며 마셨다.

"가브리엘라, 자네에게 말해줘야 할 게 있어." 그는 잠시 말을 멈췄다. "처음엔 어떻게 말을 꺼낼지 몰라서 망설였는데…… 자네 아버지는 그리 좋은 친구가 아니었네. 내 약초학 책에서 내가 쓴 내용을 일부 베껴가고는 자기가 한 짓을 인정조차 안 했어." 그는 내가 어떻게 반응하는지 보려고 내 얼굴을 유심히 살폈다. 나는 계속 차분하게 있었는데, 박사는 소화불량 때문에 심기가 불편해진 모양인지 욱한 말투로 투덜거렸다. "내 생각은 어떠냐면, 그 친구는 최악의 학자일세, 도둑이야! 자네 아버지가 살그머니 떠난 뒤에 보니, 내 약초학 원고 하나가 없어졌더군. 우연이 아니었어, 무슨 소린지 알겠나? 아버지를 찾거든, 그걸 반드시 내게 돌려줘야 하네!"

나는 거대한 양배추를 묘사한 판화를 내려다봤다.

"그래, 뭐 할말 없나?" 박사가 내 침묵에 동요해서 물었다.

"만약 아버지가 어떤 죄를 저질렀다면 제가 어떻게 해서든 박사님 원고를 되돌려놓도록 하겠지만, 아버지가 남의 글을 슬쩍하셨다고는 도무지 믿을 수가 없네요." 나는 속으로 의심이 단단히 굳어지는 걸 느끼면서 대담하게 말했다.

푸크스 박사는 오만상을 쓰더니, 마모된 어금니와 치아를 빼낸 어금니 자리의 구멍 세 개가 다 보이도록 입을 쩍 벌려 하품했다. 눈꺼풀이 무겁게 처지나 싶더니, 그는 올미나의 부축을 받아 비틀거리며 일어났다. 그런데 다음 순간, 심장 조이게도, 책상으로 어기적어기적 다가가는 것이었다. 박사님 원고를 내가 건드린 걸 알아채면 어떡하지? 나는 속으로 생각했다.

박사는 서랍 안을 뒤적거리더니 뭔가 자세히 살피듯 멈칫했다. "자네는 아버지가 절대 원고를 훔칠 사람이 아니라고 생각하겠지만," 그는 나를 돌아보며 말했다. "원래 가장 가까운 사람을 제일 모르는 법이네." 그러더니 꽉 잠긴 목소리로 말했다. "아버지를 잘 안다고 넘겨받지 말게. 어, 아니, 넘겨짚지 말게." 박사는 원고를 챙겨 들더니 다시 행동을 멈추고는 손가락으로 책상을 두드렸다. 혹시 묘한 반전이 일어나서, 박사님이 아버지의 원고를 내게 돌려주기로 마음먹으면 어떡하지?

하지만 박사는 자기 원고를 바인더에 끼우고 서랍 깊숙이 집어넣은 다음, 자그마한 자물쇠에 열쇠를 끼워넣느라 꼼지락거렸다.

"너무 피곤해서 먼저 실례하겠네." 박사는 힘겹게 말하더니, 구석의 침대로 비척비척 걸어가 매트리스에 얼굴부터 푹 거꾸러졌다. 올미나가 나를 보며 웃음 지었다. 박사에게 수면제를 섞어 먹인 것이었다. 우리는 벽 쪽으로 그를 굴려, 좋은 꿈 꾸라고 천장에 매달아놓은 쑥 다발 바로 아래 눕게 했다. 몇 분 지나지 않아 그는 드릉드릉 코를 골며 색색거렸다. 올미나가 그의 머리 밑에 베개를 받치고 실내화를 벗기고 누비이불을 덮어줬고, 그러자 코고는 소리가 조금 잦아들었다. 올미나가 침대 커튼을 닫았다.

박사를 거기에 두고 우리 방으로 올라가는데 올미나가 장난기로 눈을 빛내며 속삭였다. "원고 챙기셨어요?"

"응, 내 손가방에 있어. 고마워, 올미나."

"잘했어요! 저는 가서 로렌초한테 잘 자라고 인사하고 올게요."

그러고 보니 로렌초가, 아니나 다를까, 부엌으로 통하는 문에서 우리를 유심히 지켜보고 있었다.

이튿날 아침 푸크스 박사는 떠나는 우리에게 몽롱한 상태로 작별인사를 했다. 로렌초가 시장에서 눈치껏 에누리한 덕분에 우리 노새들은 이런저런 물품들—햄과 피순대, 치즈 그리고 납작한 호밀빵까지—을 잔뜩 싣고 있었다.

나의 충실한 하인은 바짝 붙어서서 내가 페델레에 올라타는 걸 거들었다. 식물학자는 살을 에는 추위에 빨개진 얼굴로 잠시 우리를 지켜보다가 어기적거리며 집으로 들어가버렸다. 자꾸만 빌헬름 생각이 났다. 근처 거리를 걷는 그의 모습, 대학 도서관에서 책에 고개를 파묻고 있는 모습, 화사한 색깔로 자리를 환하게 밝혀주는 모습. 내가 그의 팔을 잡았던 그날 밤, 그가 입었던 망토의 축축한 모직 천에서 고향집의 냄새가 났다. 그 온화한 남자에게 작별인사를 하고 싶었다. 손바닥이 뜨겁게 달아올랐다. 내 손을 그의 얼굴에, 그의 목에 대고 면도 안 한 턱수염의 까슬까슬한 감촉을 느끼고 싶었다. 그의 발랄한 어설픔에 웃음을 터뜨리고 싶었다.

로렌초가 내가 탄 노새의 궁둥이를 툭 쳤다. "그럼 떠날 준비 다

된 건가요, 시뇨리나 몬디니? 고삐 잡으시겠어요?" 내가 고삐를 떨어뜨린 모양이었다. 로렌초가 고삐를 다시 내게 쥐여주었다.

한스만이 그 자리에 남아 우리를 배웅했다. 빌헬름 씨에게 인사를 전해달라고 부탁할까 아주 잠깐 고민했지만 마음을 접었다. 이미 조심성 없다는 걸 증명해 보인 하인이었으니까.

이제는 어서 떠나고 싶어 안달이 났다. 내가 아버지 원고를 가져간 걸 푸크스 박사가 알아챘을 때 그 근처에 있고 싶지 않았다.

한스가 알아듣기 힘든 말을 몇 마디 웅얼거렸다. 처음엔 자신이 분별없이 군 걸 사과하는 줄 알았더니, 이어서 그가 킬킬 웃음을 터뜨렸다. 그 무례한 녀석이 뭐라고 했는지 나중에 로렌초가 말해줬다. "여행자 나리들께 행운이 함께하길 빕니다요. 왜냐면 내 보기에 댁들을 여기서 다시는 못 볼 것 같거든, 겨울이 바짝 쫓아오고 있으니까!"

그렇다면 다음 여행 구간 내내 우리는 칼로 살을 도려내는 듯한 겨울과 엎치락뒤치락 경주를 해야 한다는 얘기였다. 우리는 바다에 닿을 때까지 이틀 동안 강력한 폭풍우의 추격을 받으며 달리다가 린강에서 레이던행 여정의 마지막 단계로 바지선에 올랐다.

12장
전체에 대한 통제력을 상실하는 병

어떤 여행자들은 자신이 여행할 장소를 먼저 다녀간 동료 여행자들이 세세하게 혹은 환상적으로 풀어놓은 경험담을 읽고 싶어한다. 또 어떤 이들은 자신이 곧 도착할 마을이나 도시에 머물렀던 위대한 인물들의 글을 읽고 싶어한다. 그런가 하면 선술집이나 여인숙에 모인 이들이 주고받는 지역 민담을 듣고 싶어하는 이들도 있다. 나는 앞으로 내가 가게 될 길이나 마을이 아버지를 어떤 식으로 드러내줄지 알고 싶어서 아버지의 편지를 읽고 또 읽었다.

사랑하는 가브리엘라,
나는 홀란트의 겨울을 맞아 홀로 칩거에 들어갔단다. 오테르스 페이르 교수는 선한 의도에서 나를 저녁식사와 해부 참관, 조촐한 다과회와 깊은 지식을 나누는 모임에 끌어들이려고 애쓰지만 나는 도저히 그럴 마음이 나지 않는구나. 특히 불쾌한 의구심을 내

게 쏟아낸 푸크스 박사의 집에 머문 뒤로는 더더욱 그렇다. 뭔가
가 손가락 사이로 빠져나가고 있어…… 동료들은 예전에 내가 생
각했던 친구가 아니야. 우리 모두 독살스러워졌어. 심지어 온순한
내 하인들마저 별것 아닌 질문들로 나를 짜증나게 한다. 시장에서
어떤 생선을 사올깝쇼, 주인님, 어떤 치즈를요, 어떤 맥주를요? 어
떤 걸, 어떤 걸, 어떤 걸. 알아서 결정하란 말이야, 나는 이렇게 냅
다 소리지른다. 나를 좀 내버려둬! 아, 내가 어떤 기분인지 너도
잘 알 거다, 딸아. 나 자신에게 내는 화를 점점 더 부추기는 나날이
다, 제 털을 잡아 뜯는 개처럼…… 이쯤에서 편지를 줄여 네게 석
석대는 걸 멈추는 게 좋겠구나. 더 좋은 건 이 편지를 아예 안 보내
는 거지만!

네 아버지,
도토르 에르네스토 바르톨로메오 몬디니

하지만 아버지는 편지를 보냈다. 튀빙겐에서 태양 광증을 연구
하고 나서 쓴 이 편지를.

밤마다 나는 올미나가 못 읽게 하려고 아버지의 원고를 깔고 잤
다. 가끔씩 올미나는 그 원고에 대해 물었다. "뭐라고 쓰여 있어요,
주인님의 원고예요? 읽으면 마음이 편해지나요, 시뇨리나?"

"오, 그냥 태양에 과하게 노출됐을 때 생기는 어떤 병증을 상술
한 내용이야."

"아," 올미나는 한숨을 섞어 대구하면서, 갑판 위 반쯤 얼어붙은
치즈가 든 나무상자와 나란히 앉은 내 옆으로 바짝 당겨 앉았다.
"그럼 조금이나마 위안이 되겠네요. 이런 얼어붙는 날씨에 읽으면

요. 그래도 우리가 지금 여기 있다는 사실만 아니라면, 여긴 참 아름다운 장소예요."

"당신 말이 맞아." 로렌초가 소일 삼아 노새 한 마리의 털을 빗겨주면서 대꾸했다. "이 강은 끝이 있기는 한 건가?"

"아니, 모험심은 어디에 버리고?" 내가 놀리듯 물었다.

"호수에서 잃어버린 것 같은뎁쇼."

"아, 나도 그래." 강둑 근처로 갈수록 얼음이 두꺼워지는 시커먼 물을 바라보며 내가 대꾸했다.

"오, 어서 다른 생각으로 이 음울한 기분을 날려버려요." 올미나가 외쳤다. "시간이나 때우게 저희에게 글 좀 읽어주실래요? 태양 때문에 뇌를 다른 데다 꺼내놨다는 그 사람들 얘기나 들어보죠."

"글쎄, 가만 보니 아버지 글이 생각보다 딱딱하고 재미없더라고." 나는 부루퉁한 투로 대답했다. 사실은, 아버지의 생각이 이상한 방향으로 뻗어나가는 것에 몹시 심란한 터였다.

달의 광기와 상관관계가 있는
태양 광증의 발현에 대하여

태양 열병과 비정상적인 나태함, 태양으로 인한 귀신들림의 경우를 보자. 환자는 자신이 하늘에서 타오르는 불꽃과 동류라고 믿어 빛을 덜어낸답시고 나체로 돌아다닌다! 이 정신착란자는 이어서 자신이 천천히 움직이면서 자체적으로 열기를 생산하고 엄청난 낙천성을 발하는 신이라 믿으며, 코페르니쿠스의 『천구의 회전에 관하여』에 나오는 여섯 행성에 둘러싸인 태양처럼 다른 사람들이 자신의 주위를 맴돈다고 생각한다. 아니면, 이는 자살의 점화일까? 환자는 냉정해진 순간 자문할 것이다. 어째서 나는 이런 망상증을 앓고 있는가? 태양으로 인한 병을 앓는 사람은 다른 천체, 즉 달로 인한 병을 앓는 사람과 정반대의 지점에 있다. 달은 빨라졌다 느려지고, 더 큰 궤도의 보잘것없는 반사상이나 지구의 그림자 속으로 사라진다…… 나도 사라진다. 어떻게 벗어날 수 있을까? 전체에 대한 통제를 잃었는데…… 만약 태양을 이용해 달의 차오름 효과를 상쇄할 수만 있다면, 그렇다면 이 불편함, 열등한 육체가 걸리는 이 병이 가라앉을지도 모른다…… 이 문제를 다른 동류의 과민증들과 함께 연구해봐야겠다. 광기의 순회하는 성질이, 신성한 것에 대한 조롱과 같은 그 병이 환자에게 방랑의 운명을 지운다.

무슨 뜻일까? 전체에 대한 통제를 잃는다니? 나는 이 글의 두서없음이 걱정스러웠다. 아무도, 심지어 올미나도 이 글을 읽는 일이 없기를 바랐다.

올미나는 미간을 찌푸리며 시선을 돌렸다. 아버지가 앓고 있을지 모르는 병에 대해 그녀는 실제로 얼마나 알고 있을까? 아니, 알리가 없다. 아버지가 철저히 숨겼으니까. 어머니가 올미나에게 털어놓지 않았다면. 아니면, 우리 모두 빤히 알면서 그저 괴짜 기질 또는 변덕으로 치부하며 스스로를 속이고 모른 척한 걸까? 실제로 아버지의 정신은 다달이 흐트러졌을 텐데. 올미나가 다 이해한다는 듯 내 팔에 자기 팔을 꿰었고, 우리는 서로에게 기대어 체온을 나눴다.

"산속에서 사람 머릿속을 헤집어놓는 사뭇 다른 종류의 빛에 대해서라면 제가 얘기해드릴 수 있지요." 페델레 옆 짚더미 위에 앉은 로렌초가 말했다. 그는 손에 든 가죽 말빗을 휘둘러 돌로미티산맥을 가리켰다.

"어떤 빛인데?" 호기심이 동한 내가 물었다.

"귀신들린 나무요." 로렌초는 말을 멈추더니, 빗에서 흙이 엉킨 털을 떼어냈다. "제가 꼬맹이였을 적 일인데요, 불을 땔 나무를 해와야 했어요. 그런데 한여름 해가 이미 져버린 거예요……"

"계속해, 어서." 뜻밖에도 올미나가 채근했다. 보통은 이런 이야기가 나오면 콧방귀를 뀌곤 했는데.

"장작이 다 떨어져서 아버지가 저더러 숲에 갔다 오라고 했어요. 가끔 나무 사이로 늑대가 출몰하는 숲이었죠. 너무 무서웠지만, 마침 거대한 나무 한 그루가 강풍에 쓰러져서 가지가 잔뜩 부러진 걸 봐두었거든요. 반달 빛에 의지해서 그 가지를 주울 작정이었죠. 그런데 거기 가보니 엄청 환했는데, 달빛 때문이 아니었어요. 나무에서 저절로 빛이 나는 거였어요."

"어떻게 그럴 수가?" 올미나가 아이처럼 푹 빠져서 중얼거렸다.

"나무에 들린 귀신이 한 짓이었어요. 베일이나 장막처럼 귀신이 나무를 감싸고 있었던 거예요. 그게 뭐랄까, 잔물결처럼 퍼지는 것 같았는데, 나를 해치지는 않을 것 같았어요. 그래서 나뭇가지를 주우면서 슬쩍 만져봤죠."

"어떤 느낌이었어?" 내가 물었다.

"천천히 흐르는 얼음장 같은 냇물에 손을 담근 것 같았어요. 그런데 그게 나를 탐내서 데려가려고 한다는 느낌이 드는 거예요. 그래서 나뭇가지를 죄다 떨어뜨려가면서 우리 오두막까지 쉬지 않고 내달렸어요. 아버지가 저를 매질할 줄 알았는데 대신에 꼭 안아주셨죠. '필리오 미오(내 아들),' 아버지는 이러셨어요. '혼자서 다시는 거기 가지 말거라. 내일 도끼를 가지고 가서 나무를 베어버리자.' '오 안 돼요, 그러지 마요.' 어머니가 극구 말리셨어요. '그 그림자들이 덮칠 거예요!'"

"그게 뭔데?" 올미나가 물었다.

"그건 좀처럼 시야에서 치워버릴 수 없어. 시야 언저리에서 나뭇가지들이 살랑살랑 움직이거든. 왼쪽을 보면 그것들도 왼쪽으로 늘어나고. 아래를 보면 그것들도 아래로 떨어지고. 위를 쳐다보면 자기들도 그 거친 손가락을 위로 뻗는 거야. 그럼 얼마 안 가서 미쳐버려. 눈앞에서 그 잡목을 치워버리겠다며 허공에 도끼를 휘두르게 되는 거지."

우리는 각자 생각에 빠져 조용해졌다. 그러고는 추위에 목소리를 잃고, 강가를 따라 군집한 촌락에서 피어오르는 연기를 물끄러미 바라봤다. 모래톱에 내려앉은 갈매기들이 눈밭에 저희끼리 옹기종기 모여 있었다. 오로지 강만 말할 뿐이었다.

그날 밤 늦게 올미나가 잠든 후, 나는 어머니의 짜증을 자극해 또 한바탕 잔소리를 듣기는 싫었지만 어머니의 지난번 편지에 답장을 쓰기 시작했다.

사랑하는 어머니,
아버지가 아프시다거나 실종됐다고 하면 어머니가 혼내실 걸 알아요. 어머니는 아버지의 저술에 대한 집착이나 방랑벽을 입에 올리시죠. 하지만 지금 와서 보면 지난 세월 어머니가 제게 말하지 못한 다른 이야기가 있었던 게 아닌가 싶어요. 우리 집안, 키프로스 쪽 집안의 혈통에 흐르는 광증에 대해 묻는 거예요. 어머니가 그동안 어떤 이야기를 들었는지, 그리고 아버지가 한 번이라도 선을 넘은 적이 있는지, 그러니까 진짜 세상이 사라져버리는 그 끔찍한 곳으로 추락한 적이 있는지 알고 싶어요. 제가 집에 돌아가느냐 마느냐가 달려 있을 수 있는 문제이니 사실대로 말씀해주는 게 어머니한테도 좋을 거예요. 어머니가 바란 딸이 못 돼서 미안하고, 어머니 역시 내가 그토록 갖기를 열망한 어머니가 아니라서 유감이에요. 비록 그런 소망은 정령에게 아니면 올미나에게나 품는 게 결국에는 나았겠지만요. 어머니가 불행해지기를 바라지 않아요. 그러니 우리의 애환에는 서글픈 균형이 있는 셈이죠. 허심탄회하게 털어놓는 게 변화로 가는 받침돌이 되어줄 수 있어요. 어머니가 그걸 바란다면요.

1590년 11월 1일
딸 가브리엘라

보름스의 눈 쌓인 성벽과 테라스들 옆을 천천히 지나는 길에 우리는 한파에 노새 한 마리를 잃었다. 불쌍한 노새들은 밤새 밧줄로 연결된 채 달랑 모포만 두르고 갑판에서 바람과 눈을 맞으며 서로에게 기대 있었다. 로렌초가 녀석들에게 말을 걸면서 빗질을 해주고, 먹여주고, 육지에 조금 길게 머물 때마다 강가로 데리고 가 대소변을 보게 해줬다. 하지만 무리의 바깥쪽에 있던 한 놈이 먹기를 거부하더니, 그날 아침 얼핏 잠든 것처럼, 생애 마지막으로 얼굴을 찡그린 채 이빨을 드러내고 딱딱하게 굳어 있었다.

"그래," 로렌초가 중얼거렸다. "기후가 훨씬 좋은 곳으로 돌아갔군요."

"오, 로렌초, 나머지 녀석들을 어떻게 보호해주지?" 나는 죽은 노새 옆에 무릎 꿇고, 이제 와서 그래 봐야 소용없다는 걸 알면서도 녀석의 목을(내 손에 닿은 목이 너무나 딱딱했다) 쓰다듬었다. 녀석의 죽음에 나도 한몫했다는 부끄러움이 쓰라려 울음이 터져나왔다. 지난 며칠간 나아졌다고는 해도, 내 날씨 예측이 잘못돼도 아주 단단히 잘못된 것이었다. 11월은 얼음과 폭설로 무장하고 이를 갈며 들이닥쳤다. 푸크스 박사의 집에 더 오래 머물렀어야 했다.

"우리 담요를 주면 되죠." 로렌초가 망설임 없이 대꾸했다.

그래서 우리는 그렇게 했다. 그리고 바지선 선장을 설득해, 남은 다섯 마리의 주위에 상품을 쌓아올려 임시 축사를 만들어주었다. 이제 우리는 가지고 있는 옷가지를 죄다 꺼내 입었고, 그렇게 몇 겹을 껴입은 채로 먹고 잤다. 나는 강을 지나는 다른 바지선이나 선박들, 혹은 강가와 마을들이 흘러가는 모습을 구경하려고 갑판에 앉을 때마다 반드시 노새들 옆에 자리잡고 녀석들을 쓰다듬어주었다.

올미나는 노래를 불러주었다.

로렌초는 녀석들을 돌봐주었다.

빌헬름이 떠올랐지만 마음속에서 억지로 몰아냈다. 애정을 키울 때가 아니었다. 아버지가 있는 곳으로 계속 움직여야 했다.

십이 일 후, 그리자유* 같은 홀란트의 들판과 얼음 낀 운하가 드디어 우리 앞에 나타났다. 레이던에 도착한 것이었다.

안도하는 심정으로 하선한 우리는 너무 오랜만이라 육지에서 걷는 법도 잊은 듯했지만, 로렌초가 건널 판자 위로 반은 끌고 반은 번쩍 들어 옮기다시피 해서 데리고 내린 노새들은 신나게 날뛰고 발굽을 굴러댔다. 우리는 아버지의 동료인 오테르스페이르 교수의 관저가 있는 호르투스 보타니쿠스가 어디인지 물었고―옷을 두둑이 챙겨 입은 친절한 행인들이 호기심어린 미소로 우리를 쳐다봐서 나는 환영받는 기분이 들었다―곧 그곳에 도착했다.

오테르스페이르 교수님을 뵐 수 있느냐고 청하자, 그가 아픈 누이를 돌보러 예기치 않게 일주일간 자리를 비우게 됐다는 대답이 돌아왔다. 그런데 그 말에 당황할 틈도 없이, 집사인 땅딸막한 중년 남자가 교수님이 친절하게도 우리가 묵을 곳을 마련해두었다고 일렀다. 그는 호르투스 보타니쿠스 담 바로 바깥에 있는, 나무와 벽돌로 지은 2층짜리 코티지로 우리를 안내했다.

새 숙소에 짐을 풀면서 바깥 경치를 둘러보았다. 유명한 정원 옆에 묵고 있다는 생각이 거의 들지 않는 경치였다. 씩씩한 가지 몇 개만이 눈을 뚫고 솟아 있었다. 커다란 화분에 심어놓은 사철 푸른 키 작은 주목나무 몇 개가 산책로를 표시하고 있었고, 한가운데 설치한 등나무 주랑은 지붕에 쌓인 눈으로 여름의 종말을 알렸다.

올미나가 열심히 채소 껍질을 벗기고 썰면서 저녁을 준비하는 동안, 나는 난롯가에 의자를 끌어다놓고 원고를 꺼냈다. 원고를 다

---

* 회색 계통의 채도가 낮은 한 가지 색만 써서 그리는 화법 혹은 그 작품.

시 만지면 언제나 기분이 나아졌다.

독에 쓰는 미트리다툼*

고대 그리스의 의사 갈레노스는 이 유명한 약제에 무려 쉰네 가지 재료가 들어간다고 했다. 또 어떤 이들은 이 해독제(폰투스의 미트라다테스왕이 1세기에 발명했다고 한다)에 들어가는 재료가 서른여섯 가지를 넘지 않는다고 주장한다. 그것이 몇 가지든 미트라다테스왕은 자신이 만든 해독제에 당했고, 이는 그 약을 매일 복용하려는 이들이 경고로 삼아야 할 교훈이다. 독에 내성이 생긴 미트라다테스왕은 숙적인 로마의 폼페이우스 장군과의 맞대결에서 자결하고자 했지만 음독해도 죽을 수가 없었고, 하인에게 검으로 베어달라고 부탁해야 했다. 따라서 나는 증상의 원인이 독으로 짐작될 때에만 이 약제를 극소량 복용할 것을 권한다. 증상을 확신해야 한다(허나 이는 독의 종류별로 책 한 권에 걸쳐 서술해야 할 주제다). 매일 복용할 시 맞닥뜨릴 또다른 위험은 독 처녀 이야기가 잘 말해준다. 어릴 때부터 독을 소량씩 복용하며 커온 여아들의 이야기다. 이렇게 자란 소녀의 아주 가벼운 입맞춤도 치명적일 터이니, 그런 여자는 모든 남자가 피해야 마땅하다.

---

* 고대의 만능 해독제.

13장
잃었던 것은 돌아오는 법

이후 며칠간 나는 바람소리를 속속들이 파악하게 됐다. 풍차를 하나씩 건드리며 다가온 바람은 잠시 후 우리 머리 위를 지났고, 그러는 동안 집안 마룻널을 통해서도 감지될 정도로 느릿느릿 경련을 일으켰다. 모르긴 몰라도 그 순간만큼은 모두가 하던 일을 멈추고 변화를 알아차린 뒤 다시 청어를 소금에 절이고, 나막신을 대패질하고, 에담 치즈의 무게를 다는 일로 돌아갔을 것이다. 풍차가 늪을 비우면 해일이 다시 채우기를 반복하는 홀란트의 주민들은 해수의 침입에 맞서 삶을 구축해갔다.

린강의 선박에서 며칠을 흔들린 뒤 간신히 땅에 발을 딛는 감각을 되찾은 지 얼마 되지도 않아 또다시, 육지란 일시적인 것임을 결코 잊지 못하게 만드는 곳에 도착한 것이다.

"시뇨리나 가브리엘라, 제가 부르는 소리 못 들으셨어요?" 빵을 만들다가 불려온 올미나는 짜증난 기색이 역력했다. 나는 쓰던 원고에서 고개를 들어 밀가루 반죽 장갑을 한 겹 긴 올미나의 손과 얼굴에 분을 잘못 바른 양 밀가루로 뒤덮인 그녀의 눈썹을 흘끔 쳐다봤다. 웃음이 비죽 나왔다.

"오, 깜빡했네, 다른 세상에 가 계셨죠." 올미나는 눈썹을 치켜 세우더니 한번 더 말해줬다. "피에몬테에서 웬 신사분이 중요한 심부름으로 왔다며 지금 현관에서 기다리고 계세요. 아가씨한테만 말하겠대요."

나는 슬리퍼를 끌어당겨 신은 다음 벽에 걸려 있는 구불구불한 파란 틀에 끼운 조그만 거울을 슬쩍 들여다봤다. 이 코티지에 살던 정원사는 거울 볼 일이 별로 없었던 모양이었다. 꽤 떨어진 거리에서도 얼굴이 반만 비쳤다. 다시 마음대로 여자로 다닐 수 있게 된 지금, 더 큰 거울이 있었으면 했다. 남자라고 하기에는 너무 길고 여자라고 하기엔 너무 짧은 머리카락이 얼굴 주위에 잔뜩 헝클어져, 마치 털 뽑힌 꿩처럼 부스스했다. 나는 머리카락을 고정하는 목적을 제대로 수행하지 못하는 사촌 라비니아의 머리그물 안으로 기를 쓰고 머리칼을 도로 쑤셔넣었다. 그애가 봤다면 재미있어했을 텐데. 베네치아에서 라비니아가 말하는 게 들리는 듯했다. 그 머리그물은 그냥 버려, 가브리엘라. 머리카락이 멋대로 휘날리게 내버려둬.

현관에 눈빛이 활기차고 눈 사이가 좁은, 가느다랗고 회색이 드문드문 섞인 적갈색 턱수염을 기른 남자가 서 있었다. 그는 자신을 시뇨르 빈첸초 그라데니고라고 소개했고, 포목상이라고 했다. 그의 뒤에는 젊은 하인 둘이 지루해 죽겠다는 얼굴로 서 있었다. 그들이 붙들고 있는 노새들은 등에 캠브릭*과 고급 실크, 다마스크

그리고 면직인 게 분명한 천 몇 필이 삐져나온 짐을 지고 있었다. 아마 보이지는 않지만 가위와 바늘, 두께가 각기 다른 실들도 실려 있을 터였다.

시뇨르 그라데니고가 목에 걸고 있는 노란 줄에 달린 고리는 그가 유대인임을 말해주는 징표였고, 억양에서 학식 있는 사람임을 알 수 있었다. 익숙한 억양이 내 귀에 음악처럼 들렸다. 고향집에서 유대인 의사, 학자들과 오찬을 함께하는 일이 많았기 때문이다. 10인 위원회가 반포한 엄격한 포고령 때문에 밤이 오면 그들은 옛 주물 공방 근처의 거주 구역인 게토로 돌아가야 했다. 그러나 유대인을 모조리 추방하고 싶어하는 일부 편협한 이들이 보기에 우리 도시의 야간 추방령은 가혹한 처사 축에도 들지 못했다.

"시뇨리나 몬디니," 그라데니고가 챙 넓은 붉은 모자를 벗으며 살갑게 웃고는 고개 숙여 인사하자 까무잡잡한 동그라미 같은 벗어진 정수리가 보였다. "몇 다리 건너 시뇨리나와 인연을 맺는 영광을 얻었군요. 처음에는 시뇨리나께서 위버링겐에서 묵었던 집의 과부 구드룬의 주선으로 알게 됐지요. 그다음엔 튀빙겐의 식물학 전공생 빌헬름 로흐너를 통해서 알게 됐고요." 여기서 그라데니고는 말을 멈추고는, 아까 천천히 숙였던 윗몸을 도로 일으켰다. 빌헬름이라는 이름을 듣는 순간 충격이 온몸을 훑고 지나갔다. 나는 무표정한 얼굴을 유지하려고 애썼지만, 포목상이 나를 다 꿰뚫어 봤을 것 같았다. 몸을 일으킨 그라데니고는 내 얼굴을 찬찬히 살피면서, 나를 살짝 올려다본 채 이야기를 이어갔다. 그가 나보다 키

---

* 얇고 고운 면사나 아마사로 매끈하고 섬세하게 짜서 표백한 평직물.

가 약간 작아서, 나는 남자를 내려다보며 대화하는 그야말로 드문 경험을 하게 되었다.

폭이 좁은 그의 코는 참 잘생긴 편이었다. 윗입술은 콧수염에 가렸지만 아랫입술은 그가 내뱉는 단어의 모양을 열심히 만들었다. 두 눈썹은 서로 붙어 있었고, 이마엔 핏줄이 선명했다. 그가 고개를 살짝 뺐을 때 나는 그의 어깨가 브로드클로스*로 만든 풍성한 검은색 망토 아래 축 처져 있는 것을 알아챘다(혹시 의기소침함을 가리기 위한 버릇일까?).

그는 얼굴을 살짝 찌푸렸다. 내가 그의 말을 제대로 듣고 있지 않은 걸 눈치챈 모양이었다. 늦게라도 정신을 차리니 그는 이런 말을 하고 있었다. "그래서, 과부 구드룬의 지시에 따라, 시뇨리나의 약상자를 제가 보관하게 됐고 그걸 돌려드리러 이렇게 온 겁니다."

"오!" 나는 환희에 차서 소리쳤다.

그라데니고 씨가 마술사처럼 노새들을 향해 팔을 뻗었다. 나는 앞으로 뛰어나가 흥분을 주체 못하고 그의 어깨를 붙잡아 그 가엾은 남자를 놀라게 했다. "어서 들어와요, 고마우신 분!" 내가 외쳤다. "이렇게 큰 빚을 졌으니 뭐라도 해드려야죠! 최소한 저희랑 정찬이라도 같이해요." 그러고는 뒤를 돌아보았다. "로렌초, 로렌초! 와서 이분 노새들 좀 봐줘!"

로렌초가 문 뒤에서 기다리고 있던 것처럼 냉큼 튀어나왔다.

"이렇게 환대해주시니 감사히 응하겠습니다." 그라데니고 씨가

---

* 조직 밀착감이 높아 탄탄하고 광택이 도는 평직 면직물. 혹은 전혀 다른 의미로 폭이 넓은 나사천을 가리키기도 한다.

고개를 끄덕이며 대꾸했다. "하지만 저희는 먼저 숙소에 짐부터 풀어야겠습니다. 그동안 시뇨리나께서는 귀중한 상자와 다시 친해지는 건 어떠신지요. 이 상자도 분명 흥미로운 이야깃거리를 가지고 있을 테니까요. 어떤 물건들은 자기 역사 이상의 것을 품고 있는 법이거든요."

"역사를 지워버리는 물건도 있는 법이고요." 무심코 이런 대꾸가 나왔고, 다음 순간 얼굴이 달아오르는 걸 느끼며 나는 얼른 그에게 다시 감사 인사를 했다.

그라데니고 씨는 너그럽게 고개를 끄덕이고는 약상자를 내 팔에 안겨줬고, 내 손을 살며시 잡았다 놓았다.

상자 안 물건의 재고를 빨리 확인하고 싶어 안달이 났다. 올미나에게 오늘은 더이상 아무도 나를 방해하지 못하게 하라고 일러두었다. 상자를 내 방으로 가져와 옛친구를 반기듯 뚜껑을 살며시 쓰다듬으면서 황동 경첩과 손잡이를 살폈고, 상자가 어떤 길을 거쳐왔는지 말해주는 벤 자국, 쓸린 자국을 읽어보았다.

'읽는다'고 했지만, 동시에 상자는 거의 내가 읽을 수 없는 대상이 되어 있었다. 그것이 더는 나만의 것이 아니라는 느낌에 마음이 몹시 어수선해졌다. 사실상 그것은 이국 상품의 냄새가 나는 낯선 물건이었다. 모직 양탄자, 계피, 오렌지…… 그리고 아마도 장미수? 거기에다 내가 식별할 수 없는 어떤 시큼한 냄새도 났다.

바로 이번주에 여기 레이던에서 새 약상자를 맞출 작정이었다. 너무 오래 그 일을 미루고 있었는데, 이전의 약상자를 어떤 것도 대체할 수 없다는 생각에 평범한 상자를 사는 게 선뜻 내키지 않아서였다. 그런데 베네치아에서 쓰던 상자가 다시 수중에 들어오다니! 잃어버린 것이 되돌아오긴 했지만, 남들이 내용물을 들여다보고 만졌다는 것을 곧바로 알 수 있었다. 이 일이 잃어버린 것, 도둑맞은 것, 망가진 것을 확인하는 작업도 되리라는 것을 깨달았다. 몇 가지는 양이 줄었고(수은은 원래 분량의 사분의 일이 되었다) 또 몇 가지는 없어졌지만(누군가 우엉즙이 든 병을 깨뜨렸고 캐모마일 분말은 상자 밑바닥에 죄다 쏟아놓았다), 실제 소실된 건 그리 많지 않았다. (귀하고 비싼 스페인산 오일은 호수가, 아니면 과부나 포목상이 슬쩍한 걸까? 만약 그렇다 해도 앙심을 품지는 않을 텐데⋯⋯) 과부 구드룬은 그곳에 머물 당시 우리를 측은히 여기는 듯했지만, 사실은 진즉에 약상자를 발견하고 자기 걸로 챙겨놨던 게 아닐까? 구드룬이 매일 밤 올라갔던 다락에, 아주 가까운 곳에 상자가 있었을지도 모른다.

구드룬이 (아니면 그라데니고?) 서랍과 트레이, 백랍이나 양피지로 입구를 막은 유리병, 그 둥글거나 사각, 삼각, 직사각형의 용기들을 하나도 빠짐없이 꺼내서 들여다봤다니. 누군가가 사발과 저울, 작은 놋쇠 추, 마노석 막자가 딸린 대리석 사발, 백랍 상자, 붓과 칼, 바늘을 건드렸다. 정리하려고 시도한 흔적이 보이긴 했지만 순서가 전부 틀려 있었고, 그 시도의 흔적은 아무렇게나 헤집어둔 것보다 더 신경쓰였다. 누군가가 원래의 그림에 자신을 억지로 끼워넣으려 했다는 뜻이었으니까. 누군가가 아무것도 모르는 손으로 나무를 쓰다듬고 서랍 가장자리에 단어들을 끼적여놓았다. 나중에 오테르스페이르 교수님께 그 단어들의 뜻을 물어볼 생각이었다.

상자는 추위에 상한 티가 났다. 떡갈나무가 수축해서 황동 모서리와 경첩이 닿은 자리가 틀어졌다. 어느 날 밤 과부 구드룬은 상자를 계속 가지고 있을 수 없겠다는 걸 깨달았을 거라고, 나는 멋대로 상상했다. 부서질 것 같은 그녀의 손이 돌고래 모양의 손잡이와 그 위에 장식으로 올린 여자 머리 모양의 카르투시*를 쓰다듬으며 부들부들 떨렸겠지. 어쩌면 뚜껑 안쪽 면을, 아스클레피오스 신과 그의 딸 히기에이아가 네 것이 아닌 것을 가지겠느냐? 라고 묻듯 자신을 빤히 노려보는 것을 보고 겁을 먹었을지도 모른다. 그래서 구드룬은 상자를 손님 중 한 명, 나처럼 북쪽으로 갈 계획이며 튀빙겐과 레이던을 들를 거라는 포목상에게 넘긴 것이다. 만약 이것이 전부 사실이라면, 구드룬이 운반자를 제대로 고른 게 나로서는 다행이었다. 다른 사람이었다면 안의 귀중한 물품을 팔아치우고픈 유혹에 넘어갔을지도 몰랐다.

누군가가 내 약상자를 건드린 것에 심히 동요됐지만, 추가된 것에 나는 더 놀랐다. 바늘 한 개를 발견한 것이다. 남의 옷에 몰래 집어넣은 부적이나 저주의 주문처럼, 그 가느다란 은침은 도무지 쉽게 집어낼 수 없도록 서랍의 홈에 끼여 있었다. 바늘귀에 짧은 붉은 실이 꿰여 있었다. 과부가 자신을 보호하려고 액막이 삼아 넣은 것일까? 아니면 포목상의 바늘과 실일까?

알아내야 했다.

덧창 너머 거리에서 몇 사람이 떠드는 소리가 들려왔다. 덧창을 살짝 여니 차가운 저녁 공기가 들어왔다. 별들이 뭉툭한 압정처럼 하늘을 찔렀고, 저 아래 운하 한구석에 낀 살얼음이 흐릿하게 빛났

---

* 흔히 왕의 이름 등을 적은 이집트 상형문자를 둘러싼 테두리 장식.

다. 놀랍게도, 실체 없는 것이 고체가 되어 있었다. 운하 전체가 거미줄 같은 창백한 모세혈관들이 비쳐 보이는 꽁꽁 언 피부로, 즉 밑의 물이 흐르면서 얼음이 살짝 흔들려 갈라진 자국들로 뒤덮여 있었다. 베네치아의 운하는 어지간하면 어는 일이 없었기에, 아버지가 이 광경을 봤으면 분명 좋아했을 거라는 생각이 들었다. 어쩌면 봤는지도 몰랐다.

어째서? 나는 문득 자문했다. 어째서 나는 늘 모든 걸 아버지의 눈으로 보려 하는 걸까?

1587년 여름 이스파니아[*]에서 보낸 편지에 아버지는 이렇게 썼다.

이븐 시나[**]는 이렇게 말했다지. "눈은 거울과 같고, 눈에 보이는 물체는 거울에 비친 상과 같다." 지구라는 구체는 마치 눈처럼 태양으로부터 오는 빛을 모으고, 그것을 망막에 비추기 위해 수정체 같은 대기 렌즈를 통과시켜 우리가 볼 수 있게 해준다. 어쩌면 우리는 그게 다인지도 몰라. 밤이라는 유리체 뒤로 비친, 움직이고 손짓하고 죽어가는 조그만 상들. 숟가락에 비친 생명체처럼 거꾸로 뒤집힌. 그런데 우리는 스스로가 대단한 존재인 줄 알지! 굉장히 중요한 줄 알고! 하지만 우리는 우리의 환영에 끼워맞춰진 존재란다. 나는 말이다, 딸아, 네게 대단한 존재이고, 너 또한 내게 대단한 존재란다. 하지만 우리는 고작 이 지구에서 별 볼 일 없는 불꽃처럼 깜빡일 뿐이지.

---

[*] 에스파냐의 옛 이름.
[**] '학문의 왕'으로 불린 중세 이슬람 철학자이자 의사. 그의 『의학정전』은 12세기 유럽 의학부의 필독서였다.

그날 저녁 여자 혼자 밖에 나가는 건 어리석은 짓임을 잘 알았지만 나는 잠시라도 상쾌한 공기를 마시고 싶었다. 그래서 따스한 양말을 신고 바지를 입고—튀빙겐에서 구입한 남자 옷을 가지고 있었다—살금살금 계단을 내려갔다. 집안의 아무도 깨지 않았다. 내 동반자들(진심으로, 우리가 함께 겪은 모든 일을 생각하면, 더이상 그들을 그저 하인이라고 부를 수 없었다)은 위층 침대에서 곤히 자고 있었다. 로렌초의 코고는 소리가 내 짐작을 확인해주었다.

나는 부츠를 신고 밖으로 나갔다.

운하를 따라 잰걸음으로 걷는 동안 발에 밟히는 언 땅에서 바스락 소리가 났다. 모두가 잠든 도시에서 혼자 나와 있는 것이 좋았다. 나는 유령이 된 기분으로, 열린 채 방치된 성문을 통과했다. 린 강 남쪽 제방, 레이던 성벽 바깥쪽이 나왔다.

정말이지 말도 못하게 평면적인 나라로군, 네덜란드는! 여기 살았더라면 내 삶은 잡아늘여져 납작해졌을 거야. 희박해졌겠지. 야경꾼은 어디 있지? 이제 강은 시커멓고 요란한 소리를 내며 흘렀다. 강 언저리에 얼음이 얼기 시작했지만 물살이 자꾸 그 얼음을 깎아내고 있었다.

나는 거기에 한참 동안 가만히 서 있었다.

그림자에 싸인 성문 기둥으로 눈을 돌렸을 때, 그쪽에서 남자 두 명이 움직였다. 한 명이 랜턴 옆구리를 열고 나를 향해 불을 치켜들었다. 야경꾼이었다. 로렌초의 목소리도 들려왔다. 나를 쫓아온 것이었다.

"시뇨라!" 로렌초가 외쳤다. "거기 계셨군요……" 그는 숨을 헐떡이며 다가왔다. "어디…… 어딜 가시려는 거예요?" 로렌초는 내가 오래전 잃어버린 딸, 하루를 채 못 살고 떠난 대망막을 쓰고 태어난 그 아기인 양, 하인의 의무라기엔 지나칠 정도로 나를 철저히 감시하는 편이었다.

나는 왜 밖으로 나왔는지 설명할 수 없었다. 갑자기 한기가 들었다. 로렌초가 나를 문기둥 쪽으로 이끌었고, 나는 그의 팔을 말없이 붙잡았다.

숙소로 걸어서 돌아가는데, 온 마을이 인적 드문 곳에서 활기 넘치는 곳으로 변한 것을 보고 깜짝 놀랐다. 내가 얼마나 오래 나와 있었던 거지? 설마 한 시간은 안 넘었을 텐데! 하지만 운하 여기저기에서 모닥불이 타오르고 있었다. 두꺼운 옷을 껴입어 움직이는 덩어리 같은 아이들이 기다란 나무 막대로 얼음을 건드리고 돌멩이를 던져댔다. 돌멩이는 언 수면을 깨거나 그 하얀 표면 위를 생쥐처럼 톡톡 튀어 나아갔다. 한 남자아이가 잔뜩 겁먹은 남동생을 약 올리며 강둑 아래 눈더미로 밀쳤다. 동생은 눈이 붉어지고 부루퉁해져서 팔다리를 뻗고 누워 꼼짝도 안 했고, 형은 얼음 낀 운하 위를 이리저리 미끄러지면서 으스댔다. "나는 어디로든 갈 수 있지, 물위를 걸을 수 있으니까!"

나는 로렌초의 팔짱을 낀 채 그와 함께 모닥불 근처에 서서, 운하 여기저기에 펼쳐진 소소한 장관을 구경했다. 누군가가 우리에게 캐러웨이와 후추 향이 알싸한 아쾨비트*가 담긴 작은 머그잔을 건넸다. 갑자기 로렌초를 향한 애정에 마음이 따뜻해지면서 이상

---

* 감자를 주재료로 하고 회향으로 풍미를 낸 스칸디나비아 지방의 맑은 증류주.

한 기분이 들었다. 내 인생이 얼마나 뒤죽박죽이 됐는지! 지금 나는 운명의 여신의 수레바퀴 바닥에 발목이 묶여 거꾸로 매달려 있었다. 아직 아버지 없는 신세였지만, 동시에 나는 자유롭지 않은가?

종이 울렸다. 아침 여섯시였다.

몇 시간이나 밖에 나와 있었던 것이다.

이튿날 아침 나는 소정의 보상도 하고 붉은 실에 대해서도 물어볼 겸 그라데니고를 만나봐야겠다고 결심했다. 선물이었을까, 간교한 속임수였을까?

로렌초가 그의 숙소를 알아내 우리 숙소에서 간단한 정찬을 함께하자는 내 초대장을 두고 왔지만, 나중에 나는 혹시 바보짓을 한 게 아닌가 싶었다. 이 도시에 유대인 통금 정책이 있으면 어쩌지? 그러나 한겨울의 정원에서 나무줄기에서 쳐낸 잔가지들을 쓸고 있는 관리인에게 묻자 그는 나를 안심시키는 대답을 내놓았다. "홀란트에는 유대인에 대한 그런 법이 없습니다."

"아, 그것 참 다행이네요." 나는 그에게 베네치아에서 유대인에게 선포한 포고령을 설명해주었다. "조심하지 않으면 게토 밖에 발이 묶여서 지하감옥에 갇히는 수가 있거든요."

"그런 통탄할 일이!"

"저도 이해가 안 가요." 내가 동조했다. "위원회가, 어떤지 아시죠, 법령을 입안해야 했나봐요. 자기네가 느끼는 공포를 전부 포고령으로 만들어야만 했나보죠." 나는 이런 이야기를 대놓고 할 수 있는 게 반가워서, 과장되게 손짓을 하며 말했다. "안 그러면 혼돈이 우리를 덮치기라도 하는 것처럼 말이에요!"

"집들이 다 무너지고!" 옆에서 우물물을 길으며 듣고 있던 로렌초가 거들었다.

"주민들은 배를 곯고!" 관리인도 덩달아 한마디했다.

"여자들은 뻐드렁니가 나고!" 문간에서 올미나가 농담을 했다. 그러더니 나더러 마지막 한마디를 하라는 눈빛을 보냈다.

"남자들은 네 발로 기어다니고!" 나는 의사 길드와 10인 위원회 남자들이 바닥을 기어다니는 모습을 상상하며—애초에 내가 여행에 나서게 만든, 내 일에 대한 그들의 불신임을 떠올리며—말했다. 솔직히 털어놓자면 그런 상상에 적잖은 쾌감을 느꼈다.

그날 저녁 검정 외투와 챙 넓은 모자 차림으로 문 앞에 도착한 시뇨르 그라데니고는 작은 나무상자를 들고 있었다. 상자에서는 희미한 삼나무 향과 내가 식별할 수 없는 어떤 냄새가 났는데, 썩어가는 오래된 나뭇잎 냄새 비슷했다. 로렌초가 보잘것없는 우리 숙소의 부엌과 식당으로 이어지는 입구로 그를 안내하면서 물었다. "상자에 뭐가 들어 있습니까, 선생님?"

포목상은 손짓으로 우리를 물리치며 눈을 빛냈다. "여러분 모두에게 드리는 깜짝 선물입니다만, 식사를 마친 뒤에 공개해야 즐길 수 있습니다. 오늘 제가 수익을 꽤나 올려서 제 행운을 여러분과 기꺼이 나누고 싶군요." 그는 상자를 부엌 나무선반 위 코발트블루색 밀가루 단지 옆에 놓았다.

"구하기 힘든 사탕인가요?" 흥미가 동한 올미나가 물었다. 그녀는 작은 무쇠난로 옆에 서서 검은 냄비 안의 수프를 젓고 있었다.

"로쿰이군요!" 로렌초가 넘겨짚었다. 로렌초는 베네치아에서도 가끔씩 맛보는, 꿀에 절인 땅콩과 오렌지로 만든 그 쫄깃쫄깃한 키프로스 사탕이라면 사족을 못 썼다.

"오 아니요, 미안하지만 그건 아닙니다. 하지만 로쿰이었으면 정말 혀가 즐거웠겠는걸요?" 그라데니고가 웃음을 터뜨렸다. "안타깝게도 저는 늘 북쪽으로 이만큼 올라오기 한참 전에 혀 위의 그 달콤한 쾌락을 먹어치워버리거든요." 그는 외투를 벗어 문 옆의 흰 못에 걸고, 호화로운 문직 더블릿 아래 튀어나온 아랫배를 쓰다듬었다.

"우리가 이렇게나 원하는데도 달콤한 냄새는 안 나네요." 내가 한마디 얹었다. "그건 그렇고 보잘것없는 식탁이지만 좀 앉으세요, 시뇨르 그라데니고."

그가 고개를 끄덕였다. "빈첸초라고 부르십시오. 저도 도토레사 몬디나라고 불러도 개의치 않으시기를 부디 바랍니다. 약제와 기질에 정통하시다고 들었거든요."

나는 웃음을 지었다. "선생님 덕분에 치료 도구를 돌려받았죠. 그런데 제 약상자에 좀 이상한 점이……"

"고맙게도 저녁 준비가 다 됐어요!" 올미나가 불쑥 끼어들었다. 그러고는 회갈색 리넨이 깔린 나무 식탁에 갓 구운 빵 한 바구니와 수프 그릇, 양념한 청어 접시를 늘어놓았다. 순무와 양파를 넣은 포타주에서는 타임과 마요라나* 향이 물씬 풍겼다.

남자들과 마주한 긴 의자의 올미나 옆자리에 앉으면서 내가 물었다. "이렇게 향기로운 허브를 어디서 구한 거야?"

---

* 약용·향미용으로 쓰는 지중해산 박하.

"아, 식물원에서 눈 덮인 걸 따왔어요. 따뜻한 물에 담가 되살리니 아주 연하고 싱싱한 상태가 되더라고요." 올미나가 대답했다.

"그럼 식재료 정원에서 훔쳐온 꼴 아니야?" 내가 물었다.

올미나는 어깨를 으쓱했다. "이 추위에 누가 밖에 나와서 저를 잡아가겠어요?"

"아무도 안 나온 것 같은데요, 보아하니. 덕분에 우리가 그 행운을 고스란히 누리게 됐고요!" 빈첸초가 커다란 백랍 숟가락으로 수프를 뜨며 말했다.

방안이 올미나의 수프 향기로 가득찼다. 마치 올미나가 이 방에 곡식이 무르익어가는 가을의 마지막 나날을 불어넣은 것 같았다. 한동안 우리의 대화는 올미나의 요리 솜씨에 대한 칭찬으로 이어졌다. 식사를 끝낸 뒤 빈첸초가 대단한 의식이라도 치르는 시늉을 하며 자리에서 일어나더니 아까의 그 상자를 식탁으로 가져와 놋쇠 걸쇠를 열고 뚜껑을 들어올렸다. 그러자 옛 빛깔과 고요한 연못물의 희미한 냄새를 연상시키는, 아주 달콤한 향이 훅 끼쳐왔다.

"여기 보시는 것은, 홀란트 귀족들이 1파운드에 기꺼이 은화 100더컷을 주고 즐겨 마시는 귀하디귀한 원난성산 차 되시겠습니다!" 그러면서 그는 손을 현란하게 돌려 보였다. 상자 안에는 짙은 색 이파리를 동그란 케이크 모양으로 뭉친 조그만 덩어리들이 들어 있었다. 빈첸초는 바로 맞은편에 앉은 올미나에게 상자를 넘겼다.

올미나는 예리한 눈을 그에게 고정시켰다. "이런 질문 드려도 괜찮다면, 이 차를 왜 저희에게 가져오신 거예요?"

포목상은 다른 어딘가, 어쩌면 기후가 더 온화한 지역의 차 마시는 사람들이 걸음하는 정자를 떠올린 듯 아련한 미소를 지어 보였지만 눈빛만은 진지했다. 그가 대답했다. "차를 혼자 마시는 건 참 우울한 일이거든요. 그보다는 좋은 사람들과 함께 나누겠습니다."

표정이 부드러워진 올미나는 귀한 찻잎 덩어리의 냄새를 킁킁 맡았다.

"고맙습니다, 선생님." 내가 말했다. 상자가 내게로 왔을 때 나는 눈을 감았다. 그래, 잎과 빛과 물의 냄새야. 뭔가 달콤한 것, 그리고 물가의 한 그루 나무처럼 그늘지고 짙지만 여전히 빛나는 어떤 것이 들어 있음을 알려주는 냄새였다. "잃었던 기억마저 되찾게 해주는 차네요." 나는 말하며 눈을 떴다. 그 향기를 놔주고 싶지 않아 아쉬워하며 상자를 로렌초에게 넘겼다.

"음." 로렌초가 찻잎 덩어리에 코를 박고 웅얼거렸다.

올미나가 난롯불에 쇠주전자를 올렸다. 물이 팔팔 끓자 포목상은 일어나 주전자를 난로 뒤로 옮겨놓고, 뚜껑을 열고, 뜨거운 물에 곧바로 찻잎 덩어리를 살살 부스러뜨려 넣고, 재빨리 뚜껑을 다시 닫았다.

"뇌와 심장을 맑게 하는 데 효과가 탁월하다고 들었습니다." 그가 단순한 준비 과정을 즐기는 게 역력한 태도로 설명했다. 이어서 차를 머그잔에 따랐고, 우리는 우려낸 차를 두 손으로 감싸고서 중국의 산에서 온 찻잎을 한껏 음미했다. 밖에서는 눈이 내리기 시작했고, 우리는 각각 혼자인 동시에 마음속으로 함께하며 한동안 조용히 있었다. 차가 단지 풍성한 향뿐 아니라 이렇게 함께 누리는 침묵도 선물해준 것 같았다.

"멘스 사나 인 코르포레 사노(건전한 신체에 건전한 정신)." 유베날리스*의 말이 떠올라 내가 불쑥 말했다.

"그 '건전한 정신, 건전한 신체'에 저는 '건전한 심장'도 더하겠습니다." 빈첸초가 슬쩍 미소 지으며 말했다.

"아, 건전한 심장이라." 내가 되뇌었다. 눈발이 아까보다 더 거세져 지붕을 둔탁하게 때리고 있었다. "다시 제 약상자 얘기로 돌아가서, 궁금한 게 있어요. 바늘과 붉은 실 말이에요. 어디서 났는지 혹시 아세요?"

"흐음, 예, 튀빙겐 지나와서 저도 그걸 발견하긴 했지요." 빈첸초는 잠시 머뭇거렸다. "고백하겠습니다, 몬디니 박사님. 제가 상자를 몇 번 들여다봤어요. 너무나 흥미로워서요. 비록 의사는 아니지만, 치료법을 공부하는 게 취미거든요."

"그럼 서랍도 다 들여다보셨나요?"

"예, 독일어로 쓰여 있는 약물 이름 몇 가지를 알아봤습니다. 박사님을 못 찾을 줄 알고요…… 부디 용서해주십시오." 그는 찻잔으로 시선을 떨어뜨렸다.

나는 내 어리석은 분노에 한숨을 쉬면서, 솟구친 것만큼 빠르게 그 감정을 놓아보냈다. "아, 상관없어요." 내가 말했다. "그래서……그 실은요?"

"저도 짐작만 할 뿐입니다, 도토레사. 튀빙겐에 도착해서 박사님의 행방을 수소문했는데, 제가 묵은 여관의 주인이 길 맞은편에 있는 학생 숙소에 가보라더군요. 거기서 빌헬름 로흐너라는 신사분을 만났는데, 며칠간 그분과 같이 저녁식사를 했고 꽤 말이 잘 통했습니다. 그러다 어느 날 저녁 그분을 제 방으로 초대해 박사님의

---

* 고대 로마의 풍자 시인.

약상자를 보여줬죠. 잘 아시겠지만, 그게 워낙에 보물 같은 물건이 잖습니까. 빌헬름에게 몇 시간 상자를 빌려줬습니다. 열정적인 학생이라 그 안에 든 치료제 목록을 만들고 싶어해서요. 저도 그분과 같이 방에 머물면서 그날의 판매 실적을 장부에 기록했고요."

나는 찻잔을 꼭 쥐며 고개를 끄덕이고 차를 홀짝였지만 아무 대꾸도 하지 않았다.

"그 사람이 상자에 뭔가를 슬쩍 넣는 건 못 봤지만, 제가 시종일관 지켜본 건 아니라서요. 박사님을 쫓아오기로 한 건 그 사람이 강력히 주장한 바임을 말씀드려야겠습니다. 그분이 박사님과 박사님의 치료법을 굉장히 높게 평가한 것 같습니다, 몬디니 박사님. 다리에 있던 궤양이 깨끗이 사라졌거든요."

다들 어떤 반응을 기대하며 나를 빤히 쳐다봤지만, 나는 이 상황을 어떻게 받아들여야 할지 마음을 정할 수가 없었다. 그 사람을 보고 싶은가? 그렇다, 조금은 보고 싶었다. 하지만 아니, 엮이고 싶지는 않았다. "그 사람을 만나고 싶지는 않아요." 한참 만에 나는 조심스럽게 말했다. "만약 이곳에서 그분을 마주친다면, 함구해주시면 감사하겠어요."

"그렇게 하지요. 다만 붉은 실은 방랑하는 로마니 집시들이 가지고 다니는 것과 비슷한, 인연을 만드는 부적일지 모릅니다. 혹시 그 사람이 일종의 메시지로 넣어둔 건 아닐까요?" 빈첸초가 넌지시 말했다.

그 말에 로렌초가 콧방귀를 뀌었다. "그럼 왜 직접 와서 말하지 않는답디까?"

"아가씨가 그 사람을 보지도 않고 떠나버렸잖아." 올미나가 대꾸했다. "어떻게 직접 말해?"

"고대 그리스인들이 말하길, 운명의 세 여신 중 되돌릴 수 없는 운명의 여신 아트로포스가 실을 끊어버린다지." 내가 생각에 잠겨 중얼거렸다.

"일부 집시들은 마케도니아와 트라키아가 있던 땅 태생이지요." 포목상이 말했다.

"그럼 저주일 수도 있겠군요." 내가 불안한 마음으로 말했다.

"아니면 부적이거나요, 특히나 의사 선생님께 드린 거라면. 그렇게 생각하지 않으세요? 우리는 운명의 여신에게 늘 고개 숙여야 하니까요." 포목상이 대꾸했다. "운명의 세 여신만이 우리의 붉은 생명력을 잣고, 재고, 끊으니 말입니다. 어쩌면 박사님이 받으신 바늘과 실이 그에 대한 암시인지도 모르죠."

"그렇지만 운명의 세 여신은 아무도 바늘을 놀리지는 않잖아요. 꿰매고, 벌어진 걸 도로 여미고, 상처를 봉합하는 건 의사의 기술이죠."

"그럴 수 있을 경우에만요." 빈첸초가 진지한 어조로 말했다. "어떤 상처는, 어떤 잘못처럼 결코 되돌릴 수 없으니까요."

접시를 치우기 위해 일어선 올미나가 조용히 말했다. "제가 보기엔 빌헬름이 보낸 사랑의 부적이 틀림없어요."

나는 올미나를 노려보았다. "이 이야기는 그만하는 게 좋겠어요."

빈첸초는 내 민망함을 덜어주려고 시선을 돌렸다.

"그건 그렇고 다른 질문이 있어요." 내가 말했다.

빈첸초가 기민해 보이는 갈색 눈을 내게로 돌렸다.

"그렇게 여행을 많이 다니시는데, 혹시 다른 몬디니 박사, 그러니까 제 아버지를 만난 적은 없으신가요?"

"만났다고 할 수는 없습니다. 그러니까, 제가 직접 만난 건 아니라는 얘깁니다. 이든버그에서 한 신사분이 그분의 책 얘기를 하는 건 들었지만요⋯⋯ 방대한 질병 분류서라나 뭐라나. 다만⋯⋯"

"다만 뭐요?"

"소문을 옮기기는 싫습니다."

"말씀해보세요. 딱 소문 정도로만 받아들일게요."

"그렇게 훌륭한 의사가 그렇게 방대하고 대단한 자료를 집대성했건만 정신이 나가버린 건 참으로 안타까운 일이라고 그 신사분이 말하더군요. 송구합니다만, 그 사람이 쓴 표현입니다."

"그 말이 사실이라면, 그런 사람이 어떻게 그리 수준 높은 질병 백과를 저술하겠어요?" 내가 발끈해서 받아쳤다.

"우리는 우리 스스로가 만들어낸 일에 위험할 정도로 빠져들기도 하잖습니까? 저도 아름다운 천을 선호하는 취향을 가꾸고 있는데, 때로는 지나치게 홀딱 빠지거든요." 그는 더블릿의 단추를 풀더니 그 안에 받쳐 입은, 보라색과 은색 실로 수놓은 고급스러운 조끼를 쓰다듬었다.

"아, 정말 멋있네요!" 올미나가 감탄하며 외쳤다. 우리집에서 옷을 짓느라 천을 많이 만져봤기 때문에 올미나는 나보다 고급 옷감에 대해 훨씬 더 잘 알았다.

"몬디니 박사님은 어떤 위험을 가지고 재미를 즐기시나요?"

"저는 남을 치유하고 싶은 욕구, 제 아버지를 치유하고 찾으려는 욕구가 어찌 보면 지나치다 싶을 정도로 집요해요."

"그렇다면 박사님만의 병은요?"

나는 짧게 웃음을 터뜨렸다. "심하게 고집이 세다는 거요. 잘 모르겠어요."

"고집스러운 게 아니죠, 오, 아무렴요, 가브리엘라." 올미나가 말했다. "물러설 줄 모르는 거죠, 낚싯바늘에 꿰인 물고기처럼!"

"그래? 그다지 기분좋게 들리지 않는데. 어디에 꿰인 건데?"

"주인님에게, 다른 의사들에게, 또 대학교들에요. 아가씨의 타고난 소질은 어떻고요?"

"내가 어떤 재능을 가졌는지 잘 아니 걱정 마. 게다가 당면한 문제를 해결하는 데 그 재능을 쓰고 있잖아."

로렌초가 목소리를 높였다. "물론입죠. 올미나가 그냥 말실수한 겁니다. 안 그래, 여보?"

올미나는 무릎에 깍지 낀 두 손을 얹으며 대꾸했다. "아무렴요, 제가 실수했네요. 저는 그저……"

"뭐?"

"집에 가고 싶어요." 올미나가 울음을 터뜨렸다.

나는 한 팔로 그녀를 감싸안았다. "억지로 끌고 다녀서 미안해. 하지만 얼마나 고마운지 몰라. 나도 아버지가 남긴 흔적이 희미해서 가끔씩 너무 답답해. 그렇지만 모든 단서를 추적하고, 모든 곳에 가봐야겠어."

"아무렴요." 올미나는 머리를 숙여 내 어깨에 기댔다.

빈첸초가 일어섰다. "이렇게 폭설이 내리는 밤에 길을 잃지 않으려면 저는 이제 가봐야겠습니다. 근사한 식사였습니다. 숙녀분들 그리고 신사분." 그는 외투를 단단히 여미고 슬슬 벗어질 기미가 보이는 머리에 모자를 눌러썼다.

"잠깐만요." 나는 얼른 위층으로 뛰어올라갔다. 그러고는 플로린*이 든 조그만 주머니를 가지고 내려왔다. "수고해주신 데 대한 감사 표시예요, 빈첸초 씨. 약상자와 메시지를 전달해주셔서 감사해요."

그는 내 손을 따뜻하게 꼭 쥐더니 고개를 끄덕이며 말했다. "여행길에 행운이 깃들기를 빕니다, 몬디니 박사님. 찾는 걸 꼭 발견하시기를."

로렌초가 어둡고 점점 캄캄해지는 밤을 향해 문을 열었다.

빈첸초가 손을 들어 인사했다. "다들 안녕히 계십시오." 로렌초가 등불을 들어 앞을 비추었고, 뒤돌아선 빈첸초는 눈에 잘 띄는 새카만 외투를 입었는데도 곧장 눈발 속으로 사라져버렸다.

이튿날 아침, 드디어 오테르스페이르 교수가 레이던에 돌아왔으니 함께 해부 시연에 참석하도록 나를 데리러 오겠다는 메시지를 하인 편에 전해왔다.

몇 시간 뒤, 내 방의 반쯤 열린 덧창 사이로 그가 걸어오는 게 보였다. 나는 아버지가 베네치아의 집에 소장했던 해부학 책에 인쇄된 권두 삽화 속 그의 얼굴을 알아보았다. 그림을 그린 사람이 썩 닮게 그린 덕분에 한눈에 알아볼 수 있었다. 운하를 따라 눈길을 힘겹게 걸어온 그가 숙소 문을 쾅쾅 두드렸다. 밖이 한눈에 내려다보이는 이곳 2층 창에서, 그의 검은색 교수모가 하늘하늘한 레이스 칼라 위에서 마치 강물에 뒤집혀 떠 있는 사발처럼 요상하게 까

---

* 13세기에 피렌체에서 발행한 금화.

딱거리는 것이 보였다.

나는 가슴팍을 덮은 실크 조각에 연결된 주름 칼라를 마지막으로 한번 더 잡아당겨 가다듬었다. 올미나가 얼마 전 새로 장만한, 모자 가장자리를 흰담비 털로 장식한 남색 모직 망토를 가져왔다. 이런 사치를 누리다니! 여기 도착한 둘째 날, 추위를 물리치기 위해 라펜뷔르흐 운하의 재단사에게 주문한 망토였다. 올미나는 버터 색깔의 치마 한 벌을 주문했는데, 완성된 옷을 받아 보고 몹시 만족해했다. 네덜란드인들은 진정한 직조 장인들이구나, 나는 새삼 감탄했다. 유별나게 키가 큰 재봉사 잔더르는 과장되게 무릎을 깊이 구부리고는 가장 거친 두께부터 가장 가벼운 솜털 천까지, 색깔도 빨간색부터 노란색, 파란색, 갈색, 크림색, 검은색까지 다양한 서지 옷감을 선보였다. 나는 여태 본 손가락 중 가장 길고 가장 능란한 그의 손가락에 눈길을 빼앗겼다. 그는 바느질을 하고 있지 않을 때도 늘 가운뎃손가락에 은골무를 끼고 있었고 조끼에는 핀을 일렬로 꽂아놓았다.

해부학 강당은 꽤 추울 게 분명했기에, 나는 지난밤에 생각 없이 창틀에 던져둔 장갑을 황급히 챙겨들었다. 양가죽은 뻣뻣했지만, 안쪽의 양모는 금세 내 손의 온기로 따스해졌다. 나는 방에서 나와 좁은 계단을 내려갔다.

현관문 바로 안쪽에 서서 본인은 유창하다고 생각하는 이탈리아어로 말하는 오테르스페이르 교수를 로렌초가 재미나다는 표정으로 바라보며 고개를 끄덕이고 있었다. 나를 발견한 교수는 주사비*

---

* 코와 이마, 볼에 생기는 만성 피지선 염증.

로 볼이 빨간 얼굴로 오만한 미소를 지었고, 그러자 붉은 기가 얼굴 전체에 마치 지도처럼 퍼졌다.

"시뇨리나 몬디니! 드디어 직접 만나다니 반갑군요." 그가 대뜸 말했다. "늦게 와서 불편을 준 걸 부디 양해해주시오."

"너무 신경쓰지 마세요, 교수님." 내가 대답했다. "저도 만나뵙게 되어 반갑습니다. 저희가 묵을 곳을 마련해주셔서 감사해요. 괜찮다면 몬디니 박사라고 불러주셨으면 합니다."

그러자 교수는 텁수룩한 양 눈썹을 치켜세우면서 나를 찬찬히 뜯어보았다. 밖으로 나가려는데 그가 내 팔을 붙잡아 세우더니, 내가 미처 보지 못한 작은 삼베 자루를 들어올리면서 말했다. "부친이 남기고 간 물건이 있소."

자루를 열고 안을 들여다보니 헝겊조각을 기워 만든, 약간 닳은 검은색 신발 한 켤레가 방치된 냄새를 풍기며 들어 있었다. 올미나가 내게서 자루를 낚아채며 말했다. "얼른 교수님하고 가보세요. 이건 나중에도 얼마든지 고민할 수 있으니까요." 그러면서 꼭, 몬디니 어르신이 점점 정신이 산만해지시나보네, 라고 말하듯 의미심장한 눈빛으로 로렌초를 흘끔 봤다. 아니면 나를 두고 그렇게 생각한 걸까?

"어서 가보십쇼." 로렌초도 벌써 밖으로 나간 교수 쪽으로 나를 슬쩍 떠밀며 말했다.

아버지가 길을 알려주려고 옛날이야기 속 빵 부스러기처럼 자신의 일부를 남겨둔 걸까? 처음엔 안경, 이번엔 신발이라니.

"해부 시연은 물론 참관한 적 있겠지요?" 운하를 따라 걸어가며 교수가 거들먹거리는 투로 물었다.

"네." 내가 대답했다. "파도바에서 아버지와 함께 시신 절개 시연을 참관한 적이 몇 번 있어요." 아버지 얘기를 하는 순간 마음이 쓰렸다. "네덜란드식 해부를 보는 것도 참 기대되네요. 이탈리아식과 실제로 그렇게 다르다면요." 그리고 기계적으로 덧붙였다. "친절하게도 이렇게 초대해주셔서 고맙습니다." 나는 언 땅 위를 조심조심 작은 보폭으로 내디뎠다.

"부친이 원하셨던 일이오, 이게 친절을 베푸는 건지는 모르겠지만." 그가 대꾸했다. "오늘 아침엔 깎지 않은 양털처럼 안개가 자욱하니 말이야."

우리는 안개를 뚫고 꾸역꾸역 앞으로 나아갔다. 안개가 너무 자욱해 마치 우리가 지나간 자리가 통로처럼 열렸다가 저절로 닫히는 것 같았다.

"교수님." 나는 하고 싶은 이야기를 덤덤하게 하려고 말을 고르면서 물었다. "제 아버지에 대해, 그리고 아버지가 이곳에 머물렀을 때 어떠셨는지에 대해 좀더 얘기해주시겠어요?"

"딱히 할 이야기가 없소만." 교수는 눈을 가늘게 뜨고 바로 앞의 희뿌연 장벽을 노려보며 무뚝뚝하게 대꾸했다. "부친께서는 지금 당신이 묵고 있는 바로 그 코티지에 몇 달간 묵으셨소."

"정말요?" 아버지는 더 쾌적한 숙소에 머물렀을 줄 알았는데.

"하지만 사람들과 잘 어울리지 않으셨소. 그렇게 고립되는 건 위험한데. 며칠씩 방에서 안 나오곤 했지. 아니, 나도 고독을 즐기는 타입을 존중하긴 하지만, 우리가 기도로 수양해야 하는 은둔자가 아니라면—어쩌면 은둔자라 해도—정신이라는 게 엉뚱한 짓을 벌일 수 있어서 말이야. 혼란에 빠지거나, 아니면 아예 반대로 특정 물건에 너무 집착해서 모든 면에서 균형을 잃기도 하거든. 특히 이 나라의 겨울에 익숙하지 않은 사람이라면."

다른 사람 몇 명이 마치 유령처럼, 대화를 나누는 우리 곁을 지나갔지만 우리에겐 그들이 거의 보이지 않았다. 몇 차원인지도 모를 새하얀 방에 우리만 있는 것 같았다.

"아버지가 달리 이상한 행동을 하거나 곤란한 소리를 하지는 않으시던가요?"

"한번은 무덤의 정신 고양 효과를 연구중이라면서 자기를 혼자 내버려두라고 하더군." 내 동행은 고개를 절레절레 저었다.

"혹시 아버지의 기분 변화에 어떤 패턴이 있던가요?"

"무슨 소린지?"

"특정한 날 특정 시각에 그랬다든가……?"

"아, 무슨 뜻인지 알겠소." 걸음을 멈춘 교수는 허공에서 뭔가를 찾는 듯 하늘을 올려다보았다. "아니, 그런 건 눈치채지 못했소. 내가 그만 참을성이 바닥나서 그 친구가 원하는 걸 줬거든. 본인이 자초한 고립 말이오. 원하는 대로 얼마든지 정신 고양을 하되, 훌륭한 의사이니 의술에 대해 대화를 나누고 싶으면 언제든지 나를 찾으라고 했지. 당시 내가 조금 기분이 상했소, 그 친구가 친화력을 내던져버렸다고 생각해서."

"아버지 태도가 변하기는 했나요?"

"변했지, 떠나던 날에. 그날만큼은 싹싹하게 굴었고, 그간 퉁명스럽게 굴어서 미안하다고 하더군. 꿍한 태도를 보였던 건 라인란트의 추운 날씨와 가시지 않는 어스름 때문이었다나. 이든버그로 가서 더 깊은 연구를 하겠다면서……"

"아." 나는 조용히 내뱉으며, 속으로 다음 목적지를 생각했다. 원래 런던으로 갈 작정이었지만 이든버그로 가야 했다.

교수는 눈치를 못 챈 듯 하던 이야기를 이어갔다. "그래서 피차 너그럽게, 초봄에 이곳을 떠날 때 그 친구는 나를 포옹했고 나는 그 친구를 용서했지. 나도 겨울의 영향을 받는데다, 지난 몇 년간 점점 더 심해졌거든."

교수는 단단하게 얼어붙은 운하를 물끄러미 내려다보았다. 소형 선박들이 수많은 신발처럼 얼음에 박혀 있었다. 간간이 다른 물체들—커다란 통, 삐걱거리는 통나무, 요상하게 꼬인 밧줄, 부러진 나무 대못 등—도 꽁꽁 언 수면에 점점이 박혀 있었다.

한 가지 의문이 끈질기게 마음속에서 맴돌았지만, 입 밖에 내지는 않았다. 아버지는 왜 신발을 두고 가셨을까?

베긴회* 수도원을 향해 다리를 건너는데, 통통 분 회색 새끼돼지가 얼음 밑에 몸이 반쯤 묻혀서 두 다리를 쇠스랑의 갈래처럼 뻗은 채 초점 없는 눈을 하늘로 향하고 있는 걸 발견했다. 몸이 부르르 떨려왔다.

"좋은 소시지감인데 아깝네." 오테르스페이르 교수가 농담이랍시고 뱉었다.

어렸을 때 포사텔로에 있는 고모할머니 댁 근처 외양간 처마에 매달려 도축 차례를 기다리는 돼지들을 본 기억이 떠올라 나도 모르게 몸서리가 쳐졌다. 망토의 모자를 얼굴 주위로 단단히 여몄다. 사지가 꽁꽁 묶인 돼지들의 몸뚱이는 예전에 숲에 들어갔을 때 나

---

* 12세기 네덜란드에서 창립한 여성 신도들의 단체.

무껍질에서 잡았던 번데기처럼 꿈틀거렸다. 도살업자와 그의 아내가 칼로 딴 목에서 흐르는 새빨간 핏물을 양동이에 받는 동안 돼지들은 푸르스름한 새벽 공기에 대고 꽥꽥 울어댔다. 지금도 나는 돼지구이에는 도저히 손을 대지 못한다. 현자 오비디우스가 쓴 글이 아주 틀린 것은 아니었다.

평화가 세상을 채웠다— 한 무익한 뇌가
사자들의 먹이를 부러워해 살점을 실컷 집어삼켜
탐욕스러운 배를 불리기 전까지는.

마침내 해부학 강의를 하는 강당에 도착했고, 교수가 관례대로 입장료를 지불한 뒤 우리 둘은 강당으로 들어갔다. 우리는 일찍 도착한 무리에 속했다. 교수는 관객의 대부분이 거의 학생 아니면 일부 부유한 주민과 그 아내들 몇 명, 그리고 입장료를 지불할 용의가 있는 호기심 강한 동네 주민들이라고 장담했다. 해부대 위에 시신이 거친 리넨 시트에 덮인 채 누워 있었다.

"저 불쌍한 청년은 누구예요?" 내가 물었다.

"아마 부랑자였을 거요. 물레방앗간에 일감을 얻으려고 왔겠지. 웬 뒷골목에서 발견됐다더군, 빼빼 마른 자기 노새 옆에 나체로 나무토막처럼 굳은 채 도랑에 처박혀서. 옷하고 부츠는 누가 진즉에 훔쳐갔고." 오테르스페이르 교수가 알려주었다. "불쌍한 녀석, 며칠이고 거둬가는 이 없이 버려져 있었다더군. 무지렁이 외국인이었겠지."

교수의 말에 기분이 상했지만 나는 대꾸하지 않았다.

우리는 해부 대상에 가까이 다가갔고, 교수가 시트를 걷었다.

"거의 상한 데가 없어 보이네요." 나는 일부러 청년의 얼굴을 보지 않으며 말했다. "교수대에서 거둬온 다른 시체들과 달리요. 보통은 들개랑 갈까마귀들이 파먹은 상태잖아요."

교수는 어울리지 않게 부드러운 손길로 시트를 도로 덮었다. "시체를 그렇게 거리낌없이 볼 수 있다니 놀랍군요, 시뇨리나 몬디니. 보통 여자들은 가까이 다가오려고도 하지 않는데. 그래야 마땅하지만, 안 그렇소?" 교수의 눈이 살짝 번득이는 걸 보고 그가 마냥 심각하게 하는 말은 아님을 알았지만, 그렇다고 완전히 농담으로 한 말도 아니었다.

나는 그가 나를 박사라고 부르지 않은 걸 모르는 척하고 물었다. "그럼 부인분을 해부 참관에 모셔온 적이 없다는 말씀인가요?"

"오, 그럼요. 내 아내는 절대 안 오려고 할걸. 영계 머리를 자르고 내장을 빼내는 건 아무렇지 않게 하는 사람이 말이오! 오히려 같이 가자고 내 쪽에서 설득한 적은 있소. 해부 시연을 참관하면 배울 게 굉장히 많거든. 그래도 여기 다른 부인들을 시뇨리나에게 소개해줄 수 있소." 오테르스페이르 교수는 코를 살짝 훌쩍이더니 수가 놓인 손수건을 꺼내 빨간 코에 갖다댔다.

"그러실 필요 없어요." 내가 대답했다. 혼자서 조용히 생각하고 싶었다. 시체 해부 허가를 어떻게 받아냈는지 묻지도 않았다. 이탈리아에서라면 아무리 거두는 사람이 없다 해도 시체를 빈민 묘지에 묻어줬을 터였다. 대개 범죄자의 시체를 사용하는 파도바에서도, 해부는 사형 선고에 추가로 부과되는 최악의 형벌로 간주됐다. 심판의 날이 와서 죽은 자들이 부활하면 해부당한 시체들이 잘려나간 신체 부위를 찾아 돌아다닐 거라고 믿는 이들도 있었다.

"가만 보니 시뇨리나의 부친은 딸을 아들 못지않게 독립심 있게 키운 모양이군. 그럼 혼자서 우리의 훌륭한 해골 표본을 감상하도록 놔두겠소. 이만 실례하리다, 나는 가서 제자들을 만나봐야겠으니." 교수는 고개를 까닥 숙여 인사하고 물러났다.

교수가 '부친'이라고 말했을 때—사실은 그 말을 할 때마다—칼끝이 내 중심부를 베고 지나가며 몸을 마비시키는 것 같았다. 더구나 이런 장소에 와 있으니 아버지가 어느 때보다 더 그리웠다.

나는 거리 때문에 축소되어 보이는, 머리가 나와 가장 가깝고 두 다리는 내게서 먼 쪽으로 뻗어 있는 시체를 한번 더 바라보았다. 오테르스페이르 교수가 시트를 다시 끝까지 덮어놓지 않아 얼굴 일부가 노출되어 있었다. 죽은 남자의 누르죽죽한 짧은 턱수염이 아무렇게나 떨어진 검불처럼 턱에서 도드라져 보였고, 지저분한 금발이 짙은 눈썹에서부터 흘러내려 있었다.

죽은 사람과 한 공간에 있을 때 항상 느끼는 희미한 충격, 심기 불편하게 만드는 오염된 기분이 들었다. 하지만 보통 그런 느낌은 가벼운 구역질처럼 금방 가셨다. 저 사람의 생명은, 어쨌거나, 사라졌으니까. 이제는 지나간 나날이 남겨둔 송장에 불과했지만, 명백히 죽음을 맞은 신세임에도 그 비밀스러운 구조, 신체 내부의 경이를 보여줄 송장이었다. 그럼에도 나는 그의 눈이 어떤 색깔이었을지, 살면서 그 눈이 무엇을 찾아 헤맸을지 차마 상상해볼 수가 없었다. 자신의 얼굴을 쓰다듬어줬을 젊고 풍만한 여자를, 뒤에 남겨둔 배곯는 가족을 찾아 헤맸을지 모른다. 아니면 동상 걸린 손가락에 뿜어대는 노새의 뜨거운 입김이 주는 기쁨을 좇았을지도. 나는 그의 이름 또한 알고 싶지 않았다.

아직도 메스꺼움이 가시지 않았다.

나는 돌아서서 강당을 둘러보았다. 내가 처음 해부 수업을 참관했을 때 아버지가 한 당부가 기억났다. "시체가 무섭거든." 아버지는 부드러운 목소리로 말씀하셨다. "얼굴이나 손은 보지 말거라, 가브리엘라. 제일 인간다운 부위거든." 혹 아버지도 부랑자로 오인받아 지금 저렇게 시체로 누워 있으면 어떡하지? 몸 군데군데가 절개되고 각 신체 부위로 분류된 후 낯선 땅에서 개나 들쥐, 독수리의 먹이로 내던져진다면? 나는 애써 그런 생각을 머릿속에서 몰아내고, 나무로 지은 극장식 강당을 계속해서 훑어봤다.

다양한 자세를 취한 해골이 전시되어 있었고, 그중 인골은 '풀비스 에트 움브라 수무스(우리는 먼지와 그림자에 불과하나니)'나 '호모 불라(인간은 물거품이로다)' 같은 라틴어 경구를 쓴 표지판을 들고 있었다. 해골을 보고 있자니 슬퍼지기는커녕, 살점 없는 경주마에 올라타 깃털 꽂은 투구를 쓰고 한 손에는 석궁을 든 해골이라든가 한쪽 구석에서 무심히 삽에 몸을 기대고 있는 해골 같은 건 어쩐지 친숙하고 살짝 우스꽝스러워 보이기까지 했다.

사방 어디에나 트임이 들어간 판탈롱*과 더블릿 차림의 남자들, 그리고 최신 유행에 충실하게 소매와 보디스에 짧은 트임이 잔뜩 들어간 옷을 입은 소수의 여자들이 모여서 대화를 나누고 있었다. 그 화려한 색깔만으로 강당이 한결 따뜻해지는 것 같았다. 나는 강당의 양쪽에 난 긴 창을 흘끗 내다봤지만, 얼어붙은 정원은 조금도

---

* 통이 좁은 남자용 바지.

보이지 않았다. 안개가 우리를 나머지 세상으로부터 버림받은 아이로 만들어버린 것이었다.

나는 극장식 강당을 돌아다니면서 동물들의 해골을 찬찬히 들여다봤다. 오직 사냥을 위해 고안된 늑대는 너무나 개를 닮아서, 친근해 보이기까지 했다. 나는 충동적으로 늑대의 두 눈 사이, 백악질의 만질만질하고 비스듬한 면을 쓰다듬었다. 한때 위협적이었을 뼈가 이토록 무해해지다니. 족제비는 살아생전 음미했던 식사가 생전에 품었던 생각의 형태와 일치하듯, 체형이 매끈하고 두개골은 달걀 모양이었다. 정지한 사슴은 그 뼈의 민첩함을 이야기하고 있었다.

하지만 나는 지금까지 보지 못했던 짐승들, 이를테면 시인의 표상인 우아한 백조의 뼈대에 가장 끌렸다. 백조의 해골은 살아 있는 백조만큼이나 순수했다. 백조는 그 몸 크기 때문에 별수없이 가공할 크기의 뼈를 자랑했다. 그러나 아름다움과 더불어 기괴함도 엿보였다. 특히 뱀처럼 구불구불한 모양의 목뼈가 그랬는데, 더 육중한 몸통뼈와 거대한 날개가 상반되게 작용하는 힘에 의해 뒤로 축 처져 있는 반면, 나환자를 쫓는 딱따기처럼 생긴 두개골이 얹혀 있는 목뼈는 과하리만치 길고 구부러져 보였다. 날개만 해도 워낙 넓어서, 세라핌*의 그것과 맞먹을 듯했다. 만약 백조가 거위만큼 맹렬하다면, 한 몸에 악마와 천사가 공존하는 존재일 터였다.

"시뇨리나?"

교수가 돌아와 있었다. 그는 마치 자기가 잡아주지 않으면 내가

---

* 세 쌍의 날개가 달린 인간 형상을 한 천사.

쓰러지기라도 할 것처럼 소매 위로 내 팔꿈치를 단단히 붙잡고서, 앞쪽의 상류층 전용 좌석으로 나를 데려갔다.

반원형의 강당은 좁은 목재 통로와 난간 사이의 입석이 거의 대부분의 공간을 차지했다. 시연을 맡은 외과의―"진짜 의사요, 런던 왕립외과대학 의사들 같은 돌팔이가 아니고."오테르스페이르 교수가 속삭였다―가 학생 두 명과 함께 등장했고, 시연 내내 비올과 류트, 비올라다감바를 켤 연주자 세 명도 같이 들어왔다.

중년의 나이에 몸이 탄탄하고 머리칼이 구리색인 자위데르다윈 박사는 네덜란드어로 짤막한 소개와 의례적인 인사말을 하며 서두를 열었다. 나는 거의 대부분을 못 알아들었다. 그는 눈이 번쩍 뜨일 정도로 다양한 도구 모음에서 가죽 벗기는 칼, 가위, 외과용 메스, 겸자, 바늘, 압설자, 육안검사 도구 등을 하나씩 뽑아 부위별로 피부를 고르게 절개하기 시작했다. 학생 두 명이 그를 보조했는데, 한 명은 스펀지와 사발을 들고 피와 체액을 닦아냈고 다른 한 명은 적절한 순간에 피부나 조직 부위를 벌려 해당 부위의 근육을 나무 블록에 고정시키거나 필요한 살 부분을 묶거나 치웠다.

그러는 동안 그들 뒤에서는 연주자들이, 마치 우리가 친구들과 분위기 좋은 응접실에 앉아 있는 양 각자의 악기를 켜고 뜯었다. 비올 연주자는 실력이 형편없었고 비올라다감바 연주자는 그럭저럭 잘했지만, 류트 연주자는 시체에서 소리의 음울한 반향을 감지하기라도 했는지, 양 내장으로 만든 현이 망자의 인대의 동행인 양 음을 길게 끌었다. 그가 퉁기는 음은 깊은 곳에서 우러난 정중함에서, 거의 알아챌 듯 말 듯 조금씩 지연됐다. 다른 연주자들은 아마도 역겨움 때문인 듯 관람객과 강당 꼭대기에 진열된 해골만 쳐다봤지만, 류트 연주자만은 악기를 켜면서 해부를 지켜봤다.

자위데르다윈 박사는 해부를 하다가 류트 연주자가 독주하는 부분이 나오면 몸을 흔들었다.

나는 수프 같은 내장 속을 헤집는 와중에도 깔끔하게 장기를 들어내 그 장기의 체내 위치를 자세히 설명하는 의사들의 차분한 태도에 감탄을 금할 수가 없었다. 인간의 영혼은 간과 심장, 뇌 혹은 (일부가 주장하는 것처럼) 실낱같은 송과샘* 안에 자리했다. 육체란, 번역을 해야만 하는 두꺼운 외국어 원서의 낱장처럼, 공간이 여유롭든 빽빽하게 압축되어 있든 자신을 이렇게나 너그럽게 내주는 존재였다.

의사는 분홍색 뼈가 드러나도록 시체를 벗기면서, 이제는 라틴어와 네덜란드어를 섞어가며 쉬지 않고 설명했다. 흔해빠진 몸뚱이가 비밀스러운 신체로 변모하는 동안 청중은 새로운 부위가 드러날 때마다 웅성거렸다. 이런 면에서는 네덜란드인들이 참 점잖았다. 파도바의 청중은 보통 저희끼리 떠들고 농담하다가 시끌벅적해져서, 의사가 인상을 쓰고 중요한 힘줄을 손가락으로 꾹 누른 채 기다리는 동안 건장한 남자 몇이 관람객을 뒤로 밀고 진정시키거나 발코니에서 야유를 퍼붓는 젊은이들을 끌어내야 할 때도 있었다.

나는 자신을 시험하듯, 애써 외면했던 반쯤 가려진 얼굴을 흘끗 봤다. 이 각도에서는 유약한 턱선과, 경직 상태에서도 풍성한 굴곡을 그리는 입술이 보였다.

---

* 좌우 대뇌반구 사이 제3뇌실의 후부에 있는 작은 공 모양의 내분비기관.

자위데르다윈 박사는 외과용 메스를 놀라울 정도로 정확히 다루면서 시연을 계속했다. 그는 복부(내장이 부패하기 가장 쉬우니까)와 몸통(폐와 심장을 꺼내서 보여주었다)을 끝낸 다음, 두부(너무 쉽게 오염되는 송과샘을 찾아 대뇌엽 깊숙이 손을 집어넣었지만 결국 찾지 못했다)로 넘어갔다가 이어서 근육질의 팔로 들어갔다.

시연이 진행되면서 사체의 악취 때문에 우리는 손수건과 소맷자락을 얼굴에 갖다댈 수밖에 없었다. 바닥에 뿌려놓은 로즈메리 가지는 거의 도움이 되지 않았는데, 장기에서 톡 쏘면서 퀴퀴한, 거의 손으로 만져질 듯한 진한 악취가 났기 때문이다. 다행히 배려 깊은 의사가 조수들에게 양동이에 담긴 내장을 치워버리라고 손짓했다. 그럴 목적으로 양동이를 준비해둔 것이었다. 그는 열었던 피부를 도로 뒤집어 복부를 덮었고 리넨 시트를 시체 흉부까지 올렸다.

그다음 팔과 손을 해부하기 시작했다. 손은 사후경직 상태였을 때보다 약간 부드러워져 손바닥이 반쯤 펴져 있었다. 꼭 손뼉을 마주쳐주기를 기다리는 것 같았다.

내 죽음이 당신에게 도움이 되기를. 상처입힌 손길은 치유하게 하고 절개는 가르침이 되기를. 생각지도 않게 이런 말이 아버지의 목소리로 들려오는 것 같았다. 아버지가 그런 말을 정확히 언제 했는지 기억도 나지 않는데 말이다. 그런데 아버지가 아닌 다른 존재 역시 내 마음을 짓누르고 있었다. 나는 애써 그 존재를 몰아내려고 했다.

나는 굴근들과 그것이 힘줄에 어떻게 엮여 있는지 상술하는 의사를 따라 각 라틴어 부위명을 들릴락 말락 하게 읊조렸다. 그러자 마음이 진정됐다. 근육을 들어올리자 시체의 손가락이 오므려졌다. 위대한 베살리우스와 그의 동료 학자들이 촉감만으로 모든 뼈를 익히려고, 서로의 눈을 가리고 파리 외곽 시체안치소에 있는 송장의 뼈를 손가락으로 만져봤다는 일화를 아버지에게서 들은 적이 있었다.

나는 무릎에 얹은 오른손 아래에 왼손을 포개놓고 있었다. 자위 데르다윈 박사가 각 위치를 설명하면서 시체의 손이 해부대 위 가위와 핀, 겸자들 가운데 꽃잎처럼 만개하도록 손바닥 근육을 하나씩 젖히며 각 부위를 절개하는 동안 내 손의 근막과 근육, 인대를 더듬어보았다. 자기 자신의 탐구 대상이 되는 건 얼마나 기이한 일인가. 마치 손이 내 바람을 실현시키거나 나에 맞서 저 스스로 꽉 쥘 수도 있는 조그맣고 영리한 동물처럼, 별개의 존재처럼 느껴졌다. 갈레노스는 손이야말로 전체의 본보기라고 했다. 신의 손에서부터 육신의 손까지……

오테르스페이르 교수가 내 팔을 건드렸다. 해부 시연이 끝나 있었다. 의사와 조수들, 비올과 비올라다감바 연주자들이 강당을 빠져나가고 있었다. 류트 연주자만이 남아서 나를 빤히 올려다보았다.

몸이 떨려왔다. 뭔가가 잘못되었다.

"왜 그러시오, 시뇨리나?"

나는 황급히 해부대로 다가가 시체의 왼쪽으로 돌아갔고, 그의 머리카락이 가느다란 붉은 실로 묶여 있는 걸 봤다. 누가 말릴 새도 없이 내가 시체의 몸을 옆으로 돌렸고, 몸의 전면이 열리면서 건드리지 않은 장기가 쏟아지는 것이 느껴졌다.

"뭐하는 짓이오?" 오테르스페이르 교수가 외쳤다.

거기, 왼쪽 다리에 그게 있었다. 조그맣게 오므려져 튀어나온, 아문 궤양 흉터. 나는 손바닥을 그 흉터에 갖다대고, 숨을 힘겹게 몰아쉬면서 말했다. "이 사람을 알아요."

교수가 나를 잡아당겨 해부대에서 떼어놓았다. "그럴 리가? 아무래도 지나치게 흥분한 것 같은데. 밖으로 나갑시다, 찬바람을 좀 쐬면 정신이 들 거요."

"아뇨, 확실해요. 이 사람은 부랑자가 아니에요!"

"잘못 본 거요. 자, 내가 숙소에 데려다줄 테니……"

"제가 아는 사람이라니까요, 빌헬름 로흐너예요!" 나는 속이 메슥거리는 걸 느끼며 소리쳤다. "그게 이 사람 이름이에요!"

남아서 서성거리던 남자들과 여자들이 입을 벌리고 나를 쳐다봤다. 나는 교수가 내민, 적갈색 안감이 살짝 드러나도록 작은 트임 장식이 자잘하게 난 진푸른색 소매를 무시하고서 휘청휘청 저만치 걸어갔다. 처음으로 그런 옷차림이 인체 해부를 조롱하는 것처럼 느껴졌다.

나도 저런 블라우스가 있어. 밖으로 비틀비틀 뛰쳐나가 차가운 공기를 크게 들이마셔 머릿속을 비우려고 애쓰면서, 나는 다시는 그 블라우스를 입지 않겠다고 맹세했다.

14장
치료법은 환자에게 있다

침대에 앉아 부들부들 떨고 있는데 올미나가 내 어깨에 팔을 둘렀다. "어디 아픈 거예요, 시뇨리나?"

"아니!" 나는 울컥해서 내뱉고는 흐느꼈다. "해부대에 빌헬름이 있었어, 오늘 의사가 몸을 가른 게 그 사람이었다고."

"오 세상에!" 올미나가 두 손으로 얼굴을 감쌌다. "이럴 수가. 확실해요?"

나는 올미나를 무섭게 쏘아보았다. "한 치의 의심도 없어."

"그렇게 활발했던 청년이!"

"내가 갑작스레 떠나지만 않았어도……"

"그게 무슨 소리예요?"

"나를 따라서 여기까지 온 게 틀림없어. 그라데니고 씨가 한 말 생각나?"

이번엔 올미나가 나를 강렬하게 쏘아봤다. "아가씨하고 전혀 상관없는 일이에요."

"누가 알아. 내가 액운을 몰고 다니나봐, 주변 사람들이 다 죽어 나가는데 자기만 살아남는 역병 걸린 여자들처럼."

"그 여자들이 뭘 옮기고 다니는지는 아무도 모르죠…… 어쩌면 남들을 도우려고 복을 뿌리고 다니는지도 모르잖아요."

"그래? 그럼 우리 아버지는? 아버지도 나를 두고 떠났잖아. 어쩌면 아버지도 돌아가셨을지 몰라."

"이제는 아주 정신 나간 소리까지 하시네요, 시뇨리나. 아가씨가 무슨 재난을 몰고 다니는 처녀인 줄 아세요? 아무도 우리를 이 생에 실로 묶어두고 있지 않아요. 심지어 신마저도. 저는 그렇게 믿어요."

"운명의 세 여신인가, 그럼?"

"어쩌면요, 네…… 실 잣는 여신, 실 재는 여신, 실 끊는 여신."

"하지만 이제는 아버지가 아주 작은 유령처럼 느껴져, 약상자에 들어 있는 병 속에 사는 존재처럼. 그게 아버지가 돌아가셨다는 것 아니면 대체 무슨 의미겠어?"

"아가씨가 이성을 놓아버렸다는 의미요. 산 자를 애도하고 있잖아요. 빌헬름한테나 마땅한 명복을 빌어주고, 산 자는 살아 있는 대로 두자고요." 올미나는 작은 양초에 불을 붙여 창가에 가져다 놓고, 화려한 색을 좋아했던 청년을 위해 기도문을 읊조렸다. 잠시 후 그녀가 말했다. "이제 눈 좀 붙여요, 가브리엘라."

하지만 그날 밤은 한숨도 못 잤다. 다음날 아침이 되자, 더이상 나를 레이던에 잡아두는 게 없다는 생각이 들었다. 어차피 아버지가 여기 체류한 동안 제대로 대화를 나눈 사람은 오테르스페이르 교수밖에 없었다. 이제는 빌헬름의 시체와 가까이 있는 게 견딜 수 없었다. 그가 부랑자 묘지에조차 안장되지 못했기 때문이다. 땅이 꽝꽝 얼어 있었다. 그의 시신은 우리가 묵는 코티지 근처 어느 대학의 얼음장 같은 지하저장고에 아무렇게나 방치됐다가, 봄이 오면 해부학 강당에서 나온 해체된 다른 시체들과 함께 마을 성벽 바깥에 묻힐 터였다.

"아가씨의 부친이 혼자 틀어박혔던 그 겨울에 말이오." 며칠 후 오테르스페이르 교수가 내게 와서 이야기했다. "내가 일전에 말한 것 말고 다른 일도 있었소." 그가 올미나를 흘끔 쳐다보자, 그녀는 눈치껏 우리 둘만 부엌에 남겨두고 자리를 떴다. 로렌초는 시장에 가고 없었다.

"한번은, 그 친구가 온 지 얼마 안 됐을 때였는데, 내가 음식을 좀 가지고 왔거든. 그 사람이 문을 열어줬는데 옷은 다 입었지만 맨발이더군." 당시를 떠올리면서 그는 눈썹을 치켜세우고 회색 눈을 휘둥그레 떴다. "자기가 앓는 병에 새 치료법을 써보는 중이라는 거야. 한 가지 알아야 할 게, 그때가 12월이었으니까 돌바닥이 얼음장처럼 찼다는 거요."

"어떤 치료법이요?" 내가 물었다.

"그 친구 말로는 땅에서 기를 받으려고 하는데 신발이 방해가 된다는 거였소. 자연의 기운이 막힌다나. 그래서 내가 당신 지금 포석에 서 있지 않으냐고 했지. 그건 방해물이 안 되는가? 그랬더니 맨발인 채로 꽁꽁 언 정원으로 나가버리지 뭐요!"

아버지가 옷은 다 차려입고서 맨발로 식물원의 눈 쌓인 길을 뽀드득뽀드득 밟으며 씩씩하게 걸어나가는 기이한 광경을 상상하니,

정도는 조금 덜할지라도 태양 광증에 걸린 사람이 떠올랐다. "그럼 아버지가 떠나셨을 때는 신발을 신고 계셨나요?"

"부츠를 신고 있었소. 여행을 위해서 신는 거라더군. 하지만 집 안에 머물러 있을 땐 더이상 밑창에 방해를 받을 수 없다나! '수도사들이 성령을 받들어 신발 없이 걸을 수 있다면, 나도 치료와 생기를 받들어 신발 없이 걸을 수 있네.' 그 친구 설명은 이랬소."

나는 줄지어 잠든 식물들 사이로 또렷한 발자국을 남기는 아버지를 그려보았다. 내가 따라갈 발자국도 남겨두었더라면.

"나는 그 친구가 하는 행동을 통 이해할 수가 없었소." 오테르스페이르 교수가 말했다. "한데 그 사람이 자신의 고상한 이론에 어찌나 심취했던지, 그 실험이—그게 진짜 실험이었는지는 모르지만—효과가 있을 거라는 데 나까지 설득당할 뻔했지 뭐요. 그 친구가 자기만의 세계에 틀어박혀 아무도 접근 못하게 되기 전까지는."

나는 푸크스 박사에게 빌헬름 로흐너의 죽음을 알리려고 짤막한 편지를 썼지만, 그걸 부치는 건 미루었다. 박사는 내가 이중으로 도둑질을 했다고, 즉 자신의 제자를 죽게 만들고 아버지의 원고를 슬쩍했다고 욕할 게 틀림없었다. 하지만 가장 뼈아픈 상실은 뛰어난 제자를 잃은 것일 터였다. 푸크스 박사 정도의 훌륭한 스승이면 수하에 둔 제자 여럿을 아들로 생각해서 아버지 노릇까지 하는 경우가 왕왕 있었기 때문이다. 결국 무거운 마음으로 그 편지를 발송했다. 빌헬름이 내 애인도 아니었고 애인이 될 것도 아니었지만, 나는 그를 친구로 여겼었다. 그 단어가 마음을 지그시 눌렀다. 친구. 그와 편지를 주고받거나, 아니면 멋지고 화려한 그 사람을 그냥 만나자고 불러낼 수도 있었는데. 이제 그는 한낱 과학의 도구가 되어 난도질당했다. 그리고 나는 이 세상에서 어느 때보다 더 혼자였다.

올미나와 나는 짐을 싸기 시작했고, 그러는 동안 안개가 우리를 감쌌다 흩어지고, 얼어붙은 정원 대문으로 들어왔다 나갔다. 나는 아버지의 물건을 넣은 작은 손가방을 내 커다란 손가방 안에 넣었다. 신발, 안경, 원고.

올미나가 짐을 싸면서 투덜거렸다. "시뇨리나, 지금은 12월 중순이에요. 3월까지 기다리면 안 돼요? 그렇게 고집 부리다가 죽음을 불러들이겠어요!"

"지금 뭐라고 했어?" 나는 창가에 서 있다가 돌아서며 물었다.

갑자기 올미나가 부산스럽게 온 방안을 돌아다니면서 서랍을 열어젖히고 옷장 깊숙한 곳에서 옷가지를 꺼내기 시작했다. 한동안 그러더니 그녀가 다시 입을 열었다. "아가씨는 주인님을 덤불에서 강제로 끌어내고 싶어하잖아요! 세상이 아가씨 뜻대로 움직이기를 바라지만, 아가씨는 공주도 여왕도 아니에요! 심지어 여왕들도 때로는 곤경에 빠진다고요!" 올미나는 얼굴이 빨갛게 달아오르더니 다음 순간 파란 앞치마에 얼굴을 묻고는 흐느끼며 뛰쳐나갔다.

나는 창을 열고 차가운 바깥 공기를 향해 얼굴을 내밀었다. 지붕 널 모양으로 얼어붙은 얼음이 굴뚝 열기에 녹아 지붕에서 미끄러져내렸다. 고드름이 유리처럼 산산조각나거나 눈밭에 후두둑 떨어졌다. 우울한 표정의 행인들이 질척이는 차가운 눈과 눈 밑에 쌓여 있는 진흙을 밟으며 걸어갔다. 올미나의 말이 맞았다.

생각해보면 아버지가 사라진 지 이렇게나 오래 지났는데 이제 와서 아버지를 찾아야 한다는 긴박감에 사로잡히는 게 참 이상했다. 여기서 한 달, 아니 심지어 일 년을 더 기다린다고 뭐가 달라질까? 아버지가 정신이 흐트러져 어떤 위험에 빠져 있다는 느낌이 들었지만, 혹시 나야말로 그 반대의 위험에 빠진 게 아닐까? 아버지를 찾는 일에 집착하고 사로잡힌 정신 때문에?

봄이 오기를 기다렸다가 스코셔의 이든버그로 이동해야 했다.

그렇게 하기로 마음을 거의 정했는데, 로렌초가 여행 물자를 장만하러 나갔다가 돌아와 뱃사람 몇 명과 정보를 교환했다고 말했다. 그들이 3월까지 기다리지 말라고 경고했다는 것이었다. 3월에는 독일해*에서 매서운 강풍이 불어닥친다면서.

결국 우리는 조금 타협해, 이든버그로 가는 배의 승선권을 구할 때까지 일주일을 기다려보기로 했다.

그동안 나는 이든버그의 자연철학 교수 해미시 어카트 박사에게 묵을 곳을 마련하는 데 도움을 달라는 편지를 썼다. 그는 아버지가 굉장히 높이 평가한 사람이었다.

레이던에서 남은 시간은 글을 쓰면서 보냈다. 선뜻 인정하긴 싫지만, 질병을 파고드는 것이 묘한 위안을 줬기 때문이다.

검은 눈물 전염병
눈물이 계속 나는 원인 불명의 누관 염증

---

* 북해. 20세기 초까지는 주로 독일해로 불렸다.

어떤 산파들은 역풍이 입술에서 말을 앗아가고 이 역병을 초래한다고 말한다. 때로는 묵언 서약을 한 수녀와 수사들에게 이 병이 닥치기도 한다. 말하는 걸 금지당한 죄수들, 슬픔을 못 이겨 목소리를 잃은 사람들, 늘 조용히 하라고 혼나는 아이들 모두 이 병에 무릎 꿇을 수 있다. 나는 이 병에 걸린 환자 다수가 공통적으로 특정한 꿈을 꾼다는 사실을 알아냈다. 눈물 흘리는 것이 금지된 도시가 나오는 꿈이었다. 그곳에 사는 사람들은 눈물을 흘리려면 한밤중에 다리 밑에 숨어서 울어야 했다. 혹은 한 환자의 표현을 옮기자면, "비애의 그릇이 되어야 해요. 절대로 티를 내선 안 됩니다."

보통 환자는 처음엔 감염 사실을 눈치채지 못하다가, 눈물이 굵어지고 새카매지는 마지막 단계에 가서야 알아챈다. 그 결과 실명하거나 사망에 이르기도 한다. 이 병은 전염성이 있으며, 같은 꿈을 꾸는 사람에게 퍼지기도 한다. 희한하게도 이 질병은 홀로 수틀에서 수를 놓으며 외로움을 표현할 말들을 미처 형상화하지 못해 우는 여자들을 통해, 또는 말없이 어망을 손질하면서 바다만이 불러일으킬 수 있는 음울한 기분에 잠기는 어부들을 매개로 옮겨지기도 한다. 이 여자와 남자들이 울면서 저도 모르게 실타래나 어망의 섬유에 눈물을 묻히고, 그것이 그 오라기를 만지는 다음 사람에게 전달되는 것이다. 서로의 눈꺼풀에 입을 맞추다가 감염이 되기도 한다. 환자는 아침에 베개에 어두운 눈물자국을 남긴 채 잠이 깨어도, 몇 달이 가도록 이 병에 걸린 사실을 모를 수 있다. 눈가 혹은 눈썹에 한 화장에서 묻어난 자국이라고 착각하는 것이다. 그러나 병이 진전된 단계에서는 제 눈에서 흐르는, 잉크처럼 새카만 눈물을 못 알아챌 수가 없다.

아버지는 말씀하시곤 했다. "치료법은 환자에게 있다." 이 경우 나는 아나벨라라는 젊은 여성이 쓴 치료법을 따랐다. 아나벨라는 자신의 까만 눈물을 잉크병에 모아두고 시간이 지나 눈물이 도로 투명해질 때까지 그 잉크로 글을 썼다. 비록 효과가 나타나기까지 오랜 시간이 걸렸지만, 병세는 점차 약해지다가 마침내 가라앉았다. 글을 쓸 줄 모르는 환자 몇몇도, 어째서인지는 잘 모르겠지만, 자기 방 책장에 차곡차곡 진열해놓은 새카만 유리병을 보는 것만으로 글쓰는 것 못지않게 증상이 호전됐다. 내가 만난 유일한 어려움, 특히 베네치아―무엇이든 팔려고 하는 도시―에서 겪은 난관은 제 눈물을 내다팔려고 한 못된 멍청이 두세 명의 공모였다. 물론 한동안 일부 귀족들이 남이 흘린 이 지극히 사적인 비애의 잉크를 탐냈지만, 얼마 안 가 그들은 자신도 까만 눈물을 흘리고 있음을 알아챘다. 이 병에 면역이 있는 사람은 아무도 없었다.

15장
사라지는 길의 굽이

레이던에서 출발해 사흘간의 고생스러운 바다 여행 끝에—우리는 오로지 (체온을 돋우고 뱃멀미를 가라앉히는) 말린 생강을 씹고 독일해가 뱃머리에 물을 쏟아부을 때마다 갑판 난간을 꽉 붙들면서 간신히 살아남았다—이든버그의 낮은 구릉 기슭에 위치한 리스항에 다다랐다. 로렌초는 초승달처럼 생긴 방조제의 모퉁이 돌에 펄쩍 뛰어내리다시피 한 후 선원들이 뱃줄 묶는 것을 도왔다. 나는 정신이 멍했고, 이번 여정으로 인해 온몸이 내동댕이쳐진 기분이었다. 이동 내내 고생한 불쌍한 노새들은 다시 육지에 발을 디디자 흥분해서 요란스럽게 울어댔다.

해미시 어카트 박사—부두에 교수로 보이는 사람이 한 명밖에 없어 그 사람일 거라 짐작했다—가 배 쪽으로 다가오더니, 쓰러진 검은 나뭇가지처럼 앞바다로 부는 바람을 향해 몸을 기울여 우리에게 인사했다. 그와 거의 동시에 교수는 모자를 잃어버렸는데, 강풍이 불어와 그의 플랫캡*을 들어올려 바닷물에 내동댕이친 것이었다. 그 바람에 타오르는 횃불 같은 빨간 머리가 드러났다. 바짝 깎은 더 진한 붉은색의 턱수염 때문에 선 굵은 턱이 돋보였다. 어카트 박사는 마음이 산란해질 정도로 잘생긴 남자였다. 비록 아버지가 붙임성 있는 사람이라고 편지에 썼지만, 나는 분명 잘생긴 얼굴에 따라오는 오만함이 있을 거라고 넘겨짚었다.

일어서서 외투와 치마를 가지런히 정돈하려고 했지만, 심술궂게도 바람이 모든 것을 엉망진창으로 되돌려놓았다. 단정치 못하고 볼썽사나워 보였을 게 틀림없었다. 바다에서 잠을 통 못 자서 눈가는 시커먼데다 좋은 체취가 날 리도 만무했다. 차라리 잘된 일이지, 뭐. 애쓰지 않아도 내가 그렇게 원하는 고독을 즐길 수 있을 테니.

그사이 로렌초는 배에서 내려 거리낌없이 박사에게 다가갔다. 그러더니 먼저 자기소개를 하고 배 위의 올미나와 나를 가리켰다. 우리 짐을 실은 노새들이 무사히 물가로 내려오자 로렌초는 내 손을 단단히 잡고 가식 없는 정중함을 보이며, 들숨과 날숨만큼이나 자주 푹 꺼졌다 튀어오르는 건널 판자 위로 나를 이끌었다.

스코틀랜드인인 어카트 박사는 내가 부두에서 휘청거리자 이때다 하는 표정을 감추지 못하고 달려와 내 팔을 붙들었지만, 나는 곧바로 물러나라는 경고의 눈빛을 보냈다. "괜찮아요." 나는 그냥 이렇게만 말했다.

"몬디니 박사님, 부디…… 오랫동안 바다에 계셨으니, 이제는……"

---

* 낮고 평평하며 테가 없는 모자.

그는 정신이 딴 데 가 있는 사람처럼 줄곧 끝말을 흐렸다. "오, 실례했습니다…… 어카트 박사입니다, 앞으로…… 당신을 모실."

잘생긴데다 순수하기까지 한 신사라. 두 배로 경계해야겠는걸.

"마차를 준비해뒀습니다." 그가 알렸다.

"들어가는 길에 잠시 걸으면서 시내를 구경하고 싶은데요. 여기서 먼가요?"

"전혀요. 워터오브리스*를 끼고 걸으면 한 시간 안에 도착할 거랍니다."

올미나가 우리 뒤로 다가오더니 솔직하게 말했다. "그럼 전 마차를 타고 갈게요, 박사님. 이 멋진 도시와 친해질 시간은 앞으로도 많을 테니까요." 그러더니 의미심장하게 덧붙였다. "그건 아가씨도 마찬가지고요."

"당장은 마차를 탈 수 없을 것 같아. 발밑에 단단한 땅을 느껴야겠어."

"내가 같이 가드릴게." 로렌초가 나서더니, 내키지 않는 티를 내면서 밧줄로 연결된 채 흥분으로 들썩거리는 노새들의 고삐를 교수가 데려온 하인에게 넘겼다. 로렌초는 어린 하인에게 딱딱한 말투로 지시했다. "이걸 단단히 쥐되 밧줄이 너무 당기지 않게 하거라. 저 녀석들은 배 위에서 좁은 데 갇혀 있었으니까. 풀도 좀 뜯게 하고."

교수는 우리 노새들을 감탄의 눈빛으로 훑어봤다. "혹시 언제라도…… 이 멋진 녀석들을 팔기로 하신다면……"

---

* 스코틀랜드 에든버러를 관통하는 35킬로미터의 강.

"저희가 이 녀석들을 왜 팝니까요?" 로렌초가 눈을 가늘게 뜨고 끼어들었다.

"오, 나는 그냥…… 괜찮은 사람을 알아서 그러네, 동물한테 잘 해주는. 다른 뜻은 없었……" 교수는 갈수록 당황했다.

"걱정 마세요." 내가 살짝 미소 지으며 말했다. "우리는 사람보다 이 녀석들한테 애착이 있는걸요. 우리랑 오랫동안 함께했어요."

"아, 예…… 그렇군요." 그는 고개를 끄덕이더니 흰 털이 드문드문 섞인 갈색의 다부진 말 두 마리가 끄는 수수한 검은색 마차에 올미나가 올라타는 걸 도와주었다. "카우게이트 와인드로 가주게, 그럼." 그가 마부에게 지시했다. 우리는 말 두 마리가 진득하게 끌고 기운 넘치는 노새 다섯 마리가 밀면서 전속력으로 언덕을 올라가는 마차의 모습을 지켜보았다.

"무사히 도착했으면 좋겠네요." 로렌초가 거친 초록색 모직 모자를 당겨 귀를 덮으면서 중얼거렸다.

작은 항구를 지나 워터오브리스를 끼고 축축한 산책로를 걷고 있자니, 바다에서 며칠을 흔들린 나를 풍광이 차분히 가라앉혀주기 시작했다. 로렌초는 어린 소년처럼 신이 나서는, 길에서 주운 어린 버드나무 가지로 덤불을 때리면서 걸었다. 잎사귀가 다 떨어진 버드나무와 오리나무, 포플러나무가 몇 그루씩 모여 강둑을 장식했고, 그곳에 점점이 박혀 있던 수많은 황갈색 붉은가슴새들이 우리가 다가가자 겨울 들판의 축축한 금색 그루터기 위를 가로질러 날아올랐다.

"오, 저 멋진 새들은 뭐죠?"

우리는 멈춰 서서 새떼가 노래로 공기를 진동시키면서 물결 모양의 구름 속으로, 그다음엔 구형의 구름 속으로 날아올랐다가 내려오는 걸 구경했다.

"대부분은 홍방울새이고, 멧새도 몇 마리 있군요." 교수가 말했다. "선회해서 날아드는 걸 좋아하죠······"

"그래요?"

"······보리밭으로요. 흠. 씨앗을 먹으려고요."

"고놈들 참 맛있겠네요, 안 그렇습니까?" 아마도 크리스마스 다음날인 성 스테파노의 날에 먹는 굴뚝새 꼬치구이를 떠올렸는지 로렌초가 말했다. 나는 도무지 참아줄 수 없는 전통이었다.

"아니, 아니. 그렇다고는 말 못하겠네." 어카트 박사가 그 생각을 치워버리려는 듯 한 손을 뻗었다. "나는 조그만 새를 즐겨 먹지 않네."

그 말에 나는 안심했다.

"멸금하고 또, 예컨대 통통한 구운 갈매기가 뭐가 달라서요?" 로렌초가 고개를 저으며 말했다. "사람이 다 똑같이 죽는데."

"그렇지, 하지만 새들은, 일부잖나······ 더 큰······" 그는 잠시 머뭇거렸다. "건드리면 안 될 영혼의, 우리가 결코······"

"이해하지 못하는 것이요?" 내가 그가 하던 말을 이어받았다. "만약 제가 새를 죽이면 그 새의 노래를 못 듣게 되고, 그 현란한 비행도 못 보게 되겠지요. 어두운 세상에서 환한 것 하나가 사라지는 셈이에요."

"바로 그겁니다, 몬디니 박사님."

"글쎄, 저도 새가 지저귀는 소리는 좋아한다고요." 로렌초가 투덜거렸다. "그렇지만 진짜 허기를 안 겪어보셨나보네요, 시뇨리나. 세상을 다른 눈으로 보게 될걸요."

"그래, 그 말이 맞아, 로렌초. 배가 불러야 아름다움도 쉬이 눈에 들어오는 법이지."

우리는 잠시 말없이 걸었다. 이윽고 내가 어카트 박사에게 조용히 말했다. "제 편지를 읽어서 아시겠지만, 저는 아버지의 이동경로를 추적하고 있어요. 아버지가 현재 계신 곳이 어딘지 말해줄 단서를 찾으려고요."

"아 그렇죠, 부친께서……" 그가 미간을 찌푸리며 고개를 돌렸다. "무슨 소식 있었나요?"

"아뇨, 그분께서 떠난 뒤로는 없었습니다…… 그런데…… 발디노 박사님께 여쭤보면 좋을 것 같습니다, 그분과 과거 이야기를 자주 나누셨어요."

"아." 지친 기분이었다. 그러다 문득 이런 생각이 들었다. 이 사람과 조금 더 친해져야겠어, 내게 속마음을 털어놓을 수 있게. 아직 불편해서 말하지 못하는 게 있는지도 몰라.

이름 모를 잡목과 나무에서 찌르는 듯한 짙은 냄새가 혹 풍겨와 한순간 허브를 매달아놓은 김이 자욱한 부엌이, 또 어느 순간에는 뿌리를 덮어놓은 채 돌보지 않은 한창때의 정원이 떠올랐다. 옆에 있는 교수의 체취도 났다. 양모에 스며든 동물의 온기에서 풍기는 흙냄새 같은, 기분좋은 체취였다. 해가 솟았다가 다시 불 꺼진 숯덩이처럼 내려갈 때쯤 이든버그 언저리에 닿은 우리는 이든버그성 밑의 카우게이트를 향해 걸어갔다.

마련해둔 숙소에 우리를 데려다주고 떠나면서 어카트 박사가 말했다. "기억하실지 모르겠지만, 몬디니 박사님, 여기서는 그레고리력이 아니라 율리우스력을 씁니다. 그러니 여러분은 거슬러서 여행한 셈입니다…… 시간을요. 대륙에 계실 때보다 열흘 앞서니까, 거기 맞춰서 생각하세요. 그 열흘을 다시 살 기회를 얻으신 거예요." 그는 청록색 눈에 장난기를 담고서 크게 웃음 지었다.

우리 방은 작긴 해도 딱 적당했다. 침대들은 찬장처럼 벽감에 들어가 있고 밤에 닫을 수 있게 문까지 달려 있었다. 사방의 회갈색 건물들은 서로 바짝 붙어 있고 높았지만, 우리 방이 최고층에 자리한 덕에 포스만도 일부 보일 것 같았다.

그 첫째 날 밤, 비좁은 식품저장실 안의 쥐새끼처럼 찬장 안에 누워 잠을 청하는데, 레이던에 있을 때부터 억눌렀던 의문들이 해저를 긁는 닻처럼 내 마음속을 갈퀴질했다. 빌헬름 로흐너는 정말로 홀란트까지 나를 따라온 걸까? 해부대에 놓인 그의 창백한 시신이 좀처럼 잊히지 않았다. 절개한 그의 몸이 해부학 강당의 푸르스름한 조명 아래 자꾸만 나타났다.

때로는 꿈속에서 마우리치오가, 아니면 아버지가 어스름한 천장을 향해 눈을 까뒤집고서 차갑게 식어 누워 있었다. 어카트 박사는 무슨 뜻으로 "아 그렇죠, 부친께서……"라고 말했을까? 밤의 짙은 어둠에 휩싸인 해부 강당이 눈앞에 흐릿하게 나타났다. 그 어둡고 피로 얼룩진 강당에서 달아나고 싶었지만 그럴 수가 없었다. 잠 못 드는 밤이면 나는 마음을 가라앉히려고, 아버지가 과장된 어조가 아닌 평범한 말투로 쓴 편지를 읽었다.

사랑하는 가브리엘라,

고맙게도 내 책이 어떻게 돼가느냐고 물어봐줬구나. 솔직하게 말하자면, 진전은 있지만 때로는 감당하기 어렵다고 느낀단다. 질병의 종류가 너무 많아서 책 한 권에 어떻게 다 담아야 좋을지 모르겠구나. 어쩌면 치료법이 있는 병들만 실어야 할지도 모르겠다. 불치의 병이 그렇게 많다는 걸 알게 되면 우리 의사들이 얼마나 좌절감을 느끼겠니? 그럼에도 그 불치의 병들을 인지한다는 건 참으로 겸허해지는 일이고, 옳은 일이기도 해. 나이든 산파나 어머니 덕분에, 아니면 플라스크와 증류기와 화로와 더불어 연금술 실험을 하는 지하저장고에 갇혀 있는 어느 똑똑한 실험주의자 덕분에 새로운 약이 알려질지도 모르잖니. 똑똑한 남자가 하나 있단다, 어카트 박사라고. 천문학과 야금학, 구리를 녹이는 것에서부터(그 청룡언월도 있잖니) 물질과 우주, 시간 같은 더 광범위한 세계에 대한 호기심과 탐구심으로 여기서 지내는 시간을 더 흥미롭게 해준 자연철학자란다. 그 사람이 하는 얘기를 다 알아듣는 척할 순 없지만, 그 사람과 대화하면 기운이 나고 마음이 즐거워진다. 비록 그가 사방으로 뻗는 생각의 갈래와 아리스토텔레스 철학에 빠져들어 곧잘 횡설수설하지만 말이다. 어디선가 읽은 구절이 생각나는구나. "자연철학자가 끝내는 바로 그곳에서 외과의사가 시작한다." 우리는 다시 정신을 차리고 발목이 퉁퉁 부은 환자에게, 또 처참한 부상을 입은 환자에게 돌아와야 하니까. 때로 자연철학자의 이론과 실험에 의지한다 해도 말이다. 이만 줄여야겠구나. 얘야, 나를 용서해다오. 현실을 담당하는 신들이 자신들의 영역을 내게 일깨워주는구나. 등불의 기름이 다 떨어졌다.

우리가 이곳에 도착하고 며칠 지나서 어카트 교수가 그의 친구 발디노 박사의 집에서 오찬을 함께하자며 올미나와 나를 데리러 왔다. 어카트 교수가 말하기를, 발디노 박사는 아흔이 넘었는데도 기억력과 회상에 대한 연구를 열정적으로 하는 학자였다. 그분 역시 우리 아버지를 알았다.

바로 이 신사, 살레르노 출신의 발디노 교수가 4층짜리 석조 저택 현관에서 우리를 맞아주었다. 키가 다소 작고 곱사등이처럼 등이 굽어 보였지만 실제로 곱삿병을 앓는 건 아니었다. 한줌 남은 새하얀 머리칼과 수염이 연기처럼 얼굴 주변에 흩날렸지만, 그의 진한 흑갈색 눈만은 날카롭게 우리에게 꽂혀 있었다. 나는 나이든 사람들, 다음 세상을 곁눈질하면서도 때로 이 세상을 더 맹렬하게 응시하는 노인들이 보이는 이런 어긋남을 좋아한다.

"북쪽 지방의 내 집에 온 것을 환영하네, 몬디니 박사. 어서 들어오시게. 부엌으로 와서 여행길이 어땠는지 얘기해주게나." 그는 관절 위로 당겨진 하얀 양피지 같은, 구부린 쇠처럼 집게발 모양으로 굳어버린 손으로 내 손을 지그시 눌렀다. 그러고는 윗니 세 개 아랫니 한두 개(정확히 세어볼 수는 없었지만), 합쳐서 네다섯 개밖에 안 되는 치아를 드러내며 올미나와 어카트 박사에게 미소를 지어 보였다.

발디노 박사는 우리를 집안으로 안내해, 책과 가구만 잔뜩 있는 듯한 불 꺼진 추운 방을 지나 기름칠한 짙은 색 목재로 된 장식 없는 벽을 따라 구불구불한 계단을 올라가 2층으로 데려갔다. 그는 난간을 꼭 붙들고서 숨을 한 번 크게 쉴 때마다 계단을 한 칸씩 정복해갔다. 계단 꼭대기에 다다랐을 땐 나도 노인처럼 들숨 한 번 쉬는 데 일 년이 걸리도록 호흡이 느려졌다.

"식사는 따뜻한 이곳에서 할 거야. 이저벨라가 음식을 준비해서 이 방 식탁으로 가지고 올 거네." 발디노 박사가 잇몸 사이로 바람 새는 소리를 내며 알려주었다.

회색 갈래머리를 허리춤에서는 서너 가닥만 남도록 점점 촘촘하게 땋아내린 덩치 큰 여자가 돌로 된 조리대 앞에 서서 연녹색, 갈색 채소를 부지런히 다듬고 있었다. 예닐곱 시간 동안 쉼없이 땐 덕에 굉음을 내며 타오르는 난롯불이 수프가 든 커다란 검은 솥을 달궜다. 부엌은 긴 여름날의 열기를 내뿜었다. 우리는 한숨 돌리는 심정으로 갈색 민무늬 리넨 식탁보가 깔리고 백랍 사발과 숟갈이 차려진 떡갈나무 식탁에 남녀가 마주보도록 자리잡고 앉았다. 곧 땀이 나기 시작해 실례가 되지 않는 선에서 옷가지를 하나씩 벗어야 했다.

수프가 나오기를 기다리는 동안 나는 발디노 박사에게 말을 붙였다. "아시겠지만, 저는 아버지를 찾고 있어요. 아버지 편지를 보면 몇 해 전 여기서 얼마간 머물렀다는데, 어찌된 일인지 사라지셨어요. 그리고 편지도 끊겼죠. 아버지가 여기서 머문 동안 어땠는지, 아니면 지금 아버지가 어디 있는지 혹시 아시면 얘기해주세요."

발디노 교수는 부서질 것 같은 두 손을 식탁 위에 올려놓고 가늠할 수 없는 슬픔이 담긴 눈길로 나를 바라보았다. "그 친구가 몇 년 전 이든버그를 떠난 뒤로 소식을 듣지 못했네. 나중에는 감정 기복이 심한 사람이 됐지."

나는 이 새로울 것 없는 소식에 조바심이 나서 그만 벌떡 일어났다. 나도 놀랐고, 다른 이들도 내 갑작스러운 동요에 놀란 기색이 역력했다. 나는 포타주 때문에 창에 김이 어려 바깥의 지붕들이 흐릿한 덩어리로 보이는 창가로 다가갔다. 올미나가 옆으로 다가와 내 팔에 손을 얹었다.

내가 불쌍했던 모양인지 어카트 박사가 예의 머뭇거리는 화법으로 끼어들었다. "부친께서 어디 계신지…… 흠…… 제가 말씀드릴 수 있는 건 없지만, 그래도…… 증세가 심란할 만큼 급격히 나빠진 적이 있었어요, 육 년 전에. 동요를 겪으셨는데…… 마음의 동요 말입니다. 시간의 흐름을 올바로 이해하지 못하셨지요. 제 집에서 굉장히 늦은 시각까지 방에 틀어박혀 계시다가…… 하루종일 주무시곤 했어요, 어쩔 땐 이튿날 밤까지요. 밖에 거의 나오지도 않으셨죠, 제가 세게 두드려도…… 그 방문을요. 데려오신 하인 중에 한 명만 남고, 나머지 한 명은…… 지갑을 훔쳐 달아났어요."

"못된 놈 같으니라고!" 내가 식탁으로 돌아오며 내뱉었다. 올미나도 내 옆에 앉았다.

발디노 교수가 무겁지만 따스함이 어린 눈길로 나를 바라보았다.

"다행히 박사님께서는 돈을 거의 다 숨겨놓으셨어요…… 약상자였나 어디였나…… 하여튼 저한테 그렇게 말씀하셨어요. 비밀로요."

"돈과 약을 같은 상자에 두셨다고요? 아버지가 그럴 분이 아닌데."

"한번은 문이 반쯤 열려 있어서 방안을 들여다봤는데, 박사님께서 붉은 의사용 로브 차림에 검은색 스컬캡까지 쓰고…… 책상에 앉아 멍하니 보고 계셨어요…… 창밖을요. 깃펜으로 책상을 톡톡 두드리고 계셨지만 종이에 뭘 쓰지는 않으시더군요. 끝에 가서 박사님은…… 돈을 마련해야만 해서 어쩔 수 없이 팔아치워야 했어요…… 가지고 계신 책을 거의 다."

아버지의 보물인데! 심장이 덜컥 내려앉았다. "혹시 팔아버린 책 중에 뷔르템베르크에서 가져온 약초학 책도 있었나요?" 어떤 대답을 들을지 두려웠다.

"예, 있었어요. 부친께서는," 어카트 박사는 마치 바로 옆에 그 책이 있는 것처럼 흘끔거리며 대답했다. "예, 그게 선물로 받은 책이라고 하셨어요…… 푸크스 박사님이라는 분이었을 거예요."

내 얼굴이 일그러진 모양인지 그가 걱정스러운 표정을 지었다. "왜요?"

"아녜요, 아무것도 아니에요." 나는 떨리는 목소리로 대답했다.

"내 보기엔 자네 부친이 때때로 자신을 잊었던 것 같네." 발디노 박사가 한참 만에 느릿느릿 신중한 어조로 말했다. "그 볼로냐의 수사학자, 본콤파뇨 다 시냐*가 우울한 성향을 가진 사람들의 기억력이 최고 수준이라고 하지 않았나. 빈틈없고 실제적인 기질 때문에 보이는 대상의 인상을 머릿속에 잘 새겨두니까." 그는 숨을 몰아쉬며 말을 이었다. "나는 수년 전 파도바에서 자네 부친을 만났었는데, 그때……" 그는 말을 고르느라 잠시 멈췄다. "그때와 비교하면 너무나 달라진 것 같았네. 대화를 지속하기 힘들 정도였어. 자꾸만 딴생각에 빠졌고 시선은 창으로 갔지, 아무 창이든 말이야.

---

* 13세기 이탈리아의 철학자이자 문법학자.

나더러 설명하라면, 그 친구는 마치……" 그는 말을 멈추고 나와 눈을 맞췄다. "시간의 흐름을 놓친 것 같았네. 그저 들판으로 나가 자신을 잊고 싶어하는 것 같았어. 바깥을 마구 돌아다니면서. 저기 펜틀랜드 구릉으로 이어진 길에서 헤매고 있는 그 사람을 발견한 게 한두 번이 아니야." 그러면서 그는 남쪽을 가리켰다. "자정이 지나서 달빛이 환한 밤중에 그 사람이 밖에 나와 있는 걸 몇 번 봤네. 나도 불면증이 있거든. 역사의 늙은 파수꾼인 양 가만히 앉아 그쪽 경치를 보고 있으면 위로를 받지. 하지만 그 친구는 가끔씩 신발도 안 신고 엎드려서 기어다니는 것 같더군."

이 충격적인 폭로에 나는 머릿속이 멍해졌다. 어카트 박사가 중재에 나섰다. "진짜로 그분을 보신 게 아닐지도 모르잖아요…… 어쩌면요, 이곳 고지대에 서식하는 여우였는지도 모르죠, 그게 그림자 때문에 길게 보여서……"

"사람이었네, 게다가 그 시간에 밖에 나가 있는 다른 사람은 없었으니."

"그런 말씀은 믿을 수가 없군요." 속으로는 의구심이 점점 커졌지만 나는 이렇게 대꾸했다.

"저도 한번은 염소를 멀리서 보고 여자라고 착각한 적이 있어요. 염소가 올리브 잎을 따먹으려고 나무줄기를 짚고 일어서 있었거든요." 올미나가 거들었다.

발디노 박사는 올미나를 향해 인상을 찌푸렸다.

"제일 이상한 점은, 박사님의 부친 얘기로 돌아가서요." 어카트 박사가 말했다. "그분이 아주 잠시, 그러니까 이든버그에 단 여섯 주를 머문 후에…… 어디로 간다는 말도 없이 사라지셨다는 겁니다. 심한 향수병에 시달리셨는지도 모르지요, 베네치아로 돌아가고 싶어서……"

머리가 아파오기 시작했다. "그렇지만 저는 그후에 아버지에게서 편지를 받는걸요." 나는 모든 편지들의 내용을 기억해내려 애쓰며 대답했다. "프랑스와 스페인왕국에서도 보내셨고, 돌아오고 싶다는 뜻은 한 번도 비친 적이 없었어요."

발디노 박사가 식탁을 가로질러 내 손에 자신의 손을 얹었다. "내가 잘못 안 걸 수도 있네. 확실한 건 아무것도 없으니까. 하지만 자네 부친이 밤중에 바깥을 돌아다니면서 자기 안의 어떤 대상과 싸운 건 사실이네."

이저벨라가 포타주를 가지고 와 식탁에 차렸다. 뭉근한 케일과 파스닙, 양배추, 콩, 그리고 맛이 끔찍한 귀리 비스킷을 먹어치우는 동안 침묵이 한참 이어졌다. 끈적한 영계 요리도 있었는데, 너무 짜고 너무 푹 삶아져 있었다. 음식 전반이 치아가 거의 없는 발디노 박사를 배려해 조리됐다는 것을 부끄럽게도 뒤늦게 깨달은 나는, 네 개만 빼고 나머지 치아가 다 있는지라 더이상 불평하지 않았다.

음식을 씹으면서, 차마 소리 내어 말하지 못한 문장이 떠올랐다. 아버지가 사라지셨어도 아니고 아버지가 실종됐어도 아니었다. 나는 아버지를 잃어버렸어. 마치 아버지가 바닥에 엎드려 두 손으로 더듬고 다니면 찾을 수 있는 떨어진 동전인 양. 나는 아버지를 잃어버렸어.

무자비한 날씨 때문에 우리는 겨우내 이든버그에 머물기로 했다. 올미나는 드디어 내가 이성을 되찾았다고 선언했다.

크리스마스 전 어느 날 오후, 나는 교회 앞 광장에 서 있는 어카트 박사를 관찰했다. 워낙 몰려든 사람이 많아서 누가 자기를 보고 있다고는 생각하지 못하는 것 같았다. 시끌벅적하게 떠들기 좋아하는 몇 사람이 최근 장로교파가 예전의 축제 방식을 금지한다고 발표한 교리를 무시하고서, '바보들의 대장'*을 뽑아 머리에 냄비를 거꾸로 씌운 채(그리고 말할 것도 없이 배는 에일 맥주로 든든하게 채운 채) 무등을 태워 광장을 도는 놀이를 하고 있었다. 기운차게 캐럴을 부르는 이 몇 명이 (비록 다행히 지금 당장은 특별 관리들이 근처에 없었지만 역시나 교회의 제재를 받을 위험을 자초하면서) 아기 예수 탄생 때 그 자리에 있었다는 짐승들의 기쁨에 찬 울음―황소의 음매와 나귀의 울음, 수탉의 꼬꼬댁과 염소의 메에 소리(마지막은 너무 애처롭게 들려서 모두가 웃음을 터뜨렸다)―을 흉내냈다.

올미나와 나는 천천히 산책을 했고, 어카트 박사는 하이 커크 교회 서쪽 문의 한쪽 옆에 햇살을 받으며 혼자 서 있었다. 그는 책에 푹 빠져 있었고, 머리를 손으로 여러 번 쓸어내렸는지 불그스름한 머리카락이 사방으로 뻗쳐 있었다. 주위의 흥청댐은 아랑곳없이 한쪽 무릎을 접은 채 벽에 기대서는, 좀처럼 발음할 수 없는 단어들을 맛보고 있는 듯 무심히 손톱을 잘근잘근 씹었다. 제목을 겨우 알아본 나는―아리스토텔레스의 『꿈속의 예언에 대하여』였다―거기 실린 흥미로운 구절을 떠올렸다.

---

* lord of misrule. 중세에 크리스마스 연회 등을 위해 뽑는 일종의 사회자.

꿈을 가장 예리하게 해석하는 사람은 유사성을 포착하는 능력이 있는 사람이다. 선명하고 평이한 꿈은 누구든 해석할 수 있다. 그런데 여기서 '유사성'이라 함은, 꿈의 발현이 수면에 비친 형태와 비슷하다는 얘기다. (…) 후자의 경우, 물의 움직임이 크면 거기에 비친 상은 원형과 유사성이 없고 그 형태 또한 실제의 모습을 닮지 않았다. 그러한 형태의 흩어지고 왜곡된 단편을 재빨리 간파하고, 또한 한 번만 보고도 이해할 수 있어서 그중 어느 것이 사람을, 또는 말을 아니면 다른 어떤 것을 상징하는지 인지할 수 있는 사람이야말로 그러한 상을 예리하게 분석하는 자라 할 수 있을 것이다.

그럼 해미시 어카트 박사는 꿈의 성질에 대해 탐구하고 있는 거로군. 그에게 발견되기 전에 빨리 방향을 틀려고 했지만, 그가 책에서 눈을 드는 바람에 ─ "가브리엘라!" ─ 들켜버렸다. 나는 누군가를 사모하는 소녀처럼 얼굴이 달아올랐다.

올미나가 내 팔을 잡아끌며 말했다. "저희는 집으로 돌아가봐야 해요. 아가씨가 몸이 좋지 않아서요."

"나 괜찮아." 나는 우기면서 올미나에게서 팔을 뺐다. 그러고는 서두도 없이 불쑥 이렇게 말했다. "꿈이 보여주는 게 예언이라고 보시나요, 상징이라고 보시나요, 아니면 그저 우연에 불과하다고 생각하세요?"

해미시가 호기심어린 표정으로 나를 바라봤다. "어떤 종류의 꿈을 해석하느냐에 따라 다르겠죠. 밤에 꾸는 꿈이냐, 백일몽이냐.

튼튼한 햇암탉이 줄지어 등장한 꿈이냐." 그는 말하면서 미소를 지었다. "아니면 자연이 만들어낸 신성한 예술품이 밤의 형태를 취하고 등장한 꿈이냐. 그것도 아니면 무려 아름다운 여인이 등장해주셨다거나."

그가 끊이지 않은 온전한 문장으로 말하는 걸 들은 건 처음이었다. 그의 목을 감싼 꽉 조이는 리넨 깃의 가느다란 흰 주름들이 맥박과 숨결에 따라 은은하게 파닥거렸다.

"제 생각에는," 내가 대꾸했다. "미래에 일어날 일들과 유사한 부분, 심지어 질병이나 치유에 대한 기대가 얽혀 있을 수도 있다고 봐요. 한번은 제 약상자에 든 약과 진료 도구가 전부 베네치아 석호에 흩뿌려지는 꿈을 꿨는데, 실제로 그 상자를 콘스탄츠 호수에 빠트렸거든요. 그런데 상자는 되찾았지만 그 안의 약들은 엉망진창이 돼 있었어요. 어쩌면 그 꿈은 아버지의 『질병백과』에 기록된 치료법들이 아버지가 사라지면서 함께 없어질 것을 말해준 건지도 몰라요."

"아." 해미시의 눈썹이 깊은 호기심으로 치켜올라갔다. "그 얘기를 더 듣고 싶군요." 그는 책을 덮으면서 읽고 있던 부분에 끼워뒀던 가느다란 손가락을 뺐다.

"다음에 만나서 더 얘기하면 되겠네요." 이 사람에게 어디까지 더 말해도 좋을지 몰라서 나는 웅얼거렸다. 습기 머금은 바람이 공기를 요동시켰다. 나는 추위를 막으려고 한 손을 들어 얼굴을 가렸다.

들어올린 내 손을 해미시가 붙잡더니 자신의 따뜻한 두 손바닥으로 감쌌고, 손등으로 내 얼굴을 쓰다듬고는 고개를 숙였다. "그럼, 안녕히. 다음에 이어질 대화를 고대하겠습니다."

"그래요, 조만간."

나는 손을 빼고 돌아서서 올미나의 보드랍고 묵직한 팔에 내 팔을 다시 한번 끼우고, 그녀를 잡아끌며 빠른 속도로 걸어갔다. 결국 올미나가 걸음을 늦추라고 나를 잡아당겼다.

"참 잘생겼죠, 저 사람." 올미나가 말했다. "다소 성급한 면은 있지만, 세라핌의 얼굴이에요."

아, 나는 씩 웃으며 생각했다. 올미나마저 저 사람에게 마음을 뺏겼단 말이지.

그날의 만남 이후로 나는 그가 나타날 때마다, 그 크고 호리호리한 형체를 보는 것만으로 머릿속에 혼란이 불어닥치는 걸 느꼈다. 그는 방안에 들어와 그 즉시 다른 사람들과의 관계를 정립하는 아버지와 달라도 너무 달랐다. 아버지와 있으면, 아무리 아버지가 예고 없이 버럭 화를 내더라도 우리가 서로에게 어떤 존재인지 알았다. 아버지는, 적어도 한때는, 거의 예측 가능한 종류의 행성이었다. 그런데 해미시가 다가올 때마다 나는 내가 어디에 서 있는지 혼란스러웠다. 어쩔 때는 그에게 너무 바짝 몸을 기울이고 있는 걸 문득 깨닫기도 했다. 파바나 베네티아나와 파바나 페라레세가 떠올랐다. 내가 한창때, 여자가 퉁기기엔 너무 관능적인 악기라고 하는 류트의 가락에 맞춰 추던 강렬한 춤이었다. 늦은 오후의 햇살이 창문을 통과해 긴 직사각형 빛을 환히 드리운 빌라 바르베리니에서, 우리는 꿀 향기가 나는 촛불로 만든 원 안에 들어갔다 나오기를 반복했다. 그 시절 어머니는 지칠 줄 모르고 음악을 즐기는 내 모습을 기대에 차서 바라봤었다. 어머니는 구애자들을 염두에 두었고, 나는 춤추는 것 자체를 좋아한 거였다. 열다섯 살에 내 아버지와 결혼했고 그전에 다른 남자는 한 명도 사귀어본 적 없는 어머니는 그런 자유를 누려본 적이 없었다. 나는 춤출 때 가끔 내 몸속 한가운데서 호문쿨루스, 그 작은 사람이 같이 춤추고 있다고 상상했다. (아이를 가져 배가 부르면 이런 기분일까?) 살타렐로*나 피바**, 스핀가르디***에 싫증을 느낀 적은 한순간도 없었다. 마우리치오가 죽기 전까지는.

이든버그의 어둑한 겨울날이 이어지면서 모든 관심은 『질병백과』에 실을 원고에 쏠렸지만, 나는 점차 해미시를 만나는 순간을 소중히 하기 시작했고 만나지 못하면 초조한 마음이 들었다.

이든버그에서 크리스마스는 엄숙한 명절이었다. 장로교 원로들이 집에서 그리스도 강림절 빵을 굽는 걸 금지한데다, 불쌍한 제빵사들은 그런 케이크나 번을 주문했을 성싶은 주민의 이름을 대라고 취조까지 당했다. 나를 위로해주려고 해미시는 크리스마스 다음날 워터오브리스를 따라 산책하는 길에 에스코트를 해주기로 약속했다. 로렌초도 우리와 함께했다.

성문을 통과한 우리는 강둑을 따라 난 산책로를 걸었다. 이번에는 펜틀랜드 구릉에 있는 강의 수원을 향해 남쪽으로 가보기로 했다. 검붉은색 버드나무 잡목림이 안개 속에서 물을 뚝뚝 흘리며 서 있었다. 잡목림 너머에는 푹 젖은 가시금작화와 시든 잔디가 펼쳐

---

* 1~2인이 추는 빠른 스텝의 경쾌한 이탈리아 춤곡.
** 르네상스시대 이탈리아에서 생겨난, 백파이프 연주에 맞춰 추는 빠른 박자의 춤곡.
*** 뛰어오르는 동작이 들어간 베네치아의 춤.

져 있었다. "내가 오늘은 시골 경치를 얼마 못 볼 거라고 미리 얘기했잖아요." 내가 부득부득 산책 나가자고 우긴 것을 재미있어하며 해미시가 말했다.

"맞아요. 그래도 들판이나 언덕, 겨울을 맞은 땅 냄새는 느낄 수 있잖아요. 어쩌면 새 몇 마리가 지저귀는 걸 들을 수 있을지도 모르고요." 나는 홀란트산 붉은색 망토를 여미며 대꾸했다. 해미시에게 그저 당신이 보고 싶었던 거라고 말할 수는 없는 노릇이었다.

우리 뒤에서 로렌초가 한마디 얹었다. "이 정도 추위면 돌도 쩍 갈라지겠어요! 그래도 석탄 연기나 음울한 집안보다는 낫네요."

"맞아, 건조한 날씨에는 이런 게 딱이야. 성질 부리는 추위가 없다면 더 좋겠지만." 내가 맞장구쳤다.

"그런데, 책 내용은 기질에 따라 정리하나요?" 해미시가 물었다.

"지금까지는 질병과 치료법을 어떻게 분류할지 잘 모르겠어요. 아버지가 아직 항목을 제시하지 않으셔서 참고할 지침이 없어요." 우리는 몸을 덥히기 위해 걸음을 빨리했고, 로렌초는 점점 뒤처졌다.

"기질보다 장소의 특성 아래 모아두는 편이 더 유용하지 않을까요? 저희처럼 습한 지역에 사는 사람들은 예를 들어 '강과 호수로 인한 질병'이나 '늪으로 초래된 질병'을 더 찾아볼 법하거든요."

나는 이 제안에 기쁜 마음이 들었다. "히포크라테스 전집에는 흥미로운 내용이 무척 많지요." 내가 인정했다. "공기와 물과 장소라는 세 가지 환경이요. 하지만 장소는 이 작업에 그다지 적합하지 않아요. 그래도 물 항목에는 관심이 가네요. 물을 잘 마시고 잘 내보내는 사람은 건강하죠. 물이 어떻게 움직이느냐로 질병을 판별할 수도 있겠네요. 소변이 얼마나 잘 나오느냐와 소변의 색이나 질로도 판단할 수 있겠고. 땀과 타액, 눈물도 마찬가지고요. 하지만 저는 기질에 더 관심이 가요. 우울한 기질을 가진 사람은 자신의 성향을 알아채고 금방 균형을 되찾을 수 있거든요." 말을 하는 동안 나는 곁에 있는 이에게 점점 더 호감이 갔다. 아버지 말고 의학에 대해 이렇게 자유롭게 대화를 나눈 남자는 없었다.

길은 강을 따라 굽이돌았고, 강은 물길을 따라 점점 좁아졌다. 해미시가 내게 온통 주의를 쏟듯 몸을 돌렸다. "『질병백과』를 이든버그에서 완성하는 건 어때요? 제가 도서관 이용 허가를 받아줄게요. 이곳엔 의학 서적이 엄청 많아요!"

나는 그의 제안에 깜짝 놀랐다. 그 자리에 서서 그 제안을, 조금은 죄책감을 느끼며 곱씹어보았다. 아버지를 위해 연구를 계속하려던 것 아니었나? "여자가 자기네 신성한 공간에 들어오는 걸 당신 동료들이 과연 참아줄까요?"

"제가 그러자고 하면 그럴 겁니다."

그때 갑자기 어디선가 비명을 지르듯 울어대는 갈까마귀 한 무리가 몰려오는 듯하더니, 새하얀 연무 속에서 축축한 까만 몸뚱이에 회색 목도리를 두른 연푸른 눈동자의 녀석들이 어긋난 동시성으로 움직이며 하나둘 마법처럼 모습을 드러냈다. 마음을 산란하게 만드는 울음소리가 점점 높아졌다. 우리 눈에는 몇 마리만 보였지만, 아마 수백 마리가 선회하며 소리를 내고 있는 듯했다. 해미시가 모직 장갑을 낀 내 손가락을 건드렸다. 나는 손을 빼지는 않았지만 고개를 숙이고 푹 젖은 구두의 코를 내려다봤다. 그가 가까이 다가오자 책에서 나는 것 같은 제본용 풀 냄새가 났다. 로렌초가 서 있을 법한 곳을 돌아봤지만, 산책로의 사라진 굽이 너머 그의 모습은 보이지 않았다. 귀에 거슬리게 울어대는 새들이 우리 주변을 계속해서 맴돌자 해미시가 나를 자기 쪽으로 끌어당겼다.

그때 로렌초의 목소리가 안개를 뚫고 들려왔다. "저 정도로 시끄러운 울음소리를 들어본 적 있으세요?" 우리는 황급히 서로에게서 떨어졌고, 열망과 수치심이 내 안에서 솟아올랐다.

우리는 아직 불이 살아 있는 숯탄처럼 각자 침묵을 지킨 채 계속해서 걸어갔다. 나도 모르게 임신한 여자가 부른 배 위에 손을 올려놓듯 두 손을 가슴 바로 밑에, 행여나 심장이 튀어나오지 못하게 막으려는 듯 얹었다. 뜬금없이 아버지가 해준 종자뼈에 대한 기묘한 이야기가 떠올랐다. 나는 침묵을 깨려고 이 이야기를 꺼냈다.

"얘기해주세요." 해미시가 곧바로 말했다. "종자뼈가 뭐예요?"

"몸 전체를 재생시키는 뼈예요. 제가 어렸을 때 아버지가 이 이야기를 처음 해주셨는데, 그후로 저는 진짜 그런 마법이 일어나는지 확인하려고 발견하는 뼈마다 집 안마당에 묻었어요. 닭발 뼈가 닭을 만들어낼지, 가시 등뼈가 물고기를 재생시킬지 궁금해서요. 아니면 남몰래 손에 넣은 아주 조그마한 천추가 사람 뼈대로, 아니면 심지어 사람으로 자라날지 보고 싶어서요. 그 천추는 티치아나 고모할머니를 묻으러 갔을 때 산미켈레섬에 있는 납골당에서 훔쳐온 거였어요. 제가 초록 풀로 뒤덮인 묘지를 돌아다니면서 거기서 주운 기다란 나뭇가지로 묘비들을 툭툭 치고 다니는 동안, 나머지 가족들은 까만 사이프러스나무 아래 모여 있었죠. 갑작스러운 죽음을 상징하는 나무라고 올미나가 가르쳐줬어요. 그래서 묘지에 심는다고 해요. 그때 이후로 저는 사이프러스나무 근처에는 서 있지 않아요."

내 바로 뒤에서 로렌초가 혀를 찼다. "사이프러스가 죽은 자의 들판이라는 표시를 하게 된 건 오로지 그 뿌리가 길고 깊게 뻗어서 예요. 뿌리가 관을 뒤집을 일이 없는 거죠."

"그래서 그 뼈는 대체 어떻게 훔쳤는데요?" 해미시가 믿기지 않 는다는 투로 물었다.

"납골당에 도착했을 때 충동적으로 쇠살대 사이로 손을 뻗어서 그 조그만 척추골을 잡아 꺼내 슬쩍 주머니에 넣었어요. 카푸친회 수도사 두 명이 회색 수도복 모자로 얼굴을 덮고서 근처를 지나가 고 있었는데, 저를 쳐다보지는 않더군요. 나중에 베네치아로 돌아 가는 곤돌라에서 그 뼛조각이 치마 속에서 펄쩍 뛰는 걸 느끼고 가 만있으라고 주먹으로 꽉 움켜쥐었어요. 그날 밤 몰래 우리집 소박 한 안뜰에 있는 소나무 밑에 그걸 심었는데 아무것도 돋아나지 않 더라고요. 심지어 천추 조각마저 없어져버렸어요. 도로 파내려고 했는데 못 찾았거든요."

"참 대담한 일을 했네요!"

나는 미소 지었다. "글쎄요. 항상 부서진 조각들을 온전하게 만 들고 싶어했던 것 같아요, 그게 뼈든, 책이든, 아니면 환자든."

해미시는 날카롭게 빛나는 파란 눈으로 나를 진지하게 바라보 았다.

나는 말을 멈추고 숨을 골랐다. 안개가 가는 빗줄기로 변해 있었 다. "이제 돌아가는 게 좋겠어요."

"저도 찬성입니다, 아가씨. 이러다 오한이 들겠어요." 로렌초가 피가 돌도록 두 팔을 철썩철썩 때리면서 말했다. 로렌초의 모직 바 지 양 주머니는 굵고 짧은 나뭇가지로 가득차 툭 불거져 있었는데,

그래서 꼭 위쪽 나뭇가지들을 가지치기한 나무가 걸어다니는 것처럼 보였다.

"아, 조각할 나무토막을 몇 개 건졌네."

"맞습니다, 아가씨. 저는 오리나무가 좋더라고요. 고 달콤하고 불에 그슬린 듯한 냄새 때문에요. 게다가 깎기 쉽고 부스러지지도 않죠."

"뭘 조각할 건가?" 해미시가 물었다.

"흠, 예수공현축일*을 맞아 말구유 안의 아기 예수를 만들어볼까 하는데요."

"조심하는 게 좋을 걸세, 그럼." 해미시가 말했다. "지금 자네는 개신교 국가에 있고, 여기서는 예수 탄생에 관한 조각물은 금지라는 걸 잊지 말게. 집안에만 두는 게 좋을 거야."

"안타까운 일이네요!" 내가 외쳤다. 독실한 가톨릭신자는 아니었지만, 어렸을 적에는 늘 로렌초가 깎아 만든 조그만 목각상을 가지고 놀았었다.

로렌초는 고개를 젓더니 성큼성큼 우리를 앞질러갔다.

다음 순간 해미시가 풍성한 초록색 외투 앞자락을 열더니 나를 향해 두 팔을 뻗으며 물었다. "춥죠?"

그가 외투 자락으로 내 어깨를 감쌀 수 있게 나는 바짝 다가갔다.

로렌초가 뒤를 돌아보고 이렇게 묻듯 시선을 맞췄다. 그 사람하고 괜찮겠어요?

---

* 기독교에서 동방박사들이 아기 예수를 만나러 베들레헴에 간 것을 기리는 축일로, 1월 6일이다.

나는 조심스럽게 미소 지었다.

우리는 서로에게서 온기를 얻으며 왔던 길을 되돌아갔다. 숙소 앞에서 해미시가 돌아가려는데, 내가 나지막이 말했다. "해미시, 나 도서관에 가고 싶어요."

시골 풍광의 아름다움에, 그리고 해미시의 매력에 차곡차곡 쌓아놓은 내 생각과 계획이 흐트러져버렸다. 하구 위의 구릉 세 개에 인구가 몰려 있는 이 도시 이든버그에 정착하는 것도 어쩌면 나쁘지 않겠다는 생각이 슬슬 들기 시작했다. 뼛속 깊이 스미는 습기에서도, 오랫동안 알아온 어릴 적 친구처럼 동쪽에서 밀려오는 소금기 머금은 안개에서도 포근함을 느끼게 되지 않을까? 우그러진 깡통 같은 바다에서도. 또, 감탄이 나오도록 멋진 시계의 정교한 초침처럼 수평선을 째깍째깍 가로지르는 키 큰 선박에서도. 베네치아처럼 이든버그도 동쪽으로는 바다와 대화하고 북쪽으로는 고지대에서 불어오는 산바람을 견뎌내는 곳이니 말이다. 이렇게 고향과 지형이 겹친다는 것이, 그리고 익숙한 부분과 이질적인 부분이 경쾌하게 화합을 이루는 것이 무척 기꺼웠다.

나는 아버지를 찾겠다는 내 욕구를 한층 더 깊이 들여다보기 시작했다. 나는 아버지를 얼마나 잘 알고 있나? 어쩌면 그래서 아버지의 편지를 이렇게 가지고 다니면서, 꼬박꼬박 시과*를 드리는 여인 같은 헌신적 습관으로 읽어대는지도 몰랐다. 아버지는 주로 내종과, 그러니까 잠이라는 작은 죽음을 묵상하는 그날의 마지막 기

---

* 가톨릭교에서 정해진 시각에 올리는 기도.

도였다. 나의 밤 기도. 아, 아버지, 거기 계시긴 하네요. 아버지는 여기
안 계시지만 아버지의 글은 여기 있거든요. 지난 몇 년에 걸쳐 편지들
을 각기 다른 순서로 읽어보았다. 시간순으로 읽기도 하고 쓴 장소
에 따라 읽기도 해봤는데, 이제는, 이번 여행에서는 아버지의 기분
에 따라 나누어 읽고 있었다. 마치 달의 주기와도 같은 전혀 다른
순서의 원칙이 아버지의 편지를 관통해 적용되고 있는 듯했기 때
문이다. 내부의 작동 원리를 감지할 수는 있으나 명료히 파악할 수
는 없는, 불가해한 기분과 숙고의 주기라고나 할까. 1586년 몽펠
리에에서 보내온 예외적인 편지가 있었다. 예외적이라고 하는 건
아버지가 전에 없이 만족스러운 투로 편지를 썼기 때문이다.

나의 소중한 가브리엘라,
더는 집안에만 틀어박혀 있을 수 없어서, 이 반쯤 버려진 묘한
도시를 거닐며 하루하루를 보낸다. 계절은 봄인데 날은 여전히 쌀
쌀하구나. 아주 괜찮은 친구가 하나 있는데, 알비*에서 제지업을
하던 사람으로, 내게 더없이 좋은 동반자가 되어주고 있단다. 내
직업에 대해 캐묻지도 않아. 내가 던지는 가설들을 트집잡지도 않
고. 게다가『질병백과』에는 관심조차 없어 보인다. 그저 내가 베네
치아에 있는 알디네 인쇄소**에서 자기네 종이로 책을 찍기로 약
속한 것에 기뻐할 뿐이지. 비록 이곳 친구네 물레방앗간에서 펄프

---

* 프랑스 남부 타른주의 도시.
** 이탈리아 학자이자 인쇄출판업자인 알도 마누치오가 15세기 말부터 16세기 초에
걸쳐 베네치아에서 운영하면서 당대 우수 서적들을 간행한 인쇄소. 8절 문고판 서
적을 발명해 독서 문화 확산에 기여했다. 돌고래와 닻 문양이 인쇄소의 상징이다.

망치와 통, 체를 빌려 작업하고 있지만, 누구 못지않게 뛰어난 장인임을 보여준 친구야. 너도 이 친구가 작업하는 걸 지켜보면 참 재밌어할 텐데. 전부터 항상 뭔가가 만들어지는 과정을, 일이 이루어지는 근사한 방법을 푹 빠져서 들여다보곤 했잖니. 일전에는 오후에 한참을 앉아서 그 친구가 대마 껍질을 종이로 만드는 작업을 구경했단다. 먼저 섬유를 푹 적셔서 끓인 다음 구리 체에 살살 곱게 거르고, 바로 그 체에서 큰 통에 종이 한 장을 뽑아내는 거야. 그런 다음 그걸 펠트에 옮겨서 수분을 꽉 짜내. 오랜 제지업자 친구는 그 종이를 사랑해 마지않는 듯 말로 표현 못하리만치 정성스레 끝에서 끝까지 살살 두드리더구나(습기가 고르지 않게 밴 부분을 찾아내는 거지). 그런 다음 받침대에 널어 말린단다. 그걸 보면서 나는 이 친구의 기교가, 작업하는 동안 경험할 그 느낌이 부럽기까지 했어. 제 손에 직접 쥐어볼 정성스러운 작업의 결과물이. 우리 직업은 건강한 남자, 여자 혹은 아이를 만들어내고, 그건 분명 행복한 결과이지만, 마찬가지로 고통이나 죽음을 만들어내기도 하잖니. 가끔은 의심이 든단다. 그런 생각이 이 책을 어서 끝내고픈 열망에 불을 지피는 건 아닐까. 내 손에 직접 쥐어볼 수 있는 것을, 그 자체로 내게 만족감을 줄 수 있는 것을 만들어내고 싶은 건 아닌가. 너도 똑같이 기뻐하리라는 걸 아빠는 안다, 얘야. 언젠가 알디네 인쇄소에 함께 가서, 만드는 과정에서 우리를 든든히 지탱해준 만큼 다른 사람들에게도 도움과 지식을 줄 책을 손에 쥘 수 있기를 바란다.

한 권의 책이 내 열정을 충족시켜줄까? 아니면 손에 쥐어야 할

다른 뭔가, 혹은 누군가가 있는 걸까?

　약속대로 해미시는 내가 도서관에서 연구 작업을 할 수 있도록 허가증을 얻어주었다. 그는 거의 매일, 내가 몇시에 일어나고 몇시에 집에서 출발하건 도서관에 도착하는 시간에 맞춰 나타났다. 아마 누구를 시켜 지켜보게 한 모양이었다. 아니면 나 모르게 내 도서관 에스코트를 해주기로 약속했거나.

　도서관은 내가 유일하게 드나든 곳이었다. 로렌초 역시 매일 동행했지만, 안에 들어가는 걸 허락받지 못했기에 관외 벤치에서 기다렸다. 때때로 로렌초는 나무를 조각했고, 그가 벗어놓은 옷가지를 빨래하는 올미나로서는 짜증스럽게도 부지런히 부스러기를 주머니에 챙겨넣는 걸 잊지 않았다. 조각한 덩어리들은 최대한 감시의 눈을 피해 숨겼지만, 한번은 웬 신사가 물었다. "뭘 조각하는 건가?"

　"오, 고향에 있는 손녀에게 주려고 농장 가축을 조각하고 있습죠. 이건 여기 고지대에 사는 털 많은 가축 중 하나랍니다." 그러자 그 신사는 미소 짓더니 로렌초를 내버려두었다.

　"로렌초한테 정말로 손녀가 있었으면 좋겠네." 나도 모르게 이런 말이 툭 나왔고, 그러자마자 후회가 됐다.

　"흠." 로렌초는 단음절로 대꾸했고, 과거에 맞서 온몸에 잔뜩 힘을 준 채 구겨진 얼굴로 동물 조각을 내려다봤다. 그러더니 곱게 접은 닳아빠진 손수건에 그것들을 싸서 재킷 주머니에 넣었다.

　나는 어떻게 사과할지 몰라 안절부절못했다. 우리는 두 사람의 죽은 아이에 대해, 또 그뒤로도 갖지 못한 다른 아기들에 대해 한 번도 말한 적이 없었다. 잠시 후 로렌초가 나를 돌아보며 말했다. "어쩌면 언젠가 아가씨가 딸을 낳을지 모르고, 그럼 제 손녀라고 생각하면 되겠네요."

나는 아무 대꾸도 하지 않았다. 내가 생각 없이 로렌초의 오랜 상처를 헤집었고, 그 대가로 로렌초는 희망으로 나를 아프게 했다. 마음속 어딘가에서 튀빙겐에서 만났던 그 여자아이의 모습이, 그 호기심어린 표정과 곱슬머리, 제멋대로 굴러가는 나무 굴렁쇠가 불쑥 떠올랐다. 나도 아이를 원했다. 이 생각지도 못한 열망이, 바람에 창문이 열려버린 방처럼 나를 활짝 열어젖혔다.

나는 문학 서적 구간 앞에 놓인 키 높은 탁자 앞에 서서 한 발을 발받침에 올려놓은 채 무작위로 집어들어 펼친, 페트라르카*의 『사신집私信集』을 읽기 시작했다. 방투산**을 오른 여정을 묘사한 편지였다. 이 주제로 글을 쓴 남자는 수두룩한데, 문득 이런 생각이 들었다. 거기서 느낀 바를 글로 남긴 여자는 거의 없네. 올미나와 나도 파소 고개와 돌로미티를 넘지 않았던가? 아지랑이 이는 고지대의 공기 속에서 가축을 몰던 여자 가축지기들은 또 어떻고? 하지만 어쩌면 그 여자들 중 누구도 일부러 정상까지 올라간 사람은 없는지도 모른다. 나는 언젠가 목적을 두고, 그저 산을 오르기 위해 등산했다 하산하고 싶었다. 그런 마음으로 다시 페트라르카의 글로 눈을 돌렸다. 그의 방투산 편지의 마무리가 마음에 들었다. 의식이 고양

---

* 14세기 이탈리아의 시인. 인문주의의 선구자로 꼽힌다.
** '바람산'이라는 뜻으로, 프랑스 프로방스 지방에 있다.

된 순간의 묘사가 아니라 달빛을 받으며 도착한 장면의 묘사 때문이었다.

  우리가 얼마나 열을 올렸는지, 산꼭대기에 올라서려고가 아니라 세속적인 충동에서 솟아난 욕구들을 발로 꼭꼭 밟고 싶어서 말입니다.
  너무나 솔직하게 제가 드러내버린 이런 집착들에 사로잡혀 여정에서 만날 난관은 전혀 개의치 않은 채, 우리는 해가 지고서도 한참이 지나, 그러나 다정하게 불빛을 빌려주는 보름달과 함께 그날 아침 동트기 전에 떠났던 작은 여관에 도착했습니다.

  다정한 불빛, 작은 여관. 달이 빌려준 빛. 그 빛은 내 마음속 어딘가에도 빛나고 있었다. 해미시가 뒤에서 다가와 이렇게 물었을 때 내 정신은 온통 다른 데 가 있었다. "잘 지내고 있죠, 시뇨리나?" 그는 페트라르카를 논하듯 책을 가리켰다. 그 순간 도서관에서 책을 읽거나 저희끼리 토론을 벌이고 있는 몇몇 동료들 사이에 소문이 퍼지는 걸 막기 위해서였다. 그중 두어 명이 우리를 지켜보고 있었다.
  해미시가 내 어깨 너머로 흘끔 들여다보더니 본문을 읊었다.

  오늘은 이 지역에서 가장 높은 산을 올랐습니다. 부적절하다고는 볼 수 없게도 방투라고 불리는 산입니다. 산을 오른 유일한 동기는 그렇게 대단한 고도만이 보여줄 수 있는 것을 보고자 함이었습니다. 몇 년 동안 이 탐험을 마음에 둬왔거든요. 알다시피

나는 인간사를 관장하는 운명의 손에 의해 이곳으로 보내져 태어났을 때부터 이 고장에서 살아왔으니까요. 그 덕분에 아주 먼 거리에서도 보이는 방투산은 늘 내 눈앞에 있었고, 마침내 오늘 이루어낸 일을 실행하려는 계획을 나는 꽤나 오랫동안 품어왔습니다.

"고마워요." 나는 그냥 이렇게만 말했다. 해미시의 감미로운 목소리가 나를 가라앉혀주었다. 바람 부는 상쾌한 산을 묘사한 글을 읽고 있는데도 그의 목소리는 기분좋은 묵직함으로 다가왔다.

키가 훌쩍 크고 근엄한 표정을 한 젊은 신사가 우리 뒤로 다가왔다. 그는 페트라르카의 소네트를 책장에서 꺼내더니, 어쩌면 우리의 사생활을 지켜줄 요량으로 밧줄에 묶인 그 책을 최대한 잡아끌어 우리에게서 떨어졌다. 아니면 여자와 한 공간에 있다는 반감에서였을까? 그가 경멸하는 표정으로 나를 흘끔 본 순간 나는 의문의 답을 얻었다.

그 젊은이는 내가 있는 게 못마땅한 티를 내면서, 서 있는 자리보다 훨씬 큰 공간을 차지해 무언의 경고를 보냈다. 그는 소리 내어 책을 읽으면서 경사진 탁자를 천천히, 요란하게 두드렸다. 나는 그와 대면해봤자 좋을 게 없다는 걸 알았지만, 해미시가 속으로 점점 더 울컥하는 게 느껴졌다. 그래서 그의 팔에 내 팔을 끼고 말했다. "난 이제 가도 돼요."

그는 속은 불타올랐지만 기꺼이 마음을 가라앉혔고, 나를 내려다보며 미소를 보냈다.

드물게 햇빛이 내리쬐는 한낮에 도서관을 뒤로하고 나는 두 남자, 로렌초와 해미시 사이에서 천천히 걸으면서 만족스러운 기분을 느꼈다. 정말로 아버지가 실종됐다면, 그리고 『질병백과』도 아버지와 함께 사라졌다면, 그럼 나는 그 책을 완성하는 데 모든 걸 바칠 것이었다. 비록 아버지만큼 풍부한 경험은 없지만, 시간이 흐르면서 그걸—여성의 관점이라는 이점도 없어서—충분히 상쇄할 수 있으리라 믿었다.

루타를 우린 향물
예지력을 얻기 위해

루타는 여러 가지 병증, 대표적으로 두통과 복통, 여자의 월경통 등을 완화하기 위한 민간요법에서 내복약으로 쓰이고 통풍과 동창, 타박상 등을 치료하기 위해 외용되는 한편, 루타를 우려낸 물은 시력과 앞을 내다보는 눈을 얻는 데 놀라운 효능을 보인다. 주로 작가나 조판공, 화가들이 물냉이, 통밀빵을 곁들여서 갓 따온 루타를 즐겨 먹는다. 눈가에 루타 우린 물을 축이면 흐릿한 시야가 또렷해지고 만물에 대한 선견을 얻을 수 있다. 이 애환의 약초는 고로 축복의 약초이기도 하다. 미래가 이미 제 실책을 참회하는 셈이니 말이다. 루타가 전염병과 살을 파고드는 모래벼룩, 나아가 저주를 물리친다고 주장하는 이들도 있다. 마귀는 루타의 향에 눈을 찌푸린다고 한다.

16장
새로움이 들어설 자리

"제가 이 집 첫손님이네요!" 12월의 마지막날 해미시가 외쳤다.

자정 넘어 발디노 박사의 집에서 친구 몇 명과 둘러앉아 함께할 식사에 해미시가 우리를 초대한 터였다. 그런데 우리를 데리러 온 그가 현관 문턱에 서서 싱거운 농담을 던지고 싶어 죽겠다는 눈빛으로 우리 셋을 차례로 쳐다봤다.

"잠깐 들어오시지 그래요?" 우리가 잠시 망토와 모자를 챙기는 사이 올미나가 물었다.

그러자 해미시가 저 말을 외치더니 의식이라도 치르듯 과장된 몸짓으로 우리 응접실에 들어온 것이다. 그는 진홍색 벨벳 바지와 저킨, 더블릿, 진녹색 양말 차림에 외투까지 멋지게 차려입었고, 반질반질한 검은색 깃털 하나를 꽂아 장식한 적갈색 모자도 쓰고 있었다. "집에 처음 들어오는 사람이 일 년 치 행운을 가져다준대요." 그가 단언하듯 말하고는 달콤한 포도주 한 병을 내밀었다. 로렌초가 병을 덥석 받아 땄고, 올미나가 넷이 건배를 들자며 부엌에서 두꺼운 파란색 유리잔을 가져와 한 방울도 남김없이 따라버렸다.

"서기 1591년, 새해를 위하여!" 나는 엄숙했던 크리스마스가 지나고 축하 분위기에 빠질 수 있게 된 것을 기뻐하며 외쳤다. 베네치아의 활기찬 생기를 내심 열망하고 있었는데, 이렇게 해미시가 파티 분위기를 집까지 가져와주다니.

"아, 대륙에서는 그렇겠군요! 하지만 여기 스코틀랜드에서는 영국국교회를 따르니 아직 1590년이랍니다. 3월 25일, 성모마리아 수태고지 축일까지는 정월이 아니에요. 그렇지만 굳이 축하를 안 할 이유는 없죠!"

"그럼 우리 아가씨를 위하여, 그리고 주인님도요." 올미나가 외쳤다.

"내가 아끼는 올미나와 로렌초를 위하여." 내가 맞받아치고는 곧 덧붙였다. "해미시 어카트 박사님과 박사님이 가져온 푸짐한 선물을 위하여!"

포도주는 풍성하고 고운 가락 같은 행복한 맛이 났고, 우리가 숙소를 나와 미끄러운 길에서 넘어지지 않으려고 서로 팔을 꿰고 걸어가는 내내 기운의 원천이 되어주었다. 해미시와 나, 로렌초, 올미나는 발디노 박사의 집까지 약한 눈발을 헤치며 나아갔다. 우리 말고도 사람들이 꽤나 많이 나와서 춤추고 요란하게 노래하고 있었다.

"교회가 이 많은 사람들을 어떻게 다 체포할지 모르겠네요." 해미시가 웃으면서 말했고, 그러는 사이에도 웬 남자가 씨 없는 건포도와 아몬드, 향료, 위스키가 가득 든 금지된 축제용 빵을 입에 욱

여넣으면서 신나게 우리 옆을 뛰어갔다.

발디노 박사의 집에 거의 다 와서 보니, 창문마다 밝혀놓은 촛불의 따스한 호박빛으로 예의 석조 저택은 완전히 다른 모습을 하고 있었다. "모르는 사람도 밤에 길을 잃지 말라고 켜놓은 거예요." 해미시가 설명했다. 그러더니 따뜻한 눈길로 나를 내려다보았다. "여행자들을 위해서요."

우리는 주목나무의 푸른 이파리와 호랑가시나무의 알싸한 향이 한 겹 덧싸인 문으로 들어갔다. 처음 방문했을 때 지나쳤던 싸늘한 방이 이번에는 활활 타오르는 난롯불로 달궈져 있었다. 커다란 저택은 1층 응접실에서 흘러나오는 류트 연주와 조곤조곤한 목소리로 북적거렸다. 집안은 대화와 웃음소리로 고동쳤고, 금사로 문직을 넣은 널찍한 의자에 기대앉아 뭔지 모를 주제에 대해 장황하게 의견을 늘어놓는 발디노 박사가 줄곧 단어를 길게 잡아끌어 발음하는 말소리로 웅웅거렸다. 수염 없는 매끈한 얼굴의 젊은 하인이 한 눈으로 전경뿐 아니라 곳곳의 장면까지 분주하게 훑으면서 우리 외투를 한쪽 구석의 벽장에 넣어둔 다음 따뜻한 부엌에 앉아 있으라며 올미나와 로렌초를 위층으로 데려갔다.

해미시와 나는 이 사람 저 사람과 소개를 주고받으며 겨우 발디노 박사가 있는 데까지 갔다. 바로 그때 일전에 길게 땋은 머리를 자랑하던, 그러나 지금은 파티에 맞게 땋은 은발을 목 뒤에 묶어 고정시킨 이저벨라가 미끄러지듯 방방을 돌며 종을 울려 2층에 식사가 준비되어 있음을 알렸다. 보디스가 높이 올라가고 세련된 주름 칼라가 달린 검은색 드레스에 시어리넨* 모자를 쓴 이저벨라는 누가 봐도 이 집의 안주인이었다. 그녀와 나를 포함해 여자는 몇 안 됐지만, 그럼에도 나는 책과 지구의, 지도와 그 외 각종 진귀한 물건이 들어 있는 장식장으로 가득찬 이 방이 내 방처럼 편하게 느껴졌다. 보아하니 발디노 박사는 기억에 대한 연구와 더불어 자연적인 것이든 인공적인 것이든 이 세상의 편린을 모으는 데도 열정이 있는 듯했다. 어쩌면 인간의 정신이라는 위대한 극장에 차곡차곡 진열해둘 다양한 만남들을 잊지 않기 위해서인지도 몰랐다. 상상의 산물 같은 물고기와 동물들(수많은 수집가들을 설레게 하는 돌연변이 개체의 박제들. 진짜인지 조작품인지 누가 알겠는가?), 일람표들, 장서, 여기에 뼈라든가 압축한 나뭇잎, 각종 껍데기와 광물 등 잡동사니가 하도 많아서, 해미시가 껍데기를 모아놓은 그 방에서 나를 질질 끌고 나와 만찬 식탁으로 데려가야 했다.

거품 같은 흰머리를 멋을 부려 잘 빗어 넘긴 마음씨 따뜻한 발디노 박사가 식탁의 상석을 차지했다. 그는 길게 이어붙인 식탁의 자기 옆자리에 앉으라고 내게 손짓했다. 식탁은 진홍색 방에서 L자를 그리며 다른 널따란 방까지 이어져 있어, 보이는 손님도 있고 안 보이는 손님도 있었다. 보이지 않는 손님들이 나누는 대화는 꼭 과거에서 온, 육체에서 분리된 목소리처럼 다른 방에서 울려퍼져 전달됐다. 얼마 후 로렌초의 말소리와 올미나의 낮은 웃음소리를 듣고서야 나는 다른 방에 하인들이 있고 이저벨라가 만찬을 주재하고 있음을 알았다(나중에 올미나가 알려줬다).

해미시와 발디노 박사 사이에 앉아서 다행이었다.

"그래, 몬디니 박사, 그대의 어여쁜 도시 베네치아에서는 뭘 하

---

* 고급 리넨사를 사용해 평직으로 짠 얇은 직물.

면서 새해를 맞는가?" 발디노 박사가 흡족함이 철철 흐르는 눈을 하고 내게 물었다.

"아." 나는 잠시 생각하느라 아래를 내려다봤다가 해미시의 손이 의자 가장자리 밖으로 넘쳐흐른 내 노란 벨벳 치마의 주름을 만지작거리고 있는 걸 발견했다. "성대한 연회가 매년 열리지만, 가장 많이 떠오르는 건 장작불과 음악이네요." 나는 발디노 박사에게서 해미시에게로 시선을 옮겼다가 다시 박사를 쳐다봤다. "눈과 트라몬타노 바람*이 베네치아를 덮쳐도 두꺼운 옷으로 몸을 꽁꽁 싼 남자 여자들이 오래된 물건들을 가지고 밖으로 나오죠. 수리도 불가능한 탁자, 썩어버린 커튼, 부러진 통굽 구두, 갈라진 나무 국자, 오래된 연애편지 같은 것들이요. 그래도 책을 가지고 나오는 법은 결코 없지만요! 우리는 아무리 다 떨어지고 곰팡이가 피었어도 책을 무척이나 아끼거든요." 이제는 해미시를, 그의 두 눈에 반짝이는 어스름 불빛을 쳐다보는 게 힘들어졌다. "그런 다음 베네치아의 온 캄피(땅)에서, 새로운 것에 자리를 내주기 위해 그 오래된 물건들에 불을 질러요. 그러면 운하가 만들어낸 거울에 불길이 그대로 비치는데, 가끔 날이 궂을 땐 불이 흔들리다 꺼져버리죠. 그래도 장관임에는 틀림없어요. 불꽃이 수면에 비쳐 몇 배가 된 광경은요. 사람들이 환호성을 지르면서 창밖으로 뭔가 집어던질 때도 많아서 머리에 안 맞게 조심해야 하죠."

"아 그래, 나도 기억나는군!" 발디노 박사가 웃음을 터뜨렸다. "벌써 몇 년 됐지만, 살레르노에서 사람들이 자질구레한 것들을

---

* 산에서 불어오는 찬바람.

집어던졌던 게 기억나네. 밤새 별의별 물건이 다 떨어졌지! 한번은 1월 1일에 내 동생 자코모가, 자기가 져놓고 늘 그러듯 내가 속임수를 썼다고 우기면서 고급 카드 한 벌을 창밖으로 던져버렸지 뭔가. 자기가 카드 그림을 보여주면 그걸 내가 오랫동안 명확히 머릿속에 저장해둘 수 있으니까 속임수라나. 테이블에 카드를 죄다 펼쳐놓은 것처럼 기억할 수 있지 않느냐는 거야. 나는 머리끝까지 화가 나서, 카드가 모닥불에 다 타버리기 전에 최대한 여러 장 건지려고 얼른 달려내려갔지."

"그게 박사님이 이 분야에 열정을 갖고 일하시게 된 최초의 계기로군요." 해미시가 농담을 던졌다.

"자네 말이 맞네. 대학에 가느냐, 도박 테이블에 앉느냐, 둘 중 하나였는데 옳은 선택을 내린 것 같네. 안 그런가?"

"하, 내 생각은 다릅니다. 오라치오." 맞은편에 앉은 스페인 신사가 받아쳤다. 자신을 에시하*에 있는 사야스 가문의 멜초르라고 소개한, 고급 올리브오일 거래상이었다. "박사님이 도박 테이블을 택해서 저와 함께 제노바로, 아니면 몬디니 박사님의 행운의 도시 베네치아로 가셨더라면 좋았을 걸 그랬습니다." 그는 미소를 활짝 띠며 내게 고개를 끄덕여 보였다.

나는 맞장구 삼아 못마땅한 척 얼굴을 찌푸려 보였다.

발디노 박사가 대꾸했다. "그랬다면 아흔세 살까지 살지 못했을 거야, 안 그런가, 멜초르? 누군가 내 재능을 시샘해 나를 납치했거나, 아니면 기회를 봐서 일찌감치 내 목을 따버렸겠지. 그래도 오

---

* 스페인 남서부 세비야주 동부의 도시.

늘밤 저녁식사 후 서티원* 한 판 하자면 마다하진 않겠네, 자네가
질 준비가 돼 있다면."

"노인장께 베푸는 셈 치고 한 판 져드리는 것도 좋겠지요." 멜초
르는 이렇게 받아치더니, 가진 패를 어서 보이라는 신호를 흉내내
며 주먹 쥔 손으로 식탁을 똑똑 두드렸다.

"오, 그럼 일흔 살은 뭐 어린 줄 아나?"

"박사님처럼 걸출한 분과 한자리에 있으면요." 장난스럽게 씩
웃는 멜초르의 두 눈이 두툼한 눈꺼풀 주름 사이에서 반짝거렸다.

발디노 박사는 나지막이 껄껄 웃더니, 내게로 다시 시선을 돌리며
말했다. "그럼 음악은 어떤가, 몬디니 박사. 음악 얘기 좀 해보게."

"가끔 파브리아니 가족이—혹시 그 이름 들어보셨나요?—베네
치아 곳곳의 건물 지붕에서 서로에게 노래를 불러서 도시 전체를
화음 내는 악기로 만들지요. 골목과 소리 죽인 운하로 메아리친 그
화음은 열린 문과 창문들을 통해 퍼져나가고, 나중에는 저희 몸까
지 그 울림이 전해진답니다. 유리와 바닷물에 비쳐 촛불은 곱절이
되고, 콘스탄티노폴리스**와 미틸리니***의 향기, 그 튀긴 오징어와
생선요리 냄새⋯⋯ 이런 것들이 전부 음악과 하나로 어우러지곤
했어요. 그럴 때면 저는 하인들, 친구들과 함께 야간 산책을 했지
요. 해가 바뀌는 그 시기에, 불 밝힌 여닫이창과 그 안에 사는 사람
들을 구경하고 각종 악기 소리와 맑은 목소리를 들으면서요."

나는 보이진 않지만 로렌초와 올미나가, 지금 내게 가장 소중한

---

* 받은 카드의 숫자의 합이 31이 되어야 하는 게임.
** 이스탄불의 옛 이름.
*** 그리스 동부 레스보스섬의 중심 도시.

그 두 사람이 떠들썩하고 유쾌하게 대화를 나누고 있는 다른 방 쪽으로 고개를 돌렸다. 로렌초가 웃음을 터뜨리자 식탁 전체가 흔들렸다. 올미나도 따라 웃었고, 아득히 먼 곳에서 잠자리에 든 바다가 진동했다.

"그에 비하면 이든버그는 고요하기 짝이 없는 곳이지요. 안 그렇습니까, 여러분?" 해미시가 말했다. "이 분위기에는 다른 어떤 도시도 어우러지지 못할 거예요. 프로뱅에서 온 여자가 운영하는 디저트 가게만 빼고요. 당신을 거기 데려가야겠어요, 가브리엘라." 그는 잔뜩 기대에 찬 눈으로 나를 쳐다봤다.

그러자 나이든 남자 둘이, 우리가 어떤 사이인지 캐보려는 듯 갑자기 나를 빤히 쳐다봤다. 우정일까, 동료 관계일까, 아니면 그 이상의 무엇일까? 나 자신도 알 수 없었지만 흔들림 없는 목소리로 대답했다. "네, 저도 좋아요. 여기 박사님께 드릴 꿀에 절인 과일이나 피뇰레트*를 사오면 되겠네요."

"듣기 좋은 소리군." 발디노 박사가 한순간 어린아이가 된 것처럼 새된 소리로 외쳤다. 그러더니 한마디했다. "몬디니 박사, 자네가 우리 도서관을 아주 잘 이용하고 있다는 소리가 들리더군. 자네 부친이 쓰기 시작한 방대한 백과사전을 편찬하고 있다고 말이야."

"예, 감사합니다. 대학측이 관대하게 허락해준 덕분이에요. 그리고 제 친구 해미시가 애써준 덕이고요."

"자네가 이곳을 뜨기 전에 그 원고를 조금이라도 읽어볼 수 있기를 바라네만."

---

* 옥수수를 넣은 쿠키.

"그럼요, 약속만 해주신다면야." 내가 놀리듯 말했다. "제 원고를 박사님의 추억 수집품 속에 끼워놓고 박사님 거라고 우기지 않기로 말예요."

"아, 난 더이상 글을 안 쓴다네. 게다가 기억술의 극장은 이제 내게 희미해지기도 했고. 내가 있기를 바라는 곳은 현재의 방뿐이야. 사실 내 컬렉션이 한계에 닿았다고 느낄 때가 많네. 연결고리가 압력을 받다못해 균열될 지경에 이르렀다고 할까. 텅 빈 집에서 깨어나길 바랄 때도 있어."

"그날이 박사님 돌아가시는 날이죠." 멜초르가 껄껄 웃었다. 이런 농담을 아무렇지 않게 나눌 정도로 가까운 친구 사이임이 분명했다.

"하! 아니면 더할 나위 없이 행복한 날이거나." 발디노 박사가 한숨 섞어 대꾸했다.

삶은 연어와 다진 붕장어, 굴, 경단고둥, 클라레 포도주와 계피를 넣고 끓인 홍합, 특별히 준비한 통밀빵, 말린 허브를 넣은 우엉 샐러드를 담은 접시가 차례차례 식탁 위를 채우면서 우리의 대화도 이내 잦아들었다. 이저벨라는 발디노 박사를 위해 따로 으깨거나 아주 작게 조각낸 요리를 내왔다. 내가 보기에는 그녀의 다정하면서도 거리를 두는 태도야말로 완벽한 의사의 매너였다. 저것 봐, 나는 속으로 생각했다. 저 여자에게 재능이 있는데 아무도 모르고 있어. 하지만 다음 순간 나는 발디노 박사는 안다는 걸 깨달았다. 박사가 방에서 나가는 그녀를 숭배에 가까운 표정으로 바라보았던 것이다.

디저트로 생강 쌀 푸딩과 달콤한 맘지 포도주를 먹고 기분좋은 대화를 조금 더 나눈 뒤, 우리는 네 명 모두 그날 밤의 흥겨움에 취해 서로에게 매달려 집으로 걸어갔다. 그러다 잠시 걸음을 멈추고 위를 쳐다보았다. 눈이 그쳐 있었다. 구름이 열리더니 치열하도록 밝게 빛나는 별들로 바글거리는 밤하늘을 한 조각 보여주었다.

2월로 접어들고부터는 일주일에 두세 번만 도서관에 가게 되었다. 고맙게도 해미시와 발디노 박사가 스코틀랜드 여성들을 소개해줘서 일단의 환자를 확보하게 된 것이었다. 나는 생활비를 벌 수 있게 된 것이 기뻤다. 소소하게나마 진료 업무를 재개하게 되었다. 뿐만 아니라 여자들을 만나면서 이곳의 삶을 다른 각도로 바라볼 수도 있게 되었다. 특히 약초 정원을 가꾸는 귀족 가문의 여성이 한 명 있었는데, 비록 지금은 풀들이 휴면중이었지만 약초의 성질에 대해 그녀와 의견을 나눌 수 있어서 반가웠다. 그러나 그 얘기는 아무에게도 하지 않았다. 이 겨울 도시에 심란한 마비를 가져온 마녀사냥 때문에 조심스럽고 두려워서였다. 의술을 추구하면서 괜한 의심을 사고 싶지 않았다.

무엇보다 나는 어머니가 가장 힘들었던 순간 내게 던진 저주의 말들의 기억에 사로잡혀, 내가 행복을 불신하게 됐음을 깨달았다. "네 아버지는 너를 지나치게 예뻐했어. 그래서 떠난 거야!" 혹은 "네 아버지는 너를 질투했어! 근데 이제 그놈의"—여기서 어머니는 말을 쓰디쓰게 뱉어냈다—"『질병백과』를 집필한다는 핑계로 도망가버렸고, 나는 남편 없는 홀몸이 됐어. 넌 네 아버지의 조수 노릇이나 했어야지, 동료가 돼서는 안 되는 거였어." 이렇게 떨어져 있는 지금에야 어머니를 그런 식으로 떠나지 않았더라면 좋았을 거라는 후회가 들었다. 하지만 그때는 너무 충격받고 상처받았었다. 달리 어떻게 할 수 있었을까? 어쩌면 이렇게 말할 수도 있었으리라. 어머니가 남편 없는 몸이 돼서 저도 속상해요. 어머니는 그 웅장하고 화려한 섬이라는 감옥에서 구시대적 기대치로 인해 궁지에 몰린 입장이었다. 어머니는 혼자였다. 당시에는 그 점에 대해 별로 깊이 생각하지 않았다. 그래서 나도 모르게 어머니의 외로움을 부추기고 말았다.

그렇다 해도, 도서관에서 해부학과 천문학, 철학에 관한 희귀 서적들, 시간에 관한 경이로운 책들, 수많은 약학 서적을 열정적으로 탐독하고 있는 이 2월의 끝자락에 문득 되살아난 그 말들은 새삼 내 마음을 쓰리게 했다. 다른 의사들이 나를 얼마나 열성적인 사람으로 봤을까. 그러나 글자가 종이 위에서 벌레처럼 꿈틀거릴 때까지 같은 구절을 읽고 또 읽은 순간도 많았다. 어쩌면 테오도루스 프리스키아누스*가 번뇌에 시달릴 때 효과 있다고 한 치료법이 내게 필요한 건지도 몰랐다. "머리 위에 자철석을 드리우고 있으면 보이지 않는 통증을 끄집어낼 수 있고, 식초에 꼼꼼히 버무린 참새 둥지를 이마에 문질러도 같은 효과를 얻을 수 있다."

통증을 끄집어내다. 나는 내가 아버지를 향해 이끌려간 만큼 베네치아에서 도망치듯 나오기도 했다는 사실을 인정하게 되었다. 그동안 가는 도시마다 대단한 목적이 있는 사람처럼 나를 소개해왔다. 아버지의 행방을 알아내기 위해 발자취를 좇고 있다고. 혹시 나는 기술의 폭은 아버지만큼 갖추지도 못했으면서 의술에서 아버

---

*4세기 콘스탄티노폴리스의 의학자.

지를 능가하고 싶어하는 걸까? 아버지 없이 나는 그저 사기꾼에 불과한가? 아니다. 경험은 비교적 부족하지만 아버지가 미처 갖추지 못한 관찰력과 직감이 내게는 있었다.

이곳 대학에서 나는 반질반질하고 기다란 책상과 교단, 안락의자 그리고 파도바의 도서관을 연상시키는 긴 의자에 위로받는 한낱 그림자로 지냈다. 아버지의 안식처였던 이곳이 모든 일의 시발점이었다. 어쩌면 아버지를 진실로 알게 되는 길은 오직 단어와 그 단어들의 소진된 열정을 통하는 것뿐인지도 몰랐다. 책을 책 자체로, 양피지와 종이의 냄새, 그 낱장에 어린 흔치 않은 위엄을 있는 그대로 사랑하라고 가르쳐준 것이 아버지였으니 말이다. 자, 이 경이로운 책 보이니? 양 백여든두 마리의 가죽이 들어갔단다! 한번은 아버지가 기계로 찍어낸 가죽 양장을 손으로 탕 내리치며 이렇게 선언한 적도 있었다. 책은 양털 한 뭉치이고, 보석이고, 묘지이고, 등불이고, 정원이고, 요강이야! 귀한 광물과 타버린 뼈, 등유 그을음, 진귀한 풀과 곤충을 갈아 만든 안료, 소변 위에 매단 동판에 생긴 녹에서 채취한 안료라고.

어느 날 오후 주옥 같은 기도서 한 권을 펼쳐 들고 때때로 한참을 들여다보던 페이지를 또 한번 읽고 있는데, 해미시가 불쑥 나타났다. 광야의 산제로니모*, 그가 병자와 불구자를 위해 편찬했다는 성가들이 실린 페이지였다. "당신이 걱정됐어요." 해미시는 내 왼쪽 어깨를 살짝 쥐었다. "아버지의 그림자가 딸에게도 덮친 게 아

---

* 광야에 나가 돌로 자신의 가슴을 치며 고행했다는 일화 때문에 '광야의 성 히에로니무스'로 불리는 가톨릭 성인. 그리스어 번역본인 70인 역 성경을 히브리어 원문과 대조해가며 라틴어 역본인 『불가타 성경』으로 번역한 업적으로 유명하다.

닐까 해서요. 일주일 전에 같이 산책 가자고 청하는 쪽지를 보냈는데, 답장이 없었잖아요."

그의 손이 내 망토와 스웨터, 리넨 블라우스로 이루어진 몇 겹의 천을 살며시 눌렀다. 보온용으로 데운 벽돌에 닿으면 그러듯 그의 손이 얹힌 내 어깨에서 온기가 올라왔다. 도서관에는 우리 말고 아무도 없었고, 어두운 판벽이 나무상자의 사면처럼 점점 더 좁혀오는 것 같았다. 귀한 장서들마저 고개를 끄덕이며 가까이 다가와 우리가 하는 말을 엿들으려 공모를 꾸미는 듯했다.

긴 의자에서 돌아앉자 수염 속에서 위로 곡선을 그리는 그의 입술만 시야에 들어왔고, 다음 순간 그 입술의 촉촉함이 내 이마에, 다음엔 내 입술에 닿는 게 느껴졌다. 그가 옆자리에 주저앉으며 내 보디스를 서툴게 더듬었다.

나는 두 손으로 해미시의 얼굴을 감쌌다. 그의 파란 눈을 들여다보았다. 하도 찬찬히 얼굴을 살펴봐서, 당장 그를 그릴 수도 있을 것 같았다. 빛을 받은 성인聖人의 살갗처럼 분홍색으로 빛나는 그의 피부, 벌어진 셔츠 안, 셔츠 끈이 아무렇게나 달랑거리는 가슴팍의 진홍색 홍조, 연한 사프란색 머리칼. 나는 그의 가슴팍에 귀를 댔고, 그는 나를 꼭 안았다. 그가 연주하는 음악을 알고 싶었다. 류트와 공명상자, 기러기발 달린 갈비뼈 모두.

어떤 여자들은 사랑을 고조되는 것이라 여기지만, 나는 늘 사랑을 나 자신 또는 사랑하는 사람을 잃을 수도 있는 하락으로 생각해 왔다. 달콤함 그리고 그다음에 오는, 원래의 고독보다 훨씬 극심한 단절. 그래서 나는 환희를 겁냈다. 그런데도 그곳 도서관에서 해미시와 나는 육체의 눈부신 사다리를 올라갔다. 그것이 하늘이며 우

리가 천지를 울리며 치솟는, 결코 땅으로 곤두박질치지 않을 새떼
인 것처럼.

17장
슬픔은 물러가라

올미나가 내 바로 앞에 철퍼덕 앉았다. "하루종일 방안을 왔다 갔다할 거면, 좀 움직일 겸 저랑 같이 시장에나 다녀옵시다." 그러면서 바구니 하나를 내게 불쑥 안겼다.

나는 고개를 저었다. "뼛속까지 시릴 저 진창으로는 안 나갈 거야. 비가 그치기는 하는 거야? 오, 올미나, 어쩌면 좋을지 모르겠어!" 내가 푹 주저앉자 난롯불 앞 의자 위에서 치맛자락이 풍선처럼 부풀어올랐다.

맞은편 의자에서 나무를 깎던 로렌초가 끙 소리를 냈다.

올미나가 한숨을 내쉬었다. "한 가지만 말할게요. 신년 만찬에서 이저벨라가 해준 얘긴데…… '이 말이 도움이 될진 모르겠지만, 주인 아가씨께 전해주세요. 아가씨 부친께서 이든버그를 떠나시기 전에 사막에서 위석을 찾아내야 한다고 말씀하셨다고.'"

나는 얼이 빠져 그 말을 되뇌었다. "올미나, 왜 그걸 두 달이나 기다렸다 말하는 거야? 내가 여정에서 좀 이탈하긴 했지만, 이저벨라가 그렇게 말했다면……"

"오, 시뇨리나, 이런 말씀 드려서 죄송하지만, 이저벨라가 한 말은 아무 의미도 없어요! 그 여자는 주인님을 '돌덩이만 찾으면 마음의 평화를 찾을 수 있다고 믿는, 정신이 둘로 쪼개져 도망 나갔다가 되돌아오곤 하는 사람'이라고도 했다고요! 우리가 여기서 어디론가 갈 거라면, 집으로 가는 게 제일 나아요."

"아버지가 서신을 주고받은 의사 선생님 한 분이 몽펠리에 계셔. 돌의 상성과 삭일 수 없는 슬픔에 대해 누구보다 잘 아는 분이래. 그분께 편지를 써야겠어. 아니면 우리가 거기로 가보든가……"

올미나가 내 손을 잡고 말했다. "여기 머물면서 작은 행복을 찾고 싶지는 않아요? 그 해미시라는 분이 제 취향에는 지나치게 잘생기긴 했지만, 꼭 아가씨를 집어삼키려는 것처럼 보더라고요. 북쪽 사람들 중에 그 정도의 욕망과 열애에 빠지는 사람은 많지 않아요."

열애. 얻을 수 없는 것처럼 들렸다. 그날 오후 도서관의 기억이 나를 향해 몰려오는 뇌우처럼, 아득하면서 동시에 아주 가까이 내 안에서 타닥거렸다. 나는 귀가 멀고 말을 잃었다. 그 일이 있은 후 해미시가 나를 찾아왔는데, 우리는 정신이 멍해져 그 얘기를 입에 올리지도 못했다. 하지만 그 일이 우리를 뜨겁게 지져 하나로 만들어준 건 알았다. 우리는 서로를 갈망했다. 그러나 이런 상황에서 어떻게 삶을 일군단 말인가? 어머니와 아버지도 이런 식으로 서로를 알았을까? 만일 그랬다면, 그후 두 사람이 함께한 삶은 적대감과 잃은 것에 대한 기나긴 애도의 삶이었을까?

열애는 어떻게 하게 되는 건지 궁금했다. 뜨거운 사랑의 감정.

습관과 기도, 서로에 대한 관찰. 마우로가 떠올랐다. 한 사람만 만지고 한 사람에게만 관심을 주는 게 다 무슨 소용이란 말인가? 그 사람은 죽었는데. 슬픔으로 침잠한 내게 좀처럼 다른 길은 보이지 않았다. 가장 단순한 용기마저 내게는 없다고 시인할 생각은 없었다. 대신에 나는 습관대로 다른 형태의 대범함(또다시 앞뒤 안 가리고 여행에 나서는 것)에 뛰어들었다. 두 주 후 몽펠리에로 떠나기로 한 것이다. 해미시에게 말은 안 했지만, 대신 아버지의 행방을 알아낼 새로운 단서인 위석에 대한 이야기를 들었다며 해명하는 작별 편지를 남겼다. 이 진실 속에서 그는 빤한 거짓을 감지한 것이 분명했다. 내가 편지에 쓴 말을 받아들이지 않은 걸 보면.

우리는 아침의 회색빛 불확실 속에, 워터오브리스를 서쪽에 두고 길을 떠났다. 갈까마귀나 홍방울새 무리는 안 보였다. 단단한 떡갈나무에 앉아 쉬고 있는 게 분명했다. 아니면, 최소한 그것이 내가 보고 싶은 녀석들의 모습이었다. 게르타가 준 도토리가 주머니 안에서 내 다리를 누르는 게 느껴졌다. 울퉁불퉁한 묵주라도 되는 양 그걸 만지작거렸다. 타로카드도 그 주머니에 들어 있었다. 내가 옳게 가고 있는 걸까? 나는 자신에게 물었다. 돌아가야 하나?
우리는 거의 말을 나누지 않으면서 서남쪽으로 하나, 뒤에 또 하나 이어지는 구불구불한 하천 계곡을 따라 이동했다. 3월 초인데도 대부분의 구릉은 아직 나방이 같은 갈색이었다. 나무들이 줄곧 말없는 목격자가 되어주었다. 얻어맞는 것 같은 혹한에 나와 돌아다닐 사람은 사과주나 에일에 빠진 멍청이들밖에 없었기 때문이다. 나는 바보일까, 아니면 미친 여자일까?

떳장을 얹은 지붕과 문이래봤자 짐승 가죽 달아놓은 게 전부인 흙집에서 잠을 자가며 진창과 참담한 날씨를 뚫고 꾸역꾸역 이동한 지 일주일여 만에 우리는 코커머스*에서 멀지 않은 더웬트강 근처에서 멈췄다. 어느 남작의 집이라는 파란 석조 저택에 묵으며 한두 주 쉬면서 원기를 회복할 계획이었다. 혼자서 마을로 들어가다가 우리와 마주친 한 농부가 추천해준 집이었다.

그 집 안주인은 우리가 묵어가는 것을 무척이나 반겼다. 여행자를 많이 받는 철이 아니었기 때문이다. 집안 남자들은 전부 남작과 함께 사냥을 나갔고, 여자들은 석조 저택을 이루는 여러 건물에 흩어져 있었다. 주로 글을 쓰며 시간을 보내는 나를 안주인은 눈치껏 내버려뒀지만, 기운 나게 해주겠다며 향 짙은 헤더 꽃이라든가 쪼개진 야생 조류 알 조각 따위를 내 방에 올려보내기도 했다. 그녀는 남작을 만나러 롱 메그 앤드 허 도터스**, 아니면 남쪽으로 더 가면 나오는 검은 호수 와스트 워터***로 가서 하루이틀 묵고 오자고 자꾸 졸랐지만 나는 번번이 초대를 거절했다. 그녀의 삶은 내가 갈수도 있었던 다른 길, 여자와 남편 사이에 심오하고 다양한 음악이 흐르는 삶을 상상해보기를 종용했다. 해미시와 나눴던 대화가, 그의 달뜬 몸이 떠올랐고, 내가 붙잡지 못한 모든 것이 후회됐다.

반대로 로렌초와 올미나는 잡일과 노래, 별별 놀이로 꽤 즐거운 시간을 보냈다. 둘은 수요일과 토요일 오전이면 시장에 나가 필요한 물건을 샀고, 온 주민이 아침낮밤 할 것 없이 마셔대는 것 같은

---

* 잉글랜드 북서부에 위치한, 현재 컴브리아 카운티에 있는 마을.
** 노스웨스트 잉글랜드에 있는 스톤 서클.
*** 컴브리아 카운티 레이크디스트릭트국립공원 서쪽 워즈데일에 있는 빙하호.

에일을 맛봤다. 그러는 동안 나는 돌덩이처럼 흐리멍덩해져서 무겁고 피곤한 기분으로 집에 남아 있었다. 그러면서도 글은 썼다.

라 노제 드 플뢰르*
식욕이 떨어지고 집에서 가장 어두운 벽장에
처박히게 만드는 봄철 질환

매년 봄이 향기와 색깔로 세상을 활짝 열어젖히는 시기가 되면, 많은 불운한 이들이 이 병을 앓는다. 파종기가 그들을 잡아끄는데도 그들은 아직 겨울에 붙들려 있다. 한번은 어머니에게서 내겐 기억도 거의 없는 타데아 이모 이야기를 들었는데, 그 이모가 해마다 '라 노제 드 플뢰르'를 앓았다고 한다. 온몸이 봄을 거부할 때면 이모는 제본소 일을 계속할 수 없었다. 길드에서 이모의 병증이 지속되는 동안 창을 닫은 침실에서 남편의 작업을 도와도 된다는 허락이 내려졌다. 타데아 이모는 어둠 속에서 조수들을 지휘했고, 조수들은 이모가 작업하는 데 필요한 판자와 지압기紙壓機, 이런저런 종이와 풀, 붓과 쬠쇠 등을 가져왔다. 이모가 꽃무늬 도안은 쳐다보지도 못해서, 조수들은 장미꽃 무늬나 삼엽형 문양, 백합 혹은 나뭇잎 문양으로 꾸민 종이로 작업하는 것을 피했다. 타데아 이모는 촛불만 어슴푸레 밝힌 방에서 시각보다는 촉각에 의존해 일했다. 조수들이나 집안 여자들이 이모 방에 찾아가거나 음식을 갖다줄 때 자기 몸에 발랐던 향을 문질

---

* 꽃으로 인한 메스꺼움.

러 지우는 것만 잊지 않으면 모든 것은 순조롭게 흘러갔다. 이모는 그들이 다가오면 얼굴을 찡그리고 마른기침을 하면서, 향이 여자들에게 더 잘 묻는다고, 하나의 교감적 성질의 기체는 다른 기체와 쉽게 섞여든다고 불평했다. 개양귀비와 재스민, 오렌지 꽃, 그 외 온갖 종류의 야생화를 이모는 하나같이 못 견뎌했다.

어느 날 에밀리라는 젊은 스코틀랜드 여인을 진찰하기 전까지 나는 이모의 병을 이해하지 못했다. 에밀리는 들판에서 수선화 한 무더기를 본 이후로 자리에 누워 식음을 전폐하게 되었다. 나는 그녀의 방에 들어갔다가 침대에 제비꽃 잔무늬가 들어간 얇은 캐노피가 드리워진 걸 보고 당장 캐노피를 치우라고 지시했다. 에밀리가 입고 있는 노란 앵초를 수놓은 잠옷 가운도 마찬가지였다. 에밀리는 눈에 띄게 호전됐지만, 여전히 창가로 가기만 하면 수선화 향을 알아챘다. 우연히 그 꽃을 슬쩍 보기만 해도 며칠이고 힘들어했다. "꽃이 이렇게 치명적인데 아무도 그걸 모르네요." 에밀리가 어쩔 줄 몰라하며 속삭였다. "꽃들이 자기 안에 품은 독으로 사람을 끌어들이는데 말이에요."

나는 최대한 에밀리를 진정시킨 뒤 제비꽃과 찔레꽃, 용담, 심지어 꽃잎을 전부 뜯어낸 수선화로 간단한 죽을 끓여 먹이는 요법을 시도했다. 동종은 동종이 치료하기 마련. 부지불식간에 꽃에게 치료받는 것이다. 식솔들에게는 실제로 죽에 무엇이 들어갔는지 절대 발설하지 말라는 엄격한 함구령을 내렸다. 아주 조금씩 에밀리는 회복했고, 핏기 없던 얼굴이 점차 혈색을 되찾더니 팔다리에도 힘이 생겼다. 에밀리가 민들레를 찾고 덧창을 활짝 여는 걸 보고 우리는 그녀가 다 나은 걸 알았다.

봄이 왔고, 어느 일요일 오후 로렌초와 올미나가 다 같이 마을 장터에 가자고 졸랐다. 나는 같이 가긴 했지만, 두 사람이 마을 광장에서 손풍금과 백파이프, 테이버* 연주에 맞춰 춤을 추는데도 둔탁한 곤봉에 얻어맞은 듯한 기분만 들었다. 살갗이 아려왔다. 로렌초와 올미나는 프리울리 민속춤을 신나게 선보여 잉글랜드 주민들을 흥겹게 해주었다. 로렌초는 팔다리가 길쭉한 메뚜기처럼 뒤꿈치를 차올렸고 올미나는 팽이처럼 뱅글뱅글 돌았다. 이에 질세라 잉글랜드 주민들도 홉, 프리스크, 립 동작을 선보이며 손에 손을 맞잡고 둥글게 원을 만들었다.

"시뇨리나, 이리 와서 같이 춰요!" 올미나가 나를 구슬렸다. "아가씨는 워낙 대단한 춤꾼이라 콘트라파소**도 보여줄 수 있잖아요!"

그러면서 올미나는 내 손을 잡고 조금 끌어당겼다.

나는 고개를 저으면서 어느 마음씨 고운 늙은 행상이 갖다준 나무의자에 앉았다. "지금은 발이 너무 무거워서 그냥 구경만 할게." 올미나를 달래느라 그렇게 말했지만, 촌사람들 사이에 섞여 있는 내 어정쩡한 입장도 의식이 됐다. 그들에게 구경거리나 놀림거리가 되고 싶지 않았다.

광장 서쪽 가장자리에 늘어선 식품 가판대 중 제일 끝자리를 차지한 치즈 매대 옆에 앉아 있는데, 따뜻해지고 있는 들판의 첫 향기를 싣고 온 산들바람에 매대의 조악한 차양이 요동을 쳤다. 행상

---

* 영국의 민속 타악기로, 납작한 작은 북.
** 16세기 이탈리아에서 유행한, 남녀가 세 명씩 마주보고 추는 춤.

은 자기 물건을 사라고 외쳐댔고, 그중 몇 덩어리를 마치 더 숙성
되라고 재촉하듯 뭉툭한 손으로 주무르기까지 했다.

　로렌초가 독주 한 잔을 가져와 내 흥을 돋우려 했다. "드세요,
우리 도토레사. 약입니다! 근심은 날려버리고 같이 춤출 시간이에
요!" 그는 싸구려 에일을 들이켜서 벌겋게 충혈된 눈으로 외쳤다.

　"로렌초가 상처를 봉합하는 날 나도 술 마시고 춤추겠어!"

　"이리 와." 올미나가 로렌초의 팔을 잡아끌었다. "아가씨한테
너무 스스럼없이 굴지 마."

　민망해진 로렌초는 모직 모자를 벗고 허리를 깊이 숙였다. "나
쁜 뜻은 없었습니다, 시뇨리나." 그런데 너무 깊이 숙이는 바람에
그만 고꾸라지고 말았고, 결국 광장 모래 바닥에 철퍽 입을 맞춰
나를 포함해 그 광경을 지켜본 모든 이에게 즐거움을 안겨줬다.

　"오, 로렌초, 나 화 안 났어." 누운 채로 눈을 가늘게 뜨고 나를
올려다보는 로렌초의 시무룩한 얼굴에 나는 미소를 지어 보였다.
"그냥 이제는 춤을 못 추겠어." 그 말을 뱉은 순간, 갑자기 나이가
들어버린 기분이 들었다.

　바로 그때 어릿광대가 끝에 종이 주렁주렁 달린, 축 늘어져 질
질 끌리는 부풀린 소매를 덜렁거리며 과장된 몸짓으로 다가왔다.
신발이나 바지는 어디에 갖다 버렸는지 구멍투성이 스타킹만 신
고 있었고, 상의도 왼쪽은 적갈색, 오른쪽은 흰색 두 가지 색깔로
나뉜 다 해진 튜닉 차림이었다. 모자는 한쪽으로 치우쳐 축 늘어졌
고, 모자에 달린 팔락거리는 뿔 세 개에도 종이 달려 있었다. 어릿
광대는 허리에 손을 짚고 대담한 눈초리로 나를 훑더니, 로렌초를
향해 인상을 써 보였다.

"귀한 집 아가씨를 이렇게 대접하면 쓰나. 발치에 엎어지지 말라고, 이 친구야. 손등에 입을 맞춰야지, 그래야 좋아한다니까!"

그가 내게 다가오자 올미나가 그의 정강이를 시원하게 걷어찼다.

"아아아아, 아아아아!" 어릿광대는 한껏 아픈 티를 내면서 다리를 부여잡고 아기처럼 자지러지게 울었다. 모여든 군중이 손뼉을 치며 웃어댔고, 백파이프 연주자는 박자를 빨리했다. 이제 광대는 한 발로 깡충거리며 춤추는 무리의 한가운데로 뛰어갔다. 그리고 거기서 붙잡았던 다리를 놓고는, 여자 옷을 입은 채 모리스 춤을 추는 사람을 붙들었다. 무릎에 달린 종을 짤랑거리면서 커다란 파딩게일을 풍만한 엉덩이인 척 흔들고 있던 남자였다. 불행히도 그의 옷에 쑤셔넣은 가슴 한쪽이 떨어졌고, 광대가 재빨리 도와줘 그걸 도로 집어넣긴 했지만, 바로 그 순간 이 가짜 아가씨는 시원하게 방귀를 뀌어버렸다. 근처에서 춤추던 사람들이 야유를 하고 신음을 흘리며 가짜 아가씨에게서 멀찍이 떨어졌다.

그 지독한 냄새가 내가 앉아 있는 곳까지 날아왔다. 아니면 다른 술꾼들이 풍기는 악취인지도 몰랐다. 길가의 포플러나무 아래에서 토하거나 소변을 보는 술꾼들이 하도 많았기 때문이다. 나도 이탈리아 지방에서 열리는 시골 잔치에 (그리고 궁정 축제에) 몇 번 가봐서 아는데, 그런 곳에서는 춤추고 술 마시고 몸의 온갖 구멍으로 뿜어대는 것이 곧 즐기는 것이었다.

로렌초가 씩 웃으며 간신히 일어나 앉았고, 올미나의 부축을 받으며 마저 일어났다.

그러면 안 좋을 걸 알면서도 나는 로렌초가 내 옆 등받이 없는 의자에 내려놓은 독주를 한 모금 마셨다. 그 정도면 같이 흥에 취하기에 충분했다. 나는 선술집 너머 저쪽에서 아이들이 옹기종기 모여 장님놀이, 등 짚고 뛰어넘기, 볼스* 놀이를 하는 모습을 바라보았다. 작은 통에 담은 에일과 아이비 맥주**가 넘쳐흘러 땅을 적셨다. 식탁 위의 프레즐과 염소고기파이에서 김이 피어올랐다. 짐마차꾼의 빵과 버터. 아마도 질긴 양고기일, 소스에 푹 젖은 고깃덩어리가 든 냄새 고약한 죽.

내가 아몬드를 좋아하는 걸 알고서 올미나가 마지팬*** 한 판에서 제일 맛있어 보이는 조각을 건넸고, 그걸 조금씩 베어물자 달콤한 음식에 대한 입맛이 되살아났다. 링어로지스****, 재주넘기, 굴렁쇠놀이. 아이들은 부모가 머리를 잡아당겨도, 국자나 손바닥으로 찰싹 때려도 개의치 않았다. 잔칫날이니까!

촌뜨기 사내들이 죽마에 올라타고 돌아다니며 괴성을 질러댔고, 몇 명은 죽마로 치마를 들추었고, 어떤 이들은 그저 아이들을 웃기려고 맥줏집으로 성큼성큼 걸어가 일부러 문 대들보에 이마를 찧기도 했다. 정신을 차려보니 나도 따라서 웃고 있었고, 다음 순간 손에 빈 잔을 쥐고서 소리 없이 울고 있었다. 올미나와 로렌초는 어디 갔는지 보이지 않았다. 민망해져서 혼자 조용히 빠져나와 숙소로 돌아가기로 했다. 마을에서 그리 멀지 않았으니까. 그런 생각으로 일어서는데, 머리 허연 행상이 다가와 작은 치즈 덩어리를 내 주머니에 슬쩍 넣었다. 내가 치마에 매단 주머니에 든 돈을 손바닥에

---

* '잭'이라는 조그만 공에 누가 더 가깝게 공을 굴려 놓는지 겨루는 게임.
** 덩굴광대수염이라고도 하는 꿀풀과의 글레코마로 향을 낸 맥주.
*** 아몬드 가루와 설탕, 달걀을 주재료로 만든 과자.
**** 손잡고 노래하며 둥글게 돌다가 노래가 끝나면 주저앉는 놀이.

탈탈 털어놓고 거기서 동전을 고르느라 허둥지둥하자, 행상은 작은 동전 한 닢(내가 보기엔 치즈값으로 한참 모자랐다)을 집어가고는 한사코 더 받기를 거부했다. 그러더니 나를 꼭 끌어안았다. "그래, 귀한 집 아가씨도 이런 인생에서는 눈물 흘리기 마련인 거지요?"

"어쩔 수가 없나봐요. 치즈 고맙습니다, 할머니."

"오, 난 이제 할머니가 아니라오. 이 년 전에 선페스트로 다 잃었거든." 행상은 손자들이 꼭 거기에 서 있는 것처럼, 새순이 돋아난 나무들을 아득하게 바라봤다.

이번에는 내가 그녀를 안아주었다.

저택으로 돌아오는 길 중간에, 비틀린 떡갈나무 근처에 모여 있던 사내 몇 명이 나를 향해 음흉한 표정을 지었다. 나는 걸음을 재촉했다. 초록색 옷을 걸친 건달이 내게 소박한 꽃다발을 건넸고, 나는 그의 기분이 상할까봐 일단 받았다가 나중에 덤불에 던져버렸다. 꼭 누가 늑대 흉내를 내며 쫓아오는 것처럼, 간간이 뒤에서 쿵쿵대는 소리가 들렸다. 따라오는 놈을 대면하려고 언덕 꼭대기에서 뒤로 홱 돌았는데 내 앞에 아까의 그 어릿광대가 서 있었다. 그가 곧장 허리를 푹 숙이며 말했다. "걱정이 돼서 그래요, 아가씨." 그의 옆에는 주름 칼라를 목에 두른 통통하고 몸집 작은 돼지 한 마리도 있었다. 돼지가 내게 다가오더니 꿀꿀거렸다. 광대가 긴 대퇴골처럼 생긴 지팡이를 땅바닥에 세 번 굴렀다. "아가씨를 슬프게 한 것들은 썩 물러가라!" 그러더니 돌아서서 휙 재주를 넘고는 춤판이 벌어진 곳으로 돌아갔고, 돼지도 제 몸이 허락하는 한 잽싸게 따라서 달려갔다.

만약 아버지가 돌아가신 거라면, 찾아갈 무덤이라도 있었을 터였다. 내가 유령을 믿는 사람이라면 아버지의 유령이라도 만났으면 했다. 벌써 팔 개월째 여행중이건만, 내가 품었던 의문들의 답에 조금도 가까이 가지 못했다. 나는 아버지가 없었던 장소를 하나둘 지워나갔다. 그래도 이제 내게는 아버지의 안경과 신발이 있었고, 이든버그에서 정신 나간 채 돌아다녔다는 남자의 목격담이 있었다. 어쩌면 정신이 나간 건 내가 아닐까? 휴식은 취할 만큼 취했다. 나는 아버지의 편지 중 세 통의 발신지인 몽펠리에를 향해 발길을 재촉하기에 앞서, 마음의 위안을 얻으려고 원고를 펼쳤다. 원고를 꺼낼 때마다 마음의 평정이 돌아왔다. 글과 분류에서 나는 앞으로 나아갈 목적을 발견했다.

포르피리아
궤양이 생기고 몸에 짐승 털이 나게 하는
빛 혐오증

루카*에 사는 이르미나는 아주 어렸을 때부터 태양과 달, 심지어 은은한 촛불에도 얼굴을 찡그렸다. 얼굴과 몸에 곱슬곱슬한 털이 어찌나 빽빽하게 자랐던지, 멀리서 이르미나를 보고 유랑 서커스단에서 탈출한, 무대의상을 입은 작은 곰으로 오인하는 일도 종종 있었다. 이르미나의 어머니는 불쌍하게도 단단히 겁에 질려 가족의 친구인, 내 아버지의 사촌 시뇨르 조반니 알바

---

* 이탈리아 중부의 도시.

니에게 의사를 소개해달라고 간곡히 부탁했다. 나는 아버지를 따라 루카로 가서 이 젊은 여인을 만나보았다. 이르미나는 어머니의 나무 벽장 안에 웅크리고 숨어 있었다. 그녀가 제 몸을 감싼 가죽 너머로 우리와 이야기하는데, 나는 그녀가 고독에 목마른 은자라는 인상을 받았다. 이르미나는 짧게 말을 끊어가며 속삭였다. "사람들한테서 떨어지고 싶어요!" 어느 날 아침에 본 사슴 한 마리가 떠올랐다. 녀석은 덤불 속에 숨어서 온 신경을 내게 집중했는데, 그 순간의 정적은 풍경 속에서 어떤 은신처로 연결된 입구 같았다.

이르미나의 털은 바위를 만나면 굽이져 흐르면서 콸콸 쏟아져내리다가 그녀의 헐렁한 슈미즈 윗자락에 닿는 갈색 물과도 같았다. 나는 환자의 신뢰를 얻으려고 털을 빗어줘도 되겠느냐고 물었고, 그녀는 고개를 끄덕였다. 내가 조심조심 빗을 놀리며 털을 빗겨주자 그녀는 스르르 눈을 감았다. 그러다 가르릉거리기라도 하는 줄 알았다. 한동안 그러고 있는데 아버지가 원래의 방문 목적을 상기시켰다. 아버지는 환자의 소변과 타액을 조사하는 게 좋겠다고 권유했고, 그런 뒤 치료법을 제시하겠다고 했다. 나는 환자의 어깨인 듯한 부위를 살짝 만지면서, 우리는 그저 도와주고 싶을 뿐이라고 했다. 환자는 내 손에서 떨어지며 흠칫 움츠러들더니 자기를 동굴로 데려다달라고 사정했다. 치맛단 밑으로 빼꼼 나온 발 윗부분의 더 짙고 뻣뻣한 털 위에 불룩 얹혀 있는 빨간 슬리퍼의 발가락 부분 옆에, 가죽 장정한 조그마한 시편이 놓여 있었다.

새하얀 수도복 위에 검은 망토를 두른 시에나의 성녀 카타리나가 병든 자와 미친 자들이 침대에 누워 신음하는 산타마리아 델라 스칼라 병원의 병실 밑 지하 석조 예배당에서 한밤중에 기도를 드리는 장면이 떠올랐다. 온종일 부상자와 괴저 환자, 겉으로 보이지 않는 화농 부위를 치료한 뒤, 어두컴컴한 그곳에서 그녀는 수난의 구세주 앞에 무릎 꿇고 어떻게 버텼을까? 나도 창문 없는 동굴에 불과한 그 기도실에 한 번 가본 적이 있었다. 뜻밖에도 그곳의 어스름이 마치 심장을 어루만지는 손길처럼 느껴졌다. 방에는 초 한 대와 기도대, 예수그리스도의 그림과 자기 머리칼로 완전히 뒤덮인 막달레나의 그림이 한 점씩 있었다. 그러나 무엇보다 묘하게 내 마음을 가볍게 해준 건 돌에서 느껴지는 피할 수 없는 운명의 냄새였다. 사람은 무덤에 들어가면 의심에서 벗어난다. 여기서 성녀 카타리나는 휴식과 고요를 얻었고, 고통의 소리로부터 벗어났으며, 받아들여졌다.

아버지는 이르미나의 소변을 조사하고 행복을 품을 수 없는 체액이라고 진단한 뒤, 이번에는 침 샘플을 요청했다. 침을 보더니 아버지는 고개를 절레절레 저었다. "여기 보이는 아홉 가지 실망은 부친의 가계에서 유래하는구나. 사랑과 야망, 미모에 대한 불만족, 꿈과 기지와 친구의 부재, 용기와 끈기와 활기의 결핍이 그것이지. 우리는 이 환자를 치료해줄 수 없겠다, 애야. 의술을 펼치면서 배워야 할 가장 중요한 것 중 하나가 바로 신의 퍼즐, 혹은 누군가의 표현에 따르면 악마의 매듭을 알아차리는 거란다. 신이 여기 야수의 어둠을 사랑하는 사람을 만들어놨구나. 우리는 치료할 수 없어."

아버지가 이런 식으로 얘기할 때마다 나는 항상 마음이 불편했고, 의사 길드 운영위원회의 귀에 들어갈까 조마조마했다. 그런데 동시에 아버지 안에서, 덜컹대며 돌아가는 나무 바퀴처럼 지혜가 돌아가는 것이 느껴지기도 했다. 이 바퀴는 술술 돌아가긴 했지만, 언제든 테가 부러지면서 우리를 어정쩡한 상태로 버려둘 것만 같았다. 우리는 환자의 부모를 위로했고, 사정이 괜찮은 집안이었기에 아버지는 동굴이 많기로 유명한 바뇨레조* 근처에 땅을 사라고 권했다. 환자의 부친은 우리의 제안에 기분이 몹시 상해 고함을 쳤다. "내 딸은 이 집을 절대 안 떠날 거요, 알겠소? 치료도 못할 거면 우리를 내버려두라고! 사기꾼들 같으니!" 모친은 조용히 눈물만 흘렸다. 나는 떠나면서 창가의 이르미나를 흘끔 돌아봤다. 창틀에 닿은 커튼 같은 머리칼이 양쪽으로 갈라져 있었고, 그 창틀에 얹은 노란 소매 속의 손은 레이스 소맷동 바깥으로 살짝 나온, 꼭 쥔 앞발 같았다.

---

* 현 이탈리아 중부의 라치오주 비테르보에 있는 마을.

18장
세상이 느리게 느껴지는 진액

몽펠리에에 도착하기 전날 밤, 나는 속으로 간청하면서 이 편지를 펼쳤다. 단서를 주세요, 새로운 방향을 제시해주세요, 아버지.

소중한 가브리엘라,
제지업자 친구가 몽펠리에를 떠나는 바람에 이제 나는 거의 혼자 지내고 있다. 교수들도 대부분 가르칠 학생을 찾아 이 도시를 떠났단다. 보름달이 기울어 내가 조금 나아지면(한동안 방에 틀어박혀 내 안의 비통함과 병을, 그리고 한 가지에 전념하는 의지를 상실한 것을 분통해하고 있었거든), 나도 여기 바다보다 훨씬 유익하다고들 하는 산으로 떠날까 한다. 부디 바라건대 등산이 내게 유익했으면 한다. 이제 고독한 삶에 대한 욕망을 실행에 옮겨볼 기회가 왔는데도, 텅 빈 내 방에 혼자 있을 때 머릿속에 떠오르는 거라곤 이 집 안주인이 하루 한 번 갖다주는 갓 구운 빵 한 덩이와 가염 버터, 포도주뿐이구나. 상상해보렴! 천사들이 우르르 나타나 주길 바란 건 아니지만, 우울증에 대한 통찰을 어느 정도는 얻기를 내심 바랐는데. 편지를 차곡차곡 접듯 고통을 하루에 접어넣는 혼란스러운 일과에 대한 통찰을 말이다. 나는 『질병백과』에 실을 원고를 쓰고 보충해가고 있단다. 결국에 남는 건 그것뿐인 것 같구나. 책상 위의 종이. 책의 종이. 머릿속에서 한 장 한 장 넘어가는, 혹은 나방이 일으킨 바람에 흩날리는 낱장들. 날개에 초승달 무늬가 있는 영묘한 검은 산누에나방, 그 밤의 표상을 떠올려본다. 어머니는 집안에서 나방을 발견할 때마다 매번 이렇게 말씀하셨지. "누가 죽으려나?" 그럼 아버지는 이렇게 대꾸하셨단다. "누군가는 항상 죽어!" 그럼 믿거나 말거나, 우리는 웃음을 터뜨렸다. 아, 내가 무슨 소리를 하는 거냐, 얘야? 우울증이어도 웃어야 한다는 소리?

1588년 10월 14일
너의 보잘것없는 아버지가

오후 느지막이 우리는 해안을 따라 지붕과 탑들이 보이는 몽펠리에 읍내에 다다랐지만, 프랑스의 바다는 보이지 않았다. 햇빛만이 아니라 물을 통과한 어슴푸레한 굴절광, 어쩌면 남쪽에 있다는 보이지 않는 기다란 해수 소택지도 이곳을 환히 밝히고 있는 것 같았다. 여기서도 그 나른하고 알싸한 냄새를 맡을 수 있었으니까. 찬란한 초록 들판에 백마의 등을 타고 우뚝 서 있는 왜가리들이 보였다. 우리가 더 가까이 다가가자 미동도 않는 갈매기 네 마리가 보였다. 녀석들은 노트르담 데 타블, 레제네로, 생드니 성당의 첨

탑들과 마찬가지로 하늘을 찌를 듯한 시계탑의 네 귀퉁이에 각각 한 마리씩 앉아 있었다. 아버지가 봤다면 이 대칭적인 배열을 재미있어했을 텐데. 그리고 해미시도 나처럼 새들이 탑에서 날아올랐다가 다시 각자의 구석을 밝히는, 날아올라 환히 빛나는 모습을 보고 싶어했을지도 모르는데.

우리는 담을 두른 과수원과 푸른 포도밭들을 지나 동쪽 석조대문의 아치 통로를 통과했고, 한때 충실한 생피르맹*의 처소였다는 의과대학교 소속의 아담한 회색 석조 건물들이 방치되어 있는 곳으로 갔다.

우리는 주베르 박사의 주소지로 되어 있는 평범한 석조 주택의 묵직한 나무문을 두드렸다. 삼십대로 보이는 젊은 남자가 나오더니, 오랫동안 또래와 얘기를 못 나눈 사람처럼 열렬히 우리를 맞이했다. 턱수염 대신 콧수염을 기른 그는 무척 건강해 보였고, 낙천적인 성격인 듯했다.

"잘 오셨습니다, 몬디니 박사님. 박사님과 동행분들을 만나뵙게 돼서 정말 반갑습니다!" 그가 외쳤다. 그는 나와 올미나에게 인사하고 로렌초에게도 고개를 까딱하고는 거리로 나왔다. "여기 저한테 열쇠가 있는데요, 두 개입니다. 이 큰 철제 열쇠는 현관문용이고, 작은 놋쇠 열쇠들은 방문용입니다. 겁먹게 하려는 건 아닙니다만, 밤에는 안전을 기하기 위해 문을 잠그셔야 할 겁니다. 위그노 놈들이 언제 또 들이닥칠지 모르니까요. 자기들이 보기에 가톨릭교도인 것 같은 사람들을 모조리 고발하고 감금하려고요." 그러면

---

* 프랑스 북서부의 도시 아미앵의 첫번째 주교.

서 그는 길이 텅 비었는데도 이쪽저쪽을 살폈다.

"고맙습니다, 조언해주신 대로 하죠. 저희는 타지에서 온지라 이 마을 분위기를 전혀 모르거든요. 그래서 말인데, 아직 이른 시간인데 길이 왜 이리 텅 비었나요?"

"아 네. 이 숙사는 한때 삼천 명이 넘는 학생을 수용했던 곳인데요. 대학이 한바탕 약탈당한 후로……" 그는 말을 멈추고 조의의 표시로 시선을 떨어뜨렸다가 다시 우리를 바라봤다. "백 명도 안 되게 남았습니다. 대학에 구비되어 있던 장서와 가구는 몇 차례 종교전쟁을 겪으면서 대부분 위그노들, 아시죠, 그 프랑스 칼뱅교도들 손에 파괴됐고요."

나도 전에 다 들었던 얘기였지만, 실상이 이 정도일 줄은 몰랐다.

"정말 마음 아프네요."

"아, 더 얘기 안 하는 게 좋겠어요." 주베르 박사가 낮은 목소리로 말했다. "누가 듣고 있을지 모르니까요. 게다가 저도 개종자라서 예전의 삶은 잊어야 하거든요." 그는 갑자기 정색하더니 잰걸음으로 서둘러 걸어갔고, 곧 우리는 앞으로 머물 숙소에 다다랐다. 길 바로 저편에 있는, 짙은 색 슬레이트 지붕을 얹은 연회색의 2층짜리 건물들 중 하나였다. 박사가 낡은 나무문을 두드리자 밝은 금발의 젊은 과부가 문을 열고 우리를 향해 수줍게 미소 지었다. 놀랍도록 밝은 그녀의 피부색과 반짝거리는 새파란 눈이 검은 상복 드레스와 대조를 이루었다.

"안녕하십니까, 세르토 부인. 제가 말했던 손님인 몬디니 박사님과 하인들입니다. 객실로 안내해주시겠어요? 지난번 무리, 그러니까 신세계로 간다던 그 홀란트인들보다 차분한 투숙객이라고 제가 장담합니다."

"예, 고맙습니다, 선생님." 세르토 부인이 얼굴을 붉히며 고개를 끄덕였다.

"그럼, 편히 쉬십시오." 우리를 향해 돌아선 박사가 허리를 약간 굽혀 인사했다. "저를 또 만나야 할 일이 있으면 사람을 보내세요." 그러더니 학자라기보다는 친위대장 같은 모습으로, 힘차고 자신 있게 걸어 자기 집으로 돌아갔다.

뽀얀 피부와 아몬드 모양의 새파란 눈으로 보건대 아마도 세르토 부인의 아들인 듯한, 여덟아홉 살로 보이는 소년이 부인의 치맛자락 뒤에서 얼굴을 내밀었다.

"이분들께 노새를 재울 마구간을 보여드리렴, 드뢰." 부인이 엄한 어조로 소년에게 말했다. "딴 길로 새지 말고!"

소년이 엄마 치마 뒤에서 튀어나와 호기심 가득한 눈초리로 로렌초를 쳐다봤다. 페델레를 끌고 가라고 로렌초가 고삐를 넘기자 아이는 함박웃음을 지었다. 둘은 자갈 포석을 깐 길을 따라 걸으면서, 배수구를 꽉 막은 찌꺼기 뒤로 정체된 오수가 고인 길 한가운데의 도랑을 피해 노새들을 한쪽으로 잡아끌었다.

세르토 부인이 우리를 집안으로 안내했다. "들어오세요, 선생님들 방을 보여드릴게요." 부인은 조명이 그다지 밝지 않은 복도를 따라 빠른 걸음으로 걷다가 그보다 더 어두운 계단을 올라갔다. 치맛끈에 달린 열쇠들이 앞뒤로 흔들리면서 높은 소리로 짤랑거렸다.

"열쇠를 한 벌 더 가지고 계시네요." 내가 보이는 대로 말했다.

"예, 혹시 손님이 방에서 숨이라도 거두면 그분을 꺼낼 방법이 있어야 하니까요."

올미나가 부인의 솔직함에 당황하며 물었다. "혹시 최근에 누가 세상을 떴나요?"

"오 아니요. 오히려 마지막으로 묵고 간 무리는요, 얼마나 기운이 넘쳤는지 몰라요! 하지만 몇 해 전 겨울에 한 분이 세상을 떴어요. 대학 관계자들한테 물건을 팔러 몇 년째 이곳을 드나들던 나이든 제지업자였죠."

"오! 혹시 그분이 더 나이든 이탈리아인 의사와 어울려 지내지 않았나요?"

"어머나, 맞아요. 듣고 보니 생각나네요. 몬디알레 박사 아니면 그 비슷한 이름이었어요. 두 분이 함께 계실 때가 많았어요. 친구분이신가요?"

"맞아요." 나는 생각에 잠겨 이름을 정정해주지도 않았다. "제 친구예요. 어때 보이던가요? 건강하시던가요?"

"글쎄요, 솔직히 그렇게 자세히 보지 않아서요. 그렇지만 대체로 건강해 보이셨어요. 자기 방에서 서성댈 때가 많았고 몇 점 안 되는 가구를 만날 옮겨놓긴 했지만요." 세르토 부인은 수줍음 많은 사람들이 그러듯 말을 한꺼번에 아주 빠르게 뱉어냈다. "오해하실까봐 말씀드리는데, 좁은 공간에 침대 하나랑 서랍장, 책상, 의자뿐이어서 그분이 대체 뭘 얼마나 옮기시려고 그러는지 통 영문을 모르겠더라고요." 부인은 말을 멈추고 숨을 들이쉬며 미소 지었다. "그분을 뵌 지 오래됐나봐요?"

"예, 오래됐어요." 내가 대답했다.

"흠, 그 불쌍한 제지업자는 건강이 영 안 좋았어요. 안쓰럽게도 의과대학이 얼마나 쑥대밭이 됐는지 미리 전해듣지 못했던 모양이에요. 책들이 다 불타버린 걸 알고 크게 상심했던 것 같아요. 그래도 그분은 방문을 잠근 적은 없었죠. 그래서 저도 여벌 열쇠가 필요 없었어요. 다 왔습니다." 부인은 폭이 좁고 끼이익 소리가 나는 나란한 문 세 개를 연달아 열었다. "사용하실 초는 직접 구입하셔야 해요. 날이 따뜻해지면 저희는 덧창을 닫아둔답니다. 그럼 방이 계속 시원하거든요. 오, 그리고 원하시면 식사는 아래층 휴게실에서 하셔도 돼요. 주로 포타주와 빵, 포도주가 나와요."

"예, 그 정도면 충분해요."

세르토 부인은 돌아서서 다른 일들을 처리하러 아까 왔던 것만큼이나 빠르게 가버렸다.

바닥과 벽을 온통 회색 사각 돌로 깐 우리 객실은 꼭 고행자의 수도실 같았다. 그래도 우리는 침대와 서랍장, 요강, 물항아리, 세숫대야를 하나씩 차지하게 된 것에 만족했다. 깔개 없는 바닥은 밤과 아침에 맨발로 디디든 양말을 신고 디디든 온몸을 찌릿하게 만들 것 같았다. 벽난로는 아래층 부엌과 휴게실에만 있었다. 지금이 12월이 아니라 5월인 게 다행스러웠다. 저녁 어스름이 깔리자, 사람 사는 이 차가운 건물이 언덕에 있는 묘지보다 더 죽음처럼 느껴졌다.

그날 밤 꿈에서 나는 문상객들이 불붙여놓은 초들이 마치 고대의 아득히 먼 도시에 있는 것처럼 깜빡이는 걸 봤다. 그 죽은 자의 집들은 살아 있는 듯 보였다. 라 모르테 구아리셰 투티 이 말리, 아버지는 진지하게 농담하곤 했다. 죽음은 모든 병의 치료법이다. 꿈속에서만 빼고 그렇겠지.

빌헬름이 해부학 강당의 푸르스름한 빛 아래 얼굴을 위로 향한 채 해

부대에 누워 있다. 빛이 어디서 오는지 모르겠지만, 창문에서 떨어지는
건 아니다. 무대 조명에서 나오는 것 같은 빛이다. 나는 좁은 탁자에 내
해부 도구를 가지런히 놓으려 애쓴다. 그의 몸에서 뭔가를 찾아내야 하
기 때문이다. 비록 그게 뭔지는 모르지만. 그의 깨끗한, 아직 절개하지
않은 몸뚱이 앞에서 나는 겁에 질린다. 그의 몸이 거대한 빈 종이처럼
느껴져서다. 내 해부용 칼은 깃펜이 된다. 어디를 갈라야 할지 모르겠
다. 거기에 뭐라고 쓸지 모르겠다.

　이튿날 아침 다 같이 주베르 박사를 만나러 가는데 바다의 소금
냄새가 실린 산들바람이 불어왔다. 박사는 날이 화창하니 생피에르
성당 근처에 있는 자르댕 데 플랑트(식물원)를 구경시켜주겠다고
제안했다. 그곳은 몽펠리에의 자랑이며 아직도 가꿔가는 중이라고
했다. 공원 관리인의 처소라고 하는, 총안 뚫린 성벽이 양옆에서
지켜주고 있는 성문 밖 벽돌집으로 가는 길에 나는 저명한 기욤 롱
들레*가 설계한 팔각형 해부학 극장도 보고 싶다는 뜻을 비쳤다.
　"오, 하지만 그곳은 폐쇄된데다 버려진 정원에 둘러싸여 있는걸
요. 잡초가 약초를 뒤덮어버렸죠, 회향풀만은 여전히 잘 자라고 있
지만."
　그와 비교하면 자르댕 데 플랑트는 방비가 잘된 정원으로 보였다.
　"위그노들이요." 박사가 말을 이었다. "이 왕립 정원마저 더럽
히려고 했답니다. 앙리 4세가 그들의 철천지원수니까요. 하지만

---

* 몽펠리에에서 수학하고 몽펠리에대학 해부학 교수로 재직한 해부학자이자 박물
학자. 1554년 지중해에 서식하는 거의 모든 물고기의 그림이 실린 『바다의 물고기
에 관하여』를 출판했다. 이 책은 과학적으로 동물학을 연구한 최초의 저서다.

천만다행으로 성공하지 못했죠."

"안타깝네요. 교황주의자이건 개신교도이건 구별 없이 똑같이 치료해줄 랑그도크*의 불쌍한 풀과 약초를 공격하다니." 내가 말했다. "꽃은 차별하지 않잖아요. 우월한 이성을 가진 인간만이 차별을 하지요."

주베르 박사가 엷은 미소를 띠었고, 그걸 보니 나는 마음이 놓였다.

"궁정에서 일했던 걸출한 의사이자 식물학자인 무슈 리셰 드 벨발**, 바로 이곳에서 업적의 정점을 이룬 그분께서 우리에게 엄청난 선물을 안겨주셨으니…… 살아 있는 식물 일람표입니다!" 주베르 박사가 성벽을 향해 왼손을 뻗으며 외쳤다.

로렌초와 올미나가 나란히 팔짱을 낀 채 우리 뒤를 천천히 따라오면서, 낮은 구릉과 들판, 소나무와 떡갈나무, 밤나무, 그리고 보이지 않는 바람의 빗이 빗고 지나간 듯 가늘게 하늘에 드리운 구름을 바라보며 감탄했다.

"아버지가 이 정원에 와보시고 무척 좋아하셨겠어요, 편지에 언급하진 않으셨지만. 혹시 아버지 소식을 들으신 것 있나요?" 내가 물었다.

"아뇨, 저는 잠깐 알고 지낸 사이에 불과해요." 그는 엄지와 검지로 왁스 바른 콧수염을 쓰다듬었다. "그분을 잘 아셨던 교수님

---

* 프랑스 남부의 옛 지방 이름. 피레네산맥 동부 북쪽 기슭, 리옹만 연안, 론강 하류 지역, 중앙 고지의 일부를 포함한 지역을 가리킨다.

** 몽펠리에대학 교수이자 식물학의 아버지로 불리는 프랑스 식물학자 피에르 리셰 드 벨발을 가리킨다.

께서―파도바와 살레르노, 보노니아* 지역 의사 선생님들과 정기적으로 서신 왕래를 하셨거든요―겨우 일 년 전에 떠나셨답니다." 주베르는 안타깝다는 듯 고개를 저었고, 때마침 불어온 강풍에 그의 숱 많은 직모 머리에 얹혀 있던 테 넓은 동그란 모자가 갑자기 휙 들렸다. 붉은색 바지와 줄무늬 양말 위로 둥그런 검은색 망토를 휘날리면서, 그는 뜻밖의 날렵함을 보이며 모자를 쫓아갔다. 길가의 검은딸기나무에 걸린 모자를 도로 거둬 온 그는 발갛게 달아오른 얼굴로 나를 향해 소년처럼 씩 웃더니 금세 아까의 엄숙한 태도로 돌아갔다.

나는 터지는 웃음을 참지 못했다. 우리 모두 한 겹의 얇은 판 같은 존엄성만을 두른 채 허둥거리는 미천한 존재라는 사실이 새삼 놀라웠다. 나는 내 밀짚모자의 끈 매듭을 더 단단히 묶었다.

이제 자기 모자를 꼭 쥔 주베르 박사는 다른 주제로 넘어갔다.

"몬디니 박사님, 우리 대학에서 실로 오랜만에 재개하는 첫 강좌에 합류해주셔야겠습니다. 초빙교수가 되어주시면 어떤가요? 현재 집필중이신 책에 대해 강의해주셔도 되겠네요. 여자라고 걱정하실 필요 없습니다. 남은 교직원이라고는 저밖에 없는데, 누가 반대하겠어요? 학생들 반응에 대해서라면 제가 보증을 서겠습니다."

나는 그와 나란히 자갈길을 계속 걸으면서, 그의 친절한 제안을 곱씹어보았다. "강의가 언제 시작하는데요?"

"10월 18일, 성 루카 축일에 시작합니다. 아시겠지만 의사이자 예술가였고, 화가와 조각가와 금세공인, 공중인, 외과의, 내과의들

---

* 볼로냐의 옛 이름.

의 수호성인인 그분의 축일이요. 여섯시가 되면 수업 시작을 알리는 종이 울릴 거고, 히포크라테스에게 헌정된 일요일과 수요일에는 수업이 없습니다."

"고맙지만, 아니요, 제 뜻대로 해야겠어요. 이제 겨우 5월인데 아버지를 찾는 걸 그렇게 몇 달씩 미룰 수는 없어요."

주베르 박사는 크게 상심한 것 같았다.

그러자 올미나가 우리 뒤에 바짝 다가와 끼어들었다. "아니면 우리 아가씨가 조만간 이 여행에 넌덜머리가 나서 우리를 베네치아로 데려가줄지도 모르지요."

"아, 올미나는 출발한 날부터 베네치아로 돌아가기만을 바랐지." 나는 걸음을 멈추고 돌아서서 그녀에게 웃어 보였다.

하지만 올미나는 웃고 있지 않았다. 물기어린 푸른 눈으로 나를 나무랄 뿐이었다. 로렌초는 말없이 아득한 눈빛으로 언덕만 바라봤지만, 그러면서도 올미나의 팔을 놓지 않고 계속 쓰다듬었다.

잠시 동안 나는 아버지를 못 찾고 돌아갈 수도 있다는 가슴 철렁한 가능성을 진지하게 고려해봤다. "몽펠리에에 오래 머물진 않을 작정이에요." 주베르 박사를 향해 다시 돌아서서 말했다. "제가 이 여행에 지친 건 사실이에요." 나는 단단히 다져진 자갈길로 시선을 떨어뜨렸다가 다시 박사를 올려다봤다. "똑똑한 모험이 어리석은 모험으로 바뀌는 시점은 언제일까요? 딸의 헌신은 어느 지점에서 비뚤어진 강박이 되는 걸까요?" 머릿속에서 수없이 떠올랐다 가라앉은 의문이었지만 입 밖에 낸 순간 흠칫 놀랐다.

"저라면 박사님 같은 딸이 있었으면 할 것 같습니다만." 주베르 박사는 말을 멈추고 어느새 도착한 공원지기 집의 두꺼운 떡갈나무 문을 두드렸다. "하지만 저는 총각인지라 그런 문제는 잘 모르겠군요."

이곳에서 아버지 소식을 거의 못 들을 것 같다는 예감이 들자 기분이 축 처졌다. 그래도 나는 주베르 박사가 가는 대로 따라갔다. 냄새를 좇는 사냥개처럼 그의 기운을 좇았다. 이제는 정원에 심긴 식물들을 순전히 나를 위해 어서 보고 싶었다.

풀물이 든 옷을 입은 젊은 관리인이 우리를 들여보내주었다. 그는 녹슨 정원가위를 들고 있었다. 벽돌로 된 통로를 따라 맞은편까지 쭉 걸어나가니, 안뜰과 회랑이 굽어보고 있는, 내 평생 본 것 중 최고로 경이로운 정원이 펼쳐졌다. 삼각형으로 다져진 산 모양의 땅이 층층이 여섯 단으로 구획되어 있었고, 일정한 간격으로 각종 채소와 약초와 나무, 거기에 랑그도크 자생종 식물까지 재배되고 있었다.

우리는 작은 흙더미 주위에 파놓은 길을 따라 내려갔다. 또다른 돋움 화단들이 남쪽을 향해 있었고, 이 모든 것에서 질서가 주는 위안이 느껴졌다. 화단 전체를 총안 뚫린 돌벽이 둘러싸고 있어 벽으로 둘러싸인 정원에 들어와 있는 기분이 들었다. 원형인데다 사방이 탁 트인 파도바의 정원들과 이렇게 다를 수가! 여기에서는 포위된 기분을, 그리고 그에 맞서 과학이 쌓아올린 보루를 느낄 수가 있었다.

한낮의 태양이 뿜는 더해가는 열기에 한동안 침묵이 이어지다가, 내가 박사에게 물었다. "만약에 제가 어떤 꽃, 예를 들어 파파베르 솜니페룸의 이름과 생김새와 습성을 전부 알고 있다면, 특정 사건을 바꾸고 전쟁까지도 막을 수 있을까요?" 나는 그 수액을 맛본 자들은 세상이 느리게 돌아가는 경험을 한다는 하얀 양귀비 열매를 가리켰다.

"어떤 식물도 전쟁을 막을 수는 없습니다. 전쟁을 촉발한 식물은 많아도요. 우리한테 그렇게나 귀중한 향신료를 생각해보세요. 그걸 조달하겠다고 몇 명이 죽었는지. 사프란, 계피, 메이스*, 카다몬**! 그렇다고는 해도, 만약 어떤 허브나 꽃이 인간을 막을 수 있다면 아마도 이것일 겁니다. 이 꽃의 여물지 않은 열매에 취했다가 과도한 신경 흥분이 났다는 사람들이 몇 있어요. 몸이 마비됐다는 사람들도 있지만요."

"군대 전체에 망각을 주입할 수도 있잖아요. 공격 충동이고 방어 충동이고 다 망각하면 온전한 상태로 가족에게 돌아갈 수 있으니까요." 이렇게 말하면서 나는 아버지 특유의 분노 깔린 유머가 내 안에도 잠재되어 있음을 의식했다.

"그래도 망각은 위험한 거라고 생각하지 않으세요, 시뇨리나 몬디니? 우리 모두 뇌가 일련의 소화기관에 불과한, 순해빠진 가축이었으면 좋겠나요?"

주베르 박사와 내가 대화하는 동안 로렌초와 올미나는 바짝 붙어 따라오면서 꽃을 감상하는 한편, 우리가 나누는 말에 귀를 기울였다.

"아뇨, 아뇨." 나는 땅에 엎드려 정신없이 살갈퀴를 뜯는 주베르 박사를 상상하고 웃음을 터뜨렸다. "하지만 지금까지 다툼과 버려

---

* 육두구의 씨껍질을 말린 향신료.
** 생강목 생강과의 다년초의 열매를 말린 향신료.

짐을 너무 많이 봤어요."

조금 더 걷자 헤어벨*만 심어놓은 곳이 한눈에 들어왔다. 벌써 거의 다 열매를 맺었고, 손바닥만한 그늘 아래의 몇 송이만 가녀린 줄기에서 꽃잎 다섯 개로 이루어진 종을 늘어뜨리고 있었다. 그전까지 봤던 것들과 달리 이곳의 헤어벨은 더 짙은 푸른색이라 마치 하늘에서 떼온 조각 같았다.

"저 꽃은 노인의 종이에요. 사탄의 꽃이라는 얘기도 있고, 워낙 이 세상의 것이 아닌 듯한 생김새라 마녀들이 그렇게 탐낸다고 하죠." 주베르 박사가 넌지시 경고했다.

"산토끼로 변해 꽃을 흔들어댄다는 그 마녀들이요?" 나는 웃음 지었다. "제가 아는 건 그 뿌리가 어느 정도 나은 상처의 부기를 가라앉히는 데 효과가 꽤 좋다는 것뿐이에요. 저도 제 상처에 여러 번 썼는걸요."

박사는 의심스러운 눈으로 나를 흘끔 봤다. "조심하세요, 시뇨리나. 굉장히 조심하셔야 해요. 저는 직접 의술을 행한 적은 없지만, 교수로서 행할 의학 지식은 있어요. 책과 오래된 제도에 의존하는 걸 지지하고, 산파의 민간요법은 저어하지요." 그러더니 조금은 슬픈 기색으로 덧붙였다. "어쩌면 제가 박사님의 경험을 질투하는지도 모르겠네요." 그러고는 숨겨진 내부를 더 자세히 들여다보려고 헤어벨 위로 몸을 숙였다.

"그러실 필요 없어요." 내가 대꾸했다. "이 직업에 종사하는 게

---

* 흰색이나 파란색의 종 모양 꽃이 피는 초롱꽃과의 식물. 영어명 'harebell'을 그대로 옮기면 '산토끼 종'이다.

기껍긴 하지만, 저도 만족하는 건 아니거든요. 이 직종에는 슬픈 일이 차고 넘친답니다."

"그래도 박사님은 병과 죽음을 바로 곁에서 봤잖습니까. 그 경험이 절망의 나날이 찾아올 때 일말의 지혜를 주지 않나요?"

"저는 이제 무감각해져서 제 지혜가 다 어디로 갔는지조차 모르겠는걸요."

"저런, 시뇨리나." 로렌초가 불쑥 말했다. "저는 못 배워먹은 무지렁이지만 아가씨께서 베네치아에서, 그리고 우리가 여기까지 오는 동안에도 훌륭한 일을 하시는 걸 많이 봤습니다요. 당신도 마찬가지고, 여보. 당신, 우리 의사 선생님을 지켜보면서 몇 가지 배웠지?"

한순간 올미나는 들켰구나 하는 두려움에 나와 불안한 시선을 주고받았지만, 로렌초의 말투가 부드러워서 그냥 이렇게만 대꾸했다. "배운 게 있지, 암."

"그럼 집으로 돌아가실 생각이세요?" 주베르 박사가 물었다.

"모르겠어요." 올미나를 가만히 바라보자, 나 자신의 지친 기분을 고스란히 비추는 그녀의 피로가 보였다. "아버지가 이동한 경로를 아직 다 밟아보지 못했어요. 편지 한 통은 이스파니아에서 보내셨고 또 한 통은 바바리아에서 보내셨거든요. 서쪽으로 가봐야겠어요."

올미나가 한숨을 내쉬었다. 듣고 싶었던 말이 아니었던 것이다.

19장
산에는 경이로운 생물이 가득하지

내 소중한 가브리엘라,

사람이 자신을 상처입히는 것과 긴 대화를 나눠 치유받을 수 있다면, 바로 이곳이 그런 곳일 게다. 두려움이라는 꺼풀이 경외감으로 변하듯, 밤이 내 머리 위를 지배하는 이 사막에서 내가 품은 최악의 두려움은—나 자신을 잃는 것, 노화에 따르는 신체적 질환, 심지어 죽음까지—내 존재의 절대적 미미함을 깨닫는 순간 전부 경감되거든. 이상한 소리로 들리겠지만 나는 마음이 놓이는구나. 내 모든 야망, 그러니까 의사라는 직업, 『질병백과』, 나의 대표작이 될 예정이었던 그 방대한 백과사전…… 그 모든 것이 창공 아래 그렇게 하찮을 수가 없다. 어느 곳에서도 여기만큼 별을 많이 본 적이 없구나. 천체의 천구층*들이 사각거리며 서로 마찰하

---

* 과거에는 천구가 투명한 몇 층의 구체로 분할되어 있고 층마다 해, 달, 별의 위치

는데, 그 불꽃이 보인다니까! 사막 사람들은 다 안단다. 별들은 우리 얼굴을 향해 날아든다. 나는 작은 존재야, 나는 작은 존재야, 아무렇지 않아. 그런데 그다음엔 달이……

아, 아버지. 날짜 미상, 발송지 미상의 이 편지를 읽으면서 나는 속으로 읊조렸다. 당신 안의 두려움을 끄집어내시면서, 딸이나 사랑하는 이들에 대한 언급은 없군요. 그 역할은 저한테 맡기셨죠. 저는 늘 아버지가 힘든 시기를 보내고 있지만 우리에게 돌아오고 있는 중이라고 믿고 싶었어요. 이 편지는 공들인 공상에 불과하군요. 어쩌면 저는 자신을 속여온 건지도 모르겠어요. 어쩌면 한동안 더 자신을 속일지도 모르겠고요.

우리는 몽펠리에를 떠나 산타엔그라시아로 갔다. 올미나는 베네치아를 향해 동쪽으로 이동하는 게 아니어서 실망했지만, 양골담초와 스위트마조람, 늦은 5월의 빛을 받으며 하루가 저물어갈 무렵 노랗게 타오르는 향기 짙은 풀들을 보면서 기분이 되살아났다. 피레네산맥의 봉우리들을 바라보며 점점 높이 산을 오를수록 나는 더 크게 숨을 몰아쉬었다. 소나무와 전나무의 달큰한 향이 묻어나는 바람, 맑은 빛, 굽이져 흐르는 물이 이 세계를 정화해주고 여기보다 낮은 고도에서는 상상조차 할 수 없는 무언가를 안겨주었다. 양극을 오가던 기분이 균형을 찾았다. 성인들이 높은 곳을 찾은 것도 놀라운 일이 아니었다.

가끔씩 이른아침에 잠에서 깰 때 해미시의 얼굴이 떠올랐다. 사과의 아랫부분처럼 보조개가 폭 팬 그의 둥그런 턱을 손으로 쥐고

가 정해져 있는데, 각층의 회전에 따라 천체의 위치가 변한다고 여겼다.

있는 느낌이 들기도 했다. 이든버그에서 학자의 아내로, 아이를 키우면서 사는 삶을 상상해보았다. 하지만 매일 손거울을 들여다볼 때마다 더 통통한 얼굴이 보였다. 여행이 내 입맛을 돋웠고 젊음은 더 스러졌기 때문이었다. 나는 아버지를 기억에 새겼듯 해미시도 새겨두었다. 그의 머리카락 냄새가 두 사람이 유일하게 닮은 부분이었다. 변형된 소나무 목재, 새카만 잉크, 갑갑한 도서관, 양피지책…… 그래, 책. 그는 내가 끝까지 읽지 못한 이야기이고, 비밀을 품은 책이었다.

작은 마을을 지날 때마다 시간을 알리는 아득한 종소리가 들려오곤 했는데, 특히 새벽과 정오, 저녁 종이 자주 들렸다. 종이 가장 길게 울리는 게 그때였기 때문이다. 어떤 날에는 순례자들이 묵어가는 돌로 지은 수수한 여관에서 잠을 잤다. 해질 때까지 마을에 도착하지 못한 날에는 야외에서 잤는데, 오래된 너도밤나무가 빙둘러선 한가운데에서 늑대들이 다가오지 못하게 밤새 불을 피워놓기도 하고, 한쪽이 다 무너지고 지붕이랄 것도 아예 없는 높은 둥근 돌담 안쪽에서 잠을 청한 적도 있었다. 이 요상한 버려진 돌담이 대체 뭐냐고 묻자, 로렌초는 아마도 곰에게서 벌집을 보호하기 위해 지은 것 같다고 대답했다. 정말로 우리는 그 안에서 부서진 꿀벌집들을 발견했지만 꿀은 없었다. 밤에 뜬 별들을 캐노피 삼은 그곳은 꽤 훌륭한 잠자리가 되어주었다.

가파른 산길을 지그재그로 꾸준히 오르는 동안 공기는 점점 식어갔다. 경사면에는 경작되는 작물이 없었고, 여름 꿀을 먹이느라 협곡에서 가축을 데리고 나오는 가축지기들도 아직 산에는 올라오지 않았다. 그곳의 흙은 색깔이 연하고 성글었고, 돌덩이들도 햇빛을 받은 저지대의 더 짙은 색 양토와 달리 반질반질했다. 체온을 유지하고 가장 볕이 좋을 때 햇볕을 쬘 셈으로 나는 점심식사 후 한낮을 택해 글을 썼다.

바람이 유독 거세게 휘몰아치던 어느 날 오후, 우리는 한데 뒤엉킨 모양으로 튀어나온 두 개의 바위가 냇가에서 서로를 향해 기울어져 그 사이에 바람을 완벽히 막아주는 그럴싸한 공간을 만들어낸 것을 발견했다. 눈 녹은 물 때문에 생겨났지만 이미 다 말라버린, 너른 대야처럼 움푹 팬 짙은 색 흙바닥은 촉감이 꼭 양모 같아서, 누군가 우리 발밑에 따스한 잔디 담요를 깔아준 것 같았다. 새로 돋아난 풀은(노새들이 신나게 뜯었다) 촘촘했고 잎사귀 끝으로 갈수록 뾰족했다. 돌에 둘러싸인 채 적막에 몸이 따뜻해진 우리는 거기에 망토를 깔고 앉았다.

다 같이 빵과 올리브, 얇게 썬 멧돼지고기와 치즈를 먹어치운 뒤, 로렌초는 기분좋게 벌러덩 드러누워 두 손을 베개 삼아 베고 위를 바라봤지만 거기에는 간간이 지나가는 떼까마귀와 하늘에서 떨어져나온 듯한 불규칙한 모양의 파란색 조각들밖에 없었다.

"오, 저기 봐!" 내가 한참 위에서 팔랑팔랑 움직이는 조그만 나비떼를 향해 팔을 뻗으며 외쳤다. 모든 게 새파랬다. 날개도, 털이 복슬복슬한 몸통도. "정말 황홀해! 저기 날갯장을 펼쳤다 접었다 하는 것 좀 봐."

"그 날갯장이 뭐라고 광고하고 있는데요, 시뇨리나?" 올미나가 잠에 취한 목소리로 놀렸다.

"산에는 정말 경이로운 생물이 많지요?" 로렌초도 거들었다.

"절벽에서 떨어지듯 뒷일은 될 대로 되라는 심정으로 실컷 눈에 담아둬야 해요."

"하지만 아름다움은 덧없잖아, 안 그래?" 내가 생각에 빠져 말
했다.

"그걸 어떻게 재는데요?" 로렌초가 내 말을 곱씹으며 물었다.
"여름 한철에 불과한 생도 나비에게는 긴 시간이잖아요. 우리는 수
십 년을 살길 바라지만 상실만 차곡차곡 쌓아간다면 수십 년을 산
들 무슨 소용이겠어요? 저는 한 해 한 해를 꼽느니 하루하루를 손
꼽으며 살겠어요. 나비의 시간에 따라 하루를 일 년처럼 사는 거
죠." 그는 자신의 철학적 사색에 쿡쿡 웃음을 터뜨렸다. "그런데
파란 나비는 천사의 입에서 나온 거라는 말도 있대요."

"아, 양치기들이 하는 말이잖아."

"아녜요, 시뇨리나, 지금 우리 머리 위에는 천사 한 무리가 있는
거예요. 산에서는 더 쉽게 그들의 존재를 느낄 수 있잖아요, 왜. 성
당에 갈 필요 있나요. 나한테는 여기가 성전이구먼."

올미나는 편하게 모로 누워 낮게 코를 골기 시작했다. 나는 굽은
바위에 기대, 우리가 휴식하는 장소의 기분좋은 분위기와 정반대
인 성질의 질병에 대해 쓰기 시작했다.

폐쇄 공간에 대한 혐오
영혼을 가두는 벽

어떤 환자들에게는 무성한 정원에 서 있는 돌담 하나조차 고
통을 불러온다. 또 어떤 환자들에게는 창문 없는 방이나 긴 복도
혹은 계단이 그렇다. 환자는 땀을 흘리거나 몸이 차가워지고, 비

명을 지르고, 아니면 불에 타는 종이처럼 오그라들기도 한다.

바야돌리드* 태생의 에스페란사라는 젊은 여성은 이 병에 걸렸을 때, 마치 산 채로 묻힌 사람처럼 벽의 회반죽을 손으로 박박 긁었다. 환자의 모친은 자기 딸이 해충이 됐고 자기네 집은 그 보금자리가 됐다는 사실에 통탄했다. 창문을 여러 개 늘렸는데도 에스페란사의 고통은 호전되지 않았다. 환자의 언니는 한밤중에 에스페란사가 벽을 긁아대는 소름 끼치는 소리가 들린다며 불평했다. 잠자리에 들기 전에 손발을 결박해놓아도 에스페란사가 꿈틀거리며 침대 머리로 가 이로 벽을 긁었기 때문이다.

환자의 부친은 부와 명예를 어느 정도 갖춘 사람이었는데, 딸을 보면서 느끼는 답답함이 너무 커서 집을 자주 비웠다. 어느 날 오후 그가 벽돌색 먼지를 잔뜩 뒤집어쓴 채 8월의 바람에 떠밀리듯 헐레벌떡 나타났다. 거스르는 자는 가만 안 두겠다는 표정을 하고 집안으로 성큼성큼 들어온 그는 에스페란사에게 안뜰로 나오라고 명령했다. 주인의 불편한 심기에 겁을 먹은 하인들은 한쪽에 서서 손을 비틀며 안절부절못했다. 그가 버럭거리며 지시했다. "에스페란사의 침대를 정원으로 내오고, 그애 방에 있는 장식장은 오렌지나무 아래 갖다놔." 그리고 거울들은(젊은 여자치고도 다소 많이 갖고 있었으므로) 최대한 열린 공간의 느낌을 내도록 정원 구석구석에 갖다놓으라고 했다. "자," 엔리케 데라페냐 씨가 화를 억누른 목소리로 말했다. "더이상은 못 참아주겠어. 쥐새끼 소굴처럼 벽을 긁는 소리도, 집구석에 웅크리

---

* 에스파냐 서북부에 있는 도시.

고 있는 것도! 나는 부모로서 할 수 있는 건 다 해줬다, 딸아. 그러니 네 광기 때문에 더이상 창피당하지 않겠어!" 에스페란사가 소금 늪에 서 있는 죽은 나무처럼 멍하니 있는 동안 부친은 분을 못 이겨 타일 바닥 위를 서성였고, 하인들은 떡갈나무로 만든 짙은 색의 육중한 가구들을 들어올려 위태위태하게 옮겨서 주인이 지시한 위치로 밀어놓았다. 그들이 움직이며 만들어내는 여러 겹의 궤도 속에서 에스페란사는 정지된 중심부였다. 한참 만에 그녀가 아버지의 화를 돋우는 고운 목소리로 말했다. "고맙습니다, 아빠, 이런 결단을 내려주셔서 감사해요."

엔리코 씨는 설명할 수 없는 패배감에 주먹을 불끈 쥐고 집에서 나가버렸다. 에스페란사는 새집에 적응하기 시작했다. 물론 정원은 익숙한 공간이었지만, 이제 그녀가 살펴봐야 할 집 같은 특징이 생겼으니 말이다. 하늘은 폐쇄된 방에서 벗어난 기분을 느끼게 해줬지만 여전히 마음을 불안하게 했다. 초록 잎들이야말로 진정한 위안거리였는데, 딱히 벽도 아닌데다 훌륭하게도 비영구적이었다. 에스페란사가 벽을 그렇게 생각하기 시작했던 것이다. 사람들은 그녀를 이해하지 못했고, 이해한 적도 없었다. 그녀가 벽을 질색하게 된 것은 영구적인 것에 대한 공포에서였다. 교회에 가는 걸 못 견디는 것도 그래서였다. 절대신의 심판을 그렇게 선언해대니까.

에스페란사는 다시는 집안에 들어가지 않았다. 식사도 문밖에서 했고, 용변은 로즈메리 덤불 뒤에 판 구멍에 봤으며, 세찬 폭풍우가 닥치든(하인들이 그녀의 침대 위에 기름 먹인 천으로 만든 방수포를 드리워놓았다), 해가 사정없이 내리쬐든 바깥에서 잤다. 적갈색 침대 커튼은 실이 가늘어지고 해지면서 우중충한 분홍색으로 바랬다. 침대 머리에 푸토*와 포도덩굴을 조각해 넣은 사주식 침대도 서서히 휘고 갈라졌다. 오륙 년 뒤에는 아기 천사들의 머리통이 몸통에서 분리되어, 작은 예언 구슬처럼 하늘로 승천하는 모양이 되었다. 그런가 하면 몸통은 썩어 거무죽죽한 초록색 이끼가 끼었고, 아래쪽으로 꺼지면서 축축한 숲 바닥처럼 희미한 빛을 발하게 되었다. 이제 에스페란사는 미혼의 이십대 후반이 되었고, 가족에게 더 큰 짐이 되었다. 그녀의 가족은 주거용 안채에 담장을 둘렀지만, 깔끔하게 꾸며진 그 집에 방문한 손님 중 누구도 안뜰을 배회하는 이상한 여인과 그녀의 다 떨어진 옷과 가구를 모르는 척하지 못했다.

어느 날 오후 네다섯 살 먹은 사촌 꼬마가 놀러와 아이다운 총명한 말투로 물었다. "에스페란사 누나, 왜 집안으로 안 들어오는 거야? 천장도 하늘이랑 똑같이 사각형인데. 둘이 똑같잖아." 꼬마는 누나가 사각형을 기피하는 거라 믿었고, 어쩌면 누나가 부지불식간에 불편을 극복했을지 모른다고 생각했던 것이다. 그러나 극복은커녕, 순간적으로 에스페란사는 안뜰의 경계를, 그리고 하늘의 불변적 크기가 자신을 가둬두고 있음을 의식하고 울부짖기 시작했다. 에스페란사는 지난 몇 년간 굳게 닫혀 있던 정원 뒤쪽의 녹슨 철문을 열어젖혔다. 그러고는 안뜰로부터, 거울 아홉 개가 비추는 미광과 푹 꺼진 침대, 둔중한 장식장으로

---

* 르네상스시대의 장식적인 회화와 조각을 일컫는 용어. 주로 큐피드 같은 발가벗은 어린아이를 그렸다.

부터 휘적휘적 달아났다. 물에 잠긴 1월의 길바닥으로 뛰쳐나간 그녀는 푹 젖은 모직 치맛자락을 질질 끌면서, 그 끝단에 인광을 발하는 주황 곰팡이를 잔뜩 묻혀가며 마을 외곽에 있는 소나무 숲으로 비틀비틀 걸어갔다. 다 늘어난 보디스에는 자잘한 양치식물이 자랐고, 머리카락에는 지의류와 석송이 감겨 자랐다. 해조 같은 그녀의 피부와 무엇보다 그녀의 체취, 부패의 즙을 발산하는 졸아든 연못의 그것 같은 톡 쏘는 체취가 사방 몇 블록까지 진동했다. 마을 주민들은 저 여자가 데라페냐 가문의 집 한가운데에서 썩어간다는 초록색 에스페란사인가봐, 하고 쑥덕거리며 그녀에게서 멀찌감치 거리를 두었다. 에스페란사는 떠돌다가 코르데라 숲으로 들어가버렸다. 그녀의 부친은 마을 사람들과 등불을 동원해 며칠 밤낮을 수색했지만, 끝내 딸을 찾지 못했다. 에스페란사의 모친은 딸이 나무가 됐다고, 아마도 느릅나무가 됐을 거라고 믿었다. 그녀는 딸을 위해 에스페란사가 사라지기 전 양치기가 그녀를 잠시 목격했다는 소문이 도는, 어느 축축한 목초지의 가장자리에 자라기 시작한 묘목 기둥 앞에 사탕이나 귀고리 같은 소소한 물건들을 가져다놓았다.

사흘을 더 이동한 어느 날 오후, 우리는 가차없이 부는 바람이 만들어낸, 점점 좁아지는 길을 걷고 있음을 알아챘다. 로렌초가 어련히 길을 찾아줄 거라 믿긴 했지만 그도 이 산맥을 잘 모르는 게 사실이었다.

내 물음에 로렌초가 대답했다. "남서쪽으로 가고 있어요. 계속 남서쪽을 향하고 있어요, 시뇨리나, 부탁하신 대로요. 제가 해를 얼마나 잘 읽는데요."

마음이 놓이긴 했지만, 여전히 세상 끝에 와 있는 기분이 들었다. 강풍에 자꾸만 날아가버릴 것만 같아서 노새를 타고 갈 수도 없었다. 우리는 여행자들의 이동 경로를 따라 바위에 쇠고리로 고정해놓은 밧줄을 죽을힘을 다해 붙들었고, 그렇게 저녁이 내릴 때까지 계속 이동했다. 로렌초가 여기서 고립되는 걸 원치 않아서였다.

"그만 멈추고 바위틈에서 바람을 피해야 할 것 같은데." 참다못해 내가 제안했다. 다리가 욱신욱신 쑤셔왔고, 오래전 저 위에서 쏟아져내려 쌓인 자갈 비탈을 지나면서 안전하게 발 디딜 곳을 애써 찾느라 눈도 침침했다. 세상의 편평한 돌은 전부 모여 있는 것 같은, 이지러지는 햇빛을 받은 평원도 돌들이 들쑥날쑥 더미를 이루어 한쪽으로 기울어져 있어 딛기 힘들긴 매한가지였다.

"더는 못 가겠어요." 올미나가 불평하면서 자기 노새 옆에 털썩 주저앉더니 모직 망토와 숄을 더 바짝 여몄다.

"아니, 그러면 안 돼!" 로렌초가 소리쳤다. "당신은 나만큼 산을 몰라. 여기가 비록 돌로미티는 아니지만, 비구름이 다가오는 걸 냄새로 알 수 있다고. 이 정도 칼바람이면 세찬 비가 내릴 거야. 심하면 눈이 올 수도 있고."

"하늘이 맑기만 하구먼!" 올미나가 그에게 주먹을 흔들어 보이며 대꾸했다.

정말로 꼭 깡통에 불을 붙여 구멍을 여러 개 뚫은 것처럼 별들이 머리 위에서 빛나고 있었다. 초승달은 까만 바닷물을 미끄러져 가는 희끄무레한 곤돌라처럼 서쪽 하늘에서 저물어갔다.

"달 보이세요? 달은 물을 끌어당기잖아요. 폭풍우가 올 거예요.

그리고 저 아래, 초지에 조그만 오두막 보이시죠?"

"응, 로렌초, 보여." 나는 바람에 휘청거리면서, 초가지붕을 얹은 돌오두막에 시선을 뒀다.

"한 시간이면 저기 닿을 수 있어요. 얼른 노새에 올라타, 올미나. 내가 피아메타의 등에 고정해줄게."

"싫어, 싫어, 싫다고!" 어디서 갑자기 그런 힘이 났는지 올미나가 로렌초를 뿌리쳤다.

"어서 타요, 유모." 내가 어릴 적 호칭을 쓰자 그제야 올미나는 고집을 꺾었다.

그렇게 해서 로렌초가 선두에서 노새 다섯 마리를 이끌고, 올미나는 끝에서 두번째 노새의 등에서 고개를 푹 숙인 채, 그리고 나는 제일 꽁무니 녀석 앞에서 올미나를 쫓아 걸어가면서 우리 일행은 천천히 나아갔다. 우리 모두 점점 기세를 더해가는 강풍에 시달릴 대로 시달렸다. 바람이 틈만 있으면 그 사이로 윙윙 불어 우리는 흠칫 놀라고 귀가 먹먹해졌다. 사방을 둘러싼 황량한 산봉우리가 우리를 구경하려고 로브 차림으로 동굴에서 나온 은둔자처럼 내려다보았다. 몇몇은 정수리에 눈이 허옇게 쌓여 있었다.

오두막에 다다라 보니 그곳은 짐승을 묶어두는 천장 낮은 헛간이었고, 그 안에는 염소 네 마리가 옹기종기 모여 있었다. 로렌초가 문간에서 몸을 반쯤 수그린 채 부싯깃에 대고 부싯돌을 내리치고는 그 작은 불씨로 초의 심지에 불을 붙였다. 그는 겁에 질린 짐승들을 살살 달래 한구석으로 몰았고, 그런 뒤 올미나와 나는 다른 쪽 구석에 자리를 잡았다.

염소들이 우리를 빤히 쳐다보며 울어대는데도 내 동행인은 한

마디 말도 없이 짚더미 위에서 곯아떨어졌다. 그런데 올미나의 주머니에서 조그만 종잇조각이 삐져나와 있는 게 보였다. 편지인가? 나중에 물어보긴 할 테지만, 이상하다는 생각이 들었다. 내가 아는 한 올미나는 누구와도 편지를 주고받지 않고, 글을 쓸 줄도 모르는데…… 하지만 올미나, 이 여우 같은 여자가 혼자서 글 읽는 법도 터득했으니 혹시 쓰는 법까지 터득하지 않았을까? 노새 다섯 마리를 데리고 들어온 로렌초가 문을 닫고 안쪽의 걸쇠가 단단히 걸렸는지 확인했다. 우리는 짐승이 내뱉는 숨으로 뜨겁게 데워진 돌움막 안에 붙어앉아 서로 온기와 위안을 주고받았다.

로렌초가 딱딱하게 굳은 빵조각과 차갑게 식은 구운 소시지 한 덩이, 그리고 루시용*산 체리브랜디 약간을 따라 내게 건넸다. "드시고 힘내셔야죠, 시뇨리나."

우리 둘이 감지덕지한 심정으로 음식을 씹는 동안 밖에서는 산등성이를 타고 내려온 강풍이 괴성을 지르며 우리 머리 위의 짚단을 흔들어댔다. 움막 밖 수풀에서 짐승이 쿵쿵대는 소리가 들려왔다. 곰이라기엔 소리가 너무 약한걸, 나는 생각했다. 고슴도치인 것 같았다. 로렌초가 초 심지를 손가락으로 눌러 불을 껐고, 우리는 짙은 야생의 어둠에 잠겼다. 로렌초가 요란하게 코를 골기 시작했다. 그 시끄러운 소리에도 불구하고 나는 꾸벅꾸벅 졸기 시작했다……

마우리치오가 속삭인다. "가브리엘라."

그의 아름다운 초록색 눈이 내 뒤쪽 어딘가를 바라본다. "가브리엘

─────────────
* 프랑스 남부 피레네산맥과 지중해에 접한 포도주 산지.

라!" 그는 새하얀 환자용 스목 차림에 맨발이다. 얼마나 아름다운 발인지. 단단하고 아치 진 발, 경사진 발가락, 그리고 발목 위로는 조그만 날개가 고동치고 있다. 그는 산타카테리나병원의 기다란 방 한가운데에서 땀을 뻘뻘 흘리며 서 있다. 땀방울이 다리를 타고 흘러내려 발치에 고인다. 다음 순간 그는 누워 있고, 나는 침대 옆에 있다. 길게 벽을 따라 늘어선 빈 병상들이 내게 공포를 불러일으킨다. 저 병상들은 흑사병 때문에 빈 것일까? 몸을 숙여 입을 맞추려는데, 그는 미동도 없고 차디차다. 하지만 날개 달린 두 발의 맥박은 푸르스름한 피부와 정반대의 이야기를 한다. 나는 서늘한 그의 이마에, 죽은 두 눈에, 그리고 병색이 짙은 입술에 입을 맞춘다. 그는 반응이 없다. 그의 발에 내 머리를 얹자 내 긴 머리칼이 장막처럼 펼쳐진다. 그의 맥박이 내 귓가에서 고동친다. 맥박이 뛰는 걸 나는 확신하며, 그를 다시 데려오고 싶다. 여전히 맥이 뛰는 발목께의 날개를 쓰다듬어보지만, 마우리치오는 돌아오지 않는다.

짐승의 악취, 노새들 울음소리, 돌 틈으로 들어오는 차가운 공기에 잠에서 깼다. 노새 한 마리가 흥분해서 발굽을 굴러댔다. 문이 살짝 열려 있었다. 아마도 로렌초가 용변을 보러 나간 모양이었다. 나는 일어나서 달라진 풍경을 내다봤다. 온 땅이 눈으로 한 겹 덮여 있었다.

장갑 속 손가락 끝이, 그리고 부츠 안의 발가락이 찌릿찌릿 아렸다. 로렌초의 발이 남긴 희미한 곰보 자국이 자라다 만 소나무 숲 가를 향해 나 있었다.

거기서 누군가가 움직였다. 나도 모르게 척추가 바짝 펴졌다. 우리와 함께 움막에 있던 짐승들이 어쩔 줄 모르고 고개를 움찔거렸다. 올미나는 세상 모르고 평화롭게 잠만 잤다. 가만히 내다보니 갈색 형체가 뭔가를 입에 물고 이리저리 휘둘러댔다. 나는 공포에 사로잡혀 꼼짝없이 서 있었다. 곰이, 내 시선이 가 박힌 그 녀석이 곡식자루처럼 로렌초를 흔들어대고 있었다. 나는 움직일 수가 없었다. 그러나 곧 몸을 움직여 소리를 지르면서 튀어나갔고, 그러다 넘어져 무릎을 바닥에 찧었다. 몸집이 산만한 곰이 거친 숨을 내뿜으며 로렌초를 땅에 내동댕이쳤다. 그러더니 고개를 이리저리 저으면서 내 체취를 읽었다. 이제 죽음뿐이군, 이런 생각이 들면서 온 정신이 두려움이라는 한 점에 집중됐다.

곰이 벌떡 일어섰다. 녀석의 적갈색 털가죽이 서리 때문에 사각거리는 소리가 났다. 앞발에는 눈이 엉겨 굳어 있고 거기에 피까지 점점이 묻어 있었다. 나는 도로 도망치기엔 움막에서 너무 멀리 나와 있었다. 그때 강풍이 불어와 내 등뒤로 망토를 확 들어올렸다. 곰은 한 번 쿵쿵거리더니, 언덕을 경중경중 내려가 나무가 더 빼곡한 숲으로 들어가버렸다.

올미나가 우리 이름을 외치며 움막 문간에 나타났을 때, 나는 로렌초 옆에 무릎 꿇고 앉아 그의 피투성이 머리를 내 무릎에 올려놓고 있었다. 휘둥그레 뜬 그의 두 눈은 아무것도 응시하지 않았다. 나는 흐느껴 울었다. "가지 마, 로렌초! 나랑 같이 있어줘!"

올미나가 달려와 무너지듯 주저앉았다. 처음에는 눈앞에 보이는 걸 믿을 수 없다는 듯 남편 너머 저편의 소나무숲을 바라보았다. 이건 자신의 남편이 아니라는 듯. 당장이라도 숲가로 가 로렌초를 찾아볼 것처럼.

나는 로렌초의 내장을 어떻게든 도로 집어넣으려 했다. 출혈을

멎게 하려고 복강에 눈을 쑤셔넣었다. 목에도 눈을 한줌 올려놓았
더니, 눈뭉치가 즉시 붉게 물들었다. 정신 차리라고 어깨를 흔들어
도 보았다. 이럴 수는 없어. 올미나는 눈물을 흘리며 얼어붙은 하
늘을 향해 두 팔을 들더니 로렌초 위로 쓰러졌다. "디오 미오(하느
님이시여), 안 돼! 여보, 가지 마, 가지 말라고!" 그 울부짖음이 하
도 커서 산마저 올미나의 울음에 진동했다.

우리는 로렌초를 경사면으로 천천히 끌고 올라갔다. 그리고 마
침내 그의 시체를 움막 안으로 들여가 담요로 덮었다. 안에 있던
짐승들이 잔뜩 겁에 질렸다. 로렌초의 몸에서 곰냄새를 맡은 녀석
들은 서로의 몸을 짓밟아가며 벽 쪽으로 허겁지겁 몰려갔다. 로렌
초가 그렇게 야무지게 묶어놓지 않았더라면 노새들은 밖으로 튀어
나갔을 터였다. 나는 녀석들을 진정시키기 위해 밖으로 데리고 나
갔고, 움막 돌벽에 달린 쇠고리 몇 개에 붙들어 맸다. 그러는 내내
내 눈은 언덕 저 아래, 눈 위의 검붉은 핏자국을 멍하니 바라보았
다. 염소들을 풀어놓고 싶지 않았다. 아직 그 곰이 돌아다니고 있
었으니까.

올미나가 로렌초의 발치에서 짐승 같은 울음을 토해냈고, 그 애
끓는 소리에 나는 손으로 두 귀를 꽉 막으며 로렌초의 어깨 옆에
주저앉아 흐느꼈다. 이윽고 그의 뺨에 손바닥을 갖다댔다. 그는 차
갑게 식어 있었다.

얼마쯤 지나—아직 남아 있는 햇빛 말고는 시간을 가늠할 길
이 없었기에, 한 시간이 지났는지 몇 시간이 흘렀는지 알 수 없었

다—올미나가 입을 열었다. "그이를 씻기고 보낼 준비를 해야겠어요." 그러면서 비탄과 공포로 초췌해진 얼굴로 나를 돌아봤다. "불을 지피게 잔가지 좀 주워 올래요? 너무 멀리 가지는 말고요."

축축한 잔가지와 죽은 나뭇가지를 한아름 안고 돌아와보니, 염소치기들이 한쪽 구석에 돌더미를 쌓아 만든 조악한 화로 뒤편에 올미나가 마른 지푸라기로 이미 불을 피워놓았다. 초가지붕의 좁은 틈으로 연기가 빠져나갔다. 올미나는 초 두 개를 켜 하나는 로렌초의 머리맡에, 다른 하나는 발치에 놓았다. 염소 네 마리는 제일 안쪽 구석에 저희끼리 다닥다닥 붙어서는, 영문을 모른 채 조용히 지켜보았다. 나는 시신에게 마지막 목욕을 시켜주기 위해 눈을 녹이려고 냄비에 떠 담았다.

그러나 먼저 그를 밖으로 끌어내 눈으로 닦았다. 달리 방도가 없었다. 먼저 튜닉과 셔츠, 바지와 양말, 가죽신발을 죄다 벗겼다. 옷가지는 하나하나, 찢어진 것까지 전부 곱게 갰다. 가죽처럼 거칠고 주름진 피부에 여기저기 끔찍한 상처까지 나 있는 로렌초의 몸뚱이는 충격적이었다. 로렌초를 가운데 두고 올미나가 그의 왼쪽에, 나는 오른쪽에 무릎을 꿇고 앉았다. 우리 둘은 시체의 팔과 목, 얼굴에 반쯤 얼어붙은 황동색 피를 닦아냈다. 이 산속에서 들리는 소리라고는 우리가 내는 소리밖에 없었다. 쉬, 쉬, 쉬. 차가운 살에 눈을 문지르는 소리였다. 하지만 다리와 발, 발가락이 없는 부위를 닦을 차례가 되자 나는 계속할 수가 없었다.

올미나는 신음을 토해내며 그의 가슴팍에 자기 얼굴을 기댔다. 로렌초 없이 어쩌지? 우리는 시신을 닦다가 멈추고 오들오들 떨다가 다시 닦기를 반복했고, 손은 그의 피로 빨개지고 추위에 부어

터졌다. 마침내 로렌초를 움막 안으로 다시 들여갔다. 그때쯤 물이 다 데워져 까만 냄비에서 김이 피어오르고 있었다. 나는 물에 손가락을 넣어 온도를 재보았다. 망자를 위해 따뜻한 물을 준비해야 했으니까.

우리가 가진 제일 좋은 빨간 모포 위에 로렌초를 눕히고, 어깨 옆에 초 하나를 놓았다. 우리 둘은 그의 찢어진 셔츠를 하나씩 둘둘 말아 물에 담갔다가 꼭 짜냈다. 나는 그걸 잘 접어 어린아이 씻기듯 로렌초의 얼굴을, 목과 어깨와 팔을, 그리고 손가락 사이사이까지 정성스레 닦아주었다. 그리고 우리는 할 수 있는 만큼 그를 복원했다. 나는 내 머리카락으로 그의 왼팔을 봉합했다. 올미나는 자신의 회색 머리카락으로 그의 목을 꿰맸다.

봉합할 수 없는 깊은 상처도 많았다. 우리는 네모나게 찢어낸 리넨 조각으로 로렌초의 아랫배를 덮었다. 상처를 가린 허접한 베일이었다.

올미나가 나를 마주보았다. "그렇다면 이이의 심장은, 진정, 어디 있는 거예요?"

"여기." 나는 내 손을 올미나의 손에 포개, 억센 털로 덮인 로렌초의 허연 가슴팍에서 올미나에게 좀더 가까운 부위에 올렸다. 올미나가 그 위에 다른 한 손을 마저 얹었다.

"신부님이 없었어요. 이이한테는 안식을 빌어줄 신부님도 없었다고요." 올미나가 고개를 들더니 꽉 잠긴 목소리로 속삭였다. "이 사람은 성찬식도 못했어요, 시뇨리나. 그러니 우리가 대신 기도해줘야 해요."

"꼭 기도문을 외지 않아도 돼. 산바람이 로렌초를 위한 저녁기도가 되어줄 거야. 새들이 아침기도가 되어주고, 짐승들은 새벽기도가 되어줄 거야."

올미나는 나를 물끄러미 보더니 고개를 저었다.

우리는 로렌초의 하체를, 둔부와 다리와 발을 씻겼다. 이제 로렌초는 깨끗했다. 생전 어느 때보다 깨끗했다. 나는 조그만 잔가지로 그의 손톱 밑을 긁어냈다. 올미나는 그의 머리칼을 가지런히 정돈했다. 그러고는 계속해서 쓰다듬었다. 자, 자.

끝으로 우리는 로렌초에게 옷을 입혔다. 나는 사위가 어두워지는 걸 보고 노새들을 안으로 데리고 들어왔고, 문을 닫아걸었다. 지칠 대로 지친 우리는 로렌초의 양쪽에 몸을 뉘었다. 잠이 몽둥이처럼 덮쳤다.

다시 깨어났을 땐 하룻밤이 고스란히 지나 있었다. 로렌초는 생기 없고 차갑게 식은 채 내 옆에 누워 있었다. 그의 굳은 손을 만지작거리다가 나는 아이처럼 울기 시작했다.

올미나는 이상하게 굴었다. 횡설수설하고 몸도 가만히 두지 못했고, 움막을 들락날락했다. "신부님을 모셔와야겠어요. 안 그러면 이이의 영혼이 연옥에서 어떻게 되겠어요?"

나는 말리지 않았다. 대신 노새들을 멀리 못 가게 밧줄에 묶은 채 밖에 풀어놓았다. 몇 마리는 돌아와 문간에 서 있거나 오들오들 떨면서 안으로 들어왔다. 염소들도 되도록 밖으로 몰아냈다. 두 마리는 꿈쩍도 안 했다. 녀석들은 심각한 얼굴로 나를 쳐다봤고, 나는 신부보다 차라리 이 녀석들과 있고 싶었다. 올미나는 계속 서성댔다.

얼마 후 로렌초의 머리맡과 발치에 초를 새로 켜놓고 그의 곁에
앉았다. 우리는 아무것도 먹지 않았다. 나는 로렌초의 영혼을 위해
「연옥편」몇 구절을 읊었다.

　　　가장 신성한 물에서 나는
　　　나무들이 새로이 되듯 새로이 만들어지고,
　　　그 이파리가 새로울 때 또 한번 새로워져 돌아왔으니,

　　　순수하게 별들을 향해 올라갈 준비가 되었도다.

　　올미나도 나름대로 기도문을 반복해서 읊조렸다. 나는 간간이
올미나의 기도에 귀를 기울였고, 또 간간이 눈물을 흘렸다. 하지
만 더는 한마디도 하지 않았다. 이 상태로 있는 우리를 염소치기
두 명이 발견했다. 깜짝 놀란 두 사람은 별말 없이 무릎을 꿇고 올
미나의 어깨에 손을 하나씩 얹었다. 그들은 로렌초가 동료 염소치
기인 양 검은 모자를 벗어 들었다. 그리고 삽을 가지고 돌아오더니
우리를 도와 산 한참 아래쪽 녹은 땅에 로렌초를 함께 묻어주었다.
우리는 노새와 여행 물자를 다 가지고 내려왔다. 염소치기들은 좁
은 구덩이를 하나 팠다. 둘 중 한 명이 커다란 돌덩이를 굴려 로렌
초의 가슴팍에 올려놓았다. 들짐승들이 시체를 뜯어먹는 걸 막기
위해서였다. 다른 한 명은 소나무 가지 두 개를 가죽끈으로 묶어
만든 단순한 모양의 십자가를 가져와 갓 쌓아올린 봉분에 심어놓
았다. 로렌초의 시신 위에 쌓인 차가운 흙더미 위로 몸을 숙인 올
미나는 일어날 생각을 하지 않았다. 한참이 지나 날이 어두워지기

시작하자, 남자들이 올미나를 일으켜 노새에 태웠다. 그들은 세우두르젤* 마을로 우리를 데려다주었다. 로렌초는 산속에 누워 있었다. 그는 언제나 높은 곳을 사랑했다. 그렇지만 우리가 다시는 돌아오지 않을 이국땅에 그를 남겨두는 심정은 비통하기 이를 데 없었다.

---

* 현 피레네산맥의 카탈루냐 지방에 있는 마을.

20장
동종은 동종을 치료한다

올미나는 오래도록 말이 없었다. 때때로 밤중에, 우리가 묵고 있는 농가의 석조 주택 방에서 쉬지 않고 흐느껴 우는 날도 있었다. 그 소리는 시간을, 하루하루의 순환주기를 허물었고, 그래서 내가 그 소리를 듣고 있는 건지, 들었던 소리를 기억해내는 건지, 아니면 심지어 앞으로 닥칠 슬픔에 대비하고 있는 건지 혼동이 됐다. 나는 밤낮없이 몇 시간씩 잤다. 지도에 표시해둔 이동 거리들은 이제 하루와 다음날의 거리, 올미나와 나 사이의 거리에 비하면 하찮을 따름이었다. 로렌초의 죽음 이후로 우리는 서로 한 번도 안아주지 않았다. 비난의 말이 입 밖으로 나온 적은 없었지만, 내가 내린 선택들의 대가가 올미나가 묵주알을 굴리는 또렷한 소리처럼 나를 괴롭혔다. 내가 여행하기로 하지만 않았더라면. 아버지가 그러지만 않았다면. 로렌초가 그러지만 않았으면. 곰만 아니었다면. 신이시여.

농부에게 아버지의 편지 중 한 통의 발신지인 산타엔그라시아라는 마을에 대해 묻자 그는 서쪽을 가리켰다. 나는 올미나에게 떠날 계획을 알렸다. 올미나는 동의의 뜻으로 힘없이 고개를 끄덕이고는 오랜 속담을 읊었다. 라 론타난차 에 마드레 델라 디멘티칸차. 거리는 망각의 어머니.

우리는 절대 망각하지 않을 테지만, 그 거짓말이 나는 못내 고마웠다. 내가 책에 실으려고 쓴 어떤 묘한 질병이 떠올랐다.

랍수스
여성이 갑자기 출신지를 잊고
세상 전반, 그중에서도 주로 멀고 이국적인 장소,
책에서 읽거나 전해들은 것 정도로는 설명할 수 없는
구체적 지식을 가지고 있는 장소에 대해
강렬한 열망을 품는 상태

우울증 환자가 사물의 인상을 간직하는 건조한 기질 때문에 특출한 기억력을 보이는 것처럼, 습한 성질의 침착한 기질을 가진 사람 역시 건망증이 수반되고 설명 불가한 지식이 갑자기 생기는 이 질병에 종종 걸린다. 주로 찬 기운을 가진 사람이 그런 상태에 이르기 더 쉬운 듯하다.

바로 그러한 경우에 대해 트레비소*의 메나스테리 박사가 일지로 기록한 바 있는데, 그에 따르면 (카테리나 데 메디치가 그렇게 즐겨 먹었다는) 비할 데 없는 쌉쌀함으로 소문난 라디키오**

---

* 이탈리아 동북부의 도시.

농장을 운영하는 조반나라는 농부가 어느 날 갑자기 밭을 돌보
길 거부했다고 한다. 그녀가 그토록 아끼던 라디키오 작물은 점
점 시들어갔다. 그녀의 남편은 두 손을 비틀며 아내에게 호소했
고, 그러다 결국 아내를 그들 부부의 침실에 가두었다. 옆에 넓
은 뜰이 있는, 농가 주택의 수많은 방 중 하나였다. 아내가 방에
서 나가기만 하면 이상한 말을 지껄이거나 발 가는 대로 방황하
기 때문이었다. 조반나는 더이상 자기 집이 어디인지도 알지 못
했다. 대신, 가본 적도 없는 '아카'라는 특정한 장소에 대해 자세
히 안다고 주장했다. 그곳에서 자신이 '손목이 노란 여자'로 알
려져 있다는 것이었다. 그 마을에는 주민들이 옷과 천막을 염색
하려고 조제한 다양한 염료에서 딴 이름을 사용한다고 했다. 염
료는 각종 딱정벌레와 풀, 나방이 날개, 피, 소변에서부터 해와
달, 별빛 등에 대한 화학 반응물에서 추출했다. 그래서 '노란 손
목'은 베네토의 겨울 별빛 아래 마당에 양파 껍질을 널어놓고 금
빛 물질을 얻어냈고, 더 깊은 빛깔을 내기 위해 그 위를 잘근잘
근 밟았다.
　조반나의 남편이 시들어 꺾어진 라디키오를 가져와 아내를
조용히 나무라면서 그녀의 무릎에 얹어뒀지만, 조반나는 그것들
이 바닥에 떨어지게 내버려두었다. 얼마 안 가 그녀는 괴상한 행
동을 하기 시작했다. 썩어가는 채소들에 둘러싸인 채, 잠긴 창
앞에 갖다둔 나무의자에 꼿꼿이 앉아 있는 것이었다. 여자들의
발목을 꽉 물어대는 가을 한파가 갑작스레 불어닥친 어느 오후,

** 이탈리아 북부 원산의 붉은 양배추.

조반나의 남편은 아내를 기쁘게 해줄 요량으로 빵집에서 따끈따끈한 둥근 빵 한 덩이를 사가지고 돌아왔다. 그런데 방의 허술한 널빤지 문이 떨어져나가 있었다. 조반나가 탈출한 것이었다. 그녀를 수색하는 데 트레비소의 사냥개들이 동원됐지만, 개들은 조반나의 체취를 추적하지 못한 채 어리둥절해하며 밭을 맴돌기만 했다.

조반나는 끝내 발견되지 않았지만, 몇 년 뒤 페즈왕국*의 어느 외국인에 관한 이야기가 들려왔다. 피부가 사과 속살처럼 하얀 여자가 노란 염료를 내는 각종 특이한 식물과 채소를 심은 정원을 가꾼다는 이야기였다.

이 질병의 치료법은 알려진 바가 거의 없다. 대개 환자가 자취를 감춰 치료할 수 없기 때문이다.

농가를 떠난 날 하루종일 이동한 끝에 성 안토니우스의 바싹 말린 혀처럼 생겼다고밖에 할 수 없는, 요새 모양으로 돌출된 바위 위에 있는 외딴 여관이 시야에 들어왔다. 죽어가는 성자의 혀끝에 얹힌 마지막 한마디인 양, 마을 끄트머리에 바싹 마른 손가락마디처럼 얹혀 있는 여관이었다. 우리는 진이 빠져 있었다. 노새 네 마리도—한 마리는 친절하게도 우리를 묵게 해줘서 고맙다고 농가에 넘겨주고 왔다—올라가면서 점점 움직임이 뻣뻣해지더니, 성질을 부리는 정도를 넘어 아예 갑자기 멈춰 섰다. 공기는 열기로 묵직했다.

---

* 모로코 북부에 존재하던 왕국.

우리는 노새에서 내려 산등성이를 가파르게 타고 오르는, 주먹을 불끈 쥔 것 같은 떡갈나무가 드문드문 자라고 쉬쉬 소리가 나는 죽은 풀 무더기들이 난 좁은 산길을 힘겹게 올라갔다. 드디어 노새 녀석들도 우리가 이끄는 대로 걸어갔다. 페델레는 약상자뿐 아니라 내 원고도 지고 있었다. 길이 너무 좁아지자 나는 걸음을 멈추고 원고가 든 손가방을 내 등에 옮겨 멨다. 반쯤 올라갔을 때 빈약한 개울이 나왔고, 우리는 점토가 떠다니는 그 물을 간신히 갈증만 달랠 정도로 마셨다. 셀 수 없이 많은, 마치 유황 같은 주황색 노란색 나비들도 그 미량의 흙탕물에서 목을 축이고 있었다. 우리가 옆에 무릎 꿇고 앉아도, 노새들이 끼어들어 첩첩거리고 끙끙대면서 주둥이로 그 탁한 물을 죄 흘려대도 나비들은 꿈쩍도 하지 않았다. 나비떼는 노새들의 부숭부숭한 입술과 콧구멍 주위로 몰려들었고, 심지어 우리 입술과 피부에도 달라붙어 거기 맺힌 물기를 마시려 했다. 그렇게 나비들의 노란색으로 기이하게 장식된 채 우리는 노새들이 양껏 물을 마실 때까지 하염없이 기다렸다. 배탈과 이질에 걸릴 거라고 경고하며 고개를 젓는 올미나에게서 아주 잠깐 예전의 친근한 모습이 엿보였지만, 곧 그 올미나는 침묵 속으로 사라져버렸다. 올미나는 세상에서 한발 떨어져 있었다. 그저 기계적으로 움직이고 있었다. 그래도 나는 묻지 않을 수 없었다. "로렌초가 이 나비들을 보고 뭐라고 했을까?"

로렌초의 이름을 듣자 올미나는 뭐라 형용할 수 없이 슬픈 얼굴이 되어 멍하니 앞만 응시하다가 대답했다. "색깔이 보기 좋다고 했겠죠. 샛노란 게 불꽃 같다고. 불의 생물들이라고."

여관에 도착하자 관리인 쿠베로가 (이 세상에 맞서 영구적으로 볼륨을 키운 듯한 목소리로) 외쳤다. "살바도르! 살바도르! 어디 있느냐? 손님 오셨다!"

늘 그렇듯 나는 낯선 사람이 내 약제에 끼칠 영향이 걱정되어 내가 직접 약상자를 나르겠다고 했다.

졸음 가득한 반쯤 감긴 눈으로 내 손가방을 나르는 노인을 따라 넓고 어두운 계단을 올라갔고, 거기서 고르지 않은 좁은 석조 복도로 방향을 틀었다가 마지막에는 비좁은 계단을 두 번 더 올라갔다. 올미나가 자기 가방을 메고 터벅터벅 따라 올라왔다. 노인은 한두 번 돌아서서 잔소리를 했다. "잠깐만요, 세뇨라, 잠깐만 있어봐요. 쇤네가 상자를 나르겠습니다. 페세타* 금화로 가득찬 상자도 아니잖습니까요?" 그는 악의 없이 나를 나무랐다. "든든한 하인을 하나 두고 그런 짐은 대신 지고 나르게 하셔야죠."

"그랬었는데, 지금은 없네요."

"아." 노인은 뭔가 물어보려는 듯 눈을 가늘게 뜨고 쳐다봤지만, 내 표정을 본 순간 마음을 접었다. "옛날에 닭장으로 쓰던 방을 내드릴 건데, 편하게 계시라고 저희가 손을 좀 봤습니다. 어쨌든 전망이 제일 좋습니다요."

그는 굵은 팔을 휘둘러 우리 아래의 붉은 돌에 난 깊은 틈을, 사프란색과 갈색이 조각보처럼 섞인 들판을, 성벽에 둘러싸인 다른 언덕 위 마을들을, 그리고 그 너머 육안으로 보이는 무어인들이 사는 지방을 내다보며 사색에 잠긴 듯한 하나뿐인 망루를 가리켰다. 그러더니 소매를 팔꿈치까지 걷어붙이고 두 손을 허리춤에 짚고

---

* 에스파냐의 옛 통화 단위.

는, 솔직한 눈으로 나를 머리부터 발끝까지 훑어본 다음 대뜸 말했다. "여기 침대는 다 똑같으니, 하인이고 귀족 아가씨고 다 대등한 셈이네요!" 그리고 씩 웃어 보이고는 방에서 나갔다. 나는 천천히 몸을 접어 나무의자 중 하나에 앉았다. 로렌초가 이 높은 곳을 좋아했을 텐데. 올미나는 자기 가방에 걸터앉더니 손에 얼굴을 묻었다. 방은, 작디작은데도, 침묵으로 쪼개졌다.

얼마 후 내가 물었다. "주머니에 넣고 다니는 그 편지는 뭐야?

올미나가 흠칫 놀랐다. "전해드리고 싶지 않았어요, 왜냐면……심란해하실까봐요." 그러나 올미나는 별수없음을 깨닫고 내게 편지를 건넸다. "죄송해요, 시뇨리나. 주베르 박사님이 몽펠리에에서 아가씨한테 전해드리라고 한 편지예요." 그러고는, 내가 밖을 내다보기 좋아하는 걸 아는지라, 창에서 제일 먼 침대로 가 내게 등을 돌리고 누워 낮잠을 청했다.

해미시가 보낸 편지였다.

나의 소중한 의사 선생님, 가브리엘라

제가 얼마나 서툴렀는지, 당신에게 달랠 수도 없는 고통을 안겨드렸군요. 만약 용서라는 게 가능하다면 저 자신에게 용서받는 법을 연구하라고 명하겠습니다. 가브리엘라, 어찌 간다는 말도 없이 떠나십니까? 당신이 이 여행으로 당신 자신과 마음씨 따뜻한 하인들을 위험에 처하게 하는 것 같아 걱정입니다. 여행길은 미지의 대상을 파고드는 절개수술이니까요, 그렇게 생각하지 않으세요? 부친을 찾으려고 대륙을 죄다 해부할 수는 없는 노릇입니다. 이 편지가 당신 마음에 곧장 닿을 거라고, 분실되지 않을 거라고 믿어봅니다. 이 편지가 저를 앞질러가기를 믿어봅니다. 왜냐면 나는 몽펠리에로 가서 당신을 데려오기로 결심했거든요. 저와 같이 이든버그로 돌아가기를 원치 않으신다면 같이 베네치아로 돌아갑시다. 그래요, 당신 집까지 동행하겠어요. 그리고 당신이 허락하신다면 구혼할 작정입니다. 그 수밖에 없습니다. 당신 부친은 실종되셨고, 집으로 돌아오게 할 수 있는 사람은 그분 본인밖에 없습니다. 사랑하는 가브리엘라, 당신은 나를 속속들이 읽어냈어요. 나를 나 자신으로 번역해줬어요. 그러니 나도 당신의 약상자 안에 숨겨둔 책의 글귀를, 당신의 마음을 앗아가는 생각과 열정과 미덕과 감상으로 이루어진 장서에 담긴 말들을 읽게 해줘요. 내 더블릿에 묻은 당신의 구릿빛 머리칼 두 가닥을 발견해 돌돌 감아 주머니에 넣고 다닙니다. 늘 눈앞에 당신 모습이 아른거려요. 나 자신을 당신을 위해 바칩니다.

이든버그에서

1591년 4월 24일

해미시 어카트 박사

나는 원고 사이에 편지를 끼워넣었다. 이제는 영영 우리를 못 찾겠네, 이런 생각이 들었다. 그럼에도 그의 말은 내 마음에 끈질기게 붙어 있었다.

올미나가 자는 동안 나는 질병과 치료법에 대한 원고를 정리하기 시작했고, 그러다보니 진정이 됐다. 생각했던 것보다 원고 분량이 많았다. 날이 더웠지만 나는 살바도르에게 뜨거운 물 한 주전자를 가져다달라고 했다. 진정 효과가 뛰어난 박하차를 마시고 싶었다. 상자를 열고 코르시카산 으깬 박하가 든 병을 꺼냈다. 살짝 가책이 들었지만, 얼마 안 남은 박하잎을 나를 위해 우려냈다.

무쇠솥 뚜껑 같은 밤이 산타엔그라시아를 짓눌러오는 사이, 올미나는 계속 우리 방에서 잠만 잤다. 반면에 나는 빵과 질긴 양고기, 짭짜름한 치즈에 걸쭉한 포도주 한 잔을 곁들여 먹은 후 테라스로 물러나, 기름등잔 옆 두꺼운 떡갈나무 탁자에 지도들을 펼쳐놓고 종이가 말리지 않도록 가장자리에 돌멩이를 얹었다.

관리인 쿠베로가 호기심이 동해 근처에서 어슬렁대며 들여다보려 했다. 나는 그를 손짓으로 불러 여행의 목적을 설명한 뒤, 아버지의 외양을 묘사하면서 그런 사람을 보거나 그에 대해 들은 바가 있는지 물었다. 쿠베로는 의사를 본 기억은 없지만, 트렘프*에 있는 약재상에게 물어보는 것이 어떻겠냐고 했다. 나는 우리가 베네치아를 떠나온 날부터 거의 매일 밤 그랬듯 손가락으로 우리의 행로를 훑었다. 우리가 지나온 장소의 이름들, 특히 제일 많이 만진 초기의 방문지들의 이름은 그래서 바래가고 있었다. 책에 실을 원고를 훑어보는데, 그것도 군데군데 마치 다리미로 건드린 것처럼 닳아 있었다.

모르페우스의 가래톳

이 화농성 염증은 흑사병과 달리 시칠리아의 유해한 증기나 고트족의 역병 끓는 야영지에서 발생한 것이 아니다. 이 병은 수

---

* 에스파냐 북동부 카탈루냐의 현 자치구역.

면의 영역에 관계된 것으로, 그렇기에 불치의 증상으로 선포하는 이가 많다. 환자는 아직 터지지 않은, 넓게 부풀어오른 발진으로 사지가 뒤덮이는 꿈을 꾼다. 날씨가 험악한 것이, 강한 하강 기류와 회오리바람, 폭풍우가 한바탕 몰아칠 것만 같다. 잠에서 깬 환자는 속상하게도 흉측한 가래톳이 무릎 뒤나 종아리에 툭 불거진 걸 발견하게 되고, 그러면서 병증이 시작된다. 수면중에 몸안에 자리잡은 것이 낮에 터져나오는 것이다.

나는 새하얗고 고운 피부로 소문난 어느 젊은 귀부인이 꿈에서 이 환영을 봤다며 치료해달라는 부탁을 받고 오르게그라*로 호출되어 간 적이 있다. 꿈에서 하늘의 거대한 구름이 마치 맷돌처럼 변했는데, 한가운데는 검고 기름 낀 회전축이 있는 듯 시커멨고 가장자리엔 허연 거품이 생겼다고 했다. 빙글빙글 도는 그 맷돌 속으로 의자와 무어인들이 만든 양탄자, 다마스크 리넨, 조그만 애완견, 난로 쑤시개, 양의 다리, 장서 일체, 아스트롤라베**까지 온갖 것들이 빨려들어갔지만 사람만은 딸려가지 않았다. 그녀의 몸에 난 가래톳은 점점 노랗게 익더니 독성이 있는 소용돌이 모양으로 덧났다. 나로서는 환자의 고통을 덜어주기 위해 맨드레이크 잎(이슬이 그 치유 효과를 흩어버리기 전인 한밤중에 채취한 것)과 피레네산 백점토, 그리고 포도주에 적신 부드러운 천에 소금을 얹어 환부에 발라 곪은 게 어서 터지게 하는 수밖에 없었다. 붕대는 하루 세 번 갈아주었다. 환자는 몸을 긁지 말라고 손

---

* 스페인 트렘프 북쪽 지방의 옛 이름.
** 고대 그리스의 천체관측기.

을 묶어놓아 몹시 힘들어했다. 그녀는 흉한 갈색 흉터를 보고 몹시 분노해서, 그렇게 흉하게 살아남으면 뭘 하냐며 치료비를 지불하기를 거부했다. 나중에 듣기로, 그동안 구애했던 남자들이 전부 그녀를 버렸지만 단 한 명, 나폴리 출신의 한 신사만은 그녀 곁에 남았고, 접을 수 있는 소형 황동 망원경을 선물해 그녀에게서 사랑의 맹세를 받아냈다고 한다. 이제 그녀는 멀리까지 볼 수 있게 되었다.

나는 약재상을 찾아가 주변에 누구든 이탈리아인 의사, 평균 키에 아랫배가 살짝 나온(의문이 들기 시작했다. 혹시 아버지는 여기서 키가 큰 축에 속한다거나 아니면 그사이 여윈 건 아닐까?) 남자를 본 적이 있느냐고 물었다. 움찔거리는 버릇이 있는 비쩍 마른 약재상 알론소 곤살레스는 도움을 주고 싶어 안달이 난 것 같았다.

"예, 제가 아가씨의 부친과 알고 지냈습니다. 훌륭한 의사 선생님이셨지만 좀 무뚝뚝했지요. 모나티 박사님이라고."

"몬디니 박사님이에요." 내가 정정해주었다.

"아 예, 그렇군요. 그분은 자주 혼자서 산속으로 산책을 가셨는데, 라미아 계곡 근처 망루에서 밤을 보내고 온 적도 있었어요." 갑자기 약재상은 목소리를 낮추더니, 각종 약용 분말과 비밀 해독제가 쏟아져 알록달록 물든 소나무 판매대 위에 변색된 손가락을 초조하게 두드렸다. 꼭 사제가 은밀히 뭔가를 털어놓는 것 같은 태도였다. "이 지역은 초토화됐어요. 물이 맛이 갔지요. 그런데 아버님은 제 말을 안 믿으면서, '동종이 동종을 치유한다'고 우기셨어요. 우울증을 우울한 장소로 치유하려 하신 거죠. 저희는, 그러니까 저희 부부는 경고를 해드리려 했어요." 반쯤 열린 문 뒤에서 꼼짝 않고 우리 얘기를 듣고 있는 그의 아내가 보였다. "거기 물은 죽었다고요. 색깔부터가 이상해요. 푸르딩딩하고, 수면 아래 뭐가 있는지 통 보이지도 않거든요. 자연스럽지가 않아요. 강둑을 따라 자라는 나무들은 그 물 때문에 죄다 죽어가고, 계곡에도 아무것도 자라질 않아요. 무어인 거주 지역과 기독교인 땅 사이에 몇 안 되는 안전한 통로인데 말입죠. 양측 병사들이 셀 수도 없이 거기 갇혀 죽었지만 그곳의 진짜 고약한 점은 그게 아닙니다, 암요."

곤살레스의 새카만 작은 눈동자가 올미나에게서 나에게로 불안하게 오갔다. 그의 창백한 두상은 피부가 하도 탁해서 상아를 깎아놓은 것 같았고, 그래서 정수리 근처의 새카만 머리선이 M자를 그린 부위가 유독 도드라져 보였다.

"트루히요 선생의 농지에서도 병사들이 수두룩하게 죽었는데, 그래도 밭이 되살아나 농작물이 자랐단 말이죠. 그러니까 강은 애초에 죽어 있었던 거예요. 제 할머니는 강이 기억조차 안 나는 오래된 죄로 인해 저주를 받았고, 그래서 강바닥의 물이 상한 우유처럼 응고돼버렸다고 하셨어요. 계곡의 가파른 절벽 사이에 낀, 엉겨붙은 망령들로 가득한 강을 상상해보세요. 엉겨붙은 망령들이요!" 이러면서 그는 짙은 색 털이 듬성듬성 난 얼룩덜룩한 손을 마법사처럼 허공에서 휘둘렀다.

나는 흠칫 놀라 고개를 뒤로 젖혔지만, 작고 마른 약재상은 자기도 어찌할 수 없는 듯 계속해서 말을 쏟아냈다. "세비야 출신, 베네딕트회의 파블로 신부님이 그런 계곡을 아주 잘 아십니다. 여기서 북쪽에 있는 어느 계곡에 십 년이나 독수리처럼 눌러살았대요. 라미아강의 저주를 씻어내고 싶어서요. 그래서 하루에 한 번씩 빵과 물, 포도주를 갖다주는 바우스티타 신부님 말고는 아무도 없이 혼자 며칠 동안 절벽에 돌출된 바위에서 악령 쫓는 의식을 했답니다. 그러다 어느 날 낮에 파블로 신부님이 우리의 경고를 깡그리 무시하고 강에 통을 넣어 물을 퍼올렸어요. 마을로 다시 돌아왔을 때 그분은 눈썹이 다 뭉치고 새카매져 있었죠. 그 물을 마셨다는 얘기가 있더군요. 일요일 미사 때 신부님은 실수를 연발하고 아무도 모를 말을 지껄였어요. 우리 모두 신부님이 무서웠죠. 신부님은 설교단에서 무섭게 인상을 썼습니다. 그날 밤 신부님은 작은 가방 하나와—우리가 추측하기로는—그날 이후 성당에서 안 보이는 촛대 한 개를 챙겨서 도망쳤습니다, 네. 그후 그분 소식을 들은 사람은 아무도 없고요."

나는 방금 들은 일화를 어떻게 해석해야 할지 알 수 없었다. 줄줄이 늘어선 도자기들과 흰 유약 위에 코발트블루색으로 쓴 라틴어 이름들, 이가 나가서 안의 더 진한 색 점토가 엿보이는 용기들의 주둥이를 휘감은, 노른자처럼 샛노랗거나 파란 이파리를 단 덩굴식물들만 물끄러미 바라봤다. 우리 베네치아 약재상에게서 흔히 볼 수 있는 마욜리카 도자기보다 그리 예쁘지 않았다. (나병에 쓰는) 블랙 헬레보레 같은 약제가 담긴, 사용 빈도가 낮은 단지들에는 고운 황갈색 더께가 앉아 있었다.

곤살레스 씨가 말을 이었다. "댁의 부친께 그 물을 마시지 말라고 경고했지만, 그분이 글쎄 더 심한 바보짓을 저질렀지 뭡니까. 그 물에서 몸을 씻은 거예요. 그날 농땡이 치고 협곡 근처로 다마사슴 사냥을 하러 나간 망루 파수꾼이 아니었으면, 그분은 아마 찐

득하고 파란 물 속으로 사라졌을 겁니다, 예. 그분이 물에 허리까지 잠기도록 들어가서 무슨 마비 상태 비슷한 것에 빠지는 바람에 근처에 있던 말 사육사들이 밧줄을 몸에 둘러 끌어내야 했다니까요. 아무도 물에 닿지 않으려 했고, 나중에는 밧줄까지 다 태워버렸어요. 밧줄 한 벌 괜히 버린 거죠."

약재상은 이제 내가 아버지 얘기를 할 차례라는 듯 의미심장한 눈으로 나를 빤히 쳐다봤다. 하지만 나는 육중한 통나무 다루듯 아버지를 살살 물가로 유도하면서 아직도 탁한 물속에 들어가 있었다. 아버지는 거기 붙박여 좀처럼 움직이지 않았다. 나는 더럭 겁이 났다.

"그럼 제 아버지도 강물의 광기에 사로잡혔다는 건가요?"

"저도 모르겠습니다, 세뇨라. 제가 봤을 때 그분은 그전부터 조금 이상했거든요. 꼭 마귀한테 쫓기는 것처럼 황급히 떠나버렸어요. 그래, 아무 소식도 못 들은 거예요?"

나는 알론소 곤살레스에게 아무것도 말해줄 생각이 없었다. 이런 수다쟁이에게 한마디라도 했다간 확성기에 대고 마을 전체에 떠드는 셈이나 마찬가지일 테니. 그래서 그냥 고개를 젓고 고맙다고 인사한 다음, 몇 가지 약재를 구입했다. 상처의 오물을 뽑아내는 얼레지, 온갖 종류의 병변이나 화상을 진정시키는 데 쓸 꿀에 절인 자주꿩의비름, 그리고 여러모로 건강에 좋은 회향 씨 같은 것이었다. 입을 놀려준 수고비로 최소한 내가 산 물건값을 받았으니 됐겠지 싶었지만, 내가 동전을 건넬 때 실망 가득한 그의 얼굴은 왼쪽으로 일그러졌다. 반쯤 열려 있던 문 쪽을 흘끔 봤지만 거기서 있던 여자는 온데간데없었다. 여자가 있던 자리에 가느다란 빛줄기만 비칠 뿐이었다.

"그런데 제 아버지가 정확히 언제 여기 머무셨죠?" 나는 갈색 치마의 주름을 만지작거리면서 일부러 무심한 말투로 물었다. "그리고 어디로 간다고 하시던가요?"

"오, 세뇨라, 그분은 북쪽인 브나스크로 가셨어요. 아니면 남쪽으로, 글쎄요, 아마 메키넨사 아니면 레리다로 갔던가?"*

"아니면 알모도바르델리오**로 갔든가!" 안쪽 방에서 흐르는 곡조 같은 여자 목소리가 들려왔다.

"제 아내의 무례를 용서해주십쇼, 세뇨라. 자기가 안달루시아 출신이라고 남들도 다 거기 가고 싶어하는 줄 알아요! 그건 그렇고, 세뇨라의 질문에 답하자면, 예, 그분은 삼 년 전 탈곡 철이 끝나갈 무렵인 7월에 여기 계셨습니다."

우리는 고맙다고 인사하고 약재를 챙겨 나왔다. 약재상에서 겨우 두 집 건너까지 갔을까 싶은데, 그의 아내가 한쪽 팔에 바구니를 걸고 우리를 쫓아 달려왔다.

"빵집에 가는 길이긴 하지만, 드릴 게 있어요." 그녀가 목소리를 낮게 깔고 말했다. "세뇨라의 아버님께서 약재를 사면서 값을 이걸로 지불하셨어요. 지갑이 가벼워지고 있었던 모양이에요. 제 남편한텐 말하지 말아주세요!" 그러면서 그녀는 작은 캘리퍼스***를 내 손에 쥐여주었다. "저는 자라면서 아버지가 안 계셨어요." 그녀

---

* 브나스크는 프랑스 남부 프로방스알프코트다쥐르의 마을. 메키넨사와 레리다는 에스파냐 북동부의 도시.

** 에스파냐 남부 안달루시아 지방 코르도바주에 있는 도시.

*** 물체의 두께, 지름 등을 재는 기구.

가 덧붙였다. "그래서 세뇨라의 슬픔이 부럽네요." 그러더니 잰걸음으로 우리를 앞질러가버렸다. 어쨌거나 우리는 모르는 사이였으니까.

나는 목청껏 감사 인사를 했지만 그녀는 돌아보지 않았다.

"조용히 해요, 시뇨리나!" 올미나가 그날 아침 처음으로 입을 열었다. "우리한테 말 거는 것만으로 의심 살 위험을 감수한 거예요. 남편이 문간에 서서 내다보고 있다고요."

우리는 인접한 마을로 가서 이탈리아 사람, 일 도토르를 본 주민이 없는지 탐문해보려고 산타엔그라시아를 떠났다. 귀족, 평민을 막론하고 다른 여행자나 마을 주민과 얘기할 때, 우리가 같은 사람을 말하는 건가 의심이 들 때가 종종 있었다. 어느 마을에서는 일 도토르가 도저히 우리 아버지가 아닌 것 같은 행동을 보였다고 해서, 내가 쫓고 있는 게 의사 행세를 하는 배교자나 광인이 아닌가 헷갈릴 정도였다. 그들은 일 도토르가 알쏭달쏭한 말이나 알아들을 수 없는 한마디를 내뱉는 침울한 사람이었고, 환자에게 약을 투여하고 휑하니 가버렸다고 했다. 어떤 이들은 화를 내면서 내게 배상을 요구했다. 한 남자는 일 도토르가 성인이라면서, 모든 부상자를 자신과 대등한 상대로 취급해주고, 길가에서 아파 신음하는 산적떼를 만나도 서늘한 성안의 침대에 괴저로 드러누운 기사를 본 것처럼 지체 없이 돌봐줄, 한없이 따뜻한 성품의 소유자라고 칭찬했다.

올미나는 탐문에 지쳐 내가 집으로 돌아가는 쪽으로 마음먹게 하려고 애썼다.

바람이 몹시 부는 어느 오후, 우리는 야생 수선화가 자라는 엔칸타트에 갔다. 아버지는 늘 야생 수선화 뿌리의 놀라운 효능에 대해 말하며, 그게 어떤 종류의 경련도 완화해주고 소변 배출을 원활히 해줘 몸을 정화해준다고 했다. 히포크라테스도 여자가 야생 수선화 뿌리를 재에 볶아 먹으면 월경을 재개할 수 있다고 말한 바 있었다(전에 베네치아에서 마우리치오가 죽은 뒤 비탄에 잠겼을 때처럼 또다시 월경이 멈췄기에 시험해보려는 치료법이었다). 고대인들은 망자가 가장 좋아하는 음식이 수선화라며 무덤 주변에 그 꽃을 심었다. 아버지가 수선화를 봤다면 구근을 캘 기회를 그냥 흘려보냈을 리 없다고 나는 확신했다.

우리는 황량한 두 교각 사이에 자리한 고지대의 소나무숲 협곡으로 들어가는 걸 허락받았고, 거기서 어느 땅딸막한 양치기가 길을 가르쳐주었다. 양치기는 비록 꽃은 거의 다 시들었지만 거기에 세상에서 가장 고운 흰 줄기 식물이 나 있다고 알려줬다. 온통 헝클어진 내 머리카락이 밀짚모자 밑으로 삐져나왔고, 올미나는 어린아이에게 혹은 동네 바보에게 하듯 유난법석을 떨며 내 매무새를 가다듬어주었다.

"우리 이제 진짜로 돌아가야 해요, 가브리엘리나*. 폭풍우가 몰려오고 있어요. 맛있는 치즈파이 만들어줄게." 올미나가 나를 살살 달랬다.

"나를 마지막으로 가브리엘리나라고 부른 게 언제더라? 나 다

---

* 가브리엘라의 애칭. 주로 어린아이나 친한 친구 이름 뒤에 '-ina' 혹은 '-ino'를 붙여 애칭을 만든다.

큰 어른이야." 내가 바람소리를 뚫고 외쳤다. "구근 파는 거나 좀 도와줘!"

올미나는 다 터진 입술을 꾹 다물고 가혹할 정도로 돌투성이인 흙바닥을 보며 오만상을 찌푸리더니, 휙 돌아서서 가버렸다. 나는 긴 이파리를 맹렬히 흔들어대는 키 큰 줄기들과 축 늘어진 꽃들, 번식하는 암술, 수술들 속에 덩그러니 남아 있다가 물레가락처럼 생긴 구근 몇 개를 어찌어찌 파냈다. 그리고 그것들을 가방에 잘 넣었다.

내 망자들을 위한 음식이야, 나는 속으로 중얼거렸다. 그들의 허기는 끝이 없는 것 같았지만.

야생 수선화를 삽으로 파낸 우리는 산타엔그라시아로 돌아왔고, 나는 몸져누웠다. 몇 달, 아니 몇 년을 거슬러간 것 같은 지독한 한기에 시달렸다. 로렌초가 내 옆에 앉아 칼을 사각사각 놀리며 나무를 조각하는 소리가 들렸다. 창가에 서 있는 아버지의 뒷모습이 보였다가 다음 순간 사라졌다. 메살리나가 바닷물을 뚝뚝 흘리며 나타났다.

올미나가 나를 돌봐주었다. 그녀는 저녁으로 검정무 수프와 빵을 준비했고, 물에 적신 수건으로 내 이마를 닦아주었다. 그러나 한숨소리로 올미나가 안절부절못하고 있으며 때로는 원망에 가득 차 있음을 알 수 있었다.

셋째 날 아침 살바도르가 꽃을 우려낸 캐모마일차를 가져왔고, 나는 상태가 나아졌다. 때로 사소한 것이 커다란 좌절을 회복시킬 수 있다니, 얼마나 신기한가. 치유는 결국 보이지 않는 것이구나.

"이 여행에서 내가 너무 많은 걸 요구했지, 올미나." 내가 꽉 잠긴 목소리로 운을 뗐다. "로렌초한테도 그랬고. 죽지 않을 수도 있었을 텐데, 만약에……"

올미나는 조용히 울기 시작했고, 내 머리를 쓰다듬어주었다. "그이는 아가씨를 무척이나 사랑했어요, 시뇨리나 가브리엘라, 아버지가 딸을 사랑하듯이요." 그러더니 내 손바닥에 작은 약통을 쥐여주었다. 나는 올미나의 검버섯 피고 주름진 손에서 나이를 느꼈다. "아가씨 거예요. 마님이 내다버리려고 했지 뭐예요!" 통 안에는 잃어버렸던 내 유치 한 개가 들어 있었다. 그것은 조그만 조가비 모양이었다. "그이가 늘 자기 셔츠 주머니에 넣고 다녔죠. 행운을 가져다준다나. 한때 우리 꼬마 의사 아가씨의 일부였던 거니까요."

나는 통을 꼭 쥐었고, 울면서 올미나에게 머리를 기댔다. 로렌초는 내가 어른으로 자라는 걸 지켜보면서 내 치아를 작은 진주알처럼 지니고 다녔다. 그런데도 나는 여전히 나를 버린 아버지를 찾겠다고 지구의 가장 먼 끝까지, 이번엔 바바리아까지 가려 하고 있었다.

21장
대륙 사이의 경계

항구도시 알헤세르*로 떠나기 전날 밤, 나는 아버지의 편지 묶음 맨 밑에 있는 '타라단테'라고 표시된 편지를 꺼냈다. 한밤중에 자주 내 사색의 동반자가 되어준 다른 편지들과 달리 이 편지는 단 한 번밖에 읽은 적이 없었다. 그 이유를 지금에야 알 것 같았다. 이 편지가 하는 말은 거의 다 내가 잊었거나 아니면 읽기를 거부했던 것이었다.

사랑하는 가브리엘라,

점점 지쳐간다. 끈으로 땋아놓은 듯한 물길이 난 모래사막 위로 보름달이 떠오르는 걸 보면서, 내가 달의 하얀 표면에 있는 것 같은 느낌이 든다. 어떤 이들은 달이 완전히 매끈하다고 하지. 또

---

* 에스파냐 남부에 있는 도시 알헤시라스의 옛 이름.

어떤 이들은 바다로 이루어져 있다고 하고. 아리스토텔레스는 달이 영원불멸하는 에테르 별들의 시작과 끊임없이 변하는 세계—흙, 공기, 물, 불—의 끝을 표시한다고 믿었지. 이곳 사막에서 나는 너무 쉽게 변하는 존재가 돼서, 물 같은 나의 뇌는 마치 달빛을 받아 신나게 증식하는 조개들처럼 달의 당김에 끌린다. 하지만 나는 경계에 서 있기도 하단다. 이 삶이 나의 변이 요소란다. 저 너머의 모래는 내 영원불멸하는 정신이고. 나라는 존재는 내게 너무 작구나. 평생 나는 증가와 감소, 분노와 비탄이라는 인력과, 또 망각이라는 무중력상태 비슷한 것과 싸워왔어. 치료법, 만병통치약, 일시 처방. 이제 나는 달이 모래이고, 모래시계의 동그란 윗부분이 우리에게서 멀리 떨어져 있는 에테르 안으로 흘러가고 있다고 믿는다. 매달 달은 점점 빠져나갔다가 다시 한결같고도 친밀한 손에 의해 거꾸로 뒤집힌다. 제 손인지도 모르지. 자기 자신을 뒤집는 거야. 너도 스스로 뒤집어야 한다, 딸아. 우리 눈에는 그게 보이지 않지만 느낄 수는 있잖니. 내 육신이 나를 가둬놓는구나. 영원히 살고 싶다. 그렇다 해도 꺼끌꺼끌한 달의 가슴에 머리를 뉘기엔 내가 너무 크다. 놓여나렴. 나는 티끌에 불과해. 하지만 달은 내가 입맞춤해보지 못한 아내야! 그녀는 나를 기다리고 또 나를 버린다. 그녀는 모든 물기어린 것들 안에 깃들어 있어. 바다와 그 지류들, 심장과 심혈관들, 뇌와 그 안의 우중충한 생각들, 신장과 그 순환 작용, 자궁과 그 젖은 갈망들, 과거와 갑자기 밀려드는 그 격동들. 나는 방랑하고 이리저리 떠다닌다, 가브리엘라, 나를 용서하렴. 너무 지쳐서 사막에서 휴식을 취해야겠다. 꿈마저 달과 함께하는구나. 그 꿈들이 대문 앞에서 서성인다. 잠을 잘 수만 있다면 네게 내 꿈 이야기를 들려줄 텐데. 더이상 목마르지 않을 텐데. 한 번만 더 내 명命을 속일 수 있다면. 여기엔 달을 꾀어낼 물도 너무 적고 저수지도 너무 없다. 바다는 대륙의 가장자리에서 여전히 철썩거리는데 말이다. 돌아와요, 돌아와요, 너는 내게 이렇게 말하는데, 나는 이런 의문이 든다, 어디로 돌아오라는 거냐? 집을 찾아가기 위해 내 여정을 되밟아야 할까?

1589년
네 아버지가

우리는 산타엔그라시아에서 며칠을 이동해 안달루시아산맥으로, 그다음엔 산맥을 뚫고 이스파니아 서남부로 갔고 알헤세르라는 아주 오래된 항구 마을에 다다랐다. 공기 중에 물고기와 고둥 냄새가 진동했다.

"이 근처에 여관이 있나요?" 나는 책상다리를 하고 앉아 어망을 손보고 있는, 피부가 짐승 가죽처럼 거친 노인에게 인사한 다음 물었다.

"서쪽으로 계속 가다보면 무너진 성벽이 나올 게요. 그 돌무더기를 지나면 바로 보일 거외다." 그는 바늘과 두꺼운 실을 든 뭉툭하고 주름이 깊게 팬 손을 아득한 땅끝을 향해 흔들더니 곧 다시 능숙하게 바늘에 실을 감아 매듭을 짓는 바느질을 시작했다.

우리가 서쪽으로 난 길을 따라 가려는데 그가 소리쳤다. "노새한두 마리 팔 생각 있으면 나한테 알려주시구려."

나는 안장 위에서 뒤를 돌아보았다. "내일 여관으로 와서 얘기해봅시다."

"가서 누구를 뵈러 왔다고 하면 좋을까……?"

"몬디니 박사요."

"아. 그럼, 내일 봅시다." 그는 우리를 향해, 아니, 얼마나 줘야 싸게 잘 샀다고 할까 재는 눈길로 노새들을 보며 씩 웃었다.

우리는 수수한 여관의 희게 칠한 평범한 방에 짐을 풀었다. 안달루시아 지방 끝에 자리한 숙소의 창으로, 망보는 흰 사자처럼 보이는 지브롤터 암벽에 부딪히는 암청색 바다가 내다보였다. 보랏빛 리프산맥의 희미한 윤곽도 보였다.

나는 산타엔그라시아에서 시작해 줄곧 이어질 듯하다 끊어지는 대화를 재개해보려고 올미나를 향해 몸을 돌렸다. 지금도 가능하면 미루고 싶은 대화였다. 그러나 결국 조용히 물었다. "로렌초가 없는 베네치아가 상상이 돼?"

"로렌초는 거기 늘 있을 거예요. 우리집이니까요." 올미나가 말했다. "가브리엘리나…… 무슨 말을 해도 나랑 같이 돌아가지 않을 거죠?"

이에 나도 질문으로 답했다. "나랑 같이 바바리아로 가지 않을 테야?"

"우리 고집쟁이 도토레사." 올미나가 목이 꽉 잠긴 소리로 웃었다. 두꺼운 창틀에 기댄 채 내게 바짝 붙어선 그녀의 몸이 떨렸다. "이 여정을 끝까지 밟아야 직성이 풀리겠죠. 한데 끝까지 닿은 걸 어떻게 알 건데요?"

"알 거야. 어떻게든 알 거야." 내가 대답했다. "그럼 준비는 내가 알아서 할게." 그리고 나는 올미나가 망망한 바다를 계속 바라보게 내버려두고 자리를 떴다.

여관 주인인 세뇨르 로마네스코가 우리의 배표를 예약해주겠다고 나섰다. 다행히 우리가 탈 배는 이틀만 기다리면 들어온다고 했다. 올미나는 아침 일찍 베네치아로 가는 상선 히페리온호를 타기로 되어 있었다. 나는 올미나가 떠나고 얼마 후 탕헤르행 카론호를 타고 떠날 예정이었다.[*]

"그런데 어째 혼자 가십니까, 세뇨라?" 여관 주인이 물었다. 가늘게 다듬은 검은 턱수염에 감싸인 그의 입이 못마땅함으로 꾹 다물어졌다. 아마도 과부라고 넘겨짚었는지 그는 나를 세뇨라라고 불렀다.

"가서 아버지를 찾아볼 계획이에요. 편지 한 통에 타라단테라는 마을이 언급돼 있거든요. 혹시 여기 묵고 있는 평판 괜찮은 여행객 중에 탕헤르로 가는 분이 있으면 알려주실래요? 믿을 만한 동반자가 필요해서요."

주인은 몸을 앞으로 숙이고 두 손을 우리 사이에 놓인 복잡한 기하학 문양의 모자이크로 장식된 계산대에 올려놓더니 경고하듯 말했다. "그렇게 아가씨 복장을 하고 다니면 동반자로 도둑이나 사기꾼만 꼬여들 겁니다. 사막이 세뇨라를 삼켜버릴 거예요!"

나는 목소리를 낮추고 대꾸했다. "남자로 여행할 생각이에요."

"아. 하지만 바바리아의 사막은 어떻게 견딜 건데요?"

"사막을 잘 아시나보죠? 무어인이신가요?"

---

[*] 카론은 그리스신화에서 저승으로 가는 나루터를 지키는 뱃사공의 이름이다.

"아, 우리 세뇨라께서 그게 궁금하신가보군." 여관 주인이 눈을 가늘게 뜨며 말했다. "지금 세뇨라께서 대륙 간 경계에 계시다는 것만 말씀드리지요. 그리고 어떤 경계지대에 있건 사람을 보이는 그대로 믿어선 안 된다는 것도요. 여기서 무어인은 독실한 가톨릭교도 스페인인입니다. 유대인은 이제 콘베르소*이고. 심지어 의사도 병자일 수 있다고요, 내 말이 무슨 뜻인지 안다면 하는 말이지만. 그러나 정직한 여관 주인은 그냥 정직한 여관 주인이지요." 그는 양손을 깍지 끼고 말했다. "바바리아의 더위와 바람에 금방 익숙해질 겁니다. 깊은 우물이 어디에 있는지 잘 알아두세요, 세뇨라. 아무리 초라한 다르에도 정원은 있는 법이니까요. 심지어 가장 초라한 사람도 그렇고요."

"다르가 뭔데요?" 내가 물었다.

"바바리아에서 다르는 거주지, 그러니까 여기서 보는 것과 똑같이 뜰을 중심으로 방들이 늘어서 있는 주택을 말합니다." 그러면서 그는 파란색, 초록색 타일을 바른 팔각형 분수대가 있는 작은 안마당을 가리켰다. 분수대가 흰 벽에 흔들리는 서늘한 빛을 드리웠다.

"도움 주셔서 진심으로 감사해요." 말은 그렇게 했지만, 앞으로 혼자 밟을 여정을 떠올리자 갑자기 심란해져 나는 안마당의 착 가라앉은 그림자를 향해 몸을 돌렸다.

그날 저녁 세뇨르 로마네스코가 우리 숙소 문을 두드리더니 알렸다. "어부가 짐승을 보러 왔소만. 마구간에 같이 가드리다."

내가 고개를 끄덕였다. 올미나도 따라나섰다.

---

* 기독교로 개종한 유대인.

페델레와 피아메타는 데려가기로 이미 결정한 터라 나머지 두 마리만 내놓았다. 녀석들을 판 돈으로 우리 뱃삯을 마련할 계획이었고, 나도 여분의 두카트화*를 남길 수 있을 듯했다.

내가 가격을 부르자 어부가 멈칫했다. "그 값이면 둘 중 한 놈만 살 수 있습니다요."

"그럼 그렇게 하지요." 내가 단호히 대꾸했다.

"아니, 잠깐만요. 좀 들여다봅시다." 어부는 노새를 한 마리씩 사방에서 살펴보면서, 녀석들이 흰자위를 부라리며 의심어린 표정으로 그를 쳐다보는데도 아랑곳없이 다리를 하나하나 만져보고 발굽까지 두드려봤다.

우리는 주거니 받거니 흥정을 벌였다. 내가 언성 한 번 안 높이고 입장을 고수하는 동안 올미나는 두 손을 허리에 얹고 나 같으면 즉시 식은땀을 흘렸을 매서운 눈길을 그에게 고정시킨 채 옆에 서 있었다. 늙은 어부에게 우리는 예상했던 것보다 만만찮은 상대였고, 세뇨르 로마네스코는 한쪽에 서서 무표정한 얼굴로 조용히 거래를 지켜봤다.

나는 노새들의 회색 얼굴을, 서로 따로 놀면서 한쪽으로, 곧 또 다른 쪽으로 쫑긋거리는 녀석들의 보드라운 돛 모양 귀를 쓰다듬었다. 우리 짐을 지고 얼마나 멀리까지 왔는지! 보내려니 섭섭했지만, 최소한 녀석들이 또 한번의 배 여행을 피하게 된 건 잘된 일이었다.

---

* 베네치아공화국에서 처음 만들어져 1차대전 이전까지 유럽 각국에서 통용된 은화나 금화.

결국 어부는 두 마리 다 샀고, 주름이 자글자글하고 기름때 묻은 가죽지갑에서 은화를 꺼내 값을 지불했다. 그가 떠나면서 노새들의 궁둥이를 툭툭 치며 한껏 흡족해진 목소리로 그날의 월척에 대해 미주알고주알 얘기하는 게 내 귀에까지 들려왔다.

우리가 방으로 돌아가려는데 세뇨르 로마네스코가 나를 황혼에 어스름한 안마당으로 부르더니 말했다. "장사하는 법을 제법 아시는군요, 세뇨라. 보기보다 센걸요." 그는 새카만 눈동자를 빛내며 나를 향해 씩 웃었다. "적당한 여행 동반자를 소개해드릴 수 있으면 좋을 텐데 한 명도 없습니다. 그런데 제 동생이 탕헤르에서 수크*에 향료를 내다팔면서 살고 있는데, 아주 영민한 녀석입니다. 세뇨라가 요구하는 걸 척척 알아들을 똑똑한 놈이에요."

"어떻게 찾아가면 되죠?"

"아침에 무슨 장사를 하는 누구를 아느냐고 물으면 바로 찾을 수 있을 겁니다. 절대로 오후 늦게 나다니지 마세요. 그리고 하인 한 명을 데리고 다니세요. 하선장에 많이들 있으니 고용하면 됩니다. 나이든 사람으로 구하세요. 진짜 이익은 지조에 있다는 걸 아는 사람들이니까."

"이렇게 도와주셔서 얼마나 감사한지…… 그런데 이런 말도 많이 들었어요, 항구에서는 아무도 믿지 마라. 그리고 말 나온 김에 더하자면, 여관 주인은 절대 믿지 말라는 말도."

여관 주인은 빙그레 웃었다. "대륙의 끝에서는 모든 게 생각했던 것과 다르다는 걸 잊지 마십쇼." 그러면서 한 번 접어 노란 아랍어

---

* 북아프리카와 중동의 야외 시장.

밀랍인장으로 봉인한 얇은 종이를 건넸다. "이건 소개장입니다."

떠나기 전날 밤 나는 올미나에게 특별한 부탁을 했다. "내 머리 다시 한번 잘라줄래?"

"물론이죠, 시뇨리나." 올미나가 자기 손가방에서 칼과 빗을 꺼냈다. "거기선 믿을 사람이 아무도 없겠죠?"

"아무도 없지." 나는 내 어깨에 놓인 그녀의 손을 지그시 잡았다. 곧 올미나는 내 머리카락을 목뒤에 꼼꼼히 그러모아 들어올린 뒤 재빨리 쳐냈다. 그리고 작은 재봉용 가위로 여기 조금 저기 조금씩 잘라내 마무리한 다음, 내 주위를 돌면서 자신의 작품을 확인했다.

그날이 왔다. 올미나의 배는 동트기 직전에 떠나기로 되어 있었다. 우리가 여관을 나설 때 알헤세르의 조그맣고 하얀 집들은 아직도 우리 뒤에 남아 있는 밤의 푸르스름한 빛으로 물들어 있었다. 올미나는 과부가 입는 잿빛 띤 새카만 옷차림 때문에 그림자처럼 보였고, 나는 최근에 솜씨 좋은 재단사가 내 몸에 맞춰 수선한 로렌초의 갈색 더블릿과 바지 차림이었다. 일단 갖고 있으라고 올미나가 우겼던 옷이었다.

우리는 해안가 길까지 말없이 걸었고, 도착해보니 다른 승객은 한 명밖에 없었다. 상인 특유의 화려한 벨벳 옷을 입은 중년 남자 하나가 좁은 부두 끝에 서 있었다. 거기에서 우리는 두 사람을 선박까지 실어날라줄 작은 배가 도착하기를 기다렸다.

나란히 서 있다가 내가 나지막이 중얼거렸다. "드디어 집으로 돌아가네, 올미나 유모." 그러고는 두 팔로 올미나를 껴안았다.

올미나는 햇볕에 그을린 내 얼굴을 애정 넘치는 엄마가 소중한 딸의 얼굴을 감싸듯 두 손으로 감쌌다. 굳은살 박인 그녀의 손이 내 얼굴을 긁었지만 나는 그 손이 너무 좋았다. 그 희미한 푸른 정맥을 기억에 새겨두고 싶었다.

우리는 서로를 꼭 안았다. 우리 둘은 세상이 바다와 대양 사이의 관문을 지키는 두 여인인 유럽과 아프리카, 즉 고향과 라 파르테 인코니타(미지의 영역)로 지탱되고 있듯 같은 존재와 부재로 묶인 사이였다. 나는 올미나에게 페세타 금화가 든 가죽주머니 두 개를 쥐여주었다.

"하나만요, 도토레사, 이래야 공평하죠. 하나는 아가씨한테 필요할 거예요." 올미나는 한 개를 내 조끼에 달린 주머니에 도로 넣었다. 그러고는 내 어깨를 꽉 쥐고 낮은 목소리로 힘줘서 말했다. "결국 나랑 같이 돌아가지 않는 건가요?"

나는 부두 판자를 내려다보며 고개를 저었다.

올미나는 자기 손가방을 집어들었고, 작은 배를 향해, 방금 밧줄을 묶어 배를 고정한 사공 둘이 기다리고 있는 곳을 향해 느릿느릿 걸어갔다. 보라색 바닷물이 말뚝에 철썩철썩 부딪혔다. "잘 가, 올미나, 부오나 포르투나(행운이 있기를)!" 내가 외쳤다. 하지만 올미나는 돌아보지 않았다. 그녀는 예의 힘겨운 몸짓으로 계속 걸어갔고, 친절한 상인이 내민 손을 붙잡고 건널 판자를 디디며 내려갔다.

"아들을 저기 두고 가는 마음이 착잡하시겠습니다." 남자가 말하는 소리가 들렸다.

뒤돌아서자 마치 한참을 추락하다 이제야 바다에 닿은 듯 발밑의 땅이 크게 움직이는 것처럼 느껴졌다. 내 안에서 뭔가가 부서졌지만 나는 꿋꿋이 여관방으로 돌아왔고, 거기서 창문에 기대 흐느껴 울었다. 불안하게 움직이던 배가 천천히 바람을 받아 돛을 쫙 펴더니 곧 지브롤터를 돌았고, 더는 존재하지 않는 곳처럼 내 마음속에서 일렁이는 평온한 도시를 향해 동쪽으로 나아갔다.

22장
내 아버지의 보호자

"웬 남자가 계속 찾는데요." 세뇨르 로마네스코가 말한다. 그를 따라 아래층으로 내려가니, 해미시와 그의 하인이 와 있다. 나를 찾아냈구나!

그는 에스파냐식으로 머리부터 발끝까지 검은 옷을 입고 있다. 그의 목소리가 마치 저수지 바닥에서 소리치는 우물 수리공의 목소리처럼 청아하고 깊게 울린다. "설마 혼자서 갈 생각은 아니지요? 죽고 말 거예요!"

나는 멍하니 그를 쳐다본다. 그러다 결국 이런 말이 튀어나온다. "보고 싶었어요." 이렇게 멀리까지 찾아오다니. 그의 가슴팍에 두 손을 대본다. 그의 몸을, 피부 아래 뼈가 튀어나온 부분을, 갈비뼈 위로 펼쳐진 하얀 살을, 쇄골을 기억한다. "난 타라단테로 가야 해요. 그렇게 하기로 생각과 마음이 정해졌어요."

"당신 생각은 단단히 빗나갔어요. 어느 아버지가 그런 운명을 자기 딸에게 지우겠어요!"

"억지로 지운 게 아니에요. 난 내 아버지의 보호자예요."

해미시가 대답하려고 입을 여는 순간……

여관 주인이 문을 두드렸고, 나는 화들짝 잠에서 깼다.

벌떡 일어나 앉은 나는 절박한 심정으로 방을 둘러보았다. 한순간 해미시가 아직 거기 있는 것 같았다.

이른 오후 작열하는 태양 아래 나는 홀로 카론호를 타고 출발했다. 미풍이 꾸준히 불어와 바닷물에 불균질한 새하얀 물마루를 만들어냈다. 노새들, 그 불쌍한 녀석들은 주갑판 밑에서 발을 구르며 울어댔다. 나는 앞갑판의 선원실 바닥에 둘둘 감겨 있는 밧줄 옆에, 약상자를 바로 뒤에 두고 앉아 나무 난간을 단단히 붙들었다. 몸에 물보라를 맞든 말든 신경쓰지 않았다. 귀가 먹먹해지도록 부는 해협의 바람과, 돛대와 활대가 끼익거리는 소음, 이물에 부딪히는 해수의 둔탁한 진동이 기껍기만 했다. 선원들은 나를 내버려두었다. 내 얼굴 위로 바닷물이 줄줄 흘러내렸다.

구역질하지 않으려고 출발했을 때부터 줄곧 시선을 바바리아에 고정하고 있는데, 갑자기 선원의 목소리가 들려왔다. "우현을 보세요, 어서 봐요!" 그가 소리쳤다. "비야데로타의 아가씨들이 온다!"

나와 더 가까이 있던 다른 선원이 아이처럼 환호성을 질렀다. 다음 순간 나는 북서쪽에서 다가오는 그들을, 해수면에서 철벅거리는 수백 마리의 그것들을 보았다. 반짝거리는 빛의 곡선을 그리면서, 몇몇은 둘씩 짝지어, 혹은 혼자서 뒤에 물보라를 길게 그리며 다가오고 있었다. 내 생전 돌고래를 이렇게 많이 보는 건 처음이었다. 무감각 상태에서 퍼뜩 정신을 차린 나는 배 이물에 돌출한 돛대 가까이 서서 밧줄을 단단히 붙잡았고, 돌고래떼가 곧장 배를 향해 헤엄쳐 와 두 무리로 갈라지는 광경에 감탄해 소리를 질렀다.

"난 들어갈 거야!" 아까 돌고래를 '아가씨들'이라고 한 선원이 웃통을 벗으며 외쳤다.

"아니, 그럼 안 돼!" 동료 선원 두엇이 그의 팔을 붙들며 끼어들었다. "돌고래와 사랑에 빠진 미친 선원을 건지러 배를 돌리지는 않을 거라고!"

"어쩌면 저기 계신 훌륭한 의사 선생님이 너를 치료해줄 약을 갖고 계실지도 모르지." 선장이 농담조로 외쳤다.

그의 말은 거의 들리는 둥 마는 둥 했는데, 바로 그 순간 내 밑에 있던 돌고래 한 마리가 이물이 일으키는 물결을 계속 뚫고 나아가던 중에 옆으로 돌아눕더니 위를 쳐다본 것이었다. 새카만 수정체 같은 고래의 한쪽 눈이 나를 사로잡았다가 곧 놔주었다. 돌고래가 몸을 돌릴 때까지 우리 사이에는 아무것도 끼어들지 않았다. 나는 녀석이 오른쪽으로 선회해 동료들과 합류하기 전, 녀석의 몸 위쪽 구멍이 한순간 오므려졌다가 숨이 훅 뿜어져나오는 것을 포착했다. 물속으로 들어갔다 뛰어올랐다 하며 하늘을 바다에 꿰매고 있는 돌고래들은 방금 윤을 낸 백랍처럼 빛났다. 잠시 후 무리는 남쪽으로 사라졌고, 바다는 그들이 지나간 자리를 다시 봉합했다.

이런 경이로움을 느껴본 건 실로 오랜만이었다. 갑판에 도로 앉아 망토를 여미는데, 머리를 갑자기 세게 맞은 사람처럼 온몸이 떨려왔다. 여전히 갑판원들이 저희끼리 시답잖은 농담을 주고받는데 선장이 돛을 다시 돌리라고 명령을 내렸다. 말라바타곶을 돌아서너 시간 더 항해하자 저만치 앞에 만이 보였고, 탁한 사파이어로 둘러싸인, 왕의 꼭 쥔 주먹처럼 보이는 탕헤르가 바로 시야에 들어왔다.

하선하자 새하얀 턱수염을 짧게 다듬고 파란색 튜닉과 통 넓은 바지 차림에 터번을 두른 짐꾼이 곧바로 내게 달라붙었다. 다른 짐꾼 한두 명과도 협상해봤지만 결국엔 그가 일감을 따냈다. 이름이 유세프라는 자로 이탈리아어를 거의 못했지만, 우리는 엉터리 에스파냐어로 어찌어찌 의사소통을 했다. (이가 몇 개 빠져서) 격자창 같은 누런 이가 드러나 보이는 미소와, 곧바로 노새들에게 말을 걸어 녀석들을 진정시켜준 게 마음에 들었다. '나이 많은 사람을 고르라'던 세뇨르 로마네스코의 주의도 떠올랐다.

커다란 줄무늬 담요를 제 몸에 두르면서 유세프는 나를 메디나*에 있는 폰두크**로 안내했다. 1층의 쾌적한 아치형 마구간에선 동물들이 쉬고, 2층과 3층에는 주로 외국 상인들인 방문객들이 묵었다.

나는 너무 노곤해 좁은 내 방을 떠나고 싶지도, 기이하거나 이국적인 것을 구경하고 싶지도 않았다. 어쩌다 이런 요상한 여행자가 됐는지. 타고난 호기심마저 바닥나버린, 외로운 고행자라니. 해미시가 진짜로 동행했다면 어땠을까? 그 사람 생각을 할 수가 없었다. 내 심장은 유령들로 가득한 궤짝이었다.

유세프가 내게 염소젖 치즈와 무화과, 아몬드, 조그만 뿔 모양으

---

* 옛 이슬람 도시에서 구시가지를 일컫는 말.
** 상점 겸 여관.

로 구워 꿀을 바른 페이스트리를 담은 쟁반과 붉은 포도주 한 병을 가져다주었다. 내가 수고비를 지불하려고 하자 그는 고개를 저으면서, 이튿날 다시 올 테니 일단 잠을 좀 자고 그뒤에 값을 지불하라고 했다.

방에는 돗자리 두 개가 깔려 있고, 아치형 벽감 침대에는 거친 모직 매트리스가 얹혀 있었다. 창문에는 덩굴과 나뭇잎 무늬를 놀랍도록 정교하게 조각한 나무 창살이 달려 있었다. 나는 얼른 덧창을 닫고 침대로 가 『질병백과』의 원고와 지도, 또 약상자까지 들어 있는 가방을 벽과 내 몸 가까이 옮겨놓았다. 한동안 꿀냄새와 바로 아래 마구간에서 올라오는 짐승의 오줌냄새 때문에 좀처럼 잠이 오지 않았고, 결국 나는 모포를 머리끝까지 뒤집어썼다.

이튿날 아침, 유세프의 도움으로 나는 알헤세르 여관 주인의 동생인 시디 압둘라 로마네스코를 찾아다녔다. 유세프는 나더러 앞장서라고 손짓하더니 바짝 뒤따라왔고, 간간이 왼쪽으로 가라는 뜻으로 내 왼쪽 팔꿈치를 건드리고 오른쪽으로 가랄 땐 오른쪽 팔꿈치를 건드려가며 향신료 시장으로 안내했다. 고마운 마음이 들었다. 만약 내가 그를 뒤따라 걸었으면 나쁜 의도를 품은 사람들이 들러붙었을 터였다. 처음에 내 용건이 무엇인지 얘기했을 때, 그는 고개를 저으면서 재빠른 손놀림으로 소매치기하는 시늉을 해 보였다.

바싹 마른 덩굴과 갈대로 덮인 메디나의 골목골목을 지나는 동안 나를 흘끔흘끔 쳐다보는 사람은 머리에 물동이를 이고 얼굴을 베일로 가리지 않은 베르베르족 여인 몇 명밖에 없었다. 에스파냐

왕의 통치 아래 있는 주민 대부분은 유럽인에게 익숙해서 거의 신경도 쓰지 않았다. 혹 여자들은 내가 남장을 했어도 여자라는 걸 눈치챘는지도 몰랐다. 심지어 유세프마저 내가 겉보기처럼 남자가 아니라는 걸 의심하는 것 같았지만, 그래도 군말 없이 내가 하자는 대로 맞춰주었다.

마침내 우리는 시디 로마네스코 소유의 비좁은 향료 수크에 다다랐다. 커다란 무화과나무 한 그루가 쓰러져 그대로 다른 방향으로 계속 자라서, 좁은 마당 한구석을 거의 다 차지해버린 곳이었다. 행인들은 가지를 피해 허리를 숙이거나, 아니면 나무를 존중해 빙 돌아서 지나갔다. 풍채 좋고 머리가 벗어진 시디는 황갈색 카프탄*과 여기저기 긁힌 가죽슬리퍼 차림이었고, 갑상선종으로 목이 두껍게 부풀어오른 나이 지긋한 남자 손님과 거래중이었다. 상인은 우리를 발견하고는 잠시 멈췄고, 가게 한구석에 놓인 등받이 없는 빨간 의자에 앉으라고 내게 손짓했다. 심홍색, 주황색, 황토색, 밤색, 초록색, 검은색 분말 향료가 납작한 바구니에 고깔 형태로 풍성하게 전시되어 있었고, 한쪽에 있는 바구니들에는 다양한 종류의 약초 덩어리들이 담겨 있었다.

나는 헤나와 산쑥, 계피, 후추, 호박 덩어리를 알아봤지만 모르는 향료도 꽤 많았다. 달콤하고 알싸하고 매콤한 각종 향이 따뜻한 공기에 묻어나 기분좋게 코를 자극했다. 시디가 이런저런 약초를 내밀면 노인네가 자꾸만 자기 목의 부은 부위를 가리키면서 고개를 젓는 것을 보니 향료들 중 몇 가지는 약재인 듯했다. 그러다 마

---

* 아랍인들이 입는 소매와 기장이 긴 옷.

침내 둘은 어느 것이 맞는 약초인지 합의를 봤다. 향료상은 풀(스위트시슬리일까?) 한 주먹을 말린 종려나무 이파리에 싸서 노인에게 들려 보냈다.

"자, 그럼 무엇을 원하십니까, 시뇨르?" 그는 안달루시아 남성 의복과 크게 다르지 않은데도 내 베네치아식 복장을 보고 출신을 정확히 알아맞히고 이탈리아어로 물었다.

나는 여관 주인이 써준 소개장을 건넸다.

그는 소개장을 읽더니 나를 신중한 눈빛으로 훑어본 후 물었다. "그런데 어째서 이탈리아인 의사가 평민 복장을 한 건가요?"

"더 안전하게 여행할 수 있을 것 같아서 그랬습니다." 내가 대답했다.

그가 어이없다는 표정으로 나를 보았다. "당장 모로코 옷을 구해드려야겠네요. 특히나 여기보다 위험이 훨씬 큰 남쪽 지역으로 가신다면요."

그는 잠시 말이 없더니, 내용을 속으로 저울질하듯 편지를 자세히 들여다봤다. 그러다 마침내 의외로 공간이 깊은 매장 안쪽에 대고 누군가를 불렀다. 몸놀림이 민첩한 소년 하나가 튀어나왔다.

"차를 준비해와라, 하산. 손님들 계시니까 늦장부리지 말고!"

소년이 얇은 푸른색 커튼 뒤로 후다닥 사라졌다.

"혹시……" 내가 향료상에게 말했다. "여쭤봐도 될지 모르지만, 목이 부은 사람한테 뭘 줬습니까?"

"아, 습포로 만들어 쓰라고 스위트미르를 줬습니다." 그는 자신 없는 투로 대답하면서 한 손으로 꽤 불룩한 배를 쓰다듬으며 향신료 매대 뒤의 등받이 없는 의자에 앉았다. 그가 편지를 접어 로브

주머니에 넣더니 말했다. "제 친구의 폰두크에 머무는 여행객 중에, 제 기억이 맞는다면, 마루에코스*에 있는 아흐마드 알 만수르**의 궁정으로 가겠다는 바르살로나*** 출신 수학자인지 기하학자인지가 두 명 있는데요. 그들이 적절한 동반자가 되어줄 겁니다."

하산이 향긋한 꿀박하차를 쟁반에 내와 작은 황동 탁자에 내려놓고는, 군데군데 찌그러진 황동 주전자를 기울여 두껍고 조그만 잔에 따라 내게 먼저 건넸다. 그러면서 마치 우리끼리만 아는 농담을 나누듯 내게 웃어 보였는데, 소년의 신선하고 꾸밈없는 맑음에 나는 내심 놀랐다. 어쩌면 상황이 좋아질지도 몰라, 이런 생각이 들었다. 한동안 고려하지 않았던 가능성이었다. 다음에 소년은 시디 로마네스코에게 차를 건넸고, 유세프와 자기 몫의 잔에도 차를 따르더니 손으로 짠 짚자리 끄트머리에 함께 다리를 접고 앉아 차를 마셨다. 우리는 낯선 사람들 사이의 불편함 때문이 아니라 예의상 나누는 것 같은 침묵 속에 천천히 차를 마셨다. 향료상에게 내 사정을 주절주절 설명할 필요가 없었다. 이런 사소한 존중이 오늘 내 하루에서 주화처럼 반짝반짝 빛났다. 가게로 오는 손님들은 참을성 있게 기다려야 한다는 걸 알았다. 시디 로마네스코가 차를 마시고 있었으니까.

떠나기 전 나는 향료상에게 꽤 비싼 계피를 샀는데, 내가 값을 치르려고 바지에서 지갑을 꺼내자 향료상은 파리 쫓듯 내 돈을 물리쳤다. 그는 계피 조각들을 종려 이파리에 곱게 싸 그 꾸러미를

---

* 에스파냐어로 모로코를 일컫는 이름.
** 16세기 모로코의 술탄.
*** 바르셀로나의 옛 이름.

내게 건넸다. 그리고 유세프를 한쪽으로 데려가 우리 숙소에 대해 의논했다.

그러더니 그날 오후에 하산을 보내, 수학자들이 묵고 있는 더 널찍한 폰두크로 옮기는 게 나을 거라고 내게 말을 전했다. 그래서 우리는 내 간단한 소지품을 챙겨, 열쇠구멍 모양의 아치 입구를 통해 발코니로 나가면 바다가 내다보이는 방으로 옮겼다.

이튿날 시디 로마네스코의 사환이 파란색 고급 카프탄과 두건, 연노란색 젤라바*, 붉은색 가죽슬리퍼를 배달해왔다. 나로서는 몹시도 고마운 일이었다. 내가 입어본 것 중 가장 편한 옷이었다. 향료상은 변치 않는 관대함을 보이며, (내가 유세프 편에 그의 수크로 은화를 넣은 작은 주머니를 보냈는데도 불구하고) 이번에도 변제를 극구 마다했다. 나중에 나는 돈을 갚겠다고 우겨서 그의 기분을 상하게 할까봐, 짧막한 감사 편지를 (골목길에 서 있던 필경사 중 한 명에게 번역을 시켜) 보냈다.

다음 이틀간 나는 대상 행렬이 출발하기를 기다리며 그늘진 내 시원한 방에서 글을 읽고 쓰면서 시간을 보냈다. 상인들이 이미 탕헤르 외곽에 도착했지만, 낙타들이 소금 교역로를 따라 다시 한번 마루에코스와 타라단테로 이동했다가 거기서 또 시질사마**로 가기 전에 휴식을 취해야 한다는 게 유세프의 설명이었다.

그 첫날 저녁 나는 동행이 되어줄 카탈루냐 출신의 중년 신사 둘

---

* 북아프리카, 특히 모로코 남자들이 입는 두건 달린 헐렁한 긴 옷.
** 중세에 존재했다가 사라진, 모로코 사하라 북부의 오아시스 도시.

을 만났다. 안토니오 몬카다는 홀란트인처럼 피부가 창백하고 커다란 파란 눈에 머리카락은 밀짚 색깔인 마른 남자였다. 마르틴 레케즈네는 눈은 호박색이고 검정 곱슬머리에 드문드문 회색 머리칼이 섞인, 피부가 거무스름하고 움직임이 유연한 사람이었다. 그들은 안마당에서 수쿠수*와 수탉 요리로 가벼운 저녁을 들자고 나를 초대했고, 나는 남장을 하고 참석하는 게 불안했지만 마지못해 수락했다.

쓸데없는 걱정이었다. 얼마 안 가 세뇨르 몬카다가 (포도주에 입이 가벼워져) 떠들어대기 시작해, 술탄 알 만수르의 궁인 알 바디에 가본 일화를 비롯해 세상 돌아가는 이야기를 끝없이 늘어놓았기 때문이다. 그는 나를 거의 없는 사람 취급하며 자기 모험담에 기꺼이 귀를 기울여주는 역할만 맡겼다.

"술탄이 그쪽 국경선 안에서 해적질을 해대고 무어족을 괴롭힌다는 이유로 에스파냐 사람을 싫어하고 영국인들과 동맹을 맺으려고 한다는 얘기 들어보셨을 겁니다. 본인이 에스파냐인과 포르투갈인을 납치해댄 건 당연히 모른 척하면서요!"

"하!" 세뇨르 레케즈네가 한 손을 허공에 던지며 끼어들었다. "그 인질들 몸값으로 짭짤한 수입을 거둬들이고 있으면서 말이지요."

"그러니 그가 왜 자신의 궁에 우리가 찾아가는 걸 허했는지 궁금하시겠죠. 왕실의 시인 중 한 명인 알 피시탈리가 제게 말해주기를, 술탄은 먼 나라 소식을 항상 궁금해하며 동지와 적 모두 충분

---

* 밀을 쪄서 고기, 야채 등을 곁들인 북아프리카 및 중동 지역의 무어족 요리. 오늘날의 쿠스쿠스.

히 파악하고 있는 걸 좋아한답니다. 지적 호기심이 굉장한 사람이에요. 술탄의 궁에는 시를 쓰는 수학자, 군 사령관인 외교가, 천문학자이기도 한 의사들이 일하고 있고 또 학자들 중에도……"

"의사요? 저도 들르는 여행지의 질병과 치료법을 기록하고 있는 의사입니다만." 나는 대뜸 끼어들었고, 말을 뱉은 것을 즉시 후회했다.

"아." 그는 말을 멈추고 나를 잠깐 훑어보더니 말했다. "술탄의 궁에서 일하는 의사 한 명이 여행자들 사이에 퍼진 희한한 질병들 얘기를 하면서 나한테 조심하라고 했는데……"

그러면서 그는 이곳 현지인과 여행자 모두가 걸리는, 그러나 후자가 더 중하게 앓는 괴이한 병독을 자세히 묘사하기 시작했다. 그의 흥미로운 이야기를 다 듣고 나서 얼마 후, 나는 그 내용을 온전히 기록으로 옮겨두기 위해 방으로 돌아가려고 양해를 구했다.

그런데 세뇨르 레케즈네가 잠깐 기다리라고 하더니 말했다. "선생님께서 관심 가지실 만한 게 있습니다."

내가 가버릴까봐 걱정했는지(어쩌면 그동안 다른 손님들이 그의 수다쟁이 친구에게서 벗어나려고 도망간 적이 많았는지도 모른다) 갈 길이 급한 기수처럼 경중경중 달려온 그는 묘한 형태의 별자리가 적힌 하늘 지도를 내밀었다. 열병에 걸린 늙은 파돌라*가 그린 지도라고 했다.

"제가 별자리에 해당하는 옛 사막 이름을 전부 기억하진 못합니다만," 그가 설명했다. "여기 가장 큰 별자리는 낙타의 눈이고……"

---

* 족장을 뜻하는 '파돌'의 여성형.

여기서 그는 야외 탁자에 켜놓은 촛불을 하나만 남기고 다 끈 다음, 저 위에서 각 별자리에 해당하는 모양을 찾으려고 지도를 가리켰다 하늘을 가리켰다 했다. "이건 노란 진*…… 이건 달의 발굽 자국이고."

잠시 동안 세뇨르 몬카다마저 입을 다문 채 우리는 내가 이제까지 본 어떤 하늘보다 훨씬 많은 별들이 아주 가까이 흩뿌려져 있는 밤하늘을 바라봤다.

"정말 귀한 지도네요." 내가 외쳤다. "이 고마움을 어떻게 갚지요?"

"흠, 제가 관절염이 있어서 어떻게 해주셨으면 하는데요. 혹 박사님이……?"

"그럼요. 어디가 아프신지?"

그는 마디가 다 부풀어오른 두툼한 두 손을 내밀었다.

"잠시만 기다리십쇼. 금방 돌아올 테니."

방으로 돌아간 나는 약상자에서 필요한 약을 찾아냈고, 겨자씨 가루가 담긴 조그만 주머니를 긴 리넨 조각보로 싸 가지고 돌아왔다. "내일은요." 내가 세뇨르 레케즈네에게 조언했다. "이 가루를 개서 천에 잘 편 다음 그걸 손등에 올려놓고 둘둘 감으세요. 그 열로 통증이 가라앉을 겁니다. 다만 조심하셔야 합니다. 너무 오래 올려놓고 있으면 수포가 생기니까요. 그런 다음 손에서 반죽을 말끔히 씻어내세요. 일주일간 매일 그렇게 하면 손이 점점 나아질 겁니다. 이 치료법을 다달이 한 번씩 반복하세요."

---

* 이슬람 신화에 나오는 정령 혹은 신령. 영어로는 '지니'라고도 불린다.

"감사합니다." 세뇨르 레케즈네가 고개를 살짝 숙이며 말했다.

"또 필요하신 거 있으면 말씀하십쇼. 지도에 비하면 이 정도는 약소한 보답이니까."

"오, 애쓰실 필요 없습니다. 사실 지도는 누군가한테 받은 건데, 그걸 선생님께 드리게 돼서 더 기쁩니다."

나는 고개를 끄덕이고 기쁜 마음으로 방으로 돌아왔다.

자아라[*] 독
사막의 유독가스가 퍼뜨리는 옛 열병

환자는 겨울에 부는 남동풍인 함신 열풍이 활개치는 철에 오아시스를 둘러싼 보이지 않는 모래를 들이마셨다가 자아라의 황무지에서 기원한 이 열병에 걸린다. 그곳 주민들은 황혼녘에 사막 표면에 손을 대면 선조들의 날숨을 느낄 수 있다고 한다. 그러다 누군가가 열이 나기 시작하면, 죽은 자들이 그 사람에 빙의한 것이다. 오아시스에서 매일 물을 길어야 하기에 마을 주민들은 겨울철 내내 이 병의 위험에 노출되는데, 다만 죽음에 이르는 경우는 몇에 불과하다. 외국인들은 감염에 훨씬 더 취약하다. 그들은 부지불식간에 죽은 자들의 목소리를 고향에서 멀리 떨어진 곳으로 실어나른다. 리스본과 발렌시아, 투카[**]에서도 이 열병이 발병했는데, 환자에 의해 전염되기도 했지만 건설 재료로 쓰려

---

[*] 사하라의 옛 이름.

[**] 북아프리카 북서부 고대 왕국 마우레타니아의 마을.

고 이 항구도시들에 커다란 항아리로 실어나른 사막 모래에 묻어 옮겨지기도 했다. 그런 연유로 이 병은 석공의 병독이라 불리기도 한다.

마루에코스의 나이든 민간 치료사 파트마는 육십 평생 이 열병을 세 번이나 앓았는데, 그녀는 외국인들이 조상을 제대로 모시지 않아 남의 조상에 빙의되는 거라고 경고했다. 빈 항아리는 강을 부르는 법.

별을 달래려면 별의 언어를 알아야 한다. 바로 그 때문에, 파트마의 설명으로는, 우리 스스로를 보호하기 위해 하늘 지도를 익혀야 하는 것이다. 이름 자체가 부적이 되니까.

떠나기 전날 빈틈없는 동행인 유세프와 시내를 탐방하다가 성 바르바라에게 헌정된 성당에 닿았다. 성 바르바라는 총포 제조공과 포병의 수호성인이자 모든 폭발을 주관하는 성인이며, 폭풍우가 닥칠 때에도 거론되는 성인이었다.

유세프는 밖에서 기다리고 나는 안에 들어가 기도를 올렸다. 한동안 하지 않던 행동이었다. 안으로 들어가자 순간 내 눈은 서늘한 어둠으로 가려졌고, 서서히 양쪽에 나란히 늘어선 기이한 유령들이 눈에 들어왔다. 고귀한 에스파냐 주교들과 가톨릭 수호자들(전에 시칠리아에서도 봤기 때문에 내 짐작으로는 그랬다)을 사후에 이곳 신도석 양옆의 아치형 벽을 따라 세워둔 것이었다. 아니, 더 정확히는 그들을 미라로 만들고 각자 생전에 가장 좋아했던 옷—달라붙는 바지와 신발, 삼각형의 천을 덧대 가랑이 품을 넓히고 양옆을 길게 튼 바지, 겉옷과 챙 넓은 모자—을 입혀놓은 것이었다.

그들이 허연 성당 벽에 매달려 있어서, 신도들은 제단 앞으로 나와 기도할 때마다 죽음의 일그러진 얼굴과 화려한 수의들과 한바탕 결전을 치러야 했다. 여기에선 오만과 풍자 둘 중에 뭐가 더 큰 죄인지 도통 판단이 서지 않았다. 몇몇 주교는 그들이 입은 레이스 칼라를 뚫은 고리에 매달려 있었고, 또 몇몇은 목에 두른 밧줄에 매달려 있어서 끝나지 않는 교수형을 당하고 있는 것처럼 보였다. 또 일부는 뒤의 벽에서 튀어나온 엉터리로 조각한 팔에 고정되어 있었다.

예쁘장한 수녀 한 명이 성당 익랑에서 나와 다가왔다. 시선을 바닥에 고정시키고 걷는 그녀에게 나는 굳이 인사를 건네고 질문을 던졌다. "이 전시는 뭡니까? 어째서 이 팔들이 죽은 사람을 떠받치고 있는 거죠?"

수녀가 너무 작은 소리로 대답해서 간신히 알아들었다. "딸이나 손녀, 증손녀들이 사랑하는 혈족을 위해 팔을 주문한 거예요."

"좀 지나치게 교만한 거 아닌가요?" 내가 조심스레 물었다.

수녀는 사제가 나타나길 기다리듯 불안하게 제단 쪽을 흘끔거리다가 속삭였다. "그러면 아버지들이 떨어지게 놔두라고요?"

"그건 아니죠." 내가 대꾸했다. "그렇지만 왜 관에 눕히지 않는 겁니까?"

"아," 수녀가 고개를 끄덕였다. "왜냐면 여기엔 교훈이 있거든요, 선생님. 모든 망자들에게 주는 교훈이요. 겸손과 자손의 도리라는." 여전히 그녀는 바닥만 내려다봤고, 그제야 나는 내가 어떤 복장을 했는지 생각났다. 수녀가 혼자 남자와 대화하다니 안 될 일이었다. 그런데도 그녀는 말을 이어갔다. "받쳐줄 팔이 없는 사람

들을 불쌍히 여겨야 돼요. 그 불쌍한 인간들은 딸이 없어서 결국에
는 모래 속에 무너져버릴 거거든요. 선생님께서는 따님이 있으신
가요?"

"아뇨, 없습니다." 나는 터져나오려는 헛웃음을 간신히 누르며
대답했다.

"그렇다면 앞으로는 복을 받아서 하나 얻으시길 바랍니다." 그
러더니 로브를 바스락거리며 입을 다물고 재빨리 가버렸다.

"예, 복을 받기를."

나중에 바닷빛을 받은 내 방에 앉아 있는데 어떤 말이 불쑥 떠올
랐다. 아버지들을 용서하기를. 딸들이여. 제 아버지가 너무 걱정됩니다.
도와주세요, 성 바르바라시여, 제가 아버지를 찾을 수 있게. 아니면, 아
버지를 포기할 수 있게 도와주세요.

23장
과거에 갇힌 우리

대상 행렬은 뜨거운 태양이 수평선 위로 올라오기 전 첫새벽에 출발했다. 타라단테까지 닷새가 걸린다고 했다. 유세프는 페넬레를 짐 나르는 노새로 삼고 다른 한 마리에 안장을 올렸고, 나는 이번 이동을 위해 낙타 한 마리를 빌렸다. 낙타들은 자기 앞에 노새가 있는 걸 잘 참아주지 않아서(솔직히 말하면 인간이 제 등에 타는 것도 별로 참아주지 않았다), 우리는 낙타를 조심성 있게 잘 모는 사람 한 명을 멀찍이 뒤에 따라오게 하고 행렬의 제일 뒤에 자리잡았다.

두 카탈루냐 신사는 우리 앞에서 갔는데, 그들이 가져온 두꺼운 책들을 운반할 용도로 낙타를 세 마리나 고용했다. 다른 여행자들 가운데는 베르베르족 상인들과, 언월도를 찬 두 남자가 양옆에서 호위하는 귀한 집안 출신의 푸른 베일을 쓴 아랍 여인도 있었다.

우리 일행은 시작부터 야단법석을 떨어가며 출발했다. 낙타들은 푸르르 콧김을 내뿜고 트림을 하고 소화가 안 되는 노인네처럼 끙끙거렸고, 낙타꾼들은 행렬 앞뒤를 오가며 바쁘게 동물들을 지휘했다. 여태 묻어 있는 밤과 잠을 아침으로 옮겨가면서 녀석들의 성미가 고약해진 건지, 밧줄 굴레와 마구가 거기에 달린 남색 술과 함께 요동을 쳤다. 하지만 뒤로 도시가 아득히 멀어지자 곧 짐승도 사람도 물결치는 듯한 리듬에 몸을 맡겼다.

나는 높은 낙타 등에 앉아 위로 솟구쳤다 떨어졌다 다시 솟구치기를 반복했다. 안장은 모포를 겹겹이 접고 앞쪽에 양 갈래로 갈라진 나무판을 올려놓은 것에 불과했다. 심지어 등자도 없었다. 평생 이렇게 불편하게 뭔가를 타고 간 적이 없었다. 하지만 인내심을 발휘하면 녀석의 움직임에 맞춰 떨어지는 법을 배울 수 있을 것 같았다. 최소한 북쪽 지역을 떠난 뒤 때때로 몰려오던 메스꺼움은 가라앉았다.

탕헤르 국경에서 멀어지면서 무두장이 무리를 지나쳤는데, 빻은 옻나무 껍질이 담긴 돌통 속 염소 가죽에서 풍기는 톡 쏘는 냄새가 진동했다. 그 옆에는 부드럽게 다듬은 가죽 몇 점이 붉은 코치닐 염료에 잠겨 있었는데, 이름 없는 순교자들에게서 벗겨낸 살가죽처럼 보였다. 저 핏빛 용액에서 우리집에 꽂혀 있는 수많은 책의 아름다운 모로코가죽 표지가 만들어진다니. 그전에는 한 번도 생각해본 적 없었는데, 앞으로는 그 제본술 이면에 어떤 과정이 있는지 떠올리지 않고는 그 책들을 만지지 못할 것 같았다.

아틀라스산맥을 저만치 두고 황량한 사막평원을 지나는데, 오래전 사촌 라비니아가 성 바오로 사도의 그림을 그리면서 편지에 그에 대해 쓴 말이 떠올랐다. 구운 시에나토*로 시작해 흰색으로 옮겨가는데, 전체적으로 새하얀 색은 피해. 너무 적나라하고 똑바로 보기 힘들거든. 사막조차 이렇게 완벽하게 색깔이 없기는 힘들 거야. 하지만 라비니아는 모리타니아 땅을, 거의 눈을 멀게 할 지경으로 모든 것을 반사하는 이곳의 텅 빈 풍광을 본 적이 없었다. 나는 머리에 두른 스카프의 검푸른색 거즈가 앞을 가려 거의 아무것도 분간할 수 없었다. 풍경 구도를 잡을 때, 그러니까 원근법에 따라 소실점을 잡을 때 쓰는 회화용 망판의 격자처럼 짜인 그물망 같았다.

오전의 중반이 되자, 산에서 구불구불 내려오는 물길의 위치를 알려주는, 아득히 이글거리는 곡선들이 거의 알아볼 수 없는 지경이 됐다. 우리 뒤쪽 저만치에, 하나같이 연푸른색 로브를 걸친 다른 대상 행렬이 따라오고 있는 게 어렴풋이 보였다. 땀방울이 눈을 찔렀다. 피할 수 없는 열기에 내 속은 텅 비어버렸다. 시점이라는 것이 없어졌다. 모든 게 같은 선상에 있었다. 전경도, 배경도, 낙타와 노새, 남자 여자들의 윤곽도, 차별할 줄 모르는 태양에 의해, 우리를 교란하는 악마에 의해 납작해졌다⋯⋯

어렸을 때 가본 수비아코**의 베네딕트회 수도원 벽 속에 있었던 악마 같았다.

아버지와 나는 배의 삭구처럼 누리끼리한 회색 머리카락이 얼굴 주위로 흘러내린 등 굽은 사제를 만났다. "여기에는 벽이 두 개 있어요." 사제가 경고하듯 말하면서 검지로 신도석 왼쪽 벽의 부서진 작은 구멍을 가리켰다. 겁먹은 나는 한 걸음 물러났고, 사제는

---

* 산화철, 점토, 모래 등을 혼합한 황토종의 안료. 적갈색을 내는 데 쓰인다.
** 이탈리아 라치오주 로마현의 도시.

목소리를 낮추며 속삭였다. "저기는 들여다보면 안 돼요!"

아버지는 맞은편 벽 벽감에 걸려 있는 큰까마귀 그림에 대해 질문을 던졌다. 두 사람이 내게서 돌아서며 멀어지자, 나는 구멍에 슬그머니 다가가 안을 들여다보았다. 벽에 난 틈은 어두컴컴했지만, 뒤틀린 옆모습을 차차 알아볼 수 있었다. 그 순간 수탉의 발톱 같은 손이 뒤에서 나를 덥석 붙잡았고, 나는 펄쩍 뒤로 물러났다.

"거봐, 거봐라." 사제가 내 어깨를 놓으며 낮게 깐 목소리로 혼냈다. "벽 사이에 악마가 살고 있다고 했잖니. 거기 영원히 갇힌 거야. 하지만 걱정 말아라, 네가 악마를 꺼내지 않는 한 악마도 너를 해치진 않을 테니."

나이든 수도사는 씩 웃었고, 아버지는 기침하듯 마른 웃음을 뱉어냈다. 내가 두 벽 사이에서 본 악마, 소박한 옛 성당과 화려한 새 성당 사이에서 흘끔 본 그림 속의 악마는 손톱이 날카롭고 눈빛이 섬뜩하며 눈초리가 음흉했다. 그는 잊힌 역사와 재창조한 역사 사이에 눌린 채 웅크리고 있었다. 교회당 자체가 깎아낸 동굴인 옛 구조물 안에 들어앉아 있었다. 마치 우리가 새로운 걸 만들어내고 있다고 믿지만 사실은 과거에 갇혀 살아가는 것처럼.

우리는 한낮의 맹렬한 더위가 지나갈 때까지 작은 진구렁에서 쉬어가려고 멈췄다. 내가 탄 낙타가 천천히 앞다리를 접고 땅에 엎드리는데, 내 몸이 앞으로 고꾸라지는 줄 알았다. 사방에서 짐승들이 실컷 물을 들이켜는 소리, 여행자들이 바싹 마른 입으로 대화하는 소리, 종려나무 잎이 한층 기세가 누그러진 바람에 바스락거리는 소리가 들렸다. 유세프가 내게 물을 마시라고 채근했고 나는 그렇게 했다.

좁다란 그늘에 자리한 종려나무 줄기에 기대앉아 있는데, 갑자기 낙타치기들이 팔을 휘두르며 뭐라고 소리치고 짐승들을 한데로 몰기 시작했다. 유세프도 노새들을 한군데로 몰더니 찢어진 스카프로 녀석들의 주둥이를 황급히 감쌌다. 노새들이 고개를 획획 움직여서 그것도 쉽지가 않았다. 세뇨르 몬카다가 외쳤다. "붉은 샤르키가 와요. 가려요!"

"붉은 샤르키가 뭔데요?"

"피부를 지져버리는 뜨거운 동남풍이에요."

"얼마나 오래 부는데요?"

하지만 몬카다는 이미 돌아서서 서둘러 일행에게 돌아가 동행과 함께 책을 진 낙타 한 마리에 바짝 붙어 무릎을 꿇고 웅크렸기 때문에, 내 물음을 듣지 못했다. 붉은 안개가 종려나무 잎 사이로 스며오기 시작하더니, 저만치에 그것이 보였다. 포효하며 사막을 빠르게 가로질러 우리를 향해 덮쳐오는 모래 장막이었다.

공포로 얼어붙은 나는 눈을 질끈 감고 쿰쿰한 냄새가 나는 낙타에 꼭 붙어 쭈그려앉았다. 그 악취가 반갑기까지 했다. 냄새 하나로 세상이 다시 삼차원으로 돌아갔으니까. 모래가 사정없이 우리를 때리는 동안 나는 끊임없이 형체를 달리하는 사막 속에서 시커먼 스카프를 뚫고 숨을 쉬려고 기를 썼다. 그런데 안에서 뭔가가 꿈틀했다.

내 뱃속에서 펄쩍―오!―조그만 물고기처럼 뛰는 뭔가가 느껴졌다.

또 펄쩍했어! 몇 달 동안 내 몸은 신호를 보내왔다. 메슥거림, 내가 비탄의 신호로 읽은 달거리 중단, 단 걸 너무 많이 먹은 탓이라고 치부한 체중 증가. 전부 그 이상의 뭔가를 말해주는 신호였다. 내 자궁에서 아이가 헤엄치고 있었다.

　나흘째 되는 날 수학자들은 마루에코스에서 학문의 미래를 좇겠다며 우리와 헤어졌다. 다섯째 날 우리는 황량한 능선을 타고 향나무와 소나무가 듬성듬성 남아 있는 숲을 질러갔다. 땅거미 질 무렵 우리 일행은 성벽에 둘러싸인 어느 마을에 닿았다. 온통 정사각형과 직사각형, 뾰족한 아치 형태 건축물들이 벽돌 같은 붉은 산의 기슭에 모여 있었다. 서늘한 밤공기에 낮의 열기가 빼앗아간 기운이 되돌아왔다. 사막의 무질서를 배경으로 앉아 있는 인간 거주지의 보기 좋은 기하학적 구조가 세상에서 내가 있을 곳을 재확인시켜주었다.
　마침내 타라단테에 도착한 것이었다.
　유세프가 성문지기들에게 몇 가지 물어본 뒤, 우리는 외국인에게 잠자리를 내주는 유일한 거처에 숙소를 구했다. 피부가 검푸른 색인, 말리나라는 중년 여인의 집이었다. 화려한 색깔의 로브를 걸치고 얼굴의 아래쪽 반만 가리는 푸른색 베일을 쓴 키가 크고 늘씬한 그녀는 우리를 시원한 안뜰로 안내했다. 작은 빨간색 삼각형이 점점이 수놓여 있고 작디작은 은화가 매달린 베일이 그녀가 움직일 때마다 짤랑거리는 소리와 함께 반짝였고, 성한 한쪽 눈의 번뜩이는 빛은 시선을 집중시켰다. 불투명한 구슬이 박힌 나머지 한쪽 눈은 말린 무화과 열매 같았다. 나는 안뜰 맞은편의 수수한 방을 배정받는데, 그녀의 방과는 염소들을 가둬두는 가느다란 나무울

타리 우리를 사이에 두고 있었다. 말리나의 거처는 내 방을 포함해 사각형으로 모여 있는 붉은 진흙 방들과 곡물저장탑 하나로 이루어져 있었다.

말리나는 유세프에게 안뜰 한구석, 가축우리에 그늘을 드리우는 커다란 대추야자나무 밑에 자리한 더 작은 방을 배정했다. 염소 세 마리가 짚더미에서 우리를 조용히 주시하면서 천천히 여물을 씹었다. 말리나는 우리가 데려온 노새들을 넣어둘 좀더 큰 축사의 위치를 알려주었다. 다행히 그녀는 이탈리아어를 몇 마디 할 줄 알았다. 이 방들에서 살았을 게 틀림없는 말리나의 가족들은 어떻게 된 건지—역병에 걸려 죽었는지, 아니면 전쟁으로 죽었는지, 그것도 아니면 하나둘 사라졌는지—묻지 않았지만 몹시 궁금했다. 이런 방 여러 개로 이루어진 주택에 여자 혼자 사는 게 이상하게 여겨져서였다. 다른 손님은 없었다.

이튿날 아침 나는 말리나를 불러내 사정을 설명했다. "여자 옷이 필요해요, 안전을 위해 이동할 때만 남장을 한 거거든요." 하루하루 지날수록 그 남자 옷마저 배 부분이 불편해지고 있다는 말은 하지 않았다.

"흠." 말리나는 중얼거리더니 나를 똑바로 쳐다봤다. "어쩐지 얼굴에 수염이 없고 이상하게 매끈하다고 생각했어요. 하지만 제가 원래 외국인은 잘 볼 줄 몰라서." 그러더니 미소를 지으며 내 볼을 쓰다듬었다. "걱정 마요. 빌려줄 옷은 잔뜩 있으니까."

나는 입고 있던 남자 옷을 벗어던지고 수사* 여자들이 입는 리넨

---

* 페니키아인이 건설한 튀니지 동북부의 고대 도시.

과 모직으로 만든 헐렁한 로브를 걸쳤다. 말리나는 고맙게도 자기 옷들을 내게 주고 흔쾌히 대가를 받았다.

유세프는 전혀 놀란 기색이 없었다. "알고 있었어요, 도토레사, 다 알고 있었죠." 내가 여자 옷을 입고 우물가로 나간 첫날 아침, 안뜰에 쭈그려앉아 낙타 굴레를 솔질하고 있던 그는 고개를 끄덕이고 거칠게 튼 자기 발을 내려다보며 조용히 말했다. "짭짤하고 달콤한 체취가 나서요. 남자는 아무리 나이가 어려도 여자의 그런 냄새가 안 나거든요."

"그런데도 날 지켜주려고 고맙게도 모르는 척해줬군요…… 나 때문에 곤경에 처할까봐 걱정되지 않았어요?"

"삯을 후하게 주셨잖아요, 도토레사. 제가 모시는 동안에는 아무 문제 없을 겁니다." 유세프는 별것 아니라는 투로 말하더니 다시 굴레를 솔질하기 시작했다.

"고마워요, 그럼." 나는 수조를 둥그렇게 둘러 진흙 울타리를 치고 증발을 막기 위해 이 빠진 찰흙 항아리로 닫아놓은 우물 가장자리에 걸터앉았다. 물을 뜰 수 있도록, 바로 옆에 단순한 모양의 들통을 밧줄로 묶어놓았다.

"신께서는 꿀도 주시지만 수수께끼도 잔뜩 던지시잖아요. 우리가 그 수수께끼 중 하나가 아니란 법 있나요?" 아직도 변신한 내 모습에 대해 생각하는지 유세프가 덧붙였다.

십중팔구 우리 대화를 엿들었을 말리나가 자기 방 창문을 통해 나를 내다보고 있었다. 잠시 후 그녀가 안뜰로 나와 내게 칼집에 넣은 작은 칼 한 자루를 건넸다. "앞으로는 이걸 허리띠에 차고 다녀요." 그녀가 내게 당부했다. "유세프는 알아서 존중해줄지 몰라도 다른 사람들은 안 그럴 테니까요. 그리고 방도 내 옆방으로 옮겨야겠어요." 그러더니 유세프에게 내 짐을 옮기라고 지시했다.

새로 옮긴 방은 안뜰을 향해 나 있었고 더 넓은데다 긴 창과 조악하나마 나무로 짠 침대 틀이 있었다. 모직 담요인 헨디라가 곱게 개켜져 있었는데, 옷처럼 둘러서 입거나 잘 때 덮는 이 천은 여자들이 석류 같은 새빨간 색과 사프란 같은 노란색, 어두운 남색으로 짠 것이었다.

삼각형의 새들이 무리 지어 있는 무늬를 넣은 빛바랜 포도주색 양탄자가 흙을 단단하게 다진 바닥에 깔려 있었다. 방의 가장 어두운 구석에는 꼭 맞는 도자기 뚜껑을 덮은, 진청색 유약을 바른 큼직한 물병이 불침번을 서는 꼬마 아이처럼 서 있었다. 놋쇠 잔에 물을 따라 마시자, 산속에서 강줄기를 따라 흘러내려온 물인 듯 아주 오래된 광물 맛이 났다. 예전에 아버지와 함께 갔던 기억이 생생한 움브리아에서 신성시하는 강물과 비슷했다.

나중에 안뜰 종려나무 아래에서 부채질을 하고 있는 말리나에게 말을 꺼냈다. "말리나, 물어보고 싶은 게 있어요…… 내가 여기까지 온 이유를 먼저 말해야 할 것 같네요." 그러면서 그녀의 소매를 살짝 건드렸다.

말리나는 경계하는 눈빛으로 나를 바라봤다. "꼭 그럴 필요 없어요. 얘기하고 싶을 때 얘기하세요."

"여기 오기까지 얼마나 오랫동안 여행했는지 몰라요."

말리나의 눈빛이 부드러워졌다. "안으로 들어와요, 우리 딸, 차하고 먹을 걸 준비할게요."

자기 침실 바로 옆방으로 나를 데려간 말리나는 둥글게 쌓아올린 진흙난로 앞에 무릎을 꿇고 땔감을 집어넣었다. 세로로 긴 배불뚝이 항아리 모양을 한 난로로, 한쪽 측면에는 불을 키우는 널따란 구멍이 나 있었다. 불이 힘차게 타오르자 말리나는 그 위에 주전자를 올렸다. 천장의 통나무 들보에 수없이 많은 약초를 매달아 말려둔 게 보였다. 세 벽의 기둥 부분에는 단지 몇 개가 늘어서 있었는데, 문득 요리에 쓰기에는 지나치게 많다는 생각이 들었다. 우리는 기하학적 형태의 커다란 나무 한 그루와 그 가지에 앉은 온갖 짐승 무늬로 직조된 붉은색과 황토색, 남색의 널찍한 양탄자에 자리잡고 앉았다. 몇 년에 걸쳐 사람들이 앉고 또 앉아서 반질반질해진 부위들이 희미하게 빛났다. 물이 끓자 말리나는 그 작은 주전자에 방금 딴 박하잎을 한 움큼 넣었고, 뚜껑을 덮어놓은 바구니에서 납작한 빵 하나를 꺼내와 단지에서 퍼낸 차갑게 굳은 꿀을 발라 내게 건넸다. 해가 기울면서 한줄기 빛이 벽을 따라 천천히 내려갔다.

"아버지를 찾고 있어요. 이탈리아인 의사인데, 이름은 저랑 똑같이 몬디니 박사예요."

"흠." 말리나는 흙을 빚어 만든 컵에 우리가 마실 차를 따랐다.

"아버지가 이곳 타라단테를 편지에 언급하셨어요."

"이탈리아 남자 얘기를 듣긴 했는데……"

"그래요?"

"쪄죽을 것 같은 한낮에도 고집스럽게 파란 망토와 달라붙는 바지에 보라색 모자까지 쓰고 다니는 사람이었어요."

나는 고개를 저으며 미간을 찌푸렸다.

"피부가 새카맣게 그은 베네치아 출신 사기꾼에 대해 들었어요. 모래폭풍이 덮쳐 실종됐다는 소문도 있고, 소금 무역길에서 푸른 부족 무리에 합류했다는 얘기도 들었어요. 그 사람이 내 사촌한테 빚진 게 있는데." 그러면서 말리나는 나를 향해 눈을 가늘게 떠 보였다.

"그건 제 아버지가 아니에요." 내가 격하게 대꾸했다. "아버지는 의사라고요!"

"일 도토르, 맞아요." 말리나가 한참 만에 중얼거렸다. "은둔자가 되어버린 남자를 알아요." 그녀는 내 손에 자기 손을 포갰다. "우리 딸." 그러고는 더 말하기 망설여지는 듯 한숨을 내쉬었다. "그분은 한동안 여기 머물렀어요. 우리는 함께 위석을 연구했지요. 초록색 위석, 별 모양으로 뾰족한 위석. 나는 여자들을 위한 치유자이고, 그 사람은 남자들의 치유자였죠. 그분의 약제가 완성되자 나는 그에게 훈연 치료법과 구전 치료법, 모래 치료법 따위를 가르쳐줬어요. 그 사람, 한 일 년 전에 떠났어요." 말리나가 한숨을 쉬었다. "때로 사막은 우리에게 다른 꿈을 속삭이죠."

아냐, 그럴 리 없어!

"당분간 여기서 지내요." 내 표정을 본 말리나가 나를 달랬다. "당신도 의사잖아요. 땅에서 나는 것들, 소리 없는 것들과 우물의 정령들에게서 얻을 수 있는 치료법에 대해 가르쳐줄게요. 우리가 어떻게 병이 나고 어떻게 기력을 되찾는지도 알려줄게요."

하지만 나는 그녀가 한 말을 좀처럼 받아들일 수 없었다. "아버지가 여기 계셨다니, 근데 내가 놓쳤다니 믿을 수가 없어!" 나는 흐느끼며 두 손으로 얼굴을 감쌌다. 말리나는 나를 내버려두었다.

해질 무렵, 슬픔에 기운 빠지고 정신이 나간 상태로 나는 세뇨르 레케즈네가 준 하늘 지도를 말리나에게 가져가 러그 위에 펼쳤다. "이 별들, 알아보겠어요." 말리나가 기름등잔을 들어올리며 말했다. "우리 할아버지가 열병으로 오락가락했을 때 얘기해준 별자리예요."

"오…… 그럼 제가 채워넣을 수 있게 이름을 알려주세요." 나는 억지로라도 일에 빠지고 싶었고, 연구를 계속하고 싶었다.

"그래요, 나중에 밤하늘이 완전히 어두워졌을 때요."

"다른 이야기를 해주세요." 내가 말했다.

"다른 무슨 이야기요?"

"다른 병이요. 기록을 하고 있거든요."

"아, 우리 딸, 내가 좀 봐도 될까요?" 말리나는 우리가 비슷한 연배인데도 나를 딸이라고 부르는 이상한 버릇이 있었다. 나는 그러려니 했고, 그러는 게 좋기도 했다. 말리나가 말을 이었다. "부친께서 어떤 책 이야기를 하셨는데, 그러고선 몹시 괴로워하셨어요. 어떤 날은 그 책을 찾으면서 '내 책, 내 질병, 내 치료법!' 하고 막 울부짖으셨죠."

그럼 정말로 책이 없어진 거로구나……

"그런데 따로 쓴 게 있지 않아요, 우리 딸?"

나는 손가방과 함께 내 두꺼운 원고 묶음을 꺼내왔다. 말리나에게 보여주려고 원고를 정리하는데, 이 원고가 엮인 걸 보고 싶다는 주체할 수 없는 충동이 솟구쳤다. 원고는 이제 제법 묵직하고 두툼했다. 말리나는 경탄하면서 가무잡잡한 손가락으로 원고 몇 장을 쓰다듬었다. 그러더니 파란 벌레에 대해 이야기해주었다. 나는 간간이 끼어들어 질문을 던졌지만 주로 벽난로 앞 러그에 앉아 있었고, 밤이 내리자 말리나는 그 난로에 때때로 향나무 장작을 던져넣었다.

푸른 귓벌레
사람이 한 말을 먹고 사는 사막의 해충

이 벌레들은 모리타니아의 사구와 해수 습지에 살며, 팔 하나 길이의 세 배 내지 일곱 배 깊이의 땅속에서 아주 오랫동안 동면한다. 성충은 지하의 어둠 속에서 일생을 보낸다. 그렇게 삼십 년이 흐르면(바바리아의 멜릴라 마을에서는 한 세기가 지나야 한다고 말한다) 그것들은 모습을 드러낸다. 이유는 알 수 없지만 유충들은 아이 새끼손가락만한 크기에 밝은 진청색을 띤 채 사막 표면 혹은 물가에 일제히 모습을 드러낸다. 그 밝은 색깔이 미너렛*의 지붕 타일 색에 비견되는 모제마에서는 이 벌레를 신의 새끼손가락이라 부른다. 벌레들은 초승달이 뜨는 밤 모래에서 꾸물꾸물 나오는데, 기껏 나와서는 다른 종류의 어둠을 찾아 여자의 따뜻하고 축축한 귓속으로 들어간다. 다른 신체 구멍에는 만족하지 못한다. 푸른 벌레는 잠든 사람의 몸에 들어가 작은 미로 같은 공명기관에 들어앉아 귓바퀴로 흘러들어오는 소리를 먹고 산다. 몇몇 마을 원로들은 그 벌레가 오직 인간의 말과 울음만을 먹고 살지만 특정 언어에 훨씬 크게 좌우돼서, 그 영향으로 움직임이 느려지거나 동요하기도 한다고 주장한다. 베르베르

---

* 이슬람사원의 외곽에 설치하는 뾰족탑.

족과 베두인족의 언어는 푸른 벌레를 진정시키는 반면, 포르투갈어와 오스만제국에서 쓰는 아랍어는 한껏 요동치게 해 환자를 몹시 괴롭게 만든다. 우드와 산티르* 같은 악기 소리를 들으면 귓벌레들은 낮게 웅웅거리는 소리를 내는데, 귓벌레가 들어와 사는 사람은 이 소리에 미칠 지경이 되거나 아니면 차분해진다. 청력이 교란되어 긁거나 바스락대거나 쿵쿵대는 움직임 같은 청각 환영을 경험하기도 하며, 환자가 벌레들을 자극하지 않으려고 자발적으로 묵언에 빠지는 증상을 보인다.

　어떤 해에는 메사** 아래쪽 해안에 자리한 알간지자 마을의 여자들 거의 전부가 푸른 벌레에 감염되기도 한다. 유목민들 때문에 그곳은 시기에 따라 인구 변동이 심하다. 그러나 푸른 벌레가 출현하기 시작하면, 주민들은 하얀 담과 집과 지붕을 파랗게 칠해 여행자들에게 경고를 보낸다. 마을은 적막에 싸인다. 개뿐 아니라 다른 동물들도 마을에 들어오지 못하게 하는데, 뱀만은 예외다. 소리 없는 우정과 쥐를 먹는 습성 때문에 뱀들은 귀하게 여겨진다. 새가 나타나면 자루가 긴 비와 나뭇가지를 휘둘러 쫓아버리는데, 어쨌거나 새들은 더 북쪽의 수스강과 그 강둑을 따라 자란 종려나무를 선호해서 그 마을엔 잘 나타나지 않는다. 주민들은 수화나 필담으로 대화하고, 남자들은 여자들의 침묵을 존중한다. 묻어둔 비밀이 있다면 곪아터지기 딱 좋은 시기다.

　푸른 벌레는 밤에 먹이를 더 많이 섭취하는데, 마을에 떠도는

---

* 둘 다 주로 아랍 국가에서 연주하는 현악기.
** 모잠비크의 마을.

소문으로는 꿈속에서 이루어지는 대화뿐 아니라 아치 모양의 천장 밑에서 또는 식사하려고 바닥에 펼쳐놓은 돗자리 주위에서 두런두런 나누는 말들을 실컷 먹어치운다고 한다. 가족들이 음식을 손으로 집어먹다가 배가 부르면 침묵해야 하는 걸 깜빡 잊곤 하기 때문이다. 그럴 때면 여자들이 채 듣기도 전에 벌레들이 말을 채간다. 또한 주민들은 몇 달이고 불안정한 상태에서 지내면서 냉하고 습한 기운에서 생기는 각종 질병을 견뎌내느라 불면증에 걸리기도 한다.

마침내 생애 주기를 마친 푸른 벌레는 통통하게 살이 찐 상태로, 원래의 숙주를 찾아 제 발로 귀에서 기어나온다. 그리고 다시 사막 모래 속으로 파고들어, 숨어서 사는 생애를 마친다. 말리나는 동남 방위의 하늘에 '푸른 벌레'라는 별자리가 있다고 하는데, 혹 우리가 뱀자리라고 부르는 것일 수도 있다.

아버지를 찾는 일을 계속할지 확신이 서지 않았다. 너무 지쳐 있었다. 아버지의 이동 경로를 좇고 동료들을 찾아내느라 이렇게 애썼는데도 아버지를 놓치고 말았잖은가. 한동안은 한 장소에 머물고 싶었다. 그럼 모래폭풍이 닥쳐왔을 때 실종됐다는 사람은? 보아하니 말리나는 여태껏 말한 것보다 더 많은 걸 알고 있는 것 같았다. 어쩌면 시간을 두고 내가 어떤 사람인지 보려는 건지도 몰랐다. 나더러도 자기한테 내 목적을 밝히기 전에 그렇게 하라고 하지 않았나. 포기하려는 바로 그 순간에도, 마치 치맛단에 바느질해 넣어놓은 동전처럼, 나는 다른 종류의 인내를 발견했다. 그도 그렇지만, 나는 기다리는 법을 알았다. 게다가 지금 나는 홑몸이 아니었다.

나는 말리나가 오가는 것을 지켜봤다. 그녀는 우물가에 들르고, 염소 젖을 짜거나 여물을 먹이고, 하루 한두 번 바구니를 가지고 곡물창고로 가 곡식을 날라오고, 납작한 빵을 만들었다. 나는 말리나가 파리를 쫓는 데 좋다며 내 눈가에 콜*을 칠하게 내버려뒀고, 내 적갈색 머리칼을 몇 가닥 잘라 마을 여자들에게 나눠주는 것도 허락했다. 내 머리색이 그들에게는 신기한 빛깔인 것 같았다.

나는 여자와 아이들이 오가는 것도 지켜봤다. 그들은 말리나의 부엌에 드나들면서 어디가 아프다고 상담을 하고 대추와 달걀, 심지어 땔감 같은 소소한 선물을 놓고 갔다. 어린아이의 머리에 내 머리카락 한 가닥을 장식으로 얇게 꼬아넣은 것을 몇 번 보기도 했다.

나는 점점 커지는 허기를 낮에는 달걀과 염소 치즈, 납작한 빵, 말린 과일과 꿀로 달랬고, 말리나와 유세프와 함께 식사하는 저녁에는 쿠스쿠스와 납작한 빵, 그리고 가끔은 메사 항구에서 구해 온 염소 치즈와 호두, 건포도와 올리브, 오렌지로 채웠다. 베네치아로 돌아가기는 할 건지 나도 알 수 없었다. 사막과 산으로 이루어진 이곳이 지금은 내게 맞았다.

말리나는 아랍의 진들의 습성을 자세히 얘기해주었다. "그 작은 정령들은," 어느 날 낮에 난롯가에 앉아 있는데 그녀가 입을 열었다. "작디작은 곡물에서부터 세상에서 제일 거대한 산까지 만물에 깃들어 있답니다."

"하지만 그렇게 작은 것들이 우리한테 무슨 의미가 있죠?"

"우리와 함께 거하잖아요. 우리도 그들과 함께 살아가고요. 삶

---

* 아랍 여성들이 쓰는 화장용 먹.

의 방식인 거죠. 우리는 그들을 존중해요."

"혹시 불의 진, 화로의 진도 있어요?"

"네, 하지만 진들은 물을 더 좋아해요. 우물에서 물을 길을 때 노래를 불러야 하는 것도 그래서고요. 안 그러면 우물에 사는 진들이 물을 오염시킬지도 모르니까요!" 말리나는 우물물을 길을 때 부르는 간단한 노래를 가르쳐줬다. 나는 물동이를 거꾸로 엎어 우물에 떨어뜨리기 전에, 밧줄이 벽돌에서 스르륵 풀어지기 전에 먼저 그 이상한 노랫말을 중얼거렸다.

베네치아의 수도사와 수녀들도 새벽에 기도문을 읊었다. 그 소리를 들으면 나는 항상, 몇 살 때이건, 어디로 가던 중이건 걸음을 멈추곤 했다. 축축한 돌길에 멈춰 서서 기도 가락을 들이마셨고, 단조로운 화음을 혀로 맛봤다. 그러나 타라단테의 이 곡조는 높은 수도원 회랑 벽 너머에서 흘러나오는 게 아니었다. 역병 치료에 헌신하는 교회에서 나오는 것도 아니었다. 그 곡조는 어디에서나 들렸다. 한 뼘의 붉은 흙 마당에서도 들렸고, 좁은 창문에서도 흘러나왔고, 우물에서도, 곡물창고와 마구간에서도, 들판에서도, 오아시스에서도, 가축지기들이 가축을 풀어놓는 와디*에서도 메아리쳤다. 아이들은 돌멩이와 물, 아르주나나무, 종려나무의 진을 달래준다며 노래를 불렀다. 여자들도, 남자들도 노래를 불렀다. 사막이 소리도 움직임도 없다고 믿는 사람들은 단단히 잘못 알고 있는 것이다. 사막도 콧노래를 부른다고, 말리나는 그랬다. 가만있는 것은 아무것도 없다. 슬픔조차도.

---

* 건조한 지역에서, 평소에는 말라 있다가 큰비가 내리면 물이 흐르는 강.

가끔 나는 내가 주민 모두가 아는 외부인이라는 생각에 안심하고 마을 한가운데에 있는 오아시스까지 혼자 걸어갔다. 오아시스 근처에 있으면, 특히 새벽과 황혼녘에 정신이 고양되었다. 유세프가 나를 따라오면서 마치 내가 떠돌이 동물인 양 지켜보는 걸 알고 있었다. 그러니 완전히 혼자는 아니었다. 거기서 나는 천천히 움직이는 돌과 모래로 된 경계에서, 또 동족에게 고음을 지르는 새들의 신호 아래에서 솟구쳤다 가라앉는 알아들을 수 없는 말에 귀기울였다. 어쩌면 나이든 사람들이 말하는 목소리를 듣고 싶었는지도 모른다. 정말 듣고 싶은 건 내 조상, 베네치아인과 키프로스인들, 더는 이곳에 살지 않는 사람들의 목소리였지만.

그러나 내가 들은 건 시간이 빠져나가는 소리, 물이 침투하는 소리, 오아시스 저편에 세워놓은 여행자들의 천막과 그 주변에서 웅얼웅얼 대화하는 소리뿐이었다. 어쩔 때는 그것만으로 충분했다. 한번은 유세프가 한 천막 밖에서, 내게 등을 보이고 서 있는 웬 키 큰 외국인과 얘기하는 걸 봤다. 그 외국인은 말하면서 새하얀 손을 이리저리 움직였는데, 어딘지 익숙한 그 몸짓에 내 가슴이 두방망이질쳤다. 나중에 유세프에게 물어봤다.

"그 사람이요? 수크로 가려면 어떻게 해야 하냐고 묻더라고요." 유세프가 대답했다.

"빨간 머리던가요?" 후드로 가려 있어서 머리색을 볼 수가 없었다.

"모르겠습니다."

나는 그냥 돌아섰다. 내 얼굴에 떠오른 표정을 유세프가 보지 않았으면 했다. 치맛단에 꿰맨 인내의 동전에 부딪혀 짤강거리는 또

다른 금화처럼, 나는 해미시에 대한 비밀스러운 희망을 그대로 품
고 있고 싶었다.

24장
죽은 자의 계류지

한여름의 어느 날, 해가 떨어지기 직전에 말리나가 내 방에 오더니, 천장의 측백나무 들보 사이의 갈라진 틈부터 시작해 모든 구멍을 틀어막기 시작했다. 그녀가 내게 경고했다. "오늘밤 달이 물러나 모습을 감출 거예요. 위험한 때예요. 달은 거울을 덮고, 죽은 자의 계류지를 통과하죠. 등잔을 꺼둬요, 우리 딸, 그리고 당신의 영혼이 무사히 어둠을 나게 해달라고 기도하세요." 아직 태어나지 않은 내 아기도요, 나는 속으로 중얼거렸다.

그녀가 돌아간 후 나는 이 방에서 나가지 말라는 소리구나, 문득 깨달았다. 하지만 억누를 길 없는 호기심에 이끌려 온몸을 가린 채 조용히 안뜰로 나갔다. 덧문이란 덧문에 죄다 걸쇠가 걸려 있고 조각한 나무문과 창문들에 양탄자를 걸어 덮어놓은 게 보였다. 안에 있는 사람이 빛 없는 바깥세상을 보지 못하게 하려는 건지, 아니면 그 세상의 무질서가 집으로 들어오지 못하게 하려는 건지 알 수 없었다. 나는 다른 그림자들 속의 그림자였다.

메디나에서 한 남자가 무서워서인지 흥분해서인지 한차례 비명을 질렀고, 그러고 나서 마을은 침묵에 잠겨들었다. 내 팔의 가는 털이 불길한 예감에 곤두섰다. 나는 내 방 북쪽의 사다리를 타고 올라가 평평한 지붕에 걸터앉았다. 달이 이제 막 뜬 참이었다. 초조해하는 수스 계곡 전체에 달빛이 내려앉았고, 시커먼 곡면의 날이 달의 표면을 덮쳐오면서 그 주변 사막의 산들은 마치 오래된 옷가지처럼 서서히 얇아졌다. 나는 달빛이 낫질을 하듯 천천히 스러지는 광경을 바라봤다.

한 시간이 흘렀고, 나는 벽에 기대 무릎을 가슴팍에 바짝 끌어당긴 채 부들부들 떨며 그 자리에서 한 뼘도 움직이지 않았다. 마침내 가려진 동그란 달이 절단된 다리나 팔의 단면처럼(이런저런 전쟁에서 돌아와 아버지에게 치료받으러 오는 남자들에게서 그 끔찍한 장면을 몇 번 봤기에 잘 알았다), 아니면 엄마에게서 갓 태어난 신생아의 피 묻은 머리통처럼 번들거렸다. 별들이 앞으로 튀어나왔다. 나는 내 아랫배에 살며시 손을 댔다. 한 번도 출산을 해본 적 없는 내가 내 몸의 중심에서 점점 빨리 움직이고 있는 이 아이를 생각하고 있었다. 앞으로 어떻게 대비해야 하지?

달은 아주 조금씩 다시 한번 차가운 광휘로 미끄러져갔다. 별들이 물러갔다. 마을 바깥쪽 성벽의 잔해 근처에 있는 지하수에서 새어나온 한줄기 물이 잠시 반짝했고, 이윽고 모래 속으로 자취를 감췄다. 그런 곳에 있을 법하지 않은 양치식물이 자라고 있었다. 갑자기 그 새순이 너무 먹고 싶었다. 그걸 캐러 사다리를 내려가는데, 알아들을 수 없는 신음소리가 들렸다. 몸집이 큰 짐승이 내는 것 같은 소리였다. 공기 중에 오래되고 축축한 나무 냄새가 풍겼다. 나는 발소리를 들으려고 귀를 쫑긋 세웠다. 짐승이 산에서 내려왔나? 한동안 가만있어도 아무 소리가 들리지 않았지만, 나는 몹시 불안해져서 집안으로 뛰어들어갔다. 양치류가 열을 가라앉힌다는 사실을 기억해내고는 몇 달 전 『질병백과』에 실으려고 쓴 원고를 찾았다.

카르투시오 수도회 울화병
은자가 오한에 시달리고 침울한 양상을 띠게 되는
일종의 학질

이 질병의 이름은 생의 영약, 즉 백 가지가 넘는 약초와 향료를 넣고 기도의 숨결로 제조한다는 희귀한 용액을 증류한 수도회의 이름에서 따온 것이다. 불행히도 평상시에 마음씨 곱고 평화로운 수녀들에게서 울화병이 발병했는데, 그들이 제조한 영약마저 효과가 없는 바람에 이 질병에 그들 수도회의 이름이 붙게 되었다.

환자에게서 나는 열은 마른 들판의 불 같은 작용을 해 환자 주변의 모든 것을 소진해버린다. 그 기운이 일종의 탄 냄새를 풍기는 것을 보면 말이다. 그 악취에 악의가 있다고 주장하는 이들도 있지만, 악이 그렇게 빤하다고는 생각되지 않는다. 때로 악이 좋은 향내를 풍기기도 하니까.

우디네에서는 어느 상냥한 여자가 이 울화병에 걸려 자기 자녀들에게 욕을 퍼부었다. 마인츠의 어느 구두수선공의 아내는

"이것 좀 얼른……"이라고 말하는 손님들 모두에게 다짜고짜 신발을 집어던졌다. 플로렌티아*의 젊은 고전 교사는 평소에 여학생들을 참을성 있게 대하는 것으로 알려져 있었는데, 회초리를 쓰고 우리에 가두는 방법을 쓸 필요가 있다고 역설하기 시작했다. "형벌로 연약한 몸뚱이를 조종하고 의지를 꺾어야 합니다. 고통을 줘서……" 그러나 이 병은 정반대 기질인 양심을 품는 유형에게서는 발병하지 않는다. 이 사실을 두고 아버지는 이렇게 말씀하셨다. "질병은 대개 반대 기질의 사람을 식탁으로 불러내는 반면, 울화병은 혼자서 식사한다."

카르투시오 수도회 울화병은 죽음에 구애하며, 억울한 마음과 울부짖음을 뒤섞는다. 그런데 이 열병은 양치식물에 고개 숙인다. 나는 직접 치료해본 적 없으나, 아버지는 온화하고 지혜로운 차꼬리고사리를 치료제로 처방했다. 이 양치류는 바다로 흘러드는 민물 주변에서 무성히 자라며, 원한에 의한 열기와 오한, 그리고 장기를 괴롭히는 부종을 가라앉힌다. 차꼬리고사리는 이 병만큼이나 질기게 들러붙는데, 그러면 말려 있던 고사리가 펴지면서 천 일 묵은 담즙을 퍼뜨린다.

이튿날 밤 멀리서, 어떤 목소리가 때때로 뭐라고 외치는 듯하다가 잦아들었다. 말리나에게 무슨 소리냐고 묻자 그녀는 대답을 피하듯 어깨를 으쓱하고는, 아마 이웃집에 안 좋은 일이 있는 모양이라고 둘러댔다.

---

* 피렌체의 옛 이름.

더이상 듣고 있을 수만 없어서 나는 기름등잔에 불을 붙여 들고 목소리를 따라 안뜰의 붉은 흙바닥을 가로질러 곡물창고까지 갔다. 저기야, 창고에서 나오는 소리야! 꼭대기에 폭 좁은 창들이 나 있는 그 높은 탑에서 흘러나오는 소리는 사방으로 퍼져, 문 바로 앞에 서 있지 않는 한 어디서 나오는지 분간하기 힘들었다. 누가 가비, 가비, 하고 내 이름을 부르는 것 같았지만, 이내 그 목소리는 웅얼거림으로 뭉개졌다. 창고 문을 따고 무겁게 축 처진 문을 열었다. 그러자 목소리가 뚝 끊겼고, 어둑한 내부에는 내 왼쪽 벽에 비스듬하게 흘러내리듯 쌓여 있는 커다란 보리 더미 말고는 아무것도 없는 듯했다.

안으로 들어가는데 오래된 낟알과 지푸라기가 발밑에서 바스락거렸다. 나는 등불을 들어올렸다. 맞은편 구석에 누가 잔뜩 웅크리고 있는 걸 본 순간 뱃속이 조여들었다. 앞으로 몇 발짝 움직이자 바닥에서 올라온 마구간 악취가 코를 찔렀다.

조직이 거친 튜닉을 걸친 한 남자가 내게 등을 돌린 채 거기 웅크리고 있었다. 찢어진 푸른색 터번 조각이 입에 재갈처럼 물려 있었고, 두 팔은 앞의 건초 더미 위에 내팽개쳐진 듯 널브러져 있었다. 탄원하는 사람 아니면 죄수 같은 자세였다. 양 손목은 묶여 있고, 남자 주위로 그늘이 져 있었다. 그가 고개를 조금 돌린 순간 잔뜩 엉킨 회색 턱수염과 누런 이에 반사된 희미한 빛줄기, 그리고 이마에 묻은 피가 보였다. 살이 다 벗겨진 손목과 조악한 자수 무늬 같은 빨간 핏자국이 난 두 팔에 머리를 비비다 묻은 듯했다.

내 살갗이 따끔거렸다.

"아버지?" 내가 격앙된 목소리로 속삭였다.

어슴푸레한 빛 때문에 거의 알아볼 수 없는 남자의 눈이 그늘진 실내를 둘러보았다. 그 두 눈은 마치 내가 또하나의 진흙벽에 불과한 양 나를 그대로 지나쳤다. 그러더니 도로 고개를 돌리고 말도 안 되는 라틴어 단어를 속사포처럼 쏟아냈고, 그와 동시에 그의 허벅지를 타고 오줌 줄기가 흘러내렸다. 그가 두 손을 꽉 쥐었다가 풀었다. 그리고 자신을 벽의 쇠고리에 묶어놓은 기다란 갈색 끈을 마구 잡아당겼다. 짐승을 묶어두는 용도로 달아놓은 고리였다.

"아버지, 아버지!" 내가 울부짖었고, 그는 재갈 문 입으로 고래고래 소리를 지르면서 짚단에 머리를 찧어댔다. 나는 식겁해서 등잔을 떨어뜨렸고, 쏟아진 기름 때문에 내 치맛단에 불이 옮겨붙었다. 불길을 잡으려고 내가 팔을 휘두르자 그는 한층 더 크게 소리를 질러댔다.

말리나가 달려와 내 위로 모포를 덮어 불을 껐다. 그러자 곡물창고 꼭대기로 들어오는 창백한 한 점 달빛 말고는 사위가 캄캄해졌다. 나는 숨을 몰아쉬었다. 내 아버지가—아니면 내 아버지처럼 보이는 사람이—한 뼘밖에 안 되는 땅바닥에서 몸부림치고 있었다.

말리나가 나를 안뜰로 끌어냈다. "거기 들어가면 안 돼요!"

"저 사람 누군데요? 왜 짐승처럼 벽에 묶어놨어요?" 온몸이 떨려왔다.

"왜냐면 짐승이 맞으니까요. 당신 아버지는 사막으로 나가서 영영 돌아오지 않았어요. 자기 몸을 해치지 말라고 저렇게 묶어둔 거예요."

"왜 말 안 해줬어요? 내가 못 알아낼 거라고 생각했어요?" 나는 말리나의 팔을 붙들고 소리쳤다.

말리나는 나를 밀쳐내고 우물에 올려놓은 등잔을 집어들더니, 소매를 걷어 팔뚝에 난 찢어진 흉터를 보여줬다. "당신 아버지가 이로 물어뜯은 자리예요. 당신이 다치지 않기를 바라서 그랬어요! 저 사람은 잊어요. 그냥 애도해요, 우리 딸. 저 사람은 몇 달째 저 상태예요. 죽었지만 죽지 않았죠. 연고가 없는 사람을 돌보는 게 우리 관습이라 내가 거둬 살피는 거예요. 일주일에 한 번 목욕시키고 밤낮으로 먹여줘요. 그런데도 저 사람은 매일 나한테 달려든다고요."

나는 그녀가 한 말을 받아들일 수가 없었다. "등잔을 줘요."

말리나는 내가 등잔을 낚아채 곡물창고 안으로 들어가 남자에게 다가가는데도 그냥 가만히 있었다. 그의 어깨를 살며시 만져봤다. 그가 흠칫 물러나며 신음소리를 냈다.

말리나가 따라 들어와 말했다. "여기 왔을 때 이미 병들어 있었어요. 열에 들뜬 정신을 치유하는 온갖 약초와 훈연 요법, 붉은 돌 요법을 다 써봤지만, 아마 평생 이 병을 앓아온 모양이에요. 우리 모두 숨겨둔 병 하나씩은 있잖아요. 우리 안에 씨앗이 숨어 있다가 열병이나 유랑, 아니면……"

"이 사람과 둘만 있게 해줘요." 내가 불쑥 말을 끊었다. "스펀지하고 등받이 없는 의자, 대야가 필요해요."

말리나는 차분하게 나를 쳐다보면서 그 자리에 가만히 서 있었다.

"해봐야겠어요." 내가 말했다. 씻기기만 하면 알아볼 수 있을 것 같았다. 이 낯선 자가 정말로 내 아버지일까?

그는 야생 짐승 특유의 꿰뚫어보는 눈으로 나를 가만히 살폈다. 나는 목소리를 낮게 깔고 떠오르는 대로 말했다. 예를 들면, 예전에 아버지가 때때로 내게 읽어주셨던 루크레티우스의 글귀 같은 것들을. "이렇게 무작위로 떠오르는 이미지들에는 여전히 그것들이 떨어져나온 것들과 닮은 부분이 있다."

과학은 하찮은 연고였지만, 그럼에도 내가 중얼거리는 말은 우리 둘 모두를 진정시켜주었다.

말리나는 밖으로 나갔다가 내가 요청한 것들을 가지고 금세 돌아왔다. 그녀는 무거운 표정으로 그것들을 내 옆에 내려놓았다. 나는 그를 씻기기 시작했다. 그는 눈을 휘둥그레 뜨고 나를 빤히 쳐다봤다. 나는 의자에 앉아 하도 잡아당기고 묶어둬서 만신창이가 된 그의 손을 살살 씻어냈는데, 그래도 그는 움찔거렸다. 역병 환자의 화농성 종기를 씻듯, 전투에서 부상당한 사람의 자상을 씻듯, 갓 태어난 아기의 몸에 엉겨붙은 태반을 닦아내듯 까칠까칠하고 허연 팔에서 굳은 피와 고름을 닦아냈다. 의자에 앉은 채 몸을 기울여 얼룩덜룩한 이마를 씻기고, 내 손길이 두려워 눈동자가 돌아가는 퉁퉁 부은 눈도 씻기고, 내 체취를 맡으려고 내 손에 들이민 우스운 쐐기 모양의 코, 굳은 진흙처럼 재갈을 꽉 문 입술, 애처롭게 움직이는 목, 구부정하고 털이 수북한 가슴팍도 모두 씻겼다. 재갈을 풀자 그는 한 번 울부짖더니 잠잠해졌다.

튜닉을 들어올리고 힘줄이 불거진, 참혹한 상태의 등과 불쌍한 궁둥이, 납작해진 배를 닦았다. 육체란 얼마나 비참해질 수 있는지. 발과 발가락은 말의 발굽처럼 거칠어져 있었다. 발치에 무릎 꿇은 순간 나는 알았다. 내 발은 아버지의 발과 모양새가 똑같았으니까. 둘째 발가락이 약간 더 길고, 나머지 발가락은 전부 말단으로 갈수록 가늘어지고, 도망자 같은 새끼발가락은 옆 발가락을 향해 휘어 발톱을 감추고 있는 모양이었다.

나는 발가락 하나하나를 갓난아기 발에 돋아난 새싹인 양 정성
껏 문질러 씻었다. 그러면서 비통함에 눈물을 흘렸고, 더러워진 스
펀지를 한 번 헹궈 대야에 대고 두 손으로 천천히 꼭 짰다.

그런 다음 내 망토를 벗어 그걸로 그의 몸과 발을, 말없는 사랑
에서 나오는 오랜 다정함으로 닦아주었다. 다 닦고서 얼굴을 다시
올려다봤다. 내 아버지의 얼굴을 닮았으면서도 더이상 닮지 않은
얼굴을, 아무것도 이해하지 못하는 두 눈을, 입가에 고인 침을 올
려다보았고, 끝도 없는 고적감에 빠졌다.

말리나가 말없이 맞은편 벽에 기대서 나를 지켜보고 있었다.

만약 이 세상이 바다에 상이 비친 도시처럼 지하세계와 맞닿아
있다면, 우리는 잃어버린 사람들과 닿은 채 뒤집혀서 그들의 발자
국을 고대로 밟으면서 걸을 수 있을 테고, 마치 자신이 다닌 것처
럼 그들의 방랑 경로를 알 수 있을 텐데. 진정 아버지에게 무슨 일
이 일어난 걸까? 곡물창고 탑의 천장을 올려다봤지만, 이제는 내려
앉는 어둠 말고는 아무것도 보이지 않았다. 나는 아버지의 결박을
풀었고, 아버지는 벽에 기대놓은 짚단에 누워 자려고 그 굽은 모양
에 맞춰 몸을 말았다. 나는 그 몸 위에 모포를 덮어주고 덥수룩한
머리에 내 손을 얹었다. 어쩌면 이 세상 어딘가에 딸이 있는 꿈을
꿀지도 모르니까. "안녕히 주무세요, 아버지."

말리나가 내 팔을 잡고 창고 밖 안마당으로 갔다. 행운을 가져다
준다는 곱사등이 달이 못 미더운 빛을 우리에게 비추고 있었다.

"이제 어쩔 거예요?" 말리나가 낮은 목소리로 물었다.

"모르겠어요." 혀가 말라붙은 진흙처럼 버석거려서 말이 힘겹게

나왔다. "아버지를 베네치아로 모셔가서 거기서 돌볼 수도 있겠죠."

하지만 그 말을 한 순간 나는 떠날 수 없음을 알았다. 아버지 말고도 생각해야 할 사람이 있었다. 게다가 아버지는 한때 고향이라 불렀던 반짝이는 도시를 알아보지 못할 터였다.

25장
비밀스러운 일치

나는 하루 두 번 곡물창고로 가서 아버지에게 밥을 먹이고, 하루 한 번 목욕을 시켰다. 혹여 누구를 해칠까봐 우리는 그를 묶어두었다. 아버지는 입에 천을 물려놨는데도 제 몸을 물어뜯었다. 우리에게 달려들고 상처입은 사자처럼 엉긴 회색 머리칼을 흔들어댔다. 겁먹은 유세프는 근처에도 가지 않으려 했다. "저 사람은 누구의 아비도 아니에요." 어느 날 아침 안뜰에서 그가 내게 말했다. "아니고말고요." 그러면서 까칫한 허연 수염을 쓰다듬으며 생각에 빠져 중얼거렸다. "사람이 자기 자신을 잃었는데도 남아 있으면, 그 사람은 사막에 버려둬야 해요. 흰 독수리들이 신께 데려다주게요."

"어쩌면 좋을지 모르겠네." 나는 둥그렇게 부푼 (헐렁한 로브로 거의 다 가려진) 아랫배를 두 팔로 감싸며 반쯤은 아버지에게, 또 반쯤은 자신에게 중얼거렸다.

"그 여자한테 물어보세요, 도와줄 겁니다."

"아뇨, 내가 결정해야 돼요. 내가 할 수 없으면, 다른 누구의 결정도 안 돼요."

달이 손톱처럼 가늘어지자 아버지는 차츰 진정됐다. 며칠간은 아버지를 밖으로 데리고 나가 말리나가 때때로 염소들을 묶어놓는 우물 고리에 밧줄을 걸어놓기도 했다. 아버지는 목줄 매인 짐승처럼 안뜰을 서성였고, 이 이국땅에서 익숙한 냄새를 맡은 듯 허공에 대고 쿵쿵거렸다. 가끔씩 나는 작은 그릇에 무화과나 올리브를 담아 가져갔지만, 열에 아홉 아버지는 그걸 땅바닥에 던져버리고는 나중에 흙 묻은 무화과를 우적우적 씹어먹었다. 올리브는 씨째 삼켜버렸다. 달이 점점 차오르자 아버지를 도로 곡물창고로 데리고 들어가야 했다.

아버지가 잠깐씩 나를 알아본 것 같은 순간도 있었다.

해가 막 지고 공기가 식기 시작한 어느 후텁지근한 저녁, 아버지는 잠잠해지더니 내 얼굴을, 한때 책을 만지면서 낱장을 부드럽게 쓰다듬어 펴던 것과 똑같이 손가락으로 살며시 만졌다. 우리는 둥근 우물 가장자리에 앉아 있었고, 저 아래의 물이 우리의 움직임이나 말과 비밀스럽게 일치하는 양 파르르 흔들렸다.

"읽어주세요, 아버지…… 뭘 보고 계세요?"

아버지는 단어를 찾듯 입술을 달싹거렸다.

"상관없어요. 저 여기 있어요. 가비. 떠나지 않을 거예요."

유세프가 자기 방 좁은 창에서 초조하게 우리를 지켜봤다. 이윽고 그가 외쳤다. "조심하세요, 도토레사. 방심하지 말아요!"

나 역시 위험을 모르는 건 아니었지만, 광기가 잠시 손아귀의 힘을 뺀 듯 아버지에게서 뭔가 달라진 걸 감지했고, 경계를 유보했다. 내가 피폐해진 아버지 뺨에 두 손을 갖다대자 아버지는 조금 움찔했으나 초점 없던 눈이 반짝했다. 묘한 즐거움을 띤 그 두 눈이 내 시선을 붙들었다. 아버지가 웃음을 터뜨렸고, 나도 뭔지 모르지만 기뻐서 웃어버렸다. 아버지가 내 뺨을 톡톡 두드렸다. 우리는 눈물이 차오를 때까지 깔깔 웃었고, 그러다 어느 순간 아버지 눈에서 광채가 꺼졌다. 예전에 아버지는 내가 아기 때 처음 내뱉은 음절이 단어가 아니라 깔깔거리는 웃음이었다고 얘기해주었다. 지금 끝을 향해 가는 아버지가 내는 소리도 똑같았다. 하지만 이내 아버지는 두 손을 비틀어 짜더니 내게서 돌아앉았고, 주변을 둘러보다가 땅에서 탁한 검은색 올리브 한 알을 주워 입에 집어넣었다. 아버지가 손발을 짚고 엎드려 땅바닥을 뒤지는 동안 나는 우물에 걸터앉아 소리 없이 눈물을 흘렸다.

이제 나는 아버지가 종류도 확실치 않은 이 질병을 내가 어릴 적부터 앓아왔다는 카르다노 박사님의 의견에 동조한다. 어머니는 아마 알고 있었을 것이고, 혼란과 수치심, 분노와 성급함, 인내로 그 짐을 견뎠을 것이다. 어느 날 밤 잠이 안 와서 창가로 갔다가 아버지가 달빛을 받으면서 자갈길을 저벅저벅 밟으며 안뜰을 서성이는 모습을, 우리집 정원을 하염없이 빙글빙글 도는 모습을 보았던 기억이 났다. 아버지가 거기서 뭘 하는지 알 수 없었지만, 왠지 뱃속이 뒤틀려왔다. 다음 순간, 나처럼 밖을 내다보는 어머니의 얼굴이 두 분 침실 창에 희미하게 보였다. 어머니는 곧 들어가버렸다. 나중에 나는 내가 꿈을 꾼 줄 알았다. 그런데 아버지는 어쩌다

이 지경까지 온 걸까? 영영 이해할 수 없을 것 같았다. 달이 아버지를 텅 빈 껍데기로 만들어버렸다.

아버지와 내가 깔깔 웃었던 그날, 식사 후 말리나가 나를 한쪽으로 불러내더니 얼굴의 베일을 걷고 찬찬히 들여다봤다. "우리 딸, 요즘 다달이 피를 흘리지 않더군요." 그녀는 내 대답을 기다렸다. 좀처럼 볼 일이 없었던 그녀의 입이 심각한 표정으로 굳어 있었다.

"몇 달 후면 아기를 낳을 거예요." 나는 러그를 내려다보며 수줍게 말했다.

"아, 그럴 줄 알았어요!" 말리나는 함박웃음을 지으며 손뼉을 쳤다. "이 집에 복이 찾아왔네요!"

나는 그녀의 반응에 용기를 얻어 눈을 들었다. "그럼 산파 역할을 해주겠어요?"

"기꺼이요." 말리나가 말했다. "하지만 궁금한 게 있어요. 아이 아빠는 누구예요?"

"그 사람, 여기 타라단테에 있을 거예요."

말리나가 어리둥절해하며 미간을 찌푸렸다. "누군데요?"

"나를 따라다니는데 동시에 거리를 두고 있어요." 그의 충실함에 감동한 나는 말을 멈췄다.

"그래서 슬픈가요?" 말리나가 내 눈물을 오해하고 물었다.

"아뇨, 이제껏 경험하지 못했던 기쁨을 느끼는걸요."

"아." 말리나는 더 넓게 보려는 듯 몸을 뒤로 뺐다.

"그 사람 이름은 해미시예요. 북쪽 지역 출신이죠."

"그런데 왜 다가오지 않는 거예요?"

"내가 그 사람이 다가오지 않기를 바라는 걸 알고 있거든요."

"충실한 사람이네요, 그럼."

"충실한 사람이에요."

"그 사람을 이리로 불러들여요!"

"그러려고요." 내 심장이 악기처럼 떨려왔다. 바람에 흔들린 에올리언하프*처럼, 그 소리가 저기 오아시스까지, 그리고 저멀리 탁 트인 사막까지 닿았다. "하지만 그이는 아기 소식은 아직 몰라요. 내가 직접 말하고 싶어요." 마을 여자들이 얼마나 쉽게 떠들어대는지 아는 나는 말리나에게 미리 말해두었다. 내가 황혼녘에 한 말이 해가 떨어진 직후 그의 텐트로 전해질 터였다. 똑같은 낭보를 몇 미터 떨어져 있는 아버지에게는 끝내 전하지 못하겠지만.

---

* 그리스신화에 나오는 바람의 신 아이올로스에서 유래한 명칭으로, 바람을 맞으면 현이 울려 소리가 난다.

26장
크게 환영해주소서

어스름한 새벽빛 속에 곡물창고 문을 밀어젖히자, 짚더미 위에 미동도 없이 모로 누운 아버지가 보였다. 웅크린 채 잠든 아기 같은 모습이었다. 다음 순간 더 자세히 봤더니 아버지는 이를 드러내고 달리면서 발을 내디딘 자세, 다음번 도약을 위해 앞다리(팔)를 당겨 뒷다리와 모은 자세로 굳어버린 사자 같은 모습이었다. 오, 아버지! 저세상으로 훌쩍 뛰어가버리셨군요!

기억의 황야에서 저를 기다리고 계셨나요, 그래야 마침내 가버릴 수 있으니까? 어제 우리는 같이 웃었잖아요.

이제 두려움 없이 아버지를 만질 수 있었다.

차가운 그 몸에 손을 대봤다. 철만큼 밀도가 높은, 꿰뚫을 수 없는 냉기였다. 이 후끈한 기후에 숨졌는데 산속에서 죽은 로렌초보다 더 차갑게 누워 있는 아버지. 나는 울지 않았다. 멍한 채로 아버지를 씻긴 다음, 튀빙겐에서부터 가지고 다닌 안경을 씌워드리고 레이던에서 가져온 고운 신을 신겨드렸다. (트렘프에서 가져온 캘리퍼스는 내가 가졌다. 아버지가 내 인생의 측경기 아니었던가?) 아버지는 이상하게도 죽음을 맞고서야 자신의 물건들을 되찾아 착용하고 누워 있었다.

그 자리에 한참을 앉아 있었었나보다. 말리나가 들어오더니 물었다. "어디 있었어요? 내가……" 그러더니 한쪽 구석에 있는 새파란 내 아버지를, 팔랑거리며 타오르는 불꽃의 색깔처럼 검푸른색으로 변한 피부를 봤다. "오!"

"숨을 거두셨어요." 내가 말했다.

"오, 우리 딸." 말리나가 내 옆에 무릎 꿇고 앉으며 중얼거렸다. "더이상 고통받지 않으실 거예요."

유세프가 말리나의 외침을 듣고 와 문가에 섰다. "이제 우리를 떠난 건가요, 그럼?"

"그래요."

"오 알라시여, 산 자와 죽은 자를 용서해주시옵소서." 그가 기도문을 외었다.

"자비를 내려주소서." 말리나가 이어서 읊었고, 나는 아버지 손에 내 손을 포갰다. "그를 안전하고 온전하게 지켜주시고, 용서해주시고, 그가 거하는 곳을 예우해주시고, 그가 들어오는 것을 크게 환영해주소서. 그를 물과 눈으로 정화하시고, 그를 외쳐 부르고 흰옷의 얼룩을 씻어내듯 그를 씻어내주시옵소서. 그의 무덤을 크게 만드시고, 무덤을 빛으로 채워주소서." 말리나는 일어나 나를 거기 두고 밖으로 나가 문을 닫았다.

한 시간이 지났는지 세 시간이 지났는지 알 수 없었다. 어두컴컴한 곡물창고의 서늘한 내부에서는 시간의 흐름을 알기 힘들었다. 말리나와 유세프가 리넨 한 필을 가지고 돌아왔다. "우리 풍습이에요. 아버님을 이걸로 쌀까요?" 말리나가 조용히 물었다.

나는 대답하려던 걸 멈추고, 베네치아에서라면 장례용 천에 싸여 까만 곤돌라에 납관되었을 아버지의 모습과 사공 두 명이 노를 저어 우리를 묘지 섬으로 데려가는 모습을 상상했다. 노 젓는 소리가 일정한 리듬으로 종려나무 잎을 때리는 돌풍처럼 올라갔다 내려갔다 했다. "그래요, 그걸로 싸요."

하지만 나는 아무것도 하지 않고 두 사람이 능수능란하게 아버지를 천으로 감싸는 걸 바라보기만 했다. 말리나는 무릎을 꿇고서 두 팔을 실패처럼 접어 그 위에 리넨 더미를 올렸다. 더이상 아버지를 무서워하지 않는 유세프가 천을 적당히 감아 시신의 발을 팽팽하게 감싼 뒤 아버지 몸에 감기 시작했다. 먼저 머리까지 꽁꽁 싸맸고, 거기서 다시 발까지 갔다가 다시 한번 머리까지 감쌌다. 내가 허리춤의 칼집에서 칼을 뽑아 그에게 건네자 그는 천을 깔끔하게 잘라 매듭지었다.

초저녁에 우리는 아버지를 사막까지 운구하기 위해 삼나무 수레에 실었다. 유세프가 노새 한 마리를 수레에 연결하고 시체 옆에 삽 두 개를 얹었다. 이 마을의 묏자리 파는 일꾼과 함께 좁은 길을 따라 마을 입구로 갔다. 우리가 오는 걸 본 주민들은 허겁지겁 자기 집으로 들어가 덧문을 걸어잠갔다. 어떤 이들은 기도문을 외었다. 한쪽으로 기운 수레바퀴들이 요란한 소리와 함께 구르고 또 구르는 가운데 다들 한마디도 하지 않았다. 타라단테의 붉은 성벽을 지나는 동안 모래가 낮게 부는 회색 바람으로 변해 웅웅거렸다. 우리는 와디 한 군데에서 뻗어나온 지류들 위로 솟아 있는 언덕을 향해 이동했다.

"그분은 사라지기 전에 이곳을 좋아하셨어요." 말리나가 말했다.

나도 이곳이 좋았다. 앉아서 멀리 강 골짜기와 붉은 흙 마을, 산과 바다를 다 내다볼 수 있었으니까.

말리나는 아버지를 빨리 묻어야 한다고 주장했다. 안 그러면 영혼이 곡물창고에 머물며 문제를 일으킬 거라고 했다. "우리는 망자가 평안을 찾을 수 있도록 최대한 빨리 어머니에게 돌려보내요."

"우리식 풍습은 아니지만, 어차피 여기가 우리 고향도 아니니까요." 내가 대꾸했다.

말리나가 내 어깨를 살며시 만졌다. "정말 유감이에요, 우리 딸."

언덕 위에 도착했을 때 내가 한마디했다. "아버지는 이 하늘을 좋아하실 거예요." 머리 위에서 점점 짙어져가는 보라색 창공이 흐릿한 무색의 모래와 만나고 있었다. 진홍색 산들이 만남을 주재했다.

남자들이 땅을 팠다.

우리는 모두 말이 없었지만, 삽은 모래를 내던지고 시끄럽게 돌에 부딪혔다. 나는 울지 않았다. 이미 오랜 시간에 걸쳐 아버지를 촘촘히 짜인 내 심장에서 한 올 한 올 놓아 보내고 있었기 때문이다. 그러나 마지막 끊어짐이 너무 가혹한 동시에 너무 미미해서, 아버지가 그런 식으로 내게서 떠나간 게 도무지 있을 수 없는 일처럼 느껴졌다.

연푸른색 젤라바 차림의 빨강 머리 남자가 멀찍이 앉아 우리를 지켜보고 있었다. 내 안의 아이가 힘껏 발길질을 했다. 아버지가 떠나는 게 느껴졌다. 나는 자유였다.

27장
하늘을 산에 꿰매다

며칠 후 그가 문 앞에 나타났다. 말리나가 거칠거칠한 탁자 앞에 앉아 『질병백과』의 원고 낱장을 추리고 있는 나를 불렀다. 제본하기 위해 쪽수 매긴 접지를 꿰맬 작정이었다. 말리나는 우리를 남겨두고 자기 방으로 돌아갔다.

그는 한낮의 문간에 햇살 받은 나무처럼 서 있었다.

"유세프가 당신 쪽지를 전해줬어요, 가브리엘라."

"해미시." 새콤한, 계피처럼 소중한 그의 이름을 음미해보았다. "안뜰로 들어와요, 거기가 더 시원해요."

우리는 서로 데면데면했다. 미처 하지 못한 말이 우리 사이에 넘쳐흘렀다.

다음 순간 녹지 않는 사랑의 광물 같은 모래가 혀에 느껴졌다.

우리 둘의 가죽슬리퍼 밑에서 모래가 사각거렸다. 우리는 종려나무 근처로 가 그 기다란 부채 같은 이파리 아래, 방금 비로 쓸었지만 금세 낱알이 날아와 앉은 깔개에 자리잡고 앉았다. 염소 세 마리가 심각한 표정으로 우리를 쳐다봤다.

유세프는 양파를 사러 채소 수크로 나간 참이었다.

우리는 한동안 말없이 서로에게 기대 있었다.

마침내 해미시가 말했다. "아버님이 돌아가신 건 정말 유감이에요."

"오! 그렇지만 이미 오래전에 가셨는걸요."

"아."

나는 울기 시작했고 그는 가만히 나를 안아주었다. 잠시 후 우리는 상공의 칼새들이 재빠른 부리로 보이지 않는 공중의 생물을 잡는 광경을 바라봤다. 나는 해미시의 손을 잡아 부풀어오른 내 배 위에 얹고 말했다. "두 달 후면 당신 아이를 낳을 거예요."

"오!" 해미시는 깜짝 놀라 외치면서 순간 손을 잡아뺐다. 그러더니 행복에 겨워 다시 손을 올려놓았다. "내가 아빠가 된다니." 그는 눈물을 흘렸다.

사막의 낮이 저물어갔다. 말리나가 방에서 등불을 켰다. 달 없는 검푸른 하늘이 그림자 진 종려나무 틈으로 우리 어깨 위에, 안뜰에, 광활하게 펼쳐진 어두운 땅 전체에 은빛을 뿌리는 별들과 함께 진동했다.

조수의 가닥을 땋으며

1600년 베네치아

우리 다미아나는 1591년 12월 21일 모로코의 깊은 밤에 태어났다. 그런 종류의 숭고함에는 비밀스러움이 요구되는데도, 말리나는 촛불을 밝힌 채 곁을 지켰고, 나는 캄캄한 어둠 속에서 새끼를 낳는 짐승처럼 아기를 낳았다. 다미아나는 처음부터, 그 초점 없는 눈을 뜨고 생을 향한 간절한 격렬함으로 나를 꽉 붙잡은 순간부터 다루기 힘든 고집과 더불어 그런 숭고함을 가지고 있었다. 해미시는 몇 달째 보지는 못하고 내 안에서 움직임만 느껴오다가 드디어 딸을 안을 수 있게 되자 주체 못할 만큼 기뻐했다. 아이의 솜털 같은 가는 적갈색 머리카락이 반들거렸고, 구 년이 흐른 지금 베네치아에서도 그 머리칼은 비록 색은 조금 짙어지고 훨씬 굵어지고 길어졌지만 여전히 반들거렸다.

그 머리칼을 소중한 나의 올미나가 등뒤로 땋아내려주었다. 우리가 집안일에서 해방시켜줬는데도 올미나는 여전히 곱은 손으로 머리카락과 가정을 정성스레 엮어주었다. 올미나는 낮시간 대부분을, 그녀 표현으로는 조수를 엮으면서 보냈다. 로렌초가 따뜻한 날이면 나와 있곤 했던 우리집 대문 밖에 앉아 바다를 내다보거나 의자에 앉아 입을 벌리고 낮잠을 자면서 과거를 회상하고, 현재를 깁고, 미래를 꿈꾼다는 뜻이었다. 때때로 장난기가 넘치는 다미아나가 올미나의 입천장을 지푸라기로 간질여 재채기를 하게 만들거나, 올미나의 혀에 꿀 한 방울을 떨어뜨려 단맛으로 잠을 깨우기도 했다.

조수가 물러갔다 돌아와 올미나의 발에 휘감겼다. 나도 내 나름대로 의사이자 아내, 엄마로서 가닥을 엮으며 살았다. 산속에서 살던 소녀 메아가 우리 집안일과 약초 재배 일을 도와주었다. 메아는 다미아나에게 산의 여자들이 어떻게 사는지 가르쳐줬고, 내 딸은 메아의 동물 치료 연습을 도와주면서 아픈 짐승을 다루는 재능을 증명해 보였다.

『질병백과』는 마침내 완성되어 올해 출판됐다. 아버지는 이 책을 손에 쥐어보지 못했지만, 내가 아버지 대신, 아버지가 내게 전해준 모든 지혜와 나 스스로 그동안 모은 적잖은 분량의 지혜를 담은 결과물을 손에 쥐게 되었다. 다미아나에게 물려주는 기쁨도 있었다.

어머니는 사촌 한 명과 같이 살려고 파도바로 이사갔다. 나이가 드니 베네치아의 습한 공기 때문에 여기저기 아프다면서, 이제는 물위에서 사는 게 넌더리가 난다고 했다. "발로 흙을 밟는 것만으로 충분한 변화가 될 거다, 그만큼 흙에 더 가까워진 나이니까!"
어머니는 몇 번이고 말했다.

해미시는 대학에서 강의했다. 외국인인데도 그는 우리의 평온한 도시에 무척 잘 적응했다. 이탈리아어도 놀랍도록 완벽하게 구사하게 되었다. 의사 길드는 결국 내 의술에 대해 제대로 판단하고 나를 받아들였다. 물론 우리 사이에는 늘 분쟁의 불씨가 잠복해 있었다. 하지만 분쟁은 생겼다가도 곧 사라졌다.

내게는 바바리아의 사막에서 가져온 치유석들을 담아놓은 유리병이 있었는데, 간간이 거기서 위석을 꺼내 환자 치료에 썼다. 뱀과 염소의 위석, 나무 결석의 뛰어난 효과를 말리나에게서 배워왔다. 그녀에게서 귀한 회색 타원형 위석도 사왔는데, 말리나는 그 돌이 정신과 육체의 각종 이상 증세에 효과가 있다고 조언했다. 메사의 해변에서 발견된 돌고래의 뱃속에서 나온 것이기 때문이었다. 말리나는 모든 생각은 물에 근원을 두고 있고, 그래서 이 응결체로다 정화할 수 있다고 믿었다. 한번은 다미아나가 이와 관련해 내게 도움을 준 적이 있었다. 열기가 후끈했던 9월의 어느 오후, 알아들을 수 없는 말을 하는 젊은 여자를 진료하러 갔을 때였다. 나는 딸아이가 진료에 따라오는 걸 자주 허락하지 않았다. 우리 도시에 때때로 발생하는, 감지 불가능한 입자를 옮기는 독기에 감염될까 걱정돼서였다. 그러나 아직까지 다미아나는 병치레 몇 번 안 하고 튼튼한 아이로 자라고 있었다.

메아도 다미아나가 그간 동네에서 병 걸린 고양이와 작은 강아지, 암탉, 앵무새들을 치료해봤으니 이제 준비가 됐다고 나를 설득했다. 심지어 다미아나는 명성 비슷한 것도 얻었다. 10인 위원회의 한 위원이 내 딸을 '꼬마 동물의사'라고 부르면서, 다리에 마비가 온 걸로 보이는 자기네 집 강아지(귀가 소형 범선의 돛처럼 넓은 종이었다)를 낫게 해줬다며 치료비를 두둑이 챙겨준 적도 있었다. 딸아이의 처방은 간단했다. "강아지를 밖에 내보내고, 개집에만 가둬두지 마세요!" 다미아나는 아이 특유의 솔직한 화법으로 말했고, 우리는 그런 말투를 고쳐주려 들지 않았다. 결과는 긍정적이었다. 강아지가 기운을 차리더니 아예 몇 차례나 광장에서 그 명망 높은 위원과 추격전을 벌인 것이다. 위원의 건강에도 좋은 일이었다.

다시 무더운 9월의 오후와 내 딸의 첫 인간 환자 관찰 이야기로 돌아가면, 메아와 다미아나와 나, 이렇게 셋은 우리를 데리러 온 곤돌라를 타고 한참을 이동해 환자인 마르가리타가 사는 토르첼로섬으로 갔다. 나는 약상자를 들고 딸에게는 위석이 든 질긴 삼베 주머니를 들게 했다. 검은 개암 크기의 뱀석*과 도토리 크기의 회백색 염소석, 호박 결정 크기의 나무 결석, 푸르스름한 회색 새알처럼 생긴 고래석이 들어 있는 주머니였다. 돌들은 친밀한 기운으로 서로 달그락거렸고, 우리가 작은 선창으로 올라가 습지 가장자리에 있는 다소 낡은 환자의 집으로 가는 동안 다미아나는 그 달그락거리는 소리를 즉석에서 통역했다. "위석들이 여기가 마음에 든대, 엄마. 영혼이 더 많이 어려 있어서 그렇대! 염소는 배가 고프대! 고래는 자기를 바닷물에 씻겨달래고……" 이런 식으로 아이는 한참을 종알거렸다. 집의 비스듬한 덧창들이 가벼운 바람에 달

---

* 암모나이트. 중세에는 뱀에 물린 데 효험이 있다고 믿었다.

싹거렸다. 몇몇 창은 덧창이 없고 창유리조차 없었다.

집안에서 환자인 젊은 여자를 만났을 때, 그녀는 심하게 초조해하며 가만히 앉아 있지 못하고 끊임없이 말을 했다. 나는 간신히 그녀가 잠깐 입을 다물게 할 수 있었고, 환자에게 미열이 있다고 진단했다.

환자의 나이든 이모(몇 년 전에 환자의 모친은 돌아가셨다)가 부리는 하인에게 내 약상자에서 흰버들 껍질의 내피를 꺼내 달여오라고 했다. 그런 뒤 메아가 다미아나에게 환자의 이마에 천을 접어 얹는 법을 시범으로 보였다. 내가 약용으로 달인 차를 환자에게 먹이고 습포로도 이용할 계획이기 때문이었다. 하지만 먼저 환자가 서성대는 걸 멈추게 해야 했다.

다미아나가 환자에게 말했다. "동물이랑 나무의 뱃속에서 나온 돌멩이들 구경하실래요?"

이 말에 마르가리타는 발을 멈칫했다. "근데 먼저 의자에 앉아야 해요." 내가 영리한 딸아이의 꿍꿍이를 눈치채고 덧붙였다.

"제 머릿속에 물줄기가 너무 여러 개 있는데 그것들이 끝없이 흘러요, 산을 타고 흐르는 개울처럼…… 그렇지만 아뇨, 지금은 눈 때문에 멈췄어요, 그 못 말리는 얼음 이빨이 물이 흐르지 못하게 막는 거예요…… 목을 조르고……"

"여기 좀 앉아봐요." 내가 환자를 창가로 데려갔다. "덧창 닫아주세요." 이모에게 지시했다.

"이 집은 웃풍이 너무 심해요. 덧창을 수리하고 창유리를 끼우셔야겠어요." 유리가 비싸긴 하지만 환자의 이모가 풍족히 산다는 걸 (나를 그녀에게 소개해준 친구에게 들어서) 알고 있었다. 하지만 이모는 남편 없는 여자들이 필요에 의해 그러듯 씀씀이를 엄격히 통제했다. 내가 다미아나를 향해 고개를 끄덕여 보이자 아이는 주머니를 가지고 다가와 마르가리타의 무릎 위에 돌을 하나씩 꺼내놓았다. 다리가 불안하게 움찔거렸지만 그래도 마르가리타는 가만히 앉아 있었다.

"돌을 하나씩 쥐어보고, 마음에 드는 걸 이마에 대봐요." 내가 지시했다. 마르가리타는 푸르스름한 회색 돌을 골라 그 단단한 돌멩이를 먼저 자기 눈에, 그다음엔 관자놀이와 이마에 갖다댔다.

"선생님이 해주세요." 그녀가 내게 말했다. 그래서 나는 돌을 대주면서, 마르가리타가 돌을 가만히 쥐고 앉아 있는 사이 그녀의 두 눈과 머리, 어깨를 손으로 문질러주었다.

"이제 차를 마셔요."

하지만 마르가리타는 위석을 내려놓지 않으려 했고, 그래서 우리는 다미아나가 그녀의 한쪽 옆에 앉고 나는 다른 쪽에 앉은 채 잠시 기다렸다. 마침내 마르가리타가 돌을 다미아나에게 건넸다.

"다시 와주실래요?"

"그럼요, 올게요." 나는 내 딸을 향해 미소 지으며 대답했다.

오래도록 변함없이 사랑으로 내 집필 작업을 응원해준 남편 빌 오멜버니와, "그 이야기 얼른 읽고 싶어요!"라며 나를 채근해준 딸 에이드리엔 오멜버니 재프에게 감사의 마음을 전하고 싶다. 나의 뛰어난 지도자, 한도 끝도 없이 관대함을 베풀어주고 통찰의 눈을 빌려준 짐 크루소와 처음부터 넘치도록 격려를 퍼부어준 디나 메츠거에게 감사드린다. 이 책의 몇몇 꼭지를 처음으로 쓴 글쓰기 모임에도 고마움을 전한다. 다음의 여성들은 비평을 해주고 동지애를 보여주었다. 브론윈 존스, 엘리너 오서, 카티야 윌리엄슨, 베어브러 다울링, 루스 보크너, 도리스 쾨닝. 책을 집필하는 동안 많은 분들이 지지해주었고, 이 자리를 빌려 그분들께 감사드린다. 내 동생 리사 오코너, 캐시 콜먼, 캐서린 핼크로, 런던의 국립과학박물관 생명과학부의 어시스턴트 큐레이터, 레이철 카로, 미셸 라셜레, 칼라 버먼과 브루스 버먼, 조이스 워터먼, 아이린 라파엘, 질 보나

트, 마짓 바슬러, 위르겐 라든버거, 제인 알렉산더 스튜어트, 지넷 래스커, 메리 엘런 도린, 앤 스패던 제이컵슨, 로레타 스파크스, 베티 칼레임, 알마 러즈 비야누에바, 브래드 케슬러, 케이트 하아크, 엘로이즈 클라인 힐리, 로스앤젤레스 안티오크대학 작가 모임 동인들, 그리고 샌타모니카대학에서 짐 크루소가 진행하는 수요일 밤 글쓰기 수업의 뛰어난 작가들, 특히 딜런 랜디스와 모노나 월리, 젠 챙에게 감사를 전한다.

내 유능한 에이전트 댄 라자르, 그리고 헌신적인 나의 첫 편집자 앨리슨 매케이브에게 가장 큰 감사를 보낸다. 리틀 브라운 앤드 컴퍼니에서 근무하는 모두에게도, 특히 나의 멋진 편집자 주디 클레인 그리고 마이클 피치, 네이션 로스트론, 어맨다 토비어, 캐럴린 오키프, 패멀라 마셜, 모건 모로니, 헤더 페인, 어맨다 브라운, 니콜 듀이, 페기 프로이든탈, 키스 헤이어스에게 감사를 전한다.

옮긴이 **허형은**
숙명여자대학교를 졸업하고 현재 전문 번역가로 활동중이다. 옮긴 책으로 『삶의 끝에
서』『모르타라 납치사건』『미친 사랑의 서』『토베 얀손, 일과 사랑』『모리스의 월요일』
『빅스톤갭의 작은 책방』『생추어리 농장』『범죄의 해부학』 등이 있다.

문학동네 세계문학

광기와 치유의 책

초판 인쇄 2020년 2월 14일 | 초판 발행 2020년 2월 24일

지은이 레지나 오멜버니 | 옮긴이 허형은 | 펴낸이 염현숙

책임편집 윤정민 | 편집 김지연 오동규
디자인 고은이 이원경 | 저작권 한문숙 김지영
마케팅 정민호 정진아 함유지 김혜연 김수현
홍보 김희숙 김상만 오혜림 지문희 우상희 김현지
제작 강신은 김동욱 임현식 | 제작처 한영문화사

펴낸곳 (주)문학동네
출판등록 1993년 10월 22일 제406-2003-000045호
주소 10881 경기도 파주시 회동길 210
전자우편 editor@munhak.com | 대표전화 031) 955-8888 | 팩스 031) 955-8855
문의전화 031) 955-8896(마케팅) 031) 955-2634(편집)
문학동네카페 http://cafe.naver.com/mhdn | 트위터 @munhakdongne
북클럽문학동네 http://bookclubmunhak.com

ISBN 978-89-546-7069-2 03840

잘못된 책은 구입하신 서점에서 교환해드립니다.
기타 교환 문의: 031) 955-2661, 3580

www.munhak.com